U0840382

FONGHONG

欧美名著精选丛书

THE GOOD SOLDIER ŠVEJK

好兵帅克历险记

[捷克] 雅·哈谢克 著

张蔚乡 译

江苏凤凰文艺出版社
JIANGSU PHOENIX LITERATURE AND ART PUBLISHING

图书在版编目（CIP）数据

好兵帅克历险记 / (捷克) 雅・哈谢克著；张蔚乡译. -- 南京：江苏凤凰文艺出版社，2022.2
（欧美名著精选丛书）
ISBN 978-7-5594-6133-9

Ⅰ. ①好… Ⅱ. ①雅… ②张… Ⅲ. ①长篇小说-捷克-现代 Ⅳ. ①I524.45

中国版本图书馆CIP数据核字（2021）第141344号

好兵帅克历险记

[捷克] 雅・哈谢克 著 张蔚乡 译

责任编辑 刘洲原
特约编辑 未 生
出版统筹 孙小野
出版发行 江苏凤凰文艺出版社
南京市中央路165号，邮编：210009
网 址 http://www.jswenyi.com
印 刷 石家庄继文印刷有限公司
开 本 880毫米×1230毫米 1/32
印 张 15
字 数 375千字
版 次 2022年2月第1版
印 次 2022年2月第1次印刷
书 号 ISBN 978-7-5594-6133-9
定 价 58.00元

目录

《好兵帅克历险记》导读 / I

第 一 章　帅克妄议世界大战 / 1

第 二 章　帅克在警察局 / 13

第 三 章　帅克与法医 / 21

第 四 章　帅克被从疯人院里赶出来 / 28

第 五 章　帅克在警察署 / 34

第 六 章　帅克结束了噩梦，回到了家 / 44

第 七 章　帅克当兵 / 56

第 八 章　帅克成了装病的逃兵 / 64

第 九 章　帅克在警备司令部拘留所 / 76

第 十 章　帅克成为连队随军勤务兵 / 100

第十一章　帅克陪同神父去做战地弥撒 / 123

第十二章　辩论围绕宗教展开 / 134

第 十 三 章　帅克给弥留者行临终涂油礼 / 141

第 十 四 章　帅克成了卢卡什上尉的勤务兵 / 158

第 十 五 章　灾祸临头 / 200

第 十 六 章　帅克在火车上闹的乱子 / 215

第 十 七 章　远征布杰约维采 / 221

第 十 八 章　帅克在基拉利希达的奇遇 / 251

第 十 九 章　磨难 / 276

第 二 十 章　从摩斯特到索卡尔 / 287

第二十一章　在匈牙利大地上 / 305

第二十二章　在布达佩斯 / 331

第二十三章　从哈特万到加里西亚前线 / 374

第二十四章　开步走 / 397

第二十五章　帅克在俄国俘虏队 / 419

第二十六章　刑前祝祷 / 434

第二十七章　帅克重回先遣连 / 440

《好兵帅克历险记》导读

[法] 特尼尔·巴拉洛夫
(图尔大学)

现在大家将要看到的是一个士兵的故事——不是瑞恩，不是兰博，而是那位著名的捷克列兵。

有人说：捷克民族不需要再创造别的世界品牌，只要拥有了哈谢克和帅克，就足以显示其伟大了。

《好兵帅克历险记》这部讽刺性的巨著，创造了一个波希米亚的“堂吉诃德”，捷克人的文学彰名世界，完全是得益于这部作品。下面，我们就去看看那故事中到底记述了一个怎样的人物吧。

可以说，这是一个十足的令人发笑的傻瓜，在布拉格做狗贩子，还专干坑蒙拐骗的勾当，同时又是一个憨厚老实、天真可爱的小人物，长着一张胖乎乎的脸，脸上永远挂着傻乎乎的微笑。要说他是个很会说笑话、爱东拉西扯、常常将一些毫不相干的事情扯到一起的人，没有人会对这一点提出反驳。而他又是一个热心肠的人，只是常常乐于助人却又总是帮倒忙——这就是帅克，一个被军医诊断为白痴而被迫退伍的老兵，正犯着风湿痛，却在女仆的帮助下，坐着轮椅去报名参军，表示效忠奥地利皇室。这与当时捷克人的真实情感形成了多么强烈的反差啊，但它确确实实是由帅克这个人物做出来的。

这个帅克实在是一个奇特的人物。事实上，就像他那些愚蠢的伙伴一样，他根本就不知道自己为什么要去参加战争，但却自愿成了列兵队伍中的一员，并且还阴差阳错地做了上尉军官卢卡什的勤务兵，后来又成了随军神父奥托·卡茨的勤务兵。他看上去就像一位合格的军人那样，无条件地顺从上司，对于上级的命令，不折不扣地执行。但谁能想到，正是他这种没有头脑的顺从和好心，却常常搞得上司笑话百出、狼狈不堪呢？帅克经常毫不犹豫地对人承认当局和上司对他的愚蠢的认定，说："报告长官，我是个傻瓜。"但实际上，我们通过小说本身可以知道，在当时的社会中真正愚昧和昏庸的根源在皇宫里，他正是以帅克的愚蠢来间接地愚弄了那些表面上衣冠楚楚的人。

帅克以他自己的愚行，引出了当时上流社会的愚蠢，另一方面，也暴露了这场战争本身的荒诞性。这种以愚蠢揭示愚蠢、以荒诞反抗荒诞的方法，正是现代艺术反抗非人性文明的重要途径。

当代捷克作家米兰·昆德拉在谈到帅克时，这样指出："帅克亦步亦趋地模仿他周围的世界，一个愚蠢的世界，结果人们无法分辨他是否真的也是愚蠢的。他轻而易举又欢快地适应了统治者的秩序，并非他发现了其中的意义，而是他发现了无聊和无意义。他逗自己开心，也逗他人开心。通过夸张的唯唯诺诺，把这个世界变成了一个大玩笑。"以玩笑的方式对待世界的荒诞，这正是《好兵帅克历险记》这部书的真正含义所在。

我们知道，仆从与主人之间的关系，往往是一种真正颠倒的关系，就像作为附庸国的捷克与作为宗主国的奥匈帝国之间的关系一样，奴役者看上去很聪明，很强大，处处支配着被奴役者，可事实上他们才是真正的被奴役者。因为他们一旦离开了他们的仆人，就寸步难行。

这样，即使碰上的是一名愚蠢的仆从，他们也不得不听其摆布和愚弄。帅克的行径，就正好体现了弱势民族和阶层的这一种特殊的反抗方式。

在捷克人看来，哈谢克是他们民族的伟大英雄，他创造的帅克形象揭示了捷克民族典型的特性。由此，受他的影响在以后的岁月里又诞生了许多具有相同气质的作家和作品。例如20世纪初期的卡夫卡式的荒诞故事，以及其他一些哈谢克式的闹剧。当代作家米兰·昆德拉继承了哈谢克和卡夫卡的精神遗产，他的小说，如《笑忘录》，对捷克文化精神做出了精彩的描述：以笑的方式来遗忘痛苦和对抗暴政。这一点，开启了二战后的所谓“黑色幽默”小说的先河。美国作家约瑟夫·海勒描写二战的黑色幽默作品《第二十二条军规》，在揭示现代人类文明，尤其是战争文化的荒诞性方面，与《好兵帅克历险记》是一脉相承的，尤索林可以说就是二战时美国的帅克。

帅克的故事没有结束，我想，只要这世界上还存在像奥匈帝国和捷克民族那样的不平等关系，帅克的故事就永远不会结束。

第一章

帅克妄议世界大战

帅克是一个非常普通、不起眼的小人物。几年前，帅克就被军医审查委员会认定是个白痴，于是退了伍。这个不起眼的帅克从此以后只好靠卖狗来维持生计，兼替各种出身卑微的杂种狗伪造出身证明。

“斐迪南大公就这样被杀了。”女用人在闲聊时对帅克说。帅克一边吐着烟斗，一边继续揉着他的膝盖。他患有风湿症，经常用樟脑油搓揉。“米勒太太，我认识两个斐迪南，一个是杂货店老板普鲁什的伙计，那个笨蛋有一次喝了一整瓶生发油；另一个是捡狗屎的，叫作斐迪南·柯柯什卡，这两个都是小人物，就算消失了也没有人在意。”帅克说。

“不是，不是，是住在科诺皮什捷城堡的那个斐迪南大公，有可能会成为国王的那一个啊！虽然他有点胖，但是人还不算讨厌，挺虔诚的。”

“你说的那位斐迪南在哪里出事了呢？”帅克有了一点兴趣，他向来都是非常热心于这样的国家大事的。

米勒太太也十分乐意与人谈论：“在萨拉热窝，他与他的夫人坐着车子经过那里的时候有人用左轮手枪击中了他。大公当场就玩完了。”

“不一定吧，米勒太太，中枪之后也不一定马上就死啊，有可能好半天才咽气呢！这事谁能料得到呢？像他那么阔气的大公，有那么多的警卫，而且坐在车子里，只是出来巡视一趟，就走了这样的霉运，让人一枪给崩了。”

“对啊！左轮手枪相当厉害的，前一阵不就有个先生玩左轮，把全家人都给打死了？连看门的都遭了殃，也被打死了。”米勒太太胆战心惊地说。

“其实啊，是因为我们要抢波斯尼亚和黑塞哥维亚，估计是惹急了土耳其人，才给了那个斐迪南一枪。像他那样气派的人，也没落个好死！”

“帅克先生，您知道的还真不少呢！啧啧！”

“当然了，而且我敢说他们买的那杆枪非常棒，并且开枪打死大公的那个人一定也非常不简单。我敢和您打赌，这不是一个普通的任务。杀死一位大公哪有那么简单？那么多的警卫、人和车辆，而且必须要假装成一个绅士，假如穿得破破烂烂，像个要饭的，还没靠近大公就被警察抓住了。”

“干这种事……可不是一个人能够完成的。”米勒太太发表了她的高见。

帅克正好按摩完他的膝盖，刚好对米勒太太发表一篇长篇大论：“当然了，要是想弄死一位大官或国王什么的，总要找很多人，想一个周密的计划，集思广益，然后挑出一位勇士去完成这项任务。能否成功还得看各方面条件的配合。时间、地点和时机都要刚刚好，不能太早也不能太迟，就是大公的车子经过的那一瞬间，子弹刚好击中他。”

米勒太太非常赞同地点了点头，她的眼光鼓励着帅克，他越讲越兴奋了。

“以前那个叫卢德谢尼的不就是一刀杀了我们的伊丽莎白皇后吗？一分钟之前，他们俩还一起很悠闲地散步呢。树大招风，许多名人都莫名其妙地遇害，这背后有很多隐秘的原因呢！”

帅克咽了咽口水继续往下说："那些人什么都不怕，谁都敢杀，说不定有一天他们还会拿沙皇和他的皇后开刀呢，或许杀红了眼，连其他人也不放过。皇族表面看起来非常风光，但是暗地里也结下了不少仇家，不知道什么时候就会有一个仇家端着枪拿着刀冲出来，真是危险啊！

"而且那些个不要命的人还放出话来说迟早有一天要把皇帝杀掉，不论是谁都救不了他们。最大胆的是，这个胆大的狂徒在酒店里喝酒的时候居然敢不付账，还打了酒店老板一个耳光，于是酒店老板就叫警察把他抓起来了，关在囚车里，这回让他知道了，国家可不是吃素的！"

"现在的新鲜事还真不少啊！"米勒太太也听出兴趣来了，"您还听说过什么样有趣的事啊？"

帅克一边穿外衣一边说："我还在军队当兵那会儿，有个步兵拿着一支上了膛的步枪在兵营里四处游荡，大家都不知道他想要做什么，他居然说要找大尉谈话。大尉当然不会好好和他讲话，一出来就命令他在营房外面待着。他火冒三丈，冲着大尉的胸膛开了一枪，血从上尉的前胸后背流了出来，把办公室里的人都吓坏了。"

"天哪，有这样的事情？太不可思议了！"米勒太太对于军营里发生这样的事相当惊奇，"那个当兵的后来怎么样了呢？"

帅克已经穿上了外衣，他正在整理礼帽，这是一项很烦琐的工作。他接着说："谁赶上这种事也得脑袋搬家了。他有自知之明，还没来得及枪毙他呢，他就自己吊死了。他借口裤子老是掉下去，向禁闭室的看守借了一根裤腰带，等大伙发现他的时候，他已经用看守的裤腰带吊死了。所有的人都觉得十分奇怪，他为什么要借别人的裤腰带吊死。

"更倒霉的是把裤腰带借给他的那个看守，他就因为这件事被判了六个月的监禁。估计他也不知道别人要使他的裤腰带上吊，后来他从监狱里逃了出来，跑到瑞士当传教士去了。据我估计，那个被杀的斐迪南也是被那个枪手骗了，只注意那个枪手衣着名贵、彬彬有礼，并不疑心枪手要杀他。然后那个枪手冷不丁地把手枪掏了出来，一枪就叫那个斐迪南大公丢了性命。现在这个世界上什么人都有，只是老实人不多了。"

帅克忽然想起一点什么来，问道："他朝大公身上开了一枪还是几枪？"

"据报纸说是很多枪，把斐迪南大公打得像个马蜂窝一样。那也要不少的子弹吧？估计子弹都打光了。"

"那个枪手不是普通人，这事干得真不赖，不知道他使的是什么枪。假如是我，我就去买一把勃朗宁，又轻巧又好用，随便藏在哪里都看不出来。子弹的速度太惊人了，在短短的两分钟里，可以打死二十个大公级别的人物，不管他是胖子还是瘦子。而且我个人认为，胖子总是比瘦子好打些，对吧，米勒太太？"

帅克先生又开始滔滔不绝了："你记得那个胖乎乎的西班牙国王是怎么死的吗？也是被打死的。话又说回来，当国王的多半都是大胖子。好啦，米勒太太，我要去'管你够'酒家喝一杯，有件事情我需要交代一下，我已经将家里的那只小猎犬订给别人了，而且收了订金。要是有人来取，就对他说小狗现在住在乡下的养狗场里，在耳朵长好之前它必须待在那儿，否则会伤风的。还有，你走的时候把钥匙交给门房就可以了。"

"管你够"酒家在附近一带也算是小有名气的了。老板巴里维茨尽管是个粗人，可也喜欢卖弄点酸溜溜的墨水，总是劝人阅读雨果的作品，尤其是写拿破仑在滑铁卢战役中给英国人铿锵有力回击的那一小段。但他自己说话可就不顾那么多了，每说一句话都得加个"屁"字、"屎"字一类的粗话，譬如他老说："老子才不管这屁事呢！"

下午这会儿，酒家里的客人很少，只有一位顾客——勃利特施奈德，他的真实身份是警察局的密探。但密探也有无聊的时候啊，他总是想和巴里维茨聊点什么，而巴里维茨只注意手边的一堆脏盘子，两个人怎么也聊不起来。

勃利特施奈德还是想和巴里维茨说点什么，但又不知道说什么好，于是他一开口便是老生常谈：“今年夏天真不错啊！”

“不错顶个屁！”巴里维茨的反应真够令人失望的，他一边回答一边收拾他的碟子。

勃利特施奈德几乎都不抱希望了，巴里维茨仿佛对与他谈话没什么兴趣，但他又不死心：“你知道萨拉热窝出的那件好事儿了吧？”

“你说的‘萨拉热窝’是在努赛尔酒店的包房吧？那儿可够乱的，每天都有人在打架，而且还因为打架而出名。”巴里维茨回答得牛头不对马嘴。

“不是努赛尔酒店，是波斯尼亚省的萨拉热窝，斐迪南大公巡视那里的时候被人打死了，现在，很多人都在议论呢！”

巴里维茨对这些政治事件可没什么兴趣，他一边点着烟斗，一边不屑一顾地回答说：“我对这种屁事可是一点兴趣都没有。哪个兔崽子想问我这号事，我会让他尝到我的厉害的，让他吻一下我的屁股！这个主意不赖吧？”巴里维茨对这类话题相当的谨慎，“现在这样的社会，真的是什么事都可能发生。谁要是和政治上的鸟事沾上了边，都有可能丢掉脖子上的那颗东西。我只是做小本生意，每天招呼客人就够我忙的了，至于什么萨拉热窝，哪个大公被打死了，我压根儿就没有一点兴趣，他妈的什么鸟事，我才不想管。多管闲事的结果只会是去庞克拉茨监狱待着。”

看来这场谈话是没有办法继续下去了，勃利特施奈德大失所望，他环顾四周，终于发现了一个新的话题：“现在挂镜子的那地方以前不是一幅皇帝的肖像吗？好端端的，干吗要换啊？”

巴里维茨说：“这画以前倒在，但是店里有许多苍蝇，常常在画像上拉屎。我可不想对皇帝大人不敬，或是因为这事而他妈的去蹲班房，所以就收到顶棚上去了，店里人多嘴杂，我可不想给自己找麻烦。”

“是不是因为萨拉热窝的关系啊？”勃利特施奈德又把话题扯了回来。可这并没有难倒巴里维茨先生，他既要同酒客聊天，又不想招惹是非：“你说的萨拉热窝我想起来了，那儿天气非常热，我以前在那儿当兵的时候，上尉先生经常会往头顶上放一块冰用来解暑。”

密探勃利特施奈德的兴趣一下子就被调动起来了：“您那时在哪个连队当兵呢？”

巴里维茨必须格外小心勃利特施奈德这号人：“您怎么对这种事都有兴趣呢，连我自己都记不住了。这种鸟事，我可不感兴趣，劝您也不要多管闲事了，小心惹祸上身，到时候就麻烦了。”

勃利特施奈德讨了个没趣，知道从巴里维茨那里挖不出什么有价值的东西，他也不说话了，阴沉着脸喝啤酒。

“老板，给我一杯黑啤酒。”帅克迈进了酒店，“据说维也纳今天也挂了黑纱。”

一听这话，勃利特施奈德两眼放光：“他们在科诺皮什捷挂了十幅黑纱，表示哀悼。”

帅克坐了下来，猛灌了一口啤酒，满意地咂了咂嘴：“我说应该挂上整整十二幅黑纱。”

“为什么呢？”

“十二幅就是一打，好计数也好算钱，而且成打买比较划算。”帅克觉得自己说得很有道理。勃利特施奈德也想不出用什么样的话来回敬他。

帅克又率先打破了这沉默：“那个斐迪南大公还真是不走运啊！年

纪轻轻的就死了，他本来有机会能够当上皇帝的。不过这样的事谁说得清楚呢，我当兵那会儿有个十分得宠的将军，本来可能升官做元帅的，可是有一天莫名其妙地从马上摔了下来，等大伙把他扶上去的时候，你猜怎么着？他已经断气了。我自己最讨厌军事演习了，平白无故搞什么演习？还不定发生什么事呢。有一次演习的时候，他们让我在单人禁闭室里待了十天，就因为我的衣服上少了二十颗纽扣，关禁闭的日子可真难受啊。最可恶的是，他们还把我的双手绑在脚上，他们管这叫'鸳鸯套'，我只能缩成一团。"

说到这儿，帅克喝了一口啤酒，他的思想完全回到了以前当兵的那会儿："军队有军队的纪律，要不然就成一盘散沙了。在军队里，谁都得遵守纪律，否则会受到惩罚的。我们部队里的马科维茨上尉就常常对我们说：'你们这班杂种要是没有了纪律，还不无法无天，像个猴子一样四处乱窜？那还当什么兵，打什么仗啊！'他说的其实也挺有道理的，无论如何军队也该有个纪律，总不能让士兵到处乱跑，或者真的像猴子一样全都蹲在树杈上吧，那像什么话啊！"

帅克越扯越远，密探勃利特施奈德又不失时机地把话题拉了回来，转入正题："萨拉热窝那事，是塞尔维亚人干的吧？"

帅克可没有酒店老板巴里维茨那样谨慎小心，他正想就外交大事发表一大通评论呢："您老可大错特错了，凶手是土耳其人。这事土耳其人计划了很久，目的是捞回波斯尼亚和黑山。土耳其在一九一二年败给了塞尔维亚、保加利亚和希腊，后来，他们想要奥地利出兵帮助，但你想，奥地利能答应吗？于是土耳其人怀恨在心，找机会报复，所以他们就把斐迪南杀了。"帅克对奥地利与巴尔干半岛的政治形势分析了一通之后得出了上面的结论。他忽然又想起了一点什么，转过头去问酒店老板巴里维茨："你是不是不喜欢那些土耳其狗崽子？"

巴里维茨还是那种不偏不倚的口气："对像我们这样开酒店的人来

说，政治顶个屁用，又不能多赚钱。土耳其人往店里一坐，也和你们一样是我的客人，只要他们付清酒钱，别的我也不多管，这是我的原则。只要他不赊欠我的酒钱，他爱杀谁就杀谁，爱信什么就信什么，爱入什么党派就入什么党派，关我屁事！这些闲事对我来说都没有什么意义。”

在这里耗了这么久，密探总得抓住一个口实什么的：“你们不觉得这对奥地利是一个很大的损失吗？”

巴里维茨对这个问题显然没有什么兴趣，帅克却抢着发表自己的意见：“斐迪南对于奥地利的意义可不是其他的什么废物可以随便代替的，的确是一个很大的损失，但我认为他应该长得更胖一点，那样的话就非常好了。”

勃利特施奈德的鼻子嗅到了帅克话里不平常的味道，他觉得有必要深入探讨一下这个问题，于是试探性地问道：“我不是很明白您的意思，您能不能具体地说一说？我很有兴趣。”帅克得意扬扬地说道：“什么意思，你连这个都不明白吗？我解释给你听好了：斐迪南大公要是再胖一点的话，就不会到萨拉热窝去送死了，报纸都登满了这桩败兴事，真是丢人现眼，活脱脱的一个现世宝，他要是再胖一点的话……”

“会怎么样？”

“肯定会为了保卫他城堡周围的蘑菇和干柴中风而死的。你知道，大公他老人家对付城堡附近那些占他便宜的刁民的手段可是出了名的。很多年前，布杰约维采的集市上有个名字叫帕希基斯拉夫·鲁威克的牲口贩子因为一点口角被人捅死了。就为了这点小事，引出了一连串的事来。帕希基斯拉夫·鲁威克的儿子叫博胡斯拉夫。可人们都不叫他的名字，而叫他被刀子捅死的那个人的儿子，他的牲口怎么也卖不出去了，到最后，他走投无路，就跳河自杀了，就是从伏尔塔瓦河上的克鲁姆洛瓦桥上往下跳的。有人看见他自杀，就去救他，他喝了一肚子河水。大家七手八脚地帮他把肚子里的水弄出来，还找来了医生，但最后，他还是死了，真是一个不幸的人啊！”

帅克的这个比喻与原来的话题完全不搭边，天晓得帅克的脑子是如何将两件事联系在一起的，连精明的密探都被他弄糊涂了：“斐迪南大公被刺与这个牲口贩子之间有什么必然联系吗？”

“没有。”帅克的回答简直令人摸不着头脑，“我只是偶然想到就说了出来，应该是没有什么联系的。一个大公怎么可能与牲口贩子有什么联系呢？那不是开玩笑嘛！我现在最担心的不是别人，而是斐迪南大公的妻子！”

“你担心她什么？”

“你想啊，那个枪手只用了一支枪，就使她失去了丈夫，使他的孩子们失去了父亲，使他的领地失去了主人，她就是一个寡妇了。要是再嫁给一个别的什么人，然后再次坐车出游，她的丈夫又被打死了，那她不还得再次成为寡妇！”

“谁会那么倒霉呢，一连几次碰上这样的事，不可能吧！”

帅克马上驳回了他的话：“谁说不可能？早些年在赫鲁布卡附近的兹列威，有一个叫毕居尔的护林官，知道什么是护林官吗？就是防止人偷猎的守林人。他有一个妻子和两个孩子，生活挺幸福的，但是有一天他被偷猎的人打死了，他的妻子因此守了寡。不久之后，这个寡妇嫁给了附近一个地区的护林官，叫佩皮克·谢洛维茨，两人一起又生了两个孩子，但是后来，这个佩皮克·谢洛维茨又被人打死了，寡妇又成了寡妇。她的第三个丈夫也是护林官，也遭到了同样的命运。这三次婚姻除了六个孩子之外，上帝什么东西也没有留给她。第四次结婚，是赫鲁布卡地区的爵爷替她做的主。爵爷觉得只要不嫁给护林官就没什么关系，于是把她许配给了一个渔夫。谁想到在生了两个孩子之后，渔夫在捕鱼的时候落水而死。简直太不幸了，这个倒霉的女人又带着八个孩子嫁给了奥德尼亚尼的一个专门阉猪的人，但那个人的脑子有点问题，半夜拿斧头把自个儿老婆杀了，然后自己去自首，他是个真正邪恶的家伙，在被吊死之前还把牧师的鼻子咬了下来，而且一点悔过之心都没有，一个劲儿地辱骂皇上。”

勃利特施奈德仿佛发现了他要找的东西，眼睛里放出了光亮：“你知道他都说了些什么吗？是不是非常恶毒？”他期待从帅克嘴里能说出一点对他有价值的东西来。

“我是个安分守己的市民，而且胆子也不大，可不敢将那些话学给您听，那可是些最邪恶的诅咒啊！据说有一个法官就是被那些可怕的话吓傻了的，谁也不敢把那些难听的话泄露出去，这可不是一般的酒后失言啊！”

勃利特施奈德紧紧追问：“酒后失言的话也会骂皇上吗？大约是一个怎么样的情形呢，你能形容一下吗？”

巴里维茨终于受不了了，他并不喜欢别人在他的酒店里谈论国事。“先生们，难道你们就不能说点别的吗？在这样的非常时期，说什么都比说这种鸟事强啊。要是万一惹出什么祸来，可不是闹着玩的。”可是巴里维茨的请求并没有对帅克和勃利特施奈德产生什么作用，帅克也没在意老板的警告。

“酒鬼会怎样辱骂皇上呢？其实这个问题不难解决，勃利特施奈德先生，您可以试着把自己灌得大醉，然后再构思出一大堆侮辱皇上的话来，您可以在脑子里想您说的话都变成真的了，只要有一半的真话，那皇上就得龙颜扫地，啧啧！最好还叫人在旁边给您演奏奥地利的国歌，那样就更加热闹了。”

“帅克先生，我还是不太明白，要不，您给我举个例子如何？”

“你可以说，皇帝老子有什么了不起的，他的儿子鲁道尔夫不是一样年纪轻轻就夭折了吗？皇后也在散步的时候让别人一刀捅死了。

做他的兄弟也不保险，要么被处死，要么就失踪，现在可好，连叔叔也被人杀死了，真是一个被魔鬼诅咒的家族啊，要不坚强点怎么受得了啊！”

“帅克先生，要是碰上这样一个酒鬼，估计谁也受不了啊！专门拣那些大逆不道的话说。”

“是啊，我可不一样，要是今天开战，我一定要冲上最前线去效忠皇帝。现在，自己的叔叔被人杀了，皇帝一定不会就此罢休的，你等着瞧吧！可能马上就要开战了，我们英明的奥地利的皇帝，一定会联合塞尔维亚和俄国，他们和我们是一边的，然后就要开始打了。”帅克仿佛对整个社会局势了解得十分深入和透彻，憨厚的脸上挂着傻笑。他继续为帝国的前途指引着航向：“我们一旦与土耳其开战，德国肯定要向我们发动攻势，因为他是土耳其的盟友，这样，德国的宿敌——法国就会帮助我们。然后这么多国家就开始你打我，我打你，混战成一团，不打个你死我活是不会善罢甘休的。”

密探终于从帅克的嘴里听到了他等待许久的东西，他觉得表明身份的时候到了，于是他阻止帅克继续往下说。他将帅克请到过道里并出示他的秘密警察的标志——双头鹰证章，这令帅克觉得非常吃惊，帅克坚持认为他什么错事也没做，也没有得罪人，只是可能与密探先生之间有一点误会。但是勃利特施奈德却言之凿凿地宣布帅克犯了包括叛国罪在内的好几宗重罪，必须要跟他去警察局走一趟。

在过道里交涉了一番之后，他们又回到了酒店里，他们各自都还有一点事情需要处理。

“巴里维茨先生，我在您这里一共喝了五杯啤酒，吃了一根煮香肠和一个三角形的吐司，请您再给我一杯李子酒和我的账单。我现在必须离开了，因为我被逮捕了。”

可是事情并未完结，勃利特施奈德也命令这位谨小慎微的酒店老板将业务交给妻子，这意味着他被捕了。

“为什么？”巴里维茨不解地问，“难道我做错了什么吗？我一向都是非常注意自己的言行的啊！”他对自己的被捕有点愤愤不平。

密探勃利特施奈德阴险地笑了一下：“你真的没有做错什么？你让苍蝇在我们的皇帝画像脸上拉屎，这已经是相当严重的罪行了。”

帅克毕竟是当过兵、见过世面的人，并不会因此而害怕或失去风度，他仍然带着惯有的和善的微笑，不时说一句打趣的话，仿佛他们不是去警察局，而只是下午茶后的散步而已。

“我本以为需要爬着去警察局呢！”

“怎么讲？”密探不解其意。

帅克的理由是认为被捕之后就没有权利直立行走了，只能手脚并用地在地上爬，就这样说着说着就到了警察局，帅克被带到了传讯室里。

就在这个时候，“管你够”酒家里阴云密布，巴里维茨先生正在向他的妻子讲述今天在酒店里发生的事，以及他即将被捕的事实，他的妻子被这飞来横祸吓得大哭起来。巴里维茨先生也手足无措，但是又要安慰妻子，心里想，不知他们会为了那张沾满苍蝇屎的画像对自己怎么样。

帅克就因为在酒店里谈论世界大战而被请到了警察局，但没有人意识到他的超人才华和高超的见地，要是后来人记得帅克的这段评论，一定会对他的准确性表示惊异的，他真的是一个非常值得研究的人。

第二章

帅克在警察局

警察局里挤满了人，全都是因为萨拉热窝事件而受到牵连的，而且不断有新的嫌疑人被带了过来。传讯室里的老警官深谙内情，认为他们为大公之死吃官司实在不值。

当帅克进入二楼的一间牢房时，里面已经有六个人了，其中五个人围着桌子垂头丧气地坐着，还有一个是中年人，似乎有点与众不同，他独自坐在屋角的草垫上。

帅克是个闲不住的人，他挨个儿打听他们被捕的原因。五个坐在桌旁的人都是因为和帅克一样的原因被捕的，全都是因为斐迪南大公在萨拉热窝被人刺杀这档子事。坐在草席上的那个人说他只是因为想要抢劫赫利茨老板所以被警察关了起来，他显然不愿与他们几个混在一起，也不想被牵扯进这件麻烦的刺杀事件中来。

帅克倒是十分愿意与那伙谋反犯打成一片，他在桌边坐了下来，开始问起他们被捕的经过，大家的情况都大同小异，全都是在咖啡店、酒馆或饭店被抓的。但一位戴眼镜的胖先生与众不同，他是在自己家里被捕的，原因是在暗杀事件发生的前两天，他先后在“普拉伊什卡”酒店和“蒙玛特”酒家请两名塞尔维亚工科大学生喝酒，大醉而归。他对这一切都供认不讳，而且声明两次的酒钱都是他付的。警察在提审他的时候，他总是回答：“我是开纸张文具店的！”但警察显然不认为这是他可以免罪的理由。

被捕的还有一位历史学教授，是一位小个子先生，他正在酒店里援引历史上形形色色的谋杀，而且得出了一个大胆的结论："暗杀的心理活动十分简单，就像哥伦布竖鸡蛋一样简单。"此时，一位密探逮捕了他。

第三位因斐迪南那个死人而受牵连的是霍特科维奇基地区的慈善会主席，事发当天他正在花园里举行一个盛大的音乐会，宪兵队长来宣布有国丧，但主席先生却执意演奏完《嗨！斯拉夫的兄弟们》这支曲子，结果就莫名其妙地被抓了。他现在还在担心八月份的理事会选举，如果回不去，他可能就要落选，要知道，他可是已经连任了十届的啊！用他的话说就是"丢不起那人"。

第四位谋叛犯是一个老实厚道的中年人，并不胡言乱语，对斐迪南事件也守口如瓶，可是晚上在咖啡馆里和别人打扑克牌的时候，他拿红桃"7"吃掉了梅花王，兴奋地嚷："用红桃'7'宰了你，和在萨拉热窝一样。"就这样，他被密探带到了这里。

第五位先生是在饭店里被捕的，这件事让他十分愤怒，他怨气冲天、满腹委屈。这位可敬的先生平时连有关斐迪南的报纸也没读过，但是那天在饭馆里却发生了意外的事，有个人在他的对面坐下来，声音又低又快地问他："你最近读报了吗？"

"没有，也不想读。"

"您知道这件事吗？"

"什么事？"

"您真的不知道吗？"

"我根本就不关心这屁事。"

"可您应该有兴趣啊！"

"没有，我有我的生活，抽雪茄、喝酒、吃饭，只有没事干的人才读那谎话连篇的报纸，我连看都不想看。”

“对萨拉热窝暗杀案也漠不关心？”

“这些事，衙门、法院和警察比我有兴趣得多，我可不愿管。要是有哪个傻瓜被别人刺杀，那是因为他太不小心了，活该。”于是，密探就向他亮出了身份，并且将他带到了警察局里。他实在是不明白他为什么被抓，所以他总是不停呜冤叫屈:“我没罪！我是无辜的啊！”不管是在警察局的大门口，还是布拉格刑事法庭或是跨进这间牢房的时候，他说的都是这一句话，但是这对减轻他的罪行毫无帮助。

帅克听完这些人的陈述之后，觉得他应该指出大家处境的可怕之处，而且他觉得他是唯一一个考虑到这些事情复杂性的人，他开始了他的长篇大论:“现在的情况要多糟糕有多糟糕，虽然我们因为各种各样的原因被抓了进来，而且都是些小事，表面上看好像不会有什么事，但实际上可不一定。警察局就是为惩治我们这些又多嘴又饶舌的人。我们都只在报纸上见过斐迪南大公，却因为他的被杀而被捉到警察局里来，大约是为了让斐迪南的丧事更热闹更有气派些吧。”

帅克顿了一顿，又想了一想，说:“以前，我们在部队当兵的时候，有时一半的人都被关起来了，而且是因为一些很小的事情。现在这个社会里，在很多地方也在发生这样的事情。在法院里每天都发生这样的事情。有一次，一个妇女被控告扼杀了她刚刚生下的双胞胎，那个妇女申辩说她不可能扼死一对双胞胎，而只是一个小女孩子，因为她只生了一个女孩子，而且没费多大劲儿那孩子就死了。不论她如何辩解，法庭还是判她双重谋杀罪。

“还有一个吉卜赛人，他信誓旦旦地说只是想进杂货店暖和暖和，但是法官硬说他是夜闯杂货店，并且抢走了献给上帝的圣诞节盛宴。法院的法官是不会相信他们的辩解的，只要落到他们手里，没有不倒霉的。

“现在，好人和坏人越发难以分清楚了，而且斐迪南大公偏偏在这个时候死了。以前我在布杰约维采当兵的时候，大尉的狗在靶场后面的林子里被人打死了，大尉勃然大怒，立刻让我们全体紧急集合，排队报数，谁报到十就站出来。他这样命令，我们也就只好照办了。于是这些逢十的人就成了杀死狗的嫌疑人，本人自然不能幸免。大尉怒不可遏地叫道：‘你们这些浑蛋，猪狗不如的畜生！是谁杀死了我的狗？我恨不得将你们统统杀掉，剁成肉酱。起码也要打你们一顿军棍！你们放明白一点，我是不会轻易饶恕你们的！你们这些无耻的杂种，你们这些人，每人关十四天禁闭，算便宜你们了。’你们瞧瞧，那会儿不过是为了一条小狗，大尉就发那么大的火，牵连了那么多人。今天死了一个斐迪南大公，肯定要牵连更多的人，弄得更吓人一点，才能显出上等人的体面来。”

“可是，我没罪，没罪。”那位在饭店里被抓的仁兄仍不服气地吼道。

帅克安慰他说：“谁说一定要有罪才会被审判，耶稣也是无罪的，一样被钉死在十字架上。有没有罪不是由自己来决定的，而是由法官来决定的，我们是没有发言权的。”帅克说到这里，就往房间里的草垫上一躺，他倒是高枕无忧。在他睡觉期间，房间里又多了两个新的犯人，大约也都是因为斐迪南大公那档子事而被关到这里来的吧！

新犯人之一是一个波斯尼亚人，被捕之后他一直在担心他的流动售货篓会丢掉，他在牢房里走过来走过去，每句话都会咬牙切齿地带上一句土语：“他妈的。”

第二个是帅克的老相识——酒店老板巴里维茨，他看到帅克也在牢房里，就叫醒了他。“你怎么也到这儿来了，真高兴见到你！”帅克非常绅士地和他握了握手，“非常欢迎，我早就在等你了，那位密探先生果然守信用，是他把你带到这儿来的吧！他说过他会去接你的，果然没有食言啊！”

巴里维茨先生显然不欣赏这种信用。他偷偷向帅克打听这里的犯人都是为什么被关在这里的，并且解释说他并不是十分想打听，只是不想和小偷关在一起，那样有损他作为酒店老板的名誉。帅克说，大家都是因为斐迪南大公的事而聚集在这里的，除了坐在地上的那个是因为抢劫赫利茨老板未遂。

巴里维茨觉得自己太冤枉了，他可不像他们一样是因为什么狗屁大公的事而被送进来的，是因为皇上。因为苍蝇在皇帝的画像上拉屎，所以被带到这里来。

“那些该死的苍蝇居然不尊重皇上，拉了一大堆屎，我绝对不会饶恕那些苍蝇的。”

帅克似乎并不关心巴里维茨的抱怨，他又倒下去睡他的觉了。

没睡多久，帅克就被叫醒，有卫兵来传讯他过堂。于是帅克站起来整理了一下衣裳，沿着楼梯走到第三科去过堂，一副君子坦荡荡的模样。他指了指走廊上“禁止吐痰”的字条，请求士兵让他到痰盂那儿去吐痰，然后又挺胸抬头地走进了传讯室，仿佛不是去受审而是去会客。

一走进传讯室，帅克就十分有礼貌地说：“各位先生晚上好，近来一切可好？”但是别人听了这句话都很淡漠，没有人向他问好，反而有人往他的背上推了一下，他自己也吓了一跳。桌子对面坐着一位凶巴巴的大人，一眼看过去就知道不是什么好人，帅克对他的第一印象坏得很，他似乎对帅克也没什么好意。他的眼神像刀子一样，对帅克没好气地说：“你给我放聪明点。”

帅克：“我也不想让您失望啊！先生！可是我在当兵的时候就这样了，他们组织了一个专门的委员会审查我，折腾了好长时间。最后判定我神经不正常，是个白痴，于是我被军队退了回来。”

“你说话挺顺溜的，不像是个神经病啊！”大人仿佛并不想就此放过他，恶狠狠地宣布帅克所犯的罪行，有叛国罪、侮蔑皇帝罪，等等。最重要的一项是对暗杀斐迪南大公一事表示欣赏，而且派生出许多其他新的罪名，这位大人一口气说了这么多，在他的滔滔雄辩之下，帅克连辩解的力气都没有了。“你有什么需要说明的吗？”

帅克仿佛没有明白过来：“这就够多的了，不需要再多些什么了。”

“那你的意思是对我所说的全都供认不讳了？”

“好吧！既然您这么说，我就全招供了吧，我想在一定的时候，严厉一些总是需要的。想当年，我还在当兵的时候……”

看帅克说着说着就扯远了，完全没把自己放在眼里，大人十分生气：“给我闭上你的狗嘴，我问什么你回答什么，明白吗？”

“我了解，全明白，长官大人。您的意思，我完全能够了解。”

“那好，我问什么你答什么，你平时都和谁来往？”

“我的女佣啊！”

“与本地的政治团体呢？”

“我订了一份《民族政治报》，不知道算不算，就是被大家称作‘小母狗报’的那份报纸啊！应该与政治扯得上一点边吧！”

帅克答非所问，大人终于按捺不住了，大喝一声：“滚！”于是两个卫兵就过来把帅克架走了。帅克还十分有礼貌地向他告别：“再见，大人。”

回到牢房，大家都问帅克发生了什么事。“一个穿制服的老爷朝我乱嚷嚷了一阵，随后就把我撵了出来。”帅克接着又说起了从前的事情，“从前啊，可没有这么轻松。有一本老书上说，从前的人为了证明自己的清白，真的是无所不用其极，必须光着脚从烧红的铁上走过去，如果毫发无伤，就是无罪之身。有的更奇特，要喝下滚烫的铅水。那些不肯招认的就更惨了，有各种各样的酷刑招待他们，那些当官的会给他们穿西班牙靴子，有的人还用火烧人的腰部。据说圣徒杨·尼布姆茨基就受到这种酷刑，难受得不停地惨叫，后来又被装进大口袋，扔到河里了。还有更残忍的，有人会将犯人大卸八块。真是残忍啊！”

帅克怀着感恩之情接着说：“我们就幸福多了，虽然被关了起来，但还是十分有趣，不用担心被大卸八块，也不会被穿‘西班牙靴子’。我们的牢房是简陋了一点，但是有床，有凳子，还有垫子可以睡觉，实在是相当不错的。这个牢房还挺文明的，有饭吃，有水喝，还有厕所可以上，世道一天比一天好起来呢！”

帅克总是这样的，说起话来没完没了的：“只是，这儿离传讯室有点远，但是没有关系，楼道里干净整齐，又有很多人，就当是放风吧！看到人来人往，我总是心满意足，因为这里毕竟不只有我一个人，而是有许多同伴，而且不用担心有人将你大卸八块或是活活烧死，可不是吗？日子一天天在好起来啊！”

帅克说完这番话，甚至有些志得意满，作出了这样有水平的评价，但别人可不搭理。看守打开牢门大声喊道：“帅克，谁是帅克？出来过堂。”

“没弄错吧！我刚从那里回来，而且被赶了出来。大老爷怎么又想起我来了，这次又叫我去，我想一块儿坐牢的人会觉得不公平的。我都去了两回了，而他们连大老爷的面也没见着。”

看守可没有耐心听他啰唆：“你废话怎么这么多啊？给我滚出来！”

帅克还是十分绅士地走到传讯室去，粗暴的长官都没有抬头看他就说：“你还是都招供了吧！”

“长官，您放心，您让招供我就都招供，反正也没什么坏处。”帅克睁大了一双无辜的大眼睛看着长官，“假如您不让我招供，我就什么也不说。”

长官将笔递给他，他就在密探勃利特施奈德的告密书上签上了自己的大名，还画蛇添足地补充写了一句：“这些都是事实，我都承认。”

帅克还大大方方地说：“还有什么要我签字的吗？一块儿拿过来，省得我明天早上再来一遍。”

“明天，你就该去刑事法庭了，哼！”

“大人，几点钟？您可要早点说啊！否则我可能会睡过头的，那可就不太好了，我这个人可是相当守时的……”

“滚出去！”这是严厉长官的第二次咆哮。

帅克耸了耸肩，转身回到了他的伙伴那里。他们看见帅克回来，都围了上去，向他问各种问题，帅克明确地告诉他们：“刚才我已经签字画押了，什么都招供了，斐迪南大公可能是我干掉的！”

屋子里的人都被帅克吓坏了，大家在虱子成群的被子里抖成一团，只有那个波斯尼亚人说：“帅克，祝你好运！”

而帅克睡觉的时候只担心一件事，他们这里没有闹钟，第二天不知道什么时候才能起来。

这种担心是多余的，第二天清晨六点钟，就有一辆绿色的警车来接帅克去省里的法庭。帅克甚至有点受宠若惊的感觉，出门时还感叹了一句：“早起的鸟儿有虫吃。”

第三章

帅克与法医

省刑事法庭的小审判庭给帅克留下了非常好的印象，这里干净整洁，有条不紊，是个好地方。检察长德马尔丁先生也是个好人，他身材肥胖，穿着笔挺的制服，戴着有花边的制帽，紫红色的领章让他整个人看起来十分精神，而且有那么一点庄严肃穆的宗教氛围，令人肃然起敬。

这种事在历史上发生过很多次了，而且还会一次一次地重演古罗马的光荣。就像一九一四年耶稣被带到彼拉多面前，并被宣判有罪一样。现在，这些审判者与彼拉多没有什么两样，只是少掉了诸如洗手以示清白之类的多余程序，反而在审判庭里大吃大喝，丝毫不顾及作为执法人员的体面。

省刑事庭时而向国家监察院送一些材料，虽然这些材料没有任何逻辑可言，罗织的罪名无非是一些莫名其妙的大杂烩——

1. 殴打了别人。
2. 掐死了别人。
3. 装疯卖傻。
4. 吐了别人唾沫。
5. 嘲笑了别人。

6. 威胁了别人。

7. 杀人。

8. 不讲恕道。

等等，诸如此类。审判官们随心所欲地解释那些法律条文、规章制度，并不以公理为尺度，而是按照申报材料的多少来考虑应该做出的惩罚。他们如狼似虎，没有一点宽厚与仁慈的心肠。但是也有例外的，审理帅克的这位德马尔丁检察长就是这样一个例外。

德马尔丁先生的年纪已经非常大了，外貌也很和善，这一点难能可贵。哪怕是审判最凶残的歹徒时，他也保持着绅士的风度。

德马尔丁的声音非常悦耳，当帅克被带到他面前时，他请帅克坐下，然后客气地说："您就是帅克先生？"

"是的，"帅克恭敬地答道，"我爸爸姓帅克，于是我妈妈就是帅克夫人，我也就是小帅克，我可不想否认这一点，而且为此而骄傲！"

"照您的供认书来看，您可是做了不少大事情啊！大概不会为此心安理得吧？"审判官和蔼可亲地问。

帅克依然是那副灿烂的笑脸："我的内心一向是很不安的，有时可能会比别人更加不安。"

"这一点可以理解，您的口供就与众不同，好像其中有许多难以言说的苦衷，您是不是承受了什么压力啊？"

"没有，谁也没有逼我啊！只是你们要我签字我也没多想就签了。我可是很有绅士风度的，绝不会因为他们要求我签名就和他们争执起来，那样成何体统？"

"帅克先生，您没有什么病吗？"

"说不上太健康，像很多人一样，您看我正用樟脑油来擦膝盖，那样可以治疗风湿痛。"

审判官德马尔丁先生仿佛了解到什么，说：“您不介意法医给您检查一下吧！”

“不，当然不，只是我没什么大不了的毛病。警察局有位大夫说我可能有淋病，但不知道是不是真的有，您不用为我白白浪费时间，真的。”

“您不用太紧张，帅克先生，您可以先休息一下，等待法医来给您看病。还有一个问题要问您，您在口供里断言战争很快就会爆发了，是真的吗？”

“是啊！很快就会爆发了，我估计是这样，而且我还和其他人说了，他们也认为是这样。”

“您有什么别的毛病没有？”

“我想我让您失望了，真的没有。只是很久以前有一天差点让汽车撞了，就是在那个查理士广场。”

这场审讯客客气气地收场了。帅克又回到了牢房里，牢友们又围了上来，帅克说：“他们想要法医来检查我，就因为斐迪南大公的事情。”

“这种事一点儿都不奇怪，”一个年轻人说，“以前有一次他们怀疑我偷了地毯，就让法医来检查我，后来他们就认为我神经有毛病。后来我又偷用了一架蒸汽打谷机，但他们也拿我没有办法，我的律师告诉我说，只要像我这样被宣布神经有问题的，都不会碰到什么大麻烦了，迷糊有迷糊的好处啊！”

“那些法医压根儿就是些糊涂蛋，”有一个知识分子模样的人说，“我压根儿就不在乎这些法医，以前我伪造过银行汇票，后来他们逮捕了我，我就按照精神病学教授海维洛赫大夫传授的知识装疯卖傻：我当着法医委员会的面，在房间里拉了一大堆屎，喝了一瓶墨水，而且还在一个大夫的腿上狠狠咬了一口。可就因为这么一咬，坏了，宣布我健康正常，精神也没有什么异常，这对我来说可是糟透了。”

帅克耸了耸肩，笑了笑，说：“法医有什么好怕的，我当兵那会儿，是一位兽医给我做的检查。”

“是啊！那些法医和死人没有什么两样。”有个矮个子很委屈地说，“前一阵，我在地里干活的时候刚好挖出一副人的骨头，法医鉴定说是四十年前被人用斧子砸脑袋死的。后来，他们怀疑是我干的，可是我的出生证、户口本和居民证都可以证明我没有罪，因为我今年才三十八岁啊！”

帅克说：“也不尽然，谁都可能出错啊！而且有时候做得越多错越多，出错总是难免的嘛，法医也是人啊！很久以前的一天晚上，我从班柴迪往回走，正当走到桥上的时候，一个人用皮鞭将我打昏了过去。我倒在地上的时候，一束光柱照着我的脸，然后，就听见有人说：‘不是这个人，打错了，兔崽子。’然后我的屁股上又挨了一鞭子，这就叫干脆错到底。还有一次，有一位好心的先生在路上看见一条冻僵了的疯狗，就把它抱了回去塞到被窝里，让它暖和一点。可是这只狗一点也不领情，一缓过劲儿来，就东咬西咬，咬完这个咬那个，甚至将摇篮里最小的宝贝撕碎吃掉了。关于这种事，我知道相当多的例子。我认识的一个车工，干了一件十分令人吃惊的事：他用自己家的钥匙开了教堂的门，然后走了进去，他以为那就是他自己的家。他在圣器室里脱了鞋，然后躺在祭坛上睡着了，他以为是自家的厨房和卧室。最令人吃惊的是，他拿圣书和福音书来做枕头。第二天一早，看守教堂的人就发现了他，十分生气。因为车工的一时糊涂，这个神圣的教堂就必须重新举行一个仪式。后来，医院的人检查他，认为他完全正常，没有不良的状况，所以他才能准确无误地将钥匙捅到钥匙眼里。再后来，这个可怜的车工就死在庞克拉茨监狱里了。还有就是克拉德诺警犬的事，就是我以前和你们讲过的那个宪兵队长罗特尔。他总喜欢拿狗来做实验，吓得闲杂人等都不敢靠近克拉德诺。罗特尔憋坏了，就下了一道命令让宪兵们无论如何要抓一个嫌疑人来，但是平常都没有人到森林里来。有一天，他们终于抓到了一个穿着相当考究的人。他们从他的大衣上剪下一块，让那些警犬嗅了嗅，接着把这个人藏到一个砖瓦厂里，让警犬去找。结果这些警犬很快就找到了他，所有的警犬都在后面撵着他跑，他不停地躲藏，翻山爬树，没完没了。后来才知道这个可怜人是捷克的一位激进派的议员，他本来只想到森林里来散散心，没想到会碰上这种事情。所以我想人总是难免出错的，不管谁都是难免的。”

三位严格的先生组成了一个专家鉴定委员会，他们将判断帅克是否精神上有异常。他们三个人在学术上均属于不同的学派，每个人的观点都不一样，但他们在帅克的问题上取得了惊人的一致，这主要的原因是帅克给整个委员会留下了深刻的印象。

帅克走进审查他的房间里，他看到墙上奥地利君主的画像便高呼："弗兰西斯·约瑟夫一世皇帝万岁！"

帅克所表现的虔诚在短时间之内征服了三个委员，帅克的表现从不同的角度体现了他们所推崇的学派，分别代表着精神病学博士卡莱森、海维洛赫大夫和英国的维金大夫。

还有几个细节方面的问题需要确认一下，虽然很简单，但在心理学研究者看来，是绝对不可缺少的。

"镭比铅重吗？"

"没称过我怎么知道呢？"帅克觉得奇怪，三位先生为什么会对这个问题有兴趣？

"你相信世界末日吗？"

"末日？反正我知道一点，明天还不至于是世界末日吧。"

"你知道地球的直径吗？"

"尊贵的大人，我还是不知道，您怎么会问这样的问题呢？要是我问您一幢三层楼房上，每层楼有八个窗口，顶楼有两个天窗和两个烟囱，每层楼上住着两位房客。先生们，谁能告诉我，这幢房子的看门人的奶奶是什么时候死掉的？”

三个自视甚高的法医不知所措，谁也不知道这个问题的答案。为了应付这种尴尬的场面，其中的一位提了一个问题：“请问，您能不能告诉我太平洋最深的地方有多深？”

“这个还用问吗，肯定比维谢赫拉德山底下的伏尔塔瓦河还要深一点儿。”

“那么一万二千八百九十七乘一万三千八百六十三等于多少呢？”

帅克笑了笑，说：“这个简单，想都不用想，七百二十九。”

这个出乎意料的答案使三个专家达成了某种一致，他们交换了一下目光，委员会主席宣布说：“你可以下去了，帅克先生。”

检查这么快就结束了，帅克十分高兴，他鞠了一个躬，说：“谢谢诸位大人。”

三位专家根据他们的专业和帅克的表现，确定帅克是个白痴，智力十分低下。

帅克的诊断书写得十分明白：

> 经过严密测试后，专家们一致认为约瑟夫·帅克先生是先天性的精神迟钝患者，俗称白痴，例如说他只要一看到墙上的画像，就会大声高呼：“弗兰西斯·约瑟夫一世皇帝陛下万岁！”这就足以证明他的智商确实低下，根据以上理由，我们向委员会建议：
>
> 一、停止对约瑟夫·帅克的一切审讯活动；
>
> 二、建议把约瑟夫·帅克送至精神病院治疗观察。

“说出来你们肯定不相信的，他们几个是名副其实的大蠢蛋，他们似乎忘了斐迪南，而问我别的傻话，实在是谈不拢，最后他们让我走了。”牢房里的帅克得意扬扬地说。

“我既不相信他们，也不相信你，说不定全是圈套。”那个被诬为杀人犯的矮个儿满腹牢骚。

帅克在草垫上躺下，显然不赞成矮个子的结论：“要是这世界过于太平，岂不是太没劲了吗？”

第四章

帅克被从疯人院里赶出来

那段疯人院的生活对帅克来说永志难忘。帅克后来形容疯人院里那段生活时，总是赞不绝口："那里的日子真快活，我到现在还十分想念。我不明白为什么人们被关到那里会愤怒不已，要知道我可不那么激动。在那里，你完全可以粗声喊，尖声叫，哪怕像狼一样叫唤也没有人理会你。那里还有许多有趣的人，有的成天念祷文，虽然我觉得他什么事情也没有做错，可他还是在请求上帝的宽恕；有的人翻筋斗，因为他觉得那样比较省力气；有的人爬着走，我想他大概以为自己是一只猫或者狗什么的吧；还有许多更奇怪的：有的跷起一只脚来跳；有的转圈跑；有的整天蹲在地上；有的甚至爬墙。"说到这里，帅克的脸上洋溢着骄傲的表情，并不是每个人都能说出这样有哲理的话来的。

帅克又接着发表他的意见，而且这观点绝对新鲜有趣："我告诉你，我喜欢待在疯人院里，而且，我在那儿度过的是一生最畅快的日子。在那里不管你做什么都没有人会阻止你，那里有的是自由，绝对的自由，比社会主义者梦想的自由更好。在疯人院里，你可以想象你做任何事情，甚至可以光着膀子躺在院子里幻想自己是救世主或者皇帝陛下，没有人会笑话你，因为其他人可能想象自己是上帝或者圣母马利亚。我自己有时候也会想象自己是一个大人物，那样的感觉真是不错啊！那里有一个家伙把他自己当成了大主教，但是他并不祈祷也不做礼拜，只是胡吃海喝，像一只牲口那样随地拉屎，弄得到处臭烘烘的。即便是这样也没有人过问，要是在外面，那可就乱了套了。可是在疯人院里，他照样得到了宽恕，谁也没有把他怎么样，也没有人觉得奇怪，仿佛谁也管不着这号事情，由着他乱来。

“还有啊，那里还有许多奇怪的人和奇怪的事情，可是这一切在他们看来天经地义。那里什么样的人都有，并不比外面的人花样少。有棋手、集邮者、政客，还有一些教授，他们都有过人之处，有一个人为了能吃两个人的饭菜，对所有的人说他是两个人；还有一个男的总是以为自己是个孕妇，还为孩子取了名字；还有一个穿着紧身衣的先知和几个老是喜欢教授知识的人，他们教给别人许多稀奇古怪的东西，比如吉卜赛人的起源什么的。

“那里的人都很随便，想说什么就说什么，好像在议会里一样。但是也有些小小的不足，比如说他们会为了一个故事的结局而大打出手，直到故事里的公主得到一个比较好的下场为止。还有人以为自己是一本大书，总是希望别人打开他来阅读，假如别人不愿意他就很生气，有时还会让人给他裁纸边，有时大家实在受不了，就会有护士来替他穿上令人不舒服的紧身衣，那可真不好受，简直是太难受了，是的，太难受了！那里有个人就以为他自己是爱因斯坦，他老是不修边幅，一边抓头、抠鼻孔，一边说：‘你们知道吗，是我发明了电，不然你们还生活在黑暗之中呢！’很有趣吧？我敢打包票，你们在别的地方绝对不会遇上这么有趣的人！我现在还常常怀念在疯人院里度过的那些日子，那简直是我一生中最最开心的日子啊！”

帅克经常对别人讲起那段快乐的日子，老实说，当他们决定观察帅克是否的确精神失常，而将他从省刑事庭带到疯人院后，在那里他受到的欢迎是大大出乎意料的。

他们首先给帅克洗了个澡。他们把他脱光，甚至还将帅克一路搀扶到了浴室，把他浸在一盆温水里，然后又把他拖出来，用冷水来浇。他们一连这么搞了三个来回，然后问他喜不喜欢。帅克说，比查理士大桥一带的公共澡堂好。他们还讲很多笑话给帅克听，都是些帅克以前从来没有听过的犹太人的笑话。

帅克对他们说，他很喜欢洗澡。“如果你们再替我剪剪指甲，理理发，那我就再快活不过了。”他又这么补了一句，同时殷勤地笑着。一切照他所请求的办了。在那里，帅克被伺候得哼哼唧唧的像头幸福的猪。

最后，他们用一块海绵把他全身擦干，又用一条被单像卷蛋糕卷那样把他包了起来，把他抬到一号病房的床上，扶他躺下来，替他盖上被子，吩咐他睡觉。帅克现在回忆起这一切来，还觉得美滋滋的，那是怎样一种幸福的生活啊！

帅克以为生活就要这样美好地延续下去了。他自然十分满意，于是，就在床上高枕无忧地入睡了。第二天早上他们把他喊醒，给了他一碗牛奶和一个长面包。面包已经切成碎块，一个看守人把着帅克的手，另一个就把一块块碎面包在牛奶里蘸蘸，然后喂到他嘴里，就像用面团来填肥鹅一样。在帅克的心里，就像那慈爱的父母对待自己的小宝贝一样，简直太幸福了。吃饱之后，他们又让帅克睡了一觉，等他醒来就带他去上厕所，还搀扶着他。对于这一点，帅克记得相当清楚，而且引以为荣，他总是对人说：“想当初，我上厕所也是叫人给扶着的！像个大老爷一样，那么体面。”这也是帅克对于疯人院的美好回忆之一，他每次讲到这里，都眉飞色舞十分投入。

等到帅克再次睡醒，他们便带他到诊察室去。那里有两位大夫，都以一种审视牲口的眼光细细地盘查着帅克。

“把你的衣服统统脱光。”

帅克在两位大夫面前脱得精光，这使他回想起当年入伍体检的时候，他是一个非常强壮的小伙子，医生也是用这样的眼光看着他，然后宣布他体检合格，那是件多么荣耀的事情啊！远远超过一丝不挂地站在人前等候检阅。

“向前走五步，再向后退五步。”一个大夫说。

帅克一口气走了十步。

“我告诉你走五步的！”大夫有点生气。

“多走几步少走几步我不在乎。”帅克说。

于是两位大夫吩咐他坐在椅子上，其中一个敲了敲他的膝盖，然后告诉另一个说，反射作用很正常。另一个大夫就摆着脑袋，也开始来敲帅克的膝盖，以便确定他真的正常，但是帅克的膝盖却有点痛。

这时，刚才那个大夫又掀起帅克的眼皮，检查他的瞳仁。然后他们就走到桌边，用拉丁文讲了一大堆帅克听不懂的东西。

“帅克先生，您愿意为我们唱一点什么吗？哦，我的意思是，您是否能唱一首歌？”

“如果二位大人想要欣赏音乐的话，我很愿意献上一曲，虽然我的嗓音并非很好的男高音，也没有什么乐感，可是只要二位先生不嫌弃，我很愿意为二位唱上一曲，逗大家开心。”

帅克唱了一首伤感的歌：

> 年轻的修士坐在沙发上
> 他在托腮冥想
> 在他苍白的廉价脸颊上
> 有两颗苦涩的泪珠

帅克唱了几句就忘词了，又另外唱了一首：

我静静地坐着
聆听心中的忧伤
遥远的地方啊
有我青春的梦想

“两位先生，接下去是什么我又忘记了，或许你们能给我一点提示。如果你们也没有听过这首歌，那我再换个别的什么歌好了。我通常都是这样，每首歌会一点，非常广博但是又不太精深，所以每首歌都唱不全。如果二位喜欢，我再唱一首《你在哪里啊，我的故乡》。”

两位大夫交换了一个眼色，打断了帅克的话。

一个大夫问帅克说：“你的神经状态检查过了吗？”

“在军队里，”帅克庄重而自豪地回答说，“军医官业已正式宣布我神经不健全。”

“我看你是假装有病逃避兵役吧？”一个大夫吼道。

“说的是我吗，老爷？”帅克急忙反驳，“不对。说我神经不健全，很公道。我绝不是装病逃避兵役的那种人。不信您到第九十一连队的值星官那里或者到卡林地方的后备队指挥部去问问。”

那位年纪较大的大夫带着绝望的神情摆了摆手，然后指着帅克对看守人说：“叫这个人穿上衣裳，把他带到头排过道的第三号病房去。然后你们来一个人，把他全部的档案送到办公室，告诉他们快点结案，因为我们不想叫他老留在我们手上。”

他们对帅克可没有刚来的时候那么客气了，眼神里透出一股怒气。帅克还是十分有礼貌的，他恭顺地向门边倒退，一路不住感激涕零地鞠着躬。

“你在出什么洋相？”看守人喝道。

“我只是不想叫大人们看见我一丝不挂的样子，这样有失体面，有身份的人是不能容忍这样的事情发生的，这样太不礼貌了。”

自从看守人奉命把衣服还给帅克之后，他们就都不再理睬他了。他们吩咐他穿上衣服，然后一个看守人就把他带到三号病房去了。办公室需要几天来完成打发帅克出院的文件，在那几天中间，他又有机会来继续那很合他口味的观察。但是帅克并没有做出什么离奇古怪的行为可供他们研究或取乐。大失所望的大夫们在报告里宣称他是“智力低弱、伪装生病的逃避兵役者”。虽然帅克怎么都不肯承认，他们还是给做了这样的鉴定，接下来，帅克就该离开疯人院了。

由于他们在午饭前释放他，还惹出了一场小小的麻烦。帅克坚持认为一个人不能没吃中饭就被赶出疯人院。院里的看门人只好把巡官找来，把这扰乱秩序的行为弹压下去。巡官就把帅克带到警察署去了。就是萨尔莫瓦街上的那家警察署。

第五章

帅克在警察署

帅克在疯人院里的好日子很快就过去了，紧接着来的却是帅克吃尽苦头的时光。谁也不知道在帅克身上将会发生什么样的事情，这太难以预料了，尤其是在这样的世道下。巡官布鲁安，凶得活像罗马皇帝尼禄[1]治下的一名刽子手，说："把这小子推到牢里去！"口气冷酷残暴。他经常凶狠地对囚徒说"这些基督徒只配去喂狮子"之类的话。

巡官布鲁安在说这些话的时候，诡异的眼睛里却闪烁着一种古怪而反常的惬意。他似乎很乐意看到他说这种话的时候别人眼睛里的恐惧和挣扎，他似乎觉得他主宰并且决定着他人的命运，决定是否宽恕他们的罪行。

帅克毕竟是见过大场面的，并没有害怕或是恐惧，这让巡官觉得有点不是滋味。"你们要把我送到牢里去，是吗？我已经准备得差不多了，只不过是要离开人群一阵子，没有什么大不了的。"帅克说。

"大胆！"

"我要再次感谢大人的仁慈安排。"帅克坚持要表达他的感恩之情。

帅克在牢里，只看到一张板凳，上面坐着一个人，低着头，仿佛

[1] 尼禄（37—68），古罗马帝国的暴君。（本书注释若无特殊说明，均为译者注。）

在沉思什么。从他那专注于思考的神情来看，当开牢门锁的钥匙声音响起的时候，他显然也没有察觉。

“您好，尊敬的先生，您不介意我问您一个问题吧，相信您一定不会拒绝的。”帅克边说边在板凳上那人的旁边坐下，“不晓得现在是几点钟啦？我进来的时候居然忘记问一下警察先生了。”

那人对这个问题一点也不感兴趣，没有一点要回答帅克的意思。他绷着脸，一声也不吭。

突然，他站起身来，在牢门和板凳之间来回踱着，好像忙着补救什么似的。帅克还是不明白他到底要做什么。

后来，帅克饶有兴趣地审视了墙上的一些题字。有一个未署名的囚犯在题词里发誓要跟警察拼个你死我活。诸如此类的文字比比皆是——“绝不让你们抓住，你们这些浑蛋，因为我长了飞毛腿。”另一个写道：“肥头大耳的家伙们，你们胡说八道！”还有一个则干巴巴地写道：“我于一九一三年六月五日囚于此，待遇还行。”有一些词句向上帝忏悔，请求上帝的宽恕。还有一位非常幽默，他写道：“如果你一定要，那我会让你吻我的屁股的。”

一位满怀幽思的先生题了首诗：

愁时溪旁坐，
夕阳洒余晖。
青山映微光，
娇娥何时归？

那个在牢门和板凳之间来回疾走的人停下了脚步，然后喘着气，仿佛跑了很远的路需要休息一下似的。突然，他用双手紧紧揪住头发，忽然又松开，接着坐回原来的地方，开口嚷道：“放了我吧！求求你们，放了我吧！”但是随后他仿佛意识到什么似的，又自言自语地说：“不，他们不会放我的，不会的，不会的。我没有希望了。”接着，他居然想要和帅克说点什么。他站起身来问帅克：“请问你身上有皮带吗？我干脆用皮带把自己结果了算了。”

“我很乐意帮你的忙，”帅克爽快地回答，同时解下了身上的皮带，递给那个失意的人，“到现在为止，我还从来没见过人在牢里用皮带上吊呢！你可真想得出来，我都有点佩服你了。”

帅克看了看周围的环境，接着说：“可是不成呀，这里居然没个钩子。窗户的插销又太脆弱，肯定禁不住你的体重。那么，我给你出个主意好了，我觉得你可以跪在板凳旁边上吊，那样的话大约就可以了。我对自杀最感兴趣了。”

本来那个人的心情就很坏，听帅克这么一说，心情就更加忧郁了。他满脸愁容望望帅克塞在他手里的皮带，用力把它丢到一个角落里，跟着就呜呜哭了起来。他用肮脏的手擦着眼泪，大声地嚷着：“我可是有儿有女的人呀！上帝啊，可怜我那苦命的老婆！我办公室里的人们会怎么说呢？我只不过是多喝了一点酒而已，就要受到这样的惩罚，可那些高官呢，他们成天都在喝酒作乐，为什么他们不用和我一样受这样的罪啊？”他说起来简直没完没了，但是帅克觉得这样总比什么都不说强吧。

最后，他终于平静了一些，就走到牢门口，用拳头在门上又捶又砸，发泄他心里的不满情绪。

门外一阵脚步声响起，接着一个声音很粗暴地问道：“神经病，你要干什么？”

“求求你，放了我吧！”那声音绝望得好像他已经没什么活头了。

“你说说，放你去哪儿啊？”外边讥嘲着说。

“放我回到我的办公室！我要赚钱养家，我也是有老婆有孩子的人啊，你们就可怜可怜我吧！”这个愁苦的人回答。

长长的走廊，一片静寂，但是可以听到嘲笑声，非常可怕的嘲笑声，脚步声又移开了。看来那些人只是想取笑他而已，将此作为漫长的一天中的一个小花絮。

“看样子那些家伙并不喜欢你，也不会同情你的，所以他们才那么讥笑你。你就算了吧，待在这里也不太坏啊！”帅克说。

这时，那个沮丧的人又在他旁边坐了下来，帅克安慰他说：“我们现在什么希望都没有了，那些没有良心的警察要是发起火来，他们可是什么都干得出来的。您要不是真的打算上吊，干脆就先平心静气地坐下来，不要去胡思乱想，看他们究竟搞什么鬼。其实我很了解您现在的心情，毕竟您也是有老婆有孩子的人啊，在办公室里还有一份相当体面的差使，有薪水可以拿。但是现在，我想您一定是担心再这样下去，您会被开除。是吧？那样可就太不妙了，那样就意味着您要失业了！”

“我也非常担心这件事情发生，您知道，在这个时候工作对我这样的人来说多么重要，到现在我还是不知道为什么会这样，本来一切都是非常美好的，谁说不是呢？”他叹了一口气接着说，“我们的科长为了庆祝他的命名日，请大家喝酒，大家都很愉快，我们去一家小酒馆，可是没有喝够，于是我们又到了第二家、第三家、第四家、第五家、第六家、第七家、第八家、第九家、第十家，还有很多家。”

帅克劝慰道：“男人们都是这样的，我可以理解，我也没少干，但是在每一家我都不会喝超过三杯啤酒。有一天晚上，我就连续去了二十八家酒馆喝酒，但是都没有喝醉。”

不幸的家伙说：“我们的确喝了很多家，你说得对，我们喝了至少二十家酒店之后发现一件非常重要的事情，你绝对想象不到，我还是告诉你好了——我们的科长不见了。你不知道，我们把他像条狗一样用绳子牵着的，可他还是失踪了。这真是件非常糟糕的事情，我们想一定是他半路走丢了。于是我们就分头去找，结果我们也走散了，互相都找不到了，真是一件麻烦的事情。”

“对啊，我也这么认为。”帅克接了一句。

那位忧郁的先生又继续说：“最后那天夜里我就待在一个咖啡馆里了，我又喝了一公升酒，其实也不多，就是有点犯迷糊，干过什么事情我也完全不记得了。醒来之后我就在这里了，难道他们就因为我自己都不知道的那些事情而把我抓起来了吗？我问他们我做了什么事情，他们告诉我说我喝醉了，做了许多出乎意料的事情。他们说我殴打了一位女士，轰走了一个女子乐队。天哪，我怎么会做那样的事情，而且是对女士。他们还说我用小刀子割破了人家的礼帽，打碎了大理石桌面，还往别人的咖啡里吐口水。我又不认识他，我为什么要那么做？他们还说我诬陷别人是小偷，就这些了，别的什么就没有了，至少我也想不起来我还做了什么别的事情。可是怎么可能呢？我一直都是很规矩的啊，怎么会在一夜之间这么胡闹？我平时只会在家里陪老婆和小孩，怎么会做出这样有违礼节的事情来？我想一定是他们搞错了，但是他们坚持认为这一切都是我干的，而且全是我一个人干的。真是难以置信。”

“我有一个问题，您是怎么把大理石桌面打碎的啊，那可是需要不少的力气啊，您是怎么做到的呢？”

“一下就把它打碎了。”这绅士羞怯地承认。

“真糟糕，他们会以为你是蓄谋已久的。那么你吐了口水的那杯咖啡里面有没有加朗姆酒？”

“这个有什么关系吗？”

“当然有了，如果加了朗姆酒，那么价格就要贵一些，那么判刑的时候也会重一些，因为他们会把那些价钱也计算在里面，这里的警察最喜欢干这样的事情了。”

听了帅克的话，这个可怜的丈夫、无辜的父亲越发觉得处境艰难，头埋到了胸前。

“天哪，我要面临审判吗？”

“也许要等报上刊登了你被捕的消息，你的家人才会知道这件事情吧。现在他们知道了吗？你有没有告诉他们？”

“你能确定这件不光彩的事情会在报上刊登出来吗？”

“当然了，你以为可以不登出来吗？”帅克确定的口气着实吓了那位先生一跳，帅克先生向来不习惯对别人隐瞒真相。

“你知道吗？这种事情是经常发生的，我都见过好几起，没什么好奇怪的。上次我在‘管你够’酒家里喝酒的时候，就有一个家伙把玻璃杯抛起来，砸到了自己的脑袋，别人都觉得他是个疯子，警察把他带走了，第二天还上了报呢！

“还有一次，我在一个夜总会里和一个人闹别扭，打了他几个耳光，第二天我们都被关了起来而且见了报，这没什么稀奇的，每天都有这样的事情发生。

“还有一次，在咖啡馆里，有一个当官的，生气的时候打碎了两个盘子，照样见了报。现在的事情十有八九会在报纸上登出来供人娱乐，你这件事情肯定跑不掉的，你就等着好了，没有什么说的！”

这位先生不由得觉得背上发冷，一连打了好几个哆嗦，帅克十分同情地问他：“我的先生，您觉得冷吗？”

不等他回答，帅克又自言自语道：“今年夏末的确非常凉爽。我想这次你肯定出名了，关于你的报道，肯定会有很多人感兴趣的吧？作为一个普通读者，我也十分关注那些发酒疯的人，他们总是能做出各种各样令人发笑的事情来，而且十分怪异。”

那位先生又打了一个哆嗦，战战兢兢地说：“这下我可全完了，一点希望都没有,太糟了！”那位可怜的先生觉得十分绝望,心都凉透了。

“您最好写个声明什么的，说明您与此事毫无关系。您与这件事情的唯一关系就是您与事件的主人公，其实也就是您自己，同名而已，除此之外毫无瓜葛。这样也许就可以减轻您的罪名，而且不至于留下什么坏的影响，尤其是对于您的孩子。在您被放出去的时候也许用得着。

“哦，就是这么回事，您赶快起草一个声明吧，否则在您被放出去之后,能否重新找到工作可就是一个问题了。因为您在监狱里待过，而且是由于酗酒这么一件不光彩的事情。那样,即便您愿意去扫大街，人家也会看一看您的档案里有没有什么不良的记录。虽然这是一件小事，但是会对您的未来产生非常坏的影响。您想过您的太太和孩子吗？要是您因为坐牢而失去了工作，那么他们的生活就要失去依靠了啊，您不能只考虑您自己啊！您的太太可能因为您的失足而改嫁，那么您的孩子可能就会成为一个沿街乞讨的小乞丐，您想过没有啊？”

“我可怜的妻子和孩子啊！我对不起你们啊！”可怜的先生号啕大哭起来，他悲伤得难以自制，“我的大儿子十二岁了，已经参加了童子军，他是个好孩子，我本来应该像他那样的，他从来不喝酒，只喜欢白开水。现在我做出这样的事情来，真是对不起他们母子啊！”

“童子军？那可太有意思啦！”帅克的话题又扯到童子军上去了，“我们当兵那会儿，在一个离这里很远的地方演习，有好几百里路吧，那里有一片森林，经常有些童子军出没，他们自己说是在植树造林，但是村民们说他们是在偷粮食，于是就组织了一次搜捕童子军的行动。他们有很多人，但是童子军还是跑掉了一些，只抓住了三个。他们都很小，又哭又闹的，村民们把他们绑在树上，而且用藤条抽打。我们这些人都看不过去，只好走到一边去。那些小孩很厉害，就这样还咬伤了很多农民，最后那些童子军实在受不了了，才承认是他们踩坏了麦子地，而且还偷了很多麦子去烤来吃，有一次还弄得着了火。那些农民在山洞里找到了很多家禽的骨头，还有没有熟透的苹果核，都是那些童子军干的。”

“这样，我的名声就彻底完了，以后还怎么做人啊！”

“是啊，”帅克直截了当地说，“您别多想了，反正出了这种事情，这辈子都别在乎什么好名声了。别的人说这件事情的时候，绝对不会像我这么公道，肯定要添油加醋，什么坏事都会加在您身上。不过您别太介意，如今谁的名声也不比谁好，您这个也算不上什么大事情，您放心好了。”

可怜的人头埋得更低了。

他们陷入了一阵可怕的沉默，过了好半天，过道里响起沉重的脚步声，由远而近。一个卫兵拿着钥匙在锁孔里转动了一下，牢门开了，值星官大声叫着帅克的名字。

“对不起，”帅克豪爽地说，“我能告诉您一声吗，我是中午十二点才来的。这位先生从早晨六点就等在这里了。我并不急。你们可以先叫他。”

不容他再多唠叨，强有力的手已经把帅克拎到走廊去了，并且一声不响地把他带到二楼。在第二个房间里，桌边坐着一位巡长。他个子魁梧，样子看来很随和。他对帅克说：“你就是帅克？你怎么到这儿来的？说一下事情的经过好吗？”

“很简单啊，几句话就可以说完。”帅克回答说，“是一位巡官把我带来的，因为他们不给我开午饭就要把我从疯人院赶出来，我不答应。请问他们把我当成什么人了？难道我真的连一只山鸡也不如吗？即便真的是一个疯子也应该给我饭吃啊！”

“我来答复你，帅克。”巡长和蔼地说，“我们这儿没理由跟你作对。我们把你送到警察局去好不好？你愿意吗，那个地方可能比较适合你这种情况。”

“像大家说的，到了这里，一切就都得听你们的啦，你们可以随心所欲地决定我们的去处。”帅克心满意足地说，“我听从您的吩咐，我想从这儿到警察局也是一段挺开心的黄昏散步。”

“我很高兴你能够满意我为你做的安排，咱们在这问题上见解一致。”巡长兴高采烈地说，“你看，帅克，还是大家开诚布公地来谈谈好吧！总比把你吊起来打一顿要好得多，是不是！”

“不论是什么情况，只要能坐下来谈谈总是令人高兴的。”帅克回答说，“我担保永远不会忘记您对我的恩典，大人。”

帅克深深地鞠了个躬，就在巡官的陪伴下回到警卫室办理一些手续。然后不到一刻钟，帅克就走在街上了，可以说他开始了一段相当不错的黄昏散步。街上熙熙攘攘，非常热闹，帅克喜欢这样的黄昏。押他的是另一位警官，他腋下夹着一本厚书，上面用德文写着“拘捕名册”。

在斯帕琳娜街的一角，帅克和押他的人看到一簇人挤在一个告示牌周围。

“那是什么东西啊，警官先生？”

“那是皇上的宣战布告。”警官对帅克说。

“我早知道会这样了，”帅克说，“可是疯人院里的人还不知道。其实他们的消息应当更灵通。”

“这是为什么呢？疯人院为什么会消息灵通呢？”警官问。

“因为那儿关着不少军官。”帅克解释说。

当他们走近新挤到宣战布告周围的人群时，帅克喊道：“弗兰西斯·约瑟夫大皇帝万岁！这场战争我们必然获胜！”亢奋的人群中也不知道谁在他帽子上敲了一下，于是，穿出拥挤的人丛，好兵帅克准备重新走进警察局的大门。

“这场战争咱们的胜利是拿稳了。诸位，你们信我的话，没错儿！”帅克说完这几句话，就对跟在他身旁走着的人们告了别。

在欧洲的历史长河中，流传着这样一句箴言：今日的计划将在明日化为泡影。

第六章

帅克结束了噩梦，回到了家

帅克已经不是第一次到这里来了，他最先就是从这里被赶到疯人院里去的，所以对于这里的一切，帅克并不陌生。

警察局里到处充满着一种令人不自在的衙门的气味，警察们一直在估计着人们对战争究竟有几分热心，猜测着市民的真实想法。在这里，除了很少数几个人还意识到自己是这个国家的子民，可以为了这个残破的国家和它的利益流血之外，其他的就都是一些冠冕堂皇的政界猛兽，他们脑子里丝毫不会想到国家的利益，想的只有监狱和绞刑架，他们就靠这些残忍的没有任何人情味的东西来维护他们那横暴的法律和他们自己的利益。至于别人，多半会成为他们加官晋爵的牺牲品，他们捏造刑事案和叛国案，借此来证明他们的办事效率和对国家的忠诚。所以，他们的内心是非常冷酷的，但表面上，他们还是装出一副非常仁慈的样子。审讯的时候，他们总是和颜悦色地来对落在他们掌心的可怜虫说话，每句话没到嘴边以前，都先斟酌一番。但是他们真正的想法是完全不同的，他们冰冷的内心也是绝对不会因此融化的。

当帅克被带到他们面前时，那些制服上缝着黑黄袖章的野兽中间的一个对他说："我真的很抱歉，帅克先生，说什么好呢？你又落在我们手里了！我们都以为你会改过自新，但是我们想错了。你真是令我们大失所望啊！”

帅克一向不善于申辩，他默默地点了点头，表示同意。但是他的神情非常平静，好像并没有将这件事情放在心上，以至于那些野兽都莫名其妙地对他呆呆望着，然后愤怒地嚷道：“你给我们放聪明点，别以为那个样子我们就会放过你，明白吗？你这个蠢蛋！”

但是他们还是非常善于做表面功夫的，警察先生立刻又换了一种客气的腔调接着说：“其实你大可以相信我们并不愿意把你关起来，我们并不想这样对待普通的市民，每处理一个人，我们的心里也会很不安的。而且我可以肯定你不是犯了什么重罪。这一点我们大家都明白，对你的情况我们表示同情。由于你的智力水平较低，所以你自己是不会做出这样的事情来的，如果你做了什么蠢事，准是被人设下圈套，诱上邪路的。好了，现在你什么也不用怕，请你告诉我，帅克先生，是谁唆使你玩那套愚蠢的把戏？”

帅克并没有领会警察先生的好意，甚至不知道他在说什么，他咳嗽了一阵，然后说：“很抱歉，尊敬的大人，我不知道您所指的那愚蠢的把戏是什么。您瞧，这一段时间我做了不少事情，实在不知道您指的是哪一件，您能提示我一下吗？”

警察心里已经被帅克的愚蠢搞得火冒三丈，但表面上他还是装出一副忠厚长者的模样规劝道：“那么帅克先生，带你来的警官先生告诉我们，你曾经在街角的皇上宣战告示牌前面，做出了一个很奇怪的举动。你招来一大群人，并且大声吆喝‘弗兰西斯·约瑟夫大皇帝万岁！这场战争我们必然获胜！’来煽动他们，你看这是不是场愚蠢的把戏？”

“可是作为一个好市民，我不能袖手旁观啊。”帅克解释了他的行为，摆出了一个无懈可击的理由，“看见他们都在读着上谕，却没有一个人露出一点点高兴的样子的时候，我心里很气愤。这是一件鼓舞人心的大事，但是却没有人叫一声好，也没有人三呼万岁——巡长大人，真的是什么动静也没有。这么重大的事情，看来真的好像跟他们毫不相干似的。我是九十一连队的老军人，我终于忍不住了，所以才大声嚷那么一句，想振奋一下人心，不然的话怎么能够赢呢。作为一个老军人，我很清楚士气对军队来说意味着什么，民心对国家来说意味着什么。虽然我只是一个被巡官带到警察局来的不怎么光彩的小人物，可是我也会做一些对国家民族来说没有什么损害的事情，换了是您，您也一定会那么做的。打仗这件事情，我比您懂得多，要么就不打，要么打起仗来，就得打赢它。而且，就得对皇上三呼万岁，表示一下我的忠心。谁也不能拦住我，这不是什么不体面的事情。”

帅克这一番话弄得野兽哑口无言。他不知道如何反驳帅克，有点不好意思，不敢正眼看帅克这个天真无邪的羔羊，赶紧把视线投到公文上，勉强地说：“你的心情我理解，对你这份爱国热忱我表示充分理解，不过我还是希望你能在别的场合去发挥。你也不看看自己当时是什么身份，斟酌一下这么做会造成什么样的不良影响。毕竟你是在警察的押送下那么做的，你的那种爱国热情也许会——一定会被大家认作是一种嘲弄，而不是出于诚意。”

“也许您说得有道理，当一个人被警官逮捕了，那是他一辈子非同小可的时刻，可能意味着他有罪或者做了什么见不得人的事情。可是，如果他在这种时刻还念念不忘国家宣了战以后他应该做些什么，我觉得这样的人怎么也不能是个坏蛋吧。总比那些漠不关心国家的人要强多了！”

他们没有人想到帅克会说出这样的话来，都有点呆了，不知道说什么比较好，于是彼此交换了一下眼神，得到了一个一致的结果。

“帅克，滚你的吧！”

最后那个摆官架子的家伙气势汹汹地警告道：“你最好小心一点，

假如你再出什么错，再被逮到这儿来，我不会再跟你讲话的，那时候你将面对军事法庭。你明白吗？”

没等他反应过来，帅克就冷不防扑上前去，亲了他的手说：“我是个狗贩子，您要想养一只纯种的狗，随便什么时候，都请光临。愿上帝保佑您，我将为您祈祷，为您做的一切功德祝福。”

帅克就这样糊里糊涂地被宣判无罪，重新获得自由，回家去了。

经过“管你够”酒家的时候，他考虑了一下应不应该先到里面去瞧一瞧。接着，他还是推开了不久前便衣警察勃利特施奈德与他一起走出的那扇门，发现里面的情景和当时大不一样了。酒吧间里死一样沉寂，没有人说话，也没有人聊天。只有几个主顾坐在那里如丧考妣，其中还有一位教堂执事，柜台后边坐着女掌柜巴里维茨太太，她漠然呆望着啤酒桶，眼睛里和脸上充满了悲伤。

“喂，老板娘，我又回来啦，巴里维茨先生哪儿去啦？我的老朋友们呢？你不介意给我来一杯啤酒吧。你看，我现在都回来了，他也该回来了吧！”

巴里维茨太太什么话也没有说，眼泪却流了下来。她呜咽着，在帅克的追问下，开始评说她的不幸，她说：“他们判了他十年，就在一周前！帅克先生，怎么会有这样的事情呢？”

“嘿，这件事我还真没想到！但是值得庆幸的是，他已经坐了七天的牢了啦！巴里维茨先生可真是一个谨慎的人啊！谨慎在这个世道可是无价之宝啊，谁都需要谨慎，可是想不到谨慎的人也会遭遇这样的不幸。”

“他多谨慎、多小心啊！”巴里维茨太太哭着说，“他自己也总是那么说，可是他做错了什么？！那些人这样对待他，我怎么活啊！”

巴里维茨太太给帅克端来了一杯啤酒，店里的顾客谁也不说话，店中弥漫着凄惨的气氛，好像巴里维茨的冤魂仍在游荡似的。为了转移话题，使这里的气氛好一点，一个教堂里的管事又说起昨天的殡葬。

“这样的世道，死人不是什么稀罕事情！”

“他们用的什么棺木？”

帅克也加入了话题：“要是一打仗，死人就更多了。至于军人，估计就是卷在什么东西里就下葬，每天死那么多人，谁顾得上啊！”

酒店再次陷入了深深的沉默，只有巴里维茨太太的眼泪掉在柜台上，漾开一个圈。主顾们谁也不想再待下去了，纷纷站起来付了酒账，一声不响地出去了。屋里就剩下帅克和巴里维茨太太。

“那位勃利特施奈德先生还到这儿来吗？”帅克问道。

“来过几次，他可不是什么好人，他总是要一两杯酒，然后问我有谁到过这儿。主顾们坐在这儿谈足球赛，他也偷听，非要打听到点什么东西他才肯善罢甘休似的，大家都不喜欢他。大家一看见他来就只谈足球比赛，别的什么也不谈，以免被他抓住什么把柄，又会被带到警察局里去。我的那位就已经够倒霉的了。”

“他们真是的，居然给他判了十年，判个五年什么的也就算了，又不是什么大不了的，居然一口气判了十年，真的是太久了，他也算是有家有孩子的人，怎么可以判那么久呢？”

帅克的同情使得巴里维茨太太越发觉得委屈，忍不住又掉下眼泪来。她告诉帅克，警察不让她去做证，因为他们是夫妻关系，不能做证。于是她怕惹出什么麻烦也就放弃了做证的权利，巴里维茨先生只是把有关于苍蝇的事情从头到尾讲了两遍，他们就对他进行了判决。巴里维茨先生也不申辩，只是在被带走之前深深地看了他的妻子一眼，大声高呼：“自由思想万岁！”

“勃利特施奈德先生勾引人上当的本事真是相当的高超啊。想必他勾引人上当的这套本事也是经过了非常艰苦的训练的，最近有什么人上他的当吗？”

"有啊，木恩街上的一个裱糊匠就被他糊弄了，而且也被他带走了。"

"他是个笨蛋吗？"

"和我的男人差不多吧。勃利特施奈德问他会不会打枪，他说不会，只是以前在游艺场玩游戏的时候赢过一个克朗，但是勃利特施奈德非说他赢了一个皇冠[1]，于是就宣布裱糊匠犯了叛国罪，将他带走了，现在还没有回来。"

"要是套上了这个罪名，很多人都回不来了，事实就是这样的。"

说到回不来，巴里维茨太太又开始伤心了，想必这一段时间，她的心情都是非常难受的。"能再给我一杯酒吗，巴里维茨太太？"

帅克也不再说话了，专心对付他的朗姆酒。帅克刚喝完第二杯朗姆酒，勃利特施奈德就走进了酒吧。他用他鹰隼一样的目光很快地扫了一下空荡荡的酒吧间，然后在帅克身旁坐了下来。他要了啤酒，并不急于说话，而是耐心地等着帅克开口。

帅克可没有那么容易上当了，他并没有同勃利特施奈德搭讪，而是转身去看报纸，并且就报纸的内容与巴里维茨太太聊了起来。

"您看看，那个大名鼎鼎的杰勃拉居然要出售他的领地了，他那里我去过，是一块相当不错的地方呢，在他的领地上还有学校和公路！"

勃利特施奈德受到这种冷落感到有点不耐烦，他迫不及待地要引起帅克的注意，所以他一边敲桌子一边说："帅克先生，您什么时候对庄园有兴趣了，难道您想要买下它吗？那可是一片价格不菲的土地啊！"

"啊，原来是您呀，久违了，勃利特施奈德密探先生。"帅克说，随后握起他的手，"我刚才没认出来。我这记性真坏，见一面就忘了。

[1] 在捷克语里，"克朗"这个词也有"皇冠"的意思。

前一回我记得咱们好像是在警察局里见面的。近来有何贵干？您常到这儿来吗？因为您的照顾，我倒是有一段时间没有能够来这里喝一杯了，今天刚好有空，没有想到能够在这里碰上您！”

“帅克先生，您过奖了，其实警察局那边告诉我说，您是个狗贩子。我今天是特意来找您的，我很想弄条捕鼠狗，或是一条猎犬，要不就是那一类的也成。”

“这个可是我的本行啊，您知道，这个好办，”帅克回答说，“但是我不知道您要纯种狗还是杂种的？”

“我想还是来一条纯种的吧。”

“那种一闻就闻出味儿来，然后把您带到犯案地点的警犬不是更合适您的工作吗？为什么不来一条警犬呢？我知道有一条相当不错的狗，什么都懂得，可以用来从事这项工作，您看怎么样啊！”

勃利特施奈德自有他的目的，他并不急于定下来要什么狗，镇定地说：“我要一条不咬人的腊肠狗。”

“那您是要一条没牙的腊肠狗吧？符合这样的要求的狗我能替您找到一条，就是稍微麻烦一点，不过没有关系，谁让我们是做生意的呢。”

勃利特施奈德先生对狗的知识还很肤浅，有点发窘：“也许我还是来条捕鼠狗吧！”而且如果不是接到警察局特别给他的指示，他根本不会想到狗的。他接到的紧急指示是这样的：他必须利用帅克贩狗的活动跟他进一步接近。为了这件事上面授权给他挑选助手的自由，而且拨给他一笔款项，他也可以动用款项去买狗，其实，他自己并不需要狗。

“我向您推荐捕鼠狗，它们不仅有用而且可以玩赏。捕鼠狗有各种尺寸的，现在我就知道有两条小的，三条大的，这五条您可以统统放在膝头上抚弄。我敢担保它们相当棒，绝对适合您这样初次接触这些畜生的先生。”

“多少钱呀？”

帅克一看有生意可做，就越说越来劲了：“得看大小啦，问题就在大小上头。捕鼠狗这东西跟牛犊可不一样。牛是越大越贵，这种狗却正相反：越小越贵。”

勃利特施奈德怕因为买狗的事情把秘密警察的款项动用得太多了，于是他说：“其实我想要一条大的看家用。”

帅克说：“既然这样说，那么我就给您看着办吧，就这么办吧，大的五十克朗[1]一条，再大的二十五克朗吧。还有一件事情是我必须问明白的：您到底要什么样的狗，是要狗崽子还是要大些的狗？是公狗还是母狗？”

勃利特施奈德不耐烦地敷衍道：“随便，随便，只要是只狗就成。”他并不习惯被这样摸不着头脑的问题纠缠，他是个密探，他喜欢用这样的问题纠缠别人。

“你替我预备好，明天晚上七点钟我来取。那时候总可以预备齐了吧？”

“您尽管到时候来取吧，我一定全都准备好。”帅克干脆回答道，“可是现在这样的世道，我得请您预支给我三十克朗，不然到时候您跑了怎么办？当然，我只是打个比方而已，您肯定是会守信用的。”

勃利特施奈德已经无法再和帅克在狗的问题上绕圈子了，他把钱付给帅克，说：“好，我请客，咱们为这笔生意干它一杯。”

他们每人喝了四杯，帅克坚持付了他自己那份账。他也不想和这个密探再闲聊下去了，尽管勃利特施奈德极力邀请他，而且希望以朋友的身份和他聊聊，但是帅克却拒绝了，这时勃利特施奈德只好抛出

[1] 克朗是当时通用的货币名，每一克朗合一百个赫勒。

了撒手锏。

“弱国是注定要灭亡的！回避真相是没有用的，你不这么认为吗？”勃利特施奈德认为这样激烈的言论肯定会引出帅克的反驳。

“那我也没有办法啊，对于国家我也没有什么好的办法。我有时连一只狗都照顾不好，更别说一个国家了，还是不要管的好。”

勃利特施奈德一计未成，又生一计：“帅克先生，您认为加入什么组织比较好呢？我是个无政府主义者，对这些组织都不是很了解，您能给我点建议吗？”

“有一次，有一个无政府主义者向我买了一只狗，最终也没有把钱给我，我觉得非常恼火但是又没有办法，因为我不知道如何找到他。”

“可是我觉得，在这个时候，打仗有什么用啊，宣战动员也不对啊，怎么能够这样呢？”这位密探先生因为公事喝多了，已经开始乱说一气了。

“您还是别说了，要是给别人听到了，明天您就该待在警察局里了，虽然你和那里的人很熟，但是这样会连累到掌柜的。”

巴里维茨太太在柜台后面的椅子上哭了。

“没有关系的，您不要哭了，很快我们就可以打赢这场战争。那时候你们家掌柜就会从监狱里回来了，我们可以在您这里办一个酒会庆祝一下，怎么样？您不会以为我们会打败仗吧，帅克先生？”

帅克没有理他，而是付了自己的酒钱摇摇晃晃地出门去了。

回到家里，米勒太太吓了一跳，当她看见用钥匙开门进来的是帅克，大吃一惊。“我以为您得好多好多年以后才能回来呢，所以我就收留了别人，查户口的也没有找我的麻烦，还告诉我说别指望你这个狡猾的家伙回来了。”她用惯常的坦率口气说。

让帅克生气的是，他发现一个素不相识的人睡在他的床上，旁边还有他的女伴。帅克叫醒了他们。

“你们要是再不起来，我就把你们扔到大街上去，我看你们还是乖乖起来穿好衣服自己走出去比较体面，否则可就不太好看了。”

“可是我是每天都付给老板娘租金的，我有权在这里睡到八点钟，而且讲好了可以带女伴过来过夜的。”那男人抗议道。

“可是她只是我的女仆而已，无权决定出租我的床，我才是这里的主人，如果你们再不走的话，我可要动手了。”

他俩这才十分不情愿地起来穿好衣服，帅克还叮嘱了一句：“先生，您可千万不要对人家说我在您没有地方吃午饭的时候就把您赶走了，那样我的名声就会因此而大受损害的。”

送走了不速之客之后，帅克发现了米勒太太留下的字条，说她很内疚，她将从窗户跳下去。但是帅克并不相信这样的小伎俩，他知道不久之后他就会在家里某个地方发现米勒太太肥胖的身影。果然，半个钟头后，米勒太太出现在厨房里，她显得非常不安。

“哦，本来我准备到每一扇窗户底下去找找，没有想到在这里见到你。米勒太太，我可以给你一个建议，到卧室里去跳，那样会落在走廊上。要是你从厨房往外跳，会压倒我的玫瑰花的，那可不是件好事，你将要赔偿我的损失。”

米勒太太哭了起来：“哦，先生，您不知道我也有苦衷，我们在院子里喂的两条小狗死了，大的那条在咬了警察以后就跑了。事情是这样的，早些天有警察来检查，非说床底下有人，于是就死活要把床下的那条大狗拽出来，那只狗不停挣扎，还咬了警察先生，跑了出去。”

“那些警察来做什么？”

“他们问是不是老是有人从国外给老爷汇钱什么的。”

“那你怎么回答的呢？”

“我说偶尔有，您不是上次还将一条瞎眼的小狗当成安哥拉猎狐犬给人寄出去了吗？后来他们就介绍了咖啡馆的那个人来住，就是被老爷您轰出去的那个人。说是怕我一个人孤单。他们是警察啊，既然他们提出来了，我也就不敢拒绝，老爷，我也是有苦衷的啊！”

“我想他们一定会常常来我这里买狗的，走着瞧好了！”

米勒太太又溜到一边去了。这次她去铺了床，特别注意把一切收拾得妥帖周到。

果然不出帅克所料，他们不断地向帅克买狗，而帅克以他一贯的弄虚作假的手段对付这些警察局的先生。他卖出的圣伯纳犬是一条杂种狮子狗和一条无名野狗交配的，名称高贵的猎狐犬却长了两只猎獾狗的耳朵，个子大得像条猛犬，腿向外撇，活像患了佝偻病。所谓猛犬长了一头粗毛，下身活像苏格兰牧羊犬，尾巴剪得短短的，个子不比猎獾犬高，而且屁股光秃秃的。

后来卡鲁斯密探也去买狗，他带回一条通身是点子的胆怯的怪物，样子像条鬣狗，名义上算是苏格兰牧羊犬。于是，秘密警察费用上为了它又增加了 R・九十克朗一项。这条怪物据说还算是条猎狗。但是连卡鲁斯也没能从帅克身上挤出什么来。他跟勃利特施奈德的运气差不多。帅克把一番巧妙的关于政治的话题引到怎样给小狗医治犬瘟症上去，而密探们千方百计布置的圈套，唯一的结果是帅克又把一条品种杂配到难以置信、奇丑无比的狗，冒用别的名称推销给勃利特施奈德了。

奥匈帝国崩溃后如果有人翻查警察档案，在“秘密警察用款”下面读到下列这些项目时，不知道他懂不懂得其中的含义，例如：B・四十克朗，F・五十克朗，M・八十克朗，等等。如果他们以为 B、F、M 这些字母都代表人名的简写，以为那些人为了四十、五十或八十克朗就把捷克民族出卖给奥地利皇室，那就大错特错了。B 代表“圣伯纳犬”，F 代表“猎狐犬”，M 代表“猛犬”。这些都是勃利特施奈德由帅克那里带到警察局去的狗——条条都是奇丑无比的四不像，和纯种的狗比丝毫没有共同的地方。帅克把冒牌货统统卖给勃利特施奈德了。

顺便交代一下可敬的密探先生的下场，他后来残酷地对待这些冒牌狗，总不给它们吃饱。最终的结果是：这些饿疯的狗一拥而上，把他撕碎吞进狗腹。勃利特施奈德先生以自己壮烈的死实现了他最后的爱国夙愿——为帝国节省殡葬费。帅克评价说："唉！到末日审判的时候怎么去收他的尸哟。"

第七章

帅克当兵

帅克接到通知，限他一个星期以内去接受参军的体格检查的时候，正躺在床上，他的风湿症又复发了。米勒太太在厨房里给他煮着咖啡。

也就是这个时候，帝国军队正从加里西亚莱伯河岸的森林全军溃退下来，塞尔维亚南部成师的奥地利军队正狼狈地吃败仗，奥地利陆军部忽然打算起用帅克，希望他把帝国从危难中拯救出来。

帅克觉得有必要和米勒太太谈一谈关于他即将要参军的这件事，他可不想上次他被抓的时候发生的事情又出现一次，所以还是必须谈一下。于是他用沉静的声调从卧房里叫他的女仆——

“米勒太太，米勒太太你过来一下。”

米勒太太走了进来。

“请坐，米勒太太。”他的语气中有种不同于平时的庄严，这让米勒太太心里直犯嘀咕。

“老爷，您有什么事情要吩咐吗？”

帅克忽然从床上坐起来，说：“米勒太太，你知道吗？我要从军去了。帝国的形势相当危急了。不论怎么看，情形都很糟，所以他们才召我入伍。在北线，为了保卫克拉科夫，我们的主力被拖住啦。南线上，敌人正向匈牙利进军，我们要不赶快还击，他们就要把整个匈牙利都占领啦。”

“可是您的风湿还没有好，还不能下床呢！先生，我还是给您找个大夫吧！”

“那没关系，米勒太大。我会坐着轮椅去投军。这是一件很神圣的事情，你不用为我难过，也不用过分担心。我已经想出一个好主意了，你记得街角上那个糖果店老板，好多年以前，他用轮椅推过他那瘸腿的爷爷——那可是一个脾气暴躁的老家伙——去换空气。他有我要的那种玩意儿。亲爱的米勒太太，你就用那种轮椅把我推到军队里去吧！从现在的状况来看，除了我的腿有点不听使唤，其余部分证明我是很合用的一把炮灰。而且如今国难当头之际，每个残疾人都应当走上他的岗位。现在你尽管煮咖啡去好了。”

米勒太太的眼泪都快要流下来了，可是她不想让主人看见，于是转身回厨房里去了，在那里偷偷饮泣。她倒是没有为奥地利的明天担忧，而是想她可怜的主人，身体不能动弹还要应征入伍，实在是太可怜了。

这又让帅克想起他年轻的时候当兵的情形，想起那些长官和战友，于是他唱了一首军歌，表达他内心的激动和英勇。

> 我们驰骋在战场上，
> 太阳照耀在我们身上。
> 前进，前进，前进！
> 我们在战场上，
> 我们在心里向主祷告，
> 请保佑我们打胜仗。
> 前进，前进，前进！

帅克唱得很起劲，但是米勒太太却十分害怕，她的全身都在颤抖，帅克继续他的演唱：

上帝保佑我们打胜仗，
守卫公路和桥梁，
打到敌人的后方。
前进，前进，前进！
我们要大战一场，
不管鲜血往下淌。
我们是英勇的好儿郎，
为国立功不怕枪弹。
前进！前进！前进！
我们的攻击要加强。

“我的先生，您别再唱了，您别再唱了，这样会招来很多麻烦的，您知道吗？”

“马上，马上我就唱完了！”

帅克得意忘形地把这首意大利人打奥地利人的战歌唱下去——

我们的攻击要加强，
我们的军需要跟上。
早点打胜仗，
早点回故乡。
前进，前进，前进！

米勒太太终于受不了了，她觉得有必要去找一个大夫，于是就奔出房门去找大夫。

一个钟头后大夫来了，帅克正在打盹。他似乎忘记了他刚才的行为，睡得很安稳，呼吸也很顺畅。

身材魁梧的大夫用手在他脑门子上按了一下，看看他有没有发烧，然后叫醒了他，说："您躺着别动，自我介绍一下，我是从维诺堡来的帕威克大夫。现在我来给您检查一下，请伸出手来给我看看，然后把舌头伸出来给我看一下。对，就是这样，现在，您把这温度计夹在胳肢窝底下，对了，就这个样子。别动，您父母是得什么病死的？"

"我也不是很清楚，就是那样死的，和别人一样。"

"哦，我的先生，我想您是太激动了，您现在身体很虚弱。我建议您什么都别想，躺在床上静养几天比较好。那些参军啊，打仗啊，都先放到一边，静养要紧，我给您留下一点药，可以帮助您镇静。至于服用的方法，我会告诉米勒太太的，您就放心好了。好好休息吧。"

于是，正当维也纳面临重重危机，不断地号召奥匈帝国内各个民族都要作出忠君报国的切实榜样的时候，帕威克大夫却在为帅克的爱国热忱开着溴化物[1]并且嘱咐这位英俊骁勇的战士帅克不要去想入伍的事。

这位医生出门的时候又叮嘱了一遍："很好，继续保持仰卧的姿势，好生静养，我明天会再来的。"

第二天他又来了，米勒太太告诉他帅克病得更加厉害了。"更厉害了，大夫，夜里他的风湿症又犯了。痛得睡不着觉，您猜怎么着，他唱起国歌来啦。拦也拦不住，真的是有点病糊涂了，他平时不是这个样子的啊！"

帕威克大夫又对他进行了例行检查，除了情绪方面有问题之外，膝盖的风湿没有恶化，于是帕威克大夫只好又添了些溴化物的分量。

[1] 溴化物是镇静剂。

第三天米勒太太说，帅克更严重了。他想出了许多忠君报国的新花样，而且正在付诸实现，米勒太太为此头疼不已。他让米勒太太下午出去，给他找一张标出他所谓的战场的地图，晚上他就开始东想西想起来，他说奥地利一定会赢。还说了一些其他莫名其妙的话，米勒太太也不知道什么意思。

于是医生问有没有按照他的叮嘱按时服药，米勒太太吞吞吐吐说了半天，才说到现在还没有去取药呢，晚上帅克就喝了一点粥，其他什么也没有吃。于是医生就生气了，拒绝给这种不遵医嘱的人看病，他对帅克发了一阵火，然后就头也不回地走掉了。帅克也觉得医生没有什么用，于是也不再另外找医生了。

又过了两天，帅克出现在壮丁体格检查委员会。在这期间，帅克做了适当的准备。比如说他戴了一顶军帽，是他叫米勒太太替他买的。然后，他还带了轮椅和拐杖，又是叫她去街角糖果店那里去借的，就是那老板曾经用来推他那瘸腿爷爷——那脾气暴躁的老家伙——去换换新鲜空气的那张轮椅。恰好糖果店老板也还保留着一副拐杖，作为一家人对他们先祖父的纪念。帅克连这个也一起借走了。他的胸前还佩戴着新兵们佩戴的鲜花，这个也是米勒太太替他置办的。

再过两天帅克就要离开了，米勒太太恋恋不舍，虽然她与帅克之间以前有过一些不愉快，但是总的来说，帅克还是一个比较宽厚的主人。眼见他就要奔赴战场了，米勒太太走到哪里都抹眼泪，她一下子瘦了许多。

在这样一个难忘的日子，帅克从军成了布拉格的街上忠君报国的动人榜样：一个双眼红肿的老妇人推着一张轮椅，上面坐着一个头戴军帽的人，帽舌擦得锃亮，手里挥动着一副拐杖，外套上面还装饰着一束艳丽刺目的鲜花。不用看也知道是要去参军，但是残疾人都这样热爱祖国，十分令人感动。最与众不同的是，这个人看起来情绪很高昂，对于战争,充满了别人所不具备的信心。他沿着布拉格的街道嚷着:“打到贝尔格莱德去!打到贝尔格莱德去!”

他的后面聚集了一大堆看客，主要是些没人理会的浪荡汉，是在帅克出发入伍的房子前面聚集起来的。开始只有几个，后来就越来越多,越来越多,有好几百人。帅克觉得很得意,似乎大家都在向他致敬,为他这样英勇的忠君报国的举动。大家的眼光都与平时不同，那些妇女的眼中似乎还有泪光在闪动。一个大学生也跟在帅克的身后大声地喊:“打倒塞尔维亚人，打倒塞尔维亚人!”

这样庞大的队伍影响了治安，所以警察都跑过来了。他们还以为发生了骚乱什么的，十分生气地将人群疏散开了，这是非常时期，他们对什么事情都异常警觉。

他们非常失望，这件事情不是什么叛国案，而是帅克要参军而已。为了防止他继续扰乱治安，就由两名骑警把帅克连他的轮椅护送到壮丁体格检查委员会那里。帅克觉得十分荣耀，毕竟不是每个参军的人都能有专人护送的。

第二天，报纸上就登出来了，就是在《布拉格官方新闻》有一篇文章，写得慷慨激昂:

残疾人奋勇参军

昨天一位手执拐杖的残疾人坐在轮椅上，由一位老妇人推着来参军，此情此景，实在是一种神圣感情的动人表现。我们捷克的子弟，身体虽然有点残疾，但还是抱着满腔的热情自愿投军，希望为国家为君主贡献自己的忠诚和勇敢，甚至于献出身家性命。布拉格大街上很多人大声疾呼:“打到贝尔格莱德去!”更加证明布拉格人民对我们的国家及皇室之热忱拥戴。国难当头的时候，这样的精神更加证明我们国家的热血男儿对君主无不急于竭诚报效，对皇室的忠诚天日可表。

其他的报纸也将这个作为头条，大篇幅地浓墨重彩地渲染了一回。《布拉格日报》也用类似笔调描绘，最后得出的结论是：这个志愿从军的残疾人的行为感动了很多人，他的后面还跟着一队德国人，他们用身子防护了他，以免他遭受协约国的捷克籍特务的殴打。

《波希米亚报》登载了这段新闻，呼吁对这位残疾的爱国志士加以奖赏，并且说，凡德籍公民愿对这位无名英雄有所馈赠的，可以径送到该报馆去。他们将会把这些东西都送到英雄的手里。

一时之间，大家都将帅克看作大英雄，报纸上也大肆渲染。体格检查委员会主席鲍兹大夫办事向来不容许人胡闹，他对帅克的举动有独到的眼光。两个半月以来，经他手检查的一万一千名壮丁中间，有一万零九百九十九名查出是装病想逃避兵役的，剩下的那一个，当鲍兹大夫喊“向后转”时，如果那不幸的家伙没中风，也一定会被抓起来的。

“把这个装病的逃兵带走！”鲍兹大夫确定那人已经死了之后说道。

就在那难忘的一天，帅克赤身裸体地站在了他面前。

“由于神经不健全，体格属最下等。”军曹长一面翻阅着档案，一面说。

“你还有别的什么毛病吗？”鲍兹大夫问。

“报告长官，我有风湿症，膝盖也肿了。可是我宁愿粉身碎骨，也要效忠皇上。”帅克谦逊地说。

鲍兹恶狠狠地瞪了好兵帅克一眼，嚷道：“你想装病逃兵役！”然后冷冰冰地对军曹长说："把他关起来！"两个士兵用上了刺刀的枪把帅克押到军事监狱里去了。米勒太太扶着轮椅在桥上等帅克，直至看到他被刺刀押解的时候，她流了泪，掉头就走，把轮椅丢下，再也没回去管它。

刺刀在阳光下面闪烁着，走到雷迪兹基元帅的纪念碑下时，帅克回头对跟在后面的人群喊道："打到贝尔格莱德去！打到贝尔格莱德去！"

纪念碑上的雷迪兹基元帅用梦幻般的眼睛俯瞰着好兵帅克，看他拄着两根旧拐杖一瘸一瘸地走远了，大衣兜里还插着一束新兵入伍的鲜花。押解他的人绷着脸，告诉行人说他们正在把一个逃兵押到牢里去。

第八章

帅克成了装病的逃兵

因为军队里很多人想要装病逃避兵役，所以军队也想出了很多办法来惩罚他们，装病逃避兵役犯将会按照以下五个等级受到不同程度的处罚——

一、控制饮食：这样的士兵的饮食会受到严格控制，三天之内早晚只准喝茶水一杯。不论自己说是什么病，一旦患病，一律只提供阿司匹林这样的药片。

二、服用奎宁：为了使他们对逃避兵役感到恐惧，不会让他们觉得逃避兵役之后就会得到自由，所以规定每人必须吃很多金鸡纳霜粉剂。

三、洗胃：每人每天用一公升水洗胃两次。

四、灌肠：用肥皂水和甘油灌肠。

五、挨冻：把被单用冷水浸湿，然后裹在身上，这样的滋味可不好受啊。

军医想用这样简单有效的办法治好那些装病逃避兵役的士兵，这样的惩罚的确使一部分人重新回到军队。因为有一些胆小的士兵，刚到灌肠阶段，就声明他们已经药到病除，虽然他们的确感到不舒服，但是他们还是会说，他们别无他求，唯一的愿望就是立即回到战场上去，最好是跟随先遣营开进战壕，战斗在最危险的第一线。但是也有的人挨过这五级苦刑，最后终于受不了了，他们的灵魂去见上帝了，而他们的躯体被装进一口简陋的棺材，送往军人墓地草草地埋葬掉。

帅克坐着轮椅被送到了军事监狱，就和这些装病逃避兵役的胆小鬼一起待在一间当作病房用的棚子里。他倒是相当乐观，没有觉得有什么不对劲的地方。但并不是每一个人都有帅克这样广阔的胸襟的，已经有很多人受不了了，他们蜷缩在房间的角落里，有的甚至没有力气说话了。

“我本来想装近视眼，那样就不能瞄准了，可是现在我已经受不住了，他们根本不会治病，我说近视，他们已给我洗了两次胃了。我真搞不明白，洗胃与近视有什么关系。”坐在他旁边床上的一个人说，他刚从门诊部被带回来，就开始抱怨军队非人的生活。还有一个刚灌完肠的，这人本来假装耳朵聋得什么也听不见，他以为听不见军号就不用参军了，但是现在他表现出高昂的热情：他准备明天就上团队去，在这里灌肠还不如去送死。有一个级别最高的，他享受第五级的待遇，被裹在一条用冷水浸过的被单里，像一条即将死去的鱼一样奄奄一息，他说他自己是痨病患者，而且已经到了晚期。他已经是本周内第三个被裹湿被单的可怜虫了，看他脸上的表情就知道这样有多痛苦。

“你有什么病？为什么到这里来，也是因为逃避兵役吗？”

“我是主动来参军的，但是我得了风湿症，所以他们让我待在这里。”

“那有什么，简直是小儿科。你可别想在我们这儿长待，他们不会放过你的，风湿症算不了什么病，你很快就会上前线的。”一个胖子认真地提醒帅克，并且让帅克小心点。他说他自己贫血，胃也只剩下一点点，还少了五根肋骨，但是没人相信他的话，只是每天不停地洗胃灌肠。周围的人听了都哈哈大笑起来，连那个假装患肺结核、裹着湿被单，就快要死的痨病鬼也笑了。

这里有许多这样的趣闻，而且每个人都会讲上几个这样的例子，帅克可从来没有听到过这样的事情，他觉得很新鲜。

“有一个假装中风的人，只吃了三片奎宁，灌了一次肠，还有一天没有让他吃饭，还没轮到洗胃裹被单什么的，他就主动承认自己没病。他的中风病就莫名其妙地好了，你说怪不怪？”

“装什么的都有。前不久，这儿还有个聋哑人，不管什么事情他都能忍受，每天都要灌肠、洗胃，但是他什么怨言也没有。大家想，人家本来就是个聋哑人，没有办法，最后他们每隔半个小时换一块冷水浸过的被单给他裹着，这样裹了十四天。冷得他牙齿直打仗，就这样，大夫还给他开了大剂量的催吐剂，他难受得死去活来，都不成人样了。最后的关头，他突然变得胆怯，说：‘这样的日子，一刻我也过不下去了，我承认我的病好了，能说会听了。我再也不装作聋子哑巴了。’所有的人都劝他别说话，因为这样没有好处，可他还是坚持自己的想法，医生知道他复原以后，马上把他送到了战场上去，现在连消息都没有了。”

但是据说这不是坚持得最久的。最久的是一个说是被疯狗咬了的人。大家说他的确学得蛮像那么回事儿，他乱咬乱叫，除了没让嘴里吐白泡沫之外什么都学得十分逼真。连病房里的人都来帮他，希望他能在检查的时候吐出白沫来，大家七手八脚地胳肢了他一个小时，虽然他手脚抽起筋来，脸都变了颜色，可就是吐不出白沫来，大家都很惋惜。早上大夫查房时，他只好像柱子一样笔直地站在床前行着军礼说：“报告长官，我现在已经完全康复了。我想了很久，咬我的那只狗看来不是疯狗。其实坦白说，我没有被什么狗咬过，是我自己往自己手上咬了一口。”坦白完之后，这个挨狗咬了的人全身开始发抖，军医用奇异的眼光死盯着他，让他觉得自己简直是个白痴，于是情况就更坏了。他们除了将他送上战场之外，还给他定了一条自毁器官以逃脱兵役的罪名，说他仅仅为了不上战场，想把自己的手咬掉。这样一来，那个人的日子就更不好过了。

但是有人发表了不同的看法，认为凡是需要口吐白沫的病人，都很难装得像。羊痫风就是一例。

“原来我们的房间里就有个装羊痫风的，他装得真是逼真极了，我们都差点儿以为他真的有病。他总是说发一次羊痫风算不了什么，可是他一天有时能发十来次。弄得我们都跟着受罪，他总是剧烈地抽搐，死死地抓住什么东西，眼睛瞪得铜铃那么大，就好像眼珠子要鼓出来了，他自己打自己，不打得脸都肿了绝不罢手，连舌头也伸了出来。总而言之一句话，是地地道道的、正宗的羊痫风，真的像极了。我们本来以为他有机会离开这个鬼地方，因为谁也不敢让这样的人去打仗啊，万一在战场上发羊痫风怎么办。突然有一次，他脖子上和背上都生了很多疖子，不断地肿起来，有时还流脓血，看起来真恶心，而且有一天一阵剧烈的抽搐之后，他发起烧来。最倒霉的是，大夫查病房时，他正烧得说胡话，把掏心窝子的真话都说了。不过他这些疖子也把我们害惨了，因为他背上长着疖子，所以受到特别的照顾。那几天军队的伙食给了他特别的优惠，那小子享受着咖啡和面包，中午的伙食也很不错，有汤、烤面包片和果酱，晚饭还有粥喝。真是太棒了，光是那种香味就让我们受不了。我们带着洗过很多遍的、几乎里面什么都不剩下的胃，全都看着长疖子的家伙在那里享受他的一日三餐，还不时朝我们做个鬼脸什么的。就这样，另外三个人也受不了了，宁可承认一切去换取几天微薄的饭菜，那真是人间美味啊！结果，他们也屈服了，他们装的是心脏病。”

帅克发现在这里，几乎全是健康的人，真正像帅克那样腿不方便的，还真是不多见。他们这会儿已经说开了，纷纷讲述自己是如何装病的，而且颇有得意扬扬的感觉。

有一个称自己得了胃癌的人说他认识布舍夫诺瓦一个扫烟囱的，只要花十克朗，他就可以叫别人发高烧，烧得人脑袋不清醒，在街上胡乱逛，甚至有可能回不去自己的家。还有人说在沃尔舍维采有个接生婆，只要花二十克朗，她就能弄断你的腿，保管叫你残废一辈子。

说到这里可就有人不服气了，说：“可是，我比你还便宜，我只花了五克朗就把腿弄断了，五克朗买了三杯啤酒。我在酒馆里喝多了，于是在台阶上把腿摔断了。”

可就这样，他们仍然没有得到允许回家去，他们还在这里享受那五项特别的待遇。一个骨瘦如柴的人说他的病已经花了两百多克朗，还是没有逃脱那种五克朗十克朗的厄运，“我告诉他们我中了毒，这是真的。你们绝对找不到我没有服过的毒药，我用这样的方法毁坏了自己的肝、肺、肾、胆、脑子、心脏、肠子。我全身上下几乎没有哪个地方是好的，可是这些愚蠢的战地医生，谁也搞不清我害了什么病。现在我都成了毒药仓库了。我不但喝过氯化汞，吸过水银蒸气，还中过各种各样的毒，砒霜、大烟、鸦片啊，什么都没有用，我甚至吃过撒上吗啡的面包，现在估计我对那些毒品都有免疫力了。也不知道他们会将我怎么样。”

“你这样还不是最绝的，我看最好是再弄个什么截肢，那样就安全了，我的一个远房亲戚就是那么做的，一到医院人家就把他的胳膊锯了下来，军队没有什么理由去找他的麻烦了。”

最后他们总结出来最好的办法是装疯。一个有亲身体验的人说他们隔壁房间里有两个教师委员会的人。一个不分白天黑夜地学狗叫，开头是汪、汪、汪三声慢的，随后是汪、汪、汪、汪、汪五声快的，接着又是慢的，就这么没完没了地叫，他们两个已经坚持了三个多礼拜。

帅克实在是听不下去了，他们都是这样想要逃避兵役，可是帅克确实是为了要效忠皇上保卫祖国才留下来的。

“你们可不能全都这样想啊，要是大家都这样想，那么我们的国家就真的没有一点希望了。为了效忠皇上，为了打胜仗，我们都多忍耐一点，咱们大家都得吃点儿苦头。我年轻的时候在军队服役，可没有这样的待遇，我们的条件比这还糟糕得多。他们可不是像这样分不同的级别来处罚逃避兵役的人，对待病人的方法也更加厉害，他们拿绳子把病人的手和脚都捆在一起，怕他们跑掉，再扔到一个荒芜的山洞里，就让他在那儿养病，什么吃的也没有，简直不是人待的地方。那时候，大家都不敢得病，怕被丢到山洞里，很多人就是在山洞里丢了小命。但是谁敢保证自己一定健康啊。有一次，我们的一个战友患了伤寒，另一个得了黑天花。他们可没有我们走运，他们两个被绑在一起扔到了山洞里，报告上面说他们也是装病逃避兵役的。他们俩自然都死了，这样你还想活命吗？纸总是包不住火的，这事登了报，连国会的人都知道了，上面的那些人不让我们读这些报纸，还仔细检查了我们的行李，我最倒霉了，什么地方都没有问题，单单在我这儿发现了一份报纸。”

帅克又叹了一口气，继续说他的经历：“他们把我带到办公室。我们的上校对我大吼大叫，完全不把我当成一个人来看，而是一块听他发脾气的木头。他大声命令我立正站着，生怕我听不见似的，像狗一样来回窜，对我狂吠。我一言不发，我右手举到帽檐边，左手紧贴裤缝毕恭毕敬地站着。他逼着我交代是谁给报纸投的稿。否则他就要对我不客气了，而且他不会放过我的，先要好好地折磨我一顿，再把我关死在牢里。后来，军医官走过来，对我大声吼叫，骂我是条社会主义的狗，而且连我们家的祖宗都跟着我遭了殃。他一连串地骂，我都插不上嘴，我也没有什么可说的，于是只好一直看着他，连眼睛都不眨一下，我一声不吭。后来上校跑到我跟前对我吼道：'你真是个傻子啊？什么都不会说啊！你到底知不知道是谁干的？''报告，上校先生，我是傻子。傻子什么都不知道，傻子就是傻子。'

"就为了这个，他们关了我三个星期！而且吃的伙食出奇地差，一个月不许我出营房，戴四十八个小时镣铐而且要关禁闭！然后我就被投到监狱里去了，就在我关禁闭的时候，兵营也不是什么省油的地方，总是有一些怪事出现。出了这件事情以后，我们的上级更加紧密地控制舆论，士兵没有权利读任何东西，可是这个时候我们反倒读起书报来了。我们这个连队成了最有文化的连队，每个连都写诗编歌来和这位上校作对。而且连队里一旦出了什么事情，士兵中马上会有人用'虐待士兵'的题目在报上发表评论文章。就这还不够，他们接受了教训，认为可以向上级反映，他们还大胆地给维也纳的议员写信，要求议员大人为他们申辩。这些议员于是在议会里批评我们的上校是畜生，有一次大臣阁下还派了个检查团到我们这儿来。检查团走后，我们可就遭了殃了。上校为了教育我们，就在会上说，士兵就是士兵，士兵的义务就是服从，这是士兵的天职，必须老老实实。要是有什么不满，就向上级反映，而不要越级反映，要是直接告到议会去，那就是破坏纪律。他让我们明白谁都帮不上什么忙，走了之后还是一样。就算是检查组来了，还是有纪律的，不是可以随便胡来的。他要一个一个地检查我们，所以我们便一个连接一个连地朝他所站的地方持枪敬礼，对着他大声地重复他刚才所说的话：'浑蛋，我们以为那个检查团能帮我们的忙，帮得了个屁忙！'上校对这样的结果很满意，哈哈大笑，从第一连到第十一连从他面前走过为止。这时第十一连正步走着，脚打着地叭叭直响，可当他们走近上校的时候，什么声音都没有，大伙只见上校涨红了脸，他觉得十分没有面子，于是让十一连回到原位，再来一次。他们又正步走着，还是不吃上校那一套，只是用仇恨的眼光盯着上校。我们都在担心地等着，不知十一连会受到什么样的处罚。一天、两天，整整一个礼拜，什么也没发生，到最后也没有什么结果。唯一的结果是，我们明白了那是我们最后一次见到这个上校，当兵的、当军士的、当军官的都非常高兴。听说那个老上校因为神经病而进了一个什么疗养院。”

听完帅克这个冗长的故事，大家都在想应该如何逃避可怕的兵役。因为很快就到下午查房的时间了，军医个个都是心狠手辣的家伙，他绝对不会放过任何一个可疑的人。军医老爷会挨个处理他们的病情，还有一个表情冷酷的卫生员拿着记录本跟在后面，以便记录他们因为试图逃避兵役而应该遭受的惩罚。

“你叫马支那尔？”

“是！”

“你有什么病啊？”

“癌症。”

“给他灌肠，吃阿司匹林。”

其他人也一样地审问一遍，有的是洗胃，吃奎宁；有的是灌肠，吃阿司匹林；有的是包湿床单。就这样铁面无私地下着处方。

“帅克！帅克呢？”

“我是。”

格林施泰恩大夫对这个新来的人特别注意，他总是这样，那眼神就好像在说：你这个逃避兵役犯，看我怎么收拾你，我不会让你有好日子过的。

“你得了什么病啊？”

“报告长官，我有风湿，就是这个，没有别的了。”

因为在这里待得太久了，格林施泰恩大夫已经养成了略带嘲讽的态度对待病人的习惯。尖酸刻薄的话语比大声叫嚷更能够摧残别人的自尊。

“哼，”他从鼻子里发出了一个十分不屑的声音，接着说，“风湿，这样的病可真不轻啊！可是你也没有办法，这样讨厌的病偏偏在爆发世界大战的时候出现，现在我们的国家需要很多人到前方去打仗，帅克先生，您一定非常着急吧？”

“报告，我的确着急，但是我的风湿还是不见好，我也没有办法。”

“在和平时期你大概也没有现在这样着急吧？”

“的确是这样的，长官。如果是在和平时期，我就会躺在床上让女佣给我煮咖啡了。”

周围的人哈哈大笑起来，格林施泰恩很讨厌大家表现出高兴的样子，于是变得更加刻薄了。

“可是在和平时期，你是不是一直没有犯病？你就像一匹自由的小马在酒馆和俱乐部之间来回溜达，活蹦乱跳没人比得上。可是一打起仗来，马上就得了风湿病，膝盖也不灵啦，腿也不行了，还坐在轮椅上，并且随身带着你的拐杖。”

“报告大人，是这样。”

“一夜一夜地疼得睡不着觉，对不对？风湿症这种病很危险，很难受，也很麻烦。我们这儿对付得风湿症的人，有包你满意的办法，绝对的饮食控制和种种疗法是百验百灵的。你看吧，你在这儿治保证比在皮斯坦尼还好得快。随后你就大阔步地走上前线了，有劲得走路会踢起一片尘土。”

然后他掉过身来对军士传令兵说：“记下来：‘帅克，绝对饮食控制，每天洗胃两遍，灌肠一次。’到了适当时候我们再看看还得安排些什么。

同时，把他带到手术室去，把他的胃洗干净，等洗够了，再给他灌肠，灌得足足的，灌得他叫爹叫娘，那么他的风湿症就会吓跑了。”

接着他又朝所有的病床发表了一番演说，话里充满了机智和风趣的警句:“你们千万别以为我们是吃白饭的，以为耍花招可以混得过去。我一点也不在乎你们的那些借口。我十分清楚你们都是借着病来逃避兵役的，好吧，我也就照你们的路子来对付。像你们这种兵油子，我对付了不知道几百几千啦。这些床上收容过大批大批的壮丁，他们什么毛病都没有，就是缺少点帝国战士的尚武精神。他们的同胞在前线为国流血，他们却想赖在床上不起来，一顿顿吃着医院的饭，静等着战事结束。哼，可是他们打错算盘了，我要让你们永远记住这个滋味。今后二十年，你们要是做梦想起当年打算瞒哄我的勾当，还是会从梦里惊叫起来的。”

“报告长官，”靠窗口一张床上有个人怯怯地说，“我完全好了。我的气喘病半夜里好像就无影无踪了。”

“你叫什么？”

“克伐里克。报告长官，我赞成灌肠。”

“好，出院以前给你灌肠，好给你路上助助神。”格林施泰恩大夫这么决定了，“你也就不能抱怨我们这儿没给你治病了。听着，我现在念到谁的名字，谁就跟军士来，他给你们服什么就照服下去。”

于是，每个人都接受了大夫开的一大包药。帅克表现得很好。

“别怜惜我，”他央求着那个给他灌肠的助手说，“别忘记你曾经宣誓效忠皇上。即使是你自己的爸爸或者兄弟躺在这里，你也得照样给他灌，一点情面也别留。记住，帝国全靠灌肠才能稳如磐石，胜利必属于我们。”

第二天格林施泰恩大夫查病房的时候问起帅克对军医院的印象。

帅克回答说，这是个顶呱呱的、管理良好的机构。大夫为了酬答他，除了头天的那份以外，又给他加上一些阿司匹林和三粒金鸡纳霜，叫他当场用一杯水冲服下去。

就是苏格拉底当年饮他那杯毒芹汁的时候，也没有帅克服金鸡纳霜那么泰然自若。格林施泰恩大夫如今把各式各样的苦刑都在他身上试过了。

帅克站在大夫面前，身上裹了一条冷水浸过的被单。大夫问他觉得怎样时，他说："报告长官，就像在浴池里或者在海滨消夏一样。"

"你还有风湿症吗？"

"报告长官，我的病好像还没好。"

于是新的折磨又来了。

第二天早晨，那个著名的委员会的好几个军医都出场了。

他们一本正经地从一排排床铺旁边走过，只说："伸出舌头来看看！"

帅克伸舌头把脸挤成个白痴般的怪相，眼睛眨巴眨巴的，他说："报告长官，这是我舌头的全部！"

随后，帅克和委员们之间开始了一段妙趣横生的谈话。帅克辩解说，他之所以声明是因为怕委员们疑心他有意把舌头藏了起来。

另一方面，委员们对帅克的意见却十分有分歧。有一半委员认为帅克是白痴，另一半认为他是个骗子，有意跟军部开玩笑。

"我们要是对付不了你，那才真叫怪呢！"主任委员对着帅克大声嚷道。

帅克用一种孩稚般纯真安详的眼神呆望着全体委员。军区参谋长走近了帅克，对他说："我很想知道你究竟想捣些什么鬼。你，你这猪！"

"报告长官，我脑子里什么都不想。"

"浑蛋！"一位委员腰刀铿然碰响，气哼哼地说，"原来你什么都不想，对吗？你这头蠢驴！"

“报告长官，我不思考，因为当兵的不许有思想。许多年以前，当我还在九十一连队的时候，我们的官长总是对我们说：‘当兵的不许思考。官长都替他们想好了。当兵的一旦思考起来，他就不成为兵，他就变成一个草民了。’思想并不能……”

“住嘴！”主任委员凶悍地打住帅克的话，“我们早知道你。你不是什么白痴，帅克。你就是调皮捣蛋，你很狡猾，你是个骗子、无赖，你听懂了吗？”

“报告长官，听懂了，长官。”

“我不是告诉你住嘴吗！你听见没有？”

“报告长官，我听见您说，要我住嘴。”

“我的天啊，那么你就住嘴！我说话的时候你该明白你的嘴唇不许动！”

“报告长官，我知道您不叫我的嘴唇动一下。”

几位军官老爷交换了个眼色，然后把军曹长喊了过来。“把这个人带到办公室去，”军医参谋长指着帅克说，“等我们做出决定和报告。这家伙什么屁毛病也没有，他就是装病，想逃避兵役。同时，他还胡扯，拿他的长官开玩笑。他以为到这儿来是寻开心的。他把军队看成了一个大笑话，像个杂耍场。”然后对帅克说：“等你到了拘留营，他们就会叫你知道军队不是儿戏。”

当值班的军官在传令室里对帅克嚷着像他这样的人该枪毙的时候，委员们在楼上病房里正恶狠狠地对付别的装病逃避兵役的人。在七十个病人里头只饶了两名：一个是腿被炮弹炸掉了，另外一个得的是真正的骨癌。

只有在他们两个身上不能使用“健康”字样。其余的，连同三名患晚期肺结核的，都宣布为体格健康，可以服兵役。

第九章

帅克在警备司令部拘留所

对那些不愿去打仗的人而言，拘留所是他们的最后一个避难所。我认识的一位代课教员即是如此。他是数学教师，本应在炮兵队服役，但是他显然对开炮没有好感。为了让人家毫不留情地把他关进拘留所，以此来躲避兵役，他便有意偷了一个上尉的手表。他是绞尽脑汁，才想到这个绝妙好计的。他无法对战争投注哪怕是一丁点的热情，不能在其中找到乐趣。如果要开枪射击敌人，或者用榴霰弹和手榴弹炸死对方，他认为这无疑是一种愚蠢的行为，没准无辜死去的就是同他自己一样可怜的数学代课教员。

“因为自己灭绝人性的残暴行为而遭人唾弃，做一个这样可恶的人，我一万个不愿意。”他自我劝慰道，随后心安理得地偷了那块手表。

刚开始，他的神经功能受到了严格的检查。后来，他主动交代说，偷表是因为财迷心窍，这么一坦白，顺利地到拘留所来了。拘留所里有一些人，包括各级军需官，他们认为战争是不可多得的发财机会，便不择手段地贪污士兵粮饷，无论是在后方还是在前线。实际上，送他们到这里来的人比他们心黑一千倍。拘留所里还关着一些士兵，他们是犯了与军事有关的罪，如违反军纪、企图煽动暴乱、私自潜逃。另外，还有一批犯人属于特殊类型，即政治犯，他们百分之九十九的人都无一例外地判了刑，可其中百分之八十是完全无辜的。

军法机关规模可谓宏大。这种司法机构巍然存在于每个国家，因为政治腐败、经济衰落与道德沦丧是全世界普遍的。凭借法庭、警察、宪兵活动，再收买告密的恶棍，可以维持帝国根基及其赫赫声誉。

军方豢养着为数不少的一批奸细。专门告发平时与他们同睡草垫、行军中和他们同吃面包的伙伴，这批奸细以告密为生。

国家警察当局给拘留所提供宝贵材料，通过那些大名鼎鼎的密探及与其沆瀣一气的同伙。军队书刊检查局对拘留所工作也大力支持，检查局看见那些在前线暗无天日和留在家里处于绝望境地的人居然还在不知死活地互相通信，于是便把他们统统送到这里来加以管教。一些丧失了劳动能力的老农也被宪兵们送了进来，他们给前方亲人写信本无可厚非，可偏偏要谈论军事法庭，还要在信中写下一些安慰的话，又画蛇添足地描述了一番儿子离家后十二年里严重威胁着他们家庭生存的贫困，这就不可原谅了。

赫拉昌尼的拘留所外有一条道路，这条路经过布舍夫诺瓦，最后通向打靶场。荷枪实弹的押送队的前面，走着一个戴手铐的人，而一辆拉着简陋的薄棺材的大车则在押送队的后面跟着。打靶场上响起了震耳欲聋的口令声:“An！ feuer！[1]”事后，军事当局的通令在所有连队和营里郑重其事地宣布：暴乱分子已被依法枪决。该暴乱分子在被征入伍时，因为他那个妻子很不识时务，不愿和他分离，使得大尉勃然大怒，用马刀砍死了那娘儿们，他居然敢犯上作乱，导致了一场暴乱。

责任重大的拘留所由三个人把持着：军狱看守长斯拉维切克、林赫德大尉和外号叫“刽子手”的军士谢帕。在他们严刑拷打的折磨下，现在共和国成立了，林赫德大尉可能还在一如既往地当大尉。我想，他的服役年限应该包括他在拘留所里服役的时间。同样的道理，斯拉

[1] 德语：举枪瞄准！射击！

维切克等人的服役年限也该包括他们在国家警察局恪尽职守的工作时间。复员后的谢帕又恢复了他的老行当，仍旧去干他的泥瓦匠了。共和国成立后，他有可能还成了某爱国团体的成员哩。

而军狱看守长斯拉维切克我们也不能不提，他在共和国成立后当了小偷。所以，对于他现在蹲在监狱里的境况我们没必要表示惊讶。

别的许多军官老爷都在共和国里身居高位，而看守长大人够可怜的，没捞到一官半职。

军狱看守长斯拉维切克一见到帅克，便向他瞄了一眼，那眼神里透着严厉："你能有幸光临我们这儿，足以证明你臭名昭著。我们对所有落在我们手中的家伙都一视同仁，保证让大家在这儿过得称心如意，你这小子也不例外。要知道，我们可没有妇人之仁。"

为了强化这种威吓，他又把他粗硬的拳头探到帅克的鼻子底下强调说："来，好好闻闻吧，你这臭小子。"

帅克用鼻子嗅了嗅，说："老实说，我的鼻子可不想让它揍一顿。它带着股死亡的气味。"

军狱看守长感到非常满意，因为帅克表现出了应有的畏服。

"嘿！注意站直！"他挥起拳头捅了捅帅克的肚子，"看看兜里装着什么？如果是香烟，你可以随身带着；如果是钱，可别搁在兜里，免得被人家偷走了，还是放在我这儿保险。你什么也没有吗？千真万确？撒谎可不好，要挨罚的，你可别对我说假话呀。"

"他该关到哪儿去呢？"军士谢帕问道。

"嗯，关到十六号牢房吧，那些穿短裤衩的可以和他做伴。"看守长沉吟一会儿，做出了决定，"你看这几个词：'Streng behiiten, beobachten！[1]'林赫德大尉在这公文上写的。"

[1] 德语：严加看管，注意！

“是的，老弟，就得把他当下流坯对待，谁让他天生就是下流坯呢。”看守长转向帅克，板起脸孔，面无表情地说，“谁要是不知好歹，谁就会被关进单身牢房，打断他所有的肋骨，让他眼巴巴地躺在那儿没人理睬，一直到死。我们有权这么处理。谢帕，还记得我们怎么对付那个屠夫的吗？”

“哦，那个下流坯。他可真够麻烦，看守长先生！”军士咂嘴回味着惩恶扬善的经历，“他太健壮了，简直像是一头牛。为了打断他的肋骨，我在他身上使命踩着，花了足足五分多钟，才听见他的肋骨咯嘣咯嘣地一一断掉，他的嘴里流出了鲜血。这么折腾他，他居然又活了十来天。这狗崽子，真经得起折腾。”

“你现在总该知道，我们是怎么惩罚那些捣乱的坏家伙的，你这下流坯。”看守长斯拉维切克结束他的训话，“谁要是胆敢开小差，那就是他不想活了，自取灭亡。对付逃兵，我们这儿也是这么惩办。上帝保佑你，你这浑蛋，可别打坏主意，想趁来人检查时胡说八道。我举个例子，要是检查组问你有什么不满意的地方，你就该站直身子，恭恭敬敬地行个军礼，报告说：‘长官，我对这儿完全满意，毫无怨言。’你这浑蛋，知道怎么说了吧？来，重复一遍给我听！”

“报告长官，我毫无意见，完全满意。”帅克复述道，脸上的表情极为可爱，以至看守长不由得相信了他的坦白和真诚。

“嗯，很好。现在呢，你脱掉衣服，就只穿一条短裤衩，乖乖到十六号牢房去。”他讲话一反常规，没有使用诸如“下流坯”“蠢货”“浑蛋”一类的口头禅，实在是太客气了。

帅克来到十六号牢房里，这里满是没穿长裤的人，数一数，竟有十九个。他们的案卷上都有特别指示：“Streng betiiten，beobachten。”眼下，为了防止他们逃跑，看守长把他们管得严严实实的。

如果他们的短裤衩都是干净整洁的，而窗上也没有装铁栅栏，那么初来乍到的你一定会以为这是澡堂的更衣室。

军士把帅克推到犯人班长的面前。这位班长的衬衣纽扣没有扣上，露出了毛茸茸的胸脯。他在墙壁的纸牌上写下帅克的名字，告诉帅克：“咱们这儿明天有好戏上演。他们会把我们拎到小教堂,说是去听讲道。咱们正好紧贴着讲坛并排站好，齐刷刷地穿着短裤衩，那情景真是太滑稽有趣了。”

拘留所的犯人非常喜欢上小教堂，这里与所有的监狱和反省院没有不同。但他们喜欢去小教堂的原因并不是强制去监狱教堂做定期访问会让他们与上帝更加亲密，或者是他们能从中学到一些道德品质。他们从不理会这类无聊而又愚蠢的事儿。

望弥撒、听讲道可以使他们暂时从拘留所极为乏味的生活中解脱出来，倒也不失为一种怡情悦性的娱乐。但我们不能据此以为他们与上帝更加亲近了。他们之所以认为望弥撒和听讲道是件愉快的消遣，是因为他们在路上、走廊或者院子里有机会捡到别人随手扔掉的香烟头、雪茄烟蒂。上帝完全可以被一个扔在痰盂里或者脏兮兮的地上的小烟头儿排挤到九霄云外去，对上帝的期望、对拯救灵魂的期望，随即便被这个散发着熏人烟味的小玩意儿排遣了。

而且，这种布道本身也带给人无限的快乐。连队随军神父[1]奥托·卡茨又特别惹人喜爱。他的说教吸引了大家，逗得他们捧腹大笑，把一份宝贵的生机注入了拘留所枯燥苦闷的生活。他循循善诱，口若悬河地讲述上帝至高无上的恩典，这大大鼓舞了那些本来无可救药的犯人，令他们精神振奋。站在庄严肃穆的讲坛乃至是祭台上，他会毫不费力地发出一连串精彩的咒骂，也会在祭台上朗诵“Ite missa est”[2]

[1] 奥地利的军队设置了团队神父，他们拥有军衔，享有军官的权力。
[2] 拉丁语：弥撒结束，请退场。这是神父在弥撒结束时对听众的祷词。

这句话，那声调简直是妙不可言。他主持整个圣礼的手法真可谓匠心独运。弥撒的程序在他手里给弄得颠三倒四，如果他喝多了酒，他还能即兴编出一套新颖的祈祷文和弥撒曲，这样的祷告词史无前例。

还有更逗人发笑的开心事儿呢，那就是手里捧着圣杯、圣体或弥撒书的他一不小心重重地摔了一跤。他出此洋相，便气愤地责骂从囚犯中精挑细选出来的助祭，骂助祭心肠歹毒，有意伸出腿脚绊倒他。立在圣餐保存器前，他当场宣布罚做错事的助祭享受单身牢房，并受“嘴啃地”刑罚。

受罚者很乐意如此，因为在监狱教堂整出的闹剧里这是一个重要的组成部分，而他在其中有着不可或缺的地位，他相当出色地扮演着这一重要角色。

刚才介绍的这位最完美的随军神父，奥托·卡茨，是个犹太人。你不必大惊小怪，这没什么：大主教科亨不是也出身犹太吗？

与大名鼎鼎的科亨大主教相比，随军神父奥托·卡茨还有一段更为让人拍案称奇的经历呢。

他曾在商业学校求学，在军队里服过役，是一年制志愿兵[1]。他极为通晓证券法和证券业务，真可以算得上了如指掌了。因此不出一年便使他父亲的“卡茨公司”极为顺利地彻底破产了。可怜的老卡茨只好背着他与合股的在阿根廷的债权人签订了一份协议，进行善后补偿，然后启程远赴南美了。

年少气盛的奥托·卡茨就这样成功地把卡茨公司赏给了南美洲，而他自己的下场却很凄惨，既不能继承什么产业，又没有容身之所，他不得不去从军。

[1] 按照奥地利的旧例，一般人须服三年兵役，受过中等教育的青年只需服役一年，在一年制志愿兵校接受军事教育，毕业后通过一定的考试即可升为军官。为了与普通士兵相区别，一年制志愿兵袖上佩戴黑黄饰带。

对了，这位一年制志愿兵奥托·卡茨在此之前还设想并亲身实践了一件极为光彩夺目的事情：他去受了洗礼。他祈求基督保佑他官运亨通，态度极为虔诚。他认为洗礼是他与主之间的一笔交易。

奥托·卡茨的洗礼在艾玛乌泽修道院举行，非常隆重。场面十分气派，主持他的洗礼仪式的是阿尔巴神父。到场嘉宾不少，包括来自奥托·卡茨服过役的那个兵团的少校，还有一个老处女，来自赫拉昌尼贵族女子专科学校。卡茨的教父则是一位阔口宽脸的主教团代表。

这位新鲜出炉的基督教徒一帆风顺地通过了军官考试，于是他就留在军队里了。一开始，春风得意的他感觉万事顺意，甚至还美滋滋地幻想有朝一日去参谋部的训练班深造。

可是事情并没有像他设想的那样向前发展。有一天，他喝得醉醺醺的，闯进了修道院，把马刀扔到那儿，换上了一件教袍，有幸受到赫拉昌尼的大主教的亲切接见，由此进了神学院。他在参加被授予圣职的仪式之前，竟在一座非常规矩的、有女服务员的房子里寻欢作乐，喝得酩酊大醉，然后才摇摇晃晃地跑去接受圣职。后来，他来到团队，把这里当作避难所。再后来，他被任命为团队随军神父，随即买了一匹马，骑着它在布拉格走街串巷，还踊跃参加团队军官们的各种酒宴。

他时常在居住的房屋的过道里咒骂看不顺眼的教徒，他时常到街上寻找妓女领回住所去，要么就派他的勤务兵去把她们找来。玩牌是他的拿手好戏，大家尽管很清楚他玩牌时耍了诡计，但都默许了他在教袍大衣袖里私藏一张黑桃 A 的做法。“圣洁的神父”，军官们都这么尊称他。

他从来不预先为讲道做准备。他的前任坚持认为，关在拘留所里的士兵们在讲道坛前可以痛改前非。那位神父真是恪尽职守呀，他虔诚地眨巴着双眼，对囚犯们苦口婆心地讲呀讲，例如必须改革有关娼妓问题的法律呀，必须改善对未婚母亲的关怀的道理呀，还有私生子的教育问题，等等。讲解尽心尽意，可他频频使用抽象的概念，又与现实情况完全脱节，听众一个个无精打采的，只觉得索然无味。

与此相反，奥托·卡茨随军神父的讲道却是好评如潮。

当十六号牢房的住客们穿着裤衩被领入教堂的时候，那一时刻真是隆重得无与伦比呀。他们如果穿上长裤，就会有人趁机中途逃走，所以他们只好穿着短裤衩。这二十个穿短裤衩的囚犯齐刷刷地在讲坛跟前立定，真是一群纯洁无邪的天使。还有几个人运气不错，嘴里衔着在路上捡到的烟蒂——他们不得不这样叼着，因为没有衣兜可装。

拘留所里其余的囚犯团团围在他们四周，打量着这站在讲坛下面的二十名穿裤衩的帅哥，非常开心。随军神父登上讲坛，他靴子后跟上的马刺发出刺耳的声响。

“Habt Acht！[1]”他厉声喊着口令，“现在我宣布，祷告正式开始！所有人都跟着我念！那个浑蛋，站在后排的那个，老实点，别一个劲地往手里擤鼻涕！别忘了这是天主的神殿，你再捣乱我就叫人把你关押起来！你们这伙蠢家伙，还没忘记《我们的父》这篇祷文吧？行，试试看！呵呵，你们果然念不好，我就知道。你们哪会记得呀？叫上两份肉、一盘扁豆沙拉，吃得肚子胀得老大，酒足饭饱之后往草垫上一倒，掏掏鼻孔，从不把天父放在心上，你们不就是这样没心没肺吗？”

站在讲坛上的神父瞅了瞅下面这二十名穿短裤衩的纯洁天使，和在场其余的人一样，他们正玩得兴高采烈呢。后排的人正在玩互弹屁股的下流游戏。

“这真是有趣极了！”帅克轻轻地对身旁的人说，旁边这人是个叛国分子，据说，他接受了三个克朗，用斧子把朋友一只手的五根指头全部跺掉了，于是他的朋友因此解除了兵役。

---

[1] 德语：立正！

“好戏才开始，高潮在后头呢！”那人告诉他，“神父今天醉得一塌糊涂，肯定会大谈他走向犯罪的光荣历史。”

事实果真如此，随军神父今天兴致勃勃，他老是把身子探过讲坛的栏杆，可他自己也不知道为什么要这么做。终于，他失去平衡，跌下了讲坛。

“小伙子们，唱唱歌吧！”他高声喊着，“或者，我教你们唱首新歌？嗯，跟我一起唱：

我有个心爱的姑娘呀，
我爱她胜过所有一切啊，
并不止我一人追求她呀，
她的情人有千千万啊，
我这个心爱的姑娘呀，
就是美丽的人儿马利亚啊。

“你们这帮傻瓜，永远也学不会。”神父唱完说道，“所以我绝对赞成把你们统统像狗一样毙掉。我的话你们听明白了吗？我以神的名义宣称：上帝是不怕你们这些浑蛋的，上帝有法子让你们心服口服。你们不愿亲近基督，反而走上罪恶的道路，所以你们都会变成十足的大傻瓜。”

“瞧吧，他这才来劲呢！他在扮演主角！”帅克旁边那个人告诉他，很快活的样子。

“书上讲的罪恶的道路，就是与罪恶作斗争的道路。你们不愿回到天父身边，倒宁肯在单身牢房里待着，你们真是群蠢货，是群草包。你们这些下三烂，只要你们抬起头来，往高处看看蓝天，你们就能战胜罪恶，灵魂就能得到安宁。我说后面那个家伙，你别再打呼噜啦！

你们是在天父的神殿里，你们又不是马，又没有关在马厩里。我提醒你们，别太放肆了，我亲爱的。

“好，这样才对！咦，我讲到哪儿了？‘灵魂将得到安抚’，对啦！你们这些畜生，你们千万要记住，你们是人，要透过乌云看到遥远的光明的地方！你们一定要牢记，万事万物都是转瞬即逝，唯有上帝是永恒的。对不对？我真应该日日夜夜为你们祈祷，向宽容的上帝祈祷。你们真是群蠢货，不长脑子！我本该向上帝祈求，求他把灵魂输入你们冰凉的心，求他仁慈地宽恕你们的罪恶，使你们永远皈依他老人家；我本该求他永远爱护你们这群浑球，但你们不要把我想得那么好！要把你们引入天堂，我可没那份好兴致！”

神父顿了顿，打了个酒嗝。

“我可没那份好兴致！”他重复一遍道，“别指望我会为你们做点什么。我连想都不会想，因为你们是群天生的贱种，不可救药。你们走在罪恶的道路上，连天父圣洁的恩典也没法引导你们，上帝神圣的爱也无法感召你们，因为敬爱的天父压根儿就没考虑过要管束你们这伙蠢猪！你们，穿短裤衩的家伙，都听见了吧？”

二十名穿裤衩的人望着神父，异口同声地答道：“报告神父，听见了！”

“仅仅是听见了还不够，”神父紧接着继续宣讲，“如果人生满是晦暗的阴霾，上帝就是笑容满面也无法解脱你们出苦海，你们这群蠢货！要知道，上帝的恩典再博大也是有限的。后面那头蠢驴，对，就是说你，别像个老头一样咳个不停好不好？否则我立刻把你关进监牢。还有你们，别以为现在是逛街。上帝确实最仁慈，但他的仁慈绝不会赐给你们这些败类，而只会给予正派人。别妄想凭法律和军事法典来改造这伙败类，绝对行不通。我要告诉你们的就是这些。

“你们以为上教堂就是消遣，把这里当作剧院或者电影院，甚至连祷告都不知道怎么做。这些想法简直荒谬极了，你们不能这样愚蠢地想问题。你们别一厢情愿地认为我来这儿是让你们寻开心，给你们刻板枯燥的生活增添点乐趣。我要把你们统统关入单身牢房！对你们这群草包,我说到做到。我看得出来,我在这儿纯粹是浪费宝贵的时光,我所做的一切努力完全是无济于事。事实上，就算是大元帅或者大主教肯赏脸光临这里，你们也会无动于衷，同样不会改过自新，不会主动与天主亲近。可是，总有一天，你们会想起我这个人来，总会明白我是为你们好的。”

抽泣声从二十名穿裤衩的人中间传出来。是帅克在哭。

神父定睛一看，帅克正站在那儿拼命用拳头揉着眼睛。旁边的人则十分愉快地欣赏着他的模样。

神父手指帅克,继续滔滔不绝地讲:“你们都把他当作榜样，是吧？他在做什么呢？他在哭泣。不要哭，我告诉你，不要哭啊！想改邪归正吗，小伙子？这可不容易哦！别看你现在痛哭流涕，可等你一回到那间小屋，你就会恢复到原形，还是个下流坯，所以你要时刻铭记上帝的恩惠与仁爱。你要多多思考，让你那丑恶的灵魂在这世上找到一条光明大道。

“今天，我们大家都亲眼看到了，有一个人在这里哭了，他想要重新做人。你们呢，你们围观的人作何打算呢？还是什么也不做吗？那边，谁在不停地嚼东西？难道你是一头母牛吗？那边还有一个浑蛋，啊哈，居然在捉衬衫里的虱子，这可是在神殿呀！喂，说你呢，你就不能等会儿到家再捉吗？真是不识趣，偏偏选在这个关键时刻来捉虱子，这可是做弥撒的时间。看守长先生，您就不能管管他们吗？

“你们不是那些平平庸庸的老百姓，你们都是军人。你们既然是军人，就得像个军人，何况是在教堂哩！真他妈的浑球，你们专心点，一心一意跟随上帝，别老想着其他的杂事，那些留着回去再做。好，我讲完了。我要求你们做弥撒时要规规矩矩，你们这帮流氓，千万别像上次后排的那个人。那家伙太不像话了，政府发给他的内衣也被他拿去换了面包，这是个只关心口腹之欲的傻瓜，就是在做弥撒的时候也不会忘记吃面包。”

说着，神父到圣器室去了。跟在他后面的是拘留所看守长。等了片刻，看守长独自走出来，没有搭理大家，径直朝帅克走去，帅克就在二十名穿裤衩的人中间。看守长把帅克叫出来，带他进了圣器室。

神父很悠闲地坐在桌子上，手里捏着烟卷，看上去很愉快。

神父见帅克进来了，便开口说:“好，你来了。仔仔细细思考过了，我想我对你的心思了解得相当透彻，这点你能明白吗？我说小伙子，我还是生平第一次看见有人在教堂听我讲道时当众哭了起来。”

神父跳下桌子，揪住帅克的肩膀用力晃着。他的头上悬着一幅巨型画像，里面是弗兰西斯·萨尔斯[1]阴沉沉的面庞。神父嚷道:“你老实交代，你这小滑头，你刚才装哭是为了作弄我吧？”

萨尔斯的画像注视着帅克，神情里好像带着质疑。墙上还有一张画像，是一个殉道者，他从另一个角度注视着帅克，神情则是惶恐不安的。那个殉道者的胯部有一道伤痕，是罗马雇佣军的无名小卒锯的，但殉道者的脸部极为平静，既看不出丝毫痛苦的表情，也见不着任何快乐的痕迹。殉道者本应显示出光彩照人的神情，可画像似乎表现得并不成功，因而给人以张皇失措之感，他似乎想说:“我怎么会做出这种事来呢？各位，你们最终要如何对付我？”

“报告神父，”帅克决心背水一战了，他郑重其事地说，“在万能的上帝和您的面前，我真诚地坦白忏悔。您——身处天父的位置，您是庄严的父亲，我刚才装哭确实是为了开个玩笑。如果我没猜错，您

[1] 弗兰西斯·萨尔斯（Francis de Sales，1567—1622），日内瓦主教，被立为圣徒。

的布道完美得无懈可击，但恰恰缺少一个罪犯表示要悔过自新。我想，您在传教时一定费了好大力气想寻找这样一个罪犯，可是您什么也没找到，白费心思了。所以，我就真心想让您高兴一下，您千万不要灰心，以为再也找不到诚实的人了。而且，我也想趁机让自己高兴一下。”

神父定睛打量帅克，而帅克的表情是那样天真无邪。一道阳光射了进来，照在弗兰西斯·萨尔斯那阴沉沉的画像上，也使对面墙上画像里张皇失措的殉道者显得略微温情些。

“嗯，听你这么说，你倒是蛮惹人喜爱的。”神父说着，又一屁股坐到了桌子上。“你来自哪个连队？”他一边问一边打着饱嗝。

“报告神父，我既属于九十一连队，又不属于九十一连队，我自己也不明白我到底是怎么了。”

“是这样啊，那你蹲在这儿干吗？”神父问道，他还在打着嗝。

帅克听到了管风琴的琴声，是从教堂里传来的。一位因为开小差而关禁闭的教师在演奏，他弹奏的是最悲伤的宗教乐曲。琴声与随军神父的嗝声相比要低出半个音。

“报告神父，我真的不知道，我怎么会在这儿坐牢，但我一点怨言也没有。我就是感觉很不幸，我什么事都考虑得好好的，可事情总是不遂人愿，从没有个好结果，这真的像画像上那位殉道者。”

神父看了看画像，笑着说：“你确实很招我喜欢。我要了解一下你的案情，对，到军事法官那儿去了解一下。哎呀，我没工夫跟你瞎聊了。这场弥撒还在等着我呢。归队！解散！”

帅克于是回到讲坛底下那伙穿短裤衩的同伴当中。他们问神父把他叫到圣器室干了些什么，他回答得相当干脆：“他喝醉了。”

随军神父新一轮的表演开始了，他要赶快把这场弥撒主持结束。大家聚精会神地望着他，一个个毫不掩饰他们的欣赏之情。其中一位甚至站在讲坛下面说，他敢打赌，神父手里拿着的圣饼盘子肯定会掉下来。说着，他拿出自己的那份面包作赌注，对方则许下了两个耳光。结果是他赢了。

教堂里，大家一本正经地盯着神父主持的仪式，但你不要误以为教徒们信仰神秘主义，或者以为他们像真正的基督教徒那样怀有虔诚的信仰。这种情景与另外一种情况颇为相似：当人们在剧院里欣赏一出情节曲折但又不熟悉的戏剧时，会非常急切地想知道它的结局。神父先生面对观众表演得极为投入，大家被这幅美不胜收的场面深深地吸引了。

神父反穿着他的教袍，大家以专注与审美的眼光欣赏着这位模特，同时对讲坛旁所发生的事情给予了密切关注，其中既有一份浓厚的热忱，又有着一份深深的悲悯。

黄头发助手正拼命在脑海里回忆弥撒的整个程序、仪式和经文内容。这个助手是教会的逃兵，也是二十八连队的盗贼。他不仅担任神父的助手，还负责为他提示台词。心不在焉的神父把整段经文念得颠三倒四的。他对听众大声唱着天主降临节的晨祷词，以为这是普通的弥撒曲，大家听了，笑得前俯后仰，真是开心极了。

神父既没有动听的嗓音，又相当缺乏音乐细胞。他刚张开口，教堂的拱顶下便回响起阵阵尖叫声，颇像猪栏里发出来的刺耳的锐叫。

“他今天真是唱得够多的！”讲坛前面的人们乐呵呵地议论着，觉得很满意，“你瞧他那副样子，不知又是在哪个娘儿们家里贪杯了。”

神父又大声唱起了弥撒结束时的告别经文，这是他站在讲坛上第三次唱这句告别词。他唱得很起劲，把窗子都震得直打哆嗦，仿佛印第安人在战场上发出的震耳欲聋的号叫。

随军神父朝圣杯瞄了几眼，想知道里面有没有剩下一些酒，接着他做了个手势，表示很不耐烦，并对听众说道：“浑蛋们，没你们的事了，回去吧。我知道你们这帮蠢货并没有在教堂，在神圣的天主面前表现出应有的虔诚。在神圣不可侵犯的上帝面前，你们大声地谈笑、咳嗽还有吼叫，毫无廉耻。甚至在我面前——在我这位代表圣母马利亚、耶稣基督和天父的使者面前，你们还使劲地跺脚，发出讨厌的杂音。你们这帮下流坯！下次如果还这样乱搞，我就要让你们好瞧，我会狠狠整你们一顿，让你们受到应得的惩罚。我要告诉你们，除了我不久前讲到的地狱之外，还存在一座人间地狱，你们就算能侥幸超脱地狱，也很难逃脱这座人间地狱！解散吧！”

随军神父的这一套其实早就是老把戏了，但他在囚犯听众面前还是表演得相当出色。他表演完毕，走到圣器室把衣服换了，把大肚瓶里的圣酒倒入酒壶，一口气喝光了，随后在黄头发助手的搀扶下，走到院子里，坐到了马背上。可是他突然想起了帅克，又翻身下马，来到了军法检察官贝尔尼斯的办公室。

说到军法检察官贝尔尼斯，他既是一个喜欢热闹的社交人物，又是一个极富魅力的伴舞高手，还是一个贪恋女色的好色之徒。他总是感觉自己的差事极其乏味，反而喜欢在纪念册上信手涂上几句德文诗。他诗兴大发时写诗极快，仿佛早就胸有成竹了。在军法处，他是最重要的要员。他手里掌握着大量的审讯记录和起诉书，这些材料是那么杂乱无章，但这丝毫不影响赫拉昌尼军事法庭全体人员对他的尊敬。

贝尔尼斯老是不小心把起诉材料弄丢了，于是他只好重新编造。他编造得并不高明，常常弄错人名，张冠李戴，写着写着，不知何时竟把诉讼案情的线索给丢了，只得又充分发挥他的想象力胡乱杜撰一通。他把逃兵当作盗贼审讯，又把盗贼当作逃兵来宣判。他凭空捏造政治案件，胡说八道，给人罗织各种莫须有的罪名，有的连做梦也想不到。他给人虚构侮辱皇帝陛下的罪名，杜撰控告词，强加罪名，档案却是极其混乱的，于是起诉的原始文件往往丢失得无影无踪。

“近来生活过得好吗？”神父说着，向检察官伸出了一只手。

“糟透了，”检察官答道，“我的档案被他们弄得乱糟糟的，现在连一点儿头绪都理不出来了。昨天，我整理好一个被指控为叛乱分子的材料，呈送给上面，他们又退了回来，说这只是个偷窃罐头的案子，并不是叛乱案。他们说我送上去的是另一份材料。天知道他们还会想出什么花招来。”

军法处的检察官吐出了一口唾沫。

“还经常打牌吗？”神父问他。

“打牌？我把一切都输光了。最近，我跟一个秃头的上校玩扑克，输得一塌糊涂。好在我结识了一位女郎。你呢，近来还好吗，神父？”

“我要一个勤务兵，”随军神父说，“眼下我有一个老会计，可他没受过高等教育，可以算是天下第一号的傻瓜。他从早到晚只知道叽里呱啦地做祷告，祈求上帝保佑他。我把他打发走了，和先遣营一起上前线去了。据说这个营队已全军覆没。

“后来又派给我一个浑蛋，他倒好，什么事都不做，尽拿我的钱去酒馆里喝个没够。这个浑蛋，他太懒了，我无法忍受。我只好又打发他去先遣营了。今天我在讲道的时候又发现了一个家伙，他当着大家的面号啕大哭，却只是为了开个玩笑。我倒是需要这号人。他叫帅克，关在十六号牢房。我想知道他是什么罪名，我想把他弄出来，你看看有没有办法通融一下。”

于是检察官在抽屉里翻寻有关帅克的公文，结果自然是什么也找不到，关于这一点，大家已经司空见惯。

“一准是在林赫德大尉那里。我怎么知道那档案丢到什么旮旯里去了。”他埋头找了好久，“嗯，我肯定是送给林赫德了。我马上打电话给他吧。喂，我是检察官贝尔尼斯上尉。大尉先生，我想请问一下，您那儿有没有一份叫什么帅克的卷宗？帅克的卷宗该在我这儿吗？这倒奇怪了……我从您手里拿走的？真是咄咄怪事……他被关在十六号牢房……十六号牢房的确归我管。但是，我以为帅克的卷宗肯定是塞在您那里了，不知道搁在哪儿……什么？您要我不用这种方式和您讲话？您办公室里什么东西也没有？喂！喂！”

检察官贝尔尼斯在桌子旁坐了下来，抱怨了一通，说审讯档案的管理实在太混乱了。他与林赫德大尉之间早就有了隔阂，互相不满，谁也不服谁。如果归林赫德管的案卷落到贝尔尼斯手里，贝尔尼斯绝不会慎重对待，而是随手把东西塞在一个角落里，谁也无法找到。林赫德也不甘示弱，用同样的办法回敬贝尔尼斯的案卷。所以，他们把好些卷宗弄得无影无踪了。

（帅克的案卷直到革命后才被找出来，是被搁在军事法庭档案室了，被塞在一个名叫约瑟夫·科乌德拉的卷宗夹里了，封皮上画着一个小十字架，下面签着“已办”和日期，里面的批注为：“该犯公然无视社会法律道德，公开反对君主制和国家政权。”）

“照这么说，帅克的卷宗是找不着啦？”检察官贝尔尼斯说，“那我马上派人叫他过来，如果他什么也招不出，我就当场释放他。我会叫人把他送到你那里，你自己再到团部去把其余手续办了。”

神父走后，贝尔尼斯下令提审帅克。帅克来了，检察官叫他站在门口等着，因为他正在接听警察局的电话，警察局通知他，办公厅第一科已经收到有关步兵曼克辛纳尔的七二六七号起诉书的所需材料，林赫德大尉签收了这份材料。

利用这一空暇时间，帅克打量了检察官的办公室。

帅克实在说不上对这间办公室的印象会有多好，尤其是墙上那些照片。这些照片反映出部队在加里西亚和塞尔维亚是如何执行各种死刑的。有些艺术照片上，被焚烧的小茅舍和枝干上吊着死人。还有一张照片特别精致，拍摄于塞尔维亚，是一家老小全部被绞死的情景。

照片里，一个小男孩和他的父母全被绞死，处死者被吊在大树上，由两名手持刺刀枪的士兵看守着，前面站着一个军官，正在神气十足地抽烟，画面另一处是炊事班正在做饭。

“帅克，你究竟是因为什么被关入牢房的？”检察官贝尔尼斯一边问，一边随手把电话记录条扔进卷宗里，“你犯了什么错？你是愿意老老实实坦白，还是希望由人家来揭发检举？你别再这样糊涂下去了，不行的，你别以为现在是由愚蠢的文官审问你。我们这儿是军事法庭，是皇家军事法庭。你如果想争取免除正义而严厉的惩罚，唯一能做的就是老老实实交代。”

检察官贝尔尼斯面对丢失被告材料的不利情况，常常会使出这种神招，刚才我们也见识到了。说实话，检察官的这一撒手锏也没什么出奇制胜之处，所以这种审讯往往是一无所获，对于这种极易想到的结果，我们完全没必要表示惊讶。

但贝尔尼斯却以为自己很聪明，能明察秋毫。眼下，他既没有被告的材料，也不知道被告犯了什么罪、为什么会被关在拘留所里，但他觉得只要察言观色，端详被审讯者的面部表情和一举一动，他肯定能找到对方被关进拘留所里的根本原因。

他能把盗窃犯判成政治犯，这充分表明他对人的洞察力和判断力简直到了巅峰状态。有一次，一个吉卜赛人被仓库管理员当场拿获，他因偷了几打内衣被扭送到拘留所来。贝尔尼斯指控他犯有政治罪行，说此人在一个小酒店里危言耸听，蛊惑一些士兵建立独立的民族国家，这样的国家预谋以斯拉夫人国王为领袖，由捷克和斯洛伐克王室的国土共同组成。

“我们掌握了确凿的证据，”他告诉那个倒霉的吉卜赛人，“你想要获得从轻处理的话，只有老实招认你是在哪个酒店讲的那些政治言论，当时是哪个连队的士兵在听，这件事发生在什么时候。”

吉卜赛人自认晦气，只得胡乱编造了日期和酒店名称，士兵的连队番号也是凭空臆想所得。审讯好不容易结束了，他索性从拘留所越狱逃掉了。

“怎么，你什么也不想招认吗？”帅克沉默不语，如同一座坟墓。贝尔尼斯见状，便发问道：“你也不想交代你是怎么流落到这个地方来的，你为什么要坐牢吗？要是由我揭发，还不如你自己交代嘛。我再次提醒你，坦白交代吧，这对你有百利而无一害。因为这可以方便审讯，也会使你的罪行从轻发落。坦白从宽，这一点我们这儿与民事法庭是一致的。”

“报告长官，”沉默了良久，帅克突然说话了，声音听起来很善良，“我就像一个被捡来的人，莫名其妙就被关进拘留所了。”

“你这是什么意思？”

“报告长官，我会尽量通俗易懂地向您解释清楚的。在我们街上，有一个卖炭的家伙，他有一个男孩，才两岁，完全没犯过罪。有一天，小男孩从维诺堡走到利布尼，走不动了，就坐在走廊上。警察捡到了他，把他带回警察所，后来又把他这个两岁的小孩子关了起来。长官您看，小男孩就这样被关起来了，可他什么罪都没犯。即使他会说话，人家要问他怎么会被关进这里，他也会张口结舌，不知道该怎么回答。我就是这样，一个被捡来的人。”

检察官在帅克身上上下打量了一番，目光极为犀利，似乎已明白了一切。帅克站在检察官面前，浑身显出一种漫不经心又纯洁无辜的神情，把贝尔尼斯气得不行，在办公室里来回踱了好几圈。如果不是他已经答应神父把帅克送给他了，谁也说不准帅克的下场会如何。

终于，检察官在桌边站定了。

“你给我听好了，”他对帅克说，而帅克坦然而从容地正视着他，“别让我再看到你，否则有你吃不了兜着走的……把他给我带走！”

于是帅克又回到十六号牢房。贝尔尼斯则命令士兵把看守长斯拉维切克给叫来了。

“我决定，把帅克移交给卡茨神父，由他处理好了。”他简明扼要地说，“填好他的释放证。派两个人把帅克押送到神父先生那儿。”

“押送途中要给帅克戴脚镣和手铐吗，上尉先生？”

检察官握紧拳头，砰地朝桌上一捶：“蠢货！我讲得清清楚楚的，让你给他开释放证！”

一天下来，贝尔尼斯与林赫德、帅克打交道时早就积下了一肚子怒气，现在他把这满腔愤怒一股脑儿倾泻到了看守长身上。最后，他说：“现在你总该明白了吧，你不过是一头戴着王冠的笨牛！”虽然检察官完全可以肆无忌惮地对国王、皇后这样说话，可他这么和这位不戴王冠的普通看守长说话，后者显然很不服气。从检察官那儿灰头土脸地出来，他平白无故地赏了正在打扫过道的勤务囚犯几脚。

而帅克嘛，看守长也希望他能再享受点什么，至少得让他在拘留所多待一晚。

在拘留所度过的夜晚着实让人难忘。

十六号牢房毗邻一间单人牢房，那简直是一个阴暗的黑洞。这天夜晚，关在那个黑洞里的士兵不断地号啕大哭，大家听得一清二楚。那人不小心犯了军纪，斯拉维切克看守长下令谢帕军士打断他的肋骨。

号哭声渐渐平息了，从十六号牢房里又传来劈劈啪啪的声响。是犯人们在掐正好落入手指间的虱子。

牢门上面的墙洞里放着一盏用铁丝罩保护着的煤油灯。灯光十分灰暗，黑烟滚滚，散发出煤油味来。同时，空气里又掺和着常年不洗澡的人体汗臭、尿桶的骚臭味。尿桶被频频使用，每次都会窜出一股新的恶臭，十六号牢房又饱受一阵摧残。

所有的犯人无一例外地得了消化不良症，因为伙食很糟糕。此外，静寂的寒夜渗进来的冷风又使大多数人面临新一轮的挑战。大家只好互相逗趣儿，以打发这百般难熬的时光。

过道里，哨兵们在有节奏地踱步，看守时常打开牢门上的监视孔，从孔隙窥视监狱里的动静。

躺在中间一张床上的囚犯轻轻地说起话来：“我被关到你们这儿来是因为我企图越狱逃跑，本来，我是关在十二号牢房的。关在那个牢房的人都是轻罪案犯。有一次，十二号牢房里来了一个乡下人，那个可爱的家伙因为留宿几个士兵而被囚禁了十四天。一开始，他被误以为是搞政治阴谋，后来才明白他只是财迷心窍，想赚几个钱罢了。他本来应该和那些罪行最轻的人关在一起，但那里关满了人，于是他就被关到我们那里。

“这家伙从家里带来了所有东西，他家里的人又给他捎来好多吃的东西。他可真幸运，允许他自己开伙，当然也就吃得不错。他们还允许他吸烟。他有两块火腿、一大块面包，还有鸡蛋、黄油、香烟、烟草什么的，凡是我们眼馋的东西，他应有尽有。他把这些东西装进两个背包，随身带着，走到哪儿背到哪儿。呵呵，这家伙可小心眼了，总想着他一个人独吞。他不像别人那样，得到了食物就和人共享，他倒好，压根儿没想过和我们一起分享，既然如此，我们就别无选择，只能跟他摊牌了。可这无赖是个吝啬鬼，怎么劝他也不愿意和我们分享食物，说什么他要坐十四天的牢，这儿发给他的那一丁点儿卷心菜和烂土豆难吃极了，会把他的肠胃折腾坏的。他说他愿意把公家发给他的那一份面包和饭菜让给我们，任凭我们分着吃或者轮流吃。嗨，我跟你说，他简直太可笑，死活都不肯坐到那只桶上去拉屎撒尿，情愿一直憋着，等到第二天放风了才忙不迭地跑到院子里的粪坑边去拉。他还挺讲究，居然连手纸也带来了。

“我们告诉他，他那份饭菜我们才没看在眼里呢。我们就这么忍耐着，过了一天、两天、三天，这小子又是美滋滋地吃火腿，又是拿黄油抹面包，还一个劲地剥鸡蛋。可以说，他过得真不赖。此外，他还抽香烟，可从不给别人抽哪怕一口，说什么我们没权利抽烟，如果看守发现我们有人抽一口烟，肯定没好果子吃。总而言之，我们忍了足足三天。忍到第四天夜里，我们忍无可忍，只好对不起了。这家伙早上一骨碌爬起床来。哎呀，忘了先给你们交代了，他在早上、中午和晚上开始大吃大喝之前，都不会忘记做祷告，一做就是好半天。这天早上，他做完了祷告，便到他的床板底下去摸他那两个背包，他一直保管得严严实实的。他一摸，还好，背包还在，可是都空了，瘪瘪的，像晒干的李子。

“他大叫大嚷起来，说财产被偷了。然后他定在那儿想了五分钟的时间，说我们一定在和他开玩笑，把他的东西偷偷藏了起来，他还一脸兴奋地说：‘我知道，你们合伙蒙我，但是我相信你们一定会完璧归赵的。你们真会逗乐！’我们当中有个利布尼人，逗他说：‘喂，我有个诀窍可以传授给你，你用毯子蒙住脑袋，从一数到十，再回头看你的背包。’他特听话，就像一个小孩子那样，乖乖地用毯子蒙住头，开始数了起来：‘一,二,三,四……’利布尼人又告诉他：‘不对，别数太快了，慢点，再慢点，一定要数得特别慢。’他蒙在毯子里，重新数起来，果然数得很慢，每数一下就会停好长时间：‘一——二——三……’好不容易他数够十了，便从毯子里钻了出来去看他的背包。‘老天！你们真是太好心肠了！’他又大声嚷嚷起来，‘还是空空的什么也没有，跟刚才没什么两样啊！’你真该去看看他那副可怜相，我们都被他逗得哈哈大笑起来。利布尼人又说：‘你再诚心诚意地数一次吧！’我不说假话，那家伙果真又数了起来，真够傻头傻脑的。可他发现背包里还是空空的，只有手纸，于是大声嚷了起来，一边拍打着牢门：‘你们偷了我的东西，来人啊！开门啊！你们这伙惯犯！上帝保佑我吧，开门！’

“哨兵们听见了他的哭叫都赶了过来，看守长和谢帕军士也被惊动。我们都说他精神失常了,昨天一直在不停地吃东西,一直吃到深夜，他带来那么多东西，居然被他一个人完全吃光了。我们都异口同声地这么说。他只顾流着眼泪，一个劲地嚷着:‘我不管东西被藏到哪里了，总该剩下一点碎屑渣滓啊！’于是他又找那些碎屑渣滓，还是什么也没找到，因为我们有招啊：只要我们吃不了，就用一根线绳拴住送到三楼去了。那家伙只顾不停地嚷:‘总还会剩下点碎屑呀！’可他怎么也找不着。

“于是他专门盯着我们，一整天都不吃东西，指望看见有人吃东西或者吸香烟。一直到第二天吃午饭的时候，他还对发给我们的囚饭不理不睬，可是他挨饿到晚上，实在撑不住了，那些烂土豆和卷心菜居然也让他产生了胃口。不过，还是有一点不同，他并没有先做祷告，就像过去吃火腿、鸡蛋之前所做的那样。后来，我们当中有个幸运儿在外面弄了点最便宜的烟草进来，他这才开始和我们说说话，希望让他抽一口烟。呵呵，我们才没那么大方呢。”

“我原先还担心你们会发发慈悲让他抽呢，”帅克插话道，“如果是这样收场，你就让整个故事都变质走味了。只有在小说中才会有那种高尚的情操啊，拘留所才不会那么干呢，那样太傻气了。”

“你们也不让他尝尝你们的厉害？”有人问道。

“哦，没有，我们想不起来。”

接下来是一场轻声讨论，讨论围绕是否该让他尝尝厉害的问题展开。多数人认为应该。

说话声渐渐平息了。他们在腋下、胸口和肚皮上挠着痒痒，那些部位是虱子们的风水宝地，挠着挠着也就慢慢地睡着了。为了不让煤油灯晃眼睛，他们用毯子蒙住脑袋睡觉，毯子上爬满了虱子他们也顾不上了。

早上八点钟，帅克被通知去办公室。

“办公室大门左边摆着个痰盂，人们老往那里扔烟头。”一个狱友告诉帅克办公室的方位，“你上了二楼兴许还能碰到一只痰盂呢。打扫楼道要到九点，你现在去可能会捡到点什么哩。”

他们对帅克寄寓了殷切的希望，可是希望落空了。他出去后再也没有回十六号牢房了。剩下这十九位穿裤衩的狱友凑在一起，各自猜测帅克遭遇了什么变故。

一个满脸雀斑的民团士兵极其具有想象力，他断言道，帅克的长官被他用枪打死了，帅克一定是被判处枪决，今天就要绑他上刑场正法了。

第十章

帅克成为连队随军勤务兵

一

在两名背着刺刀枪的士兵的护送下，帅克极为荣耀地开始了他新的历险活动。他正被士兵押送到连队随军神父那里去。

士兵沿着便道往前走着，神情极为严肃，时而瞅一眼夹在他们中间的帅克。帅克逢人便打招呼，他原有的便衣和从军时戴的那顶军帽都丢在拘留所的贮藏室了。在释放他之前，他们塞给他一套旧军服。军服原本属于一个大胖子，比帅克高出一头，所以裤腿臃肿得可以容纳三个帅克。裤腰高及他的胸口，到处都皱巴巴的。他这身打扮惹得满街行人都注视着他，这并不出乎意料。他的上衣满是油渍，脏兮兮的，袖筒上缀满了补丁。帅克套在身上，摇头晃脑的，让人想起穿长袍的稻草人。他穿的裤子又肥又大，犹如马戏团来的小丑，那顶硕大无比的军帽盖住了他的耳朵，也是拘留所换来的。

帅克见街上行人纷纷冲他微笑，便也报以友好的微笑和亲切的目光。

神父的住处在卡尔林，他们一行三人就这么朝那里走去。

首先和帅克说话的是那个矮胖子士兵。说话时他们已来到小城广场，正好经过广场下面的拱廊。

“你是哪里人？”矮胖子和他攀谈道。

“布拉格的。”

“你没有从我们手里溜掉的念头吧？”

瘦高个儿士兵也参与进谈话了。矮胖子是善良热心的乐观主义者，而瘦高个子正好相反，是怀疑论者。这种现象不能不说奇特。

这不，这位瘦高个儿就在对矮胖子说：“他要是有机会，肯定会跑没影了。”

“他为什么要逃跑？”矮胖子说，“他从拘留所里释放出来，这意味着他是自由人了。我手里是什么，就是这封公函啊。”

“去神父那儿，干吗带封公函啊？”瘦高个子不解地问。

“我也不知道。”

“瞧你，不知道还说什么？”

他们都不作声了，默默走过查理士大桥。来到查理士大街，矮胖子又开口和帅克说话：“怎么，我们把你送到随军神父那儿，你竟然不知道为什么？”

“去忏悔呗。明天我就要被送上绞刑架啦！”帅克信口回答，“惯例不都是如此吗？人们都叫这个为刑前祈祷。”

“他们为什么要把你……”瘦高个子极为小心地问。与此同时，矮胖子怜悯地望着帅克。

顺便说一句，他们两人都是农村里的手艺人，都有妻子儿女。

“我怎么知道？”帅克带着和善的微笑回答道，“我什么都不清楚。或许，命中注定吧！”

“看来，你注定命运不好。”矮胖子同情地说，说话的口气表示他见惯了诸多苦难，“在普鲁士战争期间，我们村子也这样绞死过一个人。他们找到那人，什么也没说，就把他绞死了。”

“我想，不可能无缘无故地把一个人吊死啊。”瘦高个儿持怀疑的态度，“总得有个凭据，能说得人心服口服。”

“如果是没打仗的时节，”帅克说，“兴许还讲个道理，可是现在在打仗啊，一个人的生命就显得微不足道了。或者牺牲在前方战场，或者被吊死在后方，反正都是死路一条。”

“喂，你不会是什么政治犯吧？”瘦高个子问道，他开始有些同情帅克了，这从他提问的音调中可以听出来。

“要是让我做政治犯真是绰绰有余啊！”帅克微微一笑。

“那,你是民族社会党？”矮胖子变得警惕起来,也加入了谈话。“可是这与我们一点关系也没有。”他说，“你看，四面八方都是人，到处都有眼睛盯着我们。咱们也太显眼了，是不是得找个僻静地方把刺刀卸下来啊？你该不会溜了吧？你可不能逃，否则我们就惨了。你说呢，托尼克？”他转身对瘦高个子说。

瘦高个子小声地说：“好，我们卸下刺刀来。他终归是我们自己人啊。”

他心中对帅克充满了同情与怜悯，早就不再疑神疑鬼了。于是他们找到一个比较方便的隐蔽地方，把刺刀取了下来。矮胖子还让帅克与他并排走。

“或者，你想抽支烟？”他说，“天知道……”他想说的是“天知道能不能允许你在遭受绞刑之前抽支烟”，可话没说出口，便觉得这样说怕是不太合适。

他们都开始抽烟了。押送帅克的两个士兵开始向他介绍他们的家庭，他们都有老婆、孩子、一小块土地和一头耕牛，在克拉洛夫·赫拉德茨地区。

“我口渴了。”帅克说。

瘦高个子和矮胖子彼此交换了一下眼神。

“我们可以找个地方喝上一杯，”矮个子说道，他认为高个子不会反对，“但是一定要找个不明显的角落。”

“去‘蒙面人’酒吧！”帅克提议道，“你们的枪可以藏在厨房里。老板塞拉波是雄鹰体育协会会员，你们不用怕他。那里还有小提琴和手风琴的表演哩。”帅克继续说，“一些妓女和另外一些下等人常常去那个酒店，事实上这些人都挺好的。”

高个子和矮个子又彼此换了一个眼色。这回是高个子说话：“好，咱们就去那儿吧，现在离卡尔林还远着呢。”

一路上，帅克给他们讲着各种各样的趣闻与笑话，不知不觉间，三个人兴致勃勃地来到了“蒙面人”酒吧。根据帅克的提议，他们把武器搁在厨房里，随后迈入餐厅。那里正奏鸣着一支流行乐曲，是由小提琴和手风琴演奏的：

在庞克拉采山冈上，林荫道上，绿树苍翠……

一位小姐坐在一个青年的腿上，那个青年梳着油光可鉴的分头，看上去像是一个调情高手。小姐扯着她那沙哑的嗓音唱道：

我曾拥有一个未婚妻，别人又去纠缠她。

一个喝得醉醺醺的街头鱼贩子在一张桌子边睡着了，一会儿醒了过来，捶着桌子，唧唧哝哝地说：“不行，这不可以！”又昏昏沉沉地睡着了。在一面大镜子下面有一个弹子台，台边坐着三个姑娘，冲着一位列车员抛媚眼：“先生，请我们喝一杯苦艾酒吧！”琴师旁边，有两个人正争得面红耳赤，争论的中心是昨天晚上玛森卡被巡逻队逮捕的事情。一个人坚持说他亲眼看见她被逮走，另一个则认为她是在一个大兵的带领下去瓦尔西旅馆睡觉去了。

一个士兵和几个老百姓紧挨着门那儿坐着。士兵的胳膊上缠着绷带，口袋里满是香烟，全是那几个老百姓送的，此刻他正在向他们讲述他在塞尔维亚受伤的事儿呢。他口齿不清地说他不能再喝了。这堆人中间有一个秃顶的老头儿，死命地劝他：“小伙子，你尽管开怀畅饮吧！谁能说得准咱们以后还能不能再见面呀？我说，要为你演奏点什么吗？《孤儿》那支曲子如何，你喜欢吗？”

秃顶老头可喜欢这支曲子了。不一会儿，小提琴和手风琴合奏起了那支曲子,听之令人心酸。老头儿两眼泪汪汪的,用颤抖的声音唱道：

等他苏醒过来，让他去问妈妈，去问他妈妈……

旁边桌子上有人抗议：“喂，别唱这种调子好吗？赶快停下来，让什么孤儿滚得远远的吧！”

跟他作对的另一张桌子旁的人使出了撒手锏，开始唱歌：“离别啊离别，使我心碎，心碎……”

“弗朗达！”当他们的歌声盖过《孤儿》时，他们对那个伤兵喊道，“快别唱了，来，坐到我们当中来！别理他，顺便带些卷烟给我们。小傻瓜，你跟我们在一起会感到很开心的。”

帅克和两个押送兵兴高采烈地打量着酒店里的一切。帅克不由得沉浸在战前经常光顾这里的情景中了。那时，警察局长德拉什尼尔老跑到这儿大肆搜捕，妓女们对他又畏又怯，背地里却又给他编了一支歌，甚至还集体演唱过一次：

德拉什尼尔先生在场时乱糟糟，
玛森娜啊喝呀喝得醉醺醺。
她可不害怕德拉什尼尔先生呀，

她还是喝得那样醉醺醺。

正当他们唱得起劲时，德拉什尼尔恰巧带着随从来到了酒店。他一副凶神恶煞的样子，显得冷酷无情。接下来，一群警察把店里所有的人赶到一起，那场面活像围猎鹧鸪一样。帅克那次也在其列。德拉什尼尔局长要查验他的身份证时，他丝毫不觉得自己正在倒霉，反而对德拉什尼尔说："你们这么干，警察局同意吗？"

押送帅克的两个人初来乍到，开始喜欢上这个地方了。首先是矮胖子对这里感到完全满意，因为这种人不仅是乐观主义者，往往还信奉伊壁鸠鲁派的享乐主义。瘦高个子仅仅在思想上稍稍迟疑了片刻，很快，他那股谨慎劲儿就跑到九霄云外去了，犹如他的怀疑情绪消失得无影无踪那样。

他喝完第五杯啤酒，看着一对对舞伴在跳的波尔卡舞，便说："我也去跳一场！"

矮胖子正在寻欢作乐呢。他旁边坐着一个女人，言谈十分风情。胖子当然乐不可支喽。

帅克悠悠地品着酒。瘦高个子一曲舞毕，携舞伴一同走到桌旁。随后，两个押送兵简直是花天酒地，他们要么唱歌，要么跳舞，还不停地大口大口地灌酒，并且用手轻轻拍他们的舞伴。酒店里弥漫着一片打情卖俏、烟雾蒸腾、酒气熏人的氛围，他们不由自主地沉溺其中，忘了人生的烦恼。

下午，他们旁边来了个士兵，说他能让他们患上化脓性蜂窝组织炎和血管中毒，只要花五个克朗。他可以立刻在他们腿上或手上注射煤油，因为他随身带有注射器。如果这么做的话，他们就可以完全免除兵役了，因为他们至少要老老实实躺上两个月，如果还时常往伤口上吐唾沫，就可以卧床半年了。

瘦高个子已经迷迷糊糊了，居然把那士兵引到厕所，要求往他腿上注射一针煤油。

时间已近傍晚，帅克提醒士兵们该赶往随军神父那里了。矮胖子劝帅克别急着走，他说话已经含混不清了。高个子赞同他的意见，认为神父完全有耐心再等一等。但帅克已经坐不住了，于是威胁道，如果他们执意不走，他会独自一人上路。

他们听他语气这么坚决，只得同意出发。但条件是帅克先得答应他们，在途中再找个地方歇息歇息。

后来,他们来到弗洛伦采街,进了一家小咖啡馆。为了再度寻开心，矮胖子不惜卖掉了一只银壳手表。

最后，帅克不得不搀着他们俩的胳膊走出咖啡馆。这一路上帅克可就遭罪了。他们趺趺撞撞的，腿不听使唤，老走不好路。他们念念不忘再找个地方取乐。矮胖子还差点弄丢了那封致神父的函件。帅克无奈之下，只得自己来保管它。

帅克每次看到迎面来了个军官或者军士什么的，总得提醒他们小心点。终于,他把他们送到了随军神父的住处,这一过程费了他不少劲。他自己动手把刺刀插到他们的枪上。为了让他们押着他，而不是他押着他们，他又使劲地捅他们的肋骨。

二楼的一扇门上贴着名牌“连队随军神父奥托·卡茨”。一个士兵来开的门，把他们迎进屋内。屋里人声喧哗，听见有人在举杯祝酒。

瘦高个子一边语不成调地用德语问候着，一边朝那个开门的士兵行了个军礼。

“进来再谈。”那士兵说，“你们上哪儿了，醉成这样？还有，神父先生也……”他恼火地呸了一口。

士兵拿着函件进了里屋。他们待在外屋等着，好久门才打开。神父从里面飞了出来，确切地说，应该是飞蹿了出来。他仅仅穿着一件马甲，手里还夹着雪茄。

“啊哈，原来你已经到了，”他对帅克说，“是他们带你来的？嗯……你有火柴没有？”

“报告神父先生，没有。”

“天啊，你竟然没有火柴？要方便点火，每个士兵就都要随身携带火柴。不带火柴的士兵就是……就是什么呢？”

“报告长官，就是一个没有火柴的人。”帅克回答说。

“对，对极了，就是一个没有火柴的人，也就没法给人点火吸烟，这是第一条。现在该说第二条了，你的脚臭不臭？”

“报告长官，我的脚不臭！”

“好，这是第二条，再讲第三条：你喝俄罗斯白酒吗？”

“报告长官，我只喝朗姆酒，不喝俄罗斯白酒。”

“很好，太棒了！你看看这个大兵，我从费尔德胡贝尔上尉那儿借来的，为了供今天使唤用。是上尉的勤务兵。这家伙是个禁……禁……禁酒主义者，什么都不喝，这种人我怎么能要呢？只好把他打发到先遣队去了。他算不上勤务兵，只是一头母牛，还是一头只会喝白水的母牛，母牛哞哞叫起来和一头阉割了的牯牛差不多。”

“你这禁酒主义者，你也不……不懂得难为情，蠢东西，真该打你两耳光。”他回过头来，对先前开门的那士兵说。

神父的注意力又转向了两个押送帅克的人。这两个人努力想站直身子，可总是摇摇晃晃立不稳，就算用枪支撑也不顶事。

“你们喝……喝醉啦！我要叫人把你们关……关起来，居然敢在出差途中喝醉。”神父说，“帅克，下掉他们的枪！你把他们带到厨房去，仔细看管，巡逻队很快会来带走他们的。我这就给军营打个电……电……电话。”

拿破仑的名言“战局瞬息万变”在这里应验了。

就在早上，这两个人还背着带刺刀的枪押送帅克，以防他中途跑掉。然后，帅克领着他们往前走。最后，就在同一天，他们两个得由帅克看管了。

起初，他们还很不习惯这一变故。后来，他们坐在厨房里，帅克则端着刺刀枪站在门口看管着，他们这才恍然大悟。

“我想喝点东西。”乐观主义的矮个子如梦方醒，叹了一口气。疑心病又回到瘦高个身上来了。他说，所有这一切都是可耻的出卖。他还大声咒骂帅克，怨他们落到这种田地的罪魁祸首就是他。他谴责帅克，说什么明天要上绞架了，可是现在事实证明，他说的忏悔啊，绞刑啊，统统全是瞎扯淡。

帅克默不作声，只是在厨房门口来回踱步。“我们傻得成笨牛啦！”瘦高个子不满地叫嚷着。帅克等他们责难结束后，终于开口说话了：“你们现在总该发现，从事军事工作绝非什么好事情。我正在执行任务。和你们一样，我也来到了这里，但是俗语说得好：‘幸运女神向我露出了笑容。’”

“我要喝点东西！”乐观主义者绝望地哀求。

瘦高个子爬起来，步履蹒跚地朝门口走去。“嗨，伙计，咱们该回家啦，”他对帅克说，“我说，你别再胡闹了。”

“你躲远点！我得好生看管你们。”帅克并不领情，“现在起我们之间素不相识。”

神父的身影在门口出现：“我……我总是拨不通军营的电话。那好，你们就回去吧！可要记住，以后出差再不许……许喝……喝酒啦！跑步——走！”

说真的，神父并没有给军营打电话。他只是冲着台灯架嚷了一阵，以为那是电话，所幸的是他家里尚未安装那玩意儿。

二

帅克给卡茨神父做了三天勤务兵。三天来，他只见过一次神父。第三天，海因赫上尉的勤务兵跑来告知帅克，去把神父接回家。

在路上，他边走边告诉帅克，神父与上尉吵了一架，钢琴也被砸坏了，神父现在烂醉如泥，死活赖着不愿回家。

他还告诉帅克，海因赫上尉也醉了，他刚把神父赶到过道里，就坐在门边打起瞌睡来。

帅克随即赶到吵架现场，死命摇着神父。神父嘟哝着睁开了惺忪的双眼。帅克敬了一个军礼说："报告神父，我来了。"

"你，你来这儿……干吗？"

"报告，我来接您。"

"接我？去哪儿呀？"

"回您的家啊，神父先生！"

"干吗要我回我的家啊？我不正在我的家里吗？"

"报告，您正坐在别人家的过道里。"

"我……怎么到这儿来的？"

"报告，您是来串门访友的。"

"我没……没……没有串门，你……胡说！"

帅克扶起神父，让他靠墙站着。神父摇摇晃晃，倒在他身上说："我站不住啦！"

"我站不住啦！"他重复道，笑得傻呵呵的。帅克好不容易才让神父靠紧了墙壁，神父便顺势打起盹来。

好景不长，他被帅克叫醒了。"你干吗呀？"神父一边说，一边试图挨着墙根坐到地上，但是徒劳无功，"你究竟是谁？"

“报告，”帅克回答时扶起了神父，让他靠墙站着，“我是您的勤务兵呀！”

“勤务兵？我从来就没有。”神父吃力地说，又倒在帅克的身上，“我也不是什么随军神父。”

“我不过是一头猪。先生，千万要原谅我，我还不认识您。”他酒后似乎在吐真言。经过一番小小的揪扯，帅克终于战胜了随军神父。帅克乘胜追击，把神父从过道里拖下楼，来到门厅，帅克打算把他拖到街上去，神父死活不依，他一边与帅克搏斗，一边声明：“先生，我不认识您，您认识奥托·卡茨吗？奥托·卡茨是我。”

他死死攥住门框，大声叫嚷：“我拜见过大主教，梵蒂冈也不敢小觑我，你明白吗？”

帅克不再使用“报告”二字，而是改换了一种非常亲切随和的口吻与他聊天。

“喂，我说哥们儿，把手松开呗，你难道想挨揍啊？好，咱哥俩现在回家喽，行了，你别尽说废话！”

神父把手松开，又跌倒在帅克身上：“现在是好时光呀，咱们到哪儿逛逛去吧。只是别去妓院，我还欠着人家的钱呢。”

帅克用尽浑身解数把他拖出门厅，又沿着人行道连推带搡地把他往家里拖。

“这家伙是谁呀？”街上有人看热闹，好奇地问。

“他是我兄弟，”帅克答道，“他原以为我死了，后来趁休假的机会来看我，一时高兴多喝了几杯。”

神父哼着一支轻歌剧曲调，那调子谁也听不清楚。他听帅克讲到“死”字，便站直了身子告诉行人：“你们当中谁要是死了，一定要在三天之内报告给连队指挥部，这样他的遗体就可以洒上圣水。”

帅克搀住神父只顾往前拖。神父一句话也不说了，只是老往人行道上栽跟头。

神父耷拉着脑袋，后面拖着两条腿，看上去犹如一只折了腰的猫。他嘴里不断地嘟噜着拉丁语的祷告文。

帅克带着神父来到马车站，安顿神父靠墙坐好后，便去和马车夫讲价钱。

一个马车夫说，对这位先生太了解了，已经为他赶过一次车了，再给他赶第二次恐难从命。

“他吐了我一车还白赖我的车钱。”马车夫恨恨地揭神父老底，“我找到他的住处时已经赶了两个多小时的车了。我前后找了他三次，他拖了一个礼拜才付给我五克朗。”

帅克好不容易找到一个马车夫答应拉车送他们回家。

帅克回过头去找神父，发现他早已酣然入梦了。他头上本是戴着硬顶黑礼帽（这与他平时出门所穿的便服相配），这会儿不见了，想必被人顺手牵羊了。

帅克弄醒他，在马车夫的帮助下把他塞入车厢。他蜷缩在车厢里，神志迷糊，以为帅克是七十五步兵团的约斯达上校，反复地说：“我和你说话口气随便了一点，你千万别生气啊，朋友！我只是一头猪！”

过了一会儿，他似乎被马车与路面的摩擦声震得有几分清醒了。他把身子坐正，唱起了一些歌。这歌谁也没听过，也许是他的幻想曲：

当他抱我在怀中摇啊摇时，
我回想起我的美好年代。
那时我们快活地生活在——
梅尼克林纳的多玛日利采。

但没多久他又神志迷糊了。他掉过头来，冲帅克做鬼脸，并且问道：

“亲爱的夫人，您今天过得愉快吗？”

“您一定是去什么地方度假吧？”他停顿了一会儿，又接着说。他眼前的事物恍惚间都成双成对了，只觉一切光怪陆离。他又问：“哟，您的儿子都这么大个了？”说着，用手指着帅克。

“坐下！别动！”帅克见神父想爬到车夫座位上去，厉声喝道，“我可有法子让你老实点！”

神父不动了，也不作声。他透过车厢窗口向外凝视，那双猪一样的小眼睛黯然无光，丝毫没搞清究竟发生了什么事。

他完全不省人事了，冲着帅克可怜巴巴地哀求：“夫人，您让我去趟高级洗手间吧！”说着就要动手脱裤子。

“你马上把裤子扣好！真是不折不扣的猪猡！”帅克吼了起来，“你让所有马车夫都认识你了。都吐过一次了，还想再来一次？别又欠人家一屁股债，像上次那样！”

神父双手托腮，忧心忡忡地唱着歌：“谁也不爱我了……”随即又不唱了，叽里咕噜地说了一大串德语。

他打算吹口哨吹出个曲调来，但是嘴里没吹出调子来，反而发出一连串嘟噜声，把马车夫吓了一跳，不禁收住了缰绳。直到帅克吩咐继续赶车，他才回过神来。神父则忙着点烟嘴了。

“唉，怎么老点不着？”他很快把整整一盒火柴都擦完了，非常失望，“你老是和我过不去，把我的火柴吹灭。”

接下去，他不知道再说什么了，便自顾自傻笑了起来。

“呵呵，真逗！只有咱们两个在电车上。伙计，你说对吧？”说着，他把手伸进口袋里摸索。

“哎哟，我马车票弄丢了！”他嚷了起来，“停车！我要去找回车票！”他又摆了摆手，表示无可奈何，“开就开吧……”

突然，他又嘟哝开了：“通常……对，一切正常……在任何情况下……您没弄明白……在三楼？这是借口。这与我毫无瓜葛，倒是与亲爱的夫人您有关系。服务员，买单！我喝的是一杯浓咖啡……”

他满口梦呓，假想正身处一个餐馆，和另一个人争抢靠窗座位，两个人正吵得不可开交。然后，他又把马车当成火车，把身子往窗外探，用捷克语和德语交替着冲大街上嚷着：“宁布尔克的乘客请换车！”

帅克用力把他探出窗外的身子拉了回来，神父显然把火车的事忘得一干二净了，开始模仿各种动物的叫声。他长时间地学鸡啼，在马车上扬扬自得地喔喔叫着，叫了好长时间。

又有一阵，他兴奋得一刻也坐不住，老想从马车上纵身跳出去，指着街上所有的行人骂他们都是无赖。后来，他扔出去一块小手帕，大叫停车，说丢了行李。接着又驴唇不对马嘴地说：“布杰约维采有一名军鼓手，他结婚后一年就死了。”突然又纵声大笑，问，“这个笑话好不好听？”

面对这非常时期，帅克对神父可不讲什么情面。

神父总是企图干各种滑稽的事情，诸如跳马车、弄坏座位等，帅克见状总是不客气地赏给他几记老拳。神父挨揍也乐然受之。

神父被无边的愁绪包围，流着眼泪，问帅克是否有母亲。

“朋友，我嘛，在这世上孤孤单单一个人。”他把脸转向马车窗外嚷道：“谁愿意收养我？”

“别不知羞耻了！”帅克提出警告，“你给我住嘴，否则人家会说你喝多了。”

“不，我什么也没喝，”神父答道，“伙计，我清醒极了！”

他突然起身行了个军礼，说：“报告，上校先生，我喝醉了。”

“我是一头猪啊！”他反反复复把这句话念叨了十来遍，似乎心怀绝望。

他回头来面向帅克，不住地央求：“你不要带我走啊，干脆把我从汽车上扔下去算了。”

他一边坐下来一边嘀嘀咕咕：“月亮周围有一圈光晕，上校先生，你相信灵魂永恒这话吗？马是不是也能进入天堂呢？”

他捧腹大笑起来，随即又变得无精打采了，垂头丧气地望着帅克说：“请问先生，我似乎见过您，不知是在哪儿。您去过维也纳吗？您好像是神学院的，如果我没记错的话。”

过了一会儿，他嫌空气太沉闷了，开始朗诵拉丁文诗以供消遣。

“我再也不要往前走了，把我扔出去一了百了吧！”他说，“我不会摔伤的，为什么不把我推出去啊？”

“我一定要跌个狗吃屎。”他说得十分坚决。

“先生，亲爱的朋友，”他接着又请求，“赏我耳光吧！”

“你要几个耳光？”帅克问。

“要两个。”

“好，给你！”

神父显然极为满意，大声地数着挨耳光的次数。

“哈哈，太舒服啦！”他说，“这对消化有好处。来，再朝我嘴上来一家伙！”

帅克立刻满足了他的要求。

“多谢！”他快活地喊着，“我太高兴了。能不能劳驾您撕开我的坎肩？”

接踵而至的是各种要求，五花八门。他要帅克让他的膝盖骨脱臼，掐住他脖子让他死一会儿，剪去他的指甲，拔掉他的门牙。

他就像一个真诚的殉道者，请求帅克揪下他的头颅，装进大口袋，扔到伏尔塔瓦河去。

终于，他们到了神父的住处，帅克又费了好大的劲把他弄出马车。

“我们还没到呢！”他嚷道，“救命啊，我被绑架了！我还没到，还要往前走！”就像从蜗牛壳里把煮熟的肉往外挑出来一样，帅克把醉鬼拖下车来。有一阵子，他几乎要被撕成两半了，因为他的两只脚紧紧夹住座位死活不放。

但即使在这么狼狈的时刻，他还是哈哈大笑着，说他们被戏弄了。“各位，你们一准要把我扯断！”

帅克和马车夫把他生拉硬拽地拖进大门，爬上楼梯，进入他的房间，把他抛在沙发上，就像扔一只破口袋那样。他说自己并没有租这辆汽车，所以绝不付这份车费。他们竭力让他明白他坐的是马车，解释这一点花了足足一刻钟。纵然如此，他还是否认自己坐了马车，翻着白眼不肯付钱。

“你们想骗我，”神父说，冲帅克和马车夫挤眉弄眼，那神态耐人寻味，“我们是步行回来的。”

而他又突然大方起来，把他的钱夹子都扔给了马车夫，十分慷慨地说：“全拿去吧，你！就这几个小钱，我还不放在眼里！”

确切地说，他是不在乎这三十六个克里泽[1]。因为他钱包里就这么点钱，此外一无所有了。马车夫搜遍了神父的全身，威胁说要打他耳光。

“那你打吧，痛痛快快打吧！”神父答道，“你认为我吃不消吗？就你那几个耳光，我还承受得住。”

马车夫又搜神父的坎肩口袋，从里面摸出了一枚五克朗的硬币，马车夫也连带拿走了，边走边哀叹自己命运不好，埋怨神父白白浪费他的时间，车钱也没给足。

神父则一直在考虑各种崭新的计划，迟迟未能入睡。弹钢琴啊，练跳舞啊，烧烤鱼啊，他什么都想干。

后来，他又答应把他的妹妹许配给帅克，事实是他压根儿没有妹

[1] 德国旧式辅助货币。

妹。他要求把他摆放在床上，说他期待别人承认他的价值与一头猪相当，他说着说着就呼呼地睡着了。

三

当帅克在第二天早上走进神父的房间时，神父正躺在沙发上苦苦思索。神父发觉自己被淋得浑身湿透，两个裤腿全都紧贴在皮沙发上了，不知道别人使用的是什么怪异的手法，这种怪事怎么可能发生了呢？他一醒来就在琢磨。

“报告，神父先生，您昨晚……”帅克说。

他简明扼要地向神父解释发生了什么事，神父头昏脑涨，神情很颓唐。

“记不起来了，”他沮丧地说，“我不是在床上吗，怎么掉到沙发上来了？”

“不，您没有上过床。我们回来后先是把您扶到沙发上，后来想扶您上床，但是扶不动。”

“上帝，我都做了些什么？我究竟干了什么事情？是我喝多了吧？”

“神父先生，您醉得一塌糊涂，还耍了点酒疯。我想，您最好换换衣服，擦洗一下，会舒服点。”

“我感觉似乎被人揍过一顿，下手还挺狠的。”神父诉着苦，“我好口渴。我昨天没跟人打架吧？”

“神父先生，您不至于闹得那么凶。口渴，这不是立马就能好的，您昨天就在喊口渴啊。”

神父心情抑郁，打不起精神来。如果谁此刻听他说话，一定会以为他常听绝对禁酒主义者亚历山大·巴切克的演说，“让我们向酒魔勇敢地宣战吧！这个恶魔正残杀着我们最优秀的好男儿，我们与它势不两立”，或者是读巴切克的著作《道德杂谈》。

真的，他有了变化，虽然只是一点点。他说：“如果我喝的是阿拉伯甜酒、南斯拉夫樱桃酒、白兰地酒这样的高贵饮料，那才无可挑剔。可昨天我喝的只不过是松子酒。我居然会喝得那么上瘾，真是咄咄怪事。那味道差极了！要是换作黑樱桃酒味道还好些。人们总是想出各种各样的鬼东西，然后就像喝水一样喝掉那些液体。”

“我想来点正宗的胡桃酒，这对我的胃好。”他叹一口气说，“普鲁斯彻的施纳布尔大尉就有好胡桃酒。”

他开始在衣兜里摸钱包。

“只剩三十六个克里泽了，远远不够。卖掉这沙发怎么样？”他沉吟片刻，问，“你意下如何？有人想买沙发吗？我可以搪塞房东，就说它被偷走了，或者告诉他沙发借人了。啊，不，还是得留着沙发。现在，我要你去施纳布尔大尉那儿，向他借一百克朗。他有钱，前天玩扑克赢了一大把。倘若你在他那儿要不到钱，就去找马勒尔上尉，他在沃尔舍维采兵营。如果那儿也没要到，你再去赫拉昌尼找菲舍尔大尉。你告诉他，我要付马料钱。如果哪儿都借不到，我们就不管三七二十一当掉钢琴。

“我给写上一张字条，你走到哪儿都带上，他们就不会随随便便把你打发掉。你只管告诉他们，我一贫如洗了，已经沦落到山穷水尽的地步了。你尽管瞎掰吧，爱说啥就说啥，只要弄到钱，否则你就会被遣送到前线去。你见到施纳布尔大尉，向他打听一下他的胡桃酒是打哪儿买的，别忘了拎两瓶回来见我。”

帅克出色地完成了神父交给他的任务。他去找的几个人都被他的单纯诚恳和憨厚老实打动了，他们毫不怀疑他有可能撒谎。他细细一想，与其告诉施纳布尔大尉、菲舍尔大尉和马勒尔大尉他们神父没钱付马料，倒不如骗他们说神父付不起私生子的生活费，这样借钱更加让人信服，也很合适。于是，每个人都对神父解囊相助。

他揣着三百克朗胜利归来，神父（他已经洗了澡，换上了干净的衣服）见他满载而归，大吃一惊。

“我一披挂上阵就不会空着手回来，”帅克说，“这两天，明天乃至后天，我们都不用因为钱的事发愁了。借钱还算顺利，就是施纳布尔太吝啬了，我都跪下来了，不得不对他说到私生子生活费的理由……”

“私生子的生活费？”神父又是一惊。

“没错啊！神父先生，私生子的生活费嘛，就是付给那些烦人的娘儿们的。您说过的，让我瞎编借钱理由。当时太急了，我什么理由也想不起来。他们还不停地向我打听，那娘儿们长得怎么样，我说她美若天仙，说这小妞还没有十五岁，对了，他们还问她的住址来着。”

“你真是做了件好事，帅克！”神父深深地叹息道，在房间里来回踱个不停。

“这真让我丢脸啊！”他说着使劲挠自己的脑袋，“天，我的头好疼！”

“我给了他们一个地址，是我们街上一个聋老太婆的。”帅克解释说，“您的命令一言九鼎，我就得把事情办得稳稳当当的。我总得想好办法，以免他们挥挥手让我赶紧滚开。现在有人在外边门厅里等着，是我叫他们来搬钢琴的，这主意不错吧？钢琴一搬走，屋里就宽敞多了，我们也会弄到更多的钱，至少可以过几天不愁吃喝的享福日子，可以好好享福了。”

“如果房东问咱们为什么搬钢琴，咱就说几根钢丝弦断了，得送到乐器修配房去修理修理。我已经和门房老太太打过招呼了，这样一来，她即使看见钢琴被搬上卡车也不会大惊小怪了。另外，我还找了沙发的买主，是一个旧家具商，我原先认识他。他下午来买，皮沙发的价钱挺理想的。”

“你难道没再做别的什么，帅克？”神父问道。他一直用手撑着脑袋，看上去沮丧得很。

“报告，神父先生，我买了不止两瓶酒，我一口气买了五瓶胡桃酒，就是施纳布尔上尉买的那种，这样家里还可以存下几瓶，以后都有得喝。让他们把钢琴抬走吧，咱得趁早，当铺一会儿要关门啦！”

神父无可奈何地摆了摆手。不一会儿，钢琴就给搬上货车运走了。

当帅克从当铺回来时，神父正坐在屋里，又开了一瓶胡桃酒，他在生气，因为中午吃的煎肉排没煎透。

神父再一次喝醉了。他告诉帅克，明天他要洗心革面，投入新的生活，喝酒是一种粗俗的唯物主义，他应该改过一种精神生活。

在接下来的半个钟头里，他一直在发表哲学演说。当他打开第三个瓶塞时，旧家具商人来访。神父把沙发卖给了他，价钱是再便宜不过了。他要家具商陪他说说话，可那人说他得赶去购买一个床头柜，于是他大为不满。

“我可没这玩意儿，真遗憾，”神父带着歉意说，“不过我只有一个人啊，不可能事事想得周全的。”

送走旧家具商后，神父和帅克在一起又喝了一瓶酒，愉快而尽兴。他们聊得不错，神父还发表了对女人和扑克的高见。

他们坐在一块聊了好久。夕阳西下时，帅克与神父还在进行友好的交谈。

但是这一友好交流到晚上中断了。神父又旧态复萌，把帅克当成了另外一个人，对他说：“不，你绝对不能走，你还记得辎重队里那个见习军官吗——他长着棕色头发？”

平等亲爱的关系没有持续多久，后来，关系变了，帅克对神父说：

"好，闹得够了！现在你给我老老实实爬上床去躺着！听清楚了吗？"

"好，好，亲爱的，我这就去躺着，我有什么理由不爬上床去呢？"神父嘟嘟哝哝，"我们当时待在五班，我还替你代做希腊文的练习呢，还记得吗？你有座别墅在兹布拉斯夫，可以坐上汽艇环游伏尔塔瓦河，对了，你明白伏尔塔瓦是什么意思吗？"

神父被帅克逼着脱掉衣服和鞋子，他一边照办，一边迷茫地对一个假想的朋友提出抗议。"啊，你看哪，"他冲着柜子和一盆无花果树投诉，"我的这些亲戚对我多苛刻啊！"

"我再不认这些亲戚了！"临上床时，他突然下定决心，口气相当坚决，"我不认他们，老天惩罚我也在所不惜……"

随后，神父的鼾声在房间里悠悠荡漾开来。

四

过了几天，帅克利用空闲时间回去探望米勒太太，这是他的老用人。但他见到的却是米勒太太的表妹。她边哭边告诉帅克，米勒太太那天用轮椅把帅克推去从军时就被逮捕了。军事法庭审讯了老太太，带走了她。他们没有找到任何可以问罪的真凭实据，就把她送到斯特因霍夫集中营去了。她曾邮寄回一张贺卡。

这张贺卡是家中的珍品，检署涂去了信中关键的词句，帅克拿起来念道：

亲爱的安宁卡：我们在这儿都很健康，大家过得很好。我隔壁床上的女人得了水 ×，还有人患天 ×。其余都很正常。我们的食物可以填饱肚子，汤是用捡来的土豆 × 做的。据人说，帅克先生已经 ××，请你打听一下他的尸体埋在哪儿了，等战争结束后我们就去拜祭他，给他修座坟。对了，差点儿忘了告诉你，阁楼上那个黑角里有一只匣子，匣子里有一条小狗。自从我 ×× 以后，它都好几个星期没吃东西了。所以，我估计再去喂怕是也晚了，那条小狗或许也已经 ×× 了。

信上盖着粉红色的印章，上面批注：“此函已由帝国与皇家斯特因霍夫集中营检查通过。”

“不出所料，那条小狗早就咽气了。”米勒太太的表妹泣不成声地说，“这是您住过的房子，您恐怕要认不出来了。我叫来一些女裁缝，她们把这儿布置得像个小巧的客厅。墙上挂着时装画像，窗台上摆放着鲜花。”

要米勒太太的表妹稍稍平静些恐怕很难做到。

她一直在哭泣，在埋怨，甚至担心帅克是从军队里逃了出来，这就会连累到她，让她也遭受不幸。最后，她把他看成了一个冒险家。

“这太让我兴奋了！”帅克说，“我就特别喜欢这样。格依谢娃太太，您说对了，我确实是逃出来的，我要让您明白这点。逃出来可不容易啊，我不得不干掉十五个警卫官和军士。您千万要保密，不要说给外人听啊……”

帅克的房子没有收留他，他在离开时说：“格依谢娃太太，洗衣房里还有我的几条领子和背心，请您帮个忙取出来。等我从部队复员回来，我就接着穿。衣柜容易生虫子，您得留心，别让我的衣服被虫子蛀坏了。此外，请代我向那些在我床上休息的裁缝小姐致意。”

后来，帅克又去了趟“管你够”酒家。巴里维茨太太看见他，以为他可能是开小差溜出来的，不敢卖酒给他。

“我丈夫他是那么小心谨慎的人，”她开始重复她以前的论调，“现在却无缘无故地蹲在监狱里，真是可怜。有些人却开小差，从军队里溜出来优哉游哉。他们上个礼拜还来搜捕过您呢！”

“和您相比，我们要小心得多，”她结束了自己的长篇大论，“可我们还是逃不了霉运。您够走运的，不是每个人都和您一样啊！”

这时，一位年长的钳工来到帅克面前说：“先生，请原谅，能到外面来吗？我有话要告诉你。”

来到街上，他和帅克聊了一阵。因为女掌柜巴里维茨太太不当的暗示，帅克又一次被误认为是开小差的。

他告诉帅克，他的儿子也从军队回来了，开小差逃出来的，现在住在他奶奶家，在耶塞纳。帅克向他担保自己不是逃兵，但他怎么也听不进去，终于把十个克朗赠给了这个可怜的“逃兵”。

“留着吧，你用得着。”说着，工匠把他拉到酒店的角落里，说，“我非常理解你，你千万不要对我有戒心。”

回到神父那儿时，夜已深了。但神父仍没回家。

神父直到第二天早上才回来，他叫醒帅克：“明天咱们去给野战部队做弥撒。你起来煮些黑咖啡，里面掺点朗姆酒。或者，你最好温点格罗格[1]。”

[1] 加糖和热水的烈性酒。

第十一章

帅克陪同神父去做战地弥撒

一

要屠杀人类必须先做好准备工作。这一工作总是可以打着上帝的旗号或者人类凭空幻想而得的神灵的旗号明目张胆地展开。

几千年来，一代又一代人在发动战争，以火与剑去灭绝敌人之前，总要举行隆重的祈祷仪式。与此类似，古代腓尼基人在砍下俘虏的头颅之前也是这么做的。

几内亚和波利尼亚岛屿上的土著人常将他们的俘虏和不需要的人宰杀吃掉，包括传教士、旅行者、各种贸易公司的经纪人乃至普通的外来人员。他们在开食人宴之前要先祭祀诸神，举行多种宗教仪式。他们为了装饰，往往用一些鲜艳的鸟兽羽毛在臀部围成一圈，因为当时僧袍祭服这套文明饰物还没有发明出来。

宗教裁判所在烧死他们的牺牲品之前，总要举行最隆重的宗教仪式，在弥撒圣典上咏唱圣歌。

神父也总在处死犯人时粉墨登场，折腾临死的犯人。

在普鲁士，把可怜的犯人领到刀斧之下的是牧师；在奥地利，绞刑架前的引路人是天主教神父；在俄国，给革命者举行仪式的是一个大胡子神父，形形色色，五彩缤纷。

无论在哪里，凡是处死犯人，都要使用耶稣受难的十字架，似乎表明：“没什么要紧的，只不过砍下你的头，把你绞死、勒死，往你身上通五千伏特的电罢了，这么点苦头你务必要尝试一番。”

无疑，世界大战这样一场规模宏大的屠宰怎么少得了神父的祝福呢？所有军队的随军神父都要祈祷，举行弥撒，为饲养他们的作战一方祈求胜利。

神父还要赶赴对兵变的叛乱者的处决仪式，还有处死捷克兵团的成员时也要到场。

海盗沃依捷赫曾经一手持剑，一手握十字架大肆屠杀波罗的海沿岸的斯拉夫人，可后来他被尊为“圣徒”。时至今日，这种情况仍一如往昔。

整个欧洲的人们如同牲口般被赶进屠宰场。是谁在驱赶他们呢？皇帝、国王、总统和权势显赫的将领胜任了屠夫的角色，此外，还有各色信仰的传教士，他们向被屠宰的可怜虫赐福，发表着各式骗人的虚幻鬼话，说什么“在地上，在天上，在海上”之类漂亮的话语等。

战地弥撒包括两次：第一次是军队开赴前线之时，另一次是军队上了前线后参加血腥屠杀之前。我不会忘记有一次战地弥撒：一架敌机飞过，往读经台扔了一颗炸弹。正在诵经的神父被炸得粉身碎骨，只残留下几片血迹斑斑的破布片。

报纸花大气力进行宣传报道，神父成了殉道者。在同一时刻，我方的飞机也在冲对方的神父垂涎三尺，预备着对他来一次辉煌的如法炮制。

这一事件被我们视为荒诞不经的笑话。就在一夜之间，那个临时插在神父坟头的十字架上蓦地镌刻下了如下一段墓志铭：

我们曾有的经历，你也不可幸免。

兄弟啊，你曾向我们许诺，死后定能升入天堂。
这荣幸的弥撒大典上，孰知祸从天降，
而今你的身躯，永远存留沙场。

二

帅克煮的酒味道很不赖。他煮的酒就是十八世纪的海盗喝了也会心满意足的，看来，他的手艺远远胜过那些老水手。

奥托·卡茨神父红光满面。“你煮这么好喝的酒，在哪儿学的？”他问道。

“这有好多年了，当时，我在四处流浪。”帅克答道，“在不莱梅，我在一个放荡的水手那儿学到的。他告诉我，煮酒一定要浓，让人喝下酽酽的酒之后，即使失足掉进大海也能横渡整个拉芒什海峡[1]。如果只喝了几杯薄薄的水酒，则会像条狗一样葬身海底。”

“帅克，有幸品尝你煮的浓酒，我们的战地弥撒一定会圆满完成的。”神父说，“在做弥撒之前，我要告诉你几句话。战地弥撒非同小可，绝对与在拘留所里做弥撒不同，也不同于给那些浑蛋讲道。在这种重要的场合，一个人真要全神贯注，随机应变。我们已经有了战地经台，是可以折叠起来的袖珍经台。天啊，我的上帝！帅克，”神父急得抓耳挠腮，“我们笨得就像一头牛！我把折叠的战地经台塞到哪儿去啦？塞进沙发了，而沙发被我们卖掉了！”

“事情不好办，神父先生！”帅克说，“虽说我认识这个旧家具商，

[1] 英法两国之间一段最为狭窄的海峡。

可是前几天我只看见他老婆。他因为偷了个什么柜子被关押起来了。我们那张沙发？嗯，转手到了沃尔舍维奇一个教师手里。不能少了这张战地经台，否则不好办事啊。嗯，咱们喝完这点酒就赶紧去找到它吧，我想，没有战地经台，弥撒肯定做不好。”

“是啊，万事俱备，只欠经台了。”神父深感发愁，“演习场上都准备妥当了。讲坛已经由木匠们搭好了。普谢夫诺夫修道院把圣体盒借给我们了。我们自己有一只圣杯的，可是，在哪儿啊，那玩意儿……”

他陷入沉思，好一会儿过去了才说：“就当它丢了吧！我们可以向七十五连队的魏廷格上尉借来那只体育奖杯作替代品。好些年前他代表体育爱好者俱乐部赛跑，这是他赢来的。他擅长长跑，只花了一个小时四十八分钟就跑完了从维也纳到穆德林的四十五公里马拉松越野赛全程。他还老跟我炫耀他的光辉历史呢。我在昨天就和他谈妥了。唉，什么事总是拖到最后一刻才想起来，我真不是人。我这饭桶，怎么不早点儿检查一下沙发呢？”

帅克按照水兵说的方法煮出了又浓又甜的好酒，神父喝了这玩意儿以后，开始痛骂自己，用各种各样的污言秽语来斥骂自己，直到把自己骂得体无完肤。

“我们还是去找回那个战地经台吧！”帅克催道，“都天亮了。我还要穿上制服，再来点甜酒。”

他们终于出发了，前往旧家具商老婆的住处。在路上，神父告诉帅克，他昨天玩“上帝赐福”纸牌时赢了不少钱，幸运的话，可以把钢琴赎回来，神父的口吻真像邪教徒答应将来献上什么祭品的样子。旧家具商的老婆睡眼惺忪，一脸困意地告诉他沙发的新主人即沃尔舍维奇教师的住址。神父显得格外高兴，拧了一下她的脸蛋，捏了捏她的下巴，着实把这娘儿们戏弄了一把。

神父说应该呼吸一下新鲜空气，想想其他事情，所以他们步行来到沃尔舍维奇。

他们来到老教师的住处，都吃了一惊。原来老教师在沙发里发现战地经台以后，还以为是上帝的巧手安排，这位虔诚的教徒便把它赠给了沃尔舍维奇区教堂的圣器室，还在折叠经台的背面留下题词：“教师哥拉西克于一九一四年敬赠上帝。”说这些话时，他始终穿着一条衬裤，一副倒霉的模样。

他的谈话不无骄傲之意，显然，他把这一发现视为奇迹和上帝的旨意。买到这张沙发后，他仿佛听到里面有一个声音在说：“你仔细看看沙发夹缝里有什么？”他还说自己曾梦见有位天使谕告他“翻开沙发的夹缝”，于是他遵神意而行。

他说，他果然在沙发里发现了那个三面折叠经台，经台带有圣饼橱，描画得很精致。他当即跪倒在沙发前，虔诚而长久地祷告着，赞美着上帝。他又说，这是上天的旨意，是上帝让他取来献给沃尔舍维奇教堂的。

“我们对此毫不关心。”神父说，“这种东西不属于您，您应该上交给警察局，不应自作主张把它送到什么狗屁圣器室去。”

“您说什么奇迹，它倒有可能让您遭受不幸。”帅克补充道，“您买的可不是经台，而是普通的沙发。经台属于军队的公共财产。您还说上帝的意旨呢，您极有可能为此付出惨重的代价！您不应拿天意做托词，那是无济于事的。

“兹霍尔有一个人，也曾在地里挖出个圣杯来，是一个圣物盗窃犯暂时埋在那儿的，那个惯犯想等方便的时候再去取走。后来小偷忘了这事。挖出圣杯的那个人也以为这是上帝的意旨。他并没有把圣杯拿去熔化掉，而是捧着去找神父，表示了他想把圣杯献给教堂的心愿。神父想，他准是因为自己偷了圣物受到良心忏悔才主动送来的，于是把那人交给了村长。村长则把他送到了宪兵队。于是，他被判为圣物盗窃犯。其实他很无辜，可他老唠叨什么奇迹，没完没了。他拼命替自己辩护，说什么天意及圣母马利亚之类的废话，但他终归还是被判处十年徒刑。你最好赶快和我们一起去找教区神父，追回国家的财产。战地经台又不是一只小猫或者一双短袜，想送谁就送谁。”

老教师听他这么一大通话，吓得浑身打哆嗦，穿衣服时牙齿直打冷战。“上帝做证，我从始至终没有起一丁点儿邪心！我只是想以上帝的赐福来装饰我们沃尔舍维奇教堂。”

“清醒一些吧，你的行为是擅自挪用军事物资的不轨行为。”帅克干脆利落地打断了他的话，语气十分严厉，“上帝哪会有这样的恩赐！真是白日做梦！霍捷博尔有个人叫比沃卡，有一次浑浑噩噩地把别人的一头牛连同缰绳一并拿到手里，也狡辩说是上帝的赐福。”

帅克这些话把可怜的老头儿吓傻了，他不再为自己申辩了，只想着赶快穿好衣服，把事情解决了事。

沃尔舍维奇的教区神父还在美梦当中哩，因为被人吵了他的休息，他便破口大骂。他还带着蒙眬的睡意，以为又有人劳烦他去为哪个死者行礼。

“就算是举行涂油礼[1]也得让人享受安宁嘛，”他很不满，满腹牢骚，一边慢腾腾地穿着衣服，“这些人也不管人家睡得正香，只想着撒手西去。自己一死了之，还得让人家为几个手续费去费尽唇舌，讨价还价。”

等教区神父起床后，他们在前厅见面了。会晤的一方是上帝在沃尔舍维奇居民和天主教徒之间的代表，另一方则是上帝在尘世间的军事法庭里的代表。

总之，这是一场军民双方之间的纠纷。教区神父重申，战地经台

[1] 一种仪式，天主教教徒临终前，由神父涂“圣油”并为之祝祷，以此赦免其一生的罪恶。

不应该放在沙发里。随军神父针锋相对，正因为是战地经台，把它从沙发里取出来送到只有普通百姓才去的穷教堂的圣器室，这就更加不应该。

帅克站在一旁帮腔说，一个穷教堂想沾军事机关的光来使自己飞黄腾达实在是件容易的事情。他说到“穷”时不无辛辣之意，暗示教堂干了不少鸡鸣狗盗的事。

后来，他们一起来到教堂圣器室，教区神父交出了战地经台。收条内容如下：

兹收到偶然流失到沃尔舍维奇教堂的战地经台一件。

随军神父 奥托·卡兹

这台鼎鼎有名的战地经台由维也纳一家犹太人莫里兹·马勒尔开的公司制作出品，该公司专门生产各种弥撒和宗教仪式用品，例如念珠、圣像等。战地经台由三面折叠而成，三面都镀有一层厚厚的仿金，与所有圣殿一样，金光闪光。

要想辨认那三块画板上画的东西有何深奥含义，没有超人的智慧是很难做到的。它是个经台，这个无须多言。但这个经台适用面太广了，似乎连住在非洲赞比西河的法神教徒、西伯利亚的布里亚特族和蒙古族的巫师都可以熟稔地使用它。只有一个人物很显眼。那是个一丝不挂的裸体男人，头上一圈灵光，遍身发青，活像一只已经腐烂变质、散发出恶心臭味的鹅屁股。

这位圣徒两边各有一个长着翅膀、代表天使的形象，乍一看，人们必定产生这位裸体圣徒似乎被他周围的环境吓得惊慌失措的感觉，虽然谁也没有对他构成威胁。可那对天使画得真像童话中的妖怪，有点像带翅膀的野猫，又有点像《启示录》中的怪物。

经台另一面的是体现三位一体的形象。你看那只鸽子，概而言之，画家的手艺不赖，他把那鸽子画得如同美国出产的大白鸡。

而天父更是画得惊世骇俗，就像一部惊险暴力影片里西部荒原上的强盗。

与此相反，上帝之子则由画家画成了时髦少年，很得意，小肚上穿的东西有些像游泳裤。他的确像一名运动员：手中拿着十字架，如同握着网球拍，潇洒自如。

站在远处欣赏，整体给人的感觉像是一列火车正开进站。

第三幅圣像更是玄乎，简直让人摸不着头脑，搞不清楚它所表现的是什么。

士兵们在望弥撒时总会吵嚷着猜这幅画谜。有人甚至坚信它是一幅萨扎瓦河畔的风景画，可这幅圣像画下面却赫然写着忏悔的经文。

帅克很顺利地把战地经台放进马车，自己坐到马车夫旁。神父则坐在车厢内，两腿搭在象征三位一体的经台上，舒服极了。

帅克和马车夫在谈论打仗的事。

马车夫跟皇上有些离心离德，他对奥地利军队战无不胜、攻无不克的形势作了某种居心叵测的评述，例如“敌军在塞尔维亚有所推进”之类。马车驶过粮食税务站时，哨兵问马车里装着什么。

帅克骄傲地回答说：“三位一体的经台、圣母马利亚和随军神父。”

这时候，演习场上各连新兵都已经因恭候太久而有点不耐烦了。因为神父和帅克又跑到魏廷格上尉那里借来运动奖杯，为了借圣体盒、圣饼盒和其他弥撒用品，他们又赶到普谢夫诺夫修道院，还拎来一瓶进圣餐用的酒。我们由此可知，做一台战地弥撒手续可实在是够烦琐的。

“做这种事嘛，我们完全是东拼西凑。”帅克告诉马车夫说。

这话言之有理。这不，他们来到演习场，走近那个安有木板和摆战地经台的桌子边时，神父才发现忘了找助祭。

以往助祭这个角色总是由一名固定的步兵来担任，但那人不愿留在这里，反而当个通信兵上前线去了。

“不要紧，不要紧，”帅克说，“我来吧！”

“怎么，你会当助祭？”

“没有，我从来没做过，”帅克回答说，“但我们可以尝试任何事情呀。现在是战争时期，战争中人们所做的事都是过去连做梦也想不到的。我想助祭并不难，在您讲完‘Dominus vobiscum’[1]这句经文之后，我再加上一句‘et cum spiritu tuo’[2]不就得了！我想没有什么麻烦事，我只要围着您走一圈，就像一只猫咪围着一碗热气腾腾的稀粥那样绕着走，给您洗手，从杯子里倒出酒来……”

“嗯，不错，”神父说，“但是你千万不要给我斟水，第二只杯子里最好也斟上酒。你该走左边还是右边，我会随时提醒你。我轻轻地吹口哨，一声是右边，吹两声就是左边。你也不用操心祷文。就与儿童游戏一般，你不紧张吧？”

“我根本不害怕，神父先生，当助祭没什么大不了。”

战地仪式搞得挺顺当。神父的说教简明扼要——

“士兵们，今天我们集会在此，是为了我们在踏上战场之前消除杂念，一心皈依上帝，让他保佑我们胜利，保佑我们安然无恙。好，不再耽误你们宝贵的时间了，祝你们一帆风顺！”

“Ruht！[3]”站在左边的老上校下令道。

战地弥撒之所以美其名曰“战地”，是因为它绝对服从于军事法典，就像战场上的军事战术一样不得与法典相悖。三十年战争，这个军事

[1] 拉丁语：上帝赐福予你们。

[2] 拉丁语：与你的灵魂同在。

[3] 德语：稍息！

行动长路漫漫，战地弥撒因而也就拖得老长。

而在现代战术中，军队的行动迅如疾雷，战地弥撒也就变得短小精悍了。

这场弥撒正好用了十分钟，不多也不少。

靠近经台的士兵听见了神父的口哨声，对此深感疑惑，不知神父在做弥撒时为何还像个发情的少爷哥儿。

帅克反应敏捷，恰如其分地掌握了暗号，他时而走到祭台的右边，时而回到左边，嘴里不停地念叨着“et cum spiritu tuo”。

整个仪式看上去活像一个印第安人围着祭祀的石头在跳舞，但总体上给人的印象还是不错的，它驱散了尘土飞扬的演习场上沉闷压抑的气氛。演习场后面，有一条李子树林荫道，几个军用临时厕所一字儿排开。厕所里散发出阵阵臭气，这种气味绝不是哥特式教堂里神异的芳醇香味。

大家都很高兴。军官们簇拥着上校在讲笑话。一切都很正常。“给我吸一口吧！”士兵队伍里不断可以听见这样的悄悄话。烟草熏出一缕缕蓝烟，宛如经台上的烟雾缭绕，各个连队里都有，袅袅升上蓝天。上校点燃了烟卷，军官们见有长官这么做，也都抽起烟来。

最后，传来一声“跪下礼拜”的号令。刹那间，尘土飞扬，组成方阵的穿灰色制服的士兵闻声屈膝跪下，他们跪的对象就是魏廷格上尉的那个银质奖杯，就是那件马拉松长跑中所获的奖品。

银杯里注满了酒，神父举起它摆弄了好一阵。士兵中流传的一句话可以用来形容这酒的归宿：“被他吱溜了。”

接下来是重复一遍这种表演。又是一声“跪下祈祷”，然后，管弦乐队奏响了《天主保佑我们》。仪式结束后，士兵们整队离开。

“好好收拾一下那些家伙。”神父指着经台对帅克说，“我们还要物归原主呢！”

他们还是坐来时的那辆马车走了。借来的东西都完好无缺地归还给物主了，除了那瓶弥撒酒。

到了家里，他们让马车夫到司令部去领这趟长途赶车的酬金，车夫还得折腾，够他倒霉的。帅克问道："报告神父，助祭和主祭人必须是同一教派吗？"

"那当然啊，"神父不假思索地回答，"不然弥撒怎么灵验呢？"

"天啊，神父先生，刚才我犯了一个大错！"帅克说，"我不属任何教派。一想到这件事儿，我就忐忑不安。"

神父看了一眼帅克，好半天没有出声，良久才拍拍他的肩膀说："瓶子里我还剩下一些圣酒，你喝掉它也就算入了教。"

第十二章

辩论围绕宗教展开

一连好几天，帅克都没见到那位军人灵魂的启发者。神父完全可以兼顾他的神职任务和他纵情声色的放荡生活。他极少回家，总是浑身油渍，邋里邋遢，那模样活像一只在屋顶上发情的公猫。

如果他回到家时还能把话说清楚，那么他会在临睡前和帅克谈论一番，主要是讲崇高的目标、激情和思维的无尽快乐。

偶尔，他们也尝试着谈论诗歌，海涅的诗也派上了用场，虽然只是其中几句。

神父还带着帅克去战壕做过一次战地弥撒。那一天，仪式上冒出了两位随军神父，看来是工作疏忽所致。另外那位神父以前曾任神学教师，是一位虔诚的教徒。他在旁边观看他的同行卡茨先生举行宗教仪式，帅克打开随身携带的军用壶，敬了卡茨一口白兰地，那位神父见了，非常诧异地望了这位同行一眼。

“酒的品牌挺好，”随军神父奥托·卡茨说，“您要是过过瘾了就回家歇着去吧。相信我，我可以独立对付这场弥撒。今天我头有点儿晕了，就在露天下做弥撒好啦。”

那位刻板的神父摇摇头回家了。和往常一样，卡茨神父出色地完成了任务。

这次弥撒，他用清凉的香槟替换了平时喝的圣酒，讲道也比通常长一些，而且，他每说一句话总会附带一句“诸如此类”和“显而易见”。

“士兵们，今天你们就要开赴前线了，诸如此类。请把你们的心依靠在上帝周围，诸如此类，显而易见。你们将会遭遇什么，大家都不知道。显而易见，诸如此类。”

士兵们不断听到经台上传来“诸如此类”和“显而易见”的声音，其中夹杂对上帝和所有圣徒的惊呼。

神父的演说慷慨激昂，他在高昂的情绪状态中竟把叶夫根尼·萨沃伊斯基王子提升为圣徒，说他将保护在河上修建浮桥的工兵。

虽然有一些小的漏洞，这场战地弥撒还是在快活而有趣的气氛中顺利宣告结束的。工兵们打发了一段快活的时光。

回家的路上，帅克和神父要把折叠式的战地经台带上电车，遭到售票员的反对。

“你小心点，我真想用这圣物敲你的脑袋！”帅克对售票员说。

他们回到家中，发现圣餐盒在路上丢了。

“不用担心，”帅克说，“天主教徒最早做弥撒时也没有使用圣餐盒。如果我们宣布遗失了圣餐盒，那位捡到它的人再老实也会向我们讨赏钱。如果丢的是钱，尽管还是有不少老实的拾金不昧的好心人，但我们不一定能找到这样的好人啊。

“我想，不管是谁，都不会把圣餐盒还给我们。圣餐盒背后有营队的印章，谁也不愿与军队沾上任何瓜葛，他们可不愿惹麻烦，情愿把它扔到水里去。昨天，我在‘金花环’酒店跟一乡下老头聊天。他的四轮马车被没收，他去新巴克区政府请求通融一下，被区政府赶了出来，在回家的路上，看到广场上停着一列运载军粮的车队。有个年轻人请他代为照看一阵马，说自己要把罐头运送到军队去。可年轻人一走就再也没回来了。后来，车队继续前进，老头只得跟着他们一起走，一直来到匈牙利。在匈牙利他也请人在车队旁等他一会儿，他这才脱开了身，否则还将往前走到塞尔维亚。老头吓得失魂落魄，好容易才逃回家来。此后他再也不愿招惹军队的任何东西了。”

晚上，有人来他们这儿串门，是早上那位也想给工兵做弥撒的刻板的神父。他巴望人人都亲近上帝，是一个热忱的宗教狂。他担任神学教师时，为了增强孩子们的宗教感，他就敲他们的后脑勺。各类杂志上时常有文章赞誉他，如《残忍的神学教师》《专敲学生后脑勺的神学教师》。他深信鞭笞对帮助孩子们掌握教义大有裨益。

他有条腿瘸了，是有个学生挨他敲了后脑勺后，家长来找他算账留下的纪念品。那个学生表示有些怀疑三位一体，于是他照着那孩子的后脑勺就是三拳：一拳是为圣父；二拳为圣子；三拳为圣灵。

今天，前任神学教师为了把他的同行卡茨引上正道，专程来拜访。他对卡茨进行了真挚的告诫，开头是这样的：“您家里竟没有挂耶稣受难的十字架，这真难以置信。您每天都在哪儿念祷文？您整间屋子找不到一张圣像。咦，您床头挂的是什么呢？”

卡茨笑了，说：“这幅是《苏珊娜沐浴图》，下面那张裸体女人是我的一个旧情人。右边，瞧，是一幅日本壁画，是一个老日本武士和几个艺妓之间的春宫画。妙不可言，对吧？至于我的祷告书，在厨房里。帅克，把它拿来给我，翻到第三页。”

帅克进了厨房，接着那里接连传来三声开酒瓶塞子的声音。

桌上摆出了三瓶酒，打开了。虔诚的神父震惊无比。

“伙计，这是淡爽型葡萄酒，做弥撒时要用到，”卡茨向他介绍道，“非常好的品牌。白葡萄酒，你闻闻，酸的，味道和摩泽尔[1]产的差不多。”

“不，我不喝酒，”虔诚的神父固执地说，“我来是想和您说说心里话的。”

[1] 法国城市名，盛产葡萄酒。

“朋友，您的嗓子不难受吗？”卡茨说，“您先痛痛快快喝一通，我再听您说。我一定虚心接受忠言，因为我是个宽宏大量的人。”

虔诚的神父抿了一小口，眼睛瞪得好大。

“他妈的，这酒酿得真好。是不是，我亲爱的同行？”

宗教狂固执地说:“我觉得，您说话有些粗野，这不符合您的身份。”

“这是老毛病了。”卡茨答道，“有时，我自己也意识到犯了渎神罪。帅克，给神父先生斟酒。我敢向您保证，‘该死’‘他妈的’这些词儿我几乎不离口。我想，如果您也和我一样长期在军队里混，您也会成为我这副样子，这很容易。在宗教方面，我们也有一套啊，‘天主’‘上帝’‘十字架’‘庄严圣洁’等。您听，不是很悦耳很熟练吗？来，碰杯，神父先生！”

这位前任神学教师喝得漫不经心。他似乎想说什么，可又难于开口。他正在心里斟词酌句。

“亲爱的同行，”卡茨接着说，“抬起头来，别那么愁容满面地坐着啊，再过五分钟您不会遭受绞刑的。人家向我谈起过您，说您有一次把星期五当成了星期四，在餐馆吃了一块猪排，您发现自己弄错了日期之后，马上跑到厕所里，把手指伸到喉咙里好让它吐出来，因为您唯恐上帝会严惩您。我才不怕呢！在斋期吃肉食，我才不在乎呢，至于下地狱，见他的鬼去吧！喝吧！是不是觉得舒畅了一些？您想必是一位紧紧跟随时代精神和改革步伐一起前进的人，对地狱怎么看呢？按照您的想法，地狱里惩罚不幸的罪人应该改用蒸汽锅，也就是高压锅了吧？普通的硫黄锅怕是已被淘汰了。一定是把犯人的肉涂上人造奶油，串在电动铁叉上烤人肉串。几百万年里，人的身体还会被一种公路打夯机碾得粉碎。牙科医生会用一种特别的器具拔罪人的牙齿，留声机的唱片则录下他们的哀号。唱片将被送往天堂，让正人君子大饱耳福。天堂里香水由喷雾剂喷洒，交响乐队老是演奏勃兰姆斯的乐曲，他们一直奏啊奏，人们听都腻烦了，宁愿下地狱也不愿意再听下去。天使为了自己的翅膀更为轻松，在臀部装上了飞机用的螺旋桨。来，喝，我的同行！帅克，斟白兰地。依我看，他似乎不太舒服。”

虔诚的神父清醒了，低声说：“宗教的论断是极其明智的。谁都相信三位一体的存在……”

“帅克，给神父先生再加一杯白兰地，让他清醒过来。”卡茨打断他的话说，“帅克，你给他讲个故事好了。”

“报告，神父先生，在沃拉西玛，有位修道院主持，”帅克便讲了起来，“他的女管家带着儿子卷款逃跑，他又雇了一个老仆人。这个年迈的修道院主持居然潜心研究起圣奥古斯丁来。据说，教会的圣徒里面包括圣奥古斯丁。这老头儿读到一本书，书上说谁相信地球另一面有人居住，谁就会遭到诅咒。于是，他叫来老仆人对她说：‘你有一次说你儿子是个钳工，去了澳大利亚，这么说他是生活在地球另一面的居民了。可是圣奥古斯丁说了，谁相信地球另一面有居民就会遭到诅咒。’‘可是老爷，’老仆人对他说，‘我儿子还从澳大利亚寄信和钱给我了呀。’‘这是魔鬼在欺骗你！’修道院主持一口咬定，‘圣奥古斯丁说得一清二楚，根本不存在什么澳大利亚。你被魔鬼引入了歧途。’

“到了礼拜日，他在教堂里当着大家的面把老仆人骂得狗血淋头，还大声宣称着澳大利亚不存在。人们见他变成这样，便直接把他送到疯人院去了。这种人比比皆是呢。乌尔舒林基的修道院里有一瓶牛奶，是圣母马利亚用来喂耶稣的。在贝内舍夫孤儿院，他们给孤儿运来了法国卢尔德城的圣水，孤儿们喝了圣水以后都得了痢疾，一个个拉肚子拉得奄奄一息。”

虔诚的神父只觉得头昏脑涨，刚喝下肚的白兰地在他脑血管里起作用了，使他精神振奋起来。

他眯起眼睛问卡茨：“您不相信圣母马利亚是童贞女受胎，不相信保存在教堂的扬·克什吉德尔圣徒的大拇指是真实的，那您还信不信上帝？如果您不相信，为什么还当神父呢？”

“师兄啊，”卡茨拍了一下他的后背以示亲切，“随军神父的职业是一门既轻松又能挣大钱的肥差，因为国家认为士兵们在赴战场送死之前必须先接受上帝的祝福。我说啊，这可比在演习场上东奔西跑忙着操练要好许多倍。我以前老得听长官的命令，现在好了，我自由了。我代表的人物根本不存在，因为我扮演上帝这一角色。我想干什么就干什么。如果我不想放过某些犯错的人，他就是冲我下跪我也不饶恕他。只是，这种人很少。”

“我爱上帝，”虔诚的神父说，他开始打嗝了，“非常爱他。给我喝点葡萄酒。我敬重上帝，”他接着说，“非常敬爱他、尊重他。我从没有这样敬重过一个人。”

他抡起拳头，猛地一捶桌子，桌上的酒瓶子都给震得跳了起来。“上帝是至高无上的，他超凡脱俗，完美无瑕，他如同太阳，永远散发出光与热，我对上帝的信仰谁也别想动摇！我还尊重圣徒约瑟夫。是的，我尊重一切圣徒，包括塞拉皮翁圣徒在内，虽然他的名字特难听。”

“他应该申请一个教名。”帅克说。

“我喜欢鲁德米拉圣徒，还有意大利的贝尔纳德圣徒，”昔日的神学教师说，“在圣哥达尔达，他救了许多朝圣者。他在脖子上挂着瓶白兰地，去救助倒在雪地里的行人。”说着，他放声大笑起来。

突然他停下来转向卡茨，挑衅地问道：“您不相信八月十五是圣母升天节？”

他们已经达到兴奋的极致了，又添了几瓶酒，卡茨不时说：“你承认不相信上帝吧，不承认就不让你喝酒。”

时光似乎倒流到了早期天主教徒遭受迫害的年代。昔日的神学教师唱起了罗马剧场的殉道者赞歌，并且吼了起来：“我坚信上帝，我不否定他！我不稀罕你的葡萄酒。我自己也能拿得到。”帅克和神父不得已只好把他抬到床上。他在入睡之前还举起右手发誓说：“我相信圣父、圣子和圣灵！我要祈祷书！”

帅克随手塞给他一本摆在床头柜子上的书。虔诚的神父双手抱着薄伽丘的《十日谈》，昏昏沉沉地睡着了。

第十三章

帅克给弥留者行临终涂油礼

奥托·卡茨神父坐在那儿，满腹心事，他在研究一份刚来的军政部颁布的军令。军令的内容如下：

> 在此次战争期间，本部现决定撤销原有之关于军人临终涂油礼之诸条例。现向军中各随军神职人员颁发以下条令：
>
> 一、前线各处取消军人之临终涂油礼。
>
> 二、重伤员严禁被送往后方接受临终涂油仪式。凡违反本禁令者，军中神职人员有责任将其立即送交军事部门加以严肃惩处。
>
> 三、后方各军医院可集体举行临终涂油仪式，但需经军医官同意，且必须在不妨碍军事部门正常工作之前提下举行。
>
> 四、如有特殊情况出现，经后方军事医院管理局批准，可为个人单独举行临终涂油礼。
>
> 五、军中各随军神职人员有应军事医院管理局之需，为其指定之人施行临终涂油礼之责任。

神父又拿起另一份文件读了起来，这份文件通知他第二天查理士大街军医院的重伤员们要举行一次临终涂油仪式，需要他前去主持。

“帅克，帅克，”他大声喊道，“还有比这更糟糕的吗？整个布拉格难道只有我一个随军神父吗？上一回不是有个虔诚的神父在这儿住过吗，为什么不派他去呢？见鬼，跑到查理士大街去行什么临终涂油礼，我早就忘记那玩意该怎么做了。”

帅克回答说：“神父先生，我们只要去买一本教义问答就行了，那上面肯定有仪式说明的。对外国人来说，导游手册是十分有用的，而神父需要的就是教义问答。阿马伍泽修道院以前有个园丁，想当个穿僧袍的见习修士，这样就不会干脏活累活了。于是就买了本教义问答，研究祝福礼应该怎么行，唯一可以从原罪中获救的人是谁，良心纯正应该是怎么样的，还有一些别的七零八碎的问题。后来，这个园丁偷偷地把教堂菜园里一半的黄瓜都卖掉了，最后被从修道院一脚踢了出来，弄得灰溜溜的，很不光彩。上次我遇见他，他私下还对我说：‘即使我没买什么教义问答，我也一样会把黄瓜卖了的。’”

帅克把刚买到的教义问答拿给神父看，神父一边翻看一边说道：“你来看，这儿，临终涂油礼必须要由神父主持，且必须用担任圣职的主教提供的圣油。喂，帅克，我早就知道咱们自己是不能举行这个临终涂油礼的。快读给我听听，这临终涂油礼到底应该怎么做呀？”

于是帅克就读起来：“方法是这样的：神父应把圣油涂抹于病人各感觉器官之上，涂油同时还应口诵祷文：‘主将以此神圣之临终涂油礼与其至善仁慈宽恕你，饶恕你由视觉、听觉、嗅觉、味觉、言谈、触觉和行走而犯下的一切罪孽。’”

“我真想不明白，帅克，”神父于是说，“你能告诉我，一个人的触觉能犯什么罪呢？”

“那可太多啦，神父先生。打个比方吧，把手伸进别人的口袋啦，或是在小型舞会上……您应该能知道我要说的意思吧，您想那应该是个什么情形呀。”

“那么，行走呢，行走能犯什么罪呢，帅克？”

“再打个比方吧，一个人想让别人同情他，于是就突然装作腿瘸了的样子走路。”

“嗅觉呢？”

“比方说某个人讨厌某种难闻的气味。”

“味觉呢？味觉能犯哪种罪过呢？”

“这简单，比如什么东西对某人的胃口啦等。”

“那言谈呢，帅克？”

“神父先生，这恐怕就要关系到听觉了，如果某个人唠叨个没完没了，而叫别人硬着头皮听他讲，那又会怎么样呢？”

当奥托·卡茨神父听完帅克的这些极富哲理性的言论之后，他就默不作声了。过了许久，他才又说道：“那么，我们还必须弄些主教供给的圣油，你去买一小瓶吧，军需处我想大概是不会提供这种圣油的，这里是十克朗。”

于是，帅克就动身去找那种主教供给的圣油了。谁知道这种圣油比童话里写的复活水还要难找好几倍。

帅克一连跑了好多家药店，他进每一家一张嘴就说“对不起，我买一瓶圣油”，别人听了，要么是一阵哄堂大笑，要么就以为他是疯子，吓得躲进柜台后面去。而从始至终，帅克都表现出一种十分严肃认真的神情。

帅克买不到油，于是想到也许可以去成药店碰一下运气。在第一家成药店，帅克被一位助理药剂师赶了出来；在第二家成药店，人们听到他说什么“圣油”，立刻就要给医疗站打电话；在第三家，热心的药剂师想到了一个应急的办法，他告诉帅克在长街有一家叫普拉特公司的专营油和漆的商店，他们的仓库里一定有帅克要的那种“圣油”。

帅克赶到药剂师告诉他的那家公司。果然，这家商店经营灵活，它的店员绝不会让一个顾客没满足要求就空手而归。比方说，一个顾客要买点香油脂，店员们大概会倒给顾客一些松节油来凑合着用。

于是，当帅克说出他的需要——十克朗的圣油的时候，那家商店的老板立刻告诉一个店员说："多逊呀，倒一百克三号的大麻油给这位先生。"

店员一边用纸把装油的瓶子包起来，一边以老练的生意人的口气告诉帅克："先生，这是绝对的一等品，我保证。如果您还有什么需要，比如油漆、刷子、干性油之类，欢迎惠顾本店，我们十分乐意为您效劳。"

就在帅克满世界寻找圣油的时候，卡茨神父正手捧教义问答，在家专心致志地复习那些他在神学院学过却丝毫没有记住的东西。他不禁为一些他极为欣赏的精彩语句而会心微笑。例如其中有这么一句解释的话："'临终涂油礼'一词源自教会施行的一切神圣涂油礼中最后的一次。"

还有一句："每一个奄奄一息、身处弥留之际然尚具清醒神志之基督教或天主教教徒均应受施临终涂油礼。"

还有下面这句："病人在仍有记忆能力之情况下，如有可能，务必接受临终涂油礼。"

传令兵随后又送来一封公函，信上通知神父说：明天出席那场临终涂油仪式的还有由贵族妇女主办的"士兵宗教教育协会"。

一些疯疯癫癫的老太婆组织了这个什么"士兵宗教教育协会"，还在医院里不停奔走，把一些带有一张彩色插图的故事书散发到伤兵的手中。这本故事书里都是关于为皇帝殉难的天主教的忠勇士兵的故事，那张彩色的插图画的尽是人和马横七竖八的尸体、四脚朝天的炮架，还有炸翻了的装弹药的车什么的。远处画的是爆炸的榴弹和燃烧的村子。近处画着一个被炸断了腿的士兵，奄奄一息地躺在地上，一个天使俯下身，把一个垂有缎带的花环送给他。缎带上写着："今日你便将随同我前往天堂。"而那个快死的士兵似乎看到有人给他拿来了冰激凌般，满脸堆着幸福的傻笑。她们此处还散发一些圣徒的画片。

神父合上这封公函，用力啐了一口，明天大概又有热闹看了，他想。

卡茨神父一直把这个什么协会称为"苟合会"，还是在好几年前，他就知道她们这些人了。那次他在依克那切教堂给士兵布道，他添油加醋，凭空胡诌了一通长篇大论。当时那些协会的成员就坐在上校的身后。有两个身材瘦长、穿黑裙子、挂长念珠的女人一直对他的讲道表示赞同，她们拉着他进行了一次长达两个小时的、关于士兵宗教教育问题的讨论。最后，神父忍无可忍，终于对她们说："亲爱的夫人们，实在对不起，我必须走了，因为大尉还等着我呢，我们约好了一起去打'费布尔'牌[1]的。"这才脱身离开了。

帅克从普拉特公司回来后，十分郑重地向神父说："咱们的圣油，终于弄到了。看，三号大麻油，真正一等品。这些油我看足可以为整个团的人举行一次临终涂油礼了。那家卖油的公司真是有信誉，他们还出售干性油、油漆以及小毛刷什么的。嗯，我想，咱们大概还得再弄一个小铃铛来。"

"你说什么，要个铃铛干什么用？"

"是这样的，神父先生，我们应该一边走一边摇得铃铛叮当响，因为我们带着三号大麻油追随圣父向前走，人们应该脱下帽子恭敬地向我们行礼才对。从古至今，一直就应该是这个样子。这种仪式

[1] 一种用扑克牌进行的赌博游戏，玩者输赢全凭"牌运"。

的神圣性可以和圣体节[1]相提并论，虽然别的时候人们都不理睬我们，这时却必须毕恭毕敬地向我们脱帽并且小心地向我们行礼才行。尊敬的神父，我认为我马上就应该去弄个铃铛回来才是，我想您大概不会反对吧？”

得到了神父的准许，不到半个小时的时间，帅克就已经买了一个铃铛回来了。

他显得兴奋不已：“‘十字’客栈门口就有卖的，可是因为人们总是进进出出的，害得我等了半天，说真的，还没买到时，我真的有点着急了。”

“帅克，我要去一趟咖啡馆。如果有人来找我，就先让他等我一会儿。”

过了大约一个小时，有一位头发灰白、目光冷峻、腰杆挺直的先生走了进来。这人神情冷漠，上了些年纪，总让人觉得不怀好意。他要是对着你看，那样就像他是这个世界的毁灭者，是被命运女神派来把我们这个星球从宇宙中抹去的魔鬼一样。

他谈吐粗俗鲁莽，尖酸刻薄。当他听说神父去了咖啡馆时，大为不满：“不在家？去什么咖啡馆？还要我等他？那好吧，我一直等到他回来，哪怕是明天早晨。还账他说没有钱，却有钱去该死的咖啡馆，真见鬼，他还算个神父吗？呸！”

他把一大口痰吐在了厨房的地板上。

“噢，请不要在这儿随地吐痰，先生。”帅克打量着这个奇怪的家伙。

“不许我吐痰，好，我再吐一口，你看好了！”冷峻的家伙生气地回敬道，同时，第二口痰落在了地板上，“一个随军神父不知羞，真是不害臊，不要脸！”

[1] 天主教节日之一，在夏末举行。

帅克觉得应该提醒一下这个人：“一个有教养的人不应该在别人屋里吐痰。你以为反正现在是世界大战，所以可以想做什么就做什么吗？你看起来简直像个无赖，请放规矩点，别跟流氓一个样，举止要温文尔雅，言谈要彬彬有礼，你这刁民，难道这也不懂吗？”

听了这番话，冷峻的家伙怒火中烧，一下子从椅子上站起来，浑身发抖地大喊道：“你说什么？你敢骂我是无赖？我是无赖，那你倒是说说，我是什么样的呢……”

帅克双眼瞪着他的脸答道：“你是一堆臭屎！你在这里，别人的家里，就像在电车、火车那样的公共场所一样随地吐痰。以前，我总不明白为什么到处都有‘禁止随地吐痰’的牌子，现在我知道了，谁都认识你，那些牌子都是专门为你才挂上去的。”

冷峻的先生气得七窍生烟，他急着要找到一大堆“动听”的骂人的话，好指名道姓地把帅克和神父骂个狗血喷头，于是他默不作声，搜遍枯肠，想找到合适的词句。不久，他便像火山喷发一样骂了一长串。

当那人把最后一句话“真是一路货，你们这两个流氓恶棍”骂完，帅克才平静地开口问道：“你是已经骂够了吗？那么你还有什么要说的话吗？有的话趁还没滚下楼赶快说出来吧。”

而这时，刚才那个滔滔不绝的家伙，已经精疲力竭，一时再也说不出来什么了。于是，帅克认为时机已到，不需要再等了。

他利落地打开房门，一脚把冷峻的先生脸朝门外踢了出去。这一脚力道真不小，恐怕世界足球锦标赛的最佳射手见了也会自叹弗如。

这还不算，站在楼梯上，帅克还对着那个冷峻的老头的背影大吼道：“再去别人家串门的时候，记着要学会讲礼貌。”

于是，那个吃了大亏的冷峻先生只好在窗下徘徊，等着神父赶快回家。

而帅克则打开窗户严密地监视着他的行动。

神父终于回来了，神父带着那个刚才被踢出去的客人又回到了房间里，两个人面对面坐在椅子上。

帅克走出去了，过了一会儿，默不作声地拿来一个痰盂放在客人的前面。

“我说帅克，你这是做什么？”神父问。

“报告，刚才就在您回来之前，我们刚刚吵了一架，很不愉快，原因就是这位先生总把痰吐在地板上。”

“我们两个人之间有些事情要谈。对不起，帅克，请你先出一下。”

于是帅克向神父敬了个军礼：“是，我这就出去，神父先生。”

帅克走进了厨房，而房间里两个人的谈话颇有意思。

“您大概是为那张期票而来吧？如果我没猜错的话。”神父问道。

“不错，我希望你能……”

这时神父深深地叹了一口气，说：“我常常会一不留神陷进一种困境，只剩下希望。‘希望’这是一个多么美妙的词呀！‘信仰、希望和爱’就如同一株三叶草，‘希望’是其中的一个叶片，只有它，才能叫人摆脱混乱麻木的生活，重新鼓起勇气。”

“对不起，神父先生，我希望，这笔钱……”

神父打断了客人的话：“尊敬的先生，没有问题。我想重复一下我刚才的话：‘希望’能让人重新振作起来，充满生活的勇气，您看您不也还充满希望吗？您有多么高尚的理想呀，那就是做一个无罪而纯洁的用期票放贷的债主，希望别人能够按时还钱。您希望着我虽然连一百克朗都没有，却能按时还给您一千二百克朗。”

“这么说，这么说，你……”那位冷峻的先生现在变得结结巴巴的了。

“是的，我现在……”神父回答。

“这简直是诈骗，是骗局，先生，你欺骗了我！”那位客人变得怒不可遏。

“请安静点，好吗？尊敬的先生……”

客人站起来大叫：“骗子！你忘了当初我是那么信任你。”

“这儿太闷了，先生。”神父说道，“您需要换换空气，那会对你有好处的。”

神父转身对厨房喊道：“帅克，这位先生想出去一下，好呼吸一些新鲜空气。”

“报告，神父先生，我已经请这位先生出去过一次了。”帅克的声音从厨房里传来。

“那么就再来一次吧！”神父以命令的口吻说道。这道命令被干净利落而又十分无情地立即执行了。

“现在解决了，神父先生。”当帅克从走廊里回来时，得意地说道，“在他想在这儿捣乱以前，我们就先把他收拾了。”

神父笑了笑，道：“这回看见了吧，一个人要是不尊重神父，是不会有什么好下场的。圣徒曾说：‘敬重神父，即敬重基督；欺侮神父，即欺侮基督。神父乃是基督的代言人。’赶快弄些火腿煎蛋，再来点波尔多白葡萄酒，明天的仪式一定得准备周全，我们还要好好商量商量呢。晚祷文不是说吗：‘敌人施于此房屋的一切诡计，将由于主的恩典皆遭失败。’”

然而世间有些人是冥顽不化的，那位冷峻的客人恰恰是其中的一个，虽然他已经两次被帅克赶出这间房屋了。正当晚饭端上餐桌的时候，门铃又响了。

帅克去开门回来报告说：“他又来了，神父先生。为了我们能安静地享用晚饭，我现在把他关进了淋浴间里。”

“噢，帅克，这样做似乎有点儿不妥吧，”神父对帅克说，“不是有句俗语：客进房，家事旺。古代宴会的时候，为了给赴宴的人消遣，常常会请一些小丑来的。让他进来吧，我们也好好地乐一下。”

没多久，那个固执的客人就神情沮丧地跟在帅克的身后进来了。他望着房间和餐桌，垂头丧气。

神父显得很和气：“请坐，您来得正是时候，我们的晚餐马上就吃完了。刚才的主菜是龙虾和鲑鱼肉，现在上的是火腿煎鸡蛋。我们大开宴席，谁让我们总是能够借到钱呢？”

“我希望你们不要拿我逗乐，”神情沮丧的客人说，“这已经是我今天第三次来这儿了，我希望，能够把一切事情都弄明白。”

帅克说：“报告神父先生，他是一条水蛭，地地道道的水蛭。和力布尼的波谢克一样。在‘爱克斯那尔’酒店,他一晚上得被撵出十八次，可每次都说忘了烟斗又转了回来。他可以从窗户爬进去，从厨房翻墙去夜餐厅，再从地下室钻到啤酒室，如果不是消防队从屋顶上把他拉了下来，他也许会从烟囱爬下来。他这股耐性足够当个部长或者议员了！人们为了对付他真是把什么办法都用尽了。”

帅克讲得兴致勃勃，但完全是白费力气，那固执的先生压根儿就没听进去一个字，他一直自顾自地重复这句话：“我应该把这整件事弄个清清楚楚，请你听我讲，行吗？”

“请说吧，尊敬的先生，”神父回答说，“说吧，我们要继续吃饭了，你想说多长时间就说多长时间，我想我们应该不会妨碍您讲话吧？上菜，帅克！”

于是固执先生就讲了起来：“现在是在打仗，你知道的，如果不是打仗，这笔战前的借款我也不会催得这么紧的。我以前就遇到过倒霉的事，真是惨痛的教训呀！”

他一边说着一边就从口袋里把账本掏了出来：“你看，每一笔账我都记得一清二楚。雅那达上尉，欠款七百克朗，他在德里纳[1]河战役里被打死了；普拉什柯中尉，欠款两千克朗，在俄国被俘虏了；维西特莱大尉，也欠了两千克朗，却在加里西亚的拉瓦被自己的手下杀死了；这个马赫克上尉还欠我一千五百克朗就在塞尔维亚做了俘虏。喏，你看，这些人都是，这个没还我钱就阵亡在喀尔巴阡山了；这一个呢，也做了俘虏；还有这个淹死在塞尔维亚了；这个呢，现在还在匈牙利的医院里内，恐怕也快咽气了。这回您大概能明白我不是杞人忧天了吧。如果不够坚定不移，百折不挠，战争一定会把我彻底给毁了的。您大概会说，您是个神父，您不会受到战争威胁的。那么，请您看看这个人。”

那个账本马上就被伸到了神父鼻子下面，“这个人，波尔洛的随军神父，名字叫作马蒂亚什，一个礼拜以前死在隔离病院里了。他到现在还欠我一千八百克朗呢。我快后悔死了。这个家伙去霍乱病院给人举行临终涂油礼，结果一无所获，反而搭上了自己的一条命。”

“我说亲爱的先生，这是一个神父的职责，”神父反驳说，“明天，我也必须去给别人做临终涂油礼。”

这时帅克也不失时机地加了一句：“我们去的也是霍乱病院，您难道不想一起去看看舍己救人是什么样的吗？”

固执的先生又说：“您务必相信我，神父先生，我确实是走投无路了。战争的目的是什么，难道是彻底消灭我的债务人吗？”

“等到那么一天，您也被征集入伍，必须亲赴火线履行兵役职责时，”帅克说，“我和神父会为您祈祷的，为让您有幸被第一颗手榴弹炸死，我们会做一台弥撒的。”

“我是正正经经地和您谈事情，先生，”固执的家伙正色对神父

---

[1] 位于前南斯拉夫境内。

说，“为使这件事尽早结束，我请求，请不要让您的勤务兵再搅和进来了。”

“神父先生，我郑重请求！”帅克说，“如果您还不下命令，命令我不再干预您的这桩事情，我就会一直努力维护您，正像一个好兵应该干的那样。这位先生想不靠别人，全凭自己的力量从这儿离开，这是十分正确的。而且，我也是十分在乎礼貌的，不愿意无故滋事。”

神父摆出一副旁若无人的神态对帅克说：“这一切都乏味透了，帅克。我原来以为这位先生会讲些好玩的笑话，我们可以开心一下的，可他尽管和你见过两次面了，却不讲情面地让我命令你不要搅和进这件事里来。在这样一个需要全神贯注倾注忠诚在主的身上的晚上，在重要的宗教仪式举行的前夜，他却不断地打搅我，一而再地使我从虔诚的信仰里逃离，从主的光辉中离开，仅仅就为那愚蠢的一千二百克朗的俗事。如果他还纠缠下去，我只好再对他说一次：我现在一分钱也不能还给你。为了不再让他继续打扰这神圣的时刻，我再也不想和他啰唆什么了，帅克，劳烦你转告他一声：神父先生一分也不能还给你。”

帅克于是就冲着那个固执的家伙的耳朵大吼了一遍那句话，圆满完成了神父交给的任务。然而那家伙却仍坐着，原地不动。

“你问他一声，帅克，他想在我家里坐到什么时候？”神父说。

“如果您不把欠的钱还给我，我就寸步不移。”水蛭执拗地粘在椅子纹丝不动。

“既然是这样，帅克，我只能让你来处置他了。我把他交给你，想怎么办随你的便。”神父说着站起身，踱到窗子旁边。

于是帅克就一把抓起那位固执的客人的肩膀：“先生，走吧，我发誓，这是最后一次礼送你出门了。”

话音刚落，他就重复了一次前两次的体操，干净利落，彬彬有礼地把那个固执的家伙轰出了大门。与此同时，卡茨神父正用手指在玻璃窗上有节奏地敲击着，那节奏正是葬礼进行曲。

经过了几步严肃的思考，神父愈发热烈而虔诚地信仰着上帝，他一心向往着主的恩德，于是深夜十二点的时候，一支颂歌传出了神父的房间：

> 我们的部队就要开走，
>
> 所有的姑娘伤心泪流……

帅克也和着这歌声一块唱了起来。

军医院里，明天将要接受临终涂油礼的两个伤员正热切地盼望着那个仪式。

这两个人一个是老少校，一个是后备队军官（他以前是个银行职员）。在喀尔巴阡山战斗中，两个人腹部都挨了子弹。两个伤员现在正肩并肩地躺着。那个后备队军官希望死前能接受临终涂油礼，如果不接受这种仪式，就会破坏国家纲纪，因此他把临终涂油礼当作自己必须尽的义务。少校和他比起来则要虔诚和聪明多了，他认为祈祷也许能让自己起死回生。

不幸的是，这两个伤员在临终涂油礼举行的前一天半夜都死掉了。第二天一早，当帅克和神父来到医院时，这两个人都已经脸孔青紫，好像窒息而死的人一样，而且早就给用床单蒙起来了。

当医院办公室有人告知他们两个现在已经不需要举行临终涂油礼的时候，帅克显得气急败坏："神父先生，我们张罗了一整天，把什么都办得气派极了，可现在，全白费了！"

帅克说得很对，他们两个这一次真的是气派非凡。他们叫了一辆马车，神父手捧用餐巾包好的圣油，帅克则卖力地摇动铃铛。神父端坐在马车上，见到向他们脱帽致意的人就十分庄严地手画十字为他们祝祷。

实际上，尽管帅克一路上用力把铃铛摇得叮当作响，向他们脱下帽子行礼致意的人并不多。

路上有几个天真无知的小男孩一直追着马车跑，其中的一个还爬到了车厢后面，剩下的孩子于是冲着车大声喊道："追呀，追呀！"

赶车的车夫对着马车后面甩了一鞭，帅克也使劲地冲着小孩摇那个铃铛。有一个女看门人，她一溜小跑跟上了他们的马车，画了十字，受了神父的祝福，随后却吐了一口唾沫说："干吗拉着神父跑得那么快，简直和魔鬼一样，为了追车，我都快累得吐血了。"然后就上气不接下气地走回去了。

对帅克的铃声反应最强烈的恐怕要算那匹拉车的母马了，它不停地扭过脖子向后看，想必是那响铃勾起了它的回忆，它有时在石子路上迈起舞步。

以上就是帅克和神父来回的空前盛况了。

神父来到医院办公室，向医院的会计报账，要求把临终涂油礼的费用结给他，他认为军事部门应该支付给他圣油费和路费一共一百五十克朗。

接下来，一场争吵在神父和医院院长之间爆发了。神父气得好几次用拳头砸着院长的桌子，大喊大叫："尊敬的大尉，举行临终涂油礼可不是免费的。一个骑兵团的军官去养马场领一匹马，不是也得付给他出差费吗？我十分遗憾，要不是那两个伤员昨天晚上就死了，您恐怕还得再给我另加五十克朗呢。"

就在这时，帅克正在医院楼下的警卫室里等神父出来，他手里还捧着那瓶圣油。而其他的士兵好像对这瓶油很感兴趣。

有的说，这种油很适合用来擦刺刀和枪支。有一个年轻士兵说不应该亵渎圣物和上帝神圣的秘密，作为一个基督徒就应该对宗教寄予热望。

一个上了年纪的后备兵瞟了一眼这个毛孩子说："但愿手榴弹能把你的脑袋炸开花。我们就是因为有这种热望才会被人当作傻子一样愚弄。战前，有个教权派的议员去我们那里游说，他宣称大地沐浴在和平的阳光中，大家应该如同手足一般和平共处。可战争刚打起来，这个浑蛋就到处奔走，在各个教堂里祈祷我们部队早日凯旋。那家伙把上帝说得简直就是这场战争的总参谋长，好像是上帝在领导和指挥打仗。就在这个医院，我看到多少死人被埋掉了，还看到多少车被运走的折臂断腿的人。"

另一个士兵接着说："把死人的衣服扒下来，又发给别的活着的士兵穿，死人赤身露体地被埋掉，那套军服却不断地被传给下一拨人。"

"直传到我军赢了这场战争。"帅克补充道。

他们的班长这时在房间角落里对帅克说："你这样的勤务兵简直和饭桶差不多，你也想赢得战争？你们这种人真应该去火线看看，应该把你们赶去钻铁丝网，拼刺刀，爬坑道，做炮灰！像你们这样整天舒舒服服地躲在后方，谁不高兴哩？上火线去试试，谁也不愿意白白地送死！"

帅克回答说："被人用刺刀戳个洞，依我看，还真不赖呢。或者叫人在肚子上打进颗子弹也不错，要不就让手榴弹给炸成两半，那可真好玩儿。自己看着自己的大腿和肚皮被炸得远远的，那一定会觉得挺怪的吧？不过他大概还来不及弄明白这是怎么一回事就一命呜呼了。"

一个年轻士兵开始为他年轻的生命惋惜了，他深深地叹了一口气，弄不明白自己为什么偏偏生在这荒唐的年月，只能任人宰割，就如同进了屠宰场的牛羊。

一个以前是老师的士兵看出了他的心思，对他说："关于战争的根源，有的学者根据太阳上出现的斑点来解释，这种斑点的出现总是预示着灾难的降临，比如罗马人夺取迦太基那一次……”

班长打断了他的话：“少高谈阔论好不好？今天你值日，赶快把地板打扫干净吧。什么太阳上的该死的斑点。关我们屁事呀！太阳上就是出现了两打斑点，难道我们能拿来当钱花吗？”

帅克插嘴说道：“可是那些太阳斑点真的挺管用的。那回，也是太阳出斑点，我就在一个酒馆里被人揍了一顿。打那时候起，不管去哪儿，我老是先翻翻报纸，看太阳上是不是又有什么斑点出现了。万一出现了，对不起，我哪儿也不会去了。我就这么过日子。还有那回，那次帕列火山大爆发，不是毁了整个马提尼克岛吗？《民族政治报》上有篇文章，是个教授写的，那上面早就提醒人们太阳上又有大斑点出现了。真遗憾，岛上的人没看到那份报纸，于是就倒了血霉了。”

神父这个时候在院长办公室里遇见了一个让人厌恶的女人，她也是士兵宗教教育协会的会员，上了年纪却举止轻佻。

从一大清早起，她就在医院里四处奔走，散发她们的那些印有圣徒像的画片。结果这些画片很快就被扔到了痰盂里。

这个女人嘴里唠唠叨叨，走过来走过去，不停地劝说人们应该弃恶从善。只要是真心实意忏悔罪过，就一定会在死后得到上帝的宽恕，总之所有的人都对她腻味透了。

伤员们都向她伸舌头，骂她“假善人”，还称她是“天堂的母羊”，她气得脸孔发白地来找神父谈话：“兵士们都被战争变成了野兽，我原以为他们应该变得高尚一些的。”她为这群人的堕落而痛心疾首。接下来，她郑重提出了怎样进行士兵宗教教育的想法，那就是：只有一个虔诚信仰上帝的战士，才会在激烈的战斗中，满怀宗教的热情奋不顾身地英勇拼杀。他十分清楚，为皇帝光荣战死可以升入天堂。

这个饶舌的女人似乎有意不让神父离开，因此又说了一大堆类似的愚蠢至极的话。但是，神父起身告辞离去，丝毫没给她留什么情面。

他一下楼就冲警卫室大喊："帅克，我们回家！"他们也顾不上在回去的路上讲什么气派了。

"再有什么该死的临终涂油礼，谁愿意做就让谁去做吧，"神父愤愤地说，"他们都是十足的浑蛋，所有的会计都是！你是为了每一个灵魂都能得救，却还要与他们无聊地一个钱一个钱地计较上大半天。"

突然他皱起眉头，看着帅克仍捧在手里的那瓶圣油说："我说，帅克，你要是能用这瓶油擦擦我们两个的皮鞋，那可就再好不过了。"

帅克接着补充说："我倒想试着把它涂在房门的钥匙孔里。您半夜里回家，一开门，它就稀里哗啦地直响，声音太吵了。"

于是，神父和帅克主持的临终涂油礼还没开始就提早夭折了。

第十四章

帅克成了卢卡什上尉的勤务兵

一

好运并不总是伴随着帅克的，命运之神和他开了个玩笑，将他与随军神父的友谊残酷地打碎了。要是以前，神父还称得上亲切的话，如今，他那亲切的伪装早已被他的行为撕掉了。可怜的帅克被奥托·卡茨神父卖给了卢卡什上尉，哦不，严格地说是在打牌时输给他的，和俄国改良前出卖农奴没有两样。说起来，这件事情也是突然发生的。那天，卢卡什上尉家里在打“二十一点”[1]，汇集了一大群宾客。

神父到了最后已经输得精光了，只好说：“要是我把我的勤务兵押上，你可以借给我多少？他可是个宝贝，简直太有意思了，绝对是non plus ultra[2]。我保证像这样的勤务兵，您从来没有使唤过。”

“好吧，就借给你一百克朗，”卢卡什上尉说道，“要是到了后天你还不了，你那宝贝就归我了。我现在的那个勤务兵可真是让人头疼，这小子成天长吁短叹，要不就写家信，手脚又不干净，什么都爱偷，打了他也没用。每次我都要在他的脑袋上凿几个毛栗子，可一点用都

[1] 一种比大小的玩牌方法，以点数大者为赢，最大的点数为二十一，超过了也算输。
[2] 拉丁语：绝无仅有的东西。

没有，后来我一生气打掉了他的几颗门牙，唉，还是拿他没办法。”

神父草率地嚷道：“说定了！后天我给你送来的不是一百克朗，就是我的宝贝帅克。”

他到底还是输光了，怀着万分悲痛的心情回去了。他知道自己无论如何也弄不到一百克朗，所以帅克实际上已经被他输掉了。

他开始骂自己：“早知如此，当初就应该问他要两百克朗。”他上了电车，很快就可以到家了，但此时他很惭愧，心里有种凄凉之感。

“我这样做可真不体面，”他摁着自家的门铃，想道，“叫我如何面对他那朴实而又善良的双眼呢？”

到了家里，他说道：“亲爱的帅克，今天我碰上了一桩突发事件。我的手气臭极了，我押上了所有克朗，我拿着张爱司，之后又发了张十。开始庄家只有张杰克，谁知他最后也凑到了‘二十一点’[1]。随后我又有好多次拿到爱司和十，哪里想到，每次的点数都和庄家一样多。就这样我的钱都输光了。”

他犹豫了一下，接着说道：“后来，我连你也输掉了。因为我把你抵押了一百克朗，要是后天还不出的话，你就归卢卡什上尉了，再也不能跟着我了，我是多么后悔啊……”

“正好我有一百克朗，借给您吧。”帅克说。

神父一听就来了精神：“那快点拿来，我这就去还钱。我真的很舍不得你。”

当神父再度出现在卢卡什的面前时，着实让他吃了一惊。

“我是来还钱的，”神父很得意，扫视了一圈，“发牌吧！”

轮到神父了，他喊道：“押！唉，就差了一点，我只多了一点！”[2]

[1] 爱司即A，为十一点，杰克为J，十点。神父的点数是二十一，最大，但因与庄家的点数相同，就算庄家赢。

[2] 神父的牌是二十二点，因超了一点算输了。

“再押！”第二轮他又喊开了，“押！不看牌！”

“二十点。”庄家报出了点数。

“我只有十九点。”神父无可奈何，剩余的四十克朗又输光了，那可是帅克为自己赎身的一百克朗啊。

回家的路上，神父明白这次就算玩完了。帅克是在劫难逃，看来天意如此，他逃脱不了当卢卡什的勤务兵的命运。

帅克过来开了门，他告诉帅克：“一切都是白费，天意是无法违背的，帅克，我把你和你的一百克朗全输掉了。我已经尽力了，可我斗不过命运，是我把你拱手让给了卢卡什，我们已是相聚无多了。”

帅克平心静气地问：“是由于庄家下了大注而赢了你的，还是因为被别人抢先下了注？牌臭肯定不好，但若是牌太过好有时反而会更坏。我给你讲一个故事，有一个铁匠住在兹德拉哈，叫维沃达，他经常去一家小店打牌。有一回他莫名其妙地说：‘我们一起打二十一点吧，不如以五克里泽为一注？’说着就开始了，由他当庄家。其他人都输给了他，后来赌注涨到了十克里泽。老维沃达想着也让别人赢几回吧，就念念有词道：‘小牌、臭牌这儿来！’可谁曾想，他也算倒霉，总不见有小牌臭牌来。赌注越来越大，都到一百了。当然他们也没多少钱，维沃达急得像热锅上的蚂蚁。他一刻不停地念着‘小牌、臭牌这儿来’，可只要他的五个克里泽一押，别人的钱就都堆到他那边了。

“一个扫烟囱的一气之下，干脆再回家去拿钱，等到赌注超过一百五十时，他就押了注。对于总是赢牌的局面维沃达也很不耐烦，他说自己实在不想再赢，可事与愿违，他又拿到两张爱司。他做出不在意的样子说：‘十六点赢牌。’可怜那扫烟囱的加起来也只有十五点。您说他能不急吗？他连脸都白了，真是可怜。有人开始骂骂咧咧，也有人嘁嘁喳喳低语着，他们认定他做了手脚，还举例说他曾因作弊挨过打，尽管维沃达是最老实的玩牌者。作赌注的克朗已经堆成小山，有五百了。这时店老板也忍不住了，因为他刚好有笔钱，那是预备去酒厂买啤酒的。他坐到牌桌上，先押二百，然后眯起眼睛把座椅转过来，坐在吉利的一面，嘴里说：‘你出多少我就押多少，摊开来打！’老维沃达又为如何输牌而发愁，开牌一看是张七，可他还是押注，旁人都十分不解。店老板微微一笑，因为他是二十一。接下来维沃达又拿了张七，他还是要了。老板凶相毕露：‘再让它来张爱司或是十吧！维沃达先生，我敢赌我的脑袋，你这回死定了。’四周静极了，只见维沃达手一翻，又是七[1]。老板大惊失色，他已经输光了。他进了厨房。不久就跑过来一个孩子，那是他的学徒，他说老板吊在窗户的拉把上了，让我们赶快去割断那根绳子。我们急忙照办了，他被我们救过来了，我们就继续赌着。

“终于大家都输得分文不剩了，当然钱都在维沃达那儿，他还在咕哝着：‘小牌、臭牌这儿来！’他倒是真心巴望着能过了二十一，但他的牌都摊着，想故意输也办不到。总之，这种红运让人难以置信。他们开始赌债券，因为他们没钱了。又过了几个钟头，老维沃达已拥有不计其数的钱财了。扫烟囱的欠了一百五十多万，兹德拉哈的烧炭工欠了一百万左右，‘百岁’咖啡店的门房八十万，医生两百多万，抽头钱里还有写在破纸片上的欠款，光这些就多达三十五万克朗。老维沃达一会儿就去趟厕所，好让别人帮着摸牌，这是他绞尽脑汁想出的办法之一。可是回来一看还是二十一，照旧赢钱。就算另换一副也是这样。如果他拿的是十五点，那别人肯定是十四点。他们瞪着老维沃达，火冒三丈，骂得最厉害的是个铺路工，他红了眼，次次押八克朗。他扬言像维沃达之流没资格活着，只配打得他臭死，赶他出去，把他当作狗杂种淹死。叫我怎么描述老维沃达的绝望呢。结果他总算想到

[1] 维沃达拿了三个七，正好是二十一，两人点数相同算庄家赢。

了一个绝招：‘我去解个手，你帮我摸牌吧！’他嘱咐了扫烟囱的之后就跑到街上，连帽子也没戴就找警察去了。见到巡逻队他就检举说有人在那家店里赌博。警察说他们马上过来，要他先回去。他一回去就被告知这期间医生又输给他一万多，门房输了三万多，他一眼就看见放抽头钱的盘里多了一张债券，上面是五个一万克朗。警察赶过来了，铺路工叫着：‘跑啊！’迟了，庄家那大摞的钱统统被收了，警察把全部赌徒抓回局里，兹德拉哈的烧炭工是被关在囚车里运走的，因为他拒捕。警察清点出庄家共有五亿多的债券和一千五百克朗的现款，他们惊讶地说：‘我这辈子都没抓住过这么大的鱼，简直超过了蒙特卡洛[1]。’所有的人包括维沃达都一直关押到了第二天早上，维沃达因为是检举者就放了出来，还被许以三分之一的庄钱作为赏钱，那起码有一百六十万，可把他高兴死了。天还没亮他就跑出去买保险柜，把布拉格跑了个遍，准备买来存放那批款子。什么叫挡不住的红运，这就是！”

说完了，帅克就去热格罗格酒。半夜里，当神父被帅克艰难地弄上床时，他哭了，流着眼泪说道：“亲爱的，是我背叛了你，是我把你卖了，我真浑。你打我吧，骂我吧，是我活该。我这样把你丢给别人让人欺负，还有什么面目再见你。你打我吧，咬我吧，你杀了我吧，我没有好果子吃的。你知道我是什么吗？”

神父把满是泪水的脸埋进了枕头，只听见沉闷又细弱的声音：“我是最下贱的烂污货。”说着就沉沉睡去，好像被人扔进了湖里。

第二天神父总试图躲开帅克，他清晨离开家，等到半夜才领着一个胖胖的步兵回来。

“帅克，”他还是避开帅克的目光说，“你把东西摆放的位置都告

[1] 蒙特卡洛是欧洲有名的赌城，摩纳哥的首都。

诉他，让他清楚一下。告诉他热酒的方法，明天早晨你就该上卢卡什上尉那儿去了。”

帅克把格罗格烈酒热好后，和那新兵一起畅快地躺了一晚。清晨，胖步兵一起来就哼起了怪里怪气的山歌，乱七八糟东拉西扯地唱着：

小溪绕着霍多夫流啊，
我的心上人在那里斟着黑啤酒啊，
高高的山呀，
你高又长，
姑娘们走在公路上，
农民们操劳在维沃特山上……

帅克说：“我很放心，你很能干，一定可以在神父这儿干下去的。”

那天上午，卢卡什上尉头一回看到了好兵帅克朴实的脸蛋。帅克向他报到：“报告，上尉先生，我就是随军神父输给您的那个帅克。”

二

自古以来就有勤务兵制度。听说当年马其顿的亚历山大大帝就用过侍卫，当然在古时候从事这项职务的是雇佣骑士。堂吉诃德的桑丘·潘沙又是哪种人？我不明白为什么到现在都没有一部专门的勤务兵史。如果有人写了这样的书，我们就能从书里找到阿尔玛威尔公爵的故事了。他被围困在托勒多的时候饥饿难当，竟把他的侍从吃了，而且连盐都没放。在他自己的回忆录里公爵还把此事写了下来，说那些侍从的肉有点像鸡肉，又有点像骡肉，嫩嫩的，脆脆的，十分好吃。

我们也可以从一本士瓦本[1]写的有关作战的书上，看到古代侍从的行为准则。他们必须忠实、高尚、诚实、不骄傲、坚强、勇敢、正义、勤劳，一句话，必须作为榜样。如今却不一样了，现在的勤务兵既不忠诚也不讲志气，更不诚实。他们在上司面前胡说八道蒙骗他们，让上司们痛苦不堪。现在的勤务兵都很阴险奸诈，使出种种坏招搅乱上司的生活。你根本别想在如今这一代勤务兵中找出像弗南多那样善良的人，作为阿尔玛威尔公爵的跟班，他做出自我牺牲，让公爵吃了自己并且可以不用放盐，这种献身精神可是找不到喽。然而上司们也在实行高压政策，他们为了维护自己的面子用了种种计策与当代勤务兵作殊死搏斗。一九二一年，发生了一件事，故事的主角是个大尉，他把自己的勤务兵踢死了。但是由于满打满算此类事他只做了两次，所以立马就被放了。在大人们看来，勤务兵的命连稻草都不如。勤务兵不过是样东西而已，是必须干各种活的奴隶，偶尔还是可以打耳光的玩具。因此我们也可以理解为什么勤务兵都这么阴险狡诈，那是被下贱的身份逼出来的。或许在这个地球上，只有生活在旧时的仆役，他们必须忍受毛栗子以及欺侮以养成良好品德，这样水深火热般的生活才可以和勤务兵的卑微相提并论。

不过也有特例，也有许多被提拔为上司们的宠儿的勤务兵。如此一来，全连乃至全营的祸患就在所难免了。从军官到士兵都想巴结他，因为他的作用非同小可，要想顺利地将报告批下来，只要他跟上司说几句好话就成了。

战争时期，这些幸运儿总能因为英雄事迹而荣获各式各样的银质奖章。

九十一连队里就有好多这样的人。有个勤务兵被授予大银质章，

---

[1] 中世纪的一个小公国，现在德国境内。

那是因为他有一手绝活。他烤出来的鹅美味异常，当然鹅是偷来的。还有一位则将家里寄给他的吃食献给上司，该上司在粮草断绝的时候得以保持丰满身躯，而这名勤务兵也因此而获得一枚小银质奖章。

为他申请奖章时，他的上司是这样说的："作战英勇，不顾生死，面临敌人炮火的猛烈进攻，仍然不离指挥官的左右。"

其实那个时候他不知在哪儿偷鸡呢。军官和勤务兵的关系被战争改变了，在士兵里面最受人痛恨的就是勤务兵了。如果五个士兵合吃一听罐头的话，勤务兵总能一人分到一听。他的行军水壶中从来少不了朗姆酒或白兰地。这些家伙吃的是巧克力，嚼的是配给军官的甜面包干，抽的香烟也是上司才能抽的。他们可以一连几个钟头专心地烧制美食，还可以穿戴得干净漂亮。

和勤务兵最要好的是传令兵。他可以享受勤务兵从饭桌上拿来的剩饭剩菜，还有其他一些勤务兵可以享受的好处。还有一位司务长，合起来就成了三人帮。三人帮和指挥官的关系密切，因为常常跟在指挥官身后，他们知道所有的军事行动和作战计划。

要是某班长同连长的勤务兵走得很近的话，他们班的消息灵通度就高于其他班。

如果勤务兵说："我们到两点三十五分就撤。"那么在两点三十五分奥地利军队肯定会撤退。

勤务兵也和战地炊事班打得火热，没事就在行军灶旁边溜达，好像在饭店里点菜谱上的菜一样自然。

"给我上盘烧排骨。"他吩咐炊事员，"昨儿个我吃了一条猪尾巴，今儿就在我的汤里放上些猪肝吧。我从来不喜欢脾脏，这你是知道的。"

勤务兵还是表演家，惊恐万状是他的拿手好戏。

敌机一来轰炸，他就吓得掉了魂，连忙卷起上司和自己的东西跑到最安全的掩蔽工事，尖着脑袋往毯子里钻，以防被手榴弹发现。此刻他最盼望的事就是他的长官快点挂彩，那样他就能陪着主人撤离前线，回到遥远的大后方。

他害怕的时候总是神神道道的。“有人在拆电话[1]，我好像感觉到了。”他一本正经地告诉一个班的人。如果他说出“已经拆完了”这句话时，他也就解放了。

在撤退的时候谁也没有他那样兴奋，他甚至可以忘记从他头顶呼啸而过的手榴弹和榴霰弹，也忘记了行李的重量，只晓得背着它们逃往参谋部，那儿停着辎重车队。他特别喜欢奥地利的辎重车队，尤其是撤退的时候。就算最不济他也要坐双轮救护车。如果他只能走着回去，那么只好哭天喊地。那样他也不管长官的行李，只带着自家的家当开路。

如果长官怕当俘虏做了逃兵，而他却被抓住了，那他肯定会提醒自己捎上上司的东西，这些他觊觎很久的横财就进了他的私囊。

如今在我们共和国的各个角落里，都有兴致勃勃正在吹嘘自己光荣战功的勤务兵。他们四处夸口说攻打过许多地方，那口气好像他们都是拿破仑一样。“我已经让上校去给参谋部打电话了，告诉他们行动可以开始了。”

大部分的勤务兵都是坏蛋，让士兵们恨得牙痒痒的。还有的人就喜欢打小报告，看着绑人的场面总会让他们心情舒畅。

渐渐地，他们就形成一种嗜财如命、搜刮无度的罪恶集团。

---

[1] 拆电话表示军队准备撤退了。

三

奥地利帝国已濒于崩溃了，在它的现役军官中，卢卡什上尉是个代表。在军官学校的栽培下，他练就了一副过硬的阴阳脸。他可以在正式场合用德语说话、书写，但读的书却是捷克语的。在给捷克一年制志愿兵军校里的那些新兵讲课时，他会亲切地说："咱们大伙儿都是捷克人，咱们也没有必要告诉别人。我本人也是捷克人。"

在他看来，离捷克国籍越远越好，好像它是不合法的组织。

他人倒不坏，敢于和上司理论，对演习部队还算照顾，起码会给属下找个像棚子之类安逸的居住处，偶尔还会做东，从不多的饷银中抠点出来请士兵们喝啤酒。

他爱听士兵唱进行曲，士兵出操和收队时都要唱歌。他就跟在队伍的旁边，跟着他们大声地唱：

夜深人静的时候，
燕麦蹦跳在衣兜，
嚓嚓之声不绝耳。

由于他人品不错，正直且不欺侮他人，所以士兵们挺喜欢他的。

然而军官们见到他常常会腿儿直打战。就算再厉害的军官，只消一个月，就会被他驯服成真正的羔羊。

是的，他虽然也会大喊大叫，但是不会骂人。他说出来的话总是先经过一番考虑的。他会诚恳地说："唉，我也不想罚你，可是小伙子，我这也是没办法呀，严守纪律是为了保证部队的战斗力和士气的呀，一个军队没有了士气，不就成了风中乱飞的野草了？如果你衣衫不整扣子不全的，马上就看出你忘记了军人职责。也许你会想不通，只不过是检阅的时候衬衫上少了一颗扣子罢了，这种芝麻绿豆的小事在平时准不会拿它当回事，为什么到了部队里就要被关起来呢？现在你知道了在我们这儿，风纪不整是要挨罚的。但是为了什么呢？因为这个问题不光是少颗扣子的事，这样做是培养大家的良好习惯。今天你发个懒劲，不想缝扣子，明天就连擦枪也觉得吃力了，后天还不把刺刀扔到酒店里？也许站岗时还要打呼噜呢，因为从你丢失扣子时起，你就开始变懒散了。想想看，小伙子，今天我罚了你，是为了防止将来你犯更严重的大错误受到更厉害的处罚。好吧,关你五天禁闭,要知道，惩罚不是目的，而是让犯错的人能够改正缺点的教育手段，希望你在吃面包、喝凉水的时候能够好好想一想我的话。”

按理卢卡什早就该提拔为大尉了。因为他对上级太率直诚恳了，工作中不肯巴结别人，所以尽管他一个劲往奥地利人那儿套近乎，还是徒劳。他出生在捷克南部的一个村庄里，那个村子处在一座森林和一个鱼池之间，上尉至今还保持那儿的村民的性格。

尽管他对待士兵很厚道，也不虐待他们，可提到勤务兵就大不相同了，那些服侍过他的勤务兵，他个个恨得要命，因为他老是碰上最可恨的家伙。

对待他们，他不愿意和普通士兵一样一视同仁，而是抽耳光、凿毛栗子。他也曾试图晓之以理动之以情，希望教育好他们。就这样，他费了多年的精力一直与他们较量着，勤务兵像走马灯似的换着。最后他无奈地说：“我又买了一头蠢猪。”在他眼里勤务兵只不过是种低等畜生。

他喜欢养宠物，他有一只哈尔兹金丝鸟、一只安哥拉猫和一条牧马狗。对待它们，那些已被撤职的勤务兵可不会手下留情，和卢卡什上尉对付犯错的勤务兵相比起来，彼此彼此。

他们总是让金丝鸟忍饥挨饿，而那只安哥拉猫则被一个勤务兵打瞎了一只眼睛。他们一看到牧马狗总少不了一顿打，后来，就是帅克来之前的那位，花了十克朗，把这个可怜的家伙带到庞格拉茨的一个剥皮匠那儿杀掉了。之后勤务兵三言两语说明了情况：狗在散步的时候跑丢了。那个勤务兵第二天就被下放进连队和士兵们一起操练去了。

帅克报到后，卢卡什领他进了房里："神父向我保举了你，希望你别让他失望。我用过的勤务兵少说也有一打，但没有一个能待长的。我先声明，我是严格的人，凡是无耻的行为或欺骗行为一律严厉处罚。但愿你能一直说实话，我的命令要不折不扣地执行。如果我叫你跳进火坑里，你不跳也得跳。咦，你在看什么？"

吸引帅克的是那边墙上的金丝鸟笼子，听见上尉发问才转过他善良的眼睛来，他恭敬地回答："报告上尉先生，我在看那只哈尔兹金丝鸟。"

上尉那长篇大论的训诫被帅克打断了。帅克笔直地站着，定睛看着上尉。

看着帅克纯洁诚挚的神情，上尉的责备之语就溜了回去，只说道："神父先生告诉我，说你是举世无双的傻子，看来他说得很对。"

"报告上尉先生，神父的确说得很对。我之所以会被部队劝退，就是因为傻，我是有名的低智商。其实因为傻而被赶出来的不止我一个，还有一个冯·康尼兹大尉呢。他呀，上尉先生，请您容许我向您报告，他走在大街上的时候，总是左手挖左鼻孔，右手掏右鼻孔。操练的时候，他总是要求我们排成检阅队列，好像真要进行检阅似的。接着他就会说：'士兵们！唔，你们千万别忘喽，唔，今天是星期三，唔，因为明天是星期四，唔。'"

卢卡什上尉一下子变得无言以对，只好耸了耸肩。

他从门口走到对面窗子那儿，不停地踱过来踱过去，他绕了帅克一圈才回到原地。而此时帅克正目不转睛地盯着上尉，一遍又一遍地按照“向右看齐”和“向左看齐”的命令做着。帅克的表情太单纯了，上尉不由自主地低下了头，盯着地毯说了起来，说的话却与那个笨蛋大尉毫不相关：“是的，你在这里一定要注意清洁卫生，不许说谎蒙骗。我喜欢诚实，最恨人家扯谎，要知道，对说谎的人我是一点面子都不给的。听明白了吗？”

“报告上尉先生，听明白了。说谎的人是世界上最讨厌的家伙，只要他说起话来支支吾吾一露马脚，他就无药可救了。诚实是种高尚的品质，诚实的人走得也最远，好比竞走一样。但若是一撒谎，跑得就慢了，和别人的差距会越来越大。诚实的人走到哪里都会受人尊重，问心无愧就不会有遗憾，他的自我感觉会非常良好，每天睡觉的时候，他可以对自己说：‘我今天很诚实。’”

帅克在那儿侃侃而谈，上尉却坐着，一边端详帅克的鞋子，一边想道：“天哪，其实我也老是这样啰唆的，只不过是不同的样子而已。”

但是基于维护威严的必要，在帅克演讲完之后，他又说道：“既然你跟了我，就得有点军人气，靴子要擦干净，军装要穿得有样子，扣子不许少，不要像老百姓一样随便。我也纳闷，为什么你们这号人都不注意军人仪表。我所有的勤务兵里，就只挑出一个有些风度，临了却把我的一套漂亮的军服偷走，又跑到犹太人聚集处卖了。”

顿了一顿，上尉继续说下去。他把所有的工作都给帅克安排清楚，还特意关照帅克要守口如瓶，不准泄露上尉的家事。

他强调说：“常常会有女客到访，碰到我不值早班的时候，可能会有其中的一位留在这儿过夜，到时候你听见我摁了铃之后才可以把咖啡送到床前，懂了吗？”

“是，上尉先生，听清楚了。我知道我的突然闯入可能会让夫人下不来台的。有一回我带回来一位姑娘，女用人端着咖啡进房的时候，我们正在亲热，把她吓了一跳，泼了我一身咖啡，还没忘记道声：‘早上好！’家里有太太留宿时，我知道什么是该做的，什么是不该做的。”

“好极了，帅克！在女士面前，我们应该有绅士风度。”上尉的精神为之一振，他们谈到了上尉先生最热衷的事情，那是除了军营、练兵场和扑克牌以外他的唯一娱乐了。

女人是上尉府邸的天使，有了她们，上尉的家就是天堂。有好几十个这样的天使吧，在留宿期内，总有许多人愿意用各种小玩意把他的睡房打扮得花里胡哨的。

有一个在这儿足足住了十四天，因为丈夫找来才不得不离开的咖啡店老板娘，她绣了一条精致的桌布，把上尉的内衣都找了出来，绣上他名字的缩写字母。如果没有丈夫来破坏了雅兴的话，兴许就能绣完墙上那块壁毯呢。

还有一个在这儿住了三个礼拜，直到被父母接回去，这位太太布置了各式的小东西、小花瓶，在床头挂了一幅天使图，差点把上尉的卧室变成一个闺房。

看着卧室和餐厅，你就会觉得到处都保留下了女人的温柔气息。连厨房里也有，因为那里的厨具是应有尽有，形形色色。这些珍贵的礼品都来自那位爱着他的女老板，那些五花八门的刀具都是她随身携带来的，切面包器、拌肝泥器、锅儿、铁盘子、平底锅、搅拌棍，天哪，谁知道还有什么。

但是她只在这儿待了一个礼拜，因为她发现除了她以外，上尉的情妇至少还有二十个，这位绅士的军装成了她们展示手工技巧的地方，这些让她难以忍受。

卢卡什上尉交友颇为广泛，他有一本相册，里面全是他的情妇。这两年他又迷上拜物教，所以他又添上了搜集纪念物品的爱好，比如几条式样迥异的女式吊袜带、四条绣着花的精致内裤，还有三件柔软透明的薄薄的女衬衣和麻纱连衣裙，再加上一件紧身女胸衣和几双长筒丝袜。

他交代帅克说："今天我要值班，大概会到夜里回来。没事你就整理一下房间，看看家吧。告诉你，你前面的那个勤务兵今天被派上战场了，因为他太恶劣了。"

在走之前他还关照了一会儿，让他照料好金丝鸟和安哥拉猫，走到了门口又提醒他别忘了诚实和干净。

上尉离开后，帅克把屋子整理得井井有条。夜里上尉回家后，他报告说："报告上尉先生，屋子整理好了。但是这只猫犯了错误，它吃了您的金丝鸟。"

"什么？！"上尉狂叫起来。

"报告上尉先生，事情的原委是这样的，我知道猫讨厌金丝鸟，老是欺负鸟儿，因此我想给它们介绍一下，让它们化敌为友。如果这小子敢使坏，我就扇它一顿，这样它就晓得对待金丝鸟的态度了。我素来喜欢动物。我认识一个卖猫人，他把一只吃过三只金丝鸟的猫驯服了，现在它不仅不吃鸟，还可以让金丝鸟站在它身上呢，所以我想也这么来一次。我把金丝鸟抓了出来，本想让猫闻闻的，谁知道我还没转过背，这捣蛋鬼就一口咬下了金丝鸟的头。我可没料到它还有这一手。上尉先生，如果那是只麻雀的话，我就不会这么难过，可这只金丝鸟多么漂亮啊，还是一只哈尔兹金丝鸟呢。您可不知道这只馋猫嚼得多高兴，连骨头和毛都不吐，还满意得直哼哼呢。听人说猫没有音乐细胞，所以它最讨厌金丝鸟唱歌。它已经被我教训过了，不过老天做证我可没打它，我正等您回来了解这个情况，听凭您对它如何发落。"

帅克一边说一边目不转睛地盯着上尉。上尉走到一边，他原来是想打他的，但他坐下来问道："帅克，你说你真的就是举世无双的大傻瓜吗？"

"是的，上尉先生，"帅克一脸严肃，"我这辈子总是走霉运，每次我都努力想做件好事，却总是成事不足败事有余，让所有的人都扫兴。我也是好心好意想让它们化敌为友，谁想这该死的会吃了鸟呢，它们到最后也没成为朋友，可我也没错呀。多年以前，在一家名叫谢多巴尔特兄弟的旅店里，一只猫吃了自己家的八哥，理由是八哥对着它的屁股喵喵叫，这种嘲笑侮辱了它。猫有九条命呢，上尉先生，把它弄死也很难，你若是叫我弄死它，我可只有用门夹死它这一招了，其他的我是想不出来的。”

帅克嘴里讲着治猫之法，纯真的脸上却荡漾着善良温和的微笑。要是爱护动物协会的人听到了这番高论，非气疯了不可。

帅克似乎对此颇有研究，卢卡什上尉也被吸引住，连生气也忘记了，他问帅克："你会养宠物吗？你和它们能产生感情吗？"

帅克回答说："我很喜欢狗。因为贩狗很能赚钱，但我这个贩狗人却挣不到钱，谁叫我太老实！就这样还有人和我过不去呢，说我把病得快死的狗假充健康的纯种狗卖给他们。谁都迫不及待地想得到狗的血统证明，逼得没办法我就印了血统证书，一条砖窑里的杂种狗在证书上变成了来自巴伐利亚纯种狗繁殖中心的珍贵纯种狗，人们一看可乐坏了，觉得这下交了大好运，家里养着一条纯种狗，要多惬意就有多惬意。有一回，我在推销一条来自布拉格沃尔舍维采的狗，我把它说成一只达克斯猎犬[1]，他们对于那只珍贵的德国狗长着一身的长毛，腿也很直感到迷惑。不光是我，所有贩狗场都这么做。上尉先生，您知道大型贩狗场的贩子们在血统证书上做手脚的事吗？您要是听说了，绝对会吃惊的。事实上纯种狗少得可怜，要么它的妈妈，要么就是它的奶奶和一条杂种狗相好过，或许是更多的杂种狗，生出来的小家伙就长得像它们的杂种父亲了。耳朵像这位，尾巴像那位，胡须又

---

[1] 一种毛短腿歪的狗。

像别人了，鼻子像第三条狗，瘸着的腿像第四只狗，身体的尺寸则像第五位父亲。上尉先生，您能想象一只有一打爸爸的狗会是什么模样的吗？我就买过这样的狗，那只叫巴拉巴的狗连它自己也不清楚有多少个爸爸，因此长相之丑陋够得上一说，连旁的狗也不搭理它。看它那孤独的样子，我就动了恻隐之心买下了它。但它还是不开心，一天到晚躲在墙角里难过，我别无他法，后来就装成看马狗卖了。为了把它的毛染成灰黄的浅颜色，我是费尽了力气。后来它随着它的主人去了摩拉维亚，我就再也没见过它。”

上尉越听越有味道，帅克也就乐得继续大贩狗经：“狗是学不来女士们给自己染发的本事的，只能靠狗贩子了。如果你想把一只毛色灰白的老狗充作刚过一岁生日的小狗卖掉，或者胆子再大一些，把一只孙儿都挺大的狗充作九个月的小狗卖出去的话，你就该买些硝酸，加些水调匀后就可以染了，保证把它染得像刚断奶的狗一样黝黑。如果你还不满意，就给它吃一些砒霜，像喂马那样，再用砂纸把牙齿打磨光亮。交手前再让它喝点李子酒，瞧它有些醉了就可以了。过不了多久，它就会兴奋得又叫又跳，像个醉鬼似的，看见人就扑过去撒欢。不过有一点，上尉先生，你必须和顾客狂欢，侃得他分不清东南西北。比如有人要买只捕鼠狗，而你只剩一只猎狗了，你就得施展开劝说的绝技，说得他心甘情愿买下你的猎狗，再也不提什么捕鼠狗。再举个例子，这回你只有捕鼠狗，而人家要买的则是可以看家的德国斗狗，你照样可以蒙得他晕头转向，让他放弃斗狗，而离去时口袋里装的正是你那小捕鼠狗。有一回来了位买鹦鹉的夫人，那时候我还在贩卖动物，那位夫人告诉我她原来的鹦鹉逃进了花园，正好有几个孩子在那里玩着假扮印第安人的游戏，结果鹦鹉被他们抓住并且尾巴上的羽毛被拔得一根不剩，羽毛都被小孩们插在头上当作警察的翎毛。鹦鹉回来后又羞又气一病不起，兽医用药结果了它的性命。现在她想买只鹦鹉来补缺，而且要一只素质高一点的，脏口的不要。我可犯了难，因为我正好没有鹦鹉，也没听说哪儿有，我只剩有一条脾气很烈的狗，还是瞎了双眼的。您知道吗，上尉先生，为了让她改变主意，从下午四点就开始说，说啊说，等到她把我的瞎眼狗买走时已经是晚上七点了，简直比外交事务还累人。我还记得她离开的时候我说了一句：‘看看还有谁敢揪它的尾巴毛儿！’从此我就再也没见过她，那位太太在布拉格待不下去了，因为那只烈狗总爱咬人，她不得不搬家。上尉先生，您现在大概也知道了，要想得到动物中的上品，那简直是太难了！”

上尉说道：“我也很喜欢狗，我有很多朋友都把自己的狗带上了前线。他们写信过来，对我说起带着狗的好处，说是行军作战的时候，身边有一只可靠的动物，生活就会快乐许多。我发现你对狗很有研究，如果我养狗的话，你就可以照料它了。你说我该养哪种狗呢？我是说可以陪着我的那种。我养过一只看马狗，可是我不清楚……”

“上尉先生，我以为看马狗就很不错。虽然也有人不喜欢它，觉得它的毛太硬，嘴边胡子也硬硬的，像一个刚出狱的囚犯。但是它的丑自有一种可爱在里面，而且也很聪明。这种圣伯纳犬可不好找啊，连猎狐狗都没它聪明。我就知道一只……”

上尉看了看时间，阻止帅克继续讲下去：“我该睡觉了，时候也不早了，我明天还要值班，这样一来，明天有一天的时间，你就用心去物色一只看马狗吧。”

上尉进去休息了，帅克跑进厨房，躺在那儿的沙发上浏览上尉拿回来的报纸。

“嘿，”帅克一边看着那天的新闻，一边跟自己说话，“土耳其苏丹赐予威廉皇帝一枚作战勋章，可我呢，到现在连一枚小银章也没见到。”

想着想着，他突然跑起来：“我忘了……”

说着帅克就直奔上尉的睡房。上尉正在呼呼大睡，他可顾不了许多，便把他推醒了。“上尉先生，你还没有宣布对猫的处罚措施呢！”

上尉翻了个身，迷迷糊糊地哼了一句“关三天禁闭”，一转身又睡着了。

帅克蹑手蹑脚地走出了卧室，从沙发底下拉出那只倒霉的猫，然后一本正经地宣布：“关你三天禁闭！解散！”

完了之后，安哥拉猫又回到沙发底下安卧了。

四

帅克刚想出去寻找看马狗，这时来了一位年轻的太太，她摁着门铃，说是要见上尉先生，两只大箱子放在她的旁边。帅克还在楼上，他看见了一个正在下楼的搬运工的帽子。

帅克很不客气地说：“不在。”可那位太太已进了门厅，命令帅克：“把我的箱子搬进房里。”

帅克说：“不经上尉允许，我无权这么做。上尉说过，不经他的同意，我不准做任何事。”

“你这个疯子，我是来拜访上尉先生的。”年轻的太太叫着。

帅克说：“那我可不晓得，上尉先生值班去了，晚上才能回家。他派我去物色看马狗。什么箱子啊？太太啊，我可不知道这类的事情。麻烦您出去吧，我要锁门了。上尉没有吩咐过，我也不好把陌生女人留在房里。我们这一条街上有一家糖果店，有一回老板别尔奇兹基留了一个陌生人在家里，那人就把他家的衣柜洗劫一空逃掉了。”

年轻的太太毫无办法，气得眼泪都流下来了，帅克只好说：“我也没有什么恶意，您也知道，我不能把您留在这里。因为我得负责看管房子，就算一件小东西也要照看好。我重申一遍，您最好别再心存幻想，多说也无益，没有上尉先生的命令，我谁的面子都不给。如此冒犯，非常对不起，但作为一名军人就得服从命令。”

年轻的太太不那么激动了，她从包里掏出张名片来，写了几行字在上面，然后装进了一个小巧而漂亮的信封里交给帅克，声音中还带着哭腔：“麻烦您把这封信送给上尉先生，我就留在这儿等，这儿有五克朗，您拿去路上用吧。”

“不行，”这位执拗的陌生人的话伤害了帅克的自尊心，他说道，“这五克朗我把它放在凳上了，您还是自己花吧。如果您不反对，咱俩一起去兵营，到时候您就在兵营外面等，我去送信，再把上尉先生的回话带给您，但是您可不能在这儿等，这可不行！”

说完他就把箱子拎了出去，把手里的钥匙哗啦哗啦地抖着，那神态活像个看守城门的，帅克站在门口大声喊：“锁门了！”

年轻的太太无可奈何地走了出来，帅克马上把门锁上，抢在她的前面走了，太太只好一路跟着他，像条小狗似的在后面不敢落下。等到帅克在一个烟摊旁停了下来，准备买包烟的时候，她才气喘吁吁地追上他。

她和帅克站成一排，想找几句话说说：“您一定会把信交到他手里的吧？”

“我已经答应了，当然会。”

“您能找到他吗？”

“那可说不定。”

两人都沉默了，又并肩走了一会儿，太太又搭讪道：“您的意思是找不到上尉先生？”

“我可没这么说。”

“您说他会上哪儿去呢？”

“不知道。”

交谈中止了，不多久，太太又开始发问：“您没把信弄丢吧？”

“现在还在呢。”

“您一准会交给上尉先生吗？”

“会的。”

“您找得到他吗？”

“我不是说过了吗，不知道。真是奇怪，为什么总有这样爱唠叨的人呢，什么事都要问两遍，就像我走在大街上，逢人就要问今天是几号。”

终于她放弃了和帅克继续说下去的努力。在剩下的路上，两人都没说话，但一到兵营，帅克就叫太太等在门口，自己却跑去和守门士兵大侃打仗的事。年轻的太太真是活受罪，她不耐烦地在那儿转悠。帅克指手画脚，唾沫星子横飞，那副蠢相真让人受不了。帅克的样子，活脱脱就是那个时候《世界战争年鉴》上的那张照片，照片下面有这么一句话：“奥地利皇储在与两名击落俄军飞机的飞行员交谈。”

此时坐在大门里的帅克正在发表高见，说是我方在喀尔巴阡山那面的进攻虽然失败了，可基辅已被普谢米斯尔司令和古斯曼涅克将军攻下了。在塞尔维亚，有我军的十一个据点，他们的力量对我军已构不成威胁了。

帅克又就几个战役做了精辟的分析，提出了他的最新研究成果，说一个部队被团团围住后，结果肯定会投降。

等到他侃得尽兴了，他才过去安慰早已心急如焚的太太，告诉她这就去找上尉。帅克在楼上的办公室里找到卢卡什上尉的时候，他正在指导一个中尉画战壕示意图呢，看来中尉对几何学不甚明了，上尉对此大光其火：“看着我画！要在一条已知直线上作垂线，就应该画条成直角的线，知道吗？这样一来，战壕离敌人还有六十米，碰不到对方的阵地，这样的战壕才是正确的。按你的画法，咱们的阵地就会搭到敌人的战线上了，如此一来，你和你的战壕不就正对着对方的战线了吗？你得用一个钝角。这不是很容易吗？”

这位在战争爆发前掌管过银行金库的预备中尉已经稀里糊涂了，看着图纸直发愣，帅克的出现给他解了围。

“报告上尉先生，这儿有一位太太的信。她在下面等您回话呢。”说时，他眨巴着眼睛意思是心照不宣。

卢卡什读完了之后却很为难，信是这么写的：

亲爱的亨利希：

我的丈夫在追我。我必须到你这里躲一阵子。你的勤务兵是个狗杂种。我好可怜啊。

你的卡蒂

卢卡什叹息了一声，领着帅克来到一个没人的办公室里，然后把门掩上了。他又开始在桌子间打转，最后他停在帅克面前道：“那位太太骂你是狗杂种，你做了些什么？”

“报告上尉先生，我没有欺负她，我认为我很有礼貌，但是她非要住在我们家里。而您又没有交代过我，所以我无权把她留下来，而且，她是带着两只箱子过来的，还以为这儿就是她自己的家呢。”

上尉重重地叹息了一声，帅克也学着他叹了口气。

“干什么？”上尉恼怒地大声质问。

“报告上尉先生，事情不妙，您知道吗，两年前佛宁亚尔街那儿发生过一件事情，一位姑娘非要和一个单身的裱糊师住在一起，赶都赶不掉。后来他就开了煤气，两人双双中毒而死，一场闹剧宣告终了。唉，女人真难对付啊，我对她是了如指掌。”

“事情不妙。”上尉重复了一句，这可是他第一次说出自己的真心话，“这下可苦了亲爱的亨利希了。一个被自己丈夫追着跑的太太要在他家里躲一阵子，刚好还有另一位太太要来做客三天。这是每个季节里她到布拉格来疯狂购物时的一贯做法。还有，一位小姐将于后天前来拜访，她信誓旦旦地告诉他，经过了一周的掂量，下定决心好好陪他一段时间，她和工程师的婚事那是一个月后的事情。”

上尉垂头丧气地坐在桌前，憋着劲想着该怎么应付眼前的局面，最终也没想出办法来，只好写起回信来：

亲爱的卡蒂：

晚上九点我才下班，我会在十点钟到家，希望你像在自家一样，在我家里住着。我已经告诉我的勤务兵帅克了，他会满足你的一切要求。

你的亨利希

上尉吩咐帅克：“把信交给太太。记住，对她要彬彬有礼，要满足她的要求。她的话就是命令。你要十分周到地照顾她，竭诚为她服务。这儿是一百克朗，可别乱花。她可能还会派你上这儿来拿东西什么的。给她安排一下午饭和晚饭，再去买三瓶葡萄酒和一包香烟。好吧，先做这些事，现在就去吧。等等，千万别忘了，无论太太提什么要求，只要你能从她的眼睛里看出来的，你都要不遗余力地满足她。”

年轻的太太自以为这辈子再也不会见到帅克了，因此她简直不敢相信从兵营里向她走过来的会是拿着回信的帅克。

帅克毕恭毕敬地行了个军礼，把信递给了她：“上尉先生命令我必须对您彬彬有礼，要竭诚为您服务，您的要求，只要我能从您的眼睛里看出来的，我就得满足。我负责让您吃饱吃好，您想要什么我就买什么。上尉先生给了我一百克朗，我还要拿出一部分去买三瓶葡萄酒和一包香烟。”

看完了信，太太马上变得精神抖擞起来。她让帅克去租辆马车过来，车来以后，她又把帅克赶到车夫旁边的座位上去了。

不久他们就到家了。一回家，她便俨然是这里的主妇了。帅克一会儿就把箱子搬到卧室去了，接着又扛着地毯到外面拍打灰尘。然而她还是发了一通火，因为镜子背后结了一点蛛网。

看来她准备在她的新领地上扎下根来了。

帅克像个陀螺似的忙得晕头转向。刚弄干净地毯，又奉命拆下窗帘拍掉尘土，然后又被派去擦卧室和厨房的玻璃。她还不满意，又突发奇想要他重新放置家具。帅克就这边那边四处搬家什，过了一会儿，她看着不顺眼，便设计了一套新的方案，帅克又吭哧吭哧开始搬家具。

房间里已经翻天覆地了，最后她也提不起精神，那阵新鲜劲儿也过去了，方告作罢。

接着她开始整理床铺，给床罩上了一条干净的床单，又细心放好了枕头，最后把被褥也铺好了。她在做这些的时候是充满爱意的。看着整理好的床铺，每一件东西都让她想入非非，不由得有点喘不过气来。

帅克奉命出去买午饭和葡萄酒，等他回来时，太太已换了件内衣，透明的内衣为她平添了许多诱人的韵致。

午饭时她的胃口不错，喝掉了一瓶葡萄酒，香烟也抽掉了很多，吃完了就午睡去了。此刻厨房里的帅克正有滋有味地享受着呢。他用面包蘸着玻璃杯里的甜酒吃得起劲。

“帅克！”卧室里的人在叫他，“帅克！”

帅克进了卧室，眼前的太太十分妩媚动人，她半靠着枕头，摆出妖娆的姿势。

“进来。”

帅克向床边走过去。看着帅克那强壮的身体、粗粗的大腿，她的眉眼顿时变得十分妩媚。她掀起了身上的床单，板着面孔说：“脱下你的靴子来，裤子也脱了，让我看看……”

上尉回到家里，帅克这样报告：“报告上尉先生，我已经满足了太太的一切要求，我完全是按照您的命令做的，我把她伺候得很好。”

“干得好，帅克。她有很多差使吗？”

帅克回答说：“有六项左右。她已经睡熟了，可能是旅途辛劳之故吧。按照您所说的，只要是能从她的眼睛里看出来的要求，我都满足她了。”

五

在炮火连天的多瑙河以及拉包河上的森林中，坚守阵地的部队受着死亡之神的威胁，喀尔巴阡山区时刻有大口径的炮弹呼啸而至，成群成群的士兵被这炮火所吞噬。纷飞的炮火燃烧着城市和乡村，战区内一片火海。而此时的卢卡什和帅克却与那位逃离自己的丈夫、现已堂而皇之自比为女主人的太太周旋着。

正好太太散心去了，利用这个难得的机会，卢卡什上尉和帅克展开了一场严肃的讨论，中心议题是怎么赶走她。

帅克发言了：“上尉先生，我有个好主意。如果我没忘记的话，在那封她让我交给您的信里，她说过她是从她丈夫身边逃出来的。只要她的丈夫知道了她身在何处，肯定会把她带回家的，这样一来事情不就结了吗？咱们应该打个电报告诉他，他的老婆就在咱们家里，要他过来接回去。去年在伏舍诺利的一栋公馆里发生过同样的事情，那女的给自己的丈夫打电报。后来她的丈夫过来，让她和那个奸夫各吃了一记耳光。不过您不用担心，因为他们只不过是平头百姓。如果那奸夫是个长官，她丈夫绝对不会打他耳光的。而且这也不关您什么事，是那女人自个儿跑来的。这件事全是她引起的，有什么事就得她担着。看着吧，这封电报会帮上大忙的。可是兴许她的丈夫会打耳光……”

“他很文明，”卢卡什上尉制止了帅克，“他是个富有的啤酒花商人。我见过他，不过还是和他商量一下比较好。好吧，去发电报去。”

电文如下：“尊夫人现住在……”以下就是地址，可谓惜字如金。

以下的事情也就自然而然地开始了。卡蒂看到啤酒花商的时候，着实吓了一跳，虽然她很不满，倒也不害怕，主动承担了介绍双方的任务：“这是我的先生，这是卢卡什上尉。”诚如上尉所言，啤酒花商人显出了他优雅温柔的一面，可是他的太太脑子里却一片空白，不知该说些什么。

“温德勒先生，请坐吧，”卢卡什上尉一脸亲切友好，还向他敬烟，“请您抽支烟！”

以文雅著称的啤酒花商接过了烟，顿时屋里有了烟气，他斟酌着字句问道：“上尉先生，听说您要上前线了？”

“是的，他们批准我去布杰约维采九十一连队了。我现在还在军校，在教一年制的课，我想教完后就可以上前线了。我们很缺军官，可是没人想当军官，这事真让人发愁。那些一年制的志愿兵里面有很多人够条件，可那些人却不愿报名，他们情愿做个普通的步兵。”

“打仗期间，啤酒花业很不景气，不过这仗也不会打很久的，我有这个感觉。”啤酒花商一会儿看看自己的太太，一会儿又打量着上尉。

卢卡什上尉说：“现在我方的情形十分有利，谁都看得出来必定会是中欧大国最终打赢这场战争。在强大的奥地利—土耳其—德国面前，法国、英国还有俄国就显得底气不足。尽管在少数几个地方我们有一点点失利，可一旦俄军布置在喀尔巴阡山峰和多瑙河中部的那条防线被我军攻破，那么战争势必马上就可以结束。法国的整个东部地区会被迅速吞并，巴黎也会沦陷在德军的铁蹄之下，法国人不能不提防这一点，这是显而易见的。在塞尔维亚，我军的形势也是一片大好。很多人不理解我军的后撤，他们不会冷静地分析战争，因此他们得出了许多错误的结论。事实上，后撤就是转移，胜利离我们不远了。在南战场我军组织了好多次军事行动，不久就会捷报频传了，你看……”

啤酒花商被上尉轻松抓着来到挂着军事地图的那面墙边，上尉一边指着图上我军的据点，一边充当着讲解员：“这儿是东贝斯基德山，这儿的据点是最坚固的。这儿您看，喀尔巴阡山一带，我们也在这里设置了强有力的武装力量。我们会倾全力猛烈进攻这条战线，一直攻进莫斯科。等着瞧吧，我们会提前结束这场战争的。”

“土耳其呢？”啤酒花商此刻想着应该怎么说，才能让话题自然而然地过渡到那个问题上，他可是专门为这个而赶来的。

“他们在顽强地支撑着。”卢卡什上尉和啤酒花商回到了桌子边上，上尉继续说，“土耳其议长和阿里伊将军已经抵达维也纳。利曼·冯·赞德尔斯被任命为土耳其在达达尼尔海峡的部队的总司令。皇帝奖励了好些土耳其盟军的将领，这么短的时间却有这么多人受到了嘉奖，真是可叹。”

上尉说完了，可是别人都不知该说什么，你看我我看你谁也不出声，后来还是上尉打破了僵局：“温德勒先生，您是何时到达的？”

“今天上午。”

“我很高兴见到您，我天天都要在兵营值夜班，而且下午就得走，所以我家成天都没人，正好让您的太太清静一下。她在这儿的时候，谁都没来烦她。我们也是老朋友……”

啤酒花商干咳了一下：“上尉先生，卡蒂的脾气确实有点古怪。我真诚地向您致谢，感谢您对她的帮助。她有一些神经上的毛病，她也是突然想起应该上布拉格来看一看。那时候我人在外面，等我办完了事回来她已经不在了，只剩下空无一人的家。”

他尽量表现得十分真诚，还伸着手指作势吓吓她呢，他悲哀地说：“也许你觉得既然我出差去了，你自然就能外出散散心了，但是你没有料到……”

卢卡什上尉觉得马上就要扯到那件事上了，急忙把他再次领到地图那儿，他要解释一下那个有重要标志的地方：“刚才我忘了把这件好玩的事情告诉您了。您看见这根向西南方延伸的粗笔画的弧线了吗？在这条线上有一道天然屏障，那是由群山峻岭构成的。现在同盟军正在向这块地方发动猛烈攻势，这条路连接着天然屏障和敌军的主要防线，只要我们从中间切断它，就可以封锁敌人的右翼部队和维斯瓦河上的北方军的联系了。这么说您该清楚了吧？”

啤酒花商急忙说他明白了，只不过不知道是否上尉的话里还暗含着某些深意。他走回自己的座位说道：“由于连年打仗，我们的啤酒花没法卖到国外去。以前我们的啤酒花可以销往法国、英国、俄国和巴尔干，现在这些市场都没了。只有一个意大利可以继续出口，可是要是他们也参战了，那就惨了。哪天咱们赢了这场战争，就应该让我们制定货物的价钱！”

上尉抚慰他说：“意大利是中立国，我想不会……”

“那么它干吗不履行和奥地利、匈牙利、德国签订的协约呢？”啤酒花商怒不可遏。此刻，在他的脑海里，啤酒花、女人、打仗一齐旋转了起来。“以前我总是盼望着意大利会攻打法国和塞尔维亚，如此一来战争兴许就会结束了，要知道我们仓库里的啤酒花都烂了。国内几乎没有什么订单，国外市场也失去了，意大利还中立。如果是这样的话，那一九二一年的时候，它干吗还要和我们恢复三国协约呢？意大利那个外交部部长迪·桑·邱利阿诺侯爵呢？他在哪儿？他现在在干什么？是睡觉吗？您知不知道和平时期我每年有多少周转资金？而现在还有多少？”

他怒气冲天，连话都说不顺溜了，站起来跑过去对他太太说：“卡蒂，和我一起回家去。快点穿衣服。”

停了一会儿他觉得还得做点解释：“以前我总是很平静的，但是对于这些闹心事，我实在是很窝火。”

趁着卡蒂在换衣服的当儿，他轻声告诉上尉：“她可不是第一次干这种事。去年她和一个代课老师私奔，我是从萨格勒布把她接回来的。我就借这次旅行，顺便和那儿的啤酒厂签了份合同，他们答应收购六百袋啤酒花。

“是啊，南方真称得上遍地黄金。想当年，我的生意可以做到君士坦丁堡。可是如今我都快破产了。要是政府再给我点颜色，譬如限制啤酒产量的话，我可就彻底完蛋了。”

他把上尉递给他的香烟点上，继续说：“现在，就只有华沙从我那儿买走了二千三百七十袋啤酒花，那儿有家奥古斯丁啤酒厂，因为它是国内最大的一家，他们每年都有人来和我商谈订购业务。唉，世道艰难啊！还好我不用抚养孩子。”

卢卡什上尉微微地笑了一笑，那个所谓一年一次的洽谈让他觉得好笑。啤酒花商人瞥见了他的笑容，又说了下去：“以往匈牙利啤酒厂每年都会买走一千袋啤酒花，那是由于他们要向亚历山大出口啤酒。可是现如今，那儿被封锁了，他们就不愿意再买啤酒花了，就算我们打七折也不管用。经济不景气，面临破产、贫穷的阴影，还要为家事操心。”

啤酒花商陷入了烦恼，不再说话了。这时卡蒂太太一切都准备就绪，静寂的局面被她打破了：“我的两只箱子该如何带走呢？”

“会有人过来拿的。”啤酒花商说，他很高兴，这件事情能够顺利了结，竟然没有让谁出丑难堪，“如果你还想购物的话，我们就该动身了，两点二十，火车就会开的。”

这对夫妻很客气地向上尉告别了。这件事情的成功处理让啤酒花商心情格外舒畅，他一激动，就在门厅里这样和上尉告别：“如果您打仗的时候有什么闪失，千万要来我们家养伤啊，到时，我们一定把您伺候得舒舒服服。”

在卡蒂太太换衣服的睡房里，上尉找到了四百克朗和一张字条，卡蒂太太把它们放在盥洗池上了。字条上写着：

上尉先生：

您连我的丈夫都对付不了，在这只臭猴子，世界上最笨蛋的傻瓜面前，您却一点也保护不了我。您就这样让他带走了我，好像我只是一件东西，是他无意间落在您这里的什么物件而已。您招待我？居然连这样的话都说得出口。招待我花了不少钱吧，我那四百克朗也够了吧，您就留着跟您那勤务兵分去吧。

上尉愣愣地站着，手里还握着那张字条。过了一会儿，他把字条慢慢地撕成了碎片。看着盥洗池上那些钱，他笑了笑，突然又看到梳妆台上有一把梳子，肯定是卡蒂太太过于激动，梳妆完了之后忘记收起来，于是这把梳子就成了他的收藏中的一件宝贵的纪念品。

吃过午饭后，帅克才回到家里，上午他去替上尉物色看马狗了。

上尉说：“帅克，你发财了，那位太太被她的丈夫带走了。她放了四百克朗在洗脸池上，鉴于你对她的周到服务，她特意留给你的酬劳。你应该好好谢谢他们夫妇俩，这是她从丈夫那里拿来的旅费。现在我给他写封信，我口授，你帮我记录：

尊敬的先生：

代我向您的夫人致以诚挚的感谢。她留下来四百克朗，以偿付她在布拉格的费用。因为我对她的照顾纯粹是我的一片真心，所以我不应该拿这笔钱。现在如数奉还……

“接着写呀，你在干什么呢，帅克？我说到什么地方了？”

“现在如数奉还……”帅克心痛地说。

“不错！‘现在如数奉还，并且向您二位表示最真心的敬意，吻尊夫人的手。卢卡什上尉的勤务兵约瑟夫·帅克。’好了吗？”

“报告上尉先生，还没写日期呢。”

“写上‘一九一四年十二月二十日’。好的！现在再去把信封填好，到邮局里把四百克朗寄到这个地址。”

卢卡什上尉吹起了口哨，那是喜剧《离婚后的夫人》里的咏叹调。

“等一下帅克，还有件事情，”上尉叫住了正准备去邮局的帅克，“你找到看马狗了吗？”

“有眉目了，上尉先生。我看见了一只长得十分俊俏的好狗。只是还得费点功夫才能弄到手。但是明天，大概我就能把它弄到家里。它喜欢咬人！”

六

最后一句话其实是最有价值的，可惜卢卡什却什么也没听见。“它喜欢咬人”这句话，帅克本来打算再多说一次，以便让上尉听清楚，转念一想：“这跟上尉有关系吗？既然他想要的只是一条狗，给他弄到一条狗不就得了！”

"给我带条狗来"，说这么一句话再简单不过了。每条狗都会受到主人的悉心照顾，即使是那种除了给老头儿暖暖脚之外别无他用的杂种狗也一样，更不用说纯种的名贵狗了，狗的主人都会对它们关怀备至，不让它们受一点委屈。

狗，特别是纯种狗，都有一种本能，及时预见未来：自己可能会被别人弄走，自己会离开主人，那一天早晚会来的。由于这点，它常常担心不已，害怕被人弄走，肯定有一天会被偷走。比如，在散步的时候，狗总是远离主人，刚开始十分快乐，同别的狗在一起玩耍、戏闹，或者彼此在身上爬来爬去，丝毫没有羞惭的感觉。有时在路边的柱石上闻来闻去，任何一个小角落都会看到一只脚往外翘，有时甚至是在杂货店老板娘的土豆筐子上它们也来这一手，反正它们是极其高兴的。它们实在是太幸福了，美滋滋的，简直如同少年们幸运地通过中学毕业考试一样。

但有时候，它会在快乐中忘乎所以，突然迷路了，这时你会发现，它的愉快早已消失得无影无踪，剩下的只是失望至极的惊恐，毫无目的地满街乱跑、狂嗅、哀叫着，尾巴也垂下来，说明它已经不抱任何希望了，只好向着街上的陌生人乱扑。

如果狗会讲话，它一定会这么说："上帝啊，我迟早会被别人弄走的！"

这样的狗往往十分恐惧，狗场里有很多，它们都是被偷来的。有一种很特殊的小偷寄生在大城市，他们谋生的手段就是偷狗。这些狗都是在沙龙里被偷的，像那种小小的捕鼠狗，就手套那么大，偷走它们再简单不过了。尽管它们常被放在大衣口袋或是太太们随身带的暖手筒里，还是能被小偷们弄走。那些小狗也真够可怜的！要是碰巧是一只很凶狠的德国斑花恶狗，它往往在城郊的别墅看门，这样的狗只能在夜里偷走，即使有密探也无济于事，小偷甚至在密探的眼皮底下偷盗警犬。如果狗是用绳子牵着的，他们能割断绳索，带着狗溜走，转眼就不见了，让你瞅着系过狗的空绳子发愣，一点办法都没有。街上的狗很多，你碰到的一半都换了不止一次主人，甚至会发生这样的事，也许你会买回一条狗，它却正是你当年出去散步时丢失的那只小狗，真是令人啼笑皆非。要是带狗出去大小便，特别是大便的当儿，狗很容易被偷走，所以每只狗总是在这种时候特别机警，不停地向四周看。

有好多种偷狗的方法：像扒手一样偷的方式比较直接，有的则是诱骗然后偷走的。教科书和自然科学上都认为狗是很忠实的动物，事实上并非如此，如果让狗闻到了油炸马肉香肠，即使它是一只对主人百般忠实的狗，也会毫不犹豫地背叛的。

它会转身跟着别人走，而把主人忘得一干二净。尽管主人就在它近旁，它满嘴淌涎水，急切地盼望吃到那根香肠，充满欢欣，开始摇着尾巴，乞求你的施予。就好像精力过剩的公马被带到了母马那儿一样，鼻孔眼张开，大得吓人。

小城广场紧靠城堡台阶，那儿有一家小啤酒店。一天，后排坐着两个人，一个是当兵的，一个是老百姓，灯光暗淡，依稀可见。他们紧凑在一起，神经兮兮地低声交谈。那些威尼斯共和国时代的阴谋可能也不过如此。

“每天八点钟，”老百姓对士兵嘀咕，“女仆带着它去公园，途经赫尔利契科沃广场。它非常凶猛，特别能咬人，没人敢摸它。”

他又向士兵靠近了一些，凑近他的耳朵说：“它竟不吃香肠。”

“吃油炸的吗？”士兵又问。

“炸了也不吃。”

两人都生气地吐唾沫。

“这么说，它靠什么活？”

“天知道它靠什么过活！这种畜生俨然一个大主教，十分娇惯。”

老百姓和士兵互相碰杯，老百姓又悄声说：“曾经有一次，克拉姆夫卡狗场让我尽快弄到一条狗，那是一条黑狮子狗，也是连香肠都不吃。我有三天都瞅着它，实在没办法了，就径直询问那位带着狗散步的太太：她的狗到底吃什么东西才长得如此漂亮结实。那位太太听了十分高兴，她就告诉了我，这狗最爱吃的就是肉排。我马上去买了一大块炸猪排，准备喂那条狗。我觉得这是一个极佳的办法，事情会顺利的。谁知，那畜生毫不理睬，它大概以为只是块小牛排，根本看不上。看来它是只吃猪肉的，我没办法，只好去重新弄了一块猪排。我先凑近它的鼻孔让它闻了一下，然后就拿着猪排向前面跑，它就在后面追上来了。那位太太喊着：‘波契克！波契克！’可是波契克顾不上这些。它一个劲地追猪排，直到一个角落里，我把一根链子套在它脖子上，第二天就送到了克拉姆夫卡狗场。他们把它脖子下的一缕白毛也涂成了黑色，防止其他人认出来。这种能够被炸马肉香肠吸引的狗很多。你最好也去打听打听，她那只狗最爱吃的是什么。你的身材那么好，又是军人，她一定乐意让你了解。我早就去试过了，可她只瞪了我一眼，恨不得捅我一刀，说道：‘这关你的事吗？’她其实一点都不漂亮，像猴子一样，可是一定会乐于和军人搭话。”

“那确实是纯种的看马狗吗？我的上尉对这种狗不感兴趣。”

“是条灰黄色的看马狗，绝对纯种，非常讨人喜欢，就像你我的名字一样，你叫帅克，我叫博拉赫尼，是吧，我必须先弄清它喜欢什么吃的，再给它吃，然后带到你这儿来。”

两位又进行朋友式的碰杯。帅克以前干过贩狗的生意，那时还没入伍，博拉赫尼专门给他提供狗。他可是这种行当中的老手，非常老练。听说，他偷偷地买回一些狗，很值得怀疑，是从剥死畜皮的商人那儿弄到的，然后再卖到很远的地方。有一次，他住进了维也纳巴斯特狂犬病研究所，因为他不幸染上了狂犬病。现在他认为帮帅克做事是他的责任，完全是自愿主动的。布拉格内外的狗他都了如指掌，说话声音那么小，就是担心啤酒老板知道他的秘密。半年前他就是在这家小酒店里弄走了一只达克斯小猎犬，放在大衣里就带走了。他像喂婴儿一样，用奶瓶给它喝牛奶，那小家伙也真够笨的，以为是在喝妈妈的奶，静静地待在他的大衣下面，没出一点声响。

他本来只弄纯种狗，让他去做法庭鉴定人也没问题。他只提供狗的来源，是向所有的狗场和私人。他偷过的狗免不了愤怒地对他狂吠，在街上时常会发生这样的事。他站在橱窗前面，一条报复心很重的狗在他背后抬起一条腿，往他裤子上撒尿，这种事是时常发生的。

第二天早上八点钟，好兵帅克在赫尔利契科沃广场闲荡，那儿离公园很近，又是一个小角落。显然他在等那位照看看马狗的女仆。女仆最后来了。有一只胡子狗样子凶狠，全身长满刚毛，眼睛是蓝黑色的，这时从他身旁跑过。它十分高兴，就像刚解过大小便的狗一样，追逐那些啄食街头粪渣的麻雀。

一个女人经过帅克身边，她正是专门照顾那条狗的。这姑娘不年轻了，发辫高高地盘在头上。她向狗吹口哨，不停地抖动手里那条牵狗的链子，还拿着一条特殊的鞭子。

帅克上前和她搭话。

“请问小姐，到日什科夫该怎么走呢？”

她停住了，看看他，以为他的话完全出于真心。帅克的样子是那么和蔼，她觉得这个士兵真是要去日什科夫。由于信任，她也变得态度柔和，告诉他去日什科夫的路，一副得意的样子。

“我刚来布拉格不久，”帅克说，“我是外地人，是个乡下小伙子，您是布拉格本地人吗？”

“我是沃德尼人。”

“我们住得很近的，”帅克答道，“我是普洛季威人。”

这点地理知识还是在南部捷克行军时学来的，老姑娘居然心头一热，像见到了久别重逢的乡亲。

“你认识贝哈尔吧，就是那个在普洛季威集市上卖肉的贝赫？”

“当然熟识！那是我哥哥。乡亲邻里没有一个不喜欢他的，”帅克说，“他人缘极好，又乐于助人，卖的肉质量上乘，分量又足。”

“那么您是雅列什家的人啦？”女仆接着询问，对士兵产生了好感，尽管他们以前根本就不认识。

“是呀！”

“您是哪个雅列什的儿子？是住在普洛季威区格基那一位的雅列什，还是在拉希捷的那一位的？”

“是在拉希捷的那一位。”

“他还在卖啤酒吗？”

“仍在卖。”

“他都六十好几了吧？”

“今年春天就是整六十八岁，”帅克回答着，非常坦然，“现今生活过得还凑合，刚买了一条狗。狗和他共坐一辆车。真像这儿追逐着麻雀的那条狗。那狗实在是太讨人喜欢了，太迷人了。”

“那是我们家的狗，”老姑娘赶忙答道，“我是上校先生家的女仆，您可能知道我们的上校先生吧？”

“当然。他学问很高，在我们布杰约维采也有一位上校。”

“我们的老爷要求十分严格。近来好像在塞尔维亚被打败了，他回到家生气得很，摔掉了厨房里所有的盘子，还想把我打发走。”

“那狗是您的啊，”帅克故意阻止她继续往下说，“我是在上尉先生那儿服务，太可怜了，什么狗都难以赢得他的欢心。我倒是满爱狗的。”他不说话了，静静地待了一会儿，突然说：“每条狗吃的东西都不一样，不是给什么就吃什么。”

“我们的鲁克斯非常注意吃的东西，挑挑拣拣，有一段时间连肉都不吃，不过近来又开始喜欢肉了。”

“它最爱吃的是什么呢？”

“是肝，煮熟的肝。”

“牛肝还是猪肝？”

“那倒没什么关系。”帅克对刚结识的老姑娘微微一笑。她认为刚才帅克的问题很幼稚，像一句逗人的玩笑话，而且是一个失败的玩笑。

他们又一起闲逛了一会儿。后来，那条看马狗也走近他们，它已经被铁链拴住了。它热情地对待帅克，还试图拉帅克的裤脚，只是有嘴笼阻隔才没扯住，并且不停地跳来跳去，想爬到帅克身上。突然间，它似乎猜测到了帅克的用心，变得悲哀、惊慌，眼睛斜着瞧帅克，完全不是刚才那副活蹦乱跳的样子，心里好像在说：“你原来是想弄走我？”

后来，她告诉帅克，每晚六点她都带狗来这儿闲逛，布拉格的男人没有一个可以信赖。她在报纸上登过一回择偶广告。来应征的是个修锁的，还承诺跟她结婚，却从她那儿白白拿走了八百克朗，声称要用于某种新产品的投资，结果跑得连踪影都没有了。她觉得只有乡下人才更老实，做事信得过。如果她结婚的话，只嫁乡下人，但什么事都得在战争结束后再考虑。她说打仗的时候是不能结婚的，这未免太傻了，肯定会得到一个不好的结局，许多女人都做了寡妇。

帅克许诺六点钟来，这使她充满了渴望之情。然后他很快跑到那位叫博拉赫尼的朋友那儿，告诉他说那条狗吃肝，不管什么肝都吃。

“那好，我拿点牛肝给它吃，”博拉赫尼下定决心，“我曾经偷到过一条圣伯纳犬，就是用这种肝从维德拉厂主处引诱来的，那条狗忠诚无比。我明天就会给你带来那条狗。”博拉赫尼是个值得信赖的人。

那天下午，帅克整理房间，刚拾掇利索就听到了门外的狗叫声。博拉赫尼来了，拉着一条顽劣的看马狗。它的毛直直地竖起，转着残忍的眼睛，眼神中满含忧愁，如同关在笼子里的饥饿已极的老虎，紧紧瞪着那些来动物园游玩的人。他们都肥肥的，兴奋地站在笼子前。它咧开大嘴，磨着牙齿，十分恼恨，好像想说："我要撕烂你们，扯成碎片！把你们统统吃掉！"

他们把狗拉到厨房，用绳子系在桌子旁边，博拉赫尼说着弄狗的过程："我用纸包好熟肝，拿着出去，有意地走过狗身边，它立刻就闻到了香味，向着我跳跃，扑向我，我就是不分给它，一点也不让它沾，只管朝前走。那狗死死地跟着我，我在公园那边转了个弯，拐入布莱托夫斯卡街，我拿了一块肝给它吃。它贪婪地吃着，很快就消灭光了，好像担心我走开，一直紧跟着我。后来又转入了英德希斯卡街，我第二次喂给它肝吃。它大概填饱了肚子，我把绳索套在它脖颈上，拉着它走，路过瓦茨拉夫大街，到了维诺堡，一直到了沃尔舍维采才停下。路上它做了一件怪事：通过电车路时，它横躺着一动不动，可能存心想死在电车底下吧。我有一张空白的血统证明书，常带在身上，是从佛策纸张店买来的，你会做假的血统证明书，是不是，帅克？"

"这需要你亲笔书写。写上这畜生是从莱比锡的冯·毕罗狗场买来的，父亲的名字叫阿尔尼姆·冯·卡勒斯博格，母亲的名字叫艾玛·冯·特劳顿斯朵夫；父亲还和谢格弗瑞特·冯·布森道夫有血缘关系。它的父亲曾在一九二一年柏林看马狗展览会上获得一等奖，母亲赢得过纽伦堡纯种狗协会的金质奖章。你觉得它有多大了，还年轻吗？"

"从牙齿来看，有两岁。"

"那就写上是一岁半吧！"

"它的毛没剪好，帅克，你瞧它的耳朵。"

"这好办，先让它跟我们熟识一段，再给它剪毛。它脾气够大的，现在剪可不容易。"

这偷来的狗十分生气，大声叫着，鼻孔里呼呼地冒气，整个身子扭动着，直到累得不可动弹才停下来，舌头耷拉出来，躺在那儿。它渐渐学会沉默了，不过有时还是哀叫着，一副可怜的样子。

帅克拿出博拉赫尼留下的肝，放在狗面前，它一下都没碰，只是看着他俩，眼中流露出倔强的神色，好像在说："我被肝引诱，已经受了一次骗，还是留给你们吃吧。"

它无奈地躺着，假装打盹，一副无精打采的模样。忽然间，它好像想起一些事，很快站起来，极力讨他们的欢心，抬起前腿，露出一副可怜相，它不得不服从他们。

帅克对这样的情形也没什么反应，尽管颇让人动情。

"躺下！"他大声叫喊，那畜生着实让人怜惜。它不得不躺下，哀伤地叫着，呻吟着。

"我该给它取个名字，以便填好血统证明书。"博拉赫尼这么说着，"它的名字是鲁克斯，取个跟这名字相像的，它很快就会听明白的。"

"干脆就叫麦克斯吧！看见了吗，博拉赫尼，它的耳朵直直地往上翘。起来，麦克斯！"

看马狗站起来了，它时刻都在等待吩咐，实在是太不幸了，不仅没有了家，连名字也被更改了。

"我觉得解开它会更好一些，"帅克下定了决心，"看看它能做出什么事来。"

狗被解开了，很快冲出门，对着门把手叫了三声，非常急促，可能是感谢他们的开恩，对他们表示出信任。它其实是想出去，不过发现他们对此并不在意，于是停在门边撒尿，弄出了一摊水。它觉得这点足以让他们生气，肯定会把它撵出去。它想起了小时候的事，军队里很讲卫生，上校就这样训练它。

帅克并没有允许它出去，只是说："它真像耶稣会教徒，非常狡诈。"他拿出皮带，抽了它一鞭，把它的嘴巴按进尿液里搞得湿淋淋的，它连舔舔嘴唇的工夫都没有。

这是一种极大的污辱，它狂叫了一会儿才停下，绕着厨房走来走去，完全失去了希望，不停地闻自己的脚印，忽然又到了桌子边，吃光掉在地上的一点点肝，然后沿着壁炉躺下来。它在进行了这么一段运动之后，昏昏沉沉地睡着了。

"我给多少钱呢？"帅克正同博拉赫尼分手，又突然说道。

"这事不准再提了，帅克，"博拉赫尼友好地说，"给老朋友办事在所不辞，更不要说你已经是个当兵的老朋友了。再见，小伙子，千万不要带它去赫尔利契科沃广场，弄不好会出事的。你若还想要狗就跟我说，什么样的都行。你还不清楚我住的地方吗？"

麦克斯一直没醒，过了很长时间，帅克也没去管它。他去了肉店，买回一斤肝，并且煮熟，麦克斯一醒来，就扔给它一块热得发烫的肝，够它闻的了。

麦克斯终于睡够了，醒来之后舔着舌头，懒懒地伸腰，闻到肝的香味，禁不住诱惑，一大口就吃光了。接着，它走到门边，试图弄开门的把手。

"麦克斯，"帅克叫着，"来我这边！"

它还是走过去了，显得惊慌失措。帅克抱起它，放在腿上，轻轻地摸着，麦克斯第一次友好地摇了摇被剪得只剩下一小截的尾巴，轻轻地咬咬帅克的手，然后用嘴巴叼着，还露出机敏的眼神瞅着帅克，好像在说："我明白了，事情发展到这个地步，我完全屈服了。"

帅克继续摸着它，声音异常轻柔地说："曾经有一条名叫鲁克斯的狗，它的主人是一位上校。他家的女仆每天带它出来闲逛，却给弄丢了。鲁克斯被带到了军队，不过这次的主人是个上尉，它的名字改成了麦克斯。麦克斯，伸出前爪！看看你这小东西，你应该老老实实地听话，我们可以成为十分亲密的伙伴。不然的话，军队里有你的好果子吃。”

麦克斯往下一跳，不再待在帅克膝头，绕着他蹦来跳去，看起来非常兴奋。天快黑的时候，上尉从兵营回来了，这时帅克已经同麦克斯建立了亲密的友谊关系。

帅克瞅着麦克斯，忽然冒出一种富有哲理的想法：“其实想想我们四周的人，从某种意义上说，每个士兵都是被别人窃走的。”

卢卡什上尉看见麦克斯，格外欣喜。麦克斯似乎喜欢挎马刀的人，它一看到上尉，就快乐无比。

帅克态度平和，不乱方寸，坦然地说狗是一个刚刚当兵的朋友送给他的，根本没有提到狗的真实来源和买狗的花费等事项。

“很不错，帅克，”上尉边说边和麦克斯闹着玩，“就凭这条狗，下月一号我给你五十克朗。”

“我不要，上尉先生。”

“帅克，”上尉突然非常严肃地说，“你是来为我服务的，当初我就告诉你一定得服从于我。我给你五十克朗，你没有理由拒绝，必须收下，去好好喝一顿也行。帅克，有了五十克朗，你有什么打算吗？”

“报告，上尉先生，服从您的命令去痛快地喝一场。”

“帅克，也许我会记不起这事，你得向我暗示，因为有了这条狗我该给你五十克朗，这是命令，你知道吗？这狗长跳蚤了吗？给它洗洗澡会更干净的，再梳理一下毛，我明天要值班，后天有空带它出去逛逛。”

正值帅克帮麦克斯洗澡的时候，狗的旧主人，也就是上校先生正在家里怒气冲天地发火，他恶狠狠地威吓着，要是发现谁偷了他的狗，非把这人送到军事法庭不可，把他枪毙、绞死，让他坐二十年牢，把他剁成肉泥。

“魔鬼会惩罚你的！”上校用德语大声地叫嚷，整个屋子在晃动，窗子震得沙沙作响，“我会给你颜色瞧瞧的！”

帅克和卢卡什上尉很快就会面临一场大的灾难。

第十五章

灾祸临头

齐勒古特村坐落在扎尔茨堡[1]附近，村里有一个愚蠢至极的傻瓜，他就是弗里德里希·克劳斯·冯·齐勒古特上校。还在十八世纪早期，他的祖先就来到这里，为了谋生，不得不从事劫掠生意。克劳斯上校是个很奇怪的人，在谈到一些事物时，总是担心大家没有完全领会他的话，所以常常停下来问大家是否确实听懂了，其实他讲的都是些极其简单的事，尽人皆知，连白痴也不例外。例如："看见了吗，这就是窗户，各位，什么叫窗户呢？你懂不懂？"

还有这样的例子："你们听说过公路吧，那就是夹在两道深沟之间的玩意。沟又是什么呢，你们知道吗？沟嘛，深深地凹陷下去，需要许多农夫才能挖出，而且是用锄头挖的。你们是否知道什么是锄头呢？"

他对解释工作有种狂热，这成为他的一大"特色"。那种疯狂的激情，颇有些令人感动，绝不亚于发明家讲起自己的发明创造时那声情并茂的姿态。

"各位，书本是这样形成的，先把纸片裁成各种形式的长方形，然后在上面印上字，最后放到一起，进行装订粘贴。不同的书的大小

[1] 在奥地利境内。

也是不一样的，主要是开本不同。你们知道用什么粘贴吗？是用黏胶，当然了，黏胶和胶是完全相同的。”

上校是个惊人的蠢材。他不停地向别人讲话，什么人行道就是把街道划分为车行道和步行道，还有人行道是靠着房子正面修出的比路面高的一长条石子路，而房子正面恰好就是我们从街上或人行道上所能看见的那一面。从人行道上不能看到房子的后面，这一点是显而易见的，只要走上车行道，马上就可以得出同样的结果。军官们大概是害怕他这种无休无止的唠叨，都躲开他，离得越远越好。

对于上面提到的事，他认为非常有趣，在众人面前极其兴奋地表演，险些被车子轧着。以后他越发地傻了。军官们总会被他拦在半路上，不得不听他喋喋不休的闲谈，都是些摊鸡蛋、太阳、温度计、油炸馅饼、窗户、邮票等琐碎的无聊之事。

上校这样的傻瓜居然仕途通达，平步青云，人们颇为惊讶。像军长将军这样有权有势的大人物都给予他特殊的照顾，然而作为上校，他的军事才能实在不敢恭维。

演习的时候，整个连队在他的率领下，总是莫名其妙地做出一些怪事。他没有一次准时赶到指定地点，一团人却被分成几个纵队，不顾敌人的机枪火力点，向前挺进。已经是几年前的事了，有一次，皇家军队在捷克南部演习，他自己和整个连队意外地迷路，辨不出方向，结果开到了摩拉维亚。演习结束了，士兵们已经躺在兵营里休养，他却在那儿胡乱奔波，一直过了好几天。尽管这样，他也没受什么处分，一切都风平浪静。

他的交际倒很成功，不仅和军长将军，而且和奥地利其他与他并无二致的愚蠢军官们都是亲密的私友，这就帮他赢得了各种名目的头衔和勋章。这些奖赏无疑增添了他的荣耀，他自命不凡，得意扬扬，号称天下独一无二的军人，堪称战略理论乃至所有军事科学领域的天才，自诩为伟大的理论家。

他在检阅连队时同士兵进行日常对话，不厌其烦地重复着相同的问题："为什么我军使用的步枪叫曼利海尔枪[1]？"

由此团里人送他一个"曼利海尔蠢材"的绰号。他心胸狭窄，一些不幸运的下级军官常遭到他无情的报复，只因这些人不符合他的兴致。假如他们递上结婚申请书，他会乘机在报告上留下极糟糕的意见再转呈给上级。

年轻时，他就是一个完完全全的蠢材，以至于他的对手割掉了他的耳朵，就是为了让大家都知道这位弗里德里希·克劳斯·冯·齐勒古特是何等愚笨。因此，他有了一只永远残缺丑陋的左耳。

如果有兴致测试一下他的智商，我们将深信不疑：他是如此傻而蠢，跟那位汉堡公民弗兰西斯·约瑟夫简直如出一辙。他可是出了名的白痴，并且长着一张形似牲畜的嘴巴。

他们十分相像，词汇贫乏，因而用词滑稽可笑，讲的都是一些低俗无聊的蠢话。一次在军官食堂举行晚宴，大家谈到席勒。克劳斯上校出身显赫、门第高贵，谁想却发表了一通与话题毫不相关的见解："各位，相信吗，我昨天看到一张蒸汽犁，奇怪的是，它是由火车头带动的。大家用心想想，先生们，用火车头带动，还不止一台，而是两台。我看见冒烟，好奇地近前一看，原来是这样的，两边各有一台火车头。各位，难道这不可笑吗？竟然用两台火车头拉，似乎一台根本不够。"

他终于停下了，但只过了一小会儿又开始发表废话："一辆小汽车停下来，因为它不得不停下，汽油早都用完了。这可是昨天亲眼看见的。人们就这件事还联系到了惯性之类的问题。各位，车子停下了，抛锚了，挪不动了，很显然，它的汽油用光了呗，这不是很可笑吗？

[1] 曼利海尔是自动步枪的发明者，当时奥、德、法等国军队普遍采用这种步枪。

你们说是不是？”

他是蠢了点，但这丝毫不影响他对宗教的虔诚。他的房间里设有一个家用祷告台，除此之外，还常去伊克纳茨教堂忏悔，战争一爆发，就诚心祈祷，保佑奥军和德军胜利。他思想混乱，把基督教和日耳曼的征服梦想合为一体，相信上帝是倾向于战胜国的，一定会帮他们去劫掠财宝。

报上常有运来俘虏的消息，对此他倒是表现异常，十分愤怒。

他说：“俘虏被运回来真是荒唐，有什么用呢？应该一个不剩地枪毙掉。对于他们，是不需要任何怜悯的。他们的尸体都扔到一处，垒成堆，踩在上面，踏着这些尸体跳舞。塞尔维亚的老百姓都该死，把他们统统烧掉，让他们活生生地死去，看见小孩就挑在刺刀上，然后让他一命呜呼！”

他和德国诗人维罗尔特一样残忍凶狠，在战争期间，那浑蛋写了一首诗，公然宣扬德国人应极度仇恨和凶残地杀害千百万“法国魔鬼”，绝不留一丝缓和的余地：

让人们的尸骨堆积如山，

让燃烧尸体的浓烟直冲蓝天。

卢卡什上尉在一年制志愿兵军校教课，刚上完课出来，牵着小狗麦克斯随便闲荡。

“对不起，打扰了，我不得不提醒您，上尉先生！”帅克满怀关切之情，亲切地说，“您的这条狗真不错，可是得多留心，千万不能让它逃脱。这很难说，它似乎还对自己的老窝念念不忘，您一不小心，放松了索套可就糟了，它很容易跑掉。我还要奉劝您，千万不许带它走近赫尔利契科沃广场。那可是个危险的地方，近旁的小店的一个屠夫有一条恶狗，极其凶狠，非常喜欢咬人咬狗，别的狗一出现在它的视线内就有被攻击的危险，它十分担心其他哪条狗会吃掉它的一些东西，以至嫉妒成性。那副样子简直就像那个在哈什塔教堂霸着地盘乞讨的穷光蛋。”

麦克斯蹦蹦跳跳，非常快乐，围着上尉的脚不停地转圈，试图把他的军刀缠在索套上。它似乎通一点人性，明白了要带它出去闲遛，露出一副兴奋的样子。

他们走出门。卢卡什上尉打算带它去遛遛。他还要去老爷街拐角赴约，面见一位早就相约好的太太。他仍摆脱不开公事，满脑子乱转，想着明天志愿兵军校的课，讲解什么内容，如何确定一座山峰的高度，高度依据海拔测量的原因是什么，如何依据海平面确定一座山峰从山脚至山顶的一般高度。真讨厌！陆军部怎么搞的，这些东西都被作为课程内容，合适吗？只有炮兵部队才用得上这些东西，更不用说，总参谋部的地图也在这儿，如果敌人侵占了“三一二”高地，这么紧张的时刻，谁有空去考虑一座山头的高度依据海拔测量的原因，更没有时间去计算它的高度。只要看一眼地图就清楚明白了。

拜斯卡街快到了，突然传来一声尖厉的叫声：“Halt！[1]”这使他大吃一惊，思路完全被搅乱了。

伴随着这声“Halt”，那条狗极力挣扎，想逃离他身旁，尽管还套着皮缆，它异常兴奋，向刚才发出尖厉叫声“Halt”的人身旁扑去，不停地叫唤。

此人正是克劳斯·冯·齐勒古特上校，与上尉面对面而立。卢卡什上尉马上行礼，连称抱歉，怪自己太大意，没能及时向上校打招呼。

克劳斯上校很严格，对违反军纪的过失毫不留情，就这点而言，

[1] 德语：站住！

他在所有的军官中也是绝无仅有的，颇有名气。

他对行军礼看得很重，认为这与战争胜负密切相关，并把此作为树立在军队中的威信的强大基石。

他常发表这样的言论："作为一名军人，最神圣的就是军礼，其中注入了自己的灵魂。"显然，这话极其高深，是一种令人叫绝的"军事神秘主义"。

他格外重视这一点：军人向上司敬礼时，必须一丝不苟，严格按照条例规定进行，保持庄严，精确无误。

他有一种怪异的嗅人的习惯，凡是走过他身边的人，不管是步兵还是中校，都难免他近乎荒唐的癖好。有些士兵不太在意行礼，只是用手碰碰帽檐边，就像随便打声"你好"的招呼，上校对此很看不惯，不把这些士兵送到兵营受罚才怪呢。

"一名军人，"他时常说，"职责是最重要的，应该全心全意地去履行军纪法规，即使在人群中，也要找寻他的上司，以便更好地履行军人的职责。如果他不幸倒在战场上，在离开世界的一瞬间仍应该行军礼。有的人不会行军礼，有的人假装没看见，有的人行礼时敷衍了事，这样的行为在我看来都是粗野的表现，毫无教养可言。"

"上尉先生，"克劳斯严厉地说着，透着很明显的威胁的味道，"你应该记着有这么一条规定，下属见了上司要敬礼，没有任何规定说要废除这一条。另外，军官先生却牵着偷来的狗到处乱跑，这是什么习惯？丝毫不用怀疑，我指的就是这条偷来的狗，他是别人所有的！"

"上校先生，这条狗……"卢卡什上尉很着急，想替自己辩护。

"这是我的，上尉先生！"上校暴跳如雷，打断了他的话，"的确是我的鲁克斯。"

鲁克斯的别名叫麦克斯，这时想起了原来的主人，新主人被抛在一旁。鲁克斯向上校扑过来，又蹦又跳，非常欢欣，简直就像热恋中的少年一样。

“上尉先生，还记得军官的荣誉吧，带着偷来的狗闲逛，这不合适吧。你懂不懂这个道理？一名军官应在做事前谨慎考虑，买狗也不例外，必须事先考虑到可能带来的坏结果，如果确实没有好运，那就绝不去买。”上校大声训斥，同时抚摩着他的鲁克斯。而那条狗极会讨好主人，与上校同流合污，对上尉露出尖利的牙齿，咧开大嘴狂吠，像是在提醒上校：“把这个可恶的上尉送出去处罚！”

“上尉先生，”上校仍是滔滔不绝，“我让你来判断这样一件事，是否应该骑着偷来的马乱窜？我丢失了猎狗，已经在《波希米亚报》和《布拉格日报》上登过广告了，你没读到是不是？长官登的广告你居然视而不见！”

上校两手一拍：“年轻军官越来越不像话了，全不把纪律放在眼里。上校登的广告连上尉都不去拜读，还有什么军纪可言！”

上校留着络腮胡子，简直就是一只大猩猩，卢卡什上尉无奈地望着他，心里却十分恼火，愤愤地想：“这个老家伙，真想扇他几个嘴巴解解恨。”

“你跟着我一起走。”上校出乎意外地说。于是他们并肩走着，边走边谈，气氛友好和谐。

“上尉先生，你上了前线，千万不能做出类似的事。回到后方，你牵着偷来的狗闲遛，这种感觉好不好？不太好吧。还有，你牵的不是别人的狗，正是上级长官的狗。你在闲逛，而在战场上，每天丧生的军官有上百位，你居然不读读广告。我的寻狗广告早就上报了，但可能在一百年、两百年、三百年后也没人去读。”

上校又抹了一把鼻子，这不是一件好事，他总是在非常恼怒时才这么做。然后他说：“你可以走了，继续你的散步。”他怒气冲冲，拿起皮鞭，狠狠地抽了一下自己的军大衣下摆，掉转身离去了。

卢卡什上尉马上走开，刚到街中间，又听到一声尖厉的“halt”。又一个不幸的后备兵被上校拦在那儿，那个后备兵想起了妈妈，很伤心，根本没有注意到上校，于是就遭殃了。

上校恼羞成怒，亲自动手拖着他，径直来到军营，骂他像一头猪。

“我要好好教训那个帅克，可有什么办法呢？”上尉冥思苦想，“我要把他的嘴撕成几块！这不够解气。我恨死他了，应该把他撕成碎片，这个可恨的家伙。”至于和一位太太的约会，他早因怒气而忘得一干二净，气呼呼地往家里走去。

“我要杀了他！小浑蛋！”他一边踏上电车，一边恶狠狠地说。

这个时候，好兵帅克正和传令兵聊得热火朝天。那个士兵是给上尉送公文的，等着他回来签字。

帅克给士兵冲了咖啡，热情地招呼着，两人预测着奥地利的未来，一致认为奥国将惨败，结果一定惨不忍睹。

他们的谈话很顺利，两人志趣相投，不时地引用格言警句。但这样谈话假如是在法庭上，他们所说的每一个字无疑都是叛国罪的有力证据，两人都会被处以绞刑。

“由于战争，皇帝也快成一个白痴了，”帅克说，“他本来就糊涂透顶，再加上战争，一定会完全成为一个傻瓜。”

“他是个蠢货，”兵营来的传令兵蛮有把握，坚决地说，“愚笨得像木头一样。也许他对打仗的事一无所知，可能人们故意隐瞒他。政府向老百姓发出了宣战书，皇帝是签了字的，听说是有人从中捣鬼！肯定是趁着他精神错乱骗来的，他早已丧失了思考能力！”

“他已经成了一个废物，”帅克好像很在行，又添上这么几句，“大小便都不能自理，失去了控制能力，就像个小孩子，吃饭也得别人喂。以前在酒店听说，他每天要吃三次奶，都是被别人喂的，有两个奶妈专门侍候他。”

兵营里来的士兵好像很沉重，深深地叹气：“我们不能再遭受杀戮了，快要承受不起了，奥地利什么时候才会平静呢，希望这一天尽快到来。”

他们兴奋地谈论着，滔滔不绝，最后帅克尖锐地指责奥地利：“专制皇朝腐朽至极，还能留存在人世，实在是一个大错误！”帅克又加了一个实例，以便进一步证明这句话，他愤愤地说：“如果我上了前线，一刻也不会停留，我会断气，那是因为这衰弱的制度。”

他们继续不停地谈着，讲到了捷克人的战争观点。这时传令兵又想起了他刚知道的新闻，是今天从布拉格听来的，据说炮声已经响到了纳霍特，俄国沙皇马上就会开进克拉科夫城。

接着又谈到了捷克运输到德国的粮食、香烟和巧克力被分给德国士兵之类的事情。

他们想起了古代战争，一起叙述往事。帅克很严肃，他觉得在臭气熏天的环境中打仗并不舒服，是很难受的。那时有一个被围困的城堡，整天被扔进去数不清的带有臭气的瓶瓶罐罐。还说他看过一本书，上面写道：一座城堡被包围了三年，这三年之中，敌人没什么事可干，常这样做来寻开心，被包围的城堡成了他们取乐的场所。卢卡什上尉突然归来，令他们大吃一惊，很快停止了高谈阔论，要不然，他们还会讲出一些大道理的，都充满教化意味而且很吸引人，一定聊得不亦乐乎。

上尉瞪了帅克一眼，满含愤怒，充满威胁意味，然后在文件上签了字，传令兵完成任务离开了。上尉叫帅克到他房间去一下。

上尉坐在椅子上，两眼凶狠地盯着帅克，一动不动，思来想去，这场报复应该从什么时候算起。

“先扇他几个嘴巴再说，”上尉思量着，“再砸破他的鼻子，把耳朵也扯下来，至于接下来的事，走着瞧，有他好受的。”

帅克长着一双友善纯洁的眼睛，这时正站在上尉面前，十分诚恳地看着他。房间里异常平静，好像暴风雨的前奏，帅克无所顾忌地发言，以缓和这种沉闷的气氛，他开口说："报告，上尉先生，您的猫把一盒鞋油都吃光了，不久就死掉了，我不得已把它扔到了旁边的地窖里。那真是一只讨人喜欢的安哥拉猫，又温顺，又可爱，世上再也找不出第二只这样的猫了。"

"我用什么办法对付他呢？"上尉突然这样想着，"仁慈的上帝，他总是那样一副傻傻的样子！"

帅克两眼闪光，露出温顺柔和的神色，眨着善良天真的大眼睛，纯洁无瑕，仍然十分坦率，好像什么都没发生过，没有什么大不了的事。就算弄糟了什么事，也无关大局，完全不必放在心上。

卢卡什突然一跃而起，却出乎意料没有实行预先的计划，他本来打算狠狠揍帅克一顿。他现在只是握紧拳头，在帅克鼻子下晃来晃去，厉声说："帅克，你偷了狗！"

"报告，上尉先生，关于这样的事，最近我一点都没听说。上尉先生，请您容许我做出一些说明：下午您不是牵着麦克斯出去了吗，我怎么可能偷走它啊。您回来的时候独自一人，我是觉得肯定发生了什么事，因为狗没有带回来。这种时候人们总会说：'有情况。'有一个做挂包的师傅，他叫刚伦什，住在焦街，他就总担心狗被丢失，所以从来不把狗带出去散步。他常把狗放在酒店，但还是被偷掉了，或者说是有人借走了，但却不归还……"

"帅克，你这个兔崽子，畜生，给我闭嘴！你是个大白痴，十足的笨骆驼，是个油嘴滑舌的下贱鬼。你的愚笨人间罕见！给我听好了，少跟我来这套，别耍你的花招。老实说，那只狗到底是怎么回事，从哪儿来的？怎么弄来的？那可是上校的狗啊！我们无意中碰面，狗被他带走了，你知道不知道？天底下再没有比得罪长官更让人难堪的事了，你懂不懂？说实话，你到底有没有偷狗？”

“报告，上尉先生，我没有偷。”

“这只狗可是偷来的，你知道吗？”

“上尉先生，我知道，它是偷来的。”

“上帝啊！帅克！Himmelherrgott[1]，我真该杀了你！你这个蠢猪！下贱东西！你这头阉牛、臭尸！你一向就是这么笨吗？”

“是的，上尉先生，您说得没错。”

“你怎么能这么做，给我带来一条偷来的狗？那可是个让人遭殃的畜生，为什么偏偏带到我的房间里？”

“我都是为了使您能愉快，上尉先生。”

帅克紧紧盯着上尉的面颊，仍是那么善良、柔和，眼神亲切。上尉坐到圈椅上，无奈地低呼：“上帝啊！为什么要惩罚我，用这么一个活宝？”

上尉软弱无力，连卷一根烟都觉得不可能，更不用说教训帅克了。他神情颓废，倒在圈椅中。他无可奈何，吩咐帅克去买来《波希米亚报》和《布拉格日报》，命令帅克读上校的“寻狗启事”。

帅克买回报纸，故意把登有启事的一版放在外面，以便看清楚。他进来报告，满面喜色，异常兴奋地说：“上尉先生。上校先生可真够厉害，那条丢失的看马狗被写得神气十足，极尽夸张，看看也好，叫人开怀大笑。他鼓动人们把狗送来，以一百克朗作为酬金，的确充满诱惑。一般的悬赏只有五十克朗，上校却出两倍的钱，真不少，够吸引人的。有人就靠这种事谋生。科希什的波鲁捷赫就是一个。他常常偷走别人的狗，然后去翻阅报上有关寻狗的启事。谁丢了狗，他就到那儿去归还。一次他居然把一条很出色的黑狮子狗搞到了手，失主却

[1] 德语：我的老天爷。

迟迟不到报上登广告。他无奈之下，自己反过来去登了拾狗启示，还贴进去五克朗的广告费，后来有位先生来领狗，说这条丢失的狗正是他的。又说，他原来以为找也找不着，还花精力。他早已认为世上没有可信赖的人了，所以不抱任何希望，想不到能亲身见到老实人，心里有说不出的快乐，并且还说照他看来并不赞成给老实人以奖赏，但他也不愿就此结束。为了表示感谢，把自己很心爱的一本书送给他，写的是有关养花的，不管是室内还是花园的养花都有介绍。波鲁捷赫一向对人友好，这时却发疯一般地拉起黑狮子狗的两条后腿，照着那位先生的头就砸，以后他就再没在报上登过启事。狗的主人都懒得登广告，无心寻狗，还不如把偷来的狗卖到狗场里，这倒合算一些。”

“帅克，你歇着吧！”上尉对他说道，“你的确犯了傻病，还会继续下去，也许明天早晨会结束。”之后自己也去休息了。夜里他做了个梦，帅克居然偷来皇太子的马，送到他这里来。皇太子正在检阅，上尉骑马走在连队前头，骑的正是那匹偷来的马，更不幸的是，皇太子一眼就认出了自己的马。

第二天一大早，上尉感到很奇怪，好像有幽灵纠缠着他，一晚上都在挨打，很痛苦。清晨却又睡着了，在可怕的梦中被惊醒，原来是有人在敲门。帅克那张和善的脸随即露在门口，询问上尉先生打算在什么时间起床。

上尉懒懒地躺在床上，呻吟着说：“畜生，滚开！真叫人害怕！”

他起床不久，帅克就殷勤地拿着早餐进来，问他：“报告，上尉先生，我想重新为您找一条狗，您认为怎么样？”突然提出这样的问题，上尉惊讶不已。

“帅克，说实话，我真恨死你了，甚至想把你交给战地法庭处置，关于这点你清楚吗？”上尉深深地叹了一口气，继续无奈地说着，“但我想法官会放走你，可能他们从来都没见过你这样的蠢货。到镜子面前照照你自己。天生一副蠢相，不觉得羞耻吗？在我所见过的人当中，你无疑是最蠢最笨的家伙。嗯，老实回答我，帅克，你喜欢自己吗？”

“不，上尉先生，一点也不喜欢。我站在镜子前面时，发现自己像个松果。可能是这块镜子没打磨好。斯塔涅克开了一家有中国小丑画像的商店，以前我去过那里，里面有一块哈哈镜，谁一照那镜子，就忍不住要吐。嘴巴扯开，像这个样子，头像膨胀了一样，跟个大脸盆似的。肚子则如同一个喝得烂醉的牧师。总之，那副样子十分滑稽逗人。省长大人曾经走过那儿，在镜子前照了一下自己的脸庞，立即命令取下镜子，再也不准摆出来。”

大尉把身子转过去，又在叹息，想想最好还是让帅克准备好他的牛奶咖啡。

帅克独自在厨房忙乱，他的歌声传到卢卡什上尉这里：

投弹手昂首出东门，步伐多矫健，腰间的军刀亮闪闪，
迷人的姑娘呀，感动得泪水不断……

接下来是：

我们当兵的的确不平常，美人们爱我们到发狂，
我们的钱永远花不完，到哪儿都过得喜洋洋……

“傻瓜，你倒活得喜洋洋！”上尉心想，又连着吐了一口唾沫。

帅克很快就回到门口：“报告，上尉先生，兵营派人来了，请您立即去那儿，上校先生要见您。传令兵还在那儿等着呢。”

他还加了这么一句，语气极其柔和：“或许还是有关那条狗的事情。”

“知道了。”上尉没好气地说。

上尉说话的时候很不快，让人觉得他异常忧愁。他凶狠地瞪了帅克一眼，转身就走了。

这消息很不寻常，多半是坏事。上尉硬着头皮走进上校办公室时，上校正坐在沙发上，看得出来，他非常不快活。

“上尉，”上校说，“那是两年前的事了，还记得吗，当时您请求调往布杰约维采九十一连队。您是否知道布杰约维采的位置？我在伏尔塔瓦河边，没错，是在伏尔塔瓦河边。有一条河流过那儿，叫奥赫热河，或者是叫其他什么名字。我敢保证，不仅是个大城市，而且十分有趣诱人。假如我记得清楚的话，河边还有一道堤。您知道什么是堤吗？就像一堵墙，不过是筑在水面上的。没错，当然了，这些都没什么关系。我们的演习曾经在那儿举行。”

上校陷入沉默，只那么一小会儿，眼睛盯住墨水瓶不停地看，很快就谈到另外的事：“我那条狗真是被您宠坏了，不肯吃任何东西。快看，一只苍蝇待在墨水瓶里。一桩怪事，这么冷的冬天还有苍蝇，而且掉在墨水瓶里，一切都毫无秩序。”

“这个死不了的家伙，有什么话快说吧！”上尉在心里嘀咕着。

上校站起来，在办公室里踱来踱去：“上尉先生，我前思后想，应该以怎样的方式来处罚你，以免将来再发生类似的事情。我终于记起你曾请求调到九十一连队去，刚刚接到最高指挥部的通知，让我们往九十一连队派遣军官，塞尔维亚人已经杀死了九十一连队的大部分官军。我敢保证，以人格担保，在三天之内，一定调你到布杰约维采九十一连队去。那儿正在组织先遣营。你不必对我心存感激，你这样的军官绝不应该受到轻视，你们正是军队必需的人才……”

他已经语无伦次，讲不下去了，抬腕一看，解脱似的说：“十点半了，我要去指挥部里听汇报。”

这场交谈还算顺利，在和谐的气氛中完结。上尉很快走出办公室，这时才轻松一些，好像一块石头落了地。接着去了志愿兵军校，说他一两天后就会奔赴前线，大家都知道了这个消息，上尉想举行个告别的晚会，就在布拉格有名的逍遥洞举行。

回到家，他对帅克意味深长地说："帅克，你听说过先遣营吗？"

"报告，上尉先生，派到前线去的营就是先遣营。派到前线去的连就是先遣连。我们都喜欢简称。"

"帅克，"上尉突然变得很严肃，语气沉重，"既然你爱用这样的简称，现在我向你郑重宣布：你将跟我一起去先遣营。可是到了前线，你就不许捣乱了，像在这儿一样，整天搞出一些怪事，出鬼点子。你知道了这个，觉得愉快吗？"

"是的，上尉先生，我很乐意，"好兵帅克答道，"咱俩也许会一起死在战场上，将为皇上和奥地利皇室尽到职责，即使失去生命，也是一件美好的事呀……"

第十六章

帅克在火车上闹的乱子

在布拉格驶向布杰约维采的二等车厢的包厢里，有三位旅客：一个是卢卡什上尉，坐在他对面的是一位秃头老先生，此外还有帅克，他恭敬地立在车厢的过道里，时刻准备再挨卢卡什中尉的臭骂。虽然那位秃了头的老百姓在场，上尉一路上仍然喋喋不休地冲帅克嚷叫，骂他是被上帝抛弃了的蠢货等。

乱子是一件小事儿引起来的，就是由帅克照顾的行李的数目不对了。

“你说，咱们一只衣箱不见了，”上尉冲着帅克大叫，“这话说得可真好听，你这个白痴！衣箱里有什么东西呀？”

“没什么，长官。”帅克回答说，两只眼睛盯住了那个老先生光秃秃的脑袋。那人对于发生的一切无动于衷。“衣箱里只有一面镜子和一个衣服架子，实际上我们并没损失什么，因为那些都是房东的。”

“闭嘴，帅克，”上尉嚷道，“等我们到了布杰约维采看我怎么收拾你。我要把你关起来，明白吗？”

“报告长官，我不明白，”帅克轻声回答，“您没说过，长官。”

上尉咬牙切齿，叹了口气，从衣袋里掏出一份报纸，开始读前线新闻，但很快就被帅克打断了。只听帅克说：“对不起，老板，你是不是斯拉维亚银行的分行经理波尔克拉别克先生啊？”

秃头先生没理他。帅克又对上尉说:“报告长官，我曾从报上看到，说普通人脑袋上有六万到七万根头发，而且一般说来，黑头发总要少一些。”

他来了兴致，话匣子又收不住了:“又有一个大夫说，掉头发都是由于养孩子的时候神经受了刺激。”

就在这时，可怕的事情发生了。那个秃头先生冲着帅克扑过来咆哮道:“滚出去，你这该死的猪猡！”他把帅克搡到过道以后就又回到车厢来，向上尉亮出了自己的身份，上尉吓呆了。

显然是弄错了。这位秃头先生并不是什么银行的经理，而是一位要去布杰约维采微服私访的陆军少将。

他是以铁血手段闻名于世的一位将军，据说凡是他视察过的地方总有人开枪自杀。接下来的时间里，他义愤填膺地训斥卢卡什惯坏了他的传令兵。

等少将说完，面如死灰的卢卡什到过道找帅克算账去了。

他在靠窗口地方找到了帅克。帅克怡然自乐得就像刚满月的娃娃，吃得饱饱的，这时就要睡着了。

上尉站住，示意帅克过来，指了指一间空车厢。帅克进去了，他紧接着也进去，随后把门关上。

“帅克，”他严肃地说，“这回你可闯大祸了。你干吗惹恼那位秃头先生？你可知道他是少将？”

“报告长官，”帅克说，神情庄严得像个殉道者，“我无意去侮辱谁，而且这也是头一回知道他是少将。我发誓，他长得跟那个分行经理的确一模一样。他常到我们那家酒馆去。有一回，他趴在桌子上睡着了，一个好事者就用铅笔在他的秃头上写道:‘送上保险章程叁号丙类，请注意本公司保护足下子女之办法。’”

停了一阵，帅克又接下去说:“那位先生非说这坏事是我干的，要像您今天这般揍我两记耳光。唉，其实也犯不着为小事生大气嘛。我从来也没想过竟有秃头的少将这种东西。言者无心，听者有意的误会是人人都会碰到的。我曾经认识一个裁缝，他——”

卢卡什上尉粗暴地打断了他的唠叨，瞪了帅克一眼，就离开那个车厢，回到原来的座位上去。过一会儿，帅克天真的面庞又出现在门口。他说：“报告长官，再有五分钟就到塔博尔。停车五分钟，您想吃什么？好多年以前，他们特别拿手的是——”

上尉火冒三丈。他在过道对帅克说：“我再说一遍：越少看见你，我心里越高兴。假如事情我能决定的话，我就永远不看你一眼。你可以相信只要我有办法不看见你的话，我一定做到。你马上给我消失，滚得远远的，你这个白痴！”

“是，长官。”

帅克敬了礼，以军人的姿势敏捷地来了一个向右转，然后就走到过道的尽头，坐在角落里那个列车管理员的座位上，跟一个铁路职工聊天。

“伙计，我有个问题想问问你。”

那个铁路职工显然无意于谈天，他漠然地点了点头。

“我曾经认得一个家伙，”帅克聊起来了，“他总认为车上这种停车警铃一向不灵的，也就是说，扳你这个把子，屁事也不会发生。说实在的，我没在意过他的说法，可是自从我看见这里这套警铃装置，我总想弄明白它究竟灵不灵，说不准哪天我用得着它。”

帅克站起来，跟着那个铁路职工走到警铃开关闸的跟前，上面写着“遇险时启动”字样。

铁路职工觉得自己有责任向帅克解释清楚警铃的结构。

“那个人告诉你要扳把子，是说对了。可是说扳了不灵，那是在胡扯。只要一扳这个把子，车一定会停的，因为它连着列车所有车厢以及车头。警铃开关闸肯定会起你意想不到的作用。”

他说这话的时候，他们两个的手都放在警铃的杆臂上，接着——事情究竟是怎么发生的，谁也说不清——他们把杆臂扳下来，火车立刻就停了。

究竟是谁扳的杆臂，使得警铃响起来，他们两个人的意见截然不同。

帅克说，他绝不会干这样的事。

“我还纳闷火车怎么会突然停下来呢，”帅克挺乐地对列车管理员说，“它走着走着，就这么停了。对这事儿我比你还要着急。”

一位神情严肃的先生偏袒列车管理员，说他听到是当兵的先说起停车警铃的。

帅克却唠唠叨叨地说他一向讲信用，一再声明他不能从火车误点中受益，因为他要奔赴前线。

“站长会让你明白的，”管理员说，“你得为这件事支付二十克朗。”

此时，乘客们纷纷从车厢爬下来。列车长吹着哨子，一位太太不知所措地提着只旅行皮包跨过铁轨，正向田垄跑去。

“说实话这事当然值二十克朗，”帅克一脸无谓地说，他极其镇定，“这价钱挺合理。”

正在这时，列车长也成为他的听众了。

“那么，我们该出发啦，”帅克说道，“火车误了点，这可不是闹着玩的。如果是在太平年月倒没什么，如今打起仗来，所有的火车运的都是部队、少将、上尉和传令兵，晚了肯定会出大乱子。”

这时候，卢卡什上尉从人群中挤了进来。他脸色铁青，气得只喊了声：“帅克！”

帅克敬了礼，向他解释说：“报告长官，他们认定是我停的火车。铁路公司在他们的紧急开关闸上装置了些莫名其妙的塞头。最好敬而远之，否则，出了问题他们就要你掏二十克朗，如他们要我做的一样。”

列车长已经吹了哨子，列车重新开动了。乘客们都各归各位，卢卡什上尉也默默回到他的车厢去了。

列车管理员找帅克收罚款，因为不这样的话，就必须带他到塔博尔站的站长那里去。

“好吧，”帅克说，“我喜欢跟文明人谈话。到塔博尔站去会见一下那位站长对我倒是件挺不错的事。”

火车开到塔博尔，帅克就用应有的礼貌走到卢卡什上尉面前说道：“报告长官，他们这就带我去见站长。”

卢卡什中尉什么也没说。一切都无所谓了。他觉得不管是帅克，还是那位秃顶的少将，他最好统统不理。自己清清静静地坐在原来的位子上，车一到布杰约维采，他就去兵营报到，接着就上前线。在前线，最坏也不过是阵亡，但这样也就可以和这个有着像帅克之类的怪物飘来飘去的恐怖世界了无瓜葛。

火车再次开动时，卢卡什上尉从窗口望去，看到帅克站在月台上正全神贯注地跟站长煞有介事地谈着话。一堆人把帅克围了起来，其中有几个是穿了铁路职工制服的。

卢卡什上尉叹了口气，那可不是一声怜悯的叹息。想到把帅克丢到月台上去了，他倍感轻松，连那位秃头少将也不那么像个吓人的魔鬼了。

火车早已冒着烟驶向布杰约维采，但是围着帅克的人群却一点也没减少。

帅克坚持说，他没有拉什么制动闸。围聚的人非常相信他的话，一位太太竟说道：“他们又在欺负大兵哪。”

大家都赞同这个看法，一位先生从人群中走出来对站长说，他愿意替帅克交这笔罚款。他相信这个士兵是无辜的。

随后，一个巡官出现了。他抓住一个人，把他从人丛中拖出来，说道：“你闹得一团糟到底要干什么？如果你认为就应当这么对待兵，那你怎能希望我们忠勇的战士打赢这场战争呢？”

这时候，相信帅克没犯错并且替他交了罚款的那位先生就把帅克带到三等餐厅里，请他喝啤酒。当他知道帅克一无所有时，还慷慨地送了他五个克朗以供买车票和零花。

帅克依然待在餐室里，不声不响地用那五个克朗喝着酒。他仍旧一心关怀着卢卡什上尉，担心他到了布杰约维采找不到传令兵。

然而还没等他想明白，他就因为没有证件被一个宪兵带去见中尉。帅克向中尉诉说了他被遗弃在车站的倒霉经历。中尉决定让帅克买车票滚回布杰约维采。可是最后，车站并不肯通融，因为帅克没钱买票。身无分文的帅克只落得个步行到布杰约维采的下场。

就这样，好兵帅克唱着旧时的军歌，在深更半夜离开车站出发了。但是，不知道怎么搞的，本应当向南朝着布杰约维采走的他却向正西走去了。他深一脚浅一脚地踏着雪走，浑身用军大衣包得严严实实的，好像当年拿破仑进攻莫斯科败北而归的一名卫兵。

帅克唱烦了，就坐在一堆沙砾上，燃起他的烟斗。休息了一会儿，就又开始了他新的冒险。

第十七章

远征布杰约维采

正所谓远征就是无畏地向前走，更何况“条条大路通罗马”。对于这一点，我们的主人公帅克是深信不疑的，尽管他来到的只是一个小村子。

帅克仍执着地赶着自己的路，因为这样一个村庄不能阻碍我们的好兵帅克心中的目标——布杰约维采。

就这样，帅克来到了村西的克维多夫。当他绞尽脑汁再也想不出新的军歌时，在克维多夫村前又不得不唱起最擅长的一支歌：

每当我们远征出发
姑娘们哭声一片……

这时，一位从教堂回家的老大娘跟帅克打招呼：“你好啊！当兵的，上哪儿去？”

“我去找部队，在布杰约维采，大妈。”帅克回答说。

“但你走的这条路到不了布杰约维采！”大娘焦急地说，“这条路永远也到不了那个地方。你应该朝那边走。”

“可是我想，”帅克恭恭敬敬地答道，“从这里也能到布杰约维采的。当然可能会绕个大圈儿，不过像我这样一个归心似箭的人，不算什么，我会追回时间的。何况，我是有心要如期到达的，但愿别节外生枝。”

老大娘同情地看着帅克，眼神中流露着母性的关怀：“当兵的，你在前面的树林里等我一会儿，我弄点土豆汤给你暖暖身子。我家就在树林后面的小木屋。可千万不要从伏拉什穿过呀！那里到处都是宪兵。你直走过林子，那里有个心肠好的宪兵，他放每个人离开村子，包括逃兵。你身上有什么证明文书吗？”

“这个没有，大娘。”

“那你连那条路也不能走了，不如到拉多米什尔去找我的堂弟。他会告诉你怎么尽快去布杰约维采的。”

帅克在树林里等了半个小时。慈爱的老大娘给他端来了土豆汤，帅克一口气喝了土豆汤，身子渐渐暖和了起来。接着，大娘又从一个布袋里拿出一大块面包和一块咸肉，塞到帅克的衣袋里。还告诉他，她有两个孙子在布杰约维采。

就这样，帅克带着老人的祝福继续向前走。

天黑之前，帅克找到老大娘的堂弟，却因为没有证件得不到他的信任，只好继续摸黑赶路。

走了一个通宵后，帅克在一堆干草边遇到了三个从布杰约维采逃出来的士兵。他们怂恿帅克和他们一起走，可我们的好兵帅克却认为那不是件轻巧的事，说完便钻进草堆睡觉了。

不知睡了多久，当帅克醒来后，那三位都已走掉，只在他脚边放了一块面包做早餐。

穿过树林后，帅克遇到一个年老的流浪汉，他热情地请帅克喝了一口酒。

“年轻人，换掉这身军装吧，”他劝帅克说，“现在宪兵到处抓逃兵，这身行头会给你带来麻烦的。”

“就捉你们这种人。”他重复了一遍。帅克又一次遭受不白之冤，所以他决定不告诉他九十一连队的事。他爱怎么想就怎么想吧！

“你现在到哪里去？”流浪汉忍不住又问。这时两人都已点燃了烟斗，慢慢地沿着村子走着。

“去布杰约维采。”

“我的上帝呀！在那里出不了五分钟你就会被抓起来，更别想暖暖身子，你必须有一身脏衣服，并且扮成个残疾才可以！”

过了一会儿，流浪人接着说：“不过你无须害怕，我们一块儿走，要是找不到一套便装才怪哩！这一路上有许多老实人，他们夜不闭户，白天更不用说。趁现在随便找个老乡家串串门，他们立刻就会给你一套衣服。查查看你还缺什么。哦，有鞋子吗？现在就只缺一件大衣了，军大衣是旧的？”

“旧的。”

“把它穿在身上得了。农村里也有人穿这个的。现在你缺的是一条裤子和一件夹克。拿到衣服后，我们就将原来的衣服卖给犹太人。”

一路走去，在羊圈里帅克结识了一位老牧羊人，老牧羊人比流浪者大二十几岁，老人还记得他爷爷给他讲的关于法国人远征的故事。他亲切地称帅克为小伙子，实际上也是对流浪者的称呼。

三个人围着火炉坐下，老牧羊人就此打开了话匣子。他含着眼泪讲述了他的爷爷当逃兵的经历。老牧羊人和流浪者依然执着地认为帅克是逃兵，对此，帅克将错就错不再申辩。

后来，流浪者又开始讲述自己早年辛酸的经历，讲他被横行霸道的宪兵大队欺负得无立足之处的惨状。和牧羊人一样，他也力劝帅克不要去布杰约维采。

自然地，他们又哀叹了一番战局，痛骂了一阵可恶的宪兵，并宣称皇上肯定玩儿完。半夜里，趁着两位老人睡熟了，帅克偷偷穿上衣服，溜了出来。大地一片皎洁的月光，地上拖着帅克长长的影子，他一边往东走一边自语："我一定要去布杰约维采，谁也无法阻挡我！"

出了树林，帅克看见右边有座城市，便朝北一拐，往北走去，又看见一座城市。他穿过草地绕过它，等他来到雪山前时，清晨的阳光已暖暖地洒在他身上。

"坚持！我一定能到布杰约维采。"帅克自言自语地说。

然而不幸的是，帅克星夜赶路却赶错了方向，朝北方走去了。

临近中午时，帅克看到前面一个村庄，他终于沉不住气了。"得找个人问问明确的方向才行。"他心里想。

他走进村子，看见一根柱子上写着的村名时，不禁大吃一惊。"我的天呀！"帅克叹了口气说，"搞了半天我又回来了，我还在村口的干草堆睡过觉呢！"

可是当一个宪兵，如同一个狩猎的猎人发现陷阱中的野兽后走过来时，帅克倒无所谓了。

宪兵逼近帅克，厉声道："上哪儿去？"

"到布杰约维采找我的部队。"

宪兵意识到他逮住了一个不会撒谎的骗子，讥笑道："可是你恰恰是从布杰约维采那个方向来的呀？布杰约维采在你后面呀！"说罢就把可怜的帅克押送到宪兵分队去了。

据说这里的宪兵分队长以行动敏捷利落而远近闻名，他从不对被拘留的人动粗，却长于巧妙地使用一种轮番审讯法，问得无罪者走投无路，到头承认有罪。

今天有两个宪兵帮他进行审讯。每次轮番审讯都是在全体宪兵面带微笑的气氛下进行的，这次也一样。

"办案的诀窍在于机敏与和气，"分队长经常这样教导他的部下，

“对案犯大喊大叫是徒劳的。对待罪犯态度要温和、委婉，同时尽力让他们难以摆脱洪水般的盘问。”

“你好！当兵的，”宪兵分队长说，“请坐吧，一路辛苦了，但是请告诉我，你要到哪儿去，可以吗？”

帅克又把到布杰约维采的事重说了一遍。

“我想你可能走错了路，”分队长笑着说，“其实你是背着布杰约维采走的，这一点我可以很轻松地证实给你。你头顶上的捷克地图可以告诉我们：从我们这儿一直往南走就是布杰约维采。现在清楚了吧，你是南辕北辙。”

分队长微笑地看着帅克。帅克一本正经地说：“我最终是要走到布杰约维采的。”这话比伽利略当年说“地球终究是围着太阳转动的”还要大义凛然呢。

“你知道，当兵的，”宪兵分队长还是那样柔和地说，“我有义务告诉你，慢慢你也会明白这个道理的：越否认就越不容易证实自己清白。”

“我知道，”帅克说，“越否认就越难证明自己清白，越难证明清白就越否认。”

“太棒了，当兵的，你非常聪明。那么就请你诚实地告诉我，你是从什么地方出发往你的布杰约维采去的。我之所以强调是‘你的’，是因为按照你的走法，在这里的北部就还有一个布杰约维采，可是地图上却没有标出来。”

“我是从塔博尔起身的。”

“你在塔博尔干什么？”

“等候去布杰约维采的火车。”

“你为什么不坐火车去呢？”

“因为我没有票。”

“你是士兵，他们为什么不发给你一张免费票呢？”

“因为我身上没有任何证件。”

“问题的核心就在这里！”宪兵分队长自得地对一个宪兵说，“这小子还挺滑头。他已经开始瞎编了。”分队长假装没听清接着往下问：“这么说你是从塔博尔出发的。那么你去哪儿呢？”

“到布杰约维采。”

分队长开始有几分怒色了，他的目光落到了地图上。

“你能指着地图告诉我，你是如何走到你那个布杰约维采的？”

“走过的地方我记不清了，我只记得我已经来过这儿一趟了。”宪兵们互换着眼神。分队长接着讯问：“你衣兜里有什么？拿出来。”

宪兵们把帅克全身搜查了一遍只搜到一支烟斗和一盒火柴。分队长问帅克：“告诉我，为什么你口袋里什么也没有？”

“因为我什么也不需要。”

“唉！我的上帝！”分队长有点沉不住气了，“接待你真是一件倒霉差事！你说你来过这儿，那次你干了什么？”

“我从这儿经过，到布杰约维采去。”

“瞧瞧，开始瞎编了吧！你自个儿说要去布杰约维采，可是事实证明你是朝相反方向走的。”

“不错，我转了个圈子。”

“你所谓的圈子指的是在我们这个区晃荡。你在塔博尔火车站待了很长时间吗？”

“对，一直待到最后一趟去布杰约维采的火车开走。”

“你在那儿都做什么？”

“和一些当兵的聊天。”

“聊什么？问过他们些什么？”

“我问他们是哪个连队的，要去哪儿？”

“你怎么没问他们连队有多少人？编制如何？”

“这没必要，我早已了解得一清二楚。”

“这样说，你已经完全掌握了我们部队的编制情报？”

“是的，分队长先生。”

分队长像是发现了帅克的秘密，骄傲地环视他的下属，亮出了最后的王牌：“你会说俄语吗？”

“不会，先生。”

分队长对班长点头示意。两人走到了隔壁，分队长一面搓手一面极有把握地说：“你听见了吗？他说他不会说俄国话！看来，这小子滑得很嘛！他什么都承认，就是不承认这个关键事实。表面虽然傻，但却是极危险的人，对这种人恰恰需要防一手。好吧！你把他看严一些，我得起草一个报告。”

于是分队长从下午到晚上一直都忙于写他的侦破间谍案的报告，他越写越觉得一切都十分清楚。

结束报告时，分队长吩咐宪兵班长礼遇帅克，并让他到“公猫”酒馆给帅克订饭，顺便叫帅克来他这儿。

这样帅克又被带到分队长面前，分队长和蔼地点点头，示意让他坐下来，十分礼貌地问帅克的父母是否健在。

“他们已经去世了。”

分队长觉得这样很好，起码不会发生白发人送黑发人的悲剧。他盯着帅克那张和善的脸庞，拍了拍帅克的肩膀说：“你喜欢捷克吗？”

“非常喜欢。”帅克马上回答说，“这儿的人都很友好。”

分队长点了点头：“是的，我们的人民非常好，只是有点爱偷东西，爱吵架，不过这也不算什么。我干这行十五年了，据我统计，这儿一年只有四分之三个人被害。”

“你是指并没有完全杀死？”

“不，我只是说在十五年里总共只有十一起凶杀案，其中六起是一般凶杀案，五起是谋财害命。”

沉默了一会儿，分队长又开始了审讯：“你到布杰约维采去干什么？”

“到九十一连队报到。”

分队长又把帅克打发到值班室，随后在报告上又添一句：“此人精通捷语，企图混入布杰约维采的九十一连队。”

分队长满意地搓着手。他非常满意自己所收集的情报以及自己与众不同的审讯方式。

分队长又看了一遍报告，得意地笑了。

分队长的桌子上堆满了各式各样的调查表，政府恨不得剖开每个公民的肚子看看他们的“忠心”，恨不得劈开他们的脑袋看看他们对自己的真实看法。

分队长常常失眠，总是在等待调查与视察。不过现在，我们的分队长先生描绘着一幅幅美妙的图画，幻想着自己官运亨通的未来。

他叫来了班长，问道：“午饭送去了吗？”

“给他送去了面包、熏肉和白菜。汤已经卖完了，他喝了一杯茶，好像还想喝。”

“给他喝吧，”分队长大方地说，“喝足了叫他来我这里。”

半个小时后，吃饱喝足的帅克来到分队长面前，分队长问道：“吃得还好吗？”

“很好，分队长先生。要是多一点白菜就更好了。不过也难怪，你们事先不知道我会来嘛。熏肉挺香的，掺了朗姆酒的茶喝着很舒服。”

分队长似乎不经意地问：“俄国人也很爱喝茶，是吗？那儿有朗姆酒吧！”

“朗姆酒全世界都有啊，先生。”

“哼！你休想蒙混过关！”分队长心里想，“你必须留意你所讲的每句话！”他便又弯下身子温和地问道，“俄国有漂亮姑娘吗？”

“漂亮姑娘全世界到处都有，队长先生。”

“这小子又想溜号？”想到这里，他又开始了与众不同的审讯：“你想去九十一连队干什么？”

“上前线呗。”

分队长满意地盯着帅克心想：“很好！逃回俄国这是最好的办法。”

“这个主意太伟大了。”分队长兴奋地说，同时认真观察他的话引起的反应。

令人失望的是在帅克的眼里除了茫然其他一无所有。

“果然久经沙场，连眼皮也不眨一下，”分队长心里又怕又敬，“这就是他们的军事训练，如果换了我恐怕早吓得双腿发颤了……”

“明儿一早，我们就送你去佩塞克，”他用随便的口吻宣布，“你何时去过佩塞克？”

“一九一〇年帝国演习的时候。”

我们的宪兵分队长似乎没料到帅克能如此爽快，这个回答似乎太出乎意料了。

“你自始至终都参加了演习吗？”

“当然，我当时是步兵，先生。”帅克用他那纯洁无辜的眼神望着分队长。分队长却急于想把这些新材料打进报告里去，他又叫班长带走了帅克，认真补添漏掉的重要内容：

其阴谋为：混进我军步兵九十一连队，并试图转往前线，伺机逃回俄国。据口供，该犯与九十一连队关系密切。据卑职审讯，该犯供认一九一〇年曾以步兵身份参加帝国演习的全过程。由此可见，该犯对谍报工作极其老练，又及，此番罪证之获得，乃卑职独创之轮番审讯法之结果也。

宪兵班长来到门口报告：“分队长先生，他想上厕所。”

分队长很警惕：“加紧警戒！还是把他带到我这儿来。”

“你要上厕所？”分队长问帅克，“我只是想知道你有没有别的意图？”他紧盯着帅克的眼睛。

“我只是想解大便，先生。”帅克有点焦急了。

“但愿如此，”分队长边说边掏出值勤手枪，“我和你一起去。我这支枪很准，能连发七颗，百发百中。”

来到院子时，他把班长叫过来，暗中吩咐：“上刺刀，他一进厕所，你就站在厕所后面，小心他从粪堆后面挖洞跑掉。”

厕所是一间很小的木房，下面是肮脏污秽的粪池。

此刻帅克正蹲在上面，一手抓着门上的绳子。与此同时班长在后窗正盯着他的屁股，宪兵大队长瞪大眼睛盯着厕所的正门。他正盘算着如果帅克逃跑，该打他哪条腿。

可是门却开了，帅克怡然地走了出来，对分队长说：“我待了很久吧？没耽误你们吧？”

“哪里哪里！”分队长边说边想：“这人多么有教养呀，明知必死无疑，仍然不失体面，到了此刻还能温文尔雅。我们的人若是处在他的境地能做到如此有尊严吗？”

队长和帅克坐在守卫室一个大兵的床上。

分队长点燃了烟斗，也给帅克把烟斗装上。班长正在往火炉里添柴。此刻这宪兵队就成了地球上最舒服的角落。夜幕降临，恰是聊天的好时间。

可是大家都不说话。沉默了许久，分队长终于回头对班长说：“依我看，绞死间谍是不公平的。一个人为了祖国的利益牺牲自己，他有权享受真正体面的待遇，吃颗子弹比绞刑强，对吧，班长先生？”

“当然不能用绞刑。”班长附和说。

“不过我有疑问，”帅克插进来说，“如果这个人机灵，他们无法抓到他的把柄怎么办？”

“不，肯定能抓到的！”队长着重强调说，“魔高一尺，道高一丈嘛。这一切你自己会知道的。”

“你自己会知道的。”分队长重复了一遍，脸上仍是满面春风，“谁也别想从我眼前溜走，你说对吧，班长先生？”

班长点头称是：“有些人已被人识破了，还故作镇定，但这样也无济于事。”

“他们已经知道我的厉害了，对吧，班长先生？”分队长提高了嗓门儿，“镇静只不过是一个肥皂泡。”队长停止了演讲，转向班长问：“晚饭准备好了吗？”

“队长先生，您今晚不上饭馆吃吗？”这一问题使他又陷入沉思。

如果犯人趁他不在时跑掉怎么办？班长虽然可靠，但他有一次却看丢了两个流浪汉。

“叫那个老太婆去买晚饭吧。记住买一罐啤酒，”分队长很快解决了难题，“让那老娘儿们去活动一下筋骨。”

可怜伺候他们的那个老婆婆为他们跑了个不亦乐乎。

到了后半夜，宪兵班长全副军装地倒在床上睡着了，还打起了呼噜。分队长坐在他对面，把两瓶白酒喝个精光，他搂着帅克，红通通的脸上淌着眼泪，胡子上沾满白酒，一个劲儿嘟哝着：“说实话，这酒比你们俄国的强吧？快说！承认了好让我睡个安稳觉呀。男子汉大丈夫，说实话呀！”

后来，分队长也不省人事了。

天快亮时，最早躺下的宪兵班长仍旧鼾声如雷，夹杂着尖细的哨音，吵醒了帅克。他起来摇了摇班长，又躺下去了。太阳缓缓爬上了树梢，老婆婆也刚刚爬起来，她也因为昨天晚上的奔波困倦得大睡了一场。她拖起了班长和帅克，并逼着班长去叫醒分队长。借这个机会，老婆婆警告帅克分队长是个笑里藏刀的大坏蛋。

班长费了九牛二虎之力才让分队长确信现在已经是早晨了。分队长左顾右盼，揉了揉眼睛，开始慢慢回忆昨天的事，突然他浑身打了个冷战，一个可怕的念头激灵得他酒也醒了，他不安地望着班长说："他逃啦？！"

"没有，这小子挺规矩的。"

班长说完后却显得有些不安，在屋子里来回踱步，望了望窗外，神情不太自然，显然有话要说。

分队长也似乎意识到了一点，他走到班长面前，狐疑地问："班长先生，我昨天又失态了吗？"

班长用责备的眼光看着他的上司："队长先生，您知道昨天您都说了些什么吗？您记得您都跟他说了些什么样的话吗？！"

接下来的时间里，班长与分队长互相揭短，彼此指责。为了掩饰他们昨晚的失态，那个老婆婆可惨了。

分队长下令找来了老婆婆，威胁她并让她在耶稣受难像前发誓保守秘密。可怜的老太婆被他们莫名其妙而又粗暴的举动吓得魂不附体。获准离开后，她觉得自己度过了生命中最可怕的一刻。

这时候，我们的分队长在重新誊写他的呈文，因为头天晚上手稿上溅落的墨水，经他那么一舔，如同在纸上涂了一层果酱。

修改妥当后，他想起还有一件事得问帅克。随即下令将帅克叫了进来，问道："你会拍照吗？"

“会！”

“那你怎么不随身带一架呢？”

“因为我没有照相机。”帅克的回答很爽快。

“那么如果你有的话，你一定会拍照啦？”分队长问道。

“可惜我没有啊。”帅克诚恳地回答。分队长感到头又疼起来，他只有唯一的问题可问：“拍车站的照片困难吗？”

“那很容易，你知道的。车站不会动，你用不着对它说：‘请放松表情。’”

每次交谈之后总会为分队长的呈文补充素材，他又开始在公文内添油加醋：

经卑职再三审问，该犯供认：颇善照相，尤其善拍车站。卑职虽未在其身上搜出照相器材等物件，但推测：他为避人耳目，必将其藏于他处，该犯承认，如携带相机，必拍无疑，足证卑职之推理并非虚构。

头天晚上酗酒，使分队长现在还有些昏昏沉沉的，关于拍照的补充材料他开始即兴发挥，有点不着边际，接着写道——

据该犯亲口供认：因未随身携带照相机，故不能拍摄车站建筑物等战略要地。卑职认定：倘该犯当时带有摄像器材，必将拍摄无疑。该器材罪犯定已隐藏他处，故卑职未能在其身上搜得照片。

“差不多够了。”分队长说罢，在呈文上签了个字。

他很欣赏自己的杰作，扬扬自得地给宪兵班长通读了一遍，直到听到班长的称赞。

分队长终于决定结案了，他下令班长送帅克到县宪兵大队。

帅克和班长上了公路。看他们亲密的样子，都以为是久别重逢的老朋友结伴进城，或者是说好一块儿去教堂。

“我还真没想到，”帅克说，“去布杰约维采的路这般难走。”

当他们经过鱼塘边时，帅克很感兴趣地问班长附近偷鱼的人多不多。

“这儿偷鱼的可多啦！”宪兵班长回答道，“鱼塘管理人用钢毛刺扎他们的屁股，可也无济于事：他们在裤裆里垫了块防身用的铁甲。”

临近一家客栈时，宪兵班长抱怨道：“今天的风真猛，我想咱们喝他一口半口总不会碍事。但你不能对任何人说我押你去县里，这可是国家机密！”

“绝不允许泄露你自己的身份，”班长强调说，“你干了什么，跟这些平头百姓无关。不许你在人群之中起哄，造成恐慌，明白吗？”

“这年头，恐慌是最可怕的事，”他又接着说，“谁要随便瞎说点什么，就会闹得满城风雨，人心惶惶，你知道吗？”

“我保证不会让人们恐慌。”帅克说到做到。当客栈老板与之攀谈时，帅克说：“这位兄弟说，我们一点钟到达佩塞克。”

“二位是休假吗？”老板好奇地问宪兵班长。班长不动声色地回答道：“今天刚到期。”

“我们已经巧妙地把他应付过去了。”当老板走开后，班长笑着向帅克宣布。他又说：“千万不能慌神，现在是非常时期。”

可爱的班长在进客栈之前认为喝几杯酒不碍事，这想法未免太把他当作一个谦谦君子了，因为他根本没想过这几杯究竟是多少。当他喝完第十二杯后，便大声地说：“三点之前，宪兵大队长还在吃午饭，没必要去那么早，何况现在开始下大雪了。如果四点赶到，时间绰绰有余，即使到六点也不晚。从天气看，肯定得摸黑走了。所以现在走也罢，晚一点走也罢，都一样。”

“咱们能待在这个温暖的地方，应当说很有福哟！”他容光焕发，庆幸不已，“赶上这种鬼天气，战壕里的那些小子比起我们坐在炉火边的可要惨得多。”

班长一个劲儿地催老板多喝，他一边往嘴里灌酒，一边抱怨店老板不够朋友，因为他喝得太少。这可是诬蔑，因为老板已经醉得站不稳了。当帅克和班长出发时，天已黑了。漫天飞雪，什么也看不见，班长嘀咕着同一句话：“朝着你鼻子的方向直走吧！”

当他说第三遍时，他的声音已不是从路面上而是从哪个低处传来的，因为他从一座积雪的土坡滑了下去。靠着他的步枪的帮助，费了九牛二虎之力才重新爬了上来。帅克听到他不无揶揄地说：“像坐滑梯一样……”但很快又听不见他的声音了，原因是这个醉汉又从坡上滑了下去。透过啸啸风声又传来他的喊声：“我又摔了！糟透了！”

班长像一只辛劳的蚂蚁，滚下去，又执着地往上爬。

他就这样一连又翻了五次，最后，他终于爬到了帅克面前，狼狈不堪地说：“我还以为再也找不到你了！”

“别担心，班长先生，”帅克微笑着说，“最好是把咱俩捆在一起，这就不怕丢掉谁了。就用手铐吧！您带了吗？”

“当然，这是每个宪兵的必需品，”班长一边晃晃悠悠地走着，一边强调说，“这可是我们宪兵的吃饭家伙呀！”

“把我们铐在一起吧，”帅克建议道，“咱们试试看效果？”

班长很熟练地将手铐一端扣在帅克的手腕上，把另一端扣在自己的右手上。现在两人如同一对连体双胞胎一样，一路上踉踉跄跄往前走。当他们经过一堆石头的时候，班长一摔跤，就把帅克也拖倒在地了。

这么一来，手铐磨破了他们的腕子。班长终于忍无可忍，想打开铐子，可是费了好半天劲儿也没能解开。最后，班长叹了口气说：“咱哥俩要一直厮守在一起了！”

“噢！我的上帝！”帅克感叹了一句，随后，他们又继续那患难与共的旅途。

班长的情绪非常低落。到了深夜，历经长途跋涉，他们终于来到宪兵大队的走廊里，班长忧郁地对帅克说：“糟啦！咱俩拴着手铐谁也离不开谁。”

情况果然不妙，县大队副派人请来了大队长。

大队长对可怜的班长的头一句话就是：“对我哈一口气！”

“现在我全知道了。”据大队长多年的嗅觉经验，他分毫不差地弄清了事情的详情，“您真有口福呢……白酒、朗姆酒、柠檬酒、核桃酒、香荚兰酒、樱桃酒。”

“大队副先生，”他回头对他的下属说，“这个人让神圣的宪兵蒙羞，你也要小心！如此胡来，就是犯了要受军事法庭审判的罪行。居然把自己和犯人铐在一起，而且醉得如同一摊烂泥！真是猪狗不如！去，把他们的手铐解开！”

“什么事？”大队长问班长，班长却正用那只自由的手给他敬礼。

“报告大队长先生，我带来一份呈文。”

“很快就会有一份控告你的呈文的。”大队长说，“大队副，把他们俩关起来！明早审问。你把这份呈文看一遍，再送到我的房间来。”

县兵大队长对下属极其严厉，是个典型的官僚。

在他管辖的各宪兵分队里，这种暴风雨会随着他所签署的每一份文件而发生。这位大队长整天都在忙着给全县发各种各样的警告和威胁。打从战争开始的那一天起，下属的各宪兵分队总是处在风雨飘零之中，不知道厄运何时降临。

这才是真正的恐怖气氛。帝国法统的炸雷在宪兵分队长、班长、普通士兵的头顶隐隐作响，每件小事都可能招致大祸临头呢。

“如果我们想要打赢这场战争。”大队长在视察分队时说，“就得说一不二，该怎么着就得怎么着。”

他总是感到自己面临着形形色色的叛逆，他还坚信，县里全部的宪兵都对战局的不利犯有罪愆，他相信，这里所有人在这个严重时期都有犯渎职罪的危险。

从国防部发往他这儿的文件汗牛充栋，压得他喘不过气来。

他们一遍又一遍催促大队长严加注意该县居民的忠诚程度。因为革命已在帝国境内悄然爆发了。

宪兵大队长把那份关于帅克的呈文认真研究了一番。他的部下加亲信大队副就站在他面前，外表忠顺，心里却偷偷诅咒着他的上司和那份呈文，因为此时在奥塔瓦河那边正有一帮人在等着他去凑一桌牌。

大队长说：“记得前不久我对你说过，我平生见过的头号白痴是那个分队长。由那个酒鬼班长押解的这个士兵根本就不是间谍，顶多是个逃兵。看这呈文里胡话连篇，连幼童都能一眼看出，那浑蛋在起草呈文时已经喝得不分南北了。”

他下令道：“去把那个士兵带来。”而后又把那份呈文看了一遍，说：“我生平还从未遇到过这么荒唐的事。这还不算，居然叫一个酒鬼班长给我送来个嫌疑人。这些畜生还不知道我的厉害，看来得给他们点颜色看看。一天不挨我三顿骂，就以为我好说话。”

“你是从哪个单位开小差跑出来的？”大队长劈头就问帅克。

“我在哪个连队也没开过小差。”

大队长看着帅克，只见他安详的脸上显得如此镇定，使他不得不接着问道：“那你这身制服是从哪儿弄来的？”

“你清楚的，先生，每个新兵入伍时都会得到一套的，”帅克微笑着回答说，“我在九十一连队服役。压根儿没开过小差，而且恰恰相反。”

帅克把“恰恰相反”的语气体现得格外重，使得大队长脸上掠过一丝带嘲讽意味的怜悯之情，问道：“‘恰恰相反’，什么意思？”

“这很简单，”帅克解释说，“我本来是找我的连队去的。我在找它，而不是从它那儿逃出来。我只想尽快归队，可谁知走错了方向，离布杰约维采越来越远了。我都快急疯了。分队长指给我看，布杰约维采在南面，他却让我往北走。”

大队长无可奈何地摆了摆手，似乎在说：“这浑蛋甚至干过打发人往北走更离谱的事儿哩。”

“这么说来，你是找不着部队？”他问，“你是去找它的吗？”

帅克又把整个经过向他做了说明。他讲了他从塔博尔出发所走过的所有的地方以及绕了一个圈的艰辛经历。

帅克绘声绘色地讲述了他和命运的搏斗，以及他如何百折不挠、历尽艰辛设法回到布杰约维采的九十一连队去。而苍天误人，他的所有努力都付诸流水。

他热情洋溢地叙述着，大队长却心不在焉地用铅笔在一张小纸片上画着寻找部队的帅克无法破解的路线图。

“这可真是辛苦啊！”大队长听完了帅克的叙述后，问了这么一句话，“你在这里绕了这么久，一定很引人注目吧？”

“假如说那个倒霉地方没有那位分队长先生，问题就简单了，”帅克说，“他既没问我的名字，也没提我的番号，把一切都当成可疑点。他本应派人把我送到布杰约维采去，到了那里，一切就真相大白了。如果那样的话，今天我就会英姿勃勃地站在我的岗位上了。”

“那你当时为什么不提醒他们这是一场误会呢？”

“因为我知道，那简直是对牛弹琴，他们压根儿听不进去。有个小店老板说得好：怕人家赊他账的人，不管别人什么时候去找他，他都聋得好像连打雷都听不见。”

大队长不假思索，就作出判断：一个归心似箭，并为此想出这么一整套循环旅行的人，乃是人类堕落的最严重的预兆。他立刻向办公室口授一封发往布杰约维采市九十一连队的公函。

就这样，帅克顺利地走完了由佩塞克到布杰约维采的一段火车行程。负责护送他的是一个年轻宪兵，也是个新手，他紧紧地盯着帅克，就怕他溜掉。一路上老被一个严肃的问题所困扰：“如果现在内急，那该怎么办？”

在从火车站到布杰约维采的兵营的路上，他神情专注，眼睛一刻没离开帅克，每到一个拐角或十字路口，他就故作随便的样子告诉帅克司令部为押送人员发了多少颗子弹。帅克回答说，他坚信任何一个宪兵都绝不敢在大街上开枪，以免招来横祸。

宪兵同帅克争论着这个话题，不知不觉中到了兵营。

卢卡什上尉已经值了两天的班。他怡然地坐在办公桌前，一点儿也没想到那个灾难性的场面会出现。

“报告上尉，我归队了。”帅克敬着军礼，郑重地说。

当时一直在场的军士后来对人描述说：帅克报告完之后，卢卡什上尉跳了起来，两手抱着脑袋，倒在军士的身上。经抢救醒来之后，帅克仍在举手敬着礼，还重复说了一遍：“报告上尉，我归队了。”

卢卡什上尉的脸色苍白，他用颤抖的手签了字，然后让大家都出去，他对宪兵说，还是让他自己和帅克单独相处的好。

帅克终于结束了这趟布杰约维采的旅程，假如帅克能自由的话，他肯定早就归队了。假如扣留帅克的部门表功说是他们把帅克送到服役地点的话，那肯定是在吹牛。事实是官僚体制无时无刻不在阻挠着帅克的爱国热忱。

帅克和上尉两人面面相觑，相对无言。

可怜的上尉眼睛里充满了极端惊恐的绝望神情，而帅克却温柔亲切地望着上尉，像是看着久别的情人。

办公室如教堂般安静。走廊上的走动声都能清楚地听见，那是一个一年制志愿兵因感冒而留在房间里没有出操。他鼻子里哼着已熟记的一些东西，比如皇室巡视要塞时如何接待之类的废话等。

“闭嘴！”上尉冲着走廊喊了一声，“最好滚得远一点，去地狱吧！如果发烧，就滚回屋里挺尸！”

上尉和帅克仍然互相对视着，卢卡什上尉终于耐不住性子，用嘲讽的语气说：“欢迎你来到布杰约维采，帅克！该入地狱的人绝不会上天堂。逮捕你的拘捕文书已经开了。明天你就到团部的禁闭室去。我也不用再为你这种人生气了。我跟着你倒透了霉，我已忍无可忍。一想到我怎么能跟你这浑蛋一起这么久……”

他开始踱来踱去：“简直受不了了！我都纳闷为什么当初没把你毙掉！毙了你又能怎样！什么事都不会发生。我还能解脱，你知道吗？”

“是，上尉先生，我全明白。”

“别再装疯卖傻了，帅克。你变得越来越疯癫，不教训你是不行了，这回轮到你倒大霉了！”

卢卡什上尉搓着手宣布：“帅克，这回你可真玩完了！”他回到桌前，在一张纸上写了几行字，然后叫来值班卫士，命令他拿着便条，把帅克带去禁闭室，交给看守。

帅克被带走，穿过兵营的广场走向禁闭地，上尉望着看守把门打开，满意地看着帅克可恶的身影隐入这扇门里，过了一会儿看守独自一个人出来。

“感谢上帝，”上尉边想边情不自禁地大声说了出来，“他可算进去啦！”

在禁闭室里，已有一个胖胖的志愿兵躺在草垫子上。他对帅克的到来表示了欢迎。他在这儿独自闷了两天，是仅存的案犯。帅克问他进来的原因，他说是一件小事。有一天晚上喝多了，在广场的拱门过道里糊里糊涂地打了一个炮兵中尉一耳光。其实并没打着，只不过打掉了中尉头上的帽子，倒霉的志愿兵还以为那中尉是他的一个好朋友呢。

志愿兵还自行推断说：“在那场混战中，本可以给他几个耳光，因为这纯属误会。但对我不太有利的是，我是从医院偷逃出来的，可能那张‘病员证’泄露了秘密……”

“我当兵的时候，”他接着说，“为了让自己得风湿症，我先在城里租了所房子。我一连三次给自己全身涂了油，到郊区的一条壕沟里躺着，一下雨我就脱鞋。居然没用！后来在冬夜里我又去洗了一礼拜凉水澡，依然无功而返。朋友，你知道我有多强壮！我躺在我住的那个院子里，从夜里一直到第二天早晨，我的脚还是热乎乎的，简直像穿了毛毡鞋一样。连咽炎都没染上！真倒霉呀，兄弟，我真倒霉透顶了！有一次我在‘玫瑰’小店里结识一个残废，他叫我礼拜天到他家里一趟，说第二天可以叫我的腿肿得像一个白铁桶，他家里有注射器。我当真差点儿回不来。这个好心人没骗我，我终于得了肌肉风湿病。所以马上去医院，真的很灵验！后来我就好运连连，我的表兄马萨克医生调到布杰约维采来了。我之所以能在医院里享福，真应该谢谢他。我的点子总是很不错的：我弄来一本病历册，在上面贴了个标签，各栏都填好。还取了个假名字，注上病名还有假体温记录。每天下午查完房后，我就大模大样地夹着这份病历进城，对我很有利的一点是：看守医院大门的是后备兵，我拿证明向他们一亮，他们还毕恭毕敬地向我敬礼呢。随后我到税务局的哥们儿那儿换一身普通老百姓的衣服，就上酒店去了。在那儿我和一大帮老朋友交流逃役经验，乐在其中。后来，我胆子大了，干脆就穿着军装上街，进酒馆，直到第二天早上才回到医院爬上床。假如遇到巡逻的，只要亮一亮九十一连队的病历，他们就不再找我的麻烦啦。在医院的大门口，我也是拿出证明给他们看一下，就可顺利通过。到后来我的胆子越来越大，我想谁也不会把我怎么着，以至于才发生广场拱门道那档子事。这件事表明了什么树也长不到天上去。得意过头必然砸自己的脚。荣华富贵不过是过眼云烟。有的人想入非非，事实上根本没门，就是这样的，老弟！不要不相信偶然中的必然，每天早晚都要提醒自己一遍：谨慎小心在任何时候都是必需的；什么事情过犹不及，只能怪自己把事情弄砸了。我原本可以待在后备部队的参谋部办公室里享清福的，可是我的大意断送了我的前途。”

胖志愿兵一本正经地结束他的忏悔说：“朋友，尽管如此，我还是要高高地昂起头，让他们别以为只要把我送上前线，我就会开一枪放一弹。我劝你无聊的时候写写诗歌，那是可以解闷的，我在这儿就写了一首好诗：

牢卒安在兮？
床上正憩息。
京都传噩耗，
军心欲崩析。
御敌有床板，
筹谋有吾皇。
边干边颂唱，

奥国国祚长！

“瞧瞧，老兄，”胖志愿兵接着说，“还有谁敢说我们可敬的君主制失去了尊严？一个缺烟卷短酒精、等待军法处置的囚犯作出了尊敬皇室的最好的榜样。在他的诗歌里充满了对四面楚歌的辽阔祖国的热爱。他尽管失去了自由，但从他嘴里还能编出无限效忠的诗句。可是该死的看守！唉！”

到这时志愿兵才问帅克犯了什么罪。“找寻你的部队？”他说，“这倒是挺不赖的一次旅行，真是一条坎坷之路！你明天也要向军事法庭呈供吗？朋友！咱们刑场上见吧！唉！那个施雷德上校又该借此开怀一番了。你简直无法想象这浑蛋看到部队里出点什么事儿是个什么样子。像条疯狗似的到处瞎窜，舌头伸得像垂死的老驮马。”

“好好听他那些话吧！他嘴角直吐白沫，酷似一匹嘴角滴着口水的骆驼。他没完没了唠叨，让你觉得整个兵营就要倒塌。因为我向他交代过一次问题，领教过他的德行。”

胖志愿兵吐了一口唾沫说：“你瞧着吧！兄弟，天下居然有这么多笨驴。我才不稀罕他们的官衔和各种特权哩！”

胖志愿兵一个跟斗滚到第二块草垫上，说：“一定会有报应的，总有一天会算账的。不会永远这样的。如果一个劲儿往自己身上贴金子，总有一天会垮台的。假如要我去前线，我肯定会在军用列车里写上这么一句：血沃国土尸遍地。”

这时看守给他们送来四分之一份士兵口粮和一罐凉水。胖志愿兵甚至动都没动，就对看守说：“探望犯人是多么崇高多么高尚的举动啊。欢迎你的到来，善良的天使！你承担着饭菜篮子的重负，为的是消除我们的烦恼。我将永世不忘你的大恩。你就是照亮黑暗牢房的阳光！”

“等你交代问题时有你乐的！”看守冷冷地说。

“你别把毛竖这么高好吗，你这仓鼠！”志愿兵依然躺在板床上回答他说，“请实话相告，如果你要看守十个志愿兵该怎么办？别装傻！我猜你一定会关二十个，放掉十个，你这个老黄鼠！我发誓，我要当了军政大臣，就让你在我手下吃够苦头！

看守被气得发抖，走时恶狠狠地甩上了门。

“应该建立反看守同盟，”胖志愿兵一边公平地分着面包一边说，“根据监狱条例第十六条规定：囚犯在判决之前均享用士兵口粮。可是这里却执行着北美洲大草原的野蛮律条，大家都想赶快吞掉囚犯的那份口粮。”

他和帅克开始坐在板床上啃士兵面包。

“从看守身上表现得最清楚，”胖志愿兵继续他的推测，“军队是人变成畜生的炼狱。”

接着他又哼起了小曲。

随着门上的钥匙响动，看守开始点燃过道里的煤油灯。

“多么神圣的光明呀！”志愿兵叫道，“文明总算普照到了军队里，晚上好，看守先生！”

只听见看守在外面谈论着明天审讯的事。

接下来的时间里，志愿兵一直在喋喋不休地讲。后来，他静了下来，过了一会儿又问道：“你睡着了吗，朋友？”

“还没呢，”帅克在另一张床上回答道，“我正想事儿呢。”

“什么事儿呀，伙计？”

“我想起了一个木匠，他得到了一枚银质勇士大勋章。他是全连队第一个在战争开始时就被手榴弹炸断腿的人。免费装了一条假腿后，就挂着那枚勋章四处吹牛，说他是连队第一个残废。有一天在酒店和几个屠户吵起来。那些人把他的假腿拽下来敲他的脑袋，拽下腿的那个人不明真相，被假腿吓晕了。从此以后他对那枚奖章非常恼恨，把它送去当铺。在当铺被人抓住，一个专门审讯残废军人的法庭判他的案子，结果没收了奖章不说，还收回了假腿。”

“那为什么？”

“理由很简单。一个委员到他那里，告诉他不配再用假腿，就卸下扛走了。”

“还有件挺乐的事儿，”帅克也来了兴趣，“有些阵亡士兵的亲属会莫名其妙收到一枚奖章，还附有公函说，这勋章是授予他们的，让他们挂在醒目的地方。有一个脾性古怪的老爹，以为有人开玩笑，就把勋章挂到厕所里，不幸的是他的厕所和一个警察共用，结果警察把他告发了，罪名是叛国罪。这个可怜的老人……”

“这正说明了一切荣誉狗屁不是。”胖志愿兵吟起了一首载在《志愿兵手册》里的诗：

昔有一列兵，
忠勇把命捐。
报国意如何？
其人为垂范。
万千兵血肉，
军功章染艳，
空山不见人，
哀歌上九天。

志愿兵沉默片刻说：“看来尚武的精神在我们身上已经衰退不少了。我提议，让我们在这寂静的晚上，唱一首炮手雅布尔克之歌吧。

让整个兵营都听见。”

不一会儿，从牢房里就传来了一阵阵吼声，把玻璃都震得哐啷啷直响：

装炮弹哟入炮膛，
炮兵小伙立于旁！
哀哉飞弹平地落，
小伙刹那躯不全！
炮兵小伙奈汝何？
大炮孤零又奈何？
他泰然自若立炮旁，
装炮弹哟入炮膛！

外面响起了脚步声和说话声。“看守来了，”志愿兵说，“今天是中尉跟他一起来的。他是后备役军官，我认识他。我们可以从他那儿搞点烟抽。来吧！大声吼吧！”

接着他们又叫了起来：“装炮弹哟……”

牢门打开了。看守因为值日军官在场而倍显凶恶，他蛮横地叫道：“闭嘴！这里又不是牲口圈！”

“很抱歉，”志愿兵回答说，“这儿是囚犯音乐会，刚刚演完第一个节目：《战争交响曲》。”

“我希望你们能明白，”中尉假装严厉的样子说，“你们该在九点上床睡觉，不可以大吵大闹。知道吗？你们的歌声在广场上都可以听见！”

“报告，中尉先生，我们还没排练好，所以声音大概有点走调……”

“他经常这样，”看守想教训一下他的对头，“简直太不像话了。”

“中尉先生，能单独聊聊吗？”志愿兵说。

当要求得到满足后，志愿兵亲切地说：“给些烟抽吧！”

“‘运动’牌的！中尉就抽这个？算啦！就这样吧！谢谢，再来几根火柴。”

享受了香烟后，志愿兵说：“祝你做个好梦，明天就是最后审讯了。”

就在志愿兵对兵营内部的黑幕给予抨击之际，施雷德上校正和军官们坐在饭店里，听一个从塞尔维亚回来的伤了腿的上尉神侃，伤了腿的上尉讲述他从参谋部看到的大举进攻的情景：“他们从战壕里跳出来，爬过两公里长的铁丝网，向敌人扑去。刚从战壕里爬出来就有一个士兵倒下了，又一个在工事旁倒下，第三个冲了几步就倒下了。然而同伴们的牺牲激发着大家继续向前冲。敌人疯狂射击。我军一个排想强占敌军机枪阵地，结果全军覆没，唉！简直太可怕了，不行了，我已经醉了……”

他确实喝多了，坐在椅子上呆呆地望着前面。上校微笑着听着，虽然听得不是太懂。

伤腿上尉猛拍一下桌子说：“和平时期由后备军担任国内的勤务。”

在旁的一位年轻军官为讨个好印象，补充说：“应该把那些病号都送到前线去！死掉些病人总比牺牲健康人合算一些。”

上校微笑的脸上忽然眉头紧锁，回头向少校说：“少校先生，为什么卢卡什上尉总是有意疏远咱们呢？自从他到任以后，从未来到我们中间一次。”

“他忙着写情诗，”教导队长扎格纳大尉在旁讥讽地说，“他一来这里，就瞄上了工程师史瑞特的太太。”

上校眼神空洞地问：“听说他会唱幽默小调？”

“他在学校时就会唱，逗得我们直乐，”扎格纳回答说，“他的笑话很逗，但为什么不来我们中间？”

上校难过地摇摇头说：“如今我们军官之间的交情渐渐变得淡漠了。想当年我们如同一家人似的。”

回忆着美好的往事，上校开心地笑了。

“那时在澡盆里多开心呀！可如今却连那位滑稽歌手也没来。不但如此，下级军官的酒量也越发不行了！还不到钟点，就有几个不省人事了。想当初，我们一喝就是两天两夜。而且是几种酒掺着喝。”

带着沮丧的心情，上校回家了。第二天早上他的情绪更差，因为早报上说：“我军已转移至预先准备的阵地。”这是“退却”的体面表达方式。

十点钟，上校带着这种心情去执行志愿兵称为“末日审判”的任务。

帅克和胖志愿兵在院子里等着上校。人马都齐了：军士、值日官、副官、书记员……

在扎格纳大尉的陪同下，满面愁容的上校出场了。在沉闷的寂静中，上校从帅克和志愿兵的身旁走过，不时用鞭子抽打自己的高筒靴。

上校终于停了下来。志愿兵正准备报告。上校截住他说：“我清楚，你是志愿兵中的败类！战前是干什么的？一定是个臭知识分子吧？”

“大尉先生，”上校说，“去把志愿兵军校的全体学员都找来。”

他又对胖志愿兵马列克说：“你是一个让家族丢脸的人。给我站好！我全都知道！我会让你知道厉害的！”

全体志愿兵军校学生都集中在院子里了。

“排成方队！”上校命令后，学员们排成方阵，将受审者团团围住。

“瞧瞧这胖家伙，”上校用鞭子指着胖志愿兵说，“他狂喝滥饮，丢尽了我们的名誉，军队的名誉。本来应该培养出的是正式军官，能争取荣誉的军官。可是却有这样的害群之马。你们瞧他这副德行！入伍前还学经典哲学呢！现在他根本没法为自己辩护！真是够滑稽！”

“这种行为必须严办，”上校吐了一口唾沫说，“必须把这种道德败坏的人开除出去。部队里不再需要这种知识分子了！”

文书拿着事先预备好的文件和铅笔走了过来。

上校以正式的腔调宣布：“兹判处志愿兵马列克三周禁闭！禁闭期满后发配去炊事班削土豆！”

上校转头命令志愿兵学员排成纵队，然后散去。这时上校对大尉说：“队列步伐不齐，下午去练好！”

上校格外关照道：“还有件事，步伐要响亮。还有，让军校学员禁止出营五天，让他们牢记这个浑蛋马列克是他们的同窗。”

而“浑蛋马列克”却在暗自庆幸没把自己送去前线。

上校离开大尉，走到帅克面前，开始审视帅克。帅克的外表给人十分平静和天真无邪的印象。他的眼睛仿佛在问：“我究竟做错了什么？”

上校向文书提了个问题，下了一个结论：“是个白痴吧？”

“报告上校，是个白痴。”帅克替文书做了回答。上校示意文书和副官去一边，一起翻阅帅克的材料。

“啊！原来是卢卡什上尉的勤务兵，就是在塔博尔失踪的那一个。”上校说，“依我看来，军官们有责任好好训练自己的勤务兵。既然卢卡什上尉自己挑的人，那他就得自己负责到底。他既然不出来玩，就意味着有时间把这个勤务兵教好。”

上校望着帅克说：“白痴！你得关三天禁闭，然后再回到卢卡什上尉那儿去报到！”

这样，帅克和马列克又聚在一起了。而卢卡什上尉被叫到上校面前："上尉先生，大概一礼拜前，你说你需要一个勤务兵，因为你的勤务兵在塔博尔失踪了。可是现在，他已回来……"

"可是上校……"卢卡什上尉恳求道。

"我已决定，三天禁闭之后，回你那里复职。"上校强硬地说。

遭受打击的卢卡什上尉跌跌撞撞地走出了办公室。

第十八章

帅克在基拉利希达的奇遇

第九十一连队抵达了摩斯特城，这个位于利塔河畔的城也有人称它为基拉利希达城。

被关了三天的禁闭，帅克还有三个钟头就可以获释了。这时，他和志愿兵马列克一起被带到中央禁闭营，然后又被押到火车站。

路上，志愿兵对帅克说："我早就知道他们会把我们押到匈牙利去。他们要在那里成立一个先遣营。我们的士兵学会了射击，就会被派去和匈牙利人干仗。"

"这倒是挺有趣的。"帅克说。于是他们就开始讨论如果被派到先遣营会遇到什么样的姑娘，发生什么样的艳遇，这时有人插嘴，说起殖民地的事情。

他们到了车站，布杰约维采的居民们正在那里给士兵送行。虽然这个告别仪式不是官方组织的，但是车站前方的广场上还是挤满了来送行的群众。和往常一样，老实规矩的士兵走在最后面，扛着上了刺刀的步枪的士兵走在最前面。紧接着，没有犯军法的兵挤进了装牲畜的车厢里。帅克和志愿兵则被带到了另一节专门为囚犯设的车厢里，这节车厢一向挂在军列的军官车厢后面，囚犯车厢里面有足够的座位。帅克挥动着自己的帽子，对人群喊了一声："你们好！"这引起了强烈的反应，人群报以热烈的欢呼："你们好！"这声音越传越远，一直传到车站前面。这欢呼声汇集成了一场示威运动。车站对面的旅馆窗口里的妇女们也挥动着手帕，两边的人群里面，德语和捷克语的欢呼声混在一起。押解队伍走近了，帅克在押解人员的刺刀下挥手向人群亲切致意。志愿兵则一本正经地对人群致以军礼。

他们这样走进了车站，走向指定的军用列车。军方的管弦乐队的指挥面对游行人群的突然出现，显得不知所措，几乎都要奏起助兴的曲子。还好，那位头顶黑色硬帽的随军神父跑来纠正了这一错误。

第七师的随军牧师，拉齐纳神父，一位在所有的军官食堂都赫赫有名的宾客，大肚量的食客和酒鬼，是昨天刚刚到布杰约维采的。他在一个偶然的机会参加了一次似乎是即将开拔的团队军官的酒会。他大吃大喝，低三下四地向伙夫讨点剩饭吃，他吃光了盘子里的肉汤和面包片，他还从储藏室里弄了一些朗姆酒，喝了个痛快。第二天早上，他突然想到第一批军列就要开车了，应该去主持一下场面。他到达车站时，刚刚碰上乐队指挥要指挥演奏《主啊，保佑我们》。他一把夺过指挥手里的指挥棒，喊道："停！现在还早，等我叫你们演奏时，你们再演奏。我一会儿就来。"他走到车站上，紧跟着押送队，大叫一声"停"，把他们叫住了。他对押送班长厉声喝道："往哪里去？"班长被问得愣住了。

帅克代班长恭顺地回答道："要把我们送到布鲁克去，神父先生。如果你愿意的话，可以搭我们的便车。"

"我当然去！"拉齐纳神父说。他转过身来对押送兵嚷道："谁说我不能去？前进！"

神父进了囚犯的车厢，躺在座位上。帅克好心，脱下军大衣，垫在神父的头下。志愿兵悄悄地对满脸畏惧的押送班长说："好好伺候神父吧！"

神父躺在座位上伸了伸懒腰，开始侃起吃喝经来："各位呀，那蘑菇炖肉，蘑菇要放得越多越好。不过要先用小葱头把蘑菇煎熟，然后再放上些桂香叶和洋葱什么的……”

“你已经放过葱了。”志愿兵不无揶揄地回答道。班长大为光火地看了志愿兵一眼，因为他认为虽然神父已经喝醉了，但是他毕竟是自己的上司呀。

“对，”帅克插嘴说，“神父先生的话真是至理名言哟，葱要放得越多越好。有个酿酒的，他还要往啤酒里面放洋葱呢，说葱可以让人口渴。葱是很有用的东西。烤葱还可以用来治酒刺……”

这时候，拉齐纳神父像是说梦话一样，哑着嗓子说：“提味的关键在于作料，看你放什么作料，放多少。胡椒不要放太多，辣椒也不可多放……”

他越说越慢，声音越来越小：“蘑菇的量……柠檬……太多……香料……太多……肉豆蔻……”

话还没说完，他就睡着了，鼾声大作，还间或从鼻子里面喷出好听的哨声。

班长傻呵呵地望着他，其他的押送兵则在一旁窃笑。

“他一时半会儿还醒不了，”帅克断言，“他已经醉得不行了。”

班长不安地对帅克使脸色让他住嘴。帅克还继续说道：“反正就是这么回事，一点办法也没有，他都醉成一摊泥了。可是他还有个大尉的军衔呢。所以这些随军的神父呀，不管军衔是大是小，喝起酒来统统都是海量。我给卡茨神父当过勤务兵，那人喝酒就像喝凉水一样。眼前的这位神父跟他比起来，简直不算什么！有一次，我们把圣餐盒都拿去当掉了，去给他买酒喝。假若有人愿意借钱给他，恐怕连上帝本人都会被他换钱喝光的。”

帅克走到拉齐纳神父前，扶他翻了个身，让他脸朝着椅子背，然后肯定地说：“他会一直睡到布鲁克。”说完，他回到自己的位子上。

可怜的班长惊惶失措地看着他坐下，然后说：“我恐怕还得去报告一下。”

“我看您最好别这么做，”志愿兵劝道，“您是押送队的头，您不能离开我们。”

班长不自信地辩解道：是帅克先跟神父提议，让他同他们一道儿走的。

“班长先生，我这样做是情有可原的，因为我是白痴，可是谁都不会相信你也是白痴呀。”帅克这样回答。

神父这时在座位上动了一下。

“他在打呼噜，”帅克说，“他说不定正梦见自己在开怀畅饮呢，我担心他会情不自禁大小便横流。我的那位卡茨神父一喝醉就会不省人事。有一次就出了那么一回丑……”帅克接着把他亲身经历的关于卡茨神父的事儿绘声绘色地描述了一番，大家听得连火车启动都没有注意到。

这时后节车厢传来了一阵鬼哭狼嚎般的歌声。

这种声音很让人受不了，大伙儿就把唱歌的人从牲畜车厢的门口推了出去。

“这事有些怪，”志愿兵对班长说，“检察官怎么还没有过来呀？纪律规定：您在车站上就应该把我们上车的事情报告给列车的指挥官，而不是把工夫浪费在一个喝醉了酒的神父的身上。”

不幸的班长呆呆地沉默着，两眼瞪着车窗外向后掠过的一根根电线杆子。

“我一想到没有人把我们这里发生的事情向任何人报告，”嘴不饶人的志愿兵说，“到了下一站，有个检察官来到我们的车厢，我就会战战兢兢，就好像……”

“到那时，我们就像吉卜赛人，”帅克接着志愿兵说，“流浪汉，属于那种见不得光的一类家伙，到哪里都不能露面。随时提防着人家会把我们逮起来。”

“这还不算，”志愿兵接着说，“根据一八七九年十一月二十日颁布的命令，用火车运送军事犯人时，必须遵守以下规定：第一，运送军事犯人的车厢必须装有铁栅栏，这一条定得清楚，而咱们这儿也要照办。我们就是被关在很坚固的铁栅栏里面的，这一点似乎做到了。第二，皇上和国王发布的补充条文规定，每个军用囚犯车厢都得备有厕所；如果没有厕所，就必须配备有盖子的便盆用于犯人和押解的官兵大小便。我们这个军用囚犯车厢，别说是厕所，在这个拥挤不堪的小笼子里面，连个便盆也没有……”

“你们可以到窗口去方便嘛。”已经绝望到极点的班长说。

“难道您忘了吗？”帅克说，“犯人是禁止接近窗口的。”

“第三呢，”志愿兵又说，“车厢里面还需要配备用来盛装饮水的水罐。很明显您并没有遵照这一条。顺便说一句，应该在哪一站发干粮呀？您不知道吧，我早就知道你没有问清楚这一点……”

“您看，班长先生，”帅克说道，“押送犯人可不是一件闹着玩的事。您可得无微不至地照顾我们。我们可不是一般的士兵，可以自己管好自己。什么您都得送到我们眼前哟。那些条款怎么规定的呢，您就得怎么做，不能坏规矩。”

过了一会儿，帅克友好地看着班长说：“我还想起一件事，到十一点钟的时候，麻烦你通知我一声。”

班长莫名其妙地看了他一眼，没有理会他。

“班长先生，原因是这样的，从十一点开始，我就属于那节牲畜车厢了，班长先生。”帅克庄重地宣布，“我被判了三天禁闭，到十一点的时候禁闭期就满了。”

那晦气满面的班长半天才回过神来，他显然不同意帅克的结论：

“我没有接到任何公文的指示呀。”

“亲爱的班长先生，公文它又没有自己长腿，押送队长可得自己去取公文呀。你看，新的麻烦又来了吧？其一你没有权力把该释放的人继续关在这里。其二呢，根据现行的政令，谁也没有权力离开囚犯车厢。事态越来越糟了，现在已经十点半了。”志愿兵说道。志愿兵把怀表放进自己的衣兜里，说：“班长先生，你要小心啊，我倒要看看您半个小时以后该怎么办。”

“半个小时以后我就是牲畜车厢的人了。”帅克重复着，脸上洋溢着遐想的神色。班长只好十分沮丧地说：“我觉得你待在这里可比在牲畜车厢里要舒服得多……”

这时，神父在睡梦中喊了一句，打断了他的话：“多放点调味汁。”

“睡吧，乖乖睡吧。”帅克温和地说，顺手把掉下来的军大衣塞到神父的头下，“再做一个酒山肉海的美梦吧。”

绝望的班长呆呆地望着窗外，对囚犯车厢里面的混乱也听之任之，无可奈何。

押送兵在隔壁玩名叫“榨油机”的纸牌，班长的屁股被干脆而结实地撞了几下。他回头一看，一个士兵挑衅地用屁股对着他。他叹了一口气，回到了窗子跟前。

接下来的漫长的无聊时光里，士兵们开始大侃动物、动物词组拼写之类的冷僻话题，并发生了一场争论，最后，他们不无怜悯地对班长说：每个人都有犯错误的时候，班长确实处境不妙呢。

这时候，神父从椅子上滚了下来，继续在地上睡觉。班长不知所措地看了他一眼，又把他扶回了椅子上。旁观的士兵们也懒得去帮他的忙。很明显，班长此时已经威信扫地。他声音微弱地恳求大家帮他一把，而士兵们则好像没有听到，也不动弹。这时候，班长突然发作了，他决心让人们明白谁是这里的主宰，所以，他大吼大叫：“住嘴，你们这些人不要再在这里胡扯了！当勤务兵的人最喜欢胡扯，你简直就像是一只臭虫！”

“对，班长先生，您就是我们的上帝，”帅克以哲学家所有的冷静的风度回答了他，这哲学家的睿智可以解决世界上所有的纷争，同时，他又挑起了可怕的争论，“您就是那受难的圣母！”

“主啊！”志愿兵拱手呼唤，“让对长官们的敬意充溢于心胸，千万别让我们再藐视他们！愿我们的囚车一路平安！”

班长气得红了脸，跳起来嚷道：“你少来这一套，你这个老油条！我要把你关起来！”

志愿兵笑了笑，说道：“您一定是因为我骂了您，才要把我关起来的吧。假若如此，你一定不是真心这么做的，因为根据您的智力，您是不可能听出我在辱骂你的；而且我敢打赌，您早就忘了我们刚才的谈话。您的脑子是个干瘪的馅饼。我无法想象，您会在其他什么地方把我刚才对您说的话再连贯地说出来。而且，您也可以问问在场的人，看看我刚才所说的是不是贬低了您的智力，是不是对您有哪怕是一点点的侮辱。”

“绝对没有。”帅克出来做证说，“没有任何人说过会让您疑神疑鬼的话。一个人如果感受到自己被侮辱的话，那模样一定会显得很难受。您看看，班长先生，芝麻绿豆大的一点误会也会惹出大祸来。假如有人把您形容为一只麝鼠，您能因为这话对我们生气吗？”

押送班长狂吼起来，这是一种表达他的义愤、狂怒、绝望的号叫。而同时，从神父的鼻孔里面发出的尖细的哨音为这段音乐进行了伴奏。

在一阵歇斯底里的发泄之后，押送班长又回到一种消沉的状态。他瘫在凳子上，满眼泪水，面无表情，双眼直勾勾地盯着远处的山脉和森林。

“班长先生，”志愿兵说，“您现在凝视着高山和森林的模样，令我想起了但丁的形象。您也有像诗人一样的脸庞、温和善良的心地、高雅的风度。噢，拜托不要移动，坐在原地，您这姿态是多么优美呀！表情是多么神圣，如高贵的君主般俯瞰着那广阔的原野。您一定在想象，到春天的时候，荒凉的原野就会变成鲜花绿草的地毯，你一定在畅想那美景……”

“还有小溪环绕着地毯，”帅克插嘴说，“班长先生舔着铅笔，坐在树墩上思考，为《小读者》杂志写诗。”

押送班长毫无表情，冷漠地坐在那里，志愿兵硬要说他在一次雕塑展览会上看到过一尊班长的头像。

“请问，班长先生，您是不是给大师斯多加当过模特儿呀？”

班长瞥了他一眼，幽怨地说：“当然没有！”

志愿兵讨了个没趣，笔直地躺在椅子上。

押送兵和帅克在玩扑克牌。班长一脸苦相地坐在一边旁观，甚至还对帅克指点说他的那张爱司打错了，不应该先出王牌，留到最后出可以得七分。

这时，军列开进了车站，火车慢慢停了下来，马上要检查车厢了。

“没错，看看，”志愿兵用咄咄逼人的眼神审视着押送班长，“检察官已经到这儿了……”

检察官走进了车厢。

军列的指挥官是由参谋部指派的后备军官，数学博士摩拉斯担任。后备军官时常会摊上这种莫名其妙的差事。比如摩拉斯就把他的差事办得乱糟糟的。虽然在战前他是中学的数学教师，可是现在列车少了一节车厢，他却数不清。还有，他在前一站领了一本花名册，可是居然没办法让名册上的人数和布杰约维采的军列上的官兵人数相符合。他在按名册核对人员时，竟多出了两个野战炊事班来。统计战马的时候，也不知道为什么多出好多来，对此怪事他满脸惊愕，就像有成千上万只蚂蚁爬到了他背上一样。在军官的名单中，又少了两个后备军官的名字。设在前面某节车厢里的连队司令部的一台打字机又神秘消失了。这些糊涂账搞得他头疼死了，他已经吃了三包阿司匹林粉了，这个时候他正一脸沮丧地沿着列车巡视。

他带着随行人员进了囚犯车厢，看了看花名册，然后听了听那不幸班长的汇报：他押送的共有两个犯人，随行的有若干名押送兵。军列指挥官按照花名册一一核对，接着盘查了一番。

“这个人是谁？”他指着呼呼大睡的神父问道。“报告，中尉先生，”帅克替班长答道，“趴在那儿的是喝醉了酒的神父先生。是他自己钻进我们车厢的。他是上司，我们不能把他赶走，否则会犯对长官不恭的错误。大概神父先生把囚犯车厢当成军官车厢了。”

摩拉斯博士叹了一口气，查看了一下花名册。名册上面确实没有神父的名字。押送班长费了好大的劲儿才把神父翻了个个儿。这时候，神父醒了，看见一个军官站在他的面前，就说道：“喂，弗雷迪，你好，有事吗？晚饭准备好了吗？”接着又闭上眼睛，掉过脸去睡了。摩拉斯博士立马认出来这就是头一天在军官食堂喝得烂醉、吐了一地的那个贪吃鬼，他暗地里叹了一声。

“报告中尉先生，我现在不应该在这里了，我的禁闭时间到十一点就结束了，因为我的禁闭时间只有三天，今天刚好已经满了。我应该和其他人一起坐在牲畜车厢里。我请求您，要么您就放我下车，要么您就把我送到牲畜车厢去，要么您就送我去见卢卡什上尉。”

“你叫什么名字？”摩拉斯博士一边查看花名册一边问。

“约瑟夫·帅克！中尉先生。”

“啊，原来你就是赫赫有名的帅克啊，你确实是应该在十一点解除禁闭。可卢卡什上尉交代过我，在到达布鲁克之前让我别把你放出去，说这样会比较安全，能保证你不会在路上惹出乱子来。”

检察官一走，押送班长忍不住幸灾乐祸地说：“你瞧，帅克，你向更高一级上诉，有个屁用！哼，我要是愿意的话，可以把你们两个拿来生火。”

志愿兵说：“您说的有一点道理。但是一个高雅人应意识到，即便他发火或攻击别人的时候，也应当选择适当的措辞。比如您讲到要把我们拿去生火之类的空洞威胁，我敢发誓您老人家是做不出来的。”

“给我住嘴！”押送班长跳了起来，“我可以把你们两个人送到牢房里去。”

“为什么呢，亲爱的班长？”志愿兵一脸纯洁地问道。

“你们这些下流坯子！”押送班长鼓起最后的勇气，摆出一副很吓人的样子骂道。

“我告诉您，班长先生，”帅克说，“我是个老兵，战前我就服过役，我看骂人是不会有什么好结果的。”

“你不要那么神气，”志愿兵说，“你还是多想一想你自己的下场吧。检察官刚才对你说了，要你亲自去报告。这件事情你可得非常认真地去做准备哟，考虑考虑你会不会丢掉班长职务这个问题吧。”

“在这种情况下，要是他们把班长先生您关起来，”帅克带着微笑接着说，“要是您被冤枉了，您也千万不要一蹶不振。他们要是固守他们的说法，您也要坚持您的。”

“那有可能被绞死，听说现在被绞死或者枪毙的人不少。”一个押送兵插嘴道，“不久前在练兵场有人给我们宣读了一道命令，在摩尔托枪毙了后备兵古德尔纳。因为正当他跟老婆告别时，大尉用马刀砍死了他老婆手里抱着的小男孩，于是他以牙还牙。还有，他们一看见从事政治活动的人就抓去关起来。在摩拉维亚枪毙了一个编辑。我们的大尉说的。”

“什么事儿都得有个结果呗。”志愿兵一语双关。

“说得对，”班长说，“这个编辑活该被枪毙！还有，知识分子没一个好东西。”

押送班长幸灾乐祸地盯着志愿兵，接着说：“那个编辑呀，仗着他有一肚子墨水，在报纸上大谈什么虐待士兵，因此丢了志愿兵的差使。这种蠢货，不整一下怎么行呢？”押送班长吐了一口唾沫，接着说，“我故意给了他一支生了锈的枪，让他学学擦枪。他简直就像公狗追求着母狗一样笨手笨脚无处下手，他就是再多用两公斤的麻絮也擦不干净。他呀，越擦那枪越生锈，大家轮流去欣赏他的杰作，都感到不可思议。我们的大尉总是对他说，他根本就不是一个军人，还不如给他一根绳子让他去上吊呢，省得白吃军饷。他总要写一些关于士兵受到虐待的文章寄到报刊上去发表。因为这个，他被送到警备区司令部的监狱去了，我们再也没有看到过他。”

押送班长叹了一口气：“连军大衣上的褶都不会浆直。不过讲起耍贫嘴来，他可是很在行的。他一直有这么一个癖好。就好像我对你们说过的那样，他开口闭口就谈论‘人’，还有一些莫名其妙的哲学话题。”

押送班长自顾自地说完这段话，等着志愿兵开口，看他会说些什么。可是帅克抢先说话了：“很多年前，三十五连队有一个叫科尼切克的人，也是为一档子小事用刀子宰了班长，然后又杀死了自己。这事儿在《信使》上登过。总而言之，杀死班长的事层出不穷，此外，我还知道七十五连队有个叫莱曼克的班长……”

这番令人开心的话被睡在椅子上的神父拉齐纳的响亮的呻吟声打断了。

神父醒过来了，他保持着平时的威仪，俨然拉伯雷小说中的凶蛮巨人。神父在椅子上放屁、打嗝儿，向着四面八方大声地打呵欠，最后坐了起来，惊讶地问：“活见鬼，我这是在哪里？”

押送班长看见神父醒来了，便谄媚地说：“报告神父先生，您光临了我们的囚犯车厢。”

刹那间，神父的脸上掠过一丝惊异。默默无语地坐在那里，拼命想理清思路。最后，他问他面前站着的那个恭顺的班长说：“这是谁的命令把我……”

“报告，神父先生，没有人下命令。”

神父站了起来，在椅子之间走来走去，嘴巴里一直在嘟哝着。

神父又开始绞尽脑汁回忆事情的经过：他是怎么上了这节车厢的？为什么自己会被押送跟着九十一连队去布鲁克？最后，他从余醉中清醒过来，认出了志愿兵。他问志愿兵说：“你是个知识分子，也许可以清楚地跟我讲明白我是怎么到你们这里来的。”

志愿兵友好地说：“很简单，早上在车站上车的时候，您头脑不清，自己跑到我们的车厢来的。”

押送班长阴沉着脸看了志愿兵一眼。

“是这样，”神父叹了一口气，“到下一站，我还是挪到军官车厢去好了。午饭什么时候开始？”

“要到维也纳才会有午饭呢，神父先生。”班长回答道。

“是你把军大衣塞在我头下的吗？”神父对帅克说，“谢谢。”

“请不要夸奖我，”帅克答道，“这是一个士兵应该做的。不论是谁，都会这么做的。每一个士兵都应该尊重他的长官，就算是这个长官已经喝得不省人事了。伺候神父我可富有经验，以前我给卡茨神父当过勤务兵。随军的神父都是热心肠的快活人。”

宿醉使神父变得又平易近人又大方，他把一根香烟赏赐给帅克，说：“抽吧！”

“听说你会因为我的事去受军法处置？”神父对押送班长说，“你担心什么，老弟，我一定能让你脱罪，你不会有什么事的。”他还许诺帅克要把他留下来，并使他过上好日子，等等。

他突然感情冲动：口头承诺要请志愿兵吃巧克力糖，请押送班长喝朗姆酒，还答应把班长调到附属骑兵第七师师部摄影队去，帮这里所有的人都洗清罪名，他绝对不会忘记他们。他不单单给帅克一个人抽烟，还从兜里面把烟拿出来分给大家抽，允许所有的犯人抽烟。答应设法让大家从轻发落，使他们恢复军人的正常生活。

"你为什么要受罚呢？"神父问帅克。

"上帝惩罚我，"帅克虔诚地说，"上帝通过军事当局给我惩罚，我没有及时归队。神父先生，我无计可施。"

神父严肃地说："上帝是最仁慈、公正的，他知道谁该受到惩罚，因为他用这种方法来显示他的意志——那么志愿兵，你又是因为什么被关在这里的呀？"

"因为仁慈的上帝把风湿病降到了我的身上，于是我忘乎所以想躲避上前线。等我的惩罚被解除以后，我就要被打发到炊事班干活了。"

神父听到炊事班三个字，一下子来了精神："上帝的决定是不会有错的，诚实的人在炊事班里干事是非常有前途的。应该把你这样有文化的人派去炊事班里面担任烹调的工作，我认为菜肴的质量好坏，关键不在于烧和煮本身，而在于用心把各种原料调配适当。就拿浇汁这一工艺来说，有文化的人用洋葱做浇汁的时候，一定会让各种蔬菜都配上那么一些，放在黄油里煎炒，然后放调料、胡椒，再放上一些香料，再放上一些韭菜花、姜什么的。而一般的炊事员全然不懂这些。他们只是草草地把洋葱氽一下，然后再混上粗恶不堪的面粉浓汤就完事。我最希望你能在军官食堂里弄个差事。愿上帝宽恕你的一切罪过。"

神父没有安静多久，又开始大讲特讲，讲到新旧约中的烹调内容，他告诉大家，那个时代人们很看重祷告和庆祝宗教节日的活动之后的宴席呢。随后神父又提议大家来唱歌，帅克兴致勃勃，但是和以前一样走调：“霍德伦的玛丽娜走哇走，随后的神父抱着美酒……”

可是神父并不以为这是冒犯。

“一桶葡萄酒就不用了，有一点点儿朗姆酒就行了，”他友好地笑道说，“至于玛丽娜，就别提她了，她只会引诱人堕落。”

这时候，押送班长小心地把手伸到大衣里面掏出一瓶朗姆酒。

“报告，神父先生，”他轻声说，好像自己做出了很大的牺牲一样，“请您别客气。”

“我不会客气的，小伙子！”神父兴高采烈地说，“小伙子们，为我们一路平安干一杯吧！”

“上帝！”班长看见神父咕嘟一声，半瓶酒下肚，呻吟了一声。

“小伙子，”神父颇有深意地对志愿兵笑了一下，“可别对什么都看不惯，上帝会惩罚你的。”

神父又喝了一口，然后把酒瓶递给帅克，用下命令的口气说：“干了！”

“命令就是命令！”帅克把空酒瓶子还给押送班长，和和气气地说。班长的眼神透出疯狂和绝望。

“列车到达维也纳之前的这段工夫，我先小睡一会儿，”神父说，“等到了维也纳后，麻烦你们把我叫醒。”

神父对帅克说：“记住，你到军官食堂去，再取一副刀叉，让他们送一份午餐来，告诉他们，这是拉齐纳神父要的。要个双份。要是面包片，你不要挑那种边角切下来的，因为那种的片儿小，太吃亏。然后到厨房里去给我弄瓶葡萄酒，带着饭盒去，让他们给你点朗姆酒。”

神父在口袋里面掏了一通。

“喂，我说，”他对押送班长说，“我没有零钱，借给我一块金圆……好的，你叫什么名字？”

“帅克。”

“好，帅克，这块金圆是给你在路上花的。班长，请你也借给我一块金圆。看见了吧？帅克，你如果把事情办好了，你会得到第二块。对了，还有，你还要从他们那边给我弄些香烟或者雪茄来；要是发巧克力糖的话，你给我要两份；要是发罐头的话，你就要熏舌头或者是鹅肝；要是发瑞士干酪的话，你千万不要拿那种边角料上的；还有匈牙利香肠，不要两头的，要中间的那一段，中间那段比较松软。”

神父靠在椅子上，打了个呵欠，不一会儿就睡着了。

在神父的鼾声中，志愿兵对押送班长说：“你对我们捡来的这个吃货还满意吗？他真是世间少有的宝贝呢。”

“俗话说的真不错哩，”帅克说，“班长您瞧见没有？断了奶的小宝宝，他已经会自己抱着瓶子喝了。”

押送班长犹豫片刻，终于发作起来了：“真会占便宜呀！”

“他说他没带零钱，这有什么办法呢？所有骗子都在宣称自己没有零钱。”帅克脱口而出，“我并不想靠你来发财。如果神父再给我一块金圆，我也会把它给你，免得你哭鼻子。有个长官向你借点钱花花，你应该感到荣幸才对，你这么做太小气了点吧？花两块金元算什么？要是需要你为你的上司牺牲性命，要你去救他，我倒想看看那时你会是什么样。”

“要是换了你，你一定会吓得拉一裤子屎，你这个下贱的勤务兵。”

“战争期间拉一裤裆屎的人并不稀罕。”一个押送兵说。

“每个志愿兵都有可能发生这种事情。”班长愚蠢地发话了，同时斜眼看了一下志愿兵，好像在说：“这话就是说的你，怎么样？”

志愿兵没有再理会他，在椅子上躺下了。

列车快要到维也纳了。未眠的乘客可以从车窗处看到不断飞掠过的铁丝网和战壕。很明显，维也纳郊区的铁丝网给大家带来了不愉快印象，使原本沸腾的车厢里变得抑郁了。

帅克望着工事说："万事俱备了，维也纳确实是个要塞，这么多铁丝网，城里的居民可要当心他们的裤子了，想当初，我在维也纳的时候，我最喜欢去看猴子。"

"你到过皇家宫吗？"班长问。

"那里太差了。"帅克回答道，"不过我没有去过，每个卫士都有两米高，退伍时国家都发给一座杂货店。那里面的公主简直多得要命。"

列车驶过一个车站，管弦乐队演奏的奥地利国歌从他们身后传来，可是乐队这一举动分明不太合时宜，因为列车过了好一会儿才到了下一站。停下来，车上的人领了份配给，还举行了欢迎仪式。

这是什么样的欢迎仪式哟，人脸、鲜花甚至小孩都显得那样呆板！

维也纳的欢迎仪式由奥地利红十字会的三个女委员、维也纳妇女战时工作小组的两位会员、市政局一位官方代表以及一位军方代表组成。他们一个个面容疲惫。运载士兵的列车不分昼夜地从这里经过，每小时都有运载伤兵的救护车打这儿经过。无论是哪一趟车到达这里，各协会各团体都得派人接送。日复一日，他们仅有的一点点热情就变成了可怕的厌倦和无休止的呵欠。为此，他们也搞了个轮值制，可是每一个换来维也纳从事欢迎的人，都像今天在车站上迎接从布杰约维采来的列车上的人一样疲惫不堪。站在牲畜车厢里的士兵带着要上绞刑架一样濒死的神情望着窗外。

妇女们给士兵分发蜜糖饼，上面分别用蜜糖汁写着下面的话："胜利与复仇""上帝惩罚英国吧""奥人有祖国。为祖国而生，为祖国而战。"这些漂亮文字虽可以下肚，但却无法填充人们空虚的心灵。

接着命令下来了，各连到火车站后面的野战伙房去领午饭。军官食堂也在那里，帅克便遵照拉齐纳神父的吩咐去领食物。志愿兵则留在车上眼巴巴地等着押送兵领食物回来。

帅克依照神父的吩咐，圆满地完成了任务。当他越过铁轨的时候，他看见卢卡什上尉正在沿着铁路散步，等着军官食堂给他留着点什么吃。

他的情况并不太妙，他现在和克什纳尔上尉合用一个勤务兵。那个勤务兵只对他自己的主子尽忠尽职，对卢卡什上尉应付了事。

“帅克，你给谁送这些好吃的？”倒霉的上尉问。这时，帅克正把一大堆用军大衣包着的食物摊在地面上，那是他从军官食堂里千方百计弄到手的。

帅克愣怔了一下，但很快回过神来。他口齿伶俐地答道：“报告上尉先生，这是给您的。我只不过是找不到您的车座而已。”

卢卡什上尉莫名其妙地望着帅克。帅克则憨态可掬地说：“上尉先生，那个家伙简直是一头猪。他来检查列车车厢的时候，我就向他报告说我的三天禁闭期已经满了，该到牲畜车厢里去了，或者把我弄到您那里去也行，可是他狠狠地训斥了我，说什么我原来待在哪里就还是待在哪里，说这样办不会再给您丢脸。”

“我从来没给您丢过脸呀，”帅克接着说，“如果说出过什么事的话，那纯粹是偶然，是天意呗，我从来没有故意闯过乱子。上尉先生，我总是想做点好事，要是我们谁也没有得到好处，反倒惹来一身麻烦的话，这能怪我吗？”

“别这样，帅克，”卢卡什上尉亲切地说，这个时候他们已经快要走到军官车厢了，“我一定有办法让你回到我这儿来的。”

“报告上尉先生，我不哭了。我想，我生来就这么小心，只是命运太不公平了。”

夜晚降临到了摩斯特的兵营，寒风瑟瑟。士兵们在营房里面冻得发抖，军官营房里却因为炉火灼热而打开了窗子。利塔河畔的摩斯特城里，皇家罐头厂灯火通明，日夜加班，用各种碎骨头烂肉作原料来加工罐头。腐烂的肉筋、脚爪和骨头汤的臭气随风飘荡到营地上来了。

这里还有一家门庭冷落的照相馆，战前有一个照相师专门为靶场上嬉戏的士兵照相。从相馆能看到利塔河河谷的景色。“玉米穗”妓院门楣上的红灯泡充满诱惑地闪动着，军官们每天都到这里来狎妓。不过这所豪华的妓院是禁止普通士兵和志愿兵进入的。

士兵和志愿兵去普通妓院“玫瑰房”。从那所照相馆楼上就可以看到它的绿色灯光。在前方也保持着这种等级划分的方法，当时君主政府除了在旅部设立名叫“吹灯拔蜡”的流动妓院来慰劳兵士以外，没有别的方法了。

这里有供军官、军士和普通士兵享用的三种等级的皇家妓院。

总而言之，这座城市一派歌舞升平。

有一天，卢卡什上尉进城看戏去了，很久都没有返回。帅克在军官营房里面等他。他坐在给上尉铺好的床上等，温基少校的勤务兵坐在对面一张桌子上。温基少校的勤务兵密古拉谢克是个满脸麻子的小个子，他晃悠着两条腿骂：“这事挺怪，老家伙不知道死到哪里去了。我一定要弄清楚这个老头子到底在哪里通宵鬼混。要是他把房门钥匙留给我就好了，我就可以躺在床上享受享受老家伙的葡萄酒了。”

帅克正在津津有味地吸着上尉的香烟（上尉禁止帅克在他的房间里面抽烟斗），这时候冒出一句：“听说温基偷东西是一把好手。你总该清楚你们那些葡萄酒的来历吧？”

“他让我去哪儿弄，我就去哪儿弄。”密古拉谢克嗓门挺锐利。帅克问：“我问你：你背着他敢对他出言不逊，可是当着他的面就直哆嗦。他要是让你去团里面把钱柜偷来，你也去干？”

密古拉谢克眨眨眼睛说：“这我倒是要考虑考虑。”

“你考虑个鬼呀，你这愣头青！”帅克对他嚷道，但是马上又住口了。卢卡什上尉走了进来。他愉快的情绪显而易见，他头上的帽子潇洒地反戴着。

“报告，上尉先生，一切正常。”帅克依据军事条例的规定，以一副军人的刚毅的神情报告说，不过他嘴里叼着一支香烟。卢卡什上尉没有注意到这一点，直冲向密古拉谢克，而密古拉谢克则两眼瞪着上尉的每一个动作，行军礼的手一直僵直半空，他还是坐在桌子上。

“我是卢卡什上尉，”卢卡什对密古拉谢克做了自我介绍，“你叫什么名字？”

密古拉谢克不作声。卢卡什拖过一把椅子，坐在密古拉谢克对面，望着他说：“帅克，把我箱子里面的值班手枪拿来。”

帅克在箱子里面找手枪的时候，密古拉谢克一直没出声，他极其恐惧地盯着上尉。假如他能发觉自己是坐在桌子上的话，他一定会吓得半死，他的两条腿正碰着上尉的膝盖。

“我问你，你叫什么名字，老弟？！”上尉对着密古拉谢克大吼了一声。

可是他还是呆若木鸡（后来他说是因为上尉的突然亮相把他吓傻了）。

“报告上尉先生，”帅克说，“手枪没有上子弹。”

“那就把子弹装上吧！”

“报告上尉，没有子弹了，况且一枪把他从桌子上面撂下来也挺费事。请允许我多嘴，上尉先生，他叫密古拉谢克，是温基少校的勤务兵。这人又傻又胆小，倒不敢做坏事。”帅克把那个一直傻呆呆地望着上尉的密古拉谢克从桌子上拉了下来，让他站在地上，对他的裤子嗅了嗅。

“把他轰出去吧！”

帅克把全身发抖的密古拉谢克领到走廊上，然后把身后的门关紧。帅克对他说：“你这蠢货，记住我今天救了你一命。等温基少校回来后，你悄悄给我弄瓶葡萄酒来吧。今天这事可不是闹着玩的。我的那位上尉喝醉了，太吓人了。遇上这种情况，除了我，没有人能对付他。”帅克鄙夷地瞧着眼前的可怜虫，“你裤子湿了，坐在门槛上等你的少校回家吧！”

“行了，”卢卡什上尉对帅克说，“来，我有话跟你说。你知道基拉利希达的绍普隆大街吗？你拿张纸记下来：绍普隆大街十六号。那座房子的底层是个五金店。这家店是一个叫卡柯尼的匈牙利人开的。他就在店堂的二层楼上，你把这个家伙的名字记下来了吗？他叫卡柯尼。好，你明天上午十点左右进城去，找到这座房子，然后上二楼，把这封信交给卡柯尼太太。”

卢卡什上尉打开他的皮夹，一面呵欠连天，一面拿出一封外面没有字的信，递给帅克。

“帅克，这件事情很重要，越小心越好。我没在上面写地址，一切都拜托你了！我相信你一定能够原封不动地把这封信送到。还有，你要记住，那个太太叫艾蒂佳，记住，艾蒂佳·卡柯尼太太。你要记住，把信交给她后，你无论如何要向她要个回音。我在信里面说了要等回信的，你还有什么不明白吗？”

“上尉先生，假如那位太太不给我写回信那我该怎么办呢？”

“那你就强调非要回信不可。”上尉回答道，同时又打了一个呵欠，“我现在该去睡觉了，今天实在是太累了。我喝醉了。换成别人来我这样一夜试试，他也会累趴下的。”

上尉先生昨晚在城里的匈牙利剧院观赏色情舞蹈。第一幕演完后，他就被一位由一个中年男子陪伴的太太吸引住了。她正挽着他往衣帽间走去，声音响亮地用纯正的德语对他说她要马上回家，再也不看这种下流的东西。而她的伴侣却用匈牙利话来回答：“对，我的天使，咱们走，我同意。这种表演实在令人作呕。”

“讨厌！”那女人气犹未平，她说话的时候，双眼里面喷放着因见了下流表演而爆发出的愤怒火花。她有着乌亮的大眼睛和美好动人的体形。她无意间望了卢卡什上尉一眼，她这一望不要紧，一场单相思就此悄然开始了。卢卡什上尉从衣帽间管理员那里打听到，那就是卡柯尼夫妇，卡柯尼先生在绍普隆大街十六号开了一家五金店。

“他和艾蒂佳太太住在二楼，”管衣帽间的老太太是个有名的皮条客，自然懂得这一套，她殷勤而详尽地将两口子的情况悉数告知卢卡什上尉，“女的是绍普隆街的一个德国女人，男的是匈牙利人。这城里的居民就是各族大杂烩。”

卢卡什上尉从衣帽间里取出大衣，进城去了。在“阿尔布雷希特大公”饭店他邂逅了九十一连队的几个军官。

他很少说话，可是喝了很多酒。在兴头上，他来到一家叫“斯特凡十字架”的咖啡店，要了一个单间，然后要来笔墨纸，还有一瓶白兰地，经过半天思索，写下了他自以为平生最得意的一封情书。

写完情书后，上尉喝光了白兰地，又要了一瓶。他一杯接一杯地喝酒，细细品味着他信里面最后几行，自己都快感动得掉泪了。

早上，帅克把卢卡什上尉叫醒的时候，已经是九点钟了：“报告，上尉先生，您睡过头了，已经误了上班时间了，我也该去送信了。我七点钟叫了您一次，七点半叫了一次，八点钟部队从这里经过的时候，我又叫了您一次，而您只是翻了一个身。上尉先生，上尉先生……上尉先生，我现在就去送信了。”

上尉打了一个呵欠：“送信？哦，我的那封信，千万要小心行事，知道吗？这个秘密只有我们两个人知道。去吧！”

上尉把被帅克掀开的毯子又裹在身上，再次进入了梦乡。帅克一个人出发往基拉利希达去了。

按理要找到绍普隆大街十六号并不是什么难事，可是谁叫帅克在路上遇见老战友沃基契卡了呢？几年前，沃基契卡在布拉格的战场街住过，因此他们要纪念这次不寻常的相遇，唯一的方法就是去布鲁克的“黑羊”酒馆去喝几杯。那儿的女招待鲁伊卡是个捷克人，营盘里面所有的捷克兵都赊了不少账。

最近，狡猾的老工兵沃基契卡当了她的伴侣，她把所有将离开营地的先遣兵的账都结算了一下，即时提醒捷克籍的士兵，让他们记住在战争中被消灭前别忘了还清债务。

他们聊天的时候，帅克一五一十地把送情书这桩事讲给了沃基契卡听。沃基契卡说绝对不会对这事置之不理，他毕竟是一名老兵嘛。因此他要和帅克一起去送信。他们一起畅谈往事，言谈甚欢，过十二点，他们顺其自然地离开了“黑羊”酒馆。

帅克和沃基契卡就这样绘声绘色地进行着战争、仇杀之类颇有教益的交谈，终于找到了卡柯尼先生在绍普隆街十六号开的五金店。

“你最好在这里等我一会儿，”帅克对沃基契卡说，“我上楼去交了信，取了回信，马上就下来。”

“我能丢下你一个人不管吗？”沃基契卡说，“你不了解匈牙利人。我跟你说过多少遍了，我们要提防着点儿。我来收拾他。”

“听我说，沃基契卡，”帅克严肃地说，“我们找的不是匈牙利人，我们的目标是他的太太。我们上尉差我给这娘儿们送封信，这是绝对的机密。上尉一再叮嘱我，不可以告诉任何人。那个捷克女招待不也说上尉先生的做法完全正确吗？她还说上尉同有夫之妇通信的事情不能让任何人知道。你当时也点过头的嘛。你怎么就不明白呢？我必须不折不扣地完成上尉的命令，可是你现在却非要和我一起上去。”

“唉，帅克，你不了解我，既然我说了不能丢下你一个人不管，那你就记住了，我是说话算话的。两个人一块儿总比一个人安全。”老士兵庄重地重申。

“我还是得说服你，沃基契卡。”然后他又说了一通大道理。

帅克和沃基契卡来到了卡柯尼先生的家门口。在按门铃之前，帅克没忘记提醒了一句：“沃基契卡，你听说过一句谚语吧？谨慎是智慧之母。”

“管它呢？”沃基契卡回答道，“我根本就不想跟什么人磨嘴皮子。”

“我也喜欢痛快，老兄。”

帅克按了一下门铃，沃基契卡则大声喊：“我数一、二，他就得滚下楼。”

门开了，一个说匈牙利语的女仆问他们有何贵干。

“我不懂，”沃基契卡一脸的不屑，“小妞，改说捷克语吧！”

“你会说德语吗？”帅克问。

“一点点。”女仆结结巴巴地回答。

“告诉你家太太，我想和她说几句话。你这么说，走廊上有一位先生送来一封信给她。”

“你这人挺特别，”沃基契卡一面跟着帅克走进门厅一边说，“跟什么臭娘儿们都能搭上话。”

他们站在门厅里，把通往楼梯的门关了。帅克说：“他们这里的摆设还不错！衣帽架上还挂了两把伞，这幅基督像也挺棒，画得像真的。”

女仆从那间响动着杯盘刀叉声的餐室里走了出来，对帅克说：“太太说她没空，有什么东西由我转交。”

帅克说：“这里有一封给太太的信，别说出来哟。”

帅克掏出卢卡什上尉的信。

帅克指着自己说：“我在这儿，在前厅等候回音。”

蓦地，从女仆送信进去的那个房间里面传出了愤怒的咆哮，男人在重重地砸东西，玻璃杯和盘子破碎声传来，一个人在用极其恶劣的语言诅咒着门外的冒失鬼。

接着门被撞开，脖子上围着餐巾的男人闯进了厅里，手里面挥舞着刚才送进去的信。老工兵沃基契卡坐在离门口最近的地方。那位怒气冲冲的先生冲着他嚷道：“什么意思？送信的那个浑蛋在哪里？”

“慢点儿，”沃基契卡站了起来，“你不要冲着我们大吵大嚷，别那么冲动。你要想知道究竟，就问问我这位朋友。你跟他说话，态度可要客气点儿，不然我把你扔到门外头去。”

帅克笑眯眯地玩赏着进餐的先生恼火不已的模样，由于过度的震惊和暴怒，他说得语无伦次，说什么他们正在吃午饭。

“听说你们刚才正在吃午饭，”帅克用不太熟练的德语说，又用捷克语补充了一句，“我们也想到了，我们是不该影响你们吃饭。”

“不用那么谦卑！”沃基契卡说。

那位先生气得发疯，弄得餐巾只有一个角还挂在脖子上。他吵嚷着说他原本以为信中谈的是诸如为军队腾出房屋之类的正经事。

“这房子可以住下很多士兵，”帅克说，“不过信里面可不关心这方面的内容，我们关心什么您大概已经知道了。”

那位先生抱着头谴责着这两个不法之徒。他说，他也当过后备军的中尉，很乐意为军队服务，只不过他有肾病，没能继续下去。还说在他们那个时候，军官们不会这么无法无天，去扰乱别人家庭的安宁。他还说要把这封信送到连队去，送到军政部去，公诸报刊。

“先生，”帅克无畏地说，“这封信是我写的，不是上尉，签名是假的。我爱上了你的妻子，我看上了你的老婆。就像诗人弗尔赫利茨基说的那样，我被你的太太迷住了。迷人的太太。”

那个暴跳如雷的男人冲着镇定自若的帅克扑过来，不过他没成功。早有防备的沃基契卡伸腿把他绊倒了，并从他手里夺过了他一直挥舞着的信，塞进了自己的口袋。当卡柯尼先生回过神来，沃基契卡揪住他，把他拖到门口，一手打开了门，接着这可怜的先生从楼梯上滚了下去。

像童话里面的死神来勾魂儿一样，一切都那么干脆利落。

那位暴跳如雷的男人现在只剩下一块餐巾在楼上。帅克捡起这块手帕，很有礼貌地敲了敲门，五分钟前他就是从这个房间里面出来的，现在从里面传来了女人的哭声。

“您的餐巾还给您，”帅克对在沙发上哭泣的那位太太温和地说，“我可不想玷污它，尊敬的太太。”

他皮靴往后一靠，行了个军礼，出去了。楼梯上如今恢复了原状，看不出刚才发生过一场搏斗。看来，就如沃基契卡预言的那样，事情很圆满。不过帅克出来的时候在大门口捡到了一条被扯下来的硬领。那是卡柯尼先生抗拒被人拉出家门到大街上出丑的印证。

不过卡柯尼先生的抵抗无济于事。他被拖到了对面的大门里面，被淋了一身的水。在街心，沃基契卡施展了他在战场上勇斗敌军的本领，同路见不平出面帮助卡柯尼先生的匈牙利士兵格斗。他熟练地挥动着挂着刺刀的武装带。不过他也不是孤军奋战。几个捷克士兵经过这里，也和他站在一边，并肩作战。

就像帅克事后说的那样，他自己也不知道怎么卷入了这场战斗。他没带刺刀，可是也不知道从哪个旁观者手里面抢来了一根手杖。

这场混战持续了很长时间，可是一切好事都会有个收场。警察局的巡逻队来了，把他们都抓走了。

帅克和沃基契卡并排走着，他手里面的那根手杖，巡逻队长认为那是罪证。帅克像扛步枪一样把手杖扛在肩上，得意地往前走。

老工兵沃基契卡路上一声不吭。直到走进了禁闭，他才心事重重地对帅克说：“我跟你说过，你不了解匈牙利人。”

第十九章

磨难

施雷德上校望着卢卡什上尉苍白的面孔和他眼睛边浓浓的黑眼圈，不无欣赏之意。卢卡什上尉则竭力使自己避免回应上校的眼光，只能掩饰性地望着营地的部署图。这张部署图是上校办公室里仅有的装饰品。桌子上放着几份报纸，上面有几篇用蓝色铅笔圈出来的文章。上校又浏览了一遍，说："这么说来，你已经知道勤务兵帅克被捕了，知道他这个案子很可能要转到师军法处去审讯。"

"是，上校先生。"

上校意味深长地说："当然，这个事情不会到此为止的。你应当清楚，帅克这件案子引起了当地居民的公愤，而且这件丑事还和你有牵连，上尉先生。师部给我们提供了几篇对这件事的报道，你给我大声念念。"他把上面有用铅笔圈出来的文章的报纸递给上尉，上尉只好用干巴巴的声音念着有关这起丑闻的报道和社论来了。

有关丑闻的社评充满着诸如"帝国的光荣"之类的词句："纲纪与秩序""人类的坠落""人类的尊严和光荣惨遭蹂躏""兽欲的发泄""屠杀生灵""歹徒""幕后指使"，等等。读起来好像捷克军队侵犯了该文作者个人，把他打倒在地，用穿着高筒靴子的脚踩着他的肚腹似的。这篇文章就是作者饱遭痛殴的惨呼声的实时记录，至少给人的印象就是如此。

“《周刊》和其他普利斯堡的报纸提到你时无不眉飞色舞，”施雷德上校说，“你对这些自然不会感兴趣，因为不管怎样报道都还是那些臭事。不过也许你有必要看看《克玛诺晚报》上的一篇文章，上头说你在饭厅里用午饭的时候，试图当着卡柯尼的面强奸他太太。你用军刀威胁可怜的卡柯尼，逼着他用餐巾堵上他太太的嘴，不许她叫唤。这是最近关于你的新闻报道。”

上校笑了笑，接着说：“师部的军事法庭委派我来审问你，并且把有关的文件都送来了。要不是你那个传令兵，那个倒霉的帅克，这事早过去了。跟他在一起的有个叫沃基契卡的工兵，结束了那场混战后，他们把他带到警卫室去，在他身上搜出你给卡柯尼太太的那封信。开审的时候，你那个帅克说，那封信不是你写的，说是他自己写的。法庭上把信摆到他面前，要他照样写一份来对对笔迹的时候，他一口把你的信咽下去了。然后法庭又拿出你写的呈文来，好用你的笔迹跟帅克的加以对照，结果就是这样。

“上尉先生，我根本就不认为你的那个帅克，还有那个工兵在师部军法处的证词有什么用处。他们两个都坚持说这是一个玩笑引起的。老百姓不明白是开玩笑，殴打了他们。他们为了维护军人的荣誉才还手的。在审问中，你的那个帅克确实是个活宝。他的那些疯话我就不用说了，身为团长，我已经关照过有关的报纸用军法处的名义来更正报纸上的那些文章。今天已经发通知了，我想，我已经尽了全力在平息那些下流的匈牙利报纸在浑蛋的匈牙利老百姓中煽动的风潮。”

上校吐了口唾沫，说：“上尉先生，现在你自己也该体会到了吧，他们是如何善于利用你在基拉利希达的行为来大做文章的。”

卢卡什上尉望了上校一眼，上校接着说：“把帅克分给你们连当传令兵。”

上校站了起来，和脸色苍白的上尉握了握手：“好吧，就这样吧。

祝你诸事顺利，早立战功！”

卢卡什上尉在回去的路上不停地念叨：“连部传令兵。”

此时，帅克可恶的形象又浮现在他眼前。卢卡什上尉吩咐军需上士万尼克给他找勤务兵来代替帅克。万尼克说：“上尉先生，我还以为你对帅克很满意呢！”

后来他听说上校派帅克到十一连当传令兵时，不禁惊呼：“感谢上帝！”

在军法处的一间有铁栏杆的看守所里，大家按规定在早上七点钟起床了，像在军营里那样整理好内务，帅克和老工兵沃基契卡，还有其他单位的几个士兵一起坐在靠门的床上扪虱聊天打发时光。

“兄弟们瞧，”沃基契卡说，“坐在窗子边上的那个匈牙利狗崽子在做祷告，他居然梦想着要万事如意！怎么样？你们的手不发痒？不想去给他几耳光？”

“可他是好人！”帅克说，“他是因为不想当兵才到这里来的。他反对战争，还是教徒，不愿去打仗杀人，所以被关起来了。他恪守上帝的十诫，不像有的人，老把十诫挂在嘴边，但只是说说而已！”

“他是个蠢货，”沃基契卡说，“宣就宣呗，宣完了不去理会它不就行了吗？”

“我已经宣过三次誓了，”一个士兵说，“不过也当过三次逃兵了。假如没有一张证明我在十五年前因为神经错乱打死了我姑妈的医生证明，我在前线已经第三次挨子弹了。现在我那个死去的姑妈老是帮我摆脱困境，到头来，也许我可以混过这场战争，还保留着全身。”

帅克问：“老兄，你为什么打死你姑妈呀？”

“大家都会认为是为了钱财。那个老太婆有五个存折，当我满身伤痕，穿得破破烂烂地投奔她的时候，正好赶上银行给她寄利息。除了她以外，我在世上没有亲人了。我求她收留我，可是这个死老太婆，她要我自己谋生，还说什么我年轻力壮，什么什么的。所以我们就争吵起来了。我只是用拨火棍敲了她的头几下，又朝她脸上打了几下，打得她变了形，连我也认不出来她是不是我姑妈了。于是我就挨着她坐在地上，一个劲儿地问：‘你是不是我姑妈呢？’第二天邻居们发现我坐在已经死掉了的姑妈身边。后来我进了斯莱比疯人院，直到战前精神病院的检查委员会裁定我已经痊愈了以后，我又不得不回来补上我的军役。”

帅克说：“总之，你这件事很糟糕，不过你不要就此灰心丧气，就像比尔森一个名叫杨纳切克的吉卜赛人一样。一八七九年的时候，他因为谋财害命，杀害两个人，而被判绞刑。在把绞索放上他的脖子的时候，他还在自我安慰说，一切都会转危为安的！他还真说准了：在最后那一刻，他被从绞刑架下带走了，因为那天正赶上皇上的生日，不能把他处以绞刑。真是刚好让他赶上了。要推迟到第二天，皇帝生日过后，他才被绞死。不过这小子虽死了，可还是有福，第三天他就得到了宽恕，在对他进行复审的过程中，一些事实表明，这件案子是另外一个杨纳切克干的。后来又给他昭雪，把他从犯人墓地移到教堂墓地，再后来……”

“再后来我给了你几个巴掌，”沃基契卡说，“你这小子瞎吹什么？你看，我正在为军法处的审讯提心吊胆，你这个家伙还像没事似的。”

帅克说：“我们是一起去过堂的患难之交，总得聊点儿什么吧，沃基契卡，我只是想让你想开一些！”

“去你的吧，”沃基契卡吐了一口唾沫，“人家满腹心事，只想早点儿摆脱厄运，出去找匈牙利小子算账，可你却想用空话来安慰人。”

帅克说：“咱们不用操那么多心了！一切都会好起来的。最要紧的是在法庭上永远不要说真话。说实话，谁要是上了别人的当，谁就完蛋了。如实招供不会有什么好处。”

沃基契卡发火了："圣母马利亚，我实在无法忍受了，说这些顶个屁用，我真不明白！"

这时候过道里面响起了脚步声和巡逻兵的喊声："又来一个！"帅克高兴地说："我们的人又多了。他们那里兴许还有点儿烟屁股吧！"

门开了，一个志愿兵被推了进来，他就是跟帅克一起在布杰约维采坐过禁闭火车厢，后来被分到先遣连伙房的那个知识分子。

"赞美耶稣基督！"他一进来就说。帅克则代表大家答道："永远！阿门！"

志愿兵满意地看了帅克一眼，把随身带的毯子放在地上，坐在捷克人那边的条凳上。然后松开绑腿，取出藏在里面的香烟分给大家。又从皮鞋里掏出火柴盒上的沙面和几根弄掉半截的火柴。他划燃火柴，小心地点燃了香烟，又给大家点上火儿，然后大大咧咧地说："他们指控我煽动士兵造反。"

"这没什么吧？"帅克说，"小事一桩。"

志愿兵说："我等着，瞧瞧，是不是靠这些大大小小的军事法庭，我们就能把仗打赢。既然他们千方百计地要和我打官司，我就奉陪。说白了，一场审判也改变不了局势。"

"你怎么煽动士兵造反的？"沃基契卡望着志愿兵，一脸的同情之色。

"我不愿意打扫禁闭室的厕所，他们带我去见上校。那人真是一头蛮横的猪！他只知道大吼大叫，说我是一名无名小辈，只是当局点名要发落而已，所以我只是一个普通的犯人；还说他简直奇怪地球上会有我这样的生物，而且地球居然没有因为这样而停止转动。后来上校被我气得好像一匹吃了辣椒的母马，牙齿咬得直响，对我嚷嚷——

"'你到底扫不扫厕所？'

"'不扫，坚决不扫！'

"'你，你给我扫，你这个下流的志愿兵！'

"'不扫，我就是不扫！'

"'该死的，信不信我叫你扫一百个厕所！'

"'不信，上校先生，我不但不会扫一百个，我连一个也不会扫！'

"就这样'你扫不扫''我不扫'地吵个没完没了。'厕所'这个词就像绕口令一样在我们的嘴里抛来抛去。上校像发了疯一样在办公室里面乱窜，最后他坐下威胁我：'你好好考虑一下吧，否则我要以叛乱罪把你送到军法处严惩。你别以为你是在战场上第一个挨自己人枪子儿的志愿兵。在塞尔维亚，我们已经绞死了十连的两个志愿兵，枪毙了九连的一个志愿兵。就是因为他们冥顽不化。那两个被绞死的是因为他们不愿意杀死一个游击队员的老婆和儿子。九连的那个是个平板脚，借口说脚肿了，想当逃兵——说说吧！你到底扫不扫厕所？'

"'报告，上校先生，我不扫！'

"上校望着我，问：'你是不是个泛斯拉夫主义党徒呀？'

"'报告，上校先生，我不是！'

"后来我被带走了，还宣布我犯了叛国罪。"

帅克说："我看你最好还是装疯卖傻的好。我被关在警备部拘留所的时候，有一挺伶俐的小子，一个很有文化的商业学校的老师和我们关在一起。他是从前线开小差跑回来的，他们本来想开庭审理他，判他绞刑，以杀一儆百，可是他轻而易举地逃脱了。"

这时候，钥匙在锁孔里面响了几下，看守走了进来："步兵帅克和工兵沃基契卡去见军法官先生！"

他们站了起来，沃基契卡对帅克说："你瞧他们这帮浑蛋，天天过堂，也没有什么结果！他妈的，还不如给老子判个刑，省得弄得老子不痛不痒的。把咱们成天审个不停，而匈牙利人在一边看热闹，想起来就憋气！"

这座房子的那一面就是师部军法处的审讯室。在去审讯室的途中，工兵沃基契卡跟帅克讨论他们究竟什么时候会面对真正的裁判。

沃基契卡思索了一会儿，对帅克说：“帅克，等一会儿在法官那里，千万别沉不住气，咬住上次呈供的口径不放。要不我就完了。记住关键的一点，你亲眼看见那些匈牙利小子先动手的。总之，这宗案子里咱俩可是小命系在一起啦！”

“别担心，沃基契卡，放心好了，千万别发火。”帅克安慰他，“在军法处里受审有什么了不起？你要看看以前军事法庭那才算开了眼呢。”

沃基契卡说：“我在塞尔维亚时，我们旅里面每次绞死游击队员的时候，都会发给刽子手香烟。绞死一个男的奖励十支‘运动’牌香烟，如果是绞死女的或者小孩子，就给五支。后来军需部为了节约开支，就把他们排成一队枪毙。”

卫兵们开始催促，于是他们不得不走了。

他们刚走进师部军法处，哨兵就把他们带进了第八号办公室。军法官鲁勒坐在一张堆了很多公文的长桌子后面。他的面前放着一本法典，法典上放着一杯残茶。桌子旁边放着一个假象牙的十字架，十字架上的耶稣绝望地望着十字架的底座，那上面尽是烟灰和烟头。

军法官鲁勒这时候用一只手在十字架上灭了烟头，另一只手则端起茶杯，茶杯的底儿和书皮粘在了一起。

沃基契卡的一声咳嗽，把他的思绪从书上的男女生殖器图画中拔出。

“什么事？”他一边继续看着那些令人想入非非的图画，一边问。

帅克回答道：“报告，军法官先生，沃基契卡受了凉，现在正咳嗽。”

这时候军法官才抬起头来看了看帅克和沃基契卡。他马上摆出一副公事公办的样子。

他翻了翻桌子上的文件，说："你们到底还是来了，为什么这么慢吞吞的？我叫你们九点来，可是现在都十一点了。"

他向摆出稍息姿态的沃基契卡吼道："你怎么站的？畜生！官长没有允许你稍息，你竟敢如此随便？"

"报告，军法官先生，"帅克回答道，"他有风湿病。"

军法官打断了他的话："闭嘴！我问你的时候，你再回答！懂不懂规矩？三次过堂都没让你学规矩？等着吧，像你这种惹是生非的家伙，会有你好看的——咦，卷宗呢？"

他从一大堆公文里面抽出了一个标有帅克和沃基契卡名字的厚厚的卷宗，说："你们甭想借一次斗殴事件就赖在军法处不走，好躲过上前线。为你们的事情还要麻烦我军队法庭打电话。你们这些猪猡！"

他叹了一口气。

"别装正经了，帅克，我敢担保你到了前线不会再有和匈牙利人打仗的兴趣，现在已经正式给你们结案，这儿没你们什么事了。你们各自回自己的部队去，在那里接受纪律处分，然后就跟先遣连上前线去。你们要是再犯在我手里的话，杂种，我就会把你们教训个够，让你们再也别想高兴起来！这是你们的释放令，你好好拿着。把他们带到二号室去。"

帅克说："报告，军法官先生，我们一定记住您老人家的教诲，谢谢您对我们的恩典。我们应该叫您大善人。我们还得多多请您原谅，给您添了这么多麻烦，我们真的过意不去。"

军法官朝着帅克大吼起来："滚蛋！要不是施雷德上校替你们说情，我才不会轻易放过你们呢？"

当卫兵把他们领往二号房间的时候，走在过道里，沃基契卡才明白过来这意味着什么。

领着他们的士兵担心自己耽误了中午饭，一个劲儿地催他们："喂，小伙子们，快点儿走，别磨磨蹭蹭的！”

沃基契卡回敬他别太放肆，说他应该庆幸自己是捷克人，不然他早就把他像咸鱼一样撕碎了。由于办事员都去吃午饭了，所以押送兵只好把他们暂时领到军法处的牢房去，气得他把师部所有的办事员都骂了一通。

他垂头丧气地说：“唉！那帮强盗又要把我那份汤里面的肉片独吞了，只给我留些筋骨。昨天我也是押两个人到营房里去，结果有人把我的饭吃掉了一半。”

沃基契卡这时又是一副神气活现的样子，他说：“你们军法处的人都是一群饭桶！”

回到牢房后，帅克哥俩把结案的情况告诉了志愿兵，他兴奋地叫道：“这么说，伙计们，你们要到先遣连去了。就像捷克旅行杂志里面的广告语那样，我祝你们‘一路顺风’！万事俱备，只待发配啦！大名鼎鼎的管理处的长官们一切都会替你们考虑到的。你们将分到加里西亚去，你们要高高兴兴、轻轻松松地上路。你会感觉像在家乡一样。”

午饭以后，在帅克和沃基契卡去二号室之前，一位曾跟他们患难与共的不幸教员把他们叫到了一边，悄悄说：“到了俄国那边，别忘了马上用俄国腔对俄国人说：‘你们好啊，俄罗斯兄弟，我们是你们的捷克兄弟，跟奥地利人不一样。’”

他们一走出军法处的牢房，沃基契卡突然想做出些示威的行为，表示一下他对匈牙利人的仇恨，为了显示他并没有因为这次牢狱之灾而变成软蛋，所以他踩了那个因为不愿当兵而被关进来的匈牙利人一脚，还对他嚷道：“把你的臭鞋套在蹄子上，你这欠揍的小子！”

因为对方没有回击，他意兴索然地对帅克说：“他总该对我说点儿什么吧，可是这个笨蛋一声不吭，任凭我践踏他的尊严。妈的，帅克，这回没有入狱，心里真不是滋味！不知情的人一定会耻笑我们的。可是我搏斗起来像狮子一样勇猛呀。这件事情都是你小子太浑蛋，所以才没给我们判刑，给了咱们这么一个证明，好像我们不会打架似的。他们会怎么想咱们呢？我们的好汉名声难道就这样毁于一旦了吗？”

帅克宽宏大量地劝道：“亲爱的，我真不明白，你怎么还不高兴呢？没错，我是在过堂的时候瞎编了一气，可这是必须的呀。军法官后来就再也没有问我什么了，这就已经足够了。你只要记住，在军事法庭上，什么也不能承认。”

工兵沃基契卡说：“我要是吃了屎，那当然不会承认啦。可是我要让他明白，他是在和一个什么样的好汉说话。不幸的是我们却被释放了，以后让我在江湖上怎么混？等打完仗，退了伍以后，我要是再遇到那个畜生，我一定要让他明白我到底会不会打架，然后再到基拉利希达大打一场，让所有的人都躲到地窖去，让他们知道我是来基拉利希达看望这帮流氓无赖、混账东西来了。”

帅克和沃基契卡就要告别了。分手时，帅克对老士兵说：“仗打完了以后，就来看我吧。每天晚上六点钟，你都能在战场街的‘管你够’酒家找到我。”

“知道了，我一定会去。”沃基契卡答道。

两个朋友分手了，在他们走了颇长的一段路后，沃基契卡在帅克的身后喊道：“等我到你那儿的时候，你一定要想办法找点什么好东西来消遣。”

帅克放开嗓门儿，回答道：“打完仗后，一定要来呀！”

后来他们彼此之间的距离越来越远了，好一会儿后，从第二排楼房的转角处还传来了沃基契卡的声音：“帅克，帅克？‘管你够’酒家怎么样？”

帅克以同样洪亮的声音回答道：“很有名的！”

“我还以为是斯米霍夫产的啤酒名称呢。”工兵在远处喊道。

帅克回应道："那里还有姑娘呢！"

"那好，打完仗以后，晚上六点钟见。"沃基契卡喊道。

帅克回答道："你最好还是六点半来，万一我有点事儿，在什么地方耽搁了呢。"

然后，又走了老远，又听见沃基契卡嚷道："你就不能想办法六点钟到吗？"

帅克听到朋友在老远地方的回答，说道："好吧，我就六点钟到吧！"

好兵帅克和老兵沃基契卡就这样分手了。

第二十章

从摩斯特到索卡尔

卢卡什上尉在第十一先遣队的办公室里搓着手团团转，心神飘忽不定。办公室是本连营舍里的一间阴暗的斗室，是用木板子从过道隔出来的。里边只放了一张桌子、两把椅子、一铁罐煤油、一条床垫子。

给养军士万尼克脸朝着卢卡什上尉站在那里，他成天都在编制发饷名单，登记士兵配给的账目。他实际上是全连的财政主管，整天都厮守在这个阴暗而窄小的斗室里，晚上也睡在那里。

一个胖胖的步兵笔直地站在门口，他留着长而浓密的胡子。这是上尉的新传令兵巴伦。入伍以前，他本是个开磨坊的。

卢卡什中尉对给养军士说道："唉，我是否要感谢你替我找了个好勤务兵，谢谢你给了我一份惊喜。好家伙！头一天我派他到军官食堂去替我取午饭，那份饭他给吃掉一半。"

"报告上尉，我没吃，是洒掉了。"那个留着胡子的彪形大汉说道。

"好吧，那么就算你洒了吧。汤或肉汁你可能洒了，但是你不可能把烤肉也洒了吧。你带回的那块肉只有我的指甲盖那么大。而且你把肉卷搞到哪儿去了？"

"我……"

"你吃掉了。想否认是不行的！你吃掉了。"

卢卡什上尉说最后那句话的时候，分明是一副正颜厉色的样子，吓得巴伦不由得倒退了两步。

“我到厨房问过了，我已经知道今天午饭我们有些什么。先是肝膏汤。你把汤里的肝膏弄到哪儿去了？你半路上把它沥出来吃掉了，对不对？另外，还有牛肉和小黄瓜。你把它弄到哪儿去了？那也被你吃掉了。两片烤肉，你只给我带来了半片，对不对？还有两个肉卷，哪儿去了呢？被你偷吃了，你，你这个饿死鬼！说吧，你把肉卷弄到哪儿去了？什么，掉到泥里去了？你这个没廉耻的骗子，畜生，吃货！你指给我那个地方，看泥里掉没掉肉卷。什么？没容你捡，一条狗把它叼去了？我真想狠狠揍你一通，把你搞个面目全非！你知道是谁告发的你吗？就是这里的给养军士万尼克。他跑来告诉我说：‘报告长官，巴伦那个馋猪在吃您的午饭哪。我从窗口朝外面一望，看见他正拼命往嘴里塞，活像一个礼拜没吃东西！’我必须另换一个勤务兵了，中士！”

“报告长官，看起来巴伦最适合待在先遣队里。他是个笨头笨脑的白痴，刚学完的操法就忘个干干净净。要是交给他一杆枪使的话，准会出意外。上回练习空弹射击的时候，他差一点儿把旁边一个人的眼睛射瞎。我想他再不成器总可以当个传令兵。”

“偷吃军官的午饭，”卢卡什上尉说，“难道你的配给不够填饱你的狗肚子？难道你真是饿死鬼变的？”

可怜的巴伦结结巴巴地辩解说：他天生是个大肚汉，如果长官开恩给他发两份口粮的话……

“得了，军士，”他转过来接着对给养军士万尼克说，“你把这个人带到魏登霍夫下士那里去，叫他把这家伙绑在厨房门口。绑他两个钟头，今晚的红焖牛肉发完了再放掉他。叫他们把他绑好了，只许脚尖着地。这样，让他亲眼看着肉在锅里炖着，厨房里发炖肉的时候一定要把这个浑蛋绑在那里，着着实实地折磨一回他，就像个饿着肚皮的乡巴佬在肉铺门外头闻味儿一样。他那份炖肉分给别人好啦。”

“是，长官。巴伦，跟我走。”

给养军士万尼克回来报告巴伦已经绑好了的时候，卢卡什上尉说：“我觉得你是个酒鬼。一看到你的酒糟鼻子我什么都明白了。”

“长官，那是在喀尔巴阡山上落下的病症。在那里，我们拿到的配给总是凉的。战壕是在雪里挖成的，又不准我们生火，我们只好靠喝朗姆酒御寒。要不是我，大家一定会落得跟别的连一样，连朗姆酒都没得喝。时间一长，朗姆酒把我们的鼻子都弄红了。唯一的缺点是营里下了命令，只有红鼻子的才派出去侦察。”

“啊，不过冬天差不多完了。”上尉话里有话。

“长官，不论什么季节，战场上可不能没有朗姆酒，喝了这种酒，人也变得勇敢了。咦？有敲门声！哪个家伙这样没礼貌？”

卢卡什上尉把椅子朝门转去，门开了，好兵帅克蹑手蹑脚地走进第十一先遣队的办公室来。

卢卡什上尉看到好兵帅克，立刻绝望地合上眼，帅克却热切地望着上尉，那神情就像一个浪子回家，看到他父亲正为他宰牛设宴那样欢喜。

“报告长官，我回来啦。”帅克站在门口大声说。卢卡什上尉瞧见帅克那副毫无愧疚反省的模样，突想起这个家伙给他带来的麻烦。不禁暗中苦笑，自从施雷德上校通知他又把帅克送回来的那天起，上尉一直就盼望着这个倒霉的时刻可以无限期地延缓下去。每天早晨他都对自己说：“今天他不会来的。也许他又出了乱子被抓起来了。”可是现在帅克带着温厚谦逊的神情这么一照面，就粉碎了上尉的那些小心思。

这时候，帅克定睛瞅着给养军士万尼克，转过身来，从军大衣口袋里掏出一些证件，边笑边递给他。

“报告军士，”他说，“这些连队办公室里签的证件遵照命令交给您，是关于我的饷金和配给的。”

帅克对万尼克军士表现出仿佛他们已是多年老友的热情。但给养军士并不领情，他冷淡地答道：“摆在桌上吧。”

“军士，”卢卡什上尉叹了口气说，“我想单独跟帅克谈一谈。”

万尼克走出去了，站在门外听着，看他们俩说些什么。起初，他什么也没听到，因为帅克和卢卡什上尉都不吭声。他们互相望了好半天，仔细打量着。

卢卡什上尉打破了这几乎让人发疯的僵局，冷嘲热讽地说：“我很高兴看到你，帅克。谢谢你还没忘记。上帝，你是多么令人想念的一位朋友啊！”

不过上尉的幽默感并没有维持多久，他终于爆发了：用拳头捶着桌子，结果墨水瓶震动了一下，墨水洒了出来。他又跳起来，脸紧逼着帅克，向他嚷道：“你这浑蛋！”

说完了，他就在办公室里大跨步踱着，每从帅克身边走过就啐一口唾沫。

“报告长官。”帅克说道。他说话的当儿，卢卡什上尉继续来回踱着步，走近桌子时就抓些纸团子，气冲冲地把它们抛向一个角落。“我就照您吩咐的把那封信送去了。说实在的，卡柯尼太太长得真是不赖，身材苗条的女人，哭起来的俏模样真动人……”

卢卡什上尉在给养军士的褥子上坐下来，瓮声瓮气吼嚷道：“帅克，什么时候你才会变得正常一些？”

帅克似乎没听到上尉话，继续说道：“后来的确发生了一点儿不愉快，但我把责任全担下来了。他们不相信是我写信给那位太太，所以在审讯的时候，我把那封信吞下去了，让军法官干瞪眼。接下来又是一场麻烦，我的运气真糟，好在过去了。那场官司总算也了结了，他们承认错儿不在我，把我打发到警卫室，就不再审问了。我在连队办公室等了几分钟，上校训了我一通，叫我做连部传令兵，向您报到，对了，上校叫我告诉您，请您马上去见他，是关于这个先遣队的事。这是半个多钟头以前的事了。可是上校不知道他们还得把我带到连队办公室去，也不知道我在那儿还得等上一刻钟，因为还要补发我这阵子的军饷。我得先向连队领，而不是向先遣队，因为照单子上开的，我是归连队禁闭的。”

卢卡什上尉听说他应该在半个钟头以前就去见施雷德上校，忙不迭地穿上军便服，说道：“帅克，你真替我省心呀！”

正当上尉奔出门口的时候，帅克安慰这个绝望的人说：“长官，叫上校等等他不会在乎的，反正他也没事可干。”

上尉走后没多久，给养军士万尼克进来了。帅克坐在一把椅子上，小铁炉子的火门正开着，他一块块地往里边丢着煤。炉子冒起烟来，屋里弥漫着浓浓的煤烟味。帅克没理会那个充满敌意的军士，继续往里头丢着煤。给养军士看了一阵，然后猛地把炉门一踢，叫帅克滚出去。

“对不起，军士，”帅克毫无惧色地说，“不过我得告诉你，尽管我很愿意听你的命令，但事实上行不通，因为我是归上一级管的。”

他口气里含着些骄傲补充说：“我是连部传令兵。施雷德上校把我安插到第十一先遣队卢卡什上尉这里来的，我给卢卡什上尉当过勤务兵。但是由于我的天分，他们把我提升为传令兵了。我跟上尉是老朋友了。”

电话铃响了。给养军士赶忙抓起耳机，然后使劲往下一摔，气恼地说：“我得到连队办公室。总是这样不由分说地使唤人，让人难以忍受。”

帅克一个人待在屋里。

不久，电话铃又响了。帅克拿起听筒叫道：“喂，我是第十一先遣队的传令兵帅克，你是谁？”

随后，帅克听到卢卡什上尉的声音回答说：“怎么搞的？万尼克哪儿去了？叫万尼克马上来听电话。”

“报告长官，电话铃刚才响过……”

“听我说，帅克，我没空儿听你的废话连篇，在军队里，打电话说话一定要简明扼要,不许再来那套‘报告’之类的礼节。现在回答我：万尼克究竟在不在房里？他得马上来听电话。”

“报告长官，他不在这儿。刚才不到一刻钟以前，他去连队办公室里去了。”

“看我回来怎么收拾你，帅克！你的话不能简单点儿吗？好，仔细听我说。你听得清楚吗？事后可不要借口电话里有杂音来跟我东拉西扯，回话驴唇不对马嘴！你一挂上电话，马上就……”

帅克连忙挂上了电话。

停了一会儿，电话铃又响了。帅克拿起听筒来，听到一顿臭骂声从里面喷涌而出：“蛆虫！浑蛋！猪不食狗不吃的废物！你要干什么？为什么挂我的电话？”

“报告长官，是您叫我挂上电话的。”

“帅克，我以母亲的名义发誓，等我回来后给你点儿厉害尝尝。那么，现在你打起精神来，给我找一个中士来——找弗克斯吧，告诉他马上带十个人到连队库房去领配给罐头。好,重说一遍他应当干什么。”

“他应当带十个人到连队库房去领本连的配给罐头。”

“好，这回你总算搞明白了。现在我就要往连队办公室打电话给万尼克，叫他到连队库房去办事。要是这时候他回来了，叫他一定把别的事都放下，赶快到连队库房去。现在你可以挂电话了。”

帅克不但找了半天弗克斯中士，其他所有的军士也都找遍了，但是谁也没找到。他们都在厨房里啃着骨头，一面望着巴伦——按照所指示的，他已经被绑起来了。伙夫给他塞了块排骨。这个留胡子的大汉不能动手，就小心翼翼地把骨头叼在嘴里，用牙和牙床托平了它，同时带着森林里野人的那种表情疯狂地啃咬起来。

“弗克斯中士在吗？”帅克终于找到了军士们，就问他们说。弗克斯中士看见问话的不过是个传令兵，于是便一声不吭，兀自啃着肉骨头。

“听着，”帅克说，“为什么没人搭理我？哪个是弗克斯中士？”

弗克斯中士慢慢地走向帅克，开始摆出老资格训斥他：对中士说话应当懂规矩。在他那个班里，谁对他说话要是像帅克那样不分上下，他早就给他一记耳光了……

“少跟我摆臭架子，”帅克正颜厉色地说，“别耽搁时间了，马上带十个人到库房去领配给罐头。”

弗克斯中士听了这话惊讶得说不出话来了，嘴里只能嘟囔道：“什么？”

“不许还嘴，”帅克回答道，“我是第十一先遣队的传令兵，我刚跟卢卡什上尉通过电话。他吩咐说：‘马上带十个人到连队库房去。’弗克斯中士，你若是违抗命令，我立刻就去报告。卢卡什上尉特别指定要你去的。走吧，没旁的可讲，卢卡什上尉说：‘叫他去他就得去。在军队里浪费时间就是犯罪，特别在打仗的时候。你通知了弗克斯中士以后，要是那小子不去的话，那好办，给我打个电话来，我马上跟他算账。我要把这个弗克斯中士大卸八块。’你难道不知道上尉的厉害吗？”

军士们听了都一愣，全都垂头丧气起来。帅克得意地环视着这班人。弗克斯中士咕哝了几句没人能听懂的话，就匆匆地走了。这时候帅克向他喊道：“我可以打电话报告卢卡什上尉说，你开始执行他的命令了吗？”

“我马上就带十个人到库房去。”中士头也不回地说。帅克走开了。别的军士们同刚才弗克斯中士一样惊讶。

“热闹起来了，”小个子布拉兹克下士说，“我们快要开拔啦。”

帅克回到第十一先遣队办公室以后，正欲点烟斗消受一番，电话铃就又响了。又是卢卡什上尉跟他讲话。

“帅克，你上哪儿去了？我打了两回电话都没有人接。”

“我去执行你的命令去了，长官。”

“他们都去了吗？”

“噢，他们去是去了，长官，可是我不能担保他们是否已到库房，我再去看看好不好？”

“你找到弗克斯中士了吗？”

“找到了，长官。一开头他居然跟我摆臭架子，可是等我告诉他是您的指示……”

“万尼克回来了吗？”

“没有回来，长官。”

“说话轻一些，别对着听筒嚷。这个该死的万尼克到底到哪儿去了？”

“我说不清这个该死的万尼克到哪儿去了，长官。”

“他到过连队办公室，后来他又到别处去了。他也可能在军营里的酒吧间。帅克，你就到那儿去找找看，叫他马上到连队库房去。还有一件事，马上找到布拉兹克下士，叫他立刻给巴伦松绑。然后叫巴伦到我这儿来。挂电话吧。”

帅克找到了布拉兹克下士，吩咐他给巴伦松绑，又陪巴伦一道走，因为他还得到军营里的酒吧间去找给养军士万尼克，刚好顺路。巴伦对帅克感恩不尽，承诺以后每逢家里寄吃的来，都要分给帅克一半。

帅克到军营里的酒吧间去，走的是栽满高大菩提树的那条古老的林荫路。给养军士万尼克正在军营里的酒吧间里开心着呢，他喝得有点迷迷糊糊的。显然心情很愉快。

“长官，您得马上到连队库房去，”帅克说，“弗克斯中士带着十个人在那儿等着您哪，他们去领配给罐头。您得赶快去。上尉打过两回电话啦。”

给养军士万尼克朗声大笑：“老兄，别摆出一副十万火急的神色，时间来得及。库房又不会溜了，上尉不像我指挥过先遣队，如果他干过先遣队长的话，我保证他说的话就不一样了，这是大实话。你不知道吗？连队办公室几次下命令说，咱们第二天开拔，要立刻去打包行李、领配给。我呢，却不慌不忙到这儿来畅饮几杯。配给罐头不会长腿跑掉的。我比上尉清楚所谓的库房是怎么回事，我亲耳听到过上级军官们在这里的私底下谈话。说实在的，仓库里压根儿没什么罐头，罐头存在于账目上呢。每当我们要求发罐头时旅部就调拨过来几罐，或者跟友邻单位借一些。光欠一个连队的罐头咱们就有一百多罐呢，官老爷甭想唬我，我太清楚这底细了。”

“别在这里瞎着急，”给养军士万尼克接着说，“随他们去，他们假如通知我们明天就出发的话，伙计，听我的，那是胡扯。一节车皮都没有，出什么发？小子，悠着点，驼背进了棺材背自然会直的。别瞎忙活，坐下来……”

“不成，”好兵帅克费了不小的劲儿说，“我得回办公室去，万一有人来电话呢。”

“要是你非要去，就回去吧，老伙计。可是去了也显不出你的才干，这是实情。你太急着奔回去工作啦。”

帅克已经走出大门，朝着先遣队的方向跑。剩下给养军士万尼克一个人了。他不时地抿一口酒，一想到中士正带着十个人在仓库眼巴巴地等子虚乌有的罐头，他就忍不住发笑，乐得手舞足蹈。很晚了，万尼克才回到第十一先遣队，看见帅克正守在电话旁边。他悄悄爬到他的褥子上，立刻就和衣倒头大睡了。

可是帅克依然守在电话旁边，因为两个钟头以前卢卡什上尉来过电话说，他还在跟上校商议着事情。可是他忘记告诉帅克不用在电话旁边守着了。随后弗克斯中士来电话说，他带着十个人等了好几个钟头，可是给养军士万尼克根本没影。仓库也大门紧锁，他知道没戏，于是下令解散。

帅克不时地拿起听筒偷听别人的电话来解闷。电话是个新发明，军队上刚刚才使用，它的好处是在线上谁都能清清楚楚地听到别人说的话。

辎重兵大骂着炮兵，工兵对军邮所发火。射击训练班又跟机枪班发着脾气。

而帅克依然守在电话旁边坐着。上尉跟上校的会谈拖延下去了。施雷德上校正在畅谈着关于战地勤务最新的理论，特别提到迫击炮。他没完没了地谈着，谈到两个月以前战线还在东南方向，谈到各个战斗单位之间建立明确的联络线的必要性，还有毒瓦斯、防空设备、战壕里士兵的配给什么的，然后他又讲起军队内部的情况。随后他又扯到军官和士兵、士兵和军士之间的关系问题，以及临阵投敌的问题。谈到这一点，他顺便指出捷克军队有一半是靠不住的。大部分军官一面听着一面暗中诅咒这个老糊涂蛋究竟要扯到哪年哪月才算了。可是施雷德上校继续东拉西扯下去，讲起新成立的先遣队的新的责任，讲起阵亡了的连队军官，讲起飞艇、骑兵、军人的宣誓。

讲到后一个问题的时候，卢卡什上尉想起整个先遣队的人都宣过誓了，就差帅克没宣，于是，他忽然咯咯笑起来了。这是一种神经质的笑，对几位靠他坐着的军官很有传染的力量，上校对他相当不满。这时候上校刚要讲到德军从瓦登撤退中所得的经验。他把这件事情的经过讲得让人如坠云雾，然后说道："诸位，这可不是一件开玩笑的事。"

于是他们就都到军官俱乐部去，因为施雷德上校曾打电话给旅部指挥部。帅克正守在电话旁边打盹。电话铃一响，把他吵醒了。

"喂，"他听到耳机里说，"我是连队办公室。"

"喂，"帅克回答说，"这是第十一先遣队。"

"别挂上，"耳机里的声音说，"拿杆铅笔来，把这段话记下来。"

"第十一先遣队。"

接着，下面是一连串含混不清的话语，这时其他队线路的吵闹声也混了起来，连队的通报就更听不清了。帅克一点也没弄明白。后来听筒里声音小了一些。随后，帅克听到里面说道："喂，喂，别挂上！把刚才记下来的话重念一遍。"

"重念什么呀？"

"你难道没记吗？白痴！"

"什么话呀？"

"天哪，你是聋子吗？念我刚才口授给你的话，你这个浑蛋！"

"我没听清楚。我受到干扰了。"

"笨蛋，你以为我闲着没事，专门来听你胡扯的吗？你到底记不记？纸笔都拿好了吧？什么？没拿好？你这头猪！上帝，这样的军队！好，你究竟要我等多长时间啊？哦，你什么都准备好了，真的吗？你总算打起精神来了。也许为这件事你还得换换制服吧。好，听着：

第十一先遣队。记下来了吗？重念一遍。”

“第十一先遣队……”

“连长……记下来了吗？重念一遍。”

“明天举行会议……记好了吗？重念一遍。”

“明天举行会议。”

“九点钟，‘Unterschrift’，你知道‘Unterschrift’是什么意思吗，笨家伙？是‘署名’的意思。重念一遍！”

帅克真的重念了一遍：“九点钟，‘Unterschrift’，你知道‘Unterschrift’是什么意思吗，笨家伙？是‘署名’的意思。重念一遍！”

“你这个大笨蛋！底下署名是施雷德上校，傻子。你记下来了吗？重念一遍！”

“施雷德上校，傻子。”

“好吧，你这蠢货！是谁在接电话？”

“我。”

“该死，‘我’是谁呀？”

“帅克。还有别的事吗？”

“没有了，你应该改名叫驴！上帝哟。”

帅克挂放下听筒，就开始叫醒给养军士万尼克。给养军士拼命挣扎，当帅克摇晃他的时候，他打了帅克鼻子一下。然后帅克终于成功了，军士揉揉眼睛，紧张地问发生了什么事。

“到目前为止，还没发生什么事，”帅克回答说，“但我必须告诉你。刚才接到一个电话，叫卢卡什上尉明天早晨九点钟一定要到上校那里再开一次会议。我不知道怎么办。我是现在去告诉他呢，还是等到明天早上？我犹豫了好半天，考虑应不应该叫醒您，可是最后我想还是请示您为妙——”

“看在老天的面上，让我睡去吧，”给养军士央求道，大大打了个呵欠，“你早上去吧，只是别喊醒我。”

他翻了个身，马上又睡着了。

帅克重新回到电话旁边，坐下以后也悄悄地睡去。他没把听筒挂上，因此别人无法打扰他。连队办公室的电话员又接通了第十一先遣队，叫他们第二天上午十二点向连队军官报告有多少人还没打伤寒预防针，可是电话无人接，他气得破口大骂。

这时候卢卡什上尉仍然在军官俱乐部里。他喝光剩下的黑咖啡，然后回家了。一进屋就发现大肚汉巴伦正用上尉的酒精灯煎肉肠。

巴伦立刻骇得面无人色，结结巴巴地道歉。卢卡什突然感到一阵心酸，原谅了他，并承诺明日起发给他两份口粮。

上尉在桌子旁坐下，他内心百感交集，开始给他姑姑写起一封动人的信：

亲爱的姑姑：

我刚接到命令，我和本先遣队即将开往前线。前方战况激烈，我方伤亡惨重，这也许是我写给你的最后一封信了。因此，在最后我不使用“再见”二字。向你告个永别我想也许更好。

“明天早晨再把它写完吧。”卢卡什上尉这样决定后，就去睡觉了。

随着连部各个厨房冒出的一片煮咖啡糖的味道，早晨到来了。帅克醒来，不知不觉地把听筒挂上，显得他刚打完电话似的。他在办公室里走来走去，做了一番晨练，快活地哼着个小调，把给养军士万尼克吵醒了。他问起几点钟了。

“他们刚吹过起床号。”

“让我喝点咖啡再起床吧，”给养军士这样决定了，他做什么都是不紧不慢的，“而且爬起来他们一定又催着咱们做这个做那个，到头都是像昨天发罐头那样没实质意义。”

电话铃响了，给养军士拿起电话。传来了卢卡什上尉的声音，问起领配给罐头的事，紧接着上尉一通申斥。

“根本就没有什么罐头，我向您保证，”给养军士万尼克对着听筒大声说，“怎么会呢？那全是胡扯。兵站可以负责。上尉先生，用不着再派人去。我正要打电话向您报告呢。您问我去没去过军营里的酒吧间？说实话吧，我去过一会儿。不，长官，我没醉。帅克在干吗？他在这儿哪。我叫他吗？”

“帅克，来接电话，”给养军士说，然后又低声吩咐了一句，“上尉假如问起我回来的时候什么样儿，你就说我没事。”

帅克接电话：“报告上尉，我是帅克。”

“喂，帅克，那罐头究竟是怎么回事？都领到了吗？”

“上尉，没有，压根儿就没戏。”

“听着，帅克，我们露营一天，我要你每天早上都向我报到。直到我们开拔，你都不许离开我。你昨天晚上干什么了？”

“我在电话旁边守了一夜，上尉。”

“有什么消息吗？”

“有的，上尉。”

“那么，帅克，不要胡说一气。有什么人报告了什么要紧的事吗？”

“有的，但你九点钟才醒。我不想去打搅您。我不愿意做这样的事。”

“拜托告诉我到底什么事！”

“长官，有一个口信。”

“呃，说些什么呀？”

“我都记下来了，长官。是这样的，他说：‘记下一个口信来。你是谁呀？记下来了吗？重念一遍。’”

“住口！帅克。告诉我口信里讲的是什么，要不然，等我抓到你的时候一定狠狠揍你一通。那么，讲些什么？”

“长官，上校通知今天早晨九点开会，夜里我本想把您喊醒，可是后来我又改了主意。”

“我想你也应该改改。凡是能够挨到早上再告诉我的，最好别把我吵醒。什么狗屁！随它去！叫万尼克来听电话。”

给养军士万尼克接电话：“上尉，我是给养军士万尼克。”

“我命令你马上给我换一个勤务兵，这个该死的巴伦昨天把我的巧克力一扫而空！你说再把他绑起来示众？不，算了，送他到卫生队去抬伤兵吧，这小子一身蛮肉，干这个正合适——还有，你认为我什么时候上前线？”

“我认为不着急，反正上了战场也是瞎转悠，当炮灰是迟早的事。”

“万尼克，给我开一张——让我想想看，开一张什么？哦，对了，开一张军士的名单，注明他们的军龄。然后开上连部的配给。要不要按照国籍开名单？要的，那个也开上。今天旗手在干什么？检查士兵的装备？账目？等配给发完以后我就来签字。谁也不许进城去。就这样。”

给养军士万尼克从一只标着“墨水”字样（为了防酒徒偷喝）的瓶子，往他的黑咖啡里倒了点甜酒。他坐在那儿一面呷着他的咖啡，一面望着帅克说道：“咱们这位上尉朝着电话大嚷了一通。他每个字我都听懂了。我想，跟他待了这么些日子，你一定对他很了解吧。”

“那自然喽，”帅克回答说，“我们亲密无间。哦，我们共患过不少难。他们屡次想拆散我们俩，可是我们总想法又凑到一块儿啦。他什么事儿都离不开我。有时候我也不明白为什么要那样。”

施雷德上校又召集了一次军官会，纯粹是为了表演一番自己的演说才能。会上处理了志愿兵叛国案，那个因为拒扫厕所而遭到上司报复的志愿兵被判定重返部队服役。他的罪行以后再理论。此外又处理了一宗冒领功勋章的小案子。会议开始以后，施雷德上校强调军队眼看就要开拔，需要多多开会研究。他接到旅长的通知说，他们正在等着师部的命令，需要鼓励士气，连长们一定要注意，一个士兵也别让溜了。他又把头天说过的话重复一遍，把最近的战局也讲了一通，并且坚持说：任何足以损害士气和斗志的，都是不允许的。

在他面前的桌上钉着一张战局地图，大头针上标着一面面的小旗。可是小旗都搞乱了。战线也变了样子。标着小旗的大头针散落在桌子底下。

这是因为连队办公室的办事员养了一只公猫。半夜里，整个战局都被这只可爱的畜生搅了个乱七八糟。这畜生在整个奥匈帝国方面的战区拉了屎，然后，为了想把它拉的屎掩盖起来，又把小旗子一面面地扯了下来，弄得阵地上到处尽是屎。随后，它在火线和桥头堡下撒满了尿，把整个军事部署弄得一塌糊涂。

施雷德上校恰巧很近视。先遣队的军官们屏息望着施雷德上校的手指头离那一小摊一小摊的屎越来越近。

“诸位，从这里到布格河上的苏考尔……”施雷德上校带着预言家的神气开始说道，下意识把他的食指朝着喀尔巴阡山戳过去，结果，就伸到一摊猫屎上去了——那屎原是公猫为了使战局地图凸得更逼真而拉的。

“长官，看来好像一只猫曾经……”扎格纳大尉毕恭毕敬地代表在座的军官们致歉。

接下来发生的是：施雷德上校赶快跑到隔壁办公室去，随后房里发出一阵可怕的咆哮。上校威胁说，要把猫屎抹到他们的鼻子上。

经过迅速调查，才查出那只猫是连队年纪最轻的办事员两个星期以前带到办公室来的。查清真相后，那小办事员就卷起行囊，由一个高级办事员带到卫兵室去。他得留在那里，等待上校的处理。

会议草草结束了。上校红着脸回到奉召而来的军官面前的时候，他简单说了一句："我希望诸位随时做好准备，随时等我的命令。"

局势越来越叫人感到无所适从。他们是就要开拔呢，还是会继续待在后方？坐在第十一先遣队办公室电话旁边的帅克听到种种不同的意见：有的悲观，有的乐观。第十二先遣队打电话来说，他们办公室里有人听到说，非等他们完成移动目标的射击速成课，以及把一般的射击教程都训练完了才开拔呢。可是第十三先遣队不同意这个乐观的看法，他们在电话里说，哈沃立克军士刚刚从城里回来，他在城里听一个铁路职工说，运兵车已经候在站上了。

帅克坐在电话旁边，真心地喜欢这个接电话的差事。对所有的问询他一概回答说：他没有什么明确的消息可以奉告。

随后又来了一连串的电话，经过好半天更正、解惑，帅克才记了下来。特别是头天晚上有一个他没能记下来的电话，当时他没把听筒挂上，自己就倒头睡了。这就是关于哪些人打了预防针、哪些人没打的那个电话。

后来又有一个迟到了的电话，是关于各连各班的配给罐头的。

后来帅克又接到一个电话，对方口授得非常快，记下来有点像密码了。

帅克对他自己写下来的话感到十分惊奇。他大声连念了三遍。给养军士万尼克说："这都是些无聊的废话。这些话都是瞎扯淡。自然，这也许是密码，可是这不是咱们能解决的。不管它了！"

给养军士又往他的床上一倒。

这当儿，卢卡什上尉正在他的房间里研究着他的部下刚刚递给他的那份密码电文，研究着关于密码译法的指示，也研究着关于先遣队开往加里西亚前线时应采取的路线的密令，那密码古里古怪，像法老的咒符。

卢卡什上尉一面翻译着这套没头没尾的话，一面叹息着嚷了一声：“去它的吧！”

第二十一章

在匈牙利大地上

出发的钟声终于敲响了，他们统统被塞进了车厢。每个车厢可以容纳四十二名士兵或者八匹马。在车厢里，看起来马比人要好过一些，因为马可以站着睡觉。站着或者是坐着倒没什么大问题，重要的是：又一批新鲜人肉将被这一列军用列车送往加里西亚的屠场上去了。不过，士兵们还是感到一阵轻松的快意：车一开动，他们就多少看到了一点未来命运的影子。在此之前，他们老是被不知所措、恐惧、忐忑不安所包围，不知是今天、明天还是后天出发。许多人就像等待刽子手的死刑犯一样，惊恐地等着死亡的到来。现在一切都成定局了，他们倒安下心来。有一个士兵像神经错乱了一样朝着车厢外面大声嚷道："我们要出发了！出发了！"军需上士万尼克曾告诉帅克着急是无济于事的，他可真是睿智啊！

等待了好几天之后他们才进了车厢。这期间配给罐头的事儿一直众说纷纭。万尼克是个久经战事的人，他坚持说没有这回事，罐头根本不会出现，做一场战地弥撒还差不多。因为前头那个先遣连就是以战地弥撒来慰劳的。有了罐头配给，就不会再做露天弥撒了，或者说，露天弥撒就是罐头配给的替代品。

果然，罐头炖肉没来，随军神父伊布尔却大驾光临。他可以说是一举三得，做一场露天弥撒可以抚慰三个先遣营的官兵：一次就替开到塞尔维亚去的两个营和开到俄国去的一个营的官兵都行完了祝福礼。他在做弥撒的时候发表了一通慷慨激昂的演说。可是明眼人一看就知道，演说的内容大多来自军事日历。演说使士气高涨，以至在开往莫肖尔去的路上，帅克在和万尼克同在一个车厢的临时办公室里时，还深情地回忆起这段演说，他对万尼克说："神父给我们塑造了多么美好的未来啊！想象一下，黄昏到来，夕阳西下，一片澄明之中，雄伟开阔的战场上将听到临终前人们的最后呼吸，听到那战马倒下时的悲怆凄鸣，还有那下了战场的伤员痛苦的呻吟声，甚至还有房屋被烧毁的流离失所者的控诉。我倒是很愿意看到人们变成'双重白痴'。"万尼克对此颇为首肯，说："这是一幅美丽得让人血冷的画面啊！"

"实际上这确实是有教育意义的，"帅克接着说，"我对此记忆犹新。战争结束了，我就要好好地和别人聊聊这些经历。神父给我讲了一个在我军历史上赫赫有名的战役。那是拉德茨基服役期间，当时夕阳如血，与燃烧的仓库成为一色。对当年的景象神父似乎历历在目。"

与此同时，神父去了维也纳，给另一个先遣营讲了精彩的历史故事，也就是帅克至今记忆犹新、誉之为"双重白痴"的故事。"亲爱的兄弟们，"神父伊布尔对着众官兵作着报告，"请你们想象一下一八四八年库斯托查战役刚刚胜利之时的情形。十个小时的激战之后，意大利国王阿尔贝尔特不得不仓皇而逃，把尸横遍野的战场留给我们的'战士之父'拉德茨基元帅。就这样，尊敬的元帅在他的八十四岁高寿时取得了赫赫战绩。

"亲爱的士兵兄弟们，注意了，德高望重的统帅就在那夺来的一座山上驻足而望，周围是他忠诚的将领们。突然，庄严肃穆的气氛笼罩在每个人的头上，因为，士兵们发现，就在离元帅不远的地方，躺着一个正在死亡线上挣扎的士兵。勇敢的旗手受了致命伤，痛苦地抽搐着，但还是用苍白的右手快慰地抚摩着自己的金质奖章。当拉德茨基元帅望着他的时候，他好像感到了一种无上的荣耀。看到这如神话般的战斗英雄此刻就在关注着他，他的身上似乎又有了活力，最后一点力量完全使出来，试图爬向元帅。

"'我勇敢的士兵，快别动了。'元帅一边说着，一边翻身下马，向他伸出手去。'我没有力气了，元帅大人，'喘着气的战士叹了一口气，'我的两只手臂已经被打断了。我最后的请求是，请您对我说实话：我们胜利了吗？'

"'胜利了，我亲爱的孩子，'元帅慈祥地说，'遗憾的是，你的伤势过重使你无法享有那么多的欢乐了。''是啊，最尊敬的元帅，我就要告别人世了。'士兵声音微弱，但脸上却浮现着舒心的微笑。

"'你想喝点水吗？'拉德茨基问道。'很热，元帅大人！气温高达三十度以上，我们仍然在战斗。'于是，拉德茨基把副官的军用水壶递给濒临死亡的士兵。士兵咕噜咕噜地把水一饮而尽。'愿上帝保佑您！'他大声喊着，努力想探起身来亲吻元帅的手。

"'你当了多久的兵？'元帅问道。

"'四十多年了，元帅大人。阿斯佩恩一役我得了一枚金质奖章。后来在莱比锡战役中，获得炮铸十字章。我负过五次重伤，眼下这一次可扛不过了。不过我终于活到了今天，看到我们赢得了战争，国土得以收复，这是多么幸福、多么荣耀的事啊！我死而无憾了。'

"亲爱的士兵们，当时，我们伟大的国歌《求主保护》在营房里响起来了。歌声嘹亮而雄壮，在战场上回荡着。那位正挣扎在死神手中的战士又一次试图站起身来。他大声疾呼道：'奥地利万岁！奥地利万岁！让我们美妙的国歌永远嘹亮！我们的统帅万岁！军队万岁！'他又俯首在元帅的右手上亲吻，然后倒在了地上，最后一丝灵动的气息终于从他尊贵的灵魂里挣脱了出来。在这名最优秀的士兵的尸体面前，元帅脱帽致敬，他两手捂着脸，激动不已地说道：'多么完美的结

局，多么令人艳羡的情景啊。’

“亲爱的士兵们，我希望大家都这样完美地结束自己的生命！”

伊布尔神父所说的这些话，帅克至今记忆犹新，如果称他为“双重白痴”的话，是恰如其分的。帅克接着又谈起在上车之前听训的那些重要军令。

一份是皇上亲自颁布的，另一份是东线军事总监约瑟夫·斐迪南大公颁布的。两份军令对最近的捷克部队哗变倒戈事件进行了严厉的谴责，并宣布将叛变的皇室卫队二十八连队永远除名，撤销番号，并将以叛国罪审判有关官兵。

“我们接到消息的时候已经很晚了！”帅克对万尼克说，“我百思不得其解，皇上的命令是四月十七日颁布的，可却延迟至今，似乎有什么不能为外人知道的秘密使它不能马上给我们宣读。如果我是皇上，对于延误我命令的行为一定大为光火。无论出现什么样的情况，我也要把我颁布的军令当天传达下去。”军官食堂的巫师伙夫坐在与万尼克同一个车厢的另一端，似乎在写什么东西。卢卡什上尉的勤务兵、大胡子巴伦与十一先遣连的通信兵霍托翁斯基就在他的身后。巴伦一边吃面包，一边声音发抖地对通信兵霍托翁斯基说：车上的人太多，他根本无法挤到卢卡什上尉那节军官车厢去。这是情有可原的。霍托翁斯基恐吓他说：“这可不是儿戏，闹不好是要掉脑袋的。”

“这样的生活什么时候是一个尽头啊，”巴伦诉苦说，“有一次我在沃吉采参加演习时差点就实现这个愿望了。我们在那儿饥渴交加，我在营副官到我们这儿来的时候，嚷了声：‘我们需要食物和水！’他立马掉转马头瞪着我，要是赶上战时，他就会下令当众处决我的，如今要把我拘留到警备部去。算是我幸运，在他骑马去参谋部报告的路上，受惊的马把他甩了下来，连他的脖子都给折断了。”他边唉声叹气边咽着面包，突然又像想起了什么，眼光一亮地看着卢卡什上尉委托他照看的两个背囊。“当官的都领了肝罐头和这么长一段的匈牙利香肠。”他又咽着口水看了一下那两只背囊，像一只丧家犬饥饿地坐在熏肉铺门口闻着肉香一样地看着背包。

“要是在那儿能饱餐一顿，可真走运。”霍托翁斯基说，“战争之初，我们开到塞尔维亚，每到一站都受到了盛情款待。我们用鹅腿上的精肉，就巧克力糖块儿吃。在克罗地亚，两个退伍老兵把一大锅烤兔肉送到我们车厢里来。我们忍无可忍，把这锅肉泼到他们身上去了。在停车的时候，我们只会拼命地向车厢外呕吐。和我们同一车厢的马捷依班长腹胀如鼓，我们只好把一块板子放在他的肚子上，然后像压腌菜似的在上面蹦，他放了一大串屁之后才感到好受了一点。我们乘火车穿越匈牙利，站站都有人把烧鸡往我们车厢里扔，我们只吃鸡脑髓。在考波什堡，匈牙利人干脆把成块的烤猪肉往我们车厢里扔。我的一位朋友得了一个熟的猪头，然后又用它把那送猪头的匈牙利人赶到三道铁轨外去了。可是在波斯尼亚我们滴水未进。不过在到达波斯尼亚之前，虽然上级要求禁酒，我们还是随心所欲地喝，各种各样的白酒，葡萄酒更是多得不计其数。记得在一个车站上，一些太太和小姐给我们带来了很多啤酒，我们都往啤酒壶里撒尿。她们连忙从车厢里跑开了。一路上我们都是昏昏沉沉的，我连‘梅花’和‘国王’都难以分辨。但谁想，突然来了一道军令，还没等我们把扑克牌甩出手，便都出了车厢。有一个不知名的班长对他的一班人嚷嚷，命令他们齐唱‘胜利歌’。可是有人从背后狠狠给了他一脚，他往前一蹿就跌到铁轨那边去了。随后又听他命令把枪架起来。空列车马上就掉了头，把我们两天的干粮也带走了。与此同时，附近响起了榴霰弹的爆炸声。营长从那边走来把所有的军官召集到一起开会。我们的马采克上尉是说着地道德国话的捷克人，他也过来了，脸色苍白得比刷过的墙还白。他对我们说，禁止前进，铁轨被破坏了。又说塞尔维亚人摸黑过了河，现在位于我们左侧较远的地方。还说我们只要得到增援就能把他们打败。一旦失利，一律不准投降。因为塞尔维亚人对待俘虏十分残忍，动不动就挖眼割舌。他说，附近有榴霰弹的声音，但不足为惧，因为这是我方的炮兵。正在此时，枪声轰鸣，他又说这是我方的机枪扫射。随后左边又传来炮声，我们还是第一次听到这么宏大的声音，赶忙趴下卧倒。我们脑袋顶上几颗霰弹飞了过去。车站上硝烟弥漫。远处还传来了排炮声、步枪射击声。马采克上尉命令端枪、上子弹。值日官走到他跟前说，这是无济于事的，因为我们根本没有弹药可用。其实他比谁都知道，我们上战场前才能领到弹药。前面那列弹药车估计已经落到塞尔维亚人手中了。一时间无所事事，马采克上尉下令：‘上刺刀。’我们摆出战斗的姿态站着，随后我们又卧倒在铁路枕木边，因为天空盘旋了一架可疑飞机，士官生们直嚷嚷：‘统统隐蔽，隐蔽。’过了一会儿真相大白，原来我们的炮兵误把我方飞机打下来了。于是我们又站起来稍息。有一个骑兵从远处飞驰而来，嘴里喊道：‘营长，营长在哪儿？’他交给营长一份文件，又骑着马向右边去了。营长边走边看完文件，然后猛地拔出马刀，向我们飞奔过来：‘统统后退！’他对着军官们嚷道：‘排成队朝山谷小路走。’就像敌人早就预料到我们会这么做一样，四面八方都冲着我们发起火来。左边的玉米地，被我们踩得不成样子。我们分成四人一组丢下背包潜入山谷。马采克上尉很快就脑袋中弹死了。还没逃进山谷，死伤就已经大半了。我们一直跑到天黑，所到之处全都是被先遣部队洗劫一空的空地。到达下一个车站，一道新的命令又来了，命令我们坐车回参谋部。可这是不可能的，因为整个参谋部在前一天就已全军覆灭了。第二天早上我们才知道这个消息。后来我们就像孤儿一样无人理睬。我们被合并到七十三连队去了。我很乐意这样，可是，我们还得整整行军一天，然后我们……”

帅克和万尼克在打纸牌；巴伦在椅子上迷迷糊糊摇摇晃晃，没有人听他唠叨；通信兵霍托翁斯基闲得无聊，一边嘟囔着什么，一边看别人打扑克。“让我用用你的烟斗吧，”帅克温和地对霍托翁斯基说，“反正你要去看别人打扑克。打牌比打仗要正经得多。我可不干这种蠢事！要是干了，就自己惩罚自己。我还没抓到老K，刚刚来了个王子‘J’，该死的！”

傍晚，火车停在莫肖尔站上，禁止任何人下车。火车开动时，传出了高昂的歌声，是一个山区的士兵在满怀着虔诚的深情，用并不优美的声音歌唱静静的夜晚：

宁静的夜啊，宁静的夜！
愿劳累的人们得以安息。
白昼已逝，
双手该得到休息，
到明天早上啊，再醒来！
安静的夜啊，宁静的夜！

有人喊了一嗓子，打断了这位伤感歌手的歌声，他停止了歌唱。

虽然大家都很累了，但是并未休息到第二天凌晨。这儿和别的车厢一样，借着一盏挂在车厢壁头上的小油灯的微弱灯光继续玩牌。一个个脸上泛着红光，似乎已经远离了战争，又仿佛是坐在布拉格咖啡馆的牌桌边享受生活，显得是这样的心满意足。

从出发开始，先遣营军官们所在的车厢里就很宁静。大部分军官都忙着看一本精装德文书《神父的罪恶》，而且大家都专心致志地阅读第一百六十一页。窗口边上是营长扎格纳大尉，他手里的书也翻到第一百六十一页上。他呆呆地看着窗外，不知道怎么样才可以告诉他们这本书的真正含义，这可不是一件简单的事情。同时，这些军官也在怀疑着施雷德上校是不是彻底疯掉了。虽然他早就有精神失常的征兆，可是谁也没料到他疯得如此过分。出发前，他召集了所有的军官开会。会上，他对他们说，每人可以去营部办公室领到一本路德维希·甘霍费尔的《神父的罪恶》。“诸位，”他神秘地说，“你们一定不要漏过第一百六十一页！”

军官们精读了第一百六十一页，还是一无所获。只是讲了一个叫马尔达的女人从写字台前拽出一个某种角色的人物，还大声宣布：大家同情他所受到的痛苦。他们还读到一个叫什么阿尔伯特的不断说些和前面的事件驴唇不对马嘴的俏皮话。这些乱七八糟的东西使卢卡什上尉气得把烟嘴都咬碎了。

“这个上校一定是疯了，”大伙都这么认为，“上级准会把他调到军政部去，他要倒霉了。”

扎格纳大尉仔细地琢磨了一番之后，从窗口边走开了。他不善于教育人，所以费了好大力才把讲解第一百六十一页的备案写出来。他跟老上校一样，作报告讲话时使的开场白总是：“诸位！”虽然在出发前他总喊他们“伙计们”。他说他昨天晚上接到上校对于路德维希·甘霍费尔所著《神父的罪恶》第一百六十一页的指示。“大家注意了！”他郑重其事地说，“现在这是一套作战时使用的新电报密码，十分重要。”

士官生比勒掏出笔记本和铅笔，讨好地说：“我准备就绪，大尉先生！”

大家不屑地看了这傻瓜一眼。在军校学习时，比勒就是一个勤奋愚蠢的家伙。他是自愿参军的，当志愿兵军校校长向他询问家庭情况时，他说他们的家徽上有个带鱼尾巴的鹤翅膀。从那以后大家便喊他“鱼尾巴鹤翅膀”。他立即在学生中失去了声誉，成为人人讥讽的对象。实际上他父亲不过是个卖兔皮的可怜巴巴的生意人，与什么鱼尾巴鹤翅膀一点关系也没有。虽然这个满脑子罗曼蒂克幻想的狂热者发奋求学，恨不得把所有军事知识都吞进肚里，但即使他学习了很多知识，也无济于事。慢慢地，他脑袋里装的军事艺术与战争史的著作越来越多了。直到他堕落前，还总喜欢卖弄小聪明，他自以为是可以和上级军官平等对话的人物。

“听着，士官生！”扎格纳大尉对他喊道，“没有得到命令，不要开口。并且，你喜欢自作聪明，如今我把非常机密的情报告诉你，你就把它记下来了。要是泄密了，你就受到军法处置！”

士官生比勒还要为自己的行为辩解。

“报告，大尉先生，”他反驳说，“我用的是速记法，而且是英国速记法，就是把笔记本丢了，也没有人能看懂我的秘密。”大家又都不屑地瞟了他一眼。

扎格纳大尉继续说道：“我刚才谈了这套战时新密电码。你们一定很困惑：路德维希·甘霍费尔的《神父的罪恶》第一百六十一页为什么这么重要。诸位，这就是关键问题了——军团司令部的最新指示采用的新式密码，就和这本书有很大的关系。在战地拍发重要电文有各种方法。咱们采用了最新式方法——补充数字法。因此，上星期采用的密码全都作废。”

“阿尔布里希大公式的密电码，”好学的士官生比勒喃喃自语，“8922-R 是根据格龙菲尔德式改编的。”

“这个新式密码很容易掌握，”大尉的声音高昂激越，“上校给我发了密码的下册和译电本。比方说我们需要做的是：令二二八高地机枪向左方射击。大家看，我们接到的电报就会是这样的：‘事情——与——我们——这——在里面——这——许诺——这——玛尔塔——你——这——仔细地——然后——我们——马尔达——我们——这个——我们——感谢好——大学学院——结束——我们——许诺——我们——

改好——许诺——确实——感谢——思想——完全——支配——声音——最后的。这很容易，命令层层下达，连长拿着这个密码，就可以翻译了：拿起《神父的罪恶》这本书，翻到第一百六十一页，又从反面的一百六十页上自上至下找‘事情’这个词。请看！诸位，‘事情’这个词首先出现在一百六十页，数下去刚好是第五十二个字；在反面一页上又从上往下数到第五十二个字母。请看这个字母是‘A’。电报上的第二个字是‘与’，这是在一百六十页上的第七个字，再找第一百六十一页上的第七个字母……如此类推，直到把‘令二二八高地机枪向左方射击’这个命令完全译出来为止。各位请看，这多么简洁方便啊，如果手里没有路德维希的《神父的罪恶》第一百六十一页这把钥匙就甭想破译了。”所有人都静静地费尽心机地看着这讨厌的第一百六十页，忽然间士官生比勒的声音打破了沉默：“报告！大尉先生，天啊，密码和命令对不上号呀！”

不管大家怎么努力，这密码一直都是这样的神秘莫测，除扎格纳大尉以外谁也没能根据第一百六十页这个钥匙查出电文的其他字母来。

“诸位，”当扎格纳大尉发现士官生比勒所说的是事实的时候，有点语无伦次地说，“为什么会是这样呢？我这本《神父的罪恶》是完好无缺的嘛，而在你们那本里面为什么就出问题了呢？”

“大尉，”又是士官生比勒说话，“我请求让我解释：路德维希·甘霍费尔这本书分为上、下两册。我们拿的是上册，您拿的是下册。”这位认真的士官生比勒继续说：“因此我们手里的一百六十和一百六十一页跟您的不一样。您那本书译出来的电文第一个字是‘在……之上’，我们的是‘干草’！”

跟上述笨得令人发疯的译电码相比较，可见比勒还不算是愚笨至极。

“我手里的是下册，”扎格纳大尉说，“上校给你们发了上册，旅部发放过程一定有问题。”看他说的样子，好像早知道会是这么一回事一样，“是旅部搞错了。”

士官生比勒志得意满地环顾四周。

杜布中尉悄悄对卢卡什上尉说：“‘鱼尾巴鹤翅膀’这回出风头了。”

“诸位，真是令人伤心，”扎格纳大尉又开口说，想缓和缓和气氛，“旅部里有些人是笨蛋。”

不甘寂寞的士官生比勒又想卖弄自己的小聪明了：“类似这种关系到军团最机密的东西只能传达到师旅长一级的长官……”

扎格纳大尉露出不屑神情。“我们别管这些老家伙了，士官生比勒。”他说，“我向你们讲解的那套密码，无疑是最杰出的一种了。我们敌人的参谋部门的特务机构只能目瞪口呆，他们绞尽脑汁也没办法破译我们的密码。这是一种闻所未闻的东西。”

博学的士官生比勒满含深意地干咳一声打断了他的话。“请让我，”他说，“向您推荐克里霍夫论军事密码的那本书。是军事知识辞典出版社出版的。那上面详细地写到您给我们解释的这个译码方法，称为基希纳法。每一个字都能从反面一页上找到译码钥匙。这种方法在《军用密码手册》一书中写得更详尽。在军事科学院出版社随处可见。大尉先生！这就是这本书。”士官生比勒出示了这本书，接着说，“弗莱斯纳解释得很详细。就像我们大家刚才听到的一样：‘德语：二二八高地机枪向左方射击。’书上写了——详情请见：路德维希·甘霍费尔著《神父的罪恶》两卷集……跟我们刚才听到的如出一辙。”

看来真的是哪个军部的将军为了省事，才造成了这样的错误。

可以看出，目前在卢卡什上尉的心中正有一种难以言表的矛盾心情。他踌躇了半天，欲言又止，改变了话题。“我们也不要太悲观失望了，”他有点犹豫地说，“还记得吗？咱们去利塔河畔的布鲁克驻扎，当时就改了好几次密电码。上战场前，我们还有新的解决办法，但是我觉得一旦上了战场我们也没时间来打这样的哑谜。还没等到这些密码被破译，我们的战斗就以失败告终了。这些密码实在是没有什么作用的。”扎格纳大尉不情愿地承认了这个事实。“实际上，”卢卡什又说道，“从我在塞尔维亚战斗时积累的经验看，没人有时间慢慢破译这些密码。我的意思不是说，当我们在战壕里等待冲锋号吹响之前的时间里，这些密码毫无用处。但是密码更换的确太频繁了。”

“参谋部向前线传达命令时，越来越不把使用密码作为手段了，主要原因是我们战地电话质量太差，听不清楚。尤其是战时，每个字的字音伴着炮声怎么都听不清楚。”扎格纳大尉已经彻底屈服了，他又说道，“大家不要担心，混乱现象在阵地上是很常见的。”他煞有介事地说，“马上，我们就可以到拉布站了。”他看看窗外，接着说，“在拉布站，大家都可以领到一百五十克匈牙利香肠，还可以享受半个小时的休息时间。”

他查询了时间安排，说：“我们乘坐的火车四点十二分发车。三点五十八分大家都到车厢会合。从十一连起，顺着往下数。一个接一个地以排为单位到第六仓库去领。士官生比勒负责分发。”

大家都同情地望着比勒，似乎在暗示说：“小家伙，这下你可惨了！”

谁知道士官生比勒勤快地从他的皮包里取出一张纸和一把尺子，按照连队的数目在稿纸上做标记，并请各连的连长报出自己连队的人数，可是没人知道人数，他们给他提供的只是一些随便想出来的数目。

看到这样的情况，失望到底的扎格纳大尉开始读起那本讨厌的《神父的罪恶》。到达拉布车站时，他合上书发表评论说：“这个路德维希·甘霍费尔还有点思想。”这边，帅克和他的伙伴们早已经不打牌了。卢卡什上尉的勤务兵巴伦饥饿难当，对军队的老爷们满口怨言，说他早知道，军官先生们饱食终日，比农奴制时代还要腐败肮脏。从前可也没有这样的传统。他爷爷曾经常对他回忆说，在一八六六年战争时，官兵还分享鸡和面包吃。巴伦的埋怨无休止，帅克却想歌颂这次战争和战争秩序。“你爷爷当时很年轻，”帅克温和地说，“他回忆的还是一八六六年的战役。我认识的罗诺夫斯基的爷爷在意大利的农奴时代就已经服役。他在意大利当了十二年兵，但是却仍然是一个班长，退伍后失业了。后来他爷爷的父亲让退伍兵替自己干活儿打工为生。有一回，他们去刨树桩。有一个树桩十分牢固，纹丝不动。老爷爷说：‘算了吧，就把这树桩子放在一边吧！’林务官一听，勃然大怒举起棍子：‘一定要把这个树桩挖出来！’退伍的老军人这样说道：‘你这有眼无珠的家伙，我是退伍军人。’不久，老爷爷收到了征兵的通知，命令他去意大利当候补兵。他在意大利又度过了十年时间。他在给家人的信中威胁道：一旦他回来了，要让林务官用生命为代价来偿还他的损失。幸亏林务官比他死得早，这才放过他一马。”

这时，卢卡什上尉去喊了帅克：“别乱说，最好还是和我好好谈谈某件事情。”

“好的，我就来了，上尉先生。”

卢卡什上尉满眼怀疑地看着帅克，似乎有什么事情要发生了。扎格纳大尉的讲解显然很失败。因为在他讲解的全过程中卢卡什上尉一直在不断地施展他的侦探本领，终于得出一点线索是。这很简单，因为在他们动身的前一天，帅克向卢卡什报告道：“上尉先生，营部那些给军官先生看的书被我从团部抱来了。”

当他们通过第二道铁轨时，卢卡什上尉向帅克问道：“那些书到底是怎么回事？”

他们的旁边是一部熄了火的火车头，它在等着一列装弹药的火车，已经有一个礼拜了。

“上尉先生，事情是这样的啊，我本来要和您详谈的，您又总是火气很大。上次您想敲我的后脑勺，还撕掉了那张关于军事借款的公文。我告诉您吧，我曾经好像读到过：过去战争期间，人们要交纳战款，安一个窗户得交二十块硬币……”

“帅克，不要再这样闲扯了，”卢卡什上尉不耐烦地打断他，既希望问个水落石出来，又希望把这一最大的秘密瞒住，免得帅克这家伙又玩什么花样出来，“你知道甘霍费尔吗？”

“他是谁啊？”帅克饶有兴趣地问道。

“蠢货！他是一个德国作家。”卢卡什上尉说。

“上尉先生，说实在话，”帅克以悲壮的神情说，“我一个德国作家也不了解。我所知道的唯一的捷克作家是多玛日利采人哈耶克·拉迪斯拉夫，他担任《动物世界》杂志的编辑。我曾经把一只看家狗当纯种小腊肠狗卖给他。这是一个乐观的好心人。他常到一家酒店去，愁眉苦脸地读他的短篇小说。他的样子总是逗得大家大笑不止，接着他一边眼泪直流，一边为全酒店所有顾客付账。我们只得对着他唱歌……”

“帅克，你为什么像个歌剧演员一样乱喊，这里并不是剧院啊。”帅克的歌声把卢卡什上尉吓坏了，“我不是想知道这些，我只是问你，你向我提到的那些书的作者是甘霍费尔吗？这些书到底是怎么回事呢？”卢卡什恼羞成怒。

“您说的是我向您提到的那些书吗？”帅克问道，“作者的确是甘霍费尔，上尉先生。

“团部直接打电话给我了，本来他们想把书送到营部，可是营部里空无一人。在别的先遣营里也一样找不到人接电话。准是都到小卖部做最后的狂欢了。我是传令兵，您命令我等通信兵霍托翁斯基回来后再离开，我就一直坚守岗位。团部的人在不断地抱怨说到处都不通电话。但是必须要让先遣营的军官去领书籍。我知道军队的作风是雷厉风行，于是我亲自去取来送到营部去。

“我费了吃奶的劲才把他们给我的一大口袋书搬到我们连部。我看了看这些书才知道到底是怎么回事。团部的军需官跟我说过：根据电话记录来看，营部已知道他们该选哪本书来看。这部书分为上下两册。我感到从未有过的好笑，因为我这辈子读的书也算是不少了，但是从下册读起，还是第一次听说。他却对我说：‘看，这两册书军官们自己知道该看哪一册。’我暗自琢磨，他们一定是喝醉了，大家都知道读书是从头开始的。比如说我带回来的写神父罪过的长篇小说，就得从上班那一段开始读起。所以，上尉先生，当您从俱乐部回来的时候，我就打电话向您请示，问您是不是在战时什么都反过来了，连看书的顺序都是倒着的。您训斥我说读过《圣经》没有？开头要说‘我们的天父’，结束语是‘阿门’。

“上尉，您感觉不好吗？”看到卢卡什上尉脸色煞白，帅克靠在火车头上，关心地看着上尉。在上尉惨白的脸上找不到一丝愤怒的神情，只有深深的受挫感。

“请继续吧，帅克，都是过去的事情了，现在一切都在好起来……”

“我还保留我最初的看法，”帅克继续说，语气谦和有礼，“上次，我买了一本惊险小说，可惜没上册。于是我只好凭自己去想象它开头的情节。你看，连这类游侠书要是没有上册也是很难看懂的啊。依此类推，我明白了要是军官们先看下册再看上册的话，是完全没用的。要是依照团部的命令转告营部，说让军官自己选择看什么书的话，那我就太愚蠢了！总之，上尉先生，我实在难以理解这次发书的经过。在炮火轰鸣的战场上，军官先生们根本没办法读书……

“因此，我按照您的意思，只把这小说的上册送到营部去，下册就暂时放在我们连部了。我是想让军官先生们先读上册，然后再把下册给他们发下来，和去图书馆借书一样。可是我们突然要出发了，于是全营必须把所有多余的东西送到仓库去。我问万尼克先生，下册书是不是也在此列，他说，根据以往的惨痛教训来看，上前线的时候什么书也不要带了。那些士兵用来放废报纸的箱子最好带去，因为用报纸卷烟叶或者卷草末都很理想，在战场上士兵就是这么抽烟的。于是就把上册发到了军官的手中，下册被送到了仓库保管起来了。”

帅克喘了一口气，接着说：“仓库里什么乱七八糟的东西都在。甚至还看到了布杰约维采教堂唱诗班领唱人上战场时戴的礼帽呢。”

“帅克，听我说，”卢卡什上尉深吸一口气，无奈地说，“你根本不知道自己的行为带来了什么后果。我自己都懒得再骂你笨蛋了。我对你这股傻气简直无话可说了。我把你叫作白痴，还是高估了你的智力。你现在惹下的大麻烦，比我认识你以来你所干的全部坏事都要可怕得多。帅克，你要是对于这些都知道得很清楚的话……算了，依我看，你永远也不会知道……要是下次有人提起这件事，你要保持沉默，别说问过我……要是什么时候有人问上下册的问题时，你也装作没听见！你不要把我牵扯进去了！切记切记……”

卢卡什上尉说话的声音，听起来似乎是生病了。

帅克看上尉停下来了，又提了个愚蠢的问题：“请问，上尉，为什么说我对于自己的错误总是没有认识呢？我想知道有句老话说得好：前事不忘，后事之师。以前我认识一个人，他错把盐酸喝了下去……”

帅克的话被上尉打断了：“你这个笨蛋！我不想和你再解释什么了，快滚回你的车厢去。给巴伦说，到布达佩斯站给我送点小面包和馅饼到军官车厢来，它们都放在下面小箱子里的锡箔纸里。告诉万尼克这头笨驴：我三次叫他把全连官兵的准确人数给我上报。今天我用得着了，却只有上星期的名单。”

“好的。”帅克瓮声瓮气地回答，然后回车厢去了。他深深地为自己感到光荣。一个人干了一件倒霉事，连自己也无权知道究竟是什么事，这种事可少有啊！

卢卡什上尉顺着路基踱步，还考虑着："我本该好好教训他的，可是我却像是和朋友谈话一样与他浪费了半天时间。"

"上士先生，"帅克回了车厢，"我觉得卢卡什上尉先生今天心情不错。他让我转告您，说您是头笨驴，因为他已经三次叫您上报人数了。"

万尼克大发雷霆："我现在得让那些排长知道我的厉害了！那些懒鬼不把排里的名单送来，只顾自己玩乐，这能埋怨我？我能自己瞎编吗？我们这个先遣连就是这样的恶劣作风，我们十一先遣连都成笑柄了。我早知道会这样！我们这儿乱七八糟的。食堂今天少四份口粮，明天又会多出三份来。这些家伙即使是告诉我一下是不是有人进医院了也好啊！上次有个叫尼科德姆的，早就因为急性肺炎死在布杰约维采的肺痨医院里了。我们还总是为他领口粮呢。还新发了一套军装，谁知道他那套军装上什么地方去了。上尉自己管理不善，还埋怨我。"

军需上士万尼克气愤地在车厢里来回走着。

"我要是连长的话，一定严整军纪！充分了解每一个士兵的情况。军士每天必须给我报两次名单。可是我们现在的这些军士都是些笨蛋。特别是那个叫齐卡的排长，成天嬉皮笑脸的。我通知他科拉希克已经从他们排转到辎重队去了，他第二天上报名单的时候还是依然如故。天天如此，最后还管我叫笨骡……上尉先生，您这样要失去军心的！连队的军需上士也是军士，不是上等兵，谁都可以拿来取笑……"

巴伦一直张着嘴巴听他们说话，马上帮万尼克说出了他本想说的文雅字眼儿"屁股"。"滚开，多嘴的家伙。"怒气冲冲的万尼克说。

"对了！"帅克忽然想起来，"巴伦，听好了，上尉先生让我跟你说，到布达佩斯时，要你把小面包和馅饼送到他那儿去，就在上尉床底下那口箱子里的锡箔纸里。"

巴伦沮丧地垂着长长的双臂，呆呆地坐着。“馅饼不在那里了。”巴伦看着车厢的脏地板，万般忏悔地说。“都没了。”他又支支吾吾地说了一句。“我本来……我在出发前把它打开了……我想闻闻……看看是不是变质了……我吃一点。”他发自内心地绝望地喊道。大家都完全明白事情的经过了。

另一列装满了开往塞尔维亚前线的“德国歌手”的军列,带着歌声，径直从火车站驶过。一个留八字胡子的班长和另一个士兵肩并肩地坐在车厢门口，把脚伸在车厢外晃荡着，班长一边打拍子一边大声唱道：

大桥架好，
车辆无阻，
一路开过多瑙河，
泽姆林营地被我们占领，
塞尔维亚人啊，快做俘虏。

忽然失去平衡的班长摔出了列车，肚皮猛撞在道岔的杠杆上。

勇敢的班长不久死去了。军运管理处的小匈牙利士兵在他旁边站岗。他手握刺刀，样子很庄严。他表情神气活现的，仿佛班长的死他功不可没。当大家从九十一连队的营部军列里跑来看班长时，这个小匈牙利人大声嚷道：“禁止靠近！车站军事委员会禁止靠近！”“他算是解脱了。”在好奇的人群当中也少不了好兵帅克，“真是走运。虽说有块铁器插在他肚子里不舒服，至少大伙儿都知道他的坟在什么地方，不必去每个战场上找他了。”“扎得真准啊，”帅克绕班长的遗体一圈后评论道，“肠子都掉到裤裆里了。”

“禁止靠近！”那小兵还在嚷嚷，“车站军事委员会禁止靠近！”

“你在凑什么热闹？”士官生比勒站在帅克背后严厉地说。

“报告长官，我在看死人。”帅克敬礼说。

“这和你有什么关系？”

“报告，”帅克勇敢地维护自己的尊严，“和我什么关系也没有。”站在士官生后面的几名士兵爆发出一阵笑声。

军需上士万尼克过来告诉士官生说：“是上尉先生叫帅克探查消息的。我刚从军官车厢来，营长让你马上去见扎格纳大尉。”

不久，要开车了。

万尼克和帅克一起回车厢的途中说：“帅克，你少去人多的地方凑热闹吧。不然要吃亏的。那个班长若是个德国人，你可就惨了。”

“我没干什么啊！”帅克诚实地说，“我只是说那个班长掉得真是地方……”

“好吧，我现在不和你说这个问题了。”军需上士万尼克吐了一口唾沫。

“反正一样，”帅克絮絮叨叨地说，“他的肠子……”

“帅克，”万尼克突然说道，“营部传令兵马杜西奇又跑到军官车厢去了。我真奇怪他怎么没被累死。”

扎格纳大尉与士官生比勒正展开激烈的对话。

“比勒，我对此很惊愕，”扎格纳大尉说，“你为什么不马上报告我一百五十克匈牙利香肠没发给士兵的事情？我只得亲自去调查这件事。我不是命令过‘按连按排到仓库去领’吗？这就是说，你们即使在仓库一无所获，也要按连按排回到车厢。可你却擅作主张，违反命令。现在不用费神一份份地去数香肠，你轻松了吧？居然跑去看一个死了的德国班长，我在窗口都看见了。你后来竟然异想天开，胡说什么要去调查，看是不是有人在那具尸体旁闹事。”

“报告，帅克……”

“别提他了，”扎格纳嚷道，“你是不是想搞反卢卡什上尉的阴谋，比勒？帅克是我派去的……你呆呆地看着我，似乎我在为难你。好吧，你既然不懂得什么叫执行长官的命令，要让他在大家面前出丑，那么，我就给你分配任务，叫你永远忘不了拉布车站，比勒士官生……你就在这里卖弄小聪明吧……等我们去了前线……我会命令你作侦察官，去钻铁丝网……你的报告呢？……哪怕是一张理论性的报告也没有，士官生比勒！”

“报告，大尉先生，士兵们没有领到香肠，却有两张明信片。这里……”比勒边说边出示两张明信片：明信片由维也纳军事档案馆印发，一张上面是一个凶恶的俄国人化为骷髅的画面，下面有一行标注：俄国的背叛注定了它的灭亡。另一张是德奥友好的见证，画着英国外交大臣葛雷爵士被绞死的漫画。还有一句口号是：团结至上。下面还配有一首俏皮的小诗，是格林兹在他的《铁拳》中写下的：

委屈了，犹大化身葛雷爵士
因为没有橡树愿做你的绞刑架
就让白杨充当吧。

扎格纳悻悻然离开后，看到所有的军官都已各就各位在玩纸牌。只有士官生比勒正在翻阅一沓刚动手写的描写战场事件的稿件。他不仅想在战场上成名，而且还想成为战地作家。这位有着奇异的“鱼尾巴鹤翅膀”的人想做一名杰出的军事作家。他写作的尝试是从一些漂亮的标题开始的。这些未来著作的标题像镜子般反映了当代的军国主义：《英雄的战士》《战争挑起者》《奥匈帝国政策与大战的产生》《战地记事》《奥匈帝国与世界大战》《战争后的沉思》《关于战争爆发的通俗讲话》《军事与政治》《奥匈帝国的光荣日》《斯拉夫帝国主义与世界大战》《战争文献》《世界大战史辑录》《世界大战日记》《世界大战每日评论》《第一次世界大战》《在大战中的奥匈帝国》《世界霸权争夺战》《我与世界大战》《我的从军纪事》，等等。

扎格纳大尉在士官生比勒那儿翻看了这些手稿，问他写这些东西的原因是什么，这些东西究竟有什么意义。士官生比勒满怀憧憬地说，每个标题都是他所要写的一本书。“假如我因为战争而丧生，我想在身后留下点有意义的东西。德国教授乌多·克拉夫特将是我的榜样。他生于一八七〇年，志愿参加这次世界大战，于一九一四年八月二十二日在安洛辞世，死前写了《为皇上捐躯之自我修养》一书。”扎格纳大尉对比勒说：“我对你的这种活动很感兴趣，给我看看吧。”本子上的标题是：

奥匈军队伟大之战简括

帝国皇家陆军军官阿道夫·比勒根据战史资料汇编并评注

概略很简略，是从一六三四年九月的内德林根战役开始，接着是一六九七年九月的岑塔战役、一八〇五年十月三十一日的加尔笛勒战役、一八〇九年五月二十二日阿什波恩战役、一八一三年的莱比锡的民族战役、一八四八年五月的圣路西战役和一八六六年六月二十七日特鲁特诺夫战役以及一八七八年八月十九日的攻占萨拉热窝战役。所有这些战役都有图形来标注，士官生比勒用虚线的长方形表示奥匈军队一方的阵地，用实线画表示敌军一方的阵地。双方又各分左中右三路，都有后备军和纵横交错的箭头，整幅图形神兼备，像是足球比赛时运动员的安排，箭头表示双方踢球的方向。

扎格纳大尉第一眼就把它看成了球赛布局，他问道：“你知道怎么踢足球吗？”比勒脸更红了，不停地眨着眼睛，显得很尴尬。

扎格纳大尉微笑着继续看他的作品，看到奥普战争中特鲁特诺夫战役图的解释时，便停下来了。上面写的是："特鲁特诺夫不宜作战场，处于山区，马佐捷利将军的部队无法施展其军事力量，而强大的普鲁士纵队凭借这些优势居高临下，形成对我师左翼的包围。"

"依你看，"扎格纳大尉笑着把笔记本还给比勒，"只有特鲁特诺夫是个平原，这一仗才可以开战吗？士官生比勒，你不赖啊，在军队的时间很短就想起指教别人怎么作战了。就你以为这是男孩子在玩军事游戏吗？你这么快就把自己升官了，这倒是新鲜！帝国皇家军官阿道夫·比勒！照这样看，到下一站就该升为陆军大元帅了。前天你还是卖牛皮的，如今就成了帝国皇家军官阿道夫·比勒少尉了！可是老弟，你如今还不是正式军官，不过只是个士官生呢。谁知道将来是做士兵呢还是军官。你就像下士在饭馆里冒牌自称'上士先生'一样可笑啊。"

他转身对卢卡什上尉说："士官生比勒是你手下的人，你要好好教导他一下啊。他既然自称军官，那就得首先让他在战斗中建功立业。开战冲锋的时候，让他跟着他们排去剪铁丝网，好小子！顺便说一声。如今在拉布车站军运协调处当主任的希冈让我替他问候你。"

谈话已经结束，士官生比勒敬了个礼，红着脸穿过车厢，走了出去。他神情恍惚地推开厕所门，望着门口的德匈双语字牌"列车开行，方可使用"，暗自呜咽着，然后悄悄地哭了起来。他解开皮带，一边拼命出恭，一边擦着眼泪。然后他在写着"奥匈军队伟大之战简括　帝国皇家陆军军官阿道夫·比勒根据战史资料汇编并评注"的练习本上撕了一张纸擦了屁股。揉成一团的纸马上就消失在飞驰的列车下了。

他在厕所洗脸池里洗了一下通红的眼睛，对自己说：我要做一个强大的人，对什么都无所畏惧。

他从最后那个包厢里走过去，看到营部传令兵马杜西奇正在跟营长的勤务兵巴柴尔打着维也纳时兴的一种扑克。他看了看门口，哼了一声。大家把身子转过去，继续玩牌。

“您现在没什么主意了？”士官生比勒凑上去问道。“我没辙了，主牌全出了。”勤务兵巴柴尔用他蹩脚的德语说。“士官生比勒，我是不是该出方块，”他接着说，“方块是张大牌，再来一张老 K……是吧……”

士官生比勒没吭声，回到原来的位置上去了。后来，旗手普勒斯纳来到他面前，用自己打牌赢来的白兰地请他。当他看见士官生比勒正在专心致志地看乌多·克拉夫特的《为皇上捐躯之自我修养》一书时，惊得差点叫起来。

还没到布达佩斯，士官生比勒就醉得胡言乱语。他把头伸出窗外，对着荒凉的原野喊叫：“加油干！为了上帝，加油干！”

传令兵马杜西奇奉命把士官生比勒带回包厢，和大尉的勤务兵巴柴尔一起把他拽到一张座位上。士官生比勒开始做梦——

梦中的他成为少校，胸前佩着绶带和铁十字章，正乘车检阅他的下属。他无法解释：为什么带的是一旅士兵，却还老是个少校。自己本来应当是少将，可能是因为当时军邮公文里漏了半个字，才造成了这样的事故。他在心里暗暗地笑扎格纳大尉威胁他说要派他去钻铁丝网。而实际上由他提议，扎格纳大尉和卢卡什上尉早调离这里了。后来有人向他报告说，他们因为临阵脱逃，掉到沼泽地里死了。再后来，他乘车抵达他所在旅的阵地时，真相大白了，原来是军部任命他做将军。

比勒的汽车驶过的公路旁的敌军战壕有我方的炮兵在轰击，我方炮兵位于谷仓的右边。枪弹从左边的房子里面射出，另一边，一个敌人正用枪托砸门。一架敌机被打落在公路旁，还着火了。远方是行军的队伍和冒着黑烟的村庄，还有一个建设在一块高地上的先遣营的工事，有机枪在从里面扫射。敌人的工事建设在公路沿岸，比勒的汽车沿着公路向前延伸。他使劲对准司机的耳朵大声嚷道：“你不知道前面是什么地方吗？那里是敌军啊。”司机平静地回答说：“将军阁下，只有这条道路是可以通行的了。在别的路上轮胎承受不了。”在靠近敌人的阵地的地方，火烧得更加旺盛了。在林荫道两旁的排水沟上空有很多炮弹爆炸。可是司机镇定地对将军说：“这条公路太好了，将军阁下！在这条道上开车是很舒服的。要是我们在野地上行驶，轮胎很快就爆掉了。您看，将军阁下！这条公路修得棒极了，就像被抛光了一样。要是跑到石子路上，轮胎就会放炮了。回头路也没法走了，将军阁下！”

“咔嚓嚓！”下面传来轮胎擦地声，车子猛地在公路上跳动。

突然间，一阵震耳欲聋的巨响，满天星斗出现在他们面前，银河浓得像奶酪。他与司机一起和汽车飞起来了。车尾像被刀削过一样，车身只剩下前半部。

……

“任何人都要按秩序前进，”司机说，“入天国之门是要通过检查的。”

比勒将军忽然灵机一动，喊了一个口令：“为上帝和皇上而战！”汽车被允许进入天堂大门了。

房间里的墙壁上挂着弗兰西斯·约瑟夫和威廉，以及皇位继承人查理·弗兰西斯·约瑟夫的肖像，还有维克托·丹克尔将军、弗里德里希大公、康拉德冯·霍森多夫总司令等人的肖像，上帝就站在这间房子的中央等待着他的到来。

上帝严厉地对他呵斥道：“你不知道我是谁吗？我就是你过去先遣连的扎格纳大尉！”比勒被吓坏了。

“士官生比勒，”上帝又说，“你怎么可以自封为将军？士官生比勒，你凭什么乘坐参谋部的小汽车在战地上穿行？”

“报告大尉……”

“住嘴！士官生比勒，现在我不是大尉而是上帝。”

“报告。”比勒又战战兢兢地说道。

“你胆敢还不停下来？”上帝对着他咆哮着,他命令两个天使进来。

两名长翅膀持枪的天使进来了，竟然是马杜西奇和巴柴尔。上帝命令道：“把这个家伙扔进粪坑去。”可怜的士官生比勒被抛进了臭气熏天的茅坑。

士官生比勒熟睡着，对面的马杜西奇和勤务兵巴柴尔一直在打牌。“那小子臭气熏天。”巴柴尔不假思索地说，一面关注着士官生比勒不安分地动来动去的身体，一面嘟囔着：“准是拉了一满裤裆！”“大家都会遇到麻烦事情的，”马杜西奇深沉地说，“懒得管。反正你也不会替他擦屁股。继续打牌吧。”

布达佩斯上空出现了朝霞，还有在多瑙河上探寻的探照灯的灯光。

士官生比勒又进入了梦乡。他说着梦话：“请告知我们英勇的部队，它在我的心目中永垂不朽！”他说完翻了翻身带出来一股恶臭，巴柴尔被熏得呕吐起来：“臭得要命，连扫厕所的都受不了了。”士官生比勒的心情越来越糟，噩梦也一个接一个。

他陷入了更加奇怪的梦中：是奥地利王位争夺战争，他正在防守林茨。他又看见了像铜墙铁壁一样的要塞碉堡、防御工事和护城屏障。他的指挥部成了战地医院。满医院都是捂着肚子的伤兵。拿破仑一世的法国龙骑兵穿越林茨的护城工事。他是城防司令，当时也在人群中捧着肚子，对法军使者宣告着：“请告诉法国国王陛下，我誓死不投降……”

不久疼痛的感觉消失了，他带着一营人马突围而出，前面是胜利的坦途。卢卡什上尉为了保护比勒身负重伤，他倒在比勒的脚边呼喊：“上校先生，您这样的男子汉才是我们战场上所需要的。”林茨城的保卫者心情激动地在垂死的卢卡什上尉的身旁停下来，这时突然从不知名的地方飞来霰弹，正好击中他的屁股。比勒下意识地摸摸受伤的地方，觉得手上黏糊糊的。他大声喊起来：“救护队！”然后就跌下马去……

巴柴尔和马杜西奇把跌到地板上的比勒放回了座位上。

接着，马杜西奇去扎格纳大尉那儿报告了士官生比勒身上发生的怪事。“这可不是饮酒的缘故，”他说，“八成是患上了霍乱。每到一个车站，他都下去喝水。在莫肖尔时……”

“流行霍乱不是小事。马杜西奇，你去隔壁包厢里把医生请来吧。”

后来，勇往直前的士官生比勒被送到了新布达的军人传染病医院。在世界大战的激流中，他那条黏糊糊、臭烘烘的裤子被扔得无影无踪。士官生比勒对于勇敢作战光荣胜利所抱有的诸多梦想被囚禁在了这所传染病医院的一间病房里。他非常高兴自己患了痢疾，既然是为皇上效忠，那么负伤也好，患病也好，都是一样的。

第二十二章

在布达佩斯

在布达佩斯的军运车站上，马杜西奇把一份电报交给扎格纳大尉，电文如下："迅速做饭，向索卡尔进发。"又是那个据说被送到维也纳的旅长发过来的。下面还有一句话："将辎重兵派往东部。停止侦察工作。第十三先遣队在布格河上架桥。完毕后再听指令。"

扎格纳大尉赶紧跑到军运总协调处。接见他的是一位矮矮胖胖的少校，满脸和蔼的笑容。

"你们这位旅长先生又在玩他那套高明的手段啦。"他戏谑地笑着说，"不过，我还是得把这种胡言乱语的电报送来，因为我们还没有收到师部的通知，让我们把他的电报一律扣留。昨天第七十五连队第十四先遣队打这儿路过。营长接到一份电报，要他额外给每名士兵发六克朗，以特别奖励他们夺取普舍米斯尔。还要求从六个克朗中拿出两个认购战争公债……我听说，你们的旅长中风了。"

"少校先生，根据团部的命令，"扎格纳大尉对协调处主任说，"我们应当向格德勒进发。每个士兵必须要在这里领一百五十克瑞士干酪。上一站他们应当领一百五十克匈牙利香肠，但是他们什么也没有。"

"我想他们在这里也得不到什么。"少校仍然笑着不紧不慢地回答说，"我还从没听说过这样的命令，让捷克部队领这些东西。不管怎样，我不负责这些事情。你最好去找军需处。"

“少校，我们什么时候出发？”

“你们前面那列载着重炮往加里西亚开的车，一个钟头之后我们会把它打发走。第三道铁轨上的那列医疗车，在重炮车开出去以后二十五分钟，也将开走。第十二道铁轨上那列弹药车，会在医疗车开走以后十分钟开。弹药车开走后，再过二十分钟，就轮到你们这列车了。当然，这只能说如果一切正常的话。”他补充了一句，依然笑容满面。扎格纳感到心里简直要反涌上酸水来了。

“少校，请问，”扎格纳大尉有点不达目的不罢休地问道，“您能解释一下，您到底知不知道捷克部队每人可以得到一百五十克瑞士干酪的命令呢？”

“这个，有秘密规定。”布达佩斯军运总协调处的这位负责人回答说，脸上依然笑着。

“好了，算我没说？”扎格纳大尉边沮丧地说着，边告辞走出军运处大楼。他心中暗暗想道：“我为什么要让卢卡什上尉召集所有的排长去仓库那里领瑞士干酪呢？”

第十一连连长卢卡什上尉还没来得及执行扎格纳大尉要求给每个士兵领取一百五十克干酪的吩咐，帅克和可怜兮兮的巴伦已经站在了他面前，巴伦浑身都在打着哆嗦。

“报告上尉先生，”帅克以他一贯的谦恭劲儿说道，“事情十分严重，请您原谅我的冒昧，咱们还是上别的地方处理这档子事情吧。我的一位朋友，兹霍什城的史巴金纳说过，当他作为傧相参加别人婚礼的时候，他老是想在教堂……”

“究竟是怎么回事，帅克？”卢卡什上尉有些按捺不住，“我们过去说吧！”

跟在他们后面的巴伦浑身不停地打战。他的双手无法自制地、充满绝望地挥动着。

“报告上尉，”他们走到一边时，帅克说道，“俗话说得好，别等到人家揍你的时候，再想到坦白。吩咐过的，上尉先生，等到我们到布达佩斯后，让巴伦将您的香肠和小面包送过来。”

“你按指示做了吗？”帅克问巴伦。

巴伦全身颤抖得更加厉害了。

帅克说道：“令人遗憾的是，上尉先生，您的吩咐无法执行了。我吃了您的肝泥香肠……它被我吃了，”帅克偷偷地在巴伦腰上捅了一下，“因为我觉得，肝泥香肠可能已经变质了。我以前在报纸上看到过，曾经有一家人吃了肝泥香肠而中毒的。有一次是发生在兹德拉哈，有一次是在贝洛纳，另一次是在塔博尔，这些人全都没能活下来。肝泥香肠变质后是最糟糕的事情……”

站在一旁的巴伦依然全身哆嗦，他用手指在嘴里捅了捅，呕吐起来。

“巴伦，你这是怎么了？”

“报——报——报告，长——长——长官，”可怜的巴伦嚷着说，“是——是——我——我——吃了。”他从嘴里吐出了几块包肝泥馅儿的锡箔纸。

“您看，上尉先生，”帅克说道，脸上的神情丝毫没有改变，“吃下去的肝泥香肠会自己跑出来的，就像是油总能浮在水面上。我本想自己承担这件事情的，可惜他还是泄露出来了。他人倒挺好，只是您绝对不能让他管食物这种事。我听说过一个在银行里工作的人，你完全能够安安心心地将一千块钱交给他。有一次他到另一家银行里取钱时多拿了一千块，他马上退了回去。可是如果你让他去买十五个克里泽的熟牛肉，他会偷吃一半。有一回，银行职员们让他去买肝泥灌肠，他在路上又偷吃了，吃掉的部分用英国橡皮膏遮住，其实这橡皮膏的价格比肝泥灌肠要贵得多。”

卢卡什上尉无奈地叹了口气，离开了。

“上尉，您有什么吩咐吗？”帅克在他身后叫喊道。

卢卡什此刻心里突然出现了一个奇怪的假想：士兵们居然把长官的肝泥香肠偷吃了，以此推开去，奥地利要打赢这场战争，是没有什么指望了。

帅克将巴伦带到一旁，安慰他说，他俩一块进城，去给卢卡什上尉带点匈牙利小香肠回来。在帅克眼中，他只知道匈牙利王国的首都盛产腊味特产，当然，这丝毫不让人感觉奇怪。

“可是如果火车开走了呢？”巴伦忧心忡忡地说，但说到买吃的东西，他又充满了兴趣。

“不会耽误事情的。”帅克信心十足地说，“如果急急忙忙的，那么开往前线的火车只能把一半人送到目的地。巴伦，你的心思我清楚，你是不想花钱。”

但是开车的信号这时已经打出了，他们的打算就此落了空。

士兵们也回到了车上，什么也没有领回来。本来每人应该领到一百五十克干酪，如今改为每人一盒火柴和一张明信片——是奥地利军人墓地保卫处发行的。上面画着一座阵亡民团纪念碑。这是那位死活不愿上前线去的雕刻家的杰作。

扎格纳大尉刚刚从军运总协调处回来，手里拿着一份机密电报，是旅部发来的，电文很长，是关于如何应付一九一五年五月二十二日奥地利发生的新局势的指示。他激动地向大家解释着，一时间，军官车厢里人声嘈杂，热闹得很。

电报上说，意大利已向奥匈帝国宣战。

大家不由得记起那个白痴士官生比勒的荒唐预言，他有一次在吃完晚饭后将装着通心粉的碟子一推，说：“等到了维罗纳城门下我要把这东西吃它个饱。”没想到他的预言竟然成了事实。

扎格纳大尉看完了电报，就吩咐集合。

先遣队全体士兵就都在广场上排起方阵来。扎格纳大尉用一种罕见的庄严语气宣读了电文：

> 原是我帝国盟友的意大利国王，出于无与伦比之贪婪野心，终究骇人听闻地背叛了其应该恪守之兄弟义务。大战爆发以后，作为盟友，他原本就与我们并肩战斗，然，他竟然背地里两面三刀，奸猾虚伪，与敌人私自勾结，进行频频密谈。并于五月二十二日晚到二十三日晨间向我帝国宣战，此诚乃背信弃义之徒，其行为无耻至极。我最高统帅相信，我皇勇敢英明之极，必将对此等忘恩负义、背信弃理之徒予以最深重的打击，让其明白，以如此无耻奸猾的动机发动战争，只能导致自身的灭亡。我们相信，正义者必将取胜，圣卢西亚、维琴察、诺瓦拉、库斯托采之征服者必将重新屹立在意大利平原上。我军期盼胜利，我军应该胜利，我军必然胜利！

电报宣读完毕，士兵照例三呼“皇上万岁”，然后就都赶回火车上去，大家都有些迷茫。看来一场对意大利的战争是对他们没有得到干酪的补偿。

帅克跟军需上士万尼克、通信兵霍托翁斯基、巴伦和炊事员约赖达坐在一节车厢，他们开始谈论起意大利的参战来。

帅克首先开口：“在布拉格的塔博尔街有过这样一件事情。有一个老板叫霍舍依希，他开了一家商店。而另一个叫波什莫尔尼的老板在他家对面也开了一家店子。在他们两家中间，是一位杂货店老板，叫哈夫拉萨。霍老板于是想，为什么不联合哈老板来反对波老板呢？于是他们商量了一下，决定联合起来，成立‘霍舍依希—哈夫拉萨公司’。但是那位哈老板却在背地里又跑到了波老板那里，对他说，霍舍依希给了他一千块钱，要求跟他合伙。如果波老板愿意出一千八百块钱，那么他就跟他合伙，一起对付霍老板。波老板果然答应了。于是在接下来的日子里，哈老板一直在霍老板面前假装好朋友，每次霍老板说起联合的事儿时，他总是搪塞说：‘就好，就好，等那些房客从别墅回来，马上就好。’联合经营的事情果然像他承诺的那样，在房客回来之前准备好了。有一天早上，霍老板推开门时，发现他的对手门口贴着：‘波什莫尔尼—哈夫拉萨联合商店’。”

呆头呆脑的巴伦也接过了话头：“我自己也亲自经历了这么一件事儿。我曾经打算买一头奶牛，跟邻村的一户人家已经谈妥了，可是到头来，硬是被一个杀猪的夺走了，还是当着我的面。”

“这下可好了，咱们又搭上一场战争，”帅克说道，“咱们面前又多了一个敌人，添了一道新前线，大家用起弹药来可别太浪费了。要知道，家里的孩子多了，那么用来抽打孩子的鞭子也要因此而增多的。”

“我唯一担心的是，”巴伦浑身发抖，忧心忡忡地说，“对我们的配给会因为意大利这档子事而减少。”

军需上士万尼克思索了一下，叹了一口气说：“我想这很可能。这样一来，要取得胜利，就需要更长的时间了。”

“咱们眼前需要的，”帅克说，“就是再来个像拉德茨基那样的家伙。他十分熟悉那一带，也懂得怎么样冷不防把意大利人逮住，该从哪儿进攻，该从哪儿下手。打进一个地方不难，谁都能办得到。可是要再从那儿打出来，才算得上真正高明的战术。”

伙夫约赖达这时插进来说：“意大利是个非常好的地方。我在威尼斯的时候，听到那儿的人管谁都叫猪猡。意大利人一生气就会称呼他周围的人为‘该死的猪猡’。甚至把罗马教皇都说成‘猪猡’‘圣母是我的猪猡’‘爸爸是猪猡’。”

军需上士万尼克兴致勃勃却又满怀遗憾地谈起了意大利。他曾经卖过柠檬汁，都是用烂柠檬做的。他总是从意大利买到最便宜而且最烂的柠檬。现在这么一来，他也就无法再买到意大利的柠檬了。毋庸置疑，这场仗一打起来，肯定会有许许多多出人意料的麻烦和不便。因为他会对奥地利进行报复的。

帅克笑了起来，不屑地说："说得容易，怎么报复？有人去报复别人，结果实行报复的人却受了罪。好几年前，我还在维诺堡时，认识一个打扫院子的人，住在他旁边的是一个在银行里上班的职员。那个银行职员经常去酒馆喝酒。有一回他在酒馆里和人吵了起来。那个人在维诺堡开了一个尿液化验所。他总是往人家手里塞一些装尿的小瓶，拿人家的尿液去化验。他对别人说，这是关系到他们全家的健康和幸福的事情，而且只要六个克朗，非常便宜。去这家酒馆的人，包括老板和老板娘，都化验了一次。只有这位银行职员死活不同意，那人在他上厕所时也跟在后面，一再地对他进行劝说，那银行职员终于同意了，花了六个克朗，化验了一次。那人在他的尿液里放了好多盐，他在每个人的尿液里都放了盐，酒馆的老板也不例外。他对每个检查的人都说他病得很严重，只能喝水，吃些蔬菜，不能抽烟，甚至不能讨老婆。所有的人都对他厌烦透顶，尤其是银行职员，便打算对他进行一番报复，他们知道院子里的门房非常歹毒，于是决定利用门房去对付那人。那银行职员找了个机会对那个化验尿液的人说，门房这些天身体不好,需要化验一下。那人真的跑到门房那儿去了。门房正在睡觉，受到这种无端的打扰，顿时怒火冲天，他穿着三角裤衩就从床上跳了起来，一把扯住那位先生的领子，把他往柜子上撞去，直到将他完全塞到了柜子里。然后又把他拖出来，用鞭子狠狠地抽他，一直追着他到了大街上。后来警察逮住了那门房，他又揍了那警察一顿。由于他身上只穿一条三角裤衩，有伤风化，被扭送到警察局去了。结果他因为暴力伤人罪和侮辱警察罪被判入狱六个月，在法庭上他又出言不逊，惹恼了审判官们。也许这个可怜的家伙现在还没有出来呢，因此我说：你在报复别人的时候，往往会让不相干的人受罪。”

巴伦似乎一直在思索着什么，到这时才用颤抖的声音问道：“请问，上士先生，跟意大利开战真的会减少给我们的配给吗？”

“这是显而易见的事情嘛！”万尼克回答说。

“我的上帝！”巴伦叫唤起来，一个人悄悄地坐到角落里去了。

军官车厢里，大家正在起劲地谈着意大利参战后导致的新的军事形势。那位战略家士官生比勒如今不在场，幸好第三连的杜布中尉在一定的程度上替代了他，否则他们的谈话一定干巴巴的进行不下去。

杜布中尉入伍前担任过捷文教员，他在教书的时候，就已经表现出对帝国的忠心耿耿。他出一些与哈布斯堡王朝历史有关的作文题让学生去做。他经常用一些历史故事来吓唬低年级的学生；对待高年级的学生，他的题目更是五花八门。例如，他给七年级的学生出过这样一道作文题：“科学与艺术的庇护者：弗兰西斯·约瑟夫一世皇帝”。一名学生在作文中写道：这位皇帝最大的功勋就是在布拉格建造了弗兰西斯·约瑟夫一世大桥。事实上，他是误把著名的查理大桥写成了弗兰西斯·约瑟夫大桥，弗兰西斯·约瑟夫一世根本没有建造过这座桥。这名学生因此被奥匈帝国所有的中学拒之门外。

每逢皇帝生日或者其他皇室节日的时候，杜布中尉总是让全体学生高唱奥地利国歌。在生活中没有人喜欢他，他以喜欢打小报告而出名，经常背地里对自己的同事告密。在他待的那个地方，他和县长、中学校长是一伙的，人称“三套马车”，在那里，他学会了跟随帝国的轨道玩弄政治手腕。

现在他正在用刻板的教师的口吻滔滔不绝地发表他的看法："总的说来，我对意大利的这个举动丝毫也不觉得奇怪。三个月以前我就算定它会发生的。不用说，这几年意大利因为跟土耳其打仗打赢了，所以变得目中无人。不但这样，它还过于信赖它的舰队，过于信赖亚得里亚海沿岸和南提罗尔省人民的情绪了。大战之前，我就常常对我们那地方的县太爷说，咱们政府应该重视南方的民族统一运动。他认为我的意见十分有道理，因为凡是目光远大而且关心帝国安危的人，应该早已清楚这一点，如果我们过于姑息那些分子，结果会怎样。我记得很清楚，大约两年以前，我和我们那地方的县太爷谈话的时候，我曾说意大利一直在等待机会反过头来打我们，现在情况不正是如此吗？他们已经这样干了！"他大声咆哮着，像是对所有人展开辩论，虽然所有的正式军官表面上在默然不语地听着他的讲演，暗地里却都希望这位唠唠叨叨的先生早点死去。

"老实说，"他把声音放轻了一些，继续说，"在绝大部分情形下，哪怕在课本中，我们都不大记得咱们跟意大利过去的关系。今天旅部命令里提到的一八四八和一八六六年，那是咱们军队打败意大利，取得胜利的光荣日子。不过我可是尽到了自己的责任。在学年完结以前，大概是刚一开仗的时候，我给我的学生出过这么一道作文题目：我国英雄在意大利，从维琴查到库斯托查，或……"

这个东拉西扯的杜布中尉还严肃地补充说："……鲜血与生命献给哈布斯堡王朝，献给统一的、团结的和伟大无比的奥地利……"

他顿了顿，等着军官车厢里别的人表示些意见，这样他就好向他们炫耀他五年前就知道意大利会在今天有何举动了。但是结果却令他大失所望，营部传令兵马杜西奇把《佩斯使者报》的晚刊从火车站上给扎格纳大尉带了回来，扎格纳大尉埋头盯着报纸，说道："看，我们在布鲁克的时候正演戏的那位演员魏纳，昨晚居然在布达佩斯的小剧院演出啦。”

营部传令兵马杜西奇和扎格纳大尉的勤务员巴柴尔对意大利参战的看法却很实际。很多年以前，战争还没有开始的时候，他们在正规部队里待过，一起在南蒂罗尔参加过演习。

巴柴尔叹着气说道：“那里可尽是些山！扎格纳大尉有整整一车的箱子。我虽然出生在大山里，但是要把那些箱子搬来搬去，跟挎着猎枪打兔子可不是一回事啊！”

“如果我们真的被赶回了意大利……那可真应验了那句语：既爬山又涉水。伙食还差得要命，仅仅是在玉米粥里漂一丁点油花，简直就跟猪吃的差不多，我可受不了。”马杜西奇愁眉苦脸地说。

巴柴尔愤愤不平地说：“谁能保证不把我们派到这些山里去呢？我们团到过塞尔维亚和喀尔巴阡山，我拖着扎格纳大尉的箱子翻山越岭。有两次都把箱子给弄丢了，一次是在塞尔维亚，另一次是在喀尔巴阡。也许这次会在意大利的哪个地方第三次给弄丢了。更何况，那儿的伙食实在是糟糕透顶……”

这时候，火车在站上已经足足停了两个多钟头，别的车厢里人人都认为火车要掉头开往意大利了。与此同时，军列上又发生了几桩奇怪的事情。士兵们被从车厢里赶了下来，消毒委员会的人把所有的车厢都洒上了大量的消毒水。这一举措遭到了许多人的强烈反对，尤其是放面包的车厢。

但是军命终归是无法违抗的。消毒委员会下命令要把所有属于第七二八次军列的车厢都消毒，所以他们就理直气壮地往大堆的面包和一口袋一口袋的米上喷起消毒水。仅此就足以表明将要有不同凡响的事情发生了。

喷完了消毒水，大家又被赶回车厢去，过了半个钟头，大家再一次被赶了出来。因为一位老将军要来检阅军列。站在后排的帅克对军需上士万尼克说："这是个老不死的老浑蛋！"

这个老浑蛋就沿着一排排队伍慢吞吞地挪着，陪同他的是扎格纳大尉。他似乎想要对士兵们进行一番鼓励，于是在一个年轻的新兵面前停下来。他问起这个年轻的新兵的籍贯和年龄，又问他有没有表。这个年轻的新兵心里盘算着这个老头儿可能会送自己一块表，因此虽然有，嘴里却回答说没有。老将军只冲他傻笑了一下，就像弗兰西斯·约瑟夫见到市长们时的那个模样，然后说："很好，很好。"说着走过去跟站在旁边的班长搭起话来，问他老婆好不好。

"报告长官，"班长大声说道，"我没结婚。"

将军听了，神气十足地笑了笑，连连说道："很好，很好。"然后，将军越发表现出老年人的稚气来，他要扎格纳大尉叫队伍报数给他看看。过了一会儿，"一，二，一，二，一，二"的报数声就此起彼伏地响了起来。

老浑蛋将军很喜欢这一手。在家里的时候，他经常叫他的两个勤务员站到他面前，让他们"一二一二"地报数。

这种将军在奥地利遍地都是。

检阅顺利完毕以后，将军对扎格纳大尉大大表扬了一番。并且批准士兵们可以在火车站附近四处走动，大家接到通知说，火车还有三个钟头才能开。于是，士兵们就到处溜达，看能不能捞着点什么。车站上人头攒动，偶尔有士兵能讨到一支香烟。

很明显，早先火车站上对军队那种盛大欢迎的热情已经冷却下去了，如今士兵们成了讨好他们的"乞丐"。

"慰军会"派了一个由两位干巴巴的太太组成的代表团来见扎格纳大尉。她们送给军队一些慰劳品，是二十小盒口香糖。这东西是布达佩斯一个糖果制造商当作广告分发的。锡质的盒子，画着一对正在握手的匈牙利兵跟奥地利兵，他们头上是圣斯特凡闪闪发光的王冠。

王冠周围用德文和匈牙利文写着：“为了皇上、上帝和祖国。”

糖果制造商对君王真是忠心耿耿，他居然把皇帝放到了上帝前面。

每盒装着八十片口香糖，平均分配起来，每三个人可以分到五片。除此以外，两位风尘仆仆、疲惫不堪的太太还散发了一捆传单，上面印着布达佩斯大主教写的两篇新祈祷文。祈祷文是德、匈双语文，里面把所有能想到的恶毒语言都用在了对敌人的诅咒上。

按照这位年高德劭的大主教的说法，万能的上帝应该把俄国人、英国人、塞尔维亚人、法国人和日本人都碾成肉末，做成肉丸子。仁慈的上帝应该把敌人杀光，用敌人的血液来洗澡。

这位可敬的大主教的这两篇虔诚的祈祷文里还有着如此美妙的词句：

愿上帝祝福你们的刺刀，让它们扎进你们敌人的胸膛里去。愿万能的上帝指引你们的炮火，让它落到敌军大本营上去。慈悲的上帝，愿所有的敌人都受到我们的打击，让他们憋死在自己的血泊里。

两位太太送完了这些慰劳品，就向扎格纳大尉热切地表示，希望她们在场的时候分发慰劳品。一个太太甚至声称，她想对官兵讲几句话——她称呼他们为“咱们的好战士”。

她们的要求被扎格纳大尉拒绝后，两位太大觉得十分难过。这时，慰劳品已经被装到那辆物资车厢上去了。两位可敬的太太在走过军队的队列时，其中一位禁不住伸出手去拍了拍一名大胡子士兵的脸颊。这名士兵对两位太太的好心慰劳全不放在心上，她们刚刚走过去，他就对伙伴说：“好一对不知羞的老女人！嘿，长得跟丑八怪似的，居然敢找咱们来调情！”

车站上挤满了人。意大利的参战引起了相当大的恐慌。炮兵两个军列被留了下来，派到斯梯里亚去了。另外有一个满载波斯尼亚人的军列，不晓得为什么等了两天还没人管。他们已经两天没领到配给了，目前正在新佩斯城的街上流浪，一边向路人乞讨，一边起劲地诅咒一切。

第九十一连队先遣营队又被赶回车厢里去了。可是过了一会儿，营部传令兵马杜西奇从军运管理处带回消息说，还得等三个钟头才开车呢。于是，刚凑齐了的士兵又从车厢里走了下来。就在列车开动以前，杜布中尉气恨不已地走进军官车厢，叫扎格纳大尉立即逮捕帅克。杜布中尉在中学教书的时候就因为喜欢打小报告而出名。他把所有兵士当成了他的学生，跟他们不时地谈话，好弄清楚他们心里在想些什么，同时，他也好借机对他们教训一番，对他们说明打仗的理由。

他散步的时候突然瞅见帅克站在离火车站大楼不远的地方，正津津有味地端详着一张为筹集军费而出售慈善彩票的招贴。招贴上面，一个满脸惧色、留着胡子的哥萨克人正背墙而立，一个奥地利士兵用刺刀扎他的身体。

杜布中尉轻轻敲了一下帅克，问他喜不喜欢。

“报告长官，”帅克回答说，“这实在是无聊透顶。我见过不少胡说八道的招贴，不过从来没有见到这么糟糕的。”

“你为什么不喜欢它呢？”杜布中尉问道。

“长官，首先，我不喜欢那个兵这么对待交给他的刺刀。嗬，他那样抵着墙去刺，肯定会把刺刀弄坏的。而且，他那样干也不对，因为那个俄国人已经举手投降了，对待俘虏必须按规矩办事。那个家伙的做法一定会受到惩罚的。嗨，林子大了，真是什么鸟儿都有。”

杜布中尉继续调查帅克的想法，问道：“这么说来，你为那个俄国人感到难过，是吗？”

“长官，他们两个人都让我感到难过。那俄国人让我难过，是因为他被刺刀扎了；那个士兵让我难过，是因为他会因为这件事而受到惩罚。长官，他为什么要那样对待他的刺刀呢？要知道，钢是抵不过石头的啊！很明显，那样会弄断刺刀的！我记得打仗之前，那时候我还在正规军，我们连队有一位中尉，有一次异想天开买了整整一车的椰子，全连里一半以上的人用刺刀去破椰子，结果把刺刀弄断了。我们中校把全连关了三个月，不许出营房，我们的中尉还被关了禁闭呢！打那以后，我就知道了钢刺刀是非常脆的！”

杜布中尉死死地瞪着好兵帅克愉快的脸，狠狠地问他说：“你认得我吗？”

“我认得您，长官。”

杜布中尉翻了翻眼睛，使劲用脚跺着地板说：“我告诉你，你还完全不了解我呢！”

帅克面不改色地说：“长官，我认得您，我们是同一个先遣队的。”

“你并不认得我！”杜布中尉嚷道，“你仅仅认得我善的一面。不用多久，你就要见识到我恶的一面了。我可没有那么善良，我让谁遭罪谁就得遭罪！好，现在我再问你一遍，你认不认得我？”

“长官，我确实认得您。”

“我明确地告诉你，你不认得我！蠢驴！你有没有兄弟？”

“有一个，长官。”

帅克的脸上镇定自若，杜布中尉简直要气晕过去，他狠狠地问道：“你兄弟肯定不会比你好多少，都是蠢驴！他干什么？”

“报告长官，他是中学教员。他也在军队里，还通过了军官考试呢。”

杜布中尉狠狠地瞪着帅克，目光简直要把帅克杀死。帅克庄严而镇定地承受着杜布中尉蛮横的眼神，终于，他们的会见在一声“解散”的命令中结束了。

杜布中尉一边走一边想着帅克，盘算着让扎格纳大尉把他严加禁闭。而帅克呢，心里也在思忖着：他这半辈子见过不少白痴军官，然而像杜布中尉这样的，却是他闻所未闻的。

杜布中尉今天教训士兵很不痛快，因此他很快又在车站上抓住了两个新的目标。

这是九十一连队另一个连的两个士兵。他们正在黑暗的旮旯里操着半生不熟的德语和妓女讨价还价。车站上有无数的这种女人，她们四处闲逛着。

杜布中尉严厉的声音远远地传进了帅克的耳朵里："你认不认得我……"

"我告诉你，你还不认得我哪……"

"等到你认得我……"

"你仅仅认识我善的一面……"

"我要让你见识我恶的一面……"

"我要让你们遭罪！蠢驴……"

"你有没有兄弟……"

"他也比你好不了多少，蠢驴……他们是做什么的……什么，在辎重队？好吧……你们要记得，你们是军人……是不是捷克人？你们听说过吗……说过，如果没有奥地利，我们自己就创造一个……解散！"

杜布中尉又拦住了三批士兵，但是他的那个"叫谁遭罪谁就得遭罪"的教育理论却完全失败了，没有取得一点积极的效果。他面子上有些挂不住了，因此他在开车以前跑到扎格纳大尉那儿，请求他把帅克逮捕起来。他强调帅克简直目中无人，粗野至极，必须把他隔离起来。帅克的诚恳坦白在他看来其实是尖锐的攻击。他认为，要是再这么搞下去，士兵的眼里就完全没有军官了。他说，他在战前对县太爷说过，做上司的一定要对下属保持威严，县太爷十分同意这一点。他觉得，尤其是在现在打仗的时候，离敌人越近，就越应当叫士兵懂得畏惧长官。因此，他要求对帅克进行惩办。

作为正规军官，扎格纳大尉对所有的后备军官都十分讨厌。他提醒杜布中尉说，惩罚士兵应该向上级递交书面报告，可不能像在集市上买东西那样简单。至于帅克，杜布中尉首先应当去找的是他的第一级承管人——卢卡什上尉。这种事必须一级一级地报告上级。如果帅克做了错事，必须连人带报告交给连长去惩治；如果他不服，必须写个报告请求营长处理。如果卢卡什上尉愿意把杜布中尉的报告看成正式申请，认为应当采取惩治的措施，作为营长，他本人也不反对把帅克带来进行一番盘问。

卢卡什上尉也不反对这样做。不过他说，帅克的哥哥确实当过中学教员，是个后备军官。杜布中尉这才有些犹豫不决了。他说，他其实是泛泛地要求对帅克进行一下惩罚，也许帅克只是在口头表达上有所欠缺，因此他回答的话叫人听来觉得傲慢、无礼、不尊重上司。不过从帅克的样子来看，很可能他是神经上有些问题。

一场暴风雨就这样从帅克头上掠过去了，丝毫没有碰着他。

在营部和仓库的临时办公车厢里，先遣队的军需上士布尔丹捷慷慨地将本应分给全营士兵的口香糖赏给营部的两名文书。这已经是惯例了：所有发给士兵的东西，营部每人都必须得到一份。战争期间这种情况屡见不鲜，当上面来人检查时，下面的军需们总回答一切都好，其实所有的军需上士都私下里捣过鬼。他们做预算表时总是多报一些空额，然后又随手抓一些莫须有的东西来充数。

现在军士们嘴里都被口香糖塞得满满的，布尔丹捷于是给大家聊起了他们在路上物资匮乏的艰难困苦：“弟兄们，我跟着先遣队出征过两回，但从来没有遇到过像现在这么一无所有的悲惨状况。到普列肖夫以前，我们真是想要啥就有啥。我储存了一万支香烟、两大圈瑞士干酪，还有三百盒罐头。再后来，我们与普列肖夫的联系被俄国人切断了……我就做起了小买卖，我将自己十分之一的储存上缴给了营部，对他们说这是节省下来的。而剩下的我全部卖给了辎重队。我们当时的少校是索依卡，蠢笨不堪，胆子小得要命，为了避免一天到晚听见枪炮声，总是寻找一些托词跑到辎重队东游西逛，比如借口什么检查士兵的伙食如何啦,等等。俄国人一有风吹草动,他立即吓得屁滚尿流，赶紧躲到我们下面来。先去伙房喝几口朗姆酒，再跑到辎重队附近的战地炊事房装模作样地视察一番。当时我们没法在阵地上做饭，而且只能在晚上给士兵们送饭，也没法给军官们开小灶。

“有一回，我们到后方的一条通道被德国人占领了，后方给我们运来的所有食品都落到了他们手中，我们什么也没有得到，他们倒个个吃得脑满肠肥。我们辎重队很快就粮食告急了。除了一头小猪，我们啥也没有了，那还是一只熏过的小猪崽。我悄悄地把它藏在了炮兵队，那里有我认识的一个朋友，是个下士。炮兵队距离我们辎重队约莫有一个钟头的路程，我这样做是为了不让索依卡少校发现。因此，每次来我们炊事房里，少校先生就只有喝汤了。老实说，我们只有可怜的几头猪和瘦牛，是我们在附近地方好不容易弄来的，普鲁士人经常抢夺我们的粮食，他们用比我们高一倍的价格将牲畜全部买走。在那段时间里，我一共只省下了一千二百多克朗，因为当时往往是用营队开的条子去购买牲畜，而不是直接付现金。尤其是后来，德国人攻占的地方越来越多，形势就越发恶劣了。与当地的人打交道是最令人头疼的事情，他们目不识丁，签名的时候只会画几个十字。因此他们去军需处领钱的时候，我们常常想方设法在那些单据里夹几张假收条，作为我们已经付了款的证据。跟我们相比，普鲁士人开的价钱要高得多，这我刚才已经说过了，而且用的都是现金，因此，当地的人都对我们怀有敌意，把我们当作强盗来对待。当时军需处规定，用画十字来代替签字的那些收条必须交给检察官仔细检查才行。如此一来，这些检察官泛滥成灾，他们常常是在我们这里吃吃喝喝，酒足饭饱之后，又背着我们去告状。

“话题还是回到索依卡少校身上吧，他一天到晚待在炊事房里四处转悠。有一次，他从锅子里捞出了一块肉来，看了看，又摇摇头，说是肉没有炖烂，于是他命令再煮一阵子。你们要知道，当时肉是稀罕物，一个连也只有十二份，他捞出来的那块肉是我们整个四连的伙食啊，但是他却毫不客气地一个人独吞了，甚至连汤还要喝。吃完后，他还吵嚷着说汤寡淡无味，吩咐在汤里放些油，又把我们辛辛苦苦积攒下来的通心粉一股脑儿倒了进去。为了炒面粉，他居然往锅子里面倒了整整两公斤茶油。我简直气炸了肚子。这油是我费了好多力气才节省下来的，我将它放在了隔板里，他发现后，一个劲追问：‘是谁的？’我回答说，师部命令，每位士兵的伙食费里有十五克黄油或者二十一克猪油，用来改善伙食，但是因为荤油找不到，所以我们将黄油储存起来，直到够了为止。索依卡少校顿时发起脾气来，叫嚷着说我打算将这两公斤油留给俄国人。既然汤里没有油，那么正好可以把它放进去。他将我的所有收藏挥霍一空，我真是哑巴吃黄连，有苦难言。

“他的鼻子比猎犬的还要尖，一下子就能够嗅出我所有藏着的食物。有一次我从士兵的伙食中省下了一点牛肝，原想将它们焖好，他却从床底下搜了出来。我说这是留给那些挖战壕的士兵吃的。少校从辎重队里拉了一个疯子，然后跟那人跑到悬崖上用锅子煮肝来吃。也是他活该，他们煮东西的烟被俄国人发现了，他们用大炮对着少校和他的锅子一阵猛轰。我们后来去检查时，根本无法分清楚悬崖下究竟是牛肝还是少校的肝了。”

不久传来消息，说是火车得在四个钟头之后才开，因为开往布达佩斯东部的豪特万的线路被装运伤兵的列车堵住了。车站上还风传一列装运伤员的火车和一列装运炮兵的火车相撞了，救援的车正在往那儿开。

整个营队都在议论这个消息。有的人说伤亡人数达到两百以上，有的人说这是一场有预谋的撞车惨剧，以便减去对伤病员的配给。这样一来，大家又纷纷指责起营部的供应工作和办公室及仓库里的盗窃现象。很多人说，军需上士布尔丹捷私下里把什么都分给那些军官了。

在军官车厢里，扎格纳大尉向大家宣布，原定的现在应该到加里西亚边境的计划不得不更改了。列车到达雅格尔还要走十个钟头，在雅格尔，的确有一些装着伤兵的列车。本来，士兵们在雅格尔能分到三天的面包和罐头。但是根据发来的电报推测，面包和罐头都已经没有指望了。上面命令说给每个士兵发放六克朗七十二哈莱什作为九天的军饷。不过前提是要扎格纳大尉能从金库里只有一万二千克朗的旅部领到这笔钱。

卢卡什上尉说："都是连队的原因，才搞得现在这样一团糟，把我们扔到这一毛不长的鬼地方。"

沃尔夫准尉和科拉什中尉两个人私底下议论，说最近三个星期，施雷德上校在维也纳银行他私人的账户上存了一万六千克朗。科拉什中尉说他知道施雷德上校的钱是如何得来的。他粗略地对沃尔夫谈起了他自己发现的一些事情：施雷德上校从连队偷来六千克朗，中饱私囊；他还命令所有的伙房每天从士兵的每顿口粮里扣下三克豌豆。这样，每个人每个月就有九十克，每个连队的伙房至少能省下十六公斤豌豆。这一点伙夫们都可以证明。

这种事情在军政领域真是见怪不怪，上至将级军官，下到连队的军需上士，无不如此。战争锻炼了偷盗者的胆量。军需官们彼此心照不宣:“咱们都是半斤八两，彼此彼此。伙计们，不偷不行哪，别人偷，你不偷，人家还认为你已经偷够了。”

这时，车厢里进来一位专在各铁路沿线视察的将军，穿着一条两边有红金饰带的裤子，他向大家和蔼地打了个招呼——能在这儿见到这么一列意料之外的军列，他十分高兴。扎格纳大尉想对他汇报情况，将军却摆了摆手，说道:“你们这列军列怎么还不睡觉呢？军列既然停在车站上，那么官兵们就该像在军营里那样，九点钟就应该睡觉。”他说得很明白利索，“九点之前让士兵们上一趟厕所，然后睡觉，别让他们在夜里把铁路路基给弄脏了。懂了吗，大尉先生？你给我复述一遍，唔，算了，不用复述了，按我说的去干吧。吹号，让他们都去上厕所，再吹熄灯号，让他们睡觉！对于没有听从命令的，要进行惩罚！就这样吧，还有什么漏了吗？六点开晚饭！”

紧跟着，他开始漫无边际地胡扯起来，说的话题全都是上不着天、下不挨地的事情，像是一个凭空冒出来的幽灵似的。“六点开晚饭，”他突然说道，边说边看手表，这时已是晚上十一点过十分了，“如果没有一百五十克瑞士干酪，那么就吃土豆焖牛肉吧！”他又下令检查战斗情况。扎格纳大尉命令吹号，将军大人注视着全营排成横队，他和军官们在队列前面走来走去，嘴里说个不停，丝毫不感到疲倦。似乎士兵们都是白痴，听不懂他说的话。

他眼睛看着手表说:“你们看，八点半去腾空肚子，九点睡觉，时间很充足。在这种情况下，士兵们肯定没有什么大便。我让大家睡觉，是因为睡觉能够将养生息，好准备下一步的行军。只要士兵们不下火车，就必须休息。如果车厢里待不下，那就分批睡觉。所有的士兵分成三批，先让第一批士兵舒舒服服地从九点睡到半夜，其余的人站在一旁看；第二批从半夜睡到早上三点；第三批从三点睡到六点。然后吹起床号，全部士兵去洗脸。火车开动的时候，大家不要跳车。军列上要安排好巡逻兵，防止有人跳车！如果我们士兵的腿是在战场上负伤了……”

将军大人在自己的大腿上狠狠拍了一下：“这是一种光荣的事情。但是对于那些在列车开动的时候跳车致残的人，必须惩罚。”

列车上的士兵们这时已经疲倦不堪，昏昏欲睡了。他们被强行从梦中唤醒，一个劲地打着呵欠。将军对扎格纳大尉说道：“大尉先生，这是你们营？整个营队呵欠连天！士兵应该在九点睡觉。”

将军停在了十一连面前，因为站在左边的帅克正在张着嘴打呵欠。他赶紧用手捂住嘴，但是呵欠声却越发显得沉重，卢卡什上尉唯恐将军怪罪，吓得浑身打战。他感到帅克是有意如此的。将军仿佛看透了卢卡什的想法，他转过身来，向帅克问道：“是捷克人还是德国人？”

“报告将军，捷克人。”

“很好。”将军说道，“你应该管紧自己的嘴巴，别像发情的猪一样大声吼叫，打扰了人家！你上厕所了吗？”

“报告将军，没有。”

“你为什么不和别人一块儿去呢？”

“报告，瓦赫特上校曾告诫我们，在黑麦地里散开时，士兵们应该一门心思地想着战斗，不能光想着拉屎撒尿！再说，我们肚子里空空的，没有什么存货，也就没有可拉的，上厕所也就没有必要啦！按照计划，我们应该在好几个车站得到晚饭，可是到现在还什么也没有见到呢！”帅克向将军通俗易懂地解释目前的状况，十分信赖地望着将军大人，满心盼望着将军能够明白他们的处境，帮他们解决目前的难题。

“快让大家回来睡觉！出了什么事情？为什么大家还没有领到食物？这个地方是个供应点，停在这个站的军列都应该领到食物才对。这是计划规定了的。像现在这样怎么行呢？”将军大人对扎格纳大尉说道。他的语气充满了肯定，他早就命令过必须在晚上六点供应晚饭，现在已经是夜里十一点了。如此一来，只有让火车先在这儿待一个晚上，等到明天晚上六点，再让大家领到一份土豆焖牛肉。

他严肃而认真地说道："在战争时期，部队领不到配给是最最糟糕的事情了。我的任务就是要把这种事情查清楚，弄明白军运总协调处对这种事情的态度。你们知道，很多时候，发生这种事情的原因就在负责军用列车的车长身上。我有一次在铁路车站检查工作时，发现有六辆军列的车长忘记去领晚饭了，结果车站上烧好的土豆焖牛肉没人吃，只好全都倒掉。列车上的士兵们在站上四处乞讨食物，而列车却从堆成山的土豆焖牛肉上碾过去。如果是这种情况，那么军需处就不必承担过错。这是军列车长的失职！"他用力地挥舞着手，"走，我们去办公室！"

军官们只好跟在他身后，心里直纳闷，怎么所有的将军都不正常了？

军运协调处的人根本不知道要供应土豆焖牛肉。本来他们应该为打这儿经过的军列提供焖牛肉的，但是后来又接到新命令，要求将每个士兵的供应减去七十二哈莱什，扣出来的这部分钱用来垫补最近应该发放的军饷。至于面包，士兵们除了在匈牙利瓦吉安的一个车站上领到过一半，再多就别指望了。

后勤供应处主任一副无所畏惧的神色，振振有词地对将军说：战令多有变动，这是难以避免的事情。将军点点头，表示同意。他安慰说，现在情况已经改善不少啦，刚打仗那会儿，情况还要糟糕得多。不能指望形势会突然好转，这需要耐心，需要实践，需要不断积累经验。俗话说得好：理论不等于实践。不过仗打久了，事情也就慢慢步入正轨了。他似乎想到了挺有意思的事情，兴致高昂地说："我给你们举个例子吧！两天前经过豪特万车站的军列都没有领到面包，但是你们明天经过那儿时，却能够领到。好吧，现在我们上车站饭店去吧！”

将军在车站饭店里大谈起公共厕所来，谈起铁路线上随处可见的“仙人球”[1]多么令人恶心。他一边说一边大嚼着煎牛排。在大家眼里，仿佛他正在咀嚼的是“仙人球”。将军非常重视公共厕所，认为这些厕所与奥匈帝国的胜败密切相关。在分析意大利参战以后的局势时，将军大人认为，奥地利的胜利将来自公共厕所，我军的公共厕所是我们对意大利无可置疑的优势。

在将军眼里，这是一条颠扑不灭的真理，因为取得胜利的道路就是如此行事：士兵们下午六点去领取土豆焖牛肉，八点半上厕所，九点睡觉。这样的军队将所向披靡，任何敌人都将闻风丧胆，仓皇四逃。

将军不说话了，点燃一支高级香烟抽起来。他两眼望着天花板，心里暗自思忖：应该对这些军官进行一番训诫。大家本来以为他会沉默不语地继续看天花板，没想到他却突然开口说话了：“你们营队总体上来说士气还是非常高昂的，你们的指挥员们也是十分不错的。跟我说话的那个士兵敢于说真话，他的态度代表着全体营队的希望。我相信你们一定能够坚持战斗，直到奉献完最后一滴血。”

将军突然停了下来，将身体仰靠在椅子上，两眼又开始看着天花板，杜布中尉随着潜意识中习惯的讨好劲也模仿着他盯着天花板看。

“不过你们营队应该将你们的优点发扬出来，传播下去，争取在你们的光荣史上多添一笔。因此，你们应该有一个记录营队大事并将它们编纂成营史的人。各个方面的材料都必须汇聚到他那里，他必须对营队里每个连的工作都了如指掌。这不能是个傻瓜、笨驴，而应该是个聪明博学的人。大尉先生，你必须指定这么一个人。”说完，将

[1] 指粪便。

军转头看了看挂在墙上的钟，是该解散的时候了，大家早已疲惫不堪，昏昏欲睡了。

将军大人让军官们送他到自己专用的视察列车上去。将军走后，军运协调处主任低声抱怨起来：将军吃了一份煎牛排，喝了一瓶葡萄酒，一个子儿也没付。他不得不自己掏腰包了。每天这种情况都要发生好几次，他只好变卖车厢里贮存的干草。在他的吩咐下，两车厢干草被拉到铁轨尽头，准备卖给军草供应商罗文斯泰恩公司。然后国家又转过身来从他那里把这些干草买回来。

所有经过布达佩斯这个总站的军事检察官都对他赞不绝口，说军运协调处主任还很精通怎样招待人。

这列军列在第二天早上还停在那儿，车上吹起了起床号，士兵们开始洗脸了。将军大人又亲自跑过来检查大家上厕所的事情。

为了讨好将军大人，扎格纳大尉命令士兵们由班长带领，分班上厕所。为了使杜布中尉心里释嫌，他任命杜布担任值勤。如此一来，杜布中尉就成了正式的“如厕官”。

有两排茅坑的公共厕所能容纳一个连的两个班。士兵们像秋天里一行行蹲在电线上正准备南飞的燕子那样，挨个蹲坐在粪坑上。每个人的裤子都扒了下来，膝盖也裸露在外面，脖子上挂着一根皮带，似乎是在等着谁下命令，好马上吊死似的。由此可以看出军队严格的纪律来。

帅克也混在这几排人中，正蹲在其中一行的左端，入迷地看着一片从女作家鲁热娜·叶塞斯卡的某本小说里撕下来的残破不全的碎纸片：

遗憾的是……卧室里的夫人们……

……无法确切的，实际上，或者更……

……大多都孤孤单单地没有了……

……把自己关在房间里，也许……

……特殊的享乐。假如认为她们泄露了……

……迷途知返了。或者它并不愿意如此成功……

……一切如她盼望的那样……

……没有给年轻的克希奇卡留下任何东西……

他偶然从纸片上抬起头来，漫不经心地在厕所里望了一眼，却大吃一惊地发现，昨天晚上那位和他说话的将军大人正穿戴整齐地站在厕所里，他的副官侍立一旁，旁边还站着杜布中尉——他正起劲地向他们做着解释。他环顾周围，发现大家都目瞪口呆、一动不动地蹲在茅坑上。

帅克感到一种重任压了下来。

他腾地跳了起来，裤子也来不及提上，脖子上还挂着那条皮带。当然，在最后的关头，他还没有忘记用那张破纸片匆匆忙忙地抹了一下屁股。他大声叫道："停止拉屎！起立！立正！向右看齐！"他就这样行着军礼。正在拉屎的士兵们也像他那样提着裤子、皮带挂在脖子上，慌慌忙忙地从茅坑上站了起来。

将军笑了笑，和蔼可亲地说："稍息！继续拉屎！"众人按照吩咐蹲下去，恢复了原来的姿势。只有帅克还站在那儿，恭恭敬敬地行着军礼。杜布中尉一脸凶狠地朝他走过来，而将军却笑容可掬地从另一个方向走过来。

将军冲着动作可笑的帅克说道："昨天晚上我们见过面了。"

杜布中尉用厌恶至极又略带不屑的口气谦卑地对将军说："报告，将军大人，这个人神经有问题，是个尽人皆知的笨蛋！"

"中尉先生，你在说什么呀？"将军冲着杜布中尉叫嚷起来，"这个人聪明得很，他看见长官们，即使长官们没有看见他或者没有搭理他，他也知道在这种情况下应该如何去做。在战场上也经常会发生这样的情况：在危急的关头，由一名普通的士兵来发布命令。而刚才的号令恰恰应该是杜布中尉来发布的。”

将军向帅克问道：“你擦了屁股吗？”

“报告，将军大人，我已经成功地拉屎完毕。”

“你还要拉屎吗？”

“报告，将军大人，我已经拉完了。”

“那么先提好裤子，然后立正！”将军把这“立正”二字叫得略微响亮了一些，在将军附近的士兵们听到后又腾地从茅坑上站了起来。

将军摆摆手，用一副慈祥的长辈口吻说：“不必如此，稍息，稍息，只管继续拉吧。”

帅克这时已经衣服齐整地站在将军面前了。将军对他进行了一番简短的演说：“尊敬上司，遵守规矩，保持军人气质，有这些也就足够了。如果还有勇敢，那么面对任何敌人，我们都不会心存畏惧了。”

他指着帅克对杜布中尉说：“你记下他的名字，到达前线后马上提拔他；而且以后有机会一定要对他执行任务的准确性和预见力以及敢于创新进行表彰，给他发铜质奖……我想你肯定知道我这番话的含义……解散！”

将军说完这番话，就离开了厕所。杜布中尉大声说着命令，好让将军能够听见：“一班起立，排成四行……第二班……”

帅克从杜布中尉身边经过时，恭恭敬敬地举起手来，向他敬了一个礼，但是杜布中尉却大吼一声：“重来！”帅克只好再一次向他敬了一个礼。杜布中尉冲他嚷道：“你认不认得我啊？你肯定不认识我！你只见到了我善的一面，你就等着见识我恶的那一面吧，我会让你遭罪的！”

帅克朝自己的车厢走去，一边走，一边回想起以前在卡尔林纳兵营里，有一个叫霍拉维的中尉，他生气的时候，可不像杜布中尉这么说话，他只是说：“小家伙们，你们可要记住，你们再见到我的时候，我还是这么严厉，只要你们还待在这里，我都是这么严厉。”

卢卡什上尉在帅克走过军官车厢时，叫住了他。他让帅克叮嘱巴伦快些煮好咖啡，并且要盖好牛奶罐头的盖子，免得牛奶也变质了。巴伦正在军需上士万尼克那节车厢里，用小酒精炉为卢卡什上尉煮咖啡，帅克到达时却发现全车厢的人居然都在喝着咖啡！

卢卡什上尉的咖啡和牛奶罐头已经所剩不多了，巴伦正在喝着咖啡，为了让咖啡味更浓醇点，他又在牛奶罐头里使劲舀了一勺牛奶。

伙夫约赖达在军需上士面前许诺说，等到下次领到了咖啡和牛奶，再还给卢卡什上尉。

他们邀请帅克一起喝咖啡，帅克对此表示拒绝。他对巴伦说：“卢卡什上尉叫你立刻把咖啡送过去，并且让我通知你，刚刚接到了军部的命令，如果有勤务兵私自偷吃军官的牛奶或者咖啡，将在一天之内对他处以绞刑。”

巴伦大惊失色，立即伸手夺过了刚刚倒给通信兵霍托翁斯基的那份咖啡，放在火上热了一下，又在里头搁了些牛奶，然后飞一样地跑到了军官车厢。

他把咖啡端给卢卡什上尉，瞪大眼睛望着他，暗自揣测卢卡什上尉会对他说什么。

“我打不开罐头，所以一直耽搁到现在。”他说，声音有些结结巴巴的。

“是不是你又要告诉我牛奶洒了呢？”卢卡什上尉一边喝着咖啡，一边对他说道，“或者你自己喝了个够。你知不知道，你将有什么下场？”

巴伦长长地叹了口气，哀求说：“报告长官，我还有三个孩子呢，真的。”

“你可要留神哪，巴伦，我再次警告你，可别那么贪吃。帅克有没有对你说过什么？”

巴伦浑身打战，悲伤地说：“他说我会在一天之内被判绞刑。”

“蠢驴，”卢卡什上尉微笑了起来，“要向好的方面学习。不能再这么贪吃，要把肚子里的馋虫赶出去。你去对帅克说，要他去站台或者其他什么地方给我弄点吃的东西。你把这十克朗交给他。我不让你去了，否则你又会吃得肚皮滚圆地回来，你不会把我那盒沙丁鱼也吃了吧？你去拿过来，让我检查一下！”

巴伦把上尉给他的那十个克朗交给了帅克，并且把上尉的话转告了他。巴伦一边叹气，一边从上尉的箱子里把那盒沙丁鱼罐头拿了出来，拖着沉重的步伐把它拿到了上尉面前。

机关算尽的巴伦满心巴望着卢卡什上尉已经忘记了这盒沙丁鱼，这个如意算盘现在可是落空了。上尉想到了它，可能是要把它吃掉吧。

“报告，长官先生，这是您的沙丁鱼。”他说道，对于沙丁鱼的物归原主感到十分痛心疾首，“要不要我替您打开它？”

“不需要了，巴伦，你仍然替我放到原来的地方去。我只是检查一下你是不是把它偷吃了。你刚刚进来送咖啡时，我觉得你满嘴油腻，好像吃了什么油腻的东西。帅克已经去了吗？”

“是的，长官先生，他已经按您的吩咐去了。”巴伦兴高采烈地回答，“他说他一定会让您满意的，他说他会让其他人都羡慕您。他还说他非常熟悉这一带，如果他上其他的地方，而我们的火车开走了，他会搭汽车在下一站等候我们。他让我们别担心他，他很清楚自己的职责所在。哪怕是他自己掏腰包去雇马车，追到加里西亚去也会毫不犹豫的，扣军饷就行了。他说不管怎样也不能让您为他担心。”

卢卡什上尉烦闷地说道："滚你的蛋吧！"

军运协调处有消息说：下午两点的时候，火车将开到戈多罗－阿佐特车站，在那儿每个军官将能够得到一公升红葡萄酒，还有一瓶白兰地。据说这消息来源于捡到的一份红十字会的邮件。骤闻喜讯，也不管消息是否属实，军官车厢里立即沸腾了起来。

只有卢卡什上尉一人十分担心地站在那儿，已经一个小时过去了，还不见帅克的影子。时间又过了半个钟头，只见从军运协调处走来一支非常奇异的队伍，朝着军官车厢走去。

帅克走在队伍的最前面，就像是一个准备光荣赴法场的基督教殉道者，脸上的表情十分严肃和庄重。

有两名挎着刺刀枪的匈牙利士兵走在两旁，军运协调处的一位排长走在左边。他们身后跟着一男一女，那女的穿着鲜红的褶裙，那男子的头上戴着圆圆的礼帽，脚上穿着高筒靴，他的眼睛向外鼓出来，怀里还抱着一只乱叫的老母鸡。

这一行人向军官车厢里走去，排长冲着那一男一女大声叫喊，让他们等候在车下。

帅克对卢卡什上尉满含深意地挤了挤眼睛，卢卡什上尉从那位排长手里接过一张盖有军运协调处关防的公文。他看完后，大吃一惊，脸色变得苍白。

公文上写着：

第九十一连队N营十一先遣连连长阁下：

第九十一连队N营先遣连传令兵告发：步兵帅克·约瑟夫在军运协调处辖区内抢劫了伊斯特万诺维夫妇，现将他送交你连处理。

事情经过：步兵帅克·约瑟夫在军运协调处区内伊萨拉

尔扎村的伊斯特万诺维家屋后抢走了一只老母鸡，该鸡系伊斯特万诺维所养。物主将帅克截住，欲夺走母鸡，帅克拒绝归还，并且用老母鸡投掷物主的右眼，后经巡逻队队员全力帮助，擒住后押往所在部队。母鸡现已物归原主。

值日官（签字）

卢卡什上尉两腿打战地在收条上签了字。

帅克站在他附近的地方，他见到卢卡什上尉慌乱中连日期都忘了写。

"报告长官，"帅克说道，"昨天是五月二十三号，今天是二十四号，意大利是在昨天向我们宣战的。我在城边听到那儿的人们都在谈论这件事情。"

排长带着巡逻兵离去了，伊斯特万诺维夫妇还待在下面，不停地往车上瞅。

帅克像说别人的事似的说道："上尉先生，如果您还有五块金币就好了，我们就可以将那只母鸡买下来了。那浑蛋非向我要十五块金币，这里面包括将一只眼睛打青要付的十块金币的赔偿。不过，上尉先生，我可觉得，就他这只破眼睛，十个金币也太过于昂贵了。"

帅克朝着那个鼓着发青的眼睛、怀里抱着老母鸡的男人说："你上来，让你老婆等在下面吧。"

那男人上了车厢后，帅克对他说："这十个金币你拿去吧，五个买你的母鸡，五个用来赔偿你的眼睛，懂了吗？五个交换你的'咯咯咯'，五个赔偿'骨碌碌'……"

他将金币塞到那个男子的手里，并不理会男子惊讶的表情，一把夺过他手里的母鸡，提着它的脖子。他把那男子推出车厢，握着他的手，友善地晃了晃，说："好吧，朋友，再见。快找你的老婆去吧，别让我把你推下去。”

“您看，长官，这事情不是解决了吗？”帅克朝着卢卡什上尉说道，“什么事情都要有分寸，该软就软，该硬就硬。我赶紧和巴伦去给您熬鸡汤去，保管它会香气四溢。”

卢卡什上尉早已按捺不住了，猛地冲到帅克面前，劈手夺下那只走了霉运的母鸡，使劲把它摔到地上，大声嚷嚷道：“帅克，你难道不明白强抢民财是要受什么样的重处吗？”

“枪毙，长官。”帅克满脸严肃地回答道。

“你会被判绞刑，帅克，因为你是第一个抢劫的。你——唉，我简直不知道应该怎么说你，你把自己的许诺都抛到脑后去了。我，我脑袋都大了。”

帅克怀疑地看着卢卡什上尉，很快地回答说：“报告长官，我从来没有忘记我们军人应该履行的诺言。上尉先生，在我们大公和弗兰西斯·约瑟夫一世皇上面前，我曾庄重地发过誓：我将对陛下的将军和我所有的上级军官保持忠心和顺从，尊敬和保卫他们，对他们的各项指示和命令加以执行。只要是皇上的旨意，无论是赴汤蹈火、上天入地，无论是白天黑夜、枪林弹雨，或者任何困难重重的地方……”

帅克捡起母鸡，立正站好，眼睛注视着卢卡什上尉，跟着说：“无论何时，无论何地，都应该无所畏惧地进行战斗，不以任何理由为借口脱离我们的军队、军旗和大炮，任何情况下都不做叛国投敌之人，应该永远按照军纪的规定，做一个好兵所应该做的事情。长官，我并没有偷，也没有抢，我是规规矩矩地做我应该做的事情，并没有忘记我的誓言。”

“白痴，放下这只老母鸡！”卢卡什上尉使劲地在帅克抓着母鸡的那只手上打了一下，怒气冲冲地说，“你自己看看，这上面怎么写的？上面白纸黑字地写着要对你进行处分。现在你自己说吧，你简直是个废物，是个白痴……总有一天我非得把你宰了不可，你明不明白？现在你告诉我，你这浑蛋、匪徒，你是怎么弄出这种事情来的？”

“报告，”帅克恭恭敬敬地回答说，“这其实是一场误会。我一听到您对我的吩咐，让我去弄点吃的东西，我心里就开始想：吃什么好呢？车站周围除了马肉香肠和驴肉干，什么也没有。长官，我仔细考虑了一阵子，这些东西既没有营养，也不能增添长官的英勇之气。我想让您高兴高兴。于是，我就想到了要给您炖母鸡汤。”

“母鸡汤！”上尉抓着头皮，痛苦地重复着说。

“是的，长官先生，是鸡汤。我买了洋葱和五十克挂面。您看，都在这里，这个口袋装着洋葱，这个口袋装着挂面。咱们办公室有现成的盐和胡椒，只少了老母鸡。因此我就去了车站后面的伊萨拉尔扎。这事实上只是一个村庄，根本没有城市的样子。我穿过了一、二……十、十一、十二条街道，一直来到了第十三条街道后面，那儿有一块草地，一群母鸡在那儿踱来踱去地觅食。我走过去，在它们中找了一只最大、最重的，喏，就是这一只。您看看，上尉先生，它多么肥呀。我在众目睽睽下去逮这只鸡，我捉住鸡腿，问它的主人是谁，我想买下来。这时从边上的一间房子里跑出来一男一女。那男的对我大嚷大叫，说我大白天偷他的鸡。我说，你先别叫喊，我是来买鸡的。谁知，被我抓在手里的这只老母鸡，突然挣脱了。它从我手里猛然一蹿，朝他主人的鼻子扑了过去。他一下子高声叫唤起来，说我用老母鸡打他。那婆娘一直唠叨个没完，不停地‘咯哒咯哒’叫唤着老母鸡。这时来了一群笨蛋，他们糊里糊涂的，什么也不问清楚，就叫巡逻队过来了。我自己要去军运协调处，要把事情解释清楚，我是清白的。我对值班的中尉说，是您让我来买吃的东西的，可是他根本不理我，还要我闭嘴。说什么让我等着被绞死。他还说这些天来车站上一直乱糟糟的，倒霉事一件接着一件。前天一户人家的火鸡丢了。我说，那可不关我的事情，那时我还在拉布，他说我说这些没用，于是就把我送回来了。”

卢卡什上尉过了好一阵子，才说道：“帅克，你把天下搅得大乱了，却用一个简单的‘误会’就想推过去。你既然惹下了这桩事情，那么等待着你的就只有绞绳了，你明白我说的意思吗？”

“是的，您说的我完全明白。长官，请您指示，鸡汤里是不是要多放些挂面，好煮得稠一点？”

“我命令你，帅克，赶紧拿着这只老母鸡从我眼前消失。否则，我会把你的脑袋揍扁，你真是个白痴……”

“遵命，长官。可是，我没有买到芹菜，也没有买到胡萝卜，那我只能放土……”

还没等土豆两个字说完，帅克就提着老母鸡跑出了军官车厢。卢卡什上尉端起一杯白兰地，一口气喝光了。

帅克在军官车厢窗外，举起手敬了个礼，然后回到了自己的车厢里。

巴伦经过了一番激烈的思想斗争，最后决定打开上尉的沙丁鱼罐头，他正准备动手的时候，帅克提着老母鸡走了进来。车厢里所有的人都不由得瞪大了眼睛望着他，目光中满含着肯定地追问：“你这是打哪儿偷来的？”

“我给上尉先生买的，”帅克边说边把洋葱和挂面从口袋里掏了出来，“我本来打算炖鸡汤给他喝，可是遭到了他的拒绝，于是我只好自己留着了。”

“这是只瘟鸡吧？”军需上士怀疑地问道。

“它的脖子可是我亲自扭断的。”帅克嘴里回答说，从口袋里掏出一把刀来。

巴伦满眼崇拜与期望地望着帅克，不声不响地把上尉的酒精炉准备好，又去提了一壶开水。

通信兵霍托翁斯基走到帅克的身边，表示愿意帮他拔鸡毛。他在帅克耳边悄悄地问道：“你是在哪儿弄来的？是爬墙进去还是在外面捉的？”

“是我买来的。”

“算了，别装模作样了。我们亲眼瞧见你被别人押了回来。”

通信兵十分起劲地给鸡拔起毛来。伙夫也加入这一伟大的行列中来，负责切土豆和洋葱。

杜布中尉这时正经过车厢外面，看到一个窗户外满是鸡毛。他大声叫喊着让扔鸡毛的人出来，帅克那张若无其事的脸马上闪出来。

杜布中尉把砍下来的鸡头捡了起来，问道：“这是什么？”

帅克回答说：“报告长官，这是一只意大利种的黑母鸡的头，这种鸡很善于生蛋，每年大概能下二百六十个蛋。您看，它肚子里还藏着许多蛋呢！”帅克把老母鸡的肠子、内脏什么的递到杜布中尉的鼻子底下，让他看个清楚。

杜布中尉偷偷地咽了咽唾沫，离开了。过了一会儿他又回来了。

“这只鸡是弄给谁的？”

“报告，中尉大人，当然是给我们的。您看，它多肥呀！”

杜布中尉嘴里咕哝着一句：“你等着吧！算账的日子不远了。”巴伦偷偷地将一大块东西塞到了自己的背包里。这时帅克正好回过头来问他有没有放盐。他的这一举动立即被帅克发现了。

“巴伦，你在干什么？把它拿出来！你为什么要拿着鸡腿？”帅克满脸严肃地说，“大家看，这家伙偷了咱们的鸡腿，想一个人独吞了。巴伦，你知道你自己这是在做什么吗？你知不知道，对那些在战争期间偷战友东西的人，会怎么处置吗？他会被绑在大炮身上，往死里打。你现在叹气也没有用了！等到我们上了前线见到炮队，你就等着去向炮手报到吧！不过现在你应该受到一点惩罚，好为你将来的惩罚做些准备。快从车厢里滚出去！”

巴伦垂头丧气地下了车。帅克坐在车厢门口喊起了口令：“立正！稍息！立正！向右看齐！立正！向前看！稍息！原地跑步！向右转！向后转！向右转！向左转！半边向右转！错了，蠢驴！向后转！半边向右转！这还差不多，你真是个蠢驴！半边向左转！向左转！向左转！齐步走！齐步走！笨蛋，你知不知道什么是齐步走？笔直向前走！向后转！跪下！卧倒！屈膝！起立！屈膝！卧倒！起立！卧倒！起立！屈膝！起立！立正！稍息！”

“怎么样，巴伦，这可对你的健康大有裨益呀，至少能增强你的消化功能。”

许多士兵聚集在他们周围，放声笑个不停。

“帮帮忙，大家给腾个地方出来。”帅克嚷着说，“他现在得进行操练，过来，巴伦，注意！可不要再让我喊第二遍，你总不至于愿意让我惩罚你第二回吧？开始吧：目标车站！看我指的地方。”

他指挥着巴伦转来转去，周围的人越围越多。

巴伦满头大汗，已经被弄得晕头转向。帅克却仍然不停地喊着口号。

杜布中尉跑了过来，上气不接下气地问道：“你们这是在搞什么鬼？”

帅克回答说：“报告，中尉大人！我们只不过是在进行操练，免得忘记了，也免得大家在这里白白地浪费如此宝贵的时光。”

“够了。你快点从车上下来，我要带你去见营长。”杜布中尉命令说。

帅克到达军官车厢时，卢卡什上尉刚刚从车厢的另一道门下去了，去了月台上。

杜布中尉于是向扎格纳大尉详细报告了好兵帅克的胡作非为。由于刚刚品尝的葡萄酒的美妙滋味，扎格纳大尉的心情好极了。他满意地笑了笑，说道：“很好，你不愿意把如此宝贵的时光浪费掉。很好！马杜西奇，过来。”

马杜西奇遵命将十二连出名的“暴驴”——军士纳萨克洛叫了过来。他立即将一支步枪塞给了帅克。

扎格纳大尉对纳萨克洛军士说：“这名士兵不愿意宝贵时光如此被浪费。你带他去车厢后面，让他进行一个小时的持枪训练，不许休息一下。记住，是持枪训练。”

“帅克，很快你就会感到，这会很有意思的！”扎格纳大尉吩咐完之后，就让帅克出去了。很快，在车厢后面响起了严厉的口令，像响雷炸响在铁轨上空。军士纳萨克洛刚刚还在不亦乐乎地玩着“二十一点”，赌得心火压头，现在却在一本正经地喊着：“枪靠脚！枪上肩！枪靠脚！枪上肩！”

在操练的间歇中，传来了帅克得意扬扬的声音：“很多年前，在我刚刚服役的时候，这些操练我都学过的，我记得叫‘枪靠脚’时，要把步枪紧靠右腰，枪托和脚后成一条直线，右手自然伸直，握住枪。大拇指把枪筒扣住，其他的手指得把枪托前部捏紧。当听到‘枪上肩’时，要迅速地把枪带挎到肩上，枪口朝上，把枪筒朝后……”

帅克返回到自己的车厢时，大伙儿问他怎么去了那么久时，他答道：“让人家‘跑步走’的人，自己去练了一百次‘枪上肩’！”

巴伦此刻早已躲在后边车厢里浑身发抖。他见母鸡已经煮好了，而帅克又不在，他就把属于帅克的那一份吃了一半。列车还没开，一列混合兵车把这个列车赶过去了，车上载着形形色色的人物。有掉了队的士兵；有如今出了医院，正被送回他们连队去的人员；也有其他可疑的人物，在拘留营里待过一阵子，如今去归队。

这列车的乘客中间有一个志愿兵马列克，因为拒绝打扫茅房，被控有叛变行为。可是师部军事法庭宣告他无罪，将他释放了。这时候他正准备去军官车厢，向营长报到。他没有固定的部队，一直在监狱之间转来转去。

扎格纳大尉看到这个志愿兵，又从他手里接过证件来，那上面有一个机密的鉴定，说他是个“政治上的可疑分子，须加戒备”，心里很是不舒服。不过他马上想起了那位对厕所兴致勃勃的将军曾经要求他任命一个专门记录营里事件的人。

“你是一个地地道道的懒鬼，”扎格纳大尉对他说，“你在志愿兵军校的时候,就整天调皮捣蛋。以你所受的教育,你早就应该有所成就，得到你应得的官阶。然而你却从这个拘留营混到那个拘留营，你真给部队丢脸。不过目前在你面前正好有一个机会，可以用来弥补你以往的过失。你是个聪明的年轻小伙子，我相信你是个有才气的人。你知道，在战场上，每一个营都需要有人把该营在前线的战绩好好记录下来。他需要把所有打了胜仗的战绩，所有营里出色的活动一一记下来。这样慢慢地积累起来，为以后编写军史做准备。虽然你以前犯下了错误，但只要改正了，认真地执行交给你的任务，你依然可以做一名优秀的士兵。现在就是我们对你进行考验的时候，你应该全力以赴地去做。你听明白了吗？”

志愿兵马列克将手放在胸前说道:“报告长官，听明白了。您所指的是发生在战争中的整个事件吧。我知道每个营队都有自己的光荣史，各个营队的历史汇合起来，就是连队史，再往上，就成了旅史、师史，依此类推。我会竭尽所能地好好完成这项使命的。长官大人。我打心底里为赋予我的这一神圣使命感到光荣。我会勤勤恳恳地把我们营部的英勇事迹记录下来，尤其是现在全力反攻的阶段，营部就要投入激烈的战斗。我会把所有应该记录下来的事件全都记录下来，让我们营史充满胜利的光荣。”

“从现在起，你就属于本营部了，”扎格纳大尉接着说，“你的任务是登记奖章授予提名人的姓名，另外，你还得按照我们对你的指示，将那些能够证明我们营队昂扬斗志和严明纪律的事件仔细记录下来。当然，这并不是一件容易干的活。我会给你些恰当的提示的，我希望你也有足够的观察力能把咱们这一营记载得比别的单位都强。我现在去打个电报，报告他们已经派你做营部的战绩记录员了。好，你赶紧去向第十一连军需上士万尼克报到，好让他给你在车上安排个地方，然后叫他到我这儿来。你现在已经是营队的人了，应该向全营发布这一命令。”

伙夫已经睡着了，巴伦偷偷地打开了卢卡什上尉的沙丁鱼罐头，两手哆嗦着。军需上士万尼克遵命去了扎格纳大尉的车厢。通信兵霍托翁斯基不知上哪儿弄来了一瓶杜松子酒，他一饮而尽后，借着酒兴，满怀忧郁地唱起歌来：

在那些甜蜜的闲逛的日子里，
所有的东西都好似那样真实亲切。
信念在我的胸中涌动，
爱情在我的眼里燃烧；
然而，现在我的面前，
却是险恶的世界，犹如豺狼的脸孔，
信念轰然倒塌，爱情骤然破灭，
生平里的第一次，我开始痛哭起来。

唱完了歌，他从地上站起来，走到军需上士万尼克的桌子前面，在一张纸上写下这么几个字：

我恳切地请求：请任命我为营部号手。

通信兵：霍托翁斯基

扎格纳大尉对军需上士万尼克的谈话很简洁，最主要的是向他提醒说：营部已经任命志愿兵马列克为临时的战争记录员，可以让他和帅克待在一个车厢里。

“关于马列克，有一点你必须知道，这个家伙，在政治上可不是个怎么可靠的人。上帝啊，在现在，这并不是什么大不了的事情，对谁都可以安这顶帽子。什么样的猜测都可能存在，你能懂我的意思吗？不过我要提醒你一点：如果他说那些，他的那些……喏，知道了吗？你可得阻止他，别让他给我们制造麻烦，你去直接对他说，要他少说废话，不过你也别老是跑到我这儿来汇报。你得和他推心置腹，别只会打小报告，那是十分愚蠢的行为，也不管用。总的来说，我不想听到什么事情，原因嘛……你懂了吗？这种事情会给整个营队抹黑。”

万尼克回去后，将志愿兵马列克叫到了一边，私下里对他说：“伙计，你真的是个嫌疑分子吗？不过当着通信兵霍托翁斯基的面，你可别说什么废话。”

他的话刚刚说完，喝得醉醺醺的霍托翁斯基歪歪扭扭地走了过来，他一下子扑倒在万尼克的怀里，嘴里呜里哇啦、含混不清地唱道：

所有的东西都离我远去，
我只能把头埋在你的怀里。
让我痛苦的泪水奔流而下，
滚落在你热烈、纯洁的心间。
火焰在你的眼睛里熊熊燃烧，
像那闪闪发光的星辰。
你那如同珊瑚似的嘴唇在对我说：
“我会永远地陪伴着你。”

霍托翁斯基大叫大嚷道："我会永远陪伴着你！我在电话里听到的，我都把它告诉你，我保证。"

躲在角落里害怕得瑟瑟发抖的巴伦，一个劲地在胸前画着十字，嘴里念念有词地祈祷着："圣母啊，别抛弃我不顾！请听我诉说！给我安慰吧，救救我这个苦命的人吧！我眼中含着痛苦的泪水，我心中怀着对您深沉的信仰、永固的期盼和热烈的爱慕！圣母马利亚，我呼唤着您！请您为我求求情吧，让我能够因为上帝的仁慈和您的庇护，坚持到生命的最后一刻。"

仁慈的主果真给他带来了好运，不久，志愿兵居然从他那破破烂烂的背包里掏出了几盒沙丁鱼，给他们每人发了一盒。

巴伦欢天喜地地将这从天而降的沙丁鱼放进了卢卡什上尉的箱子里。但是当他看见众人纷纷打开沙丁鱼罐头吃起来时，他肚子里的馋虫又被勾了起来，他又从箱子里将那盒沙丁鱼拿了出来，打开盖子风卷残云般地吃了起来。

仁慈的主终于要惩罚他了。当他舔净了盒子里的最后一滴油的时候，营队的传令兵走到了这个车厢，对他叫道："巴伦，上尉要你把沙丁鱼罐头给他送去。"

"这回又得受苦了。"万尼克军士在一旁说道。

帅克给他想着主意说："你别两手空空地上那儿去，起码也得带上五个空盒子。"

志愿兵这时说道："你是不是做过什么可恶的事情，否则上帝为何如此惩罚你？你以前是不是偷盗了什么圣物？或者偷吃了你们教区神父敬献的火腿？否则就是你偷喝了他放在地窖里用来做弥撒的葡萄酒？再不，就是你翻墙到神父花园里去偷摘过梨子？"

巴伦摇着脑袋，心里非常难过，满脸是一副行将受死的绝望表情。他伤心地哭诉着说："我要什么时候才能不再受这样的罪呀？"

听了巴伦可怜兮兮的诉说，志愿兵说道：“老兄，这都是由于你已经抛弃了上帝。你不会祈祷，所以上帝不会尽快地把你从这个世界上赶出去。”

巴伦轻声地说，他已经慢慢地对上帝失去了信任，因为他求过上帝好几次把他的肚子变得小一些。

他向众人诉苦说：“我这个贪吃的毛病并不是在战争中才养成的，它已经由来已久了。我老婆还带着孩子专门为此去克罗柯特祈祷过呢。”

帅克这时插话说道：“我知道那个地方，它离塔博尔不远。在那个地方有一个圣母像，戴着假宝石，看起来十分阔气。有一个斯洛伐克守教堂的想把它偷回去。那人是个虔诚的信徒。他去那里后，想到如果先把心里的罪孽清洗一番，那么也许仁慈的主会保佑他干得成功一些。因此他事先跑到教堂里，向上帝忏悔了一番，把第二天打算去偷盗圣母像的事儿也说了出来，他还没有念完神父交给他的三百句祷文，就被人捉住扭送到了宪兵队。”

伙夫同通信兵霍托翁斯基就“这种行为是不是一种忏悔泄密？是不是一种不能容忍的行为？”争论了起来。最后又说到既然圣母戴着的宝石都是假的，那么他们之间的争论还值不值得？最后，伙夫对霍托翁斯基说，这是应得的惩罚，是命中注定无法逃脱的劫难。也就是说，还在很久很久以前，在那个可怜的看守教堂的斯洛伐克人还是别的星球上的生命，当那名聆听忏悔的神父还是澳大利亚的一种现在说不定已经灭绝了的袋鼠之类的哺乳动物的时候，这一事件就已经注定了——必须由那位神父来破坏他的忏悔。按照教规，或法律的规定，即使涉及教堂的财产问题，这种罪过也是可以得到赦免的。对此，帅克插了一句简单明了的说明：“没错，谁也不能知道他自己在几百万年之后会发生什么事情，而且也不必要否认。我们还在后备部队当兵时，有个中尉对我们说：‘你们真是一群笨牛懒猪，别认为这一辈子打了仗就再也没有战争了，即使死了之后你们依然会遇到战争的，你们这群猪猡，我会让你们好受的，让你们下地狱，让你们的灵魂出窍！’”

巴伦接着说道：“可是连克罗柯特也对我贪吃的毛病束手无策。当我老婆和孩子回来的时候，发现家里养的鸡又少了几只。唉，我真是没法解决它啊。我明白，我们都指望着它生蛋呢。可是我每回去院子里看到它们时，肚子就觉得难受，只有让鸡进到我的肚子里，我才会稍稍好受些。有一回，我的家人们都去了克罗柯特为我祈祷，希望我这位做父亲的别再贪吃，把家产都这么吃光了。我走在院子里的时候，看见了一只火鸡。这只火鸡差点把我的老命毁掉。我的喉咙被它的一根骨头卡住了，多亏了我那个磨坊的一个小徒弟，一个小男孩替我取了出来。否则今天我也没法坐在这儿和你们聊天了，也就不会赶上这场世界大战了。那个小男孩真是聪明，小小的个子，白白胖胖、细皮嫩肉的，一身都是油……”

帅克突然走到了巴伦面前，对他说：“快让我看看你的舌头。”

巴伦乖乖地伸出舌头来，帅克仔细看了看，对车厢里的人说：“我知道了，他准是把那个小男孩吃下去了！你老实说，是不是这样？你准是趁你们全家跑到克罗柯特的时候干的，对不对？”

巴伦双手合十，绝望地叫起来：“伙计们，别再折磨我了。我的朋友怎么也如此说我呢？”

“我们并不因此而责备你。”志愿兵开口说，“恰恰相反，这样看来你肯定能够成为一个好士兵。在拿破仑战争时期，法国人把马德里围了个水泄不通，马德里城的西班牙司令官为了不至于因为饥饿而投降，居然把他的副官都吃了，而且连盐都没有放。”

“这可真是有些不值，如果加点盐，那位副官肯定会好吃一些。军需上士先生，我们营队里的那位副官是叫齐格勒吧？他太过于瘦弱了，恐怕还不够一个先遣队吃一顿呢。”

军需上士万尼克说道：“你们看，巴伦手里居然还拿着念珠哪！”

果然，巴伦往往在他身陷困境的时候就会想起他的念珠来，他这串念珠是由维也纳的莫利兹－诺文斯顿公司出产、由克罗柯特经销的。

巴伦哭丧着脸对大家说：“这也是从克罗柯特弄来的，那次他们去给我弄了这个东西，还没有走进家门，就听见家里的两只小鹅的叫声。不过那次我并没有下手，因为它们实在太瘦了，没有什么肉。”

过不多久，命令下来了，叫他们在一刻钟之内动身。然而谁也不信这回事，尽管百般戒备，有些人还是东西乱荡。等火车真的开动的时候，有十八个人失了踪，其中就有第十二先遣队的纳萨克洛军士。列车消失到伊撒塔尔塞那边好久以后，一位排长还在火车站后边一座小灌木林里跟一个妓女吵着架。她索价五个克朗作为服务费，但是那位排长却只肯出一个克朗或者几个耳光。那妓女高声叫起来，吵嚷声把附近车站的人都吸引了过来。

第二十三章

从哈特万到加里西亚前线

看来这个营马上就要获得军事荣誉了。他们被火车先运到东加里西亚的拉伯尔兹，到了那里他们再步行到前线去。帅克和志愿军马列克乘坐的那辆敞车多少又成了议论国事的地方。说句实话，连参谋车里都弥漫着一种不满的情绪，因为军部里下达了一项命令，宣布军官们葡萄酒的配给量减少四分之一品脱。当然也没有忘记士兵们，他们每人的口粮西米也减了十克，可是军队里没人看见过一粒西米。

这件事必须报告给军需官上士包坦采尔，但是他也觉得十分委屈，好像供应剩下的西米也是从他身上割肉，因为西米简直是稀有食品。有一个先遣连的炊事班莫名其妙地在菲兹－阿邦尼失踪了，然而，在这一站是应该供给土豆烧牛肉的。后来大家才搞清楚，原来这帮浑蛋原本就没来，全待在布鲁克了，当然也许还关在一百八十六号楼后无人理睬。没了炊事班，先遣连只好被安排与另外一个炊事班一起吃饭。这两伙人在一起削土豆时就吵起了架，都说自己不能被别人使唤。后来才发现所谓的土豆烧牛肉其实是一场演习，为的是让士兵在作战时仍然能冷静地做出土豆烧牛肉。这时命令来了:“全体上车！”土豆烧牛肉全被倒掉,谁都没吃上,全浪费了。火车驶到米什柯利茨才停下来，那儿也没有土豆烧牛肉，因为铁道上有辆装满俄国俘虏的火车，所以不让士兵们下车。于是士兵们就开始幻想等到了加里西亚肯定能分到土豆烧牛肉。可是等车真的到了那里，牛肉又全都捂馊了，结果谁也没吃上。后来每个人都不再抱有任何幻想了。肉锅再次点火是在火车开到诺维镇时，不管怎样，这次大家总算吃上了焖熟的牛肉。车站上人山人海，两列军火车等着驶出；接着是两梯队的炮兵，以及一列载着架桥部队的列车。旁边另一条铁轨上，一列火车已经驶向后方，车上装满了飞机残骸和破碎的火炮。只有好的器材才会运往前线。杜布中尉向那些观看的士兵解释说，这一切都是战利品。

这时，他忽然发现帅克也和人在附近聊着什么。中尉走过去，帅克正高兴地说道:“这些都是战利品。虽然炮身上印着‘德国皇家炮兵师’的字样，但是，这些大炮落进俄国佬手里以后，而我们又奋勇夺了过来，因为我们……”帅克忽然看到了杜布中尉，就庄重地说，“因为我们不能让敌人得到任何东西。在拿破仑战争时期……”

“快点儿滚！”杜布中尉忽然怒道，“帅克，不要让我再在这里看见你。”

“遵命，中尉先生。”帅克边嘟囔边走到车厢里。幸好杜布中尉没听见他嘟囔些什么，否则保准气得半死，尽管帅克只是引用了一句《圣经》上的话:“看见我与不见我都无分别，这都算不了什么。”

帅克走开以后，杜布中尉又干了一件极为愚蠢的事，指着旁边一架标有“奥地利制造”字样的飞机，却睁着眼睛瞎说:“这是咱们俘获的俄国飞机。”卢卡什上尉无意中听到这句话，也插了一句:“没错，还烧死两个俄国飞行员呢！”说完他又不声不响地走开了，可他心里却觉得杜布中尉真是一个笨蛋。在火车的后面，卢卡什看见帅克注视着他，就很想躲远一点，

因为帅克似乎有心事要向他吐露。帅克一直走到卢卡什上尉面前:“报告，您有什么吩咐吗？我到参谋车上找过您。”卢卡什上尉用一种非常厌恶的口气说:“帅克，你知道自己姓什么吗？难道你一点都不知

道尊敬长官吗？”“报告，我当然知道。我觉得作为属下无论在什么时候都不能忘记自己的名字，尤其是长官的名字。即使在多年以后，我们也不能忘记，这对一个士兵来说是起码的要求。您觉得我说得对吗，上尉先生？”

“帅克，”卢卡什上尉说，“我现在可以肯定地说：你对上司根本不敬。士兵在多年以后也不应该讲自己上司的坏话。”

“但是，上尉先生，”帅克打断他的话，为自己辩护道，“一个好的长官也应该细心体贴下属，尤其是关心他们的起居和饮食。”

卢卡什上尉拍了拍帅克，和蔼地对他说：“你走吧！不要再管别人啦！”

“好吧，我的上尉先生。”帅克说完就回到他的车厢去了。就在这段时间，装载电线的车厢发生了另一个事件。每节车厢旁边都安排了一个哨兵来保护电线，这是扎格纳大尉的命令。口令也更新了。

那天的口令是“帽子”和“哈特万”。负责检查口令的是一个波兰人，来到九十一连队对他来说十分偶然。

他不知道“帽子”在德语中怎么说，只是记住了口令的第一个字母是“K”。于是，这天值日官杜布中尉询问口令时，他轻松地回答“Kaffee”（咖啡）。这也不怪他，因为波兰人还想着营房里的咖啡。

他一连冲杜布中尉喊了好几声“咖啡”，而杜布中尉渐渐向他逼近。哨兵想起他的职责是坚守岗位，便用威胁的口吻喊道：“站住！”他端起枪要求杜布中尉回答口令。但是，由于他糟糕的德语，结果喊出了一句令人莫名其妙的话：“我要拉屎了！”（其实他是想说“我要开枪了”。）

杜布中尉终于明白了他的意思，开始后退，并且喊道：“我是哨兵指挥官！”

很快地，波兰兵被排长带进哨所，和杜布中尉一起问他口令。这个倒霉的家伙仍然大声回答："咖啡！咖啡！"喊声传遍了整个车站，士兵们顿时都从车厢里跳下来，一片混乱。最后，他被解除武装关到禁闭室，混乱才告结束。

杜布中尉有些怀疑帅克，因为他看见帅克第一个从车厢里爬出来，手里还拿着饭盒。他用性命担保说他听到帅克的喊声："拿着饭盒下车！拿着饭盒下车！"

夜深了，火车驶在去拉多夫采—特舍比肖夫城的路上，第二天早上有个老兵团体将在车站迎接他们。因为老兵们把他们当成了第十四步兵连队的先锋营，而这个营今晚就要经过这个火车站。那些老兵都是老油条，他们对自己的人大喊："愿主保佑我们的国王！"这一下吵醒了全车的人。有几个士兵把头从车厢里探出来冲老兵喊道："亲亲你们的屁股吧！无限光荣！"

老兵们还以为是在夸他们，嚷得连候车楼的玻璃都在抖动："光荣无限！光荣永远属于十四连队！"

列车在五分钟以后驶往霍麦纳。周围都是俄国人进攻时留下的残迹。两边的山坡下挖了战壕，十分简陋，远处可以望见焚烧过的村庄的废墟。废墟边有一些新盖的小茅屋，表明房子的主人又回来了。

中午火车到达霍麦纳站。这里也有过战斗。准备好午饭以后，士兵们发现了一个秘密：在俄国人离开以后，这里的人在语言和宗教上就和俄国人差不多。

月台上走过一批俄国俘虏，他们在匈牙利被抓获。其中有附近地区的神父、教师和农民。他们两人一组捆在一起，双手背后反绑，许多人脸上都有血，显然挨过痛打。

有个宪兵正在捉弄一个神父。他在神父的脚上拴了根绳子，牵在手里，逼他跳舞。在神父跳着的时候，他一拉绳子神父就摔倒了。由于捆着双手，神父站不起来。只好拼命在地上挣扎打滚。这种情形逗得宪兵哈哈大笑，当神父竭尽全力才站起来时，他们一拉绳子又把神父扯倒。宪兵队长厌恶这种公开的虐待，命令把俘虏带到车站后面的屋子里，免得别人看见。军官们在车厢里议论着眼前发生的事，多数人都感到愤怒。旗手克劳斯说："不应该折磨他们，如果他们是叛徒，就应该马上绞死。"可杜布中尉却对这种行径表示赞同，他认为这些士兵是在为被谋杀的斐迪南大公报仇。

卢卡什上尉没有多说，只是独自嘀咕了几句，他说他厌烦世上的一切，只想借酒浇愁。于是他去找帅克。

"帅克，"卢卡什说道，"你知道哪儿有白兰地吗？我累了。"

"噢，上尉先生，可能是天气不太好吧！到了作战的时候，您会更辛苦的。离家越远的人，越容易觉得辛苦。假如您愿意的话，上尉先生，我给您弄些白兰地吧！"卢卡什告诉帅克火车要在两个钟头后才开，而卖白兰地的贩子就在车站后面。他还说扎格纳大尉已经叫马杜西奇去买过了，一瓶上好的白兰地要十五克朗。卢卡什叫帅克也去买一瓶，并给了他十五克朗，但要求他必须守口如瓶。说句实话，这是违反规定的事。

"上尉先生，您不必担心，"帅克说，"我乐意做这种出格的事。以前我也常常这么干。上次在卡尔林营地禁止我们……"

"向后转，齐步走！"卢卡什上尉打断帅克的话命令道。

帅克走到车站后面去买酒，在路上他反复琢磨着刚才卢卡什告诫他的注意事项：买酒时要尝一尝是不是上好的白兰地；而且因为又是违反规定的事，必须要小心。

可是帅克没想到在月台上遇到杜布中尉。"你到这里来干吗？"他问帅克，"不认识我了？"

"报告，"帅克敬了个礼答道，"我只是不想看到您恶的那一面。"

帅克的话让杜布中尉惊讶不已，可是帅克并不着慌，只是轻松地对他说："中尉先生，我只想看到您善的一面，否则你真的就会叫我遭罪了。譬如以前。"

帅克如此放肆的回话把杜布中尉气得半死。他怒道："滚开，浑蛋！以后再收拾你！"

杜布中尉望着帅克走出月台，忽然心里一动，跟着帅克到了车站的背后，他想看看帅克到底想干什么。路边摆着一排竹筐，全都倒扣着，上面是盛着各种点心的藤条托盘，它们仿佛是给郊游的学生们准备的，这并不违法。盘里有各种碎糖块、脆薄饼和一些糖果。有些筐子里还放着许多黑面包和香肠，估计是马肉做的。然而各种酒类就藏在筐下面，有成瓶的白兰地和各种甜酒。

水沟旁边有个小棚子，违禁的酒类就在那里进行买卖。

想买酒的士兵先到藤条筐前议价，接着有个长发的犹太人从筐里取出一瓶烈性酒，藏在袍子下面，偷偷拿到木棚子里，士兵们就在棚子里把酒悄悄揣进怀里。

杜布中尉紧盯着帅克，仿佛侦探一样，跟着他走向路边。

帅克在这里买到了所有想要的东西。他先称了些糖果，交完钱就塞进口袋。"长官，我们这里有烧酒。"这时两个留长发的商人悄悄对帅克说。很快地，帅克同他们讲好价钱，走进棚子。那两个商人把酒瓶打开请帅克尝了几口，帅克觉得酒的质量还不错，就塞进军衣下面走回车站。

杜布中尉在路上拦住了帅克："你这个浑蛋跑到哪里去了？"

"我去买糖果，长官。"帅克从口袋里掏出一把脏兮兮的粘满尘土的糖果，"您要尝尝吗？我觉得味道还可以，这是果酱味儿的。"

可是，帅克的军衣下面鼓起一个圆圆的大包，似乎是个瓶子的样子。

杜布中尉在帅克的军衣外边摸了一下说："这是什么东西？浑蛋，

拿出来给我瞧瞧！”

帅克取出一个装着黄色液体的瓶子，上面清楚地标着“白兰地”的商标。

帅克平静地说：“报告，中尉先生，这里面装的是井水。昨天吃了红烧肉，口渴难忍。井水总是有点黄，我想里面一定含铁，非常有利于健康。”

“帅克，既然你口渴得厉害，”杜布中尉冷笑着说，他想让帅克出丑，“那你就喝吧，不过要一口气全喝下去。”

杜布中尉想象着帅克喝不下的狼狈样子，这样他就可以找到借口收拾帅克。他说：“我也口渴，给我喝一口。”

帅克举起酒瓶把里面的黄色液体大口大口地喝了下去，惊呆了杜布中尉。

当着杜布中尉的面，帅克毫不费力地喝完了整瓶白兰地，然后把空瓶扔进公路边的水塘里。他吐了口唾沫，仿佛喝了一瓶水似的对杜布中尉说：“这井水确实有股腥味。”

“带我去看那口井，我要让你好好尝尝铁腥味！”

“中尉先生，那里离这儿很近，就在木棚后面。”

“你走前面，看你能怎么着！”

帅克安心地走着。他觉得前边应该有口井，所以当他发现前面真的有口井时，并没有觉得诧异。井边抽水唧筒正好刚准备好，帅克走过去抽出一股黄水，然后一本正经地宣布：“中尉先生，这就是我说的那种铁质水。”

旁边的人见状大惊，帅克走过去说：“中尉先生想喝水，你们去拿个杯子。”

杜布中尉没办法，只好把一杯黄水全喝下去，入口之后他感觉到水里有种马粪的味道。为了这杯臭水还花了五个克朗，杜布中尉怒道：

“帅克你这个无赖，快给我滚回兵营去！”过了五分钟，帅克回到了卢卡什上尉的车厢。他向上尉做了个奇怪的手势，上尉随他走出车厢。帅克说：“报告上尉先生，我必须得回去休息，用不了十分钟我就会醉倒。刚才本来一切顺利，但是被杜布中尉抓住了。我骗他瓶里是水，结果只好在他面前喝掉一瓶白兰地，还好平安无事。正如您所叮嘱的，他没发觉。但是现在，我觉得两腿发麻。当然，您放心，我的酒量还不差，因为以前……”

“快滚，浑蛋！”卢卡什上尉怒道。其实他并没有生帅克的气，而是对杜布中尉越发地厌恶。帅克小心地溜回自己的车厢。他枕着背包躺下，盖上大衣后对旁边的人说：“从前有个人，他真喝醉了，大伙就别叫醒他了……”说完这句话，帅克就翻过身睡觉了。

睡觉的时候，帅克不停地打嗝，一股浓重的酒味充满了整个车厢，伙夫闻到之后忍不住叫道：“是白兰地！见鬼！”

志愿兵马列克坐在桌子旁边，为了当上记录员他受了不少罪。他负责收录兵营里的英雄事迹，这份工作使他获得了极大的满足。上士万尼克对志愿兵的工作很感兴趣。他站到桌边观看，志愿兵告诉他：“写营史的材料太有趣了，这种工作必须形成系统长期进行。”

“没错，一定要形成系统。”万尼克略带一丝轻蔑地笑道。

志愿兵马列克又说道：“编写营史必须要这样：那些大胜仗我们不能马上就记录下来。一切都必须按计划循序展开。主要原则还是报喜不报忧，但我想这样来写：我们胜利的过程是有计划的，营史必须要有真实的事迹，而且应该以小见大。我感觉咱们营必定能获取胜利。比如说有一次咱们营被敌人包围，扎格纳大尉领着我们逃跑，可谁知背后的敌人还以为我们是反过来追赶他们，于是就顾不得所有东西，全部落荒而逃了，由此，我们营不费一枪一卒大获全胜。皇上亲自为我们举办庆功会。如果写上偷袭沉睡中的敌人就更有趣了。夜袭敌营时，每个士兵都奋勇争先，将刺刀捅进敌人的胸口，咱们的刺刀仿佛切黄油一样扎进去，敌人筋断骨折的响声划破了夜空。敌人刚从梦中惊醒，惊慌地看着眼前发生的一切，来不及说话，两腿一蹬就死了。像这种英勇的小插曲以后我还会逐渐积累，以证明我们营战无不胜。不过咱们也要有极其严重的伤亡，这才符合实际。对于阵亡的战士不能只在营史上简单地记载，更应该有篇文章纪念他们。比如您万尼克先生，巴伦眼睁睁看着您倒在小溪边，他的死将跟您一样——死于敌机的轰炸。那时他应该正好在偷吃卢卡什上尉的午饭。”

巴伦沮丧地说：“为吃丧命，这肯定是命运的安排！在军队里只要没被关禁闭，我每顿去食堂领三次饭。有一次我一顿吃了三回排骨，结果被关了一个月……”

“巴伦，不必担心，”志愿兵笑着说，“你将同咱们营所有为国捐躯的勇士齐名，我们不会在营史里把你写成是脱离岗位去食堂偷吃军官午饭而被饭噎死的。”

“那么我的死法怎么安排？”

“别急，上士先生，”志愿兵想了一下，又说，“或许，您愿意因为重伤断了腿而倒在铁丝网旁边吧？您在那里躺上一整天，天黑以后敌人用探照灯搜索时发现了您，他们误以为您是侦察兵，于是就把对付一个营的炮弹扔给了您，您的贡献对我们全军是巨大的。炸弹爆炸后您的身体将伴随着空气的旋转在天空自由地飞翔。我想咱们营每个人都有机会立战功，这样咱们的营史上就会布满胜利的足迹，并以此来激励我们的同胞！让那些失去亲人的人能自豪地擦去眼中沉痛的泪水！”

通信兵霍托翁斯基和伙夫约赖达兴致勃勃地听着志愿兵大谈他杜撰的营史。

“朋友们，坐近点儿，”志愿兵打开自己的笔记本，翻到第十五页，

“霍托翁斯基在九月三日同营部的炊事兵约赖达一起牺牲，”他兴奋地念道，“通信兵为了保卫指挥所的电线，在电话机旁冒死坚守三天不动；炊事兵在敌人从侧翼包围时手端热锅扑向敌人，将敌人烫得死去活来，两个人最后都壮烈牺牲。前者踩中了地雷，后者在敌人的包围下自吸毒气瓦斯而死，两人就义前都高呼：‘全营无限光荣！’总参谋部号召全军向他们学习，以他们为英雄来激励全军。”这时，帅克忽然打了个呵欠，然后翻身打起了呼噜。这之后，炊事兵约赖达和志愿兵之间展开了一场争论——有关大家的未来。

约赖达认为：虽然现在就写清了每个人将来的命运，但是他坚信附着灵魂的目光在未知的神秘力量的作用下可以看透未来，这似乎就是常说的预言。从这时起，约赖达的话里就再没有少过“未来”这个词，每隔一句话他都要提及“未来”。直到最后，他说到轮回转世时就说壁虎的尾巴被人扯掉后还能再长出来。

通信兵霍托翁斯基也说，如果人的身体也能像壁虎一样再生，人们该有多高兴！以后作战时，谁掉了脑袋或是其他什么部分又再生出来，军队就不会有残废了。“你可别让帅克听见……”万尼克说，“不然他又要啰唆个没完了。”

“到！”熟睡中的帅克听到有人点自己的名字后喊了一声，接着又打起呼噜，以表现他良好的纪律性。杜布中尉打开车门探进一个脑袋。

“帅克在这里吗？”他问道。

“是的，中尉先生，他在睡觉。”志愿兵回答说。

“哼！既然长官问到他，你就应该立刻把他叫起来！”

“可是……”

“我命令你立刻叫醒他！难道你就是这样对待上司的吗？！你是不是不认识我？等你知道以后，哼！”

志愿兵闻言只好叫醒帅克。

“不好啦！着火啦！帅克，快起来！”

“想当初奥特科尔磨坊着火了，”帅克翻了个身，嘴里嘟囔着，“救火队员还是从维索马尼赶来的呢……”

“您瞧，”志愿兵故意讨好地对杜布中尉说，“他根本就叫不醒，我是拿他没办法。”

“你叫什么名字？马列克，对吧？”杜布中尉发怒了，“哼！你就是那个被关禁闭的家伙？”“没错！中尉先生，在监狱里我熬过了一年制的军校，后来军法处证明我是无辜的，还了我清白。再后来我成了营史记录员。志愿兵这个称号就不再用了。”

“这个记录员你当不了多久了！”杜布中尉怒道,他气得满脸通红，仿佛挨了一记耳光，“等着瞧吧！”

“我请求您把我的事情报告给上级。”志愿兵郑重地说。

“少来这套！”杜布中尉说，“我会报告上级的，后会有期！你这个浑蛋会后悔的！你会认识我的！”

杜布中尉气呼呼地走了。很快，他原先要惩罚帅克的想法完全落了空，因为半个小时后他回到车厢时，士兵们已经喝到掺了朗姆酒的咖啡。听到杜布中尉的呼喊，帅克起身从车厢里迅速跳出来。“冲我吹口气！”杜布中尉吼道。

帅克冲他吹了一大口气，一股酒香扑面而来。

“浑蛋！你嘴里是什么味？”

“报告，是朗姆酒味儿。”

“等死吧，臭小子！”杜布中尉奸笑道，“这次让我抓住了吧？”

帅克却平静地说：“大家刚发了掺有朗姆酒的咖啡。我先喝了酒，中尉先生。如果有先喝咖啡再喝酒的规定，那只好请您原谅，下次我一定注意。”

“半个小时前为什么睡大觉，叫都叫不醒？”

“报告，我一夜没合眼，一直在思考演习时的情形。”

杜布中尉没说话，非常沮丧地走了。可是，没一会儿他又跑回车厢，对帅克说：“你给我听着：总有一天你会遭罪的！”说完他踱步到车站去抓典型。正好看见前面有一个匈牙利兵正在看报纸。他冲他大喊了一声：“立正！”谁知那士兵站起来，把报纸塞进兜里，连军礼也没行就沿着公路的方向跑了。杜布中尉拼命紧追，匈牙利兵跑得更快，而且转过身来举起双手嘲笑他。杜布中尉立刻认出他是一个捷克团的士兵。很快地，那个匈牙利士兵跑进公路边的村子里不见了。

杜布中尉装作若无其事的样子走进公路边的一家小店，胡乱买些黑线头，塞进口袋后又回到军官车厢。他叫来勤务兵古纳尔特，把黑线扔给他说：“连买线都忘了，还得让我亲自来！”

“可是，中尉先生，我们有很多线团。”

“你敢骗我？马上拿来给我看！立即去拿！”

古纳尔特拿来一大堆线团，结果被杜布中尉以不会做事为由大骂了一顿。古纳尔特走后，杜布中尉对卢卡什上尉说：“早晚有你哭着求我的时候！”这时，大尉扎格纳正在审问十二连的一个小兵。这个小兵很担心自己在战壕里的安全，结果把车站某处的一扇猪圈铁门拆走了。

杜布中尉趁机拿这个小兵出气，大声训斥他对国家和君主应该无比忠诚。军营中这类分子必须坚决清除干净。他的话是这样无聊，以至于大尉扎格纳拍着小兵的肩头说：“如果你以后不再犯，能老老实实就成了。滚吧！”

小兵走后，扎格纳大尉也转身走出车厢躲开了杜布中尉。

这时，帅克正和古纳尔特聊天，谈论他的主人。

“好久没见你了，上哪儿去啦？”帅克问道。

“伺候他算我倒霉！一天到晚总是唠唠叨叨，而且还经常质问我和你是不是朋友。”

“还好，他还提到我。中尉先生是个好人，我很佩服他，他把下属当成自家人看待。”帅克说。

但古纳尔特却不以为然地说：“天哪，对那个蠢猪你竟然会产生这种想法。他是个小肚鸡肠的笨蛋，我恨死他了。”

这次帅克可没想到，一连说了几个“不”字：“不会吧！要不就是所有的勤务兵都厌恶自己的长官。比方说，施雷德上校被他的勤务兵喊作‘妖怪’，而文策尔少校却被称为‘无可救药的大笨瓜’。难道你也受了他们的影响，学来了满嘴脏话？古纳尔特，说实话，你的中尉还算是和蔼可亲的好人。怎么？你现在就要走？噢，中尉正站在那边招呼你呢！快去。待会儿中尉要问起咱俩说什么来着，千万记得我刚才说的话，我说中尉善良、和蔼可亲、一视同仁，还有，还有，他博学、有活力，千万别忘了啊！千万别忘了！”说完，帅克走回自己的车厢，古纳尔特也拿着线团回去了。过了十来分钟，火车驶过了经过激烈战斗的布莱斯托夫村和新恰布纳村，这些地方都已被烧得面目全非，全都是一片一片的荒地了。

沿着喀尔巴阡山的山坡，新挖的战壕遍布山谷，与铺着新枕木的铁路线一起蜿蜒回旋，两侧的坑洼地大概是榴弹留下的痕迹。坐在火车上，你还能看见新建造的大桥以及已被烧坏的桥身，四周的土地被翻了一个遍，公路也未能幸免，到处残留着被军队践踏过的痕迹。整个山谷惨不忍睹。

帅克还看见一只带着小半截奥地利士兵小腿的皮鞋挂在一棵着火的松树上，晃晃悠悠的，非常吓人。所有的树木都被烧得光秃秃的，失去了树叶和树冠。因为铁路修缮不久，所以火车开得很慢，士兵们恰好能把沿途的景象尽收眼底。漫山遍野的军人坟墓激起了士兵们内心深处对成功的期待和渴望。

有些坐在车尾的德国士兵，虽然从霍麦纳起就失去了高声歌唱的劲头，可他们在米洛维采城进站时却一直在大声唱："等到我回来，等到我重又回来……"这是因为他们知道，那些现在孤单而光荣地躺在十字架后的人也唱过类似的歌，然而……

火车驶到被烧毁的麦齐拉博尔采车站，就停下不走了。车站也是满目疮痍，墙壁让烟火熏得漆黑，上面的横梁也弯了腰，一排新木房以最快的速度修好，用来代替车站。

红十字卫生站所在地是一座长形的木房子，一位胖医生为了逗女护士发笑，阴阳怪气地学着各种动物的叫声。

帅克指着铁路路基下一所破烂不堪的战地伙房对巴伦说："巴伦，老伙计，世事难测呀！像那座伙房，被一颗榴弹击中后，就成了如今这个样子。"

"简直太恐怖了，如果不是我太妄自尊大，也不会成为今天这副倒霉相。我看不起庄稼人，还讲究吃喝打扮。让老婆做鸡鸭鱼肉、啤酒伺候着。手套都要带特制皮料的。噢，太恐怖了，原谅我吧，仁慈的上帝！"

巴伦唉声叹气起来，他感到了绝望。他说："我简直是十恶不赦呀！上帝！在小酒店中对圣徒和神的侍者无礼，还殴打传教士。对圣约瑟夫的神像都不能容忍。不过，请相信我，我是坚信上帝的。现在的我所受的罪是我罪有应得，噢，或许是因为在磨坊时我经常虐待自己的妻子，辱骂爱我的叔叔，天哪！"

巴伦忏悔完毕之后，志愿兵便开始了他的劝诫："巴伦，我的老伙计，如果对万能的上帝和圣教徒们无礼，总有一天会遭报应的，我们奥地利军队里所有的士兵早已成为忠实的天主教徒。你根本没有意识到自己的意识已经与我们军队的传统相悖了。士兵们绝不能带着你这种罪恶思想去作战。没有了圣约瑟夫的画像，我们就失去了保护神，会导致战斗失败。‘留得青山在，不怕没柴烧’，那些当俘虏的士兵，也是为了顾全大局，保存实力，以便将来能够有机会更好地为皇帝效忠。巴伦，难道你真的不明白吗？”

“我脑筋不好使，理解力特别差，有些是别人必须详细解释我才能明白。”巴伦哀叹道。

帅克插进来说：“我简单点儿说。巴伦，你必须信奉圣约瑟夫，这是我们队伍的主导精神。在战斗中你若被敌人包围了，不能逞强，要小心保命，以后可以更好地为国立功，懂吗？好了，现在你得真心地忏悔自己在磨坊里干的那些缺德事儿。”

巴伦老老实实地交代了，他曾经把坏面粉掺到给农妇们磨的面里。通信兵霍托翁斯基不甘心地问巴伦真的没干点儿别的什么吗，巴伦一挥手：“你们想到哪儿去了，干这事我不够灵活！”霍托翁斯基彻底失望了。

空气里弥漫着尸体腐烂后才有的恶臭，可以肯定，附近有士兵公墓。

经过这里的军队都在此地安营扎寨。四周全是不同民族、不同宗教信仰的士兵拉的粪便，一堆堆重叠在一起没有任何冲突与不满。只剩下一半的水塔以及铁道旁的小木屋等带墙的建筑早都伤痕累累的，被子弹打成了马蜂窝。附近山丘后升起的许多烟柱造成了正在进行激战的假象，恰到好处地配合了这周围的种种战争迹象。德国人为在战斗中英勇牺牲的官兵建造了一座“卢普科夫山口英雄纪念碑”，上面雕有一只铜制的德意志大鹰，是用德国兵团解放喀尔巴阡山时的战利品——一尊俄国大炮铸成的。这座纪念碑位于车站后的悬崖上。

全营军官、士兵的短暂午休在这种令人压抑的气氛中开始了。扎格纳大尉等人正在研究一个不甚明确的密电，是关于今后的行军路线的。他们对自己的行军路线产生了怀疑。最后大家才发现，旅部发电报的值日官是个头脑有问题的家伙，因为他的失误才造成了这个错误的电报。扎格纳大尉回来后，有些军官在车厢里争论些莫名其妙的问题，有的还颇有深意地说若是没有了德国人，东方军事集团也许会乱成一锅粥了。杜布中尉则试图为奥地利大本营的混乱情况说几句申辩之辞。其他人都认为他头脑发昏，无可救药，因而不与他计较，只报以同情的目光。杜布中尉见没有人反驳他，又得寸进尺地说了很多无聊透顶的话。

扎格纳大尉心中有了个主意：等他们进入战壕，要是战斗形势危急了，就派杜布中尉侦察敌方阵地去。此时，杜布中尉谈兴正浓，他绘声绘色地向其他军官讲述从报纸上看来的有关战斗的新闻。但他的有些话确实让人心烦。卢卡什已经忍无可忍了，只好婉转地提醒他："嗨，中尉，你的这些话在战前已经说过不止一遍了吧？换点儿新鲜的吧？"

杜布中尉讨了个没趣，灰溜溜出了车厢，临走时不忘狠狠地瞪了卢卡什上尉一眼。

列车停下了。四周散着许多生锈的水壶、救护包、染满血污的绷带等乱七八糟的东西，这些都是俄军撤走时丢下的。一群士兵站在小山坡上，杜布中尉肯定帅克百分百在里面。于是他径直走过去。

"这里发生什么事了？"杜布中尉直接站在帅克面前问道。

"报告，中尉先生，大家在看山坡下的那些壕沟。"

"是谁的命令？"中尉穷追不舍地问。

"报告，是施雷德上校的命令。他为我们送别时说过：'当你们走过每一个荒凉凄惨的战场时，千万别忘了仔细看一看，或许能有一些很好的收获！'中尉先生，您看这些壕沟，逃兵扔掉的东西太多了！士兵背着这些乱七八糟的破烂儿有什么用处？这些笨重的东西到作战时全都是累赘。中尉先生，这就是我们从中得到的有益的经验。”

杜布中尉心中顿时大喜过望，他觉得自己终于找到了一个罪名能名正言顺地把讨厌的帅克送上战地法庭，那就是——反军叛国宣传罪。中尉抓住时机，接着问道：“帅克，你的意思是说，我们的士兵们必须把弹药或是刺刀统统丢到水塘里了，就像那些俄国逃兵一样？”

“不，我不是这个意思，中尉先生，”帅克微笑着回答，“您仔细看看路堤下那只洋铁夜壶吧！”那只浑身是锈的破搪瓷尿壶混在那些破烂儿里，显得非常惹眼。估计是被车站站长丢弃的，再也派不上用场了，它也许只能给未来的考古学家们带来惊喜。

杜布中尉不屑地瞅了一眼帅克的发现，没有说话。帅克却不甘心地发话了：“报告，中尉先生，我知道曾经有一个收藏家挖出一个铁夜壶，以为是古代骑士的头盔，便把它当作了文物，结果被人发现后登上了报纸。后来遭到了许多人的嘲笑。”此时的杜布中尉对帅克恨得咬牙切齿，却找不到借口发作，只好冲所有在场的人发脾气吼道：“全都给我滚，这是命令！你们还不了解我！早晚让你们知道我的厉害！”

帅克正要和其他人一起往回走，却被杜布中尉厉声叫住，只好乖乖地待在原地，两人面对面站着。还没等中尉开口训他，帅克已经先说了话：“报告，中尉先生。这种天气真好，白天不热，夜里又舒服得很，最适合打仗了。如果能多持续几天那该有多好啊！”

“帅克，你知道这是什么吗？”杜布中尉掏出了左轮手枪。

“知道，卢卡什上尉好像也有一把。”帅克老实回答。

“知道就好，你最好放聪明点儿，要是你再在军营里蛊惑人心的话，我肯定饶不了你。”杜布中尉在进行了一番严厉的警告后，把手枪装回了枪套里。

回去的路上，杜布中尉十分满意自己给帅克扣上的“蛊惑人心”的大帽子。而帅克呢，则在车厢外边自言自语，并最终为中尉起了一个他认为十分恰当的外号——“半吊子屁翁”。

“屁翁”一词本是褒义，在军用词典里，主要用于对上校或是年长的大尉的尊称。军队里常有一些爱护士兵的军官，在其他团队面前甚至有点儿护内，总为自己士兵的伙食等日常生活操心。虽然他们偶尔也会发火，但仍然被士兵们尊称为“老头儿”。如果“老头儿”们有时无理取闹折腾士兵了，就在称号前再加个定语，称为“惹人厌的老头儿”，如果他们的讨厌劲儿又升华了，就被称为“屁翁”，当然，也有人把这种人称为“我们的老茅坑”。

帅克把杜布中尉叫作“半吊子屁翁”，是因为在年龄和职位方面，他与真正的屁翁之间至少还相差一半。

帅克在回车厢的路上与被打肿脸的勤务兵古纳尔特碰了个正着。原来刚才古纳尔特一不小心“冒犯”了杜布中尉，立刻就挨了几巴掌，中尉还警告说有证据能证明他与帅克接触频繁。

帅克对此倒显得相当平静，说：“这件事我们不能听之任之。士兵是不能随便被人打的，杜布中尉太过分了，我们得上告。老兄，你必须站出来去告他，如果你害怕了，我也会打你的，你必须明白什么是纪律，知道吗？”

帅克又顿了顿说：“别怕，我陪着你去。”

当帅克把古纳尔特拉到军官车厢外的时候，杜布中尉还没反应过来这是怎么一回事。他从窗口伸出脑袋，大声喝问：“浑蛋，你们来干什么？”

帅克把古纳尔特推进车厢，并鼓励他“千万别害怕”。这时，他们正好遇见卢卡什上尉和扎格纳大尉。帅克脸上不愉快的神情着实让两个军官吃了一惊，他们心想：“肯定发生什么事了！”因为平日的帅克总是温和恭顺的。

“报告，上尉先生，我们要告状！”帅克一本正经地说。

“噢，帅克，你又犯傻了！”

帅克接着说：“先生，我知道您肯定会吃惊的。不过，请允许我说几句话吧！请问，杜布中尉归您管吧？”

“帅克，你是不是喝酒了，怎么净说疯话？快点儿给我滚出去！”卢卡什上尉粗暴无礼地下了驱逐令。

“不，上尉先生，您看古纳尔特成什么样子了？”帅克把那个吓坏了的人拉到前面来，现在他是以身试法了。

扎格纳大尉无奈地点头同意了，而卢卡什上尉是彻底绝望了。

帅克趁热打铁，说：“上尉先生，您曾经说过，任何事情都应该上报。身为连队传令兵，我有责任和义务向您报告连队里发生的所有事情。上尉先生，古纳尔特刚才被杜布中尉打了好几个耳光，而杜布中尉是您的属下，所以我们找您来申冤。”

扎格纳大尉略加思考，说：“帅克，你为什么要把古纳尔特带到这儿来？”

“报告，大尉先生，古纳尔特胆子太小，挨了耳光却不敢吱声，但这种事我又必须汇报，只好把他带来了。您看，他都吓得浑身哆嗦了，自己根本来不了。本来古纳尔特不想闹成这个样子，说自己已经习惯挨打了，因为挨打的次数太多了。大尉先生，他现在很害怕，实在不想闹得满城风雨，他认为还是息事宁人的好。”帅克说得很起劲，并不停地把古纳尔特向前推。

扎格纳大尉让古纳尔特说说事情的缘由。可怜的勤务兵却吓得发抖，说一切全是帅克搞的鬼，自己根本没挨过打。这时，杜布中尉猛然冒了出来，气势汹汹地指着古纳尔特大喊：“难道你还想多挨几个耳光吗？”

这一下全都清楚了，杜布中尉这句话说明了一切。扎格纳大尉作了裁断，古纳尔特今后到伙房工作，杜布中尉去军需上士万尼克那儿申请新的勤务兵。

杜布中尉机械地行了个军礼表示同意，临走前丢给帅克一句：“等着吧！你会遭报应的。”中尉离开后，帅克舒了口气，对卢卡什上尉友好地说：“对这种诅咒，我们只有一种回答——骑驴看唱本，走着瞧！”

“混账东西！”卢卡什上尉发火了，“禁止你在回答我的问话时像平时那么说：‘是，我是白痴。’”

忽然，就听旁边扎格纳大尉冲着窗外大叫一声：“真不可思议！”当他发现杜布中尉就在窗下时，已来不及缩回身子了。杜布中尉不断地埋怨扎格纳大尉缺乏耐心，连他所报的东方战线上进攻的理由都没听完。

“大尉先生，只有好好总结四月底的攻势发展，才能弄清这次战役的进攻情况。我已经找到了一个突破口。”

“噢，对不起，我无话可说。”扎格纳大尉没趣地缩了回去。半个小时后，火车开动了，大尉早在车厢里的躺椅上装作睡着的样子，躲开了杜布中尉无聊的纠缠。

帅克和巴伦在一个车厢里碰了面。巴伦运气真不错。他跑到厨房把十一连的大锅里的牛肉汁舔得一干二净，还向伙夫要了一小块面包。巴伦心满意足地晃动着从车厢里伸出的双腿，心中洋溢着前所未有的幸福感，他对伙夫们充满了感激之情，伙夫们也拿他开玩笑，说是到了萨诺克，为了补贴大兵在路上没领过的晚饭和午饭，还有两顿饭要做。

巴伦悄悄说：“朋友们，上帝并没有忘记我们啊！”他的话逗得大家哈哈大笑。

火车驶过什恰夫纳站，出现了一片新的士兵公墓。一个个钉着无头耶稣像的石制十字架依稀可见。火车越开越快，向着萨诺克方向飞驰而去，从车窗向外看，破败的村庄一座接一座，还能看到被击毁的红十字会的列车。巴伦为此十分惊讶，列车的大烟筒还斜插在路基中，仿佛一门大口径军炮。

和帅克同车厢的士兵们也在议论毁坏的列车。

“竟然有人向红十字会的列车开火？！”约赖达气愤地说。

“世上的怪事多着呢。不允许又怎样？他们击中后可以谎称夜里看不清楚。军令虽然规定：在行军时绝不能对士兵施以‘鸳鸯套’的刑罚；但是我们聪明的大尉把受着‘鸳鸯套’刑而无法行军的士兵统统扔到辎重车上，拉着他们走，这样既没违反军令，又没耽误行军。所以有些事情虽然不能做，但如果讲究方法，也是可行的，只要目标一致。”帅克说。

“朋友们！”志愿兵马列克热情地解释道，“坏事也会变好事，这段毁坏的列车展示着我们光荣的历史。正如我笔记中所记的那样，九月十六日我们营几名战士在班长的带领下去炸毁河边攻击我们的装甲车。他们扮成农民圆满地完成了任务。”

突然志愿兵惊呼起来，眼睛没离开笔记本：“万尼克先生来了！”

“听着，上士先生，”他对万尼克说，“我把您的事迹写入营史。以前虽然写过一篇，但这次一定会更好。”志愿兵提高声音说，“军需上士万尼克在执行炸毁敌人装甲车的行动中牺牲。他穿着农民的衣服参加行动，被爆炸声震昏在地。当他醒来时已被敌人包围，后来被押往敌人的司令部。面对死亡他没有屈服，拒绝透露我军机密，于是被判处枪决，就在墓地边执行。在行刑时他拒绝蒙住双眼，只是说：‘我向全军致敬，宁死不屈。请转告扎格纳大尉，根据上级命令，每人每天的罐头改为两盒半。’万尼克就这样牺牲了。敌人本来想通过断绝军粮来扰乱我们的军心，想不到万尼克上士的最后一句话使他们恐慌了。上士在临刑前还和敌军军官玩扑克，并要求把他赢到的钱转交给奥地利红十字会。这种视死如归的气概震惊了所有在场的敌军军官。”

“可是我私自处理了您的那些钱，万尼克先生。”志愿兵有些不好意思地说，“您能原谅我吗？我认为交给哪个红十字会反正都是造福人类！”

“唉，反正到处都一样。”通信兵霍托翁斯说。

“其实，就连有的红十字会的人也不干什么正经事儿，里面有很多人都是小偷。”伙夫约赖达边说边从背包里掏出一瓶白兰地来让大家看，“这是好牌子的白兰地，用它来就蜜汁点心简直太美了。这是开拔前我在军官食堂里偷到手的。”

“这并不是件坏事！”帅克积极响应，“我有个预感，我们命中注定要成为你的同伙。”预感很快变成了现实。

为了公平起见，万尼克建议大家用酒杯平分白兰地。因为有五个人，容易出现某人多喝一口的问题，帅克却说：“如果万尼克上士有意见，可以自行退出。”说着，大家你一口我一口地用酒瓶直接喝起来。万尼克立即又提出了一个能使自己喝上双份酒的建议，马上遭到大家的竭力反对。

大家最后决定按照每个人名字的第一个字母的顺序喝酒，这是志愿兵马列克的想法。霍托翁斯基排在第一位。万尼克眼里含着妒意，他粗略一计算，还以为自己能多喝一口，结果如意算盘却没打成——那些酒只有二十一口。

喝完酒又打上了扑克，志愿兵有个毛病，每当摸到国王总要念叨上几句《圣经》上的话。摸到王子他就叫：“万能的上帝啊，把王子留给我吧！我相信你！”等等等等，他的手气也好得出奇，最大的牌总是在他手里。他连胜数盘，直到霍托翁斯基输光了他后半年的军饷为止。

志愿兵非要霍托翁斯基立个字据，以后就能名正言顺地领他后半年的军饷了。

“别泄气，霍托翁斯基老兄，要是你在下次战斗中牺牲了，马列克的美梦不就泡汤了吗！”帅克在一旁安慰。

“牺牲？我是通信兵，只在掩体里接电话线，只在战斗结束后才出来维修线路，我怎么会牺牲？”霍托翁斯基十分不满听到“牺牲”二字。

马列克却在一边说风凉话，他说通信兵是敌人的主要袭击目标，哪怕藏到十几米深的地下，敌人的炮兵也不会放过他，掩体根本没用。

帅克刚想再劝慰些什么，却被霍托翁斯基止住了。

“噢，让我在营史记录册里找找霍托翁斯基的名字。在哪儿呢？找到了！通信兵霍托翁斯基被埋在了地雷下面。他还从坟墓里往营部打祝贺电话。”

“够了，马列克。”帅克打断他的话，“你很得意吗？还有什么要说的？没忘记‘泰坦尼克号’里的那个电话员吧？船马上就要沉入海底了，他还打电话给早已淹没的厨房，打听何时开午饭呢！”

“这不是什么困难事，要是允许的话，我们可以把霍托翁斯基的临终遗言加进去。他临终前还向着电话大喊：‘请向我的钢铁旅致敬！’”

第二十四章
开步走

在列车伙房里，人们议论着能否在萨诺克领到晚饭和最近欠下的口粮。他们猜得没错，而且“钢铁旅”的总部正好在这里。九十一连队的这个先遣营是属于“钢铁旅”的。根据参谋部的命令各先遣营要集中在离从布罗迪城到布格河及河北索卡尔一线一百五十公里的地方，但是沿线的铁路交通并未出现问题，所以大家都很奇怪这样的部署。

这个疑惑在扎格纳大尉报到时被解决了。

“我不能理解，行军计划早已规定好了，你们却不知道。”旅部副官泰尔勒大尉一脸不解的神情，“你们营比规定的时间早了两天到达，但没有提前通知我们你们的行军路线。”

扎格纳大尉这时已经忘记了要上交电报指示，他只顾紧张了。

“我非常惊讶！”泰尔勒大尉说道，“扎格纳大尉先生，你现在是一名现役军人……唉，如今有太多笨蛋成了中尉。我们撤退的时候，那些笨蛋中尉见到哥萨克兵就吓破了胆。他们不配当军人，中学毕业通过考试当上军官的家伙脑子聪明不了，在战场上只能当逃兵。”

泰尔勒大尉友好地拍了拍扎格纳大尉的肩膀，吐了口唾沫后接着说：“我带您四处转转吧！附近有好多漂亮姑娘。有个将军的女儿居然是个同性恋。要是我们扮成女人，您就知道她的手段了，太厉害了！”

“噢，很抱歉，我胃里一直恶心，今天有三四次了。”泰尔勒大尉有些不好意思地出了门。他回来后说是由于昨天晚会上吃得太多。这时突然进来一个大高个的军官，看军服也是个大尉。他对扎格纳大尉视而不见，直接与泰尔勒说起了话：“你这浑蛋，昨天晚上你竟然吐在伯爵夫人的衣服上，太可笑了。”大个子坐在一把椅子上，玩着手里的细藤条。

“是啊！昨天晚上太开心了。”泰尔勒大尉回答。然后向扎格纳大尉引见了这位工兵队队长。三个人走出旅部办公室，来到一家咖啡馆。

泰尔勒大尉想在两人面前耍耍威风。穿过办公室的时候，他用藤条在桌子上使劲一抽，十二个腆着肚子的文书迅速起立。泰尔勒大尉对这些养得白白胖胖的家伙下了指示：“我这里不许白吃饭，谁都不许偷懒！”

“你们瞧好吧！”泰尔勒转头向其他两位大尉说，然后又把藤条用力一抽，继续训话：“告诉我，他们什么时候了结？”

文书们异口同声地回答：“报告大尉，等待您的指令。”

泰尔勒大尉得意扬扬地走了出去。到了咖啡馆，他要了瓶酒，并招呼小姐来陪。扎格纳大尉明白了，这里实际上是家妓院。

由于没有一个小姐有空招待他，泰尔勒大尉气得破口大骂。当他知道心爱的艾拉小姐在招呼一个中尉时，火气更大了。

那个中尉原来是杜布。在中学驻营时他对士兵训话说，有花柳病的妓院都是俄国人撤走时留下的，企图借此瓦解我军的战斗力。所以士兵不要去那种地方，而他自己则亲自去监督，以免日后出了乱子。于是乎，中尉真的亲自来检查了。

杜布中尉在城市咖啡馆的二楼艾拉小姐的房间找了一张沙发作为检查的根据地。

这时，扎格纳大尉已经回营，而泰尔勒大尉被叫到旅部，副官已经找他很久了。

师部命令：九十一连队的行军计划必须定下来，原有的行军方向改为一、二连队先遣营的路线。

这下有好看的了。从加里西亚东北后撤的俄国人把奥地利部队挤成一团，还有德国军队，而新开到前线的先遣营更加剧了这种混乱。前线附近的地区也是如此。比如萨诺克区突然进驻一支德国的后备军，旅长很讨厌那个上校长官。上校出示了他们师部的命令，说他们要住在被九十一连队占着的中学。他们还要求占用旅部的银行大厦。

旅长请示了师部，交涉后的结果是：全旅从即日起撤出该城。命九十一连队先遣营随行掩护。部队的出发顺序是：下午五点先头部队开向图洛瓦，两翼的掩护部队保持三公里半的距离，下午六点四十五分后卫部队出发。

于是，中学又是大乱。在开营部会时，帅克被命令去找杜布中尉。

卢卡什上尉说："帅克，因为你跟他有着密切的联系，找他并不难。"

"报告上尉，请您给我份书面命令，否则我怕会有麻烦。"

卢卡什上尉只好写了一道命令给帅克。这下帅克放心了，向上尉保证准能把杜布中尉找出来。

"中尉肯定在某个妓院进行检查呢！就在对门那家咖啡馆里。因为他说过，发现谁去就把他送上军事法庭。"帅克很自信地说。

进了咖啡馆，那儿有个会多国语言的老太太迎接来此的士兵，把他们领到里面一间有小姐的会客厅。小姐当然是收钱的。当官的来这儿要走过咖啡厅，在走廊的房间里选小姐。一切事情要到楼上的小房间里才允许解决。杜布中尉也是其中一员，他穿着衬裤听艾拉小姐讲述虚假的爱情悲剧。两个人都有些神志不清了，因为他们身后小桌上的酒瓶已空了一半。恍惚间中尉把小姐当成了自己的勤务兵，嘴里不停喊着古纳尔特的名字，还威胁说早晚有一天让古纳尔特知道他的厉害。

从后门进来的帅克摆脱了一个妖艳的小姐的纠缠。想不到却惹火了这里的波兰老鸨。

“客人里没有中尉。”老鸨气得想把帅克吃掉。

帅克却很有礼貌地说：“尊敬的太太，您不要心急。请问您的大名叫什么？我记得有一次我们在普拉特尔内街上打了一个‘妈妈’几巴掌，她姓氏的第一个字是‘赫’……”

帅克抛下气坏了的老鸨径直上楼。这时妓院的老板，一个破落的波兰贵族追了上来，抓住帅克的衣服，大声说楼上是军官们专用的。

尽管帅克把此次找杜布中尉的目的上升到全营利益的层面上，老板仍然喋喋不休，帅克只好一掌把他发配到楼下。帅克仔细检查房间后并没有收获,直到最后一间屋子。随着他的敲门声,房门打开了。“有人！”艾拉小姐花容失色地叫道。只听杜布中尉声音低沉地说了句:“请进！”他还以为自己是在兵营里。

帅克走上前把字条交到杜布中尉手里，说：“报告中尉先生，请您立刻穿上衣服去兵营，这是命令，有重要的会议。”

杜布中尉盯着帅克，立即明白帅克是被派来的。他只好说：“等着吧，小子！我会收拾你的。”

“古纳尔特，”他冲艾拉叫道，“给我再倒一杯酒！”

喝完酒之后，他撕碎了命令，大笑道：“这玩意儿屁用没有。现在是在军队里，不是在中学里。你去妓院被抓了吧？过来，小子！我想给你一记耳光！”

“报告，”帅克高声说，“这是旅部的命令，必须整装前去。”这些外交辞令使杜布中尉冷静了一些，他好像想起自己不在兵营。为了慎重，他又问道：“我现在在哪儿？”

“妓院，中尉先生。”

杜布中尉叹了口气，从沙发上起身穿好军服，和帅克走出妓院。很快地，帅克又回到屋子里，他没有理睬艾拉，迅速喝光瓶里的酒又去追杜布中尉。

上街后杜布中尉又觉得头晕，因为天气太闷。他和帅克啰唆个没完，每次说话都捎上一句："希望你能理解我。"

"我理解。"帅克回答道。进了中学，中尉晃悠着上了楼，走进会议休息室，告诉扎格纳他喝醉了。开会时他总是低着头，不停地喊道："你们说得很对，我可是喝多了。"

定好计划后，卢卡什上尉任前卫。杜布中尉忽然一愣，起身说："诸位，我不会忘记我们的班主任，光荣是属于他的！"

卢卡什上尉觉得应该让勤务兵古纳尔特把他扶到物理实验室，那儿有卫兵看守矿石标本——标本已丢失了一半。这事应当重视起来。

会后，卢卡什叫古纳尔特把醉酒的杜布抬走。

杜布中尉突然抓住古纳尔特的双手，扬言可以从中得知其未来的妻子。

"请您把铅笔和笔记本拿出来。您是古纳尔特，十五分钟后再来，那时您太太的名字就写出来了。"

刚说完杜布中尉就打起了呼噜，不久又醒过来在本子上乱写。他把写了字的纸条摁在嘴边念念有词："十五分钟后再看。"

古纳尔特很笨，等了十五分钟，打开字条一看，上面只有一行杜布的字迹："您的妻子叫古纳尔特太太。"

古纳尔特把条子给帅克看，帅克说要收好，每个军官的手迹都很珍贵。以前长官给自己的勤务兵写信从没用过"您"。

出发格局布置完成后，那个被撵走的上将让全体集合。他说话颠三倒四，不知怎的就说起了战地邮政。

"士兵们，"他对着队伍喊道，"我们已经接近前线，几天来你们一直都没有机会给家里写信，让他们知道你们还活着，现在在哪儿，请他们放心。”

他似乎沉浸在自己的思路中，重复个没完：“亲人们——朋友们——妻子和情人们”等。最后，他终于宣布：“为此，我们设立战地邮局。”

然而，他下面的话使人觉得只要设立了战地邮局，士兵们就会拼命去送死似的。似乎一个士兵即便被炸飞了双腿，只要想起有一封远方亲人的信件在等着他，甚至还有包裹，装着熏肉和家里的点心，他就会心甘情愿地去送死。

训完话，乐队奏起国歌，全军欢呼“皇上万岁”三次，这群像要被屠宰的牲口一样的士兵将要分成几个支队，按定好的计划开往布格河对岸。

五点半十一连出发，开向图洛瓦—沃尔斯卡。帅克随指挥部和卫生队走在后面，卢卡什上尉也转到后面来找杜布中尉。

他想看看杜布中尉躲在哪辆车里，又有什么新的举动；同时也可以和帅克聊天解闷。帅克正在和军需上士万尼克讲话，说起几年前演习时的情形。

“那次也是这样，只是没有全副武装，当时还不知道什么是储备罐头，我们排一领到罐头就全部吃光，然后再把砖头塞进包里。”

很快，帅克又走到卢卡什上尉的马边，显得很有精神。两人谈起了邮局：“在军队里收到家信是极大的安慰，可我在布杰约维采当兵时，只收到过一封信，我一直保存着。”帅克说得很起劲儿。

他从脏皮夹子里掏出那封破皱的信读着，同时还小跑着保持与骑着马的卢卡什上尉并行前进。

你这个浑蛋！古希什班长来布拉格休假，我和他去跳舞，

他说你曾经和一个不正经的女人跳舞，想要抛弃我。我写信只想告诉你我们的关系吹了。你的鲍日娜。——唉，对了，你那个班长很体贴人，他会收拾你的。另外：你回来时再也别想找到我。

帅克小跑着说："等我休假时，我能够找到她的。可她身边都不是好人！有一回我好不容易找到她，结果看见两个大兵正给她穿衣服，其中一个竟把手伸进她的裤子里，仿佛要把她的青春年华从那里拽出来似的。上尉先生，我觉得到城里学跳舞的娇小姐们都不是好东西。"恰好在这时，队伍中有人唱起了歌：

到了深夜，
燕麦跳出口袋，
吻我吧！
每个姑娘都愿意。

又有人接着唱：

愿意呀愿意，
怎么会不愿意？
望着你的脸，
献上两个吻。
吻我吧！
每个姑娘都愿意，
愿意呀愿意，
怎么会不同意？

这是首古老的军歌。现在，士兵们在加里西亚平原上快乐地唱着，道路两边是饱经战争折磨的田野。

“有一次演习，”帅克看着周围说，“田地也是这个样子。那次有个正直的大公，他领着队伍穿过一片田地。过去之后就让副官估算庄稼的损失。有个农夫讨厌他这样，拒绝接受十五克朗的赔偿金。为了多要钱，他就去打官司，结果反被关了一年。

“我觉得如果皇族的到来是一种荣誉，他应该让自己所有的女儿穿上白色连衣裙，手持鲜花在门口热情欢迎，就像印度农奴那样甘愿被老爷家的大象糟蹋庄稼。”

“说什么呢，帅克？”卢卡什问道。

“我在说一头大象，上尉先生。”

“够了，帅克！”说完，卢卡什就骑马到前面去了。此时，队伍已经走散了，下了火车又是急行军，士兵们都觉得肩膀特别疼。大家把枪从肩上换来换去，有些人把枪提在手里。还有人沿着田埂和壕沟走，躲开大路。

队伍全都低着头走，大伙儿渴得要死，虽然太阳要下山了，天气仍然闷热难耐。行军第一天的艰苦就让大家疲乏不堪，歌声也没有了，大家都在琢磨目的地还有多远。他们以为在那儿可以休息。有的战士坐在沟边解开裹腿休息，装成只是想系紧松动的裹腿，以免行军不便；还有些人解下背包调节肩带，说是避免两肩重量不一。当卢卡什中尉走近时，他们又突然站起来抱怨身体不适。如果仅仅是排长之类的小官是不会催促士兵的。

卢卡什上尉心平气和地劝他们起来，说离目的地只有三公里路，到了再休息。

这时，躺在卫生队车上的杜布中尉被颠醒了。他昏沉沉地起身冲车旁懒散的士兵大骂了一阵。因为从出发以后许多士兵都把背包扔在双轮车上，只有帅克一个人背着包艰难地走，枪也好好扛着，还边抽烟边唱歌：

> 我们走向雅洛米什，
> 你相信吗，
> 正好在那里吃晚饭……

在距离车近五百米处，公路上尘土飞扬，士兵们若隐若现。恢复精神的杜布中尉探出头，对士兵们喊道：“你们任务艰巨，面对行军的种种困难，我相信你们的意志力！”

“蠢蛋！”帅克骂道。

杜布中尉又说：“没有困难可以阻止你们前进的步伐。士兵们，这场战斗不可能轻易取胜，但我相信你们会打赢。历史将会记住你们的光荣事迹！”

“狗嘴里吐不出象牙！”帅克又骂了一句。

杜布中尉似乎听到了骂声，突然低头呕吐起来。吐完后他又大喊：“全体前进！”接着，他又倒在背包上睡去。直到到达图洛瓦—沃尔斯卡，他才被人扶着站起来，这是卢卡什的命令。经过一番长谈，杜布中尉才清醒过来，承认了错误：“我犯了错误，作战时我会弥补。”

但他并不完全清醒，因为走到自己的排里时，他还对卢卡什上尉说：“你会知道我的厉害的，早晚有一天。”

“你可以问问帅克你干了些什么。”卢卡什上尉说。

杜布中尉回排之前先找了帅克，帅克正和巴伦以及万尼克聊天。

巴伦说为了防止瘟疫，井水里放了柠檬酸。由于他的饭量大，总想吃鱼吃肉，结果上帝惩罚他喝这里的臭水。炊事员烧水时他还去厨房问是不是要做饭。但厨子说只是有命令烧水，没说做饭。

恰好此时杜布中尉进来，他又别有用心地问："你们在聊天？"

"是的，中尉先生。"帅克代表大伙说，"我们正在聊柠檬酸。聊天可以让士兵忘记一切困难。"

中尉想叫走帅克，说有事找他。走出后杜布中尉疑心地问："你们是不是在谈我的事？"

"没有，我们只是在谈柠檬酸。"

"可卢卡什上尉说你最清楚我做了什么。"

帅克郑重地说："您没做什么，只是去了一次妓院，或许是误会吧！那里下面是个咖啡馆，上面是娘儿们的住处。也许您走错了门，您待的地方太热，没喝惯酒的人都会醉倒，何况您又喝了一整瓶酒。中尉先生，我奉命通知您开会，在楼上找到您。因为太热，喝酒以后连我您都认不出来了。您光着身子躺在沙发床上，没做什么事。这种事在天热时是可以理解的。"

"你这是什么意思？"杜布中尉清醒后勃然大怒。

"报告中尉，我只是随便说说罢了，和您没关系！"

但杜布中尉觉得帅克语中有意，便威胁道："你早晚会知道我的厉害的。你是怎么立正的？"

帅克立刻改正了错误姿势。

中尉还想说些什么，却没有新词了。离开帅克之后，杜布中尉一直后悔当时没有说一句"好小子，我早就知道你的那些花花肠子"。

然后，古纳尔特奉杜布中尉之命去找水喝。从乡村神父那里偷来了水罐，但没办法从被木板密封的井里打出水来，只好撬开木板。中尉心满意足地喝完了一大罐水。帅克等人认为在图洛瓦宿营是完全错误的，卢卡什上尉命令他们留下装备快速到达利斯科维茨。

帅克、万尼克、霍托翁斯基负责为紧随其后一个多小时到达的连队安排好住宿。巴伦负责为卢卡什上尉烤鹅。帅克三人还要提防巴伦偷吃。另外，万尼克和帅克还要按标准为全连宰好一头猪，打扫干净宿营地等。

营里的资金不再紧缺，连队会计科有十万多克朗的存款。万尼克得到上级指示，一旦进入战地，在全连生死攸关的时刻，及时补齐未给足分量的军需口粮所折合的款额。

帅克四人到达小河边的树林时，天已黑了。路很难走，巴伦有些害怕，他从来未在这种人地两生的地方走过夜路。

“他们肯定把我们抛弃了！”巴伦边摇晃边说。

“何以见得？”帅克轻声斥责。

“再清楚不过了：让我们做排头兵，为的是让我们侦察周围有没有敌人，若有的话，队伍就不再往前赶了。朋友们，我们只不过是替死鬼而已。说话小声些，敌人发现了肯定会开枪的。”巴伦小声请求。

帅克搭了话：“巴伦，你既然这么魁梧，就在我们前边当盾牌好了，有人开枪的话通知大家一声。当兵就不能怕子弹，敌人开枪既浪费弹药资源又浪费力气。”

“可我还得养活家里呀！”巴伦叹气道。

“为皇上英勇献身是无上的荣誉,管它什么家呢！”帅克劝慰巴伦。

“但皇上也应该让我们吃饱饭啊！”

“你可真是一只喂不饱的猪。战斗前，士兵是不应吃东西的，要不一枪进去，肠子非发炎不可。”

“可是我吃得多，又消化得快呀！”巴伦争辩，还说假如自己吃下满满一盘面包片和猪肉白菜，过不多久就消化完了。

巴伦对帅克说：“我老婆用土豆泥做李子面包，还加上乳渣，特有营养。但她总喜欢撒上栗子粉而不是我爱吃的碎干酪，为此，我还打过她——”

巴伦咂了咂嘴，伸了伸舌头，轻声说：“可是，我现在什么吃的都没有了，我好像觉得老婆是对的。我当时总和她唱反调，惹她伤心，有时还大打出手。”巴伦突然哭了起来，“我太不懂珍惜幸福了。”

巴伦已忘却了内心的恐惧，一个劲儿地谈论他的过去，现在想吃什么……

四人一直向着利斯科维茨方向走。帅克和巴伦在前，霍托翁斯基和万尼克在后，后面的两个人谈起了世界大战的荒诞性，通信兵说无论白天黑夜，只要电话线出了毛病，就得去抢修，更可恶的是敌人的探照灯总能发现你。

目的地终于到了，但村子里除了狗叫声什么也听不见，什么也看不到，一团漆黑。四人停下来商量对付狗的办法。

巴伦想打退堂鼓，被帅克坚决制止了。这时，其他村里的狗也叫了起来。

帅克学狗贩子驯狗时的方法，对着黑暗处大喊：“趴下！趴下！”

狗叫声更凶了。

万尼克说：“你想把全加里西亚的狗都喊起来啊？”

帅克不紧不慢地回答：“我在参加演习时遇到过类似的情况。我们夜间进入一个村庄，结果惹起了好几个村子的狗一起叫。我们的大尉是个略带神经质的老头儿，他整夜未睡，总问巡逻兵谁在叫，叫什么。士兵说是狗叫，大尉发火了，关了巡逻兵的三天禁闭，以后每次行军都选出个‘狗小队’打头阵，宿营地不许狗叫。”

听帅克说狗在夜里害怕香烟的微火，但接近村子时谁也没有烟抽。突然，有只狗不知不觉很友好地溜到帅克身边，帅克抚摩着它，像哄小孩儿一样说：“我们要在这儿睡觉觉、吃饭饭，再把好吃的留给你。明天我们就要打敌人去了！”

这时，农舍的灯都亮了起来，他们来到一所房子前敲门打听村长的住处。一声尖厉刺耳的女高音传了出来。一个女人用奇怪的声调说她丈夫吩咐她晚上不要随便开门，而且她的孩子正出天花，家里的东西全被人抢光了。

帅克他们不肯放弃，把手都敲疼了，并解释他们是来找宿营地的。终于屋门开了，原来村长就住这儿。村长对找宿营地的事儿一百个不乐意，推说村子太小，没地方容身，而且俄国人已经拿走了村里的大部分东西。他向他们推荐克罗辛卡，那里有个大庄园。

“那儿有好多母牛，大兵们可以把牛奶装满饭盒，军官们可以睡在庄园主的城堡里。我们这儿只有痔疮和虱子。我的五头牛全被俄国人抢走了，孩子都没有奶喝。”村长说话的时候，屋子旁的牛棚里传来了牛的叫声，然后是女主人对牛的训斥声。

村长并未因此慌乱，边穿皮靴边解释:“这牛是邻居的，又老又病，可怜啊！这是全村唯一的牛了。自从俄国人夺走了它的孩子，它就再也不产奶了。”

村长已经穿上了羊皮大衣，要领帅克他们去克罗辛卡。

“我们抄近路，过了小溪，再穿过桦树林，半个小时都用不了就能到。村子有好酒。像您这种体面的军官，哪能在这种满是虱子和天花的地方宿营呢？应该找干净舒适的地方才对。先生们，别犹豫了！”

帅克却大手一挥，模仿村长的语气说:“先生，瑞典战争期间，有一个不想帮部队找宿营地的村长被吊死在树上。今天有个神父还说，村长应该竭力支持军队安排军官和士兵们的住宿。不知道周围最近的一棵树在哪里？”

村长听不懂“树”字。帅克接着说:“一棵桦树、橡树或者苹果树，总之是长着结实树枝的树。”

村长闻言大惊失色，忙说只知道门口有棵橡树。

“很好，我们可以把你吊死在橡树上，因为你不配合我们执行军令。

听着，我们要在这个村子宿营，违令者死。”

帅克边说边做了个上吊的手势，军需上士也开始威胁村长。

村长怕得直发抖，说话都不连贯了。忙说既然是命令就应该执行，村子里还能安排好。村长赶紧出门去找提灯。

“巴伦去哪儿了？”

昏暗的小屋中，传来霍托翁斯基的大叫。

大家还没有反应过来，巴伦已经从一个小门里走了出来，发现村长不在，就低声说：“刚才我去了食品储藏室，在一个罐子里抓了把不甜不咸的东西吃了，大概是用来做面包的发面。”

“天哪，巴伦，发生什么事了？”军需上士用手电筒一照，发现巴伦的脸上被发面沾得乱七八糟，肚子胀得像个足月的孕妇。

“是腌黄瓜，我匆忙间只吃了三根，其他的拿过来给大家。”巴伦的嗓子被发面呛哑了。

村长提着灯在门口站着，看见巴伦把一条条腌黄瓜分发开来，无奈地在胸前直画十字架。

入村的时候，一大群狗始终跟着他们，因为巴伦私藏了一块咸肉。

帅克起了疑心，便问：“巴伦，为什么那群狗总盯着你啊？”

“它们嗅出我是个善良的好人。”巴伦转转脑子说，却丝毫不提口袋里的咸肉。

利斯科维茨地方虽不小，却因战争而破败不堪，这儿虽属战区，也难得没挨到炮火，所以周围破坏严重的村子中的难民都来到这里，有的房子竟然挤着七八户人家。

军队被安排到村头一家被毁坏的酿酒厂里。一半人住在发酵室，其余人按十个一组分别住在几个田庄里。

帅克和连部的所有军官，军需上士万尼克及所有后勤人员一起住在神父家。因为神父拒绝在家供养难民，所以他家还有空余。

神父是个高瘦而小气的老头，教袍又旧又脏。他家以前住过俄国人，没动他东西，但他的鸡鸭却被奥地利人吃光了。匈牙利人还掏走了他的全部蜂蜜。所以神父只痛恨奥地利人。帅克等人的到来显然使神父十分恼火，他不住地强调自己一贫如洗。

巴伦伤心欲绝，他睡在神父的厨房里，并被人监视着。他在厨房里找不到任何食物，除了一张包过茴香的纸。然而这张纸更勾起了他的食欲。

在酿酒厂的院子里，铁锅只能烧开水。军需上士和伙夫在村子里找不到一头猪，村民们都说俄国人拿走了所有吃食。

最后他们在酒馆里遇见一个犹太人，被迫买下了他的那头瘦得只剩下骨头的老牛。犹太人出价极高，还说自己的牛是全欧洲最好的，是奉神的旨意降生的。

军需上士和伙夫们一时昏了头，硬着头皮付了钱。犹太人收好钱后还装模作样地哭自己命苦，没有牛今后只好做叫花子，求他们吊死他以求清静，甚至还在地上打滚。等一回到家，他马上精神大振，对老婆说："亲爱的伊丽莎白，那些兵真是笨到家了！"

那头牛太瘦了，剥皮时费了好大的劲，最终只得到一堆筋骨。小灶上的伙夫们努力用这堆筋骨和一袋大豆要熬出点什么，却连一丁点儿肉汤都没有，仅存的一点肉越煮越硬，和骨头紧紧粘在一块儿。

帅克充当了连部与伙房之间的联络员，随时关注牛肉的情况。

"报告，上尉先生。"帅克对卢卡什上尉说，"伙夫巴沃利切克咬了一口牛肉，被硌掉一颗门牙，巴伦也试了一下，掉了颗臼齿。"

巴伦把掉下来的臼齿给上尉看："上尉先生，我只想试一试牛肉可不可以做牛排，却——"

愁眉苦脸的杜布中尉从窗子旁边的躺椅上坐起来，他已经病得不行了，是救护队用双轮车把他送过来的。

“我快不行了。”中尉声音虚弱，重新躺下去，“我又病又累，大家能安静一下吗？别讨论了。今天我要是死了，麻烦你们委婉地告诉我的家人，并在墓碑上刻下战前我是一个中学教师。”

帅克念了几句送葬歌的歌词：

你亵渎了圣母，
让坏人达到目的，
让你的勤奋把我挽救。

但杜布中尉睡觉了，没听见。

顽固的牛肉还要在锅里待上两个小时，完全做不了肉排。于是军需上士命令士兵们在饭前先大睡一场，也许要等到次日清晨才能做好今天的晚餐。

军需上士万尼克正躺在神父家里，身下铺着干草。他不停地摸着胡子，对旁边旧床上的卢卡什上尉说：“从开战到现在，我还没有吃过这样的牛肉饭。”

而通信兵霍托翁斯基则在伙房里给老婆写信，准备等营里的战地信箱号码定下来后把它寄出去。他是这样写的：

我最最亲爱的、最最想念的、最最美丽的鲍仁卡：

亲爱的，此刻我在深夜中想念你，你在独守空房的时候是否也想到了我？离开你以后我总是有些担心。听许多回家养伤的朋友说过，有些无赖竟勾引他们的妻子。亲爱的鲍仁卡，我无奈之下才给你写这封信的。我知道你的第一个爱人是谁，我害怕他趁我不在时纠缠你。每当回想到这件事，我就恨不能杀死他，我的心都碎了。原谅我的直言，但你要小心不能出什么乱子，否则我不会手下留情的。吻你千百次，问候父母。

又：千万别忘了你跟我姓啊。

你的托诺乌什

他接着写了一封待发的信：

最可爱的鲍仁卡：

当你接到这封信时，我们已经打了一个大胜仗，击落了十架敌机，还打死一个将军，每到生死攸关的时刻，我就会想起你。你近来好不好？家里有事吗？我们又要去前线了，有时间再写信，希望你永远忠实于我，否则我要把你和那个大笨蛋无赖统统杀死，用你们的心肝做下酒菜。

吻你千百次。

祝万事如意。

你诚挚的托诺乌什

写到这儿，霍托翁斯基渐渐睡了过去，神父过来吹灭了燃着的蜡烛。

饭厅里，只有杜布中尉在睡觉。

军需上士万尼克新接到一份从萨诺克的旅部下达的给养规定。规定里禁止把番红花和生姜放入士兵的汤里。还有，战地伙房必须把骨头收集起来送到后方师部的仓库去，却没写清是什么骨头：人的，还是牲口的。

“帅克，开饭之前，能不能讲点儿什么？”卢卡什上尉说。

“当然没问题，我甚至可以讲完整个捷克民族史。”帅克答应着，“我要讲的是一位邮政局长夫人的故事，丈夫去世后她接替了他的职位。我一听别人说起战地邮政，立刻就记起她来。”

“帅克，你又在胡说八道了。”卢卡什上尉说。

“报告，上尉先生，我也不知道为什么自己会讲这样的愚蠢事儿。”

“这位邮政局长太太长得怎么样？”上尉问道。

“噢，上尉先生。那太太其实挺漂亮的，又能管制整个邮局，只是有一点不好，总认为其他人都在打她的主意。每天下班，她最爱打听出了什么事没有。有一次她怀疑一个和她打招呼问好的男老师要非礼她，就上告到区教委。但审查的结果却是这位男教师小时候因伤而得了阳痿。”

“我的天啊，帅克！”卢卡什上尉插嘴道，“若不是一会儿还有晚饭，真想听你说点儿更刺激的。”

“报告，上尉先生，我刚才就说过我讲的是一件无聊的事儿。”

“反正你的聪明故事我都听烦了。”上尉说。

“上尉先生，智慧是有限的，世上难免会出现几个蠢材。有些人整天装成很聪明的样子，其实他们是最笨的人。”

卢卡什上尉坐起来，双手交叉在胸前，说：“我也很纳闷儿，我对你很了解，却老是找你来聊天。帅克，这是为什么？”

“这是习惯成自然。命运把我们安排到一起，共同吃苦受累，相互了解对方，我只希望能为您出力。上尉先生，您饿不饿呀？”

卢卡什上尉让帅克去看看晚饭好了没有，他对帅克的那些故事厌倦极了。他想休息了，却睡不着。

“俗话说：神父的臭虫最多。肯定是臭虫打扰了您。”帅克解释说。

“帅克，我不是让你去看看晚饭吗？”

帅克只好走出去，巴伦偷偷跟着他。

次日清晨，当队伍从利斯科维茨开向斯塔拉索尔—桑博尔一线时，伙夫们还带着未煮熟的牛肉，士兵们在路上喝了黑咖啡。

杜布中尉感觉一直不好，他躺在双轮救护车里，他的勤务兵为他忙前忙后却没少挨骂，中尉总是要水喝，可是又一喝就吐。

“不许笑！”杜布中尉威胁道，“你早晚会知道我的厉害。”

帅克仍在卢卡什上尉的马旁高谈阔论，走得很带劲儿。“上尉先生，您必须去管管那些偷懒的士兵，有些人还没背到三十公斤就开始抱怨了。有个上尉用第一个丈母娘的钱去逛妓院，用第二个丈母娘的钱去赌博，拿第三个丈母娘的钱买了匹阿拉伯杂交公马……”

卢卡什上尉气急败坏地从马上跳下来，大喊：“帅克，你要再说第四个丈母娘，小心我把你推下这个山坡。”然后又骑上马。

“不会了，这上尉在拿到第三次钱以后就自杀了。”帅克补充道。

“终于走到头了。”卢卡什上尉松了口气。

“那您别忘记管管那些没责任心的士兵。”帅克提醒上尉，“我觉得，您必须把士兵控制住。谁要是开小差，谁要敢顶嘴，就关他禁闭。士兵永远不会比上尉先生高明，人要知道识相才行。上尉先生，人类的生活非常复杂，有些人的命一分不值。战前有个胡比契卡警长……”

卢卡什已经听累了，催着马儿快跑，走前对帅克说：“要是你想讲到晚上，那你就太蠢了。”

“上尉先生，”帅克冲着背影喊道，“您不想再听我讲个故事吗？”

卢卡什策马跑远了。

杜布中尉的情况好转了，从车里钻出来，他要对本部的人马进行训话。他那冗长的演说使人觉得比行军还累——全是乱七八糟的格言。

他开始说：“尊敬的长官可以使士兵勇于牺牲，对长官的这种爱戴不一定非得出于真心，也可以强迫。在军队里，军官不许士兵情感方面有任何松懈。这种强迫不是一般的爱，包含着尊敬、谨慎和纪律。”

这段时间，帅克一直站在中尉左边保持向右看齐的姿势。

杜布中尉起初没有注意到帅克的姿势，只顾着讲话："这种纪律，士兵与长官之间的关系本来就很简单：下命令和听指挥。军事书籍中写得很清楚：每个士兵都应当把简单明快和朴素单纯作为必备的美德。每个士兵都要热爱上级，上级应该是他眼中完美的典范。"

这时，他发现帅克盯着他，这使他很不自在，而且觉得才思枯竭。他冲帅克嚷道："干吗死盯着我？"

"报告，我在执行命令。您吩咐过我您讲话时必须盯着您的嘴，士兵必须执行上级的命令。"

"转过脸去！"杜布中尉嚷道，"浑蛋！不许你这样盯着我！我讨厌这样！否则对你不客气！"

帅克把脸转向左边，走了一段路，杜布又怒道："我讲话时你看哪儿呢？"

"报告，我执行您的命令——向左看！"

"唉！"杜布中尉叹了口气，"真是气死我了，你他妈朝前看，心里想着：我是个白痴，枉来世一遭。明白吗？"

帅克改为向前看，说："请问中尉先生，您的问题要回答吗？"

"大胆！"杜布中尉叫道，"你敢这么和我说话？"

"报告，您以前说过：在您结束讲话前什么也不许回答。"

"你害怕了？"中尉很高兴，"早晚让你知道我的厉害！哼！记住这一点，闭上你的嘴，到后排去！别让我看见你！"

帅克走到后面同救护队一起舒服地坐车，直到休息地。这时，大家都闻到了牛肉的香味。"这头牛应该用醋泡上两个星期。牛已经没了，不如拿醋泡泡买牛的人。"帅克说。

一个传令兵骑马送来十一连的新命令：行军路线改为取道费尔什丁，而桑博尔已经有了部队，就不用去了。卢卡什上尉命令万尼克同帅克去费尔什丁找宿营地。

“帅克，路上小心别出事！”卢卡什上尉叮嘱道，“对老百姓要规矩些！”

“报告，我一定尽力而为。但早上我做了个噩梦，梦见住房里的洗脸池往外冒水，整整一夜，后来淹了天花板。上尉先生，这种事在生活中有过……”

“不许胡扯，帅克。跟万尼克好好看看地图。沿着小河可以找到村子，再往前有条小溪，向北则穿过田野，就不会迷路。明白吗？”

帅克和万尼克出去了。

刚过中午，天气闷热难耐。掩埋尸体的坟没填好土，发出阵阵臭味。以前有好几个营在进攻这个地区时被消灭了。河边树林里有燃火的痕迹。在大片平原和山坡上只剩下树墩子，一道道堑壕割裂了整个平原。

“这里和布拉格郊区不一样。”帅克说。

“我们那儿已经收割完了，”万尼克说，“收割是从克拉卢普克开始的。”

“打完仗这儿会有好收成，”帅克说，“兵士烂在这里可是很好的肥料，只是希望老乡别把士兵的骨头卖到糖厂当骨炭。”走着走着，帅克望望四周的景色，忽然说：“我觉得咱们走错路了。上尉说应该先上山后下山，再左转，然后向右，可咱们一直直行，我肯定前面两条路中有一条通往费尔什丁。我建议走左边。”万尼克却坚持往右走。

“沿这条路走更保险，沿着长草的小河走，你自己走大路吧！卢卡什上尉说清楚了我们这么走不会迷路，何必去爬山呢？在草原上走，采点花儿，给上尉先生一束，我想，咱们分头走吧！这儿离费尔什丁不远。”

“别傻了，帅克，”万尼克说，“按地图该向右走。”

“地图可能画错了。”帅克边说边朝小溪走去，“您不听我的，好吧，上士先生，咱们各走各的，比比谁先到。如果有危险，您放一枪我就知道您在哪儿了。”

黄昏时分，帅克来到一个池塘边，遇到一个俄国俘虏，他正在洗澡。他一见帅克，就爬出水面光着身子跑了。

帅克很好奇地看着柳树底下的一套俄军制服，想象自己穿上后的效果。穿上之后，帅克很想在水面上好好照一照，他在水塘边踱了好长时间，直到被搜捕逃犯的宪兵巡逻队发现了。

这些匈牙利士兵把帅克押到了赫鲁瓦转运站，也不管帅克是否愿意，就把他跟一批修筑铁路的俄国俘虏关在了一块儿。

第二天，帅克才突然意识到所发生的一切，他用一根烧焦的木头在房子的墙壁上写下了几行字：

九十一连队十一先遣连传令兵，布拉格人约瑟夫·帅克在执行排头兵任务时，不幸在费尔什丁附近误被奥军俘虏，故在此留宿。

第二十五章

帅克在俄国俘虏队

帅克被误认为是从费尔什丁附近的村子逃走的俄国俘虏，就是他身上的俄国制服和军大衣惹的祸。没人管他在墙上写了什么求救的话。

他想向发面包的军官解释清楚，却被看管俘虏的匈牙利士兵粗暴地轰了回去。帅克应该习惯外族人对待俘虏的这种态度。

“唉，他也是没办法，总要看住我们嘛！要不刚才他也够危险的，万一用枪托打我时子弹走了火，可不就为国捐躯了？”帅克归队后，向旁边的一个俘虏说着自我安慰的话，“在舒玛瓦采石场发生过这样一件事，采石场看守为了防止工人偷烈性炸药，下班时逐一检查，由于他用力拍打第一个被他抓住的工人的衣服，用力太大了，反而引爆了那些炸药，两个人搂在一起见了上帝。”

但帅克的话算白说了，那个俄国俘虏一句也没听明白，他是个鞑靼人，坐在地上，两条腿盘着，双手合十，不住地祈祷：“伟大的真主，伟大的真主，仁慈宽厚的主宰者……”

“噢，你是鞑靼人，我能听明白你说什么，你听不懂我的话吗？”帅克有些可怜他，“你难道不知道施腾堡的雅罗斯拉夫吗？是他把你们从摩拉维亚赶跑的，你们一败涂地，你在学校里没学过这些吗？那你清楚圣母马利亚吧？噢，肯定不清楚，她还在霍斯丁呢！反正给你们这些俘虏在那儿行洗礼没什么不同的。”

“那么，你也是鞑靼人吗？”帅克问他身边的另一个人。

那人直摇头：“不，我是货真价实的契尔克斯人，原来是个理发师。”他大概听懂了“鞑靼人”三个字。

这是一个由鞑靼人、格鲁吉亚人、沃舍梯人、契尔克斯人、莫尔多瓦人和加尔梅克人等多个民族组成的俘虏队伍，置身其中，帅克有些许庆幸。唯一不方便的是言语不通，况且还要所有的人一块去修建一条铁路。

在战俘转运站遇到了一个难题，众多俘虏中没有一个人能听明白那位负责登记的上士所说的“俄语”。上士用奇怪的斯洛伐克话提问，这是他作为维也纳公司代表在斯洛伐克公干的时候学会的，极为蹩脚。

无奈之下，上士只好用俄语对目瞪口呆的俘虏们大声求救：“谁会说德语？”——他前不久订购的德俄词典和会话手册还未收到。

帅克自信地站了出来，上士把他带回了办公室。然后两个人守着一堆登记俘虏个人情况的表格用滑稽的德语谈了起来。

上士问帅克是否是犹太人。帅克立刻摇头否认。

“不用骗我了，是俘虏会说德语，肯定是犹太人。你不是叫帅克吗？这正是犹太人的名字啦！”上士比帅克还自信，“别害怕，我们奥地利从不为难犹太人。你认了吧！你是不是住在华沙附近的普拉加？一周前，我见过你的两个老乡。”

“你是九十一连队的，你瞧，你的情况我们十分了解。”上士边说边翻登记簿。

帅克真的大吃一惊了，迷糊着接过上士吸剩下的半支香烟。

“这烟可是好东西。年轻人，我是这里的头儿，没有人不害怕的。我们的皇上可不像你们的沙皇一样是个浑蛋，他老人家是至高无上的首脑。好，现在你可以见识一下我们的军纪。汉斯·勒夫勒，出来！”

一个粗脖子的斯梯尔省籍士兵从旁边的门里跑出来，哭丧着脸。帅克看出他害了躯干肥大症。

上士命令道："汉斯·勒夫勒，把这支烟斗叼在嘴里，像狗一样围着桌子跑圈，我不喊停就一直跑，还要'汪汪'叫着。注意不能把烟斗掉出来，否则有你好看！"

可怜的汉斯开始执行命令，装成狗的样子叫着爬着。

"犹太人，如何？我没说大话，我们的军纪最严格了！"

上士得意扬扬地看着帅克和趴在地上的可怜虫，终于喊出了"Halt"。

"很好，现在我命令你像狗一样跟我热乎一下，不能放下烟斗。很好，接着叫啊！"房间里立刻充满"汪汪汪"的叫声。最后，汉斯得了四支"运动"牌香烟作为奖赏。帅克又开始了他的故事。

帅克说："某某团也有个对长官百依百顺的勤务兵。别人曾故意问他，如果长官命令他吃掉长官的粪便，他愿不愿意。那勤务兵竟痛快地回答，只要粪便没有头发就严格执行命令。"

这个笑话把上士给逗乐了，但他仍然觉得自己的军纪是最严格的。"帅克，以后那些俘虏归你管了。晚饭之前把所有人的名字记下来交给我。今后他们的粮食你代领，按照十个人一份分发。不过他们可一个都不能溜掉，否则小心你的脑袋！"

"我有话要说，上士先生。"帅克说。

上士回答他："我最讨厌别人跟我说话，带着纸笔，编个名册，马上离开这儿。记住对待俘虏越好会越不讨好的……少废话，小心我送你进兵营。噢，你还有什么需要？"

"报告，上士先生……"

上士不耐烦了，赶帅克快走。帅克行完军礼退了回去，心中还安慰自己：为了皇上多些忍耐力不会错的。

虽然帅克博闻强志，却怎么也理不清那些鞑靼人、格鲁吉亚人、莫尔多瓦人的杂七杂八的怪名字，编个名册可真不容易。“穆哈拉哈莱依·阿布德拉赫马诺夫、贝穆拉特·阿拉哈利、捷列捷·切尔德捷、达夫拉德巴莱依·鲁尔达加拉耶夫，我的天，这些鞑靼人的怪名字可比我们的难记多了。”帅克不禁抱怨道。

那些衣着讲究的俘虏列着队依次报上名字：津德拉莱依·汉涅马依、巴巴莫依·米米扎哈利……帅克从他们身边走过，逐个提醒他们说清楚点儿：“你看，我们的名字多好念，比方说博胡斯拉夫、会杰潘内克、雅洛斯拉夫·马托谢克，或是鲁日娜·斯沃博多娃什么的。”

当帅克把这些怪名字记下来后已累出一头汗。帅克想趁机澄清他被抓的误会。但如今上士的头脑正处于完全混乱的失控状态，上士正在按照《拉德茨进行曲》的调子唱德文报上的广告词：“愿用一架留声机去换一辆小童车！”“白的，绿的，碎玻璃都要”，等等，有些根本词不着调，上士还捶胸顿足地打着拍子尽力配合着。他的八字胡被波兰白酒粘住了，活像嘴边翘了两把干刷子。

上士眼巴巴地盯着帅克，不再拳打脚踢了，改为嘣嘣地敲椅子。他唱着一首莫名其妙的德国情歌，配着一段难听的广告词。帅克一直等到上士嗓子哑了，唱不动了，才有机会说出自己遭遇坎坷的来龙去脉。

帅克始终认为选择的那条沿着小河去费尔什丁的路没有错，只不过在他的必经之路上不幸碰见了一个偷着下河洗澡的俄国俘虏兵。帅克没有错，他必须抄近道去找营地。俄国人给吓跑了，连丢在树丛里的衣服都没拿。侦察时，利用阵亡敌军的制服是被允许的，帅克就穿上了这套以后惹来大麻烦的制服。

最后帅克发现自己又白讲了，上士早已睡熟了，连帅克走上前去差点把他碰倒在地都没惊醒他。帅克只好行礼退出。

次日凌晨，由于计划突变，军事建筑指挥部要把帅克和他的俘虏队送到普舍米斯尔，让他们修复通向鲁巴楚乌的铁路。在匈牙利押送兵的驱赶下，他们日夜兼程。并在一个村子休息时与辎重队不期而遇。

帅克出列，对着队伍前面的军官大喊：“报告长官……”他想说下去，却被两个匈牙利士兵推搡了回去。军官跟班长说，俄国的德国移民也要战斗。说完扔下一个烟头，边上的一个俘虏立即捡起来据为己有。

黄昏时分，俘虏们到达普舍米斯尔。帅克终于有了一个证明自己是九十一连队十一先遣连的传令兵的机会。

所有人被赶到一座破烂不堪的旧城堡里，每人分到一点儿颜色暗淡的饮料外加一块玉米渣面包。他们被沃尔夫少校接管了，少校是个雷厉风行的人，身边围着一大群翻译做参谋。他们按照俘虏的能力和教育程度进行分工。

但少校始终认为俘虏们在装疯卖傻，因为他利用翻译问过几次：“他们会修铁路吗？”结果只得到一种回答：“我是本分人，什么都不会干啊！”

当沃尔夫少校首次用德语询问面前的这队人有谁会说德语时，帅克又自信地迈出了队列，立正行礼。

少校十分高兴，以为帅克是位工程师。他的猜测立刻被帅克否定了：“不，先生，我是九十一连队十一先遣连的传令兵，被误抓来的。实际上……”

“你说什么？”

“实际上……”

“你是捷克人，只不过换了身俄国制服？”

“完全正确，少校先生，你太聪明了。我不能在这儿待下去，我的战友正在前线呢！先生，请允许我把事情说清楚——”帅克有了希望。

“闭嘴！”沃尔夫少校打断他，命令两名士兵把帅克带到禁闭室，自己却和另一名军官在帅克身后边走边议论，还时不时说起捷克叛徒。最近几个月，军官们数次接到上司密令，通报捷克军人越境叛逃的恶性事件。有的密令甚至声称叛逃者们投向了俄军，背信弃义，成为敌军的间谍。

奥地利内务部正在全力侦察逃往俄国的叛徒的一个战斗组织。其实到了八月份，东部前线上，有关前奥地利教授马萨利克叛逃的密令才发到营长们手中。此前，内务部对国外的革命组织也是一知半解的。

对于叛逃者的危害，此时的沃尔夫少校也不甚了解，原本他只是从密令中得知有人叛逃一事，今天却被他轻而易举地抓到一个。他相信自己的才智，提出“谁会说德国话”这一问题是精心设计的陷阱，一开始他就觉得帅克可疑。

那位同行的军官建议告知驻防司令部，再把帅克押上上一级的军事法庭。他十分赞同少校对帅克的处置，不能便宜了叛徒，要按照法律规定把他押上绞刑架。当然是在审讯之后，因为说不定从帅克口中会有新发现。

但沃尔夫少校突然改变了主意，心头被一种残酷的恶的念头控制了，他要亲自审讯并处决这个潜逃犯。天高皇帝远，在前线抓住了间谍，不用经过严格的法律程序就可以审讯行刑，况且沃尔夫少校有着牢靠的后台，更可肆意行事了。

可是还有一点少校不太明白，为什么所有军官都有执行绞刑的权力。离东加里西亚前线越近，有生杀大权的军官职位越低，甚至一个巡逻队的班长都可以随便处死一个自己认为可疑的人。

“要通过军事法庭的审判才能处死他，你不可以！”大尉激动地强调。

“我可以的！”少校生气地嚷。

大尉和少校之间起了尖锐的冲突。

帅克倒是平心静气地听别人吵架，还与押送他的人打趣说：“这又有什么区别呢？有一次我为了何时把总在舞会上耍赖的瓦夏克赶出酒店和另一人吵了起来，是等他一进门就往外赶，还是等他付完钱又喝光酒时，或是等第一轮舞结束后。酒店老板建议等他的钱用光了，账也付了以后再下逐客令。结果怎样？那个无赖根本没来。您说这算什么事？”

“我们不懂捷克话！”两个士兵异口同声地用德语说。

“那你们懂德国话吗？”帅克反问道。

“懂！”

“很好。”帅克很满意。

三个人融洽地聊着天来到禁闭室，帅克和顺地坐在长椅上，听沃尔夫少校与大尉对怎么处置他的争论。最后，大尉说服了少校，少校认同了正式的法庭审讯一说。

要是他们询问帅克的意见的话，他肯定会说：“虽然您，少校先生的官衔大，但道理在大尉先生那边，噢，真遗憾。有个疯法官在布拉格的某个区级法院里，直到有一次他处理一起侮辱人的人格尊严的案件时，人们才发现他疯了。事件是这样的，副牧师霍尔基克在上宗教课时打了兹纳麦纳切克先生儿子的耳光，只要他碰见兹纳麦纳切克，准会挨骂，什么阉牛、妖怪、笨蛋、猪猡、流氓、骗子……骂得极难听。我们的疯法官是个忠诚的信徒，他听到这一通大骂，头一发昏，判了被告死刑，还大喊大叫：‘我以皇帝的名义判你死刑。本判决不能上诉。霍尔基克先生——’他命令看守：‘送那位先生去刑场吊死。’吓得看守和兹纳麦纳切克先生大眼瞪小眼，撒腿就往外跑。唉，可怜的法官在被塞进救护车时还直喊：‘找不到绞索，行刑时用床单也可以。’”

在驻防司令部，帅克在沃尔夫少校胡编的供词上签了字。供词的内容是帝国士兵帅克意识清醒时自行穿上俄国军服，在俄军撤离后被我方野战宪兵队在前线抓获，这确是事实，帅克没有否认，但想再加上几句能证明他当时的处境的话作为补充。结果惹恼了沃尔夫少校，帅克马上打住。然后帅克被关在一个大黑牢里。

牢房地上到处是抢米吃的耗子，这里原本是座米仓的。帅克找了块草垫准备睡觉，却发现原本和他相安无事的一大窝耗子正准备把窝挪到他的草垫上。“我要再躺在上面不就把它们都压死了，军粮库里的耗子也算是国家财产呀！”帅克琢磨。于是他去敲大门，请求过来的波兰班长给他另找一个地方。在波兰人那儿帅克碰了个大钉子，波兰人用拳头威胁他，嘴里还嚷着“臭狗屎”“霍乱病”之类的骂人话，然后离开了。

整整一夜，耗子们都在进行着自己的夜生活，在隔壁仓库啃那些一年后才会被军需处想起来的军大衣、军帽什么的。到时候上士们才把列入军队序列里的军猫放出来。在马利亚·德莱齐战争中，军猫们出动过一次，为了赶走盗窃国服的耗子们。通常猫们是懒懒的，不执行命令的。利奥波尔皇帝在位时，军事法庭就吊死过六只被派到波雷舍尔采军需库的军猫，太可笑了。

帅克一夜无事。早晨送咖啡时，一个戴俄式帽子、穿俄国大衣、说带波兰语重音的捷克话的人被送了进来，这个人是为普舍米斯尔军团反间谍处做事的，是个饭桶，这个密探没有任何开场白，便单刀直入地对帅克说：“朋友，你为俄国哪个团效力，我好像在俄国见过你。我原来在二十八连队做事，然后投靠了俄国人，表示愿去侦察队……噢，我为第六基辅师效力。在基辅我认识太多捷克人了，我们一起上前线，一起投靠俄军，可现在我记不清他们了。朋友，你能帮我回忆一下吗？二十八连队还有谁留在那里啊？”

帅克不吱声，小心翼翼地摸了摸那小子的额头和脉搏，还把他领到小窗户前检查舌头，那人莫名其妙地听从帅克摆布，还以为这是间谍的接头方式。

帅克又敲大门，用捷克语和德语对看守说这里有个人疯疯癫癫的，快把医生请来。谁也不搭理帅克，他只好忍受那人无休止地唠叨着基辅的事情和他们的似曾相识。

“先生，您准是和那个年轻的迪涅茨基一样喝了许多泥浆。”帅克同情地说，“迪涅茨基挺聪明的，可他从意大利回来后就总是唠叨意大利的污泥浆，还说他因为喝了那些泥浆而染上了疟疾。在一年四个圣徒节日里，就是圣约瑟夫节、彼得节、保罗节和圣母升天节里发作，一犯病就随便跟人搭话，说认识人家，他还老胡说自己坐在米兰的火车上，或是在别的城市的市政府的酒窖中跟人喝葡萄酒。一次在饭店里发病，说里面的顾客是他在开往威尼斯的轮船上认识的。唉，这种病只有卡特辛基里新来的一位男护士有办法医治，护士曾照看过一个从早到晚数着‘一、二、三、四、五、六’的病人，是个教授，他试图教他数‘七、八、九、十’，却白费力气。护士气急败坏地在病人念到‘六’时冲上去用力敲了人家后脑勺一下，喊着:‘这就是七、八、九、十！’数一下，敲一下。结果把病人敲醒了。教授记起他计算出明年七月十八号早晨六点钟会出现一颗彗星，可有人证实这颗彗星早在几百万年前就消失了，于是教授进了疯人院。教授出院后，护士成了他的仆人，负责每天早晨敲四下教授的后脑勺。”

“您在基辅的所有朋友我都认得，您不是常跟一个胖子、一个瘦子在一起吗？他们叫什么来着——”那个唠叨鬼——反间谍处的密探仍不死心。

“没有人能记清这个世界上所有胖子和瘦子的名字，他们太多了，你不用担心。”帅克安慰他。

“噢，你不信任我吗？我们可是同病相怜啊！”那人竟哭了起来。

“不，这是我们的责任和命运。从出生起我们就注定穿上军装成为大兵，准备好牺牲，为皇帝牺牲是值得的。我们已拿下了黑塞哥维那，齐麦尔中尉先生早就说过我们死后，骨头可用来炼制糖厂所用的骨炭，用来过滤糖，给孩子们冲甜咖啡喝。”

那人敲了敲门，和守卫耳语了几句，守卫就去办公室报告了。不一会儿一个军士带走了那个人，帅克又孤单一人了，几乎一整天，帅克都一个人待着。半夜时，他觉得俄国军大衣确实暖和，连爬到他耳边的耗子也好像对他喁喁着温柔的耳语。

至今帅克都弄不明白那个昏暗的早晨在军事法庭上对他进行的审讯到底是怎么回事。法庭上，将军、上校、少校、上尉、中尉、书记和一个专门给抽烟人擦火柴的步兵端坐着，他们并没有提过很多问题。只是少校对帅克注意得多一些，并用捷克话训斥帅克：“你竟然当叛徒！”

“我没有，向上帝保证。我们的君主神威英明，我怎么会背叛他？”帅克争辩道。

“别再顽抗。”少校说。

“我没有耍赖顽抗，尊敬的少校先生，我宣过誓，至死效忠皇上，我没有食言。”

“这是你叛变的证据！”少校指着一大摞材料说。这些材料主要是由那个“疯密探”提供的。

“还不认罪吗？”少校问。

“你也承认了自己穿上俄国军服是自愿的，而你是奥国军人。”

“是的，我是自愿的。”

“没有人强迫？”

“没有。”

“你知道自己失踪了吗？”

“知道，我的战友们肯定在到处找我。少校先生，我想把人们自愿穿上外国军装的原因讲清楚，一九〇八年七月的一天，布拉格街上的装订匠博鲁捷赫到河里洗澡，把衣服挂在柳树林里，正巧又碰到一个人，两个人玩耍，聊天，十分尽兴。那人提前走了。直到天黑该回家了，博鲁捷赫先生却找不到衣服了，只发现一套破衣烂衫和一张字条，字条上写着——

我在水里想了很长时间该不该拿走你的衣服，最后我想到了数花瓣儿的办法来决定是否，最后一瓣是‘是’，你放心穿我的衣服吧！一个星期之前它已在多布希什县的县监狱里灭过虱子。提醒你不妨下水清醒一下，今后希望你提防着每一个和你一起洗澡的人。

“博鲁捷赫先生无奈地穿着那身破衣裳回家，不幸让专逮流浪汉的宪兵巡逻队逮住了，第二天早晨他被送上了兹布拉斯拉夫县法院，还好，大家都知道他是布拉格莱恩大道十六号的装订匠约瑟夫·博鲁捷赫。”

听不太懂捷克语的书记官以为“布拉格莱恩大道十六号的约瑟夫·博鲁捷赫”是帅克的同伙，插问了一句：“接头地址也在那里吗？”

“噢，对，他在一九〇八年是住在那儿的，他每次先把要装订的书读一遍，再按照不同内容来订，非常漂亮，但花费时间太长。遇上结局悲惨的小说，他总要加个黑边。嗯，他经常去‘乌弗莱库’酒店，向别人讲书里的故事。还有什么需要我说的吗？”帅克说。

少校与书记官耳语了几句，书记官从记录中划去了博鲁捷赫的地址。芬克·冯·芬克尔施泰因将军继续主持这种突击审讯的怪方法，这位将军喜欢搞突击审讯，喜欢自己找人组织“私人军事法庭”，而且轻易就判了罪犯死刑，如今在前线，他组织突击审讯更容易了。

这位将军鼎鼎大名，像其他人每天非下一盘棋，打盘台球或玩把扑克一样，他每天非得搞一次战地突审。他亲自主持参加，对判人死刑这桩事他乐在其中，大批人丧命于将军手下。到了东方之后，他严厉打击了在加里西亚进行反奥宣传的乌克兰人，心安理得地处死了男女教师、教会神父甚至处决一户人家，从未受过良心的谴责，有时还津津有味地回顾自己的“壮举”。他已把突审、绞刑看得习以为常，在法庭上唯他独尊。

芬克将军现在是普舍米斯尔要塞的司令，碰到帅克之前他已经好长时间没搞过突审了，他自然会感到欢欣鼓舞。将军坐在桌子旁接连抽烟，翻译不停译出帅克的供词。将军不时点头表示同意。

帅克既然说自己是九十一连队十一先遣连的，少校建议打电话确定一下。将军以有碍于突审程序为由给否定了。帅克已承认自愿穿上俄国军装，而且在基辅待过，将军由此确定要开庭判决。

少校坚持弄清帅克的身份，以便找到帅克与过去战友的交往情况。他觉得必须弄清一切才能给人判刑。侦察的意义远远大于判决的结果。通过侦察说不定会有新发现。后来将军也被少校的情绪感染了，决定对帅克的真实情况进行调查。

休庭时帅克被看押在过道里，然后又上庭走了个过场，最后被关进了驻防军监狱。突审的失败使芬克将军陷入沉思，他想尽快得到结果，但事情并不那么顺利。

“早晚我要把他处死，我们可以在判决之前，在得到旅部的资料前派神父来给他举行刑前仪式，以免再延长行刑时间。”将军决心坚定。

于是战地神父马蒂尼茨被叫了过来。马蒂尼茨在摩拉维亚担任副职神父。以前他受过一个极其堕落的正职神父的管制，那个神父酗酒、好色，这一切使马蒂尼茨悲伤失望，于是他参了军。

马蒂尼茨神父希望通过给战场上的伤员和临终者举行祝祷仪式，来为曾管过他的正神父赎罪，希望却落空了。他在军队里无所事事，每隔两周为驻防军大兵做弥撒成了他的工作。要不就对军官俱乐部发出的诱惑进行抵制，因为，那些军官的言行比那位正神父还要堕落千万倍。

芬克将军对举行战地祝捷弥撒也情有独钟，因此每次前线有大规模战事，他都把马蒂尼茨神父召来。芬克本质上是个大骗子、狂热的奥地利爱国主义者，从未为德军或土耳其军队的胜利做过祈祷。可奥地利侦察队的一次微不足道的胜利也会被将军吹得天花乱坠，并为此举行盛大的祝祷仪式。日子久了，马蒂尼茨神父也就认为芬克将军也是普舍米斯尔天主教教会的真正领袖。芬克将军总是亲自决定弥撒的程序，在献完圣礼之后，还骑着马在祭坛前面喊三声“乌拉”。

神父是个正直虔诚的人，对上帝真心信奉。他讨厌芬克将军，也讨厌自己好像已陷入芬克将军的泥潭了。

马蒂尼茨神父发现自己越来越喜欢芬克将军的烈性酒，对将军的污言秽语也习惯了。神父觉得自己堕落了，甚至忘记了上帝。将军也爱上了马蒂尼茨神父，两个越走越近。

有一回，将军从医院找到两名女护士，其实她们根本不是护士，只是挂名而已，以领薪水来增加卖身的收入。战争时期这是可以理解的。随后，将军又叫来神父马蒂尼茨，神父觉得已经恶魔缠身，才半个小时就和两个女人上了床，狂热得连沙发床上的枕头都沾满了热吻后的痕迹。这种行为使神父深感内疚，但他又无法赎罪。

在去了芬克将军那里以后，他几乎想远离俗世，然而他那患了酒痨病的肠胃却阻止了他。他相信谎言可以消除痛苦。但同时他又知道军令如山，当将军对神父说“朋友大胆喝吧”的时候，仅出于对上司的敬重这一目的，也必须喝下去。

确实，他难以做到。尤其是在隆重的祈祷式以后，将军又要举办隆重的宴会，事后会计部门把宴会开销混成为公务费一起报销时，神父不以为然。每次经历这种场合，神父就觉得内心充满了罪恶。

他沮丧地走着，但失魂落魄之中他没有泯灭宗教的良知，他甚至在思考这样一个问题：每天去这样折腾是不是一种罪过？

怀着这种心情他又去见将军。将军精神抖擞地走过来。

“你已经听说过我进行的审讯了吧？我们要绞死你的一个老乡。”将军兴奋地说。

这句话使神父十分痛苦，他几次反对别人把他看作捷克人。

“对不起，我忘记了，他不是你的同胞，他是个捷克逃兵、叛徒，因为他帮助俄军，必须处以绞刑。不过，按程序规定必须先核实他的情况。这不要紧，等回电一来就处死他。”

神父坐在沙发上，将军兴奋地说：“既然是突击审讯，就必须讲究审判的突击性，突击性是我的准则。战争初期我曾经三分钟就定了一个人死刑。不过他是个犹太人，还有个俄国人五分钟就定了死刑。”

将军善意地笑笑：“恰好这两个人不需要祈祷式。犹太人是法学博士，俄国人则是神父。但这次的犯人是天主教徒，为了节省时间，我们提前给他做刑前祈祷，我说过是为了节省时间。”

按了铃以后，勤务兵进来。将军说：“弄两瓶昨天搞到的酒。”

一会儿，酒上来了。他给神父斟了一杯葡萄酒，殷勤地对神父说：“行刑前您先提提神吧！”

在铁窗后，帅克坐在草席上，唱起歌来：

我们是军人，活得真风光

姑娘们爱我们。

我们有军饷，

走到哪儿也不发愁……

一！二！唉，唉……

第二十六章

刑前祝祷

战地神父马蒂尼茨神采飞扬地来到帅克身边，为他举行刑前祝祷。刚才的酒劲儿上来了，神父觉得浑身轻飘飘的，好像离上帝越来越近了。到了关押帅克的屋子，神父高兴地自我介绍：“我亲爱的孩子，我是战地神父马蒂尼茨。”以“亲爱的孩子”称呼帅克，神父思考了再三，认为可以使人产生亲近感。

帅克也很热情地拉着神父的手介绍自己：“我是九十一连队十一先遣连的传令兵帅克。您请坐，见到您很高兴，可是您这么一位有军衔的体面人怎么被关到这里来了？您应该去驻防军官监狱呀！您请坐，不过，有时就是糊里糊涂的。有一次我被关在布杰约维采的监狱里。一个没军衔的士官生也进来了。那个人有点儿像战地神父，平时趾高气扬，真出了事儿，还不和我们当兵的一样。神父先生，他们简直是些寄生虫，军官和士兵都不喜欢。连吃饭都没人跟他们合堆。我们那儿有过五个这样的人，起初在士兵小卖部吃些碎奶酪，后来被上尉严厉禁止，说这和他们的尊严不配。但军官食堂也不欢迎他们，终于有人受不了了，跳了马尔夏河，还有一个思想开小差，说到摩洛哥当军政部长去了。跳河的那个人被救上来，他本来就很会游泳。到了医院，在关于盖什么等级的毯子的问题上又有了矛盾，只好用条湿被单裹着。回营后，他和我一起关了三四天，为能领到份饭而高兴万分。后来再见他时，他的问题解决了，可以和军官同坐禁闭室，伙食归军官食堂管，只不过要等其他军官酒足饭饱之后。和普通士兵睡在一起，咖啡、烟草由食堂负责。”

马蒂尼茨突然反应过来，用几句没头没脑的话打断了帅克：“噢，我亲爱的孩子，世界上的很多事情都要看得开，应该相信上帝。我的孩子，我是来为你行刑前祝祷的。”

神父猛地收住话匣子，原先准备好的那些具抚慰性的话派不上用场了。他要考虑一下接着要说什么，帅克问他是否有香烟。神父以前的好习惯在与芬克将军的交往中几乎丧失殆尽，但不吸烟却保持了下来。他也曾试着吸过，但没有成功。

“我亲爱的孩子，我从不吸烟。”他答复帅克，心中有种特殊的尊严感。

帅克倒觉得奇怪了，说道：“竟然有不喜欢烟和酒的神父，我记忆中很多神父都嗜烟如命，唯一一位不吸烟的却十分喜欢咀嚼烟草，结果他布道时把烟草末吐得到处都是。”

……

事到如今，神父觉得帅克并不是个好对付的人。本来他是想对帅克说：“只要在末日审判那天，当所有军队里的犯人带着套在脖子上的绳索走出坟墓时，他们忏悔了，他们就会像《新约》中的‘有理智的强盗’一样得到上帝的宽恕。”但神父的计划受到了阻碍，刑前祝祷并不顺利。

神父是有备而来的，他精心准备了一篇热忱洋溢的祝祷词，想分三部分讲述。

他要先告诉帅克，死刑并不可怕，对一个与上帝亲近的人来说，军事法庭专门惩治皇上的叛徒，叛徒们干的都是些类似弑父犯上的勾当，是被严厉制止的。

神父还想把皇上神化一下，把他当成上帝恩赐下凡管理人间事务的，背叛皇上就等于对上帝不忠。所以，对皇上的叛徒必须严惩，施以绞刑，让他背上永世的骂名。绞刑和永世的苦难都是对付这种人的绝好办法。但犯人是可以通过忏悔来赎罪的。

神父的构想是完满的，只要能感动帅克，那么上帝就会饶恕他和芬克将军交往时的堕落行为。

他想象着开始就对帅克喊道："忏悔吧！孩子，让我们双膝着地！孩子，重复我的话吧！"接着，真诚的祝祷词会引起帅克的共鸣。

"上帝啊！您是宽恕和仁爱的无上代表，现在我替一名士兵的罪恶灵魂向您衷心祈祷，他将按照您的意思，被普舍米斯尔地方的突击军事审讯团送离人间。请原谅这个可怜的人吧！让他免受地狱之苦！"

"神父先生，您是第一次进这种地方吧？"帅克推测道，"您已经有五分钟没说一句话了。"

"我是来为你做刑前祝祷的。"神父一脸严肃。

"您抬举我了，神父先生。虽然我觉得这个刑前祝祷挺有趣的，但我确实没有那么大的本事，能在这种环境下为您做任何祝祷。不过我还真试过一次，但失败了。您安心坐着，听我说说话。我住在奥巴托维茨卡街时有一个很好的朋友，是旅馆门房，但为人正派又勤俭。噢，他叫伏斯丁。神父先生，不管什么时候您去找他，问他要一位小姐，他都会立刻热情地询问您要金发的还是褐发的，喜欢高个儿还是矮个儿，胖的还是瘦的。想要德国人，捷克人，犹太人……是否有婚姻和文化程度的要求。"

帅克搂住神父的腰，亲密地靠着他，接着说："举个例子，您想要一个金发的、高个子、没文化的寡妇，不出一刻钟，保准有让您百分百满意的小姐来到您的床上。"

帅克温柔地搂着战地神父，像母亲搂着孩子，神父的身体开始一阵阵发热。

“神父先生，伏斯丁先生的热情诚实定会让您受宠若惊的。他从来不收小费的，要是哪个小姐塞给他一点儿钱，准会惹得他火冒三丈，破口大骂：‘你这头老母猪！你卖身犯下了大罪，以为几个臭钱能帮我，我可不是皮条客，妈的，臭女人！我这么做只是出于同情，你堕落得无可救药，就别当众出丑。巡逻队会关你三五天的。现在你多少能暖和一点，别人也看不见你的样子。’他不愿收钱，就在顾客身上想办法。他开了张价格单：蓝眼睛的六克里泽，黑眼睛值十五克里泽。写在上面的价钱，人人都出得起。没有文化的女人加六克里泽，因为他以为下流货色更有风趣。有一天晚上，伏斯丁来找我，心情很差，好像被人偷了手表刚被人一脚踢开一样。他头发散乱，开始一句话也不说，只是喝酒，突然，他把酒递给我：‘喝吧！’我们没有说话，直到喝完酒，他突然说：‘朋友，帮我个忙吧！请打开楼上临街的窗子。我爬到窗台上，你把我推下去，我想去死！这世上没什么值得我留恋的，只有最后一点安慰，一个能解决我生命的朋友，我不想活了。我是个正直的人，可有人却诬告我是犹太区的皮条客。我们的旅馆是一级的，三个女侍者和我老婆都有身份证，也不欠大夫一个子儿的出诊费用。如果你对我还有好感，就把我推下去，给我一个祈祷，安慰我吧！’您别害怕，我的神父。”

帅克站在床上，一把把神父也拽了上来。

“神父先生，我就是这么抓住他推下去的。您看！”帅克把神父向上一提，然后又一把将他推到地板上。吓得神父脸色大变。

“神父先生，您不是挺好的吗？他也是什么事儿都没有。只不过那窗口至少比床高三倍。但伏斯丁先生已醉得意识模糊了，还以为我家在三楼上呢！而那时我住在一栋临街的平房里。”

战地神父认为站在床板上，舞着双手不停讲话的帅克简直是个疯子，下决心以后再和帅克斗一斗。他一边不经意地向门口移动，一边口齿不清地说：“噢，我亲爱的孩子，可能还没我这里三倍高呢！”刚挪到门口，神父就疯狂地敲起门来。

神父被卫兵接走了，帅克透过铁窗看到他们飞速穿过院子，打着手势说话。

“他大概被送到精神病医院去了。”帅克心想。他从床上跳下来，踱着步子唱起军歌来。

受惊过度的战地神父跌跌撞撞地来到芬克将军那儿。将军那里热闹得很，身边有两位美丽的太太和甜美的葡萄酒相伴。参加早上突击审讯的军官们也在这里。

神父的样子极其狼狈，他尽力使自己平静下来，以保持住自己的尊严和面子，芬克将军把他拉到自己身边坐下，瓮声瓮气地问神父事情进展得如何。

神父接过一位太太扔过来的香烟，又大口大口地喝下了劳克将军亲自灌给他喝的一大杯酒。

当将军问到帅克的情况时，神父悲伤无奈地回答：“他发疯了。”

“太妙了，太妙了！”在场的所有人都随着将军哈哈大笑。

神父的突然到来，惊醒了在沙发椅上打瞌睡的少校，少校实在喝得太多了，但他是拿着两杯满满的甜酒来向神父表示友谊。

这种引诱使神父堕入了罪恶的深渊。罪恶以各种方式从四面八方拥抱着他，诱惑着他，美酒、美女在神父脑子里飞速旋转。他不知不觉间酩酊大醉。

神父被两个勤务兵抬到了隔壁房间的沙发上。他还不忘对两个大兵说：“当你们不带任何偏见，以纯正无邪的思想去怀念众多成为信念的牺牲品和殉道者中的名人时，悲壮而崇高的一幕就会展现在你们面前。你们可以从我身上看出，当一个人内心存在战胜最可怕的折磨，争取胜利的真理与美德时，他是如何超越自身痛苦的！”

说完他转过身去，陷入沉沉梦乡。

神父梦见自己白天是战地神父，晚上却又成了那个可怜的皮条客伏斯丁，客人们不满他的服务，纷纷向将军告他的状。

早上一醒觉，神父发现自己的衣服全都湿透了，胃里直犯恶心。而与原先那个在摩拉维亚管过他的正神父相比，自己更是个十恶不赦的魔鬼。

第二十七章

帅克重回先遣连

昨天上午宣判帅克的法官，就是当天晚上和将军一起祝贺与神父友谊后来打瞌睡的少校。

别人不知道少校何时离开芬克将军的。

大家都醉了，没发觉他已经走了：将军已经认不清客人。少校走后两个钟头了，将军还以为自己在和他说话。

早晨，他们发现少校的大衣和马刀还在，只是帽子没了，以为他可能在厕所里睡了。可是找遍所有的厕所也没有他的踪迹。倒是在三楼找到一位睡着的上尉，他也是客人。他是跪在马桶边呕吐时睡着的。

少校突然不知去向，但是如果走进帅克的牢房就会发现：一件军大衣下躺着两个人，露出双皮鞋。

有马刺的一双是少校的，没有马刺的是帅克的。

帅克的手抱着少校的头，少校搂着帅克的腰，像两条亲昵的野狗。这没有什么值得惊讶的，只是少校意识到了自己的职责究竟是什么。

谁都有可能会遇到这种情况，比如说您和某人喝了一夜酒，第二天早上酒友突然惊呼：“天啊，八点还得上班！”这就是所谓的“职业本能冲动症”。这是人们受到良心谴责时产生的感觉，这时的人们心中有种坚定而圣洁的信念：我要立刻去上班，来弥补自己造成的损失。

那天夜里少校就产生了“职业本能冲动症”。他猛地醒来，突然意识到自己必须马上提审帅克。想到便去做，少校悄无声息地离开了，像一颗炸弹似的径直飞向军事监狱守卫室。

看到睡态各异的值班军曹和大兵们，军容不整的少校大发雷霆。被惊醒的人们又惊又怕，活像一群害怕的猴子。

“太不像话了！”少校把桌子捶得砰砰响，指向军曹的鼻子开骂了，“你这个玩忽职守的愚驴，为什么总是不听我的话？”

接着他的火气又转向了看守兵：“每天都是一副睡不醒的蠢样子。一点出息都没有！你们是怎么当兵的？”

在对看守兵进行了一大通语意混乱而散漫冗长的训话后，少校借着酒劲儿发威，咆哮着让看守打开关押帅克的房门，他要进行突审。

军曹忠于职守，严肃拒绝了少校的要求，却因此获得了少校的好感。

“你们这群歹徒，再不交出钥匙，小心我让你们好看。”少校冲着院子嚷嚷。

“对不起，少校先生，为了您的安全，我必须把您关起来，并且再给犯人派班岗，不管你到时候怎么砸门。”军曹也强硬起来了。

少校用人间最肮脏的词汇詈骂着抗命的军曹，并逼迫他们把自己同帅克关在一起。

牢房里十分昏暗，还好在门上窥视孔里装有栅栏的路灯架上有盏点着灯芯的煤油灯，少校借着微弱的灯光正好能看见在床边立正站好的帅克。

帅克大声吼道：“报告，少校先生，犯人一名，平安无事。”

突然间少校竟不记得为何而来了，只好让帅克先稍息，然后问道：“哪里有犯人？”

帅克很得意地回答：“报告，少校先生，我就是犯人。”

但是少校的酒劲儿还没有过去，根本就没把帅克的回答装进脑子里，少校不住地打呵欠，这使他想唱歌了。他舒服地躺在帅克的草垫子上，用压抑的声调哼哼着一首赞美圣诞树的小调。

少校活像一只快要断气的小猪，反复哼唱着，时不时夹杂几声莫名其妙的哨音。最后少校仰面朝天地躺下了，小狗熊般地将身子蜷缩起来，开始酣睡。

“报告，少校先生，垫子上有好多虱子的。”帅克关心地提醒他，但少校睡得太死太沉了。

“嗯，这醉鬼！要睡就一起睡吧。”帅克轻轻地把军大衣给少校盖在身上，自己也钻到下面去睡了。

到了第二天上午九点，帅克发现许多人为少校的失踪左右奔走，他拼命地摇晃少校，还掀掉了军大衣，费了好大的劲儿才把少校叫醒。少校看着帅克，脑子有些发昏，不明白眼下发生了什么事。

“守卫室的人来过好几次了，少校先生，他们询问您现在还有气没有。我只好叫醒您了。”

“你不会是个白痴吧？”少校带着沮丧的口气问。从昨天夜里开始，少校的意识便模糊不清了，他不明白自己怎么会在这个地方，对面的这个小子为什么老说些莫名其妙的话。真奇怪自己为什么会在这里。

“我夜里到这里来过吗？”少校问帅克。

“报告，少校先生，你是来对我进行突审的，要是我没理解错的话。”

少校经帅克一点拨，意识开始清醒。他看看自己，又看了看身后，像是寻找什么。

“别紧张，少校先生！昨天您进来时除了戴着顶帽子之外，并没有穿军大衣，也没带马刀。您的帽子可真漂亮，像个高筒礼帽。要不是我把它从您手里拿过来，它非得变成您的枕头不可。只有不爱惜东西的蠢货才把礼帽枕在头底下呢！”

少校差不多回过神来了："你是不是脑子有问题？我必须得走了……"他先是呆呆地看着帅克，然后起身去用力敲门。

门卫没来时，他还对帅克说："你，你肯定会被吊死的，要是电报来不了的话！"

"谢谢您的关心，少校先生。"帅克说，"昨天您有没有在这个草垫子上发现什么？就是那种小家伙：公的长着通红的背，母的长着又长又灰的带红条的肚皮，它们正巧是一对。您有没有都找到？唉，它们在垫子上繁殖得比兔子都快。"

终于有人来开门了，少校无精打采地用德语骂了一句："别胡扯了。"

守卫室里，少校失去了昨夜的威风，他客客气气地让士兵们为他叫一辆马车。

"帅克简直是天下第一号大傻瓜，但一定是个无辜的杂种。"

在通向普舍米斯尔的颠颠的路上，四轮马车咯吱咯吱地走着，少校在车里浮想联翩。他对此事真的无能为力了。他思考了两个方案：一是马上回家，开枪自杀；另一个是让勤务兵从将军那里取回他的大衣和军刀，然后去城里洗个澡，洗完后到"沃尔格伦"酒店美餐一顿，稳定一下情绪。最后打个订票电话给市剧院说他要去看戏。思前想后，他决定不自杀了，去看戏。

刚回到家，少校发现自己回得正是时候。

在走廊里，芬克将军抓住少校的勤务兵的衣服，凶神恶煞一般大喊大叫："怎么不早说呀？你这头笨猪，快说，你们少校去到哪儿去了？"

将军的大手正抵在那可怜的笨猪的脖子上，憋得他满脸通红，一句话也说不出来，但胳膊还死死夹着少校的大衣和军刀不放，由此可见，他刚从将军府回来。

眼前的一幕反而使少校异常快乐，真想不到平时自己认为十恶不赦的勒务兵还能忍受如此的苦难。少校停在门口眼巴巴地看着这一切。

脸色已发青的勤务兵终于被将军放开了，但芬克将军又用刚从衣袋中拿出的电报纸狠抽他的嘴巴。将军边打边喊："还不到，你们的少校不会无缘无故的失踪的，是不是你把我们少校军法官弄丢了？笨猪！你必须把这个公务电报尽快交给他！"

一听见"少校军法官""电报"这几个词，少校的脑子里立即闪现出他的责任。

"我在这里啊！"他冲口答道。

"怎么，你还知道回来！"芬克将军语气刻薄地高声说。

少校不敢答话，畏首缩尾地在门口站着。将军把他叫到屋子里来，刚一坐定，就把刚才用来扇勤务兵耳光的电报啪地扔到桌子上，说话时的声音都带上了凄凉伤感的味道。

"快看看！这都是你干的好事儿！"

将军在屋子里坐立不安，来回踱步，碰倒了椅子和方凳。少校开始读电报：

步兵约瑟夫·帅克，是十一先遣连的传令兵，奉命于本日十六日去寻找宿营地，在途中失踪，望速把该兵送到沃耶利奇旅部，勿误。

少校从抽屉里拿出了一张地图，开始暗自思量：帅克为什么在离前线一百五十公里的地方穿上了俄国军服？

少校把自己的疑惑说给将军听，还在地图上指出了帅克失踪的地方。将军似乎觉得他的审讯计划将要完全落空，公牛般地咆哮起来，他给守卫室打了电话，命人立刻带犯人帅克到少校的房间来。

在他们执行命令以前，将军曾大骂过无数次，说自己应该当机立断，不经过审讯就处死帅克。

少校却始终坚持法律和正义不是互相矛盾的，不同意将军的说法。他还扯出了以往和平年代那些在公平审判、审讯中的谋杀行为等，他必须为自己昨天所做的蠢事找出开脱理由。

帅克被带来了。

“你是如何穿上这身俄国军装的,到底又是怎么一回事？”少校问。

帅克进行了一系列的解释，还说了几个自己遇到的不高兴的事情，少校又问他为什么在审问时他不说清楚了。

“你们谁也没问我啊！只是一个劲儿地强调我是在没有任何外界逼迫的情况下自愿穿上俄国军服的。这确实是真的，所以我没有否认，这确实是真的，毫无疑问的。但你们说我背叛皇上，可是天大的冤枉，我坚决不承认！”

“在池塘边昏头昏脑地穿上一身不知道是谁的俄国军服，又昏头昏脑地任人把自己当成了俄国俘虏关起来。他真是个不折不扣的大笨蛋。”将军对少校说。

“报告，先生们,”帅克说，“我有的时候真是觉得自己的智商有问题，特别是夜里的时候……”

“闭嘴,你这条骡子！”少校打断他,然后问将军该怎么处理帅克。

将军下了决定:“就让他的长官绞死他吧！”

一个小时后，帅克被押去火车站，准备送他到沃耶利奇的旅部。

帅克离开前，还在牢房里留了个纪念，似乎在表示自己对整整一天滴水未进，粒米未食的抗议。就是他用从柱子上掰下的小木片在墙上刻下了他在战前吃过的所有菜汤、调味汁和其他开胃菜的清单。

将军还写了张便条，跟帅克一起送过去。内容如下：

遵照四六九号电报指示，送上十一连逃兵约瑟夫·帅克，望旅部做进一步审查。

押送帅克的四名士兵来自波兰、匈牙利、德国和捷克四个不同的国家。其中捷克人还是个上士，负责带队，他对帅克总表现出神气十足的样子，帅克在火车站请求允许他去小便，捷克人却粗暴地对他进行严厉管束，得到了旅部才可以。

“也好，不过，上士先生，你得给我立个字据，假如我的膀胱胀坏了，以后也好让人知道是谁造成的。这可是有法律管着的。”帅克不紧不慢地说。

“膀胱”这一高深学名可把上士这个粗汉给唬住了，接着四个押送兵集体押着帅克去厕所，那阵势如临大敌。上士在路上极尽苛刻残忍之能事，神气活现得如同马上就能当上军团总司令似的。

在火车上，帅克对捷克人说：“上士先生，您让我想起了一个叫博兹巴的上士，自从他成为上士起，人就开始长胖了，脸胖得鼓鼓的，到了第二天，连队里发的裤子都穿不上了。还有更糟糕的呢！上士的耳朵也越长越长了。他被送到医院里，医生说所有的上士都如此，起先是胀大起来，有的很快就恢复了，但他的情况却太严重了，简直要爆炸了。只有把他的军衔剥夺了，人才重新瘦下去。”

打这以后，帅克再也别想和这位上士搭上一句话，帅克还友好地解释，为什么俗话说上士是连队里的魔障。上士一声不吭，只是阴着脸向帅克威胁道：“你别太得意，等到了旅部叫你尝尝苦头。”

反正，他是不再搭理帅克了，当帅克问起他的家乡时，他说那不关别人的事。

帅克费尽心机，绞尽脑汁想和他聊天，并说自己已经被押送过许多次了，每一次都和押送兵相处融洽。

上士还是缄口不言。

帅克不放弃，接着说："上士先生，我认为忘记语言是世界上最不幸的事情。我见过很多悲伤的上士，但像您这样沉默寡言的，说实话，我还是第一次遇着。您能对我诉说自己的伤心事吗？也许我还能帮个忙，作为一个被押送的士兵，经验往往比押送者更多些。要不然，上士先生，您也给我们说点什么，解解闷。也可以介绍一下您的家乡，那里到底是什么样的，有池塘没有，或者有没有神秘的古堡啊，古堡有没有相关传说啊？"

"闭嘴！够了！"上士突然叫起来。

"您真有福气，有的人身在福中不知福。"帅克说。

"我用不着跟你较劲，旅部的人会教训你的。"这是上士的最后一句话，此后他真的不吱声了。

其他三个押送兵也提不起精神。匈牙利人和德国人用一种奇特的方法聊天。于是，当德国人讲些什么时，匈牙利人便点头说"Jawohl"；当德国人默不出声时，那人就问"was"。德国人就重说一遍。波兰人则始终傲慢得像个贵族，只顾自己，谁都不搭理。他很自如地用右手往地上擤鼻涕，然后百无聊赖地用枪托在地上乱蹭，还文雅地用裤子擦脏兮兮的枪托，边擦边唠叨着圣母马利亚。

"你还不是最厉害的，"帅克对波兰人说，"有个叫麦哈切克的清洁工住在战场街的一间地下室里，他很在行地把鼻涕擤在窗户上，甚至能擦出预言布拉格光明前景的预言图来。每擦出一幅画，他就从老婆那儿领到一份国家津贴费，嘴巴撑得好像面粉口袋，但他没有放松，反而越画越漂亮。没办法，这正是他唯一的人生乐趣。"

波兰人懒得理他。到了后来，五个人都不说话了，成了一支沉默的送葬队，只在心里默默祈祷。

渐渐地，沃耶利奇的旅部离他们越来越近了。

这段日子里，旅部有了很大的改变，赫尔布希上校担任了旅长。

新旅长是位极具军事才能的人。他的才能以风湿病的形式表现在他的双腿上。由于他在旅部里有一群有权有势的人当靠山，他不但没有退休，还领着增加了的薪水和各种战时补贴，有事没事在各个大军事机构的参谋部里来回溜达。在他的风湿病没有恶化之前，他稳居职位。后来他被调到别处，还升了官。和军官们一块吃饭时，他滔滔不绝地大讲自己肿胀的脚趾，胀得有时只能穿特制的靴子。他最喜欢把自己的脚趾如何地流脓、出汗，如何地包着棉花等事情讲给别人听，还加上夸张的形容词，令大伙胃口大开。

当他被调离时，所有人都无比真诚地同他话别，他还是个和气而友善的人呢！从不轻慢下级，常跟他们讲讲他得病前的状况。

押送兵把帅克带回了旅部，连同有关文件一起送交赫尔布希上校，碰巧杜布中尉也在旅长办公室。

杜布中尉在萨诺克到桑博尔的途中又经历了一场冒险。

到了费尔什丁后，十一先遣连碰到一个要到萨多瓦·维什尼亚的龙骑兵团去的马队。杜布中尉鬼使神差地想为卢卡什上尉表演一下自己的马术。于是他跳上了一匹马，但那匹马驮着他径直冲向山谷小溪里去了。等人们找到杜布中尉时，他正牢牢地陷在一个小沼泽地里，身子笔挺地脚朝天。人们用绳子把中尉拉出来，然后把他送到旅部的战地医务室。整个过程中，杜布中尉只是轻轻地呻吟，没有大吵大骂。

几天后，中尉醒了过来，让医生给他背上和肚子上再抹两三次碘酒，然后他就能追赶队伍了。现在他正向赫尔布希上校讲述各类疾病呢！

杜布中尉知道帅克失踪的事，所以一见到帅克，他就大喊起来。

“我们又找着你了！帅克，你像幽灵一样四处游荡，又像凶猛的野兽般跑回来了。”

顺便说一句，杜布中尉在这次的马术历险后留下了轻微脑震荡的后遗症，所以对他的古怪举止不好大惊小怪的。

中尉走到帅克面前，开始用诗句冲他嚷嚷，还呼唤上帝出来与帅克搏斗。

“万能的上帝啊！我呼唤着你。轰鸣的大炮的烟尘把我遮盖，可怕的枪声阵阵掠过。战争的操纵神，万能的上帝，我呼唤你！请你把我送到那流氓那里……臭小子，你竟然待了那么长时间才回来！你身上穿的是谁的军服？”

还要顺便提一句：上校的风湿病不发作时，在办公室里总是一视同仁的，各级军官轮流去听关于流脓的脚趾的令人开胃的讲述。平时，各级军官挤满了办公室。将军很高兴有那么多人听他讲些各种下流的笑话。将军变得十分健谈，有滋有味地讲着，而别人对这些以前就听腻的笑话只能报以礼貌的微笑。

此时，为赫尔布希上校服务没有太多的麻烦，人们可以为所欲为。上校到了哪个部队，就会有盗窃和各种乱七八糟的事情发生。今天也是如此。

各级军官聚在上校办公室里，看看上校怎么处理帅克。上校正在看少校从普舍米斯尔写来的呈文。杜布中尉仍在以他常有的可爱方式与帅克聊天。

“早晚有一天，你会知道我的厉害！会认识到我的！”

由于少校在写呈文时，酒劲儿还未过去，所以呈文看起来前言不搭后语的。

但上校的兴致很高，因为他的脚趾两天都没跟他捣乱了。他平静地问帅克：“你究竟干什么了？”

杜布中尉的心像给针刺了一下，他忍不住替帅克回答道：“报告，上校先生，帅克准又装疯卖傻以掩饰他所干下的坏事。虽然我没看公文，但我知道他肯定又犯错了，而且很严重的。上校先生，如果您把公文给我看一看，我准能想出一个处理他的好办法。”

说完中尉又用捷克话对帅克说：“你正在喝我的血，知道吗？”

“知道！”帅克一本正经地回答道。

“上校先生，您看到了吗？他什么也不会说的，您问不出来。总有棋逢对手的一天，会给他罪受的。上校先生，请允许我……”

对上校说话时，中尉又换了德语。中尉认真看了少校写来的呈文，发现新大陆似的大声喊道：“帅克，有你好看的了！你把军服丢到哪里了？”

“嗯，我把自己的军服脱到了池塘边，我只不过想试试俄国兵的衣服是怎么个穿法。”帅克回答。于是，帅克又向杜布中尉讲了他被抓到俄国俘虏队后所受的苦。刚一说完，杜布中尉又对他喊：“小子，你知道打仗的把军服丢了会有什么后果吗？你知道丢失国家财产意味着什么吗？”

“报告，中尉先生，我知道，要是士兵把军服丢了，应该发给他一套新的。”帅克不紧不慢地说。

“我的上帝！”杜布中尉一声尖叫，“混账东西！畜生！你要再成心拿我开涮，那你等打完仗之后得再服一百年军役。”

一直安静舒适地坐在办公桌前的赫尔比希上校的脸突然扭曲成一团，因为他那风湿痛又发作了，仿佛有六百伏的高压电流通过脚趾，四肢渐渐麻木了，如粉身碎骨般痛苦不堪。

上校挥了挥手，声音变得可怕起来：“都给我滚！把左轮手枪给我！”

大家识相地溜出去，连帅克也被带到了走廊上。杜布中尉没走，想借机给帅克来个落井下石。

“上校先生，请允许我说两句，帅克那小子……”

上校疼得直叫唤，抓起一个墨水瓶向杜布中尉扔过去。这次可吓坏了中尉先生，他一边行军礼一边溜出了门。

好长一段时间，上校的办公室里怒吼声和惨叫声接连不断，直到脚趾的疼痛消失了。病情一有好转，上校又叫人把帅克带进去。

“你究竟干了些什么？”上校问。一切都恢复了平静。

帅克微笑着看了看上校，向他讲述了自己的故事。还说自己身为传令兵，不知道自己不在时，九十一连队十一先遣连有没有什么麻烦。

上校也笑了，随后又颁布了一道命令给帅克办一个通过利沃夫到佐尔坦采站去的通行证（十一先遣连两天后到达那里）。从仓库里拿一套新军服给帅克，再发给他一笔路费。

杜布中尉呆呆地看着帅克穿着新军服离开了旅部。临走时，帅克严格按军纪向他打了报告，给他看证件，还关切地问他有什么话要带给卢卡什上尉，等等。

最后，中尉只对帅克说了一个字：“滚！”看着帅克远去的背影，中尉心里说：“你早晚会知道我的厉害和手段的……”

在佐尔坦采火车站上，扎格纳大尉把全营聚集在一起，除了十四连的后卫，因为它在迂回利沃夫时失踪了。

帅克觉得佐尔坦采的一切都很新鲜。由周围繁忙的景象可知，离前线已不远了。炮兵队和运输车队随处可见，各团的士兵在民房里进进出出。帝国的日耳曼人显然是士兵中的精粹，趾高气扬地正把自己的香烟分给战友们。广场上的帝国日耳曼人伙房里还有大桶大桶的啤酒，士兵们打了啤酒以备午餐和晚餐喝。备受冷落的奥地利士兵们对啤酒十分眼馋，却只能喝着脏乎乎的甜菊花茶。围成一堆的是穿着土耳其长袍的大胡子犹太人，对西方的浓烟乌云指手画脚。四处叫嚷着——沿布格河的那些波兰小镇都起火了。

轰隆隆的炮声震天响。有人说俄军正对前线各地进行炮火袭击，在布格河沿岸短兵相接，士兵们正在围堵从布格河败逃的士兵。

没有人知道俄军的意图是转退守为进攻呢，还是继续撤退。到处都乱哄哄的。

一个个被认为胡乱散布谣言的犹太人被战地宪兵巡逻兵送到城防总指挥部去。在那里，他们被打得不成人样了才被释放。

在这个混乱不堪的地方，帅克努力寻找自己的连队。在火车站上还差点儿和兵站指挥部的人吵起来。他在问讯处询问自己连的情况，一个班长冲他歇斯底里地大嚷大叫，问帅克是不是让他去给他找队伍。帅克连忙解释，他不是这个意思，只想打听打听九十一连队十一先遣连现在在哪儿。

“我是十一先遣连的传令兵，”帅克强调，“我要知道我的连队在哪里。”

帅克可真不走运，班长的旁边坐了个指挥部的军士，听了帅克的话，他暴跳如雷：“该死的笨猪，身为传令兵，却不清楚先遣连在哪里？”

不等帅克说话，军士就从办公室里带来一个胖上尉，活像个屠宰场的大老板。

兵站指挥部的另一个任务，就是把那些无法无天、四处游荡的士兵收容起来，以免他们以寻找部队为借口而成为战争中的兵油子。这群士兵也特喜欢在兵站指挥部蹭饭。

胖上尉一进门，军士就大喊一声：“立正！”

上尉向帅克要过他的证明信，证实了帅克确实是从旅部来佐尔坦采找队伍的，又还给了帅克，然后温和地对班长说：“帮他找找队伍吧！”转身回隔壁办公室了。

上尉房间的门刚一关上，指挥部军士抓住他的胳膊，把他推了出去。

“快滚吧！该死的家伙！”

帅克又一片茫然了。他希望能碰见个军队里的老相识，就在大街上乱逛。无奈之中，他拉住一个上校，用半生不熟的德语向上校打听部队的下落。

上校却说："我也是捷克人，你可以说捷克话的。由于你们连有的人刚到就在巴沃拉其广场发生了斗殴事件，就不允连队进城了，现如今他们在铁路那边的克里姆托瓦村驻扎下来了。"

帅克刚转身准备去克里姆托瓦，被上校叫住了，上校从口袋里掏出五克朗递给帅克，让他在路上当烟费，然后又一次和气地话别。走了好长一段路了，上校心里还在想："他真是个可爱的家伙！"

去克里姆托瓦村的路上，帅克不由地想起这么一件事：一个叫海贝迈尔的上校对士兵也是又和蔼又可亲。但是他竟然是个同性恋。最后，当他在阿迪杰河疗养地企图非礼一名士官生时，受到了军纪处分的威胁。

怀着这种阴沉沉的心情，帅克慢慢来到了并不太远的克里姆托瓦。很顺利地就找到了连队。

这个村子十分分散，一所宽敞的小学是村里还算像样的房子。在这个纯属乌克兰人的地区，学校是加里西亚地方政府为富裕的波兰式的村子修建的。

五所学校在战前经历了好几个阶段。俄军和奥军的参谋部都曾多次在这儿驻扎过。有一段日子，学校的体育室变成了战争中的临时手术室，许多锯腿截肢的手术都是在里面进行的，甚至还进行过头骨环钻术。

学校后的操场上，有一个被大口径炮弹炸出来的漏斗形的大坑。一棵大梨树立在花园一角。上面挟着一小根断绳，一位希腊正教神父不久前被吊死在这里。他被一个波兰教师告发，说他在俄国人占领期间为俄国正教派的沙皇的胜利做过弥撒，是社团的成员。事实根本不是这样的，神父当时因患胆结石在一个无战事的小疗养地养病呢，没在这里待着！

还有几个原因促成了神父的死：民族、宗教冲突和一只老母鸡。战争伊始，波兰教师的老母鸡糟蹋了神父刚种下的西瓜籽儿，可怜的母鸡被神父宰了。

神父死后，几乎每个人都在他那空荡荡的房子里拿走一点东西作纪念。一个波兰老乡搬走了他的旧钢琴，用钢琴的顶盖修补了猪圈门。按照惯例，士兵们劈了一部分家具当柴烧，但神父的带着精美炊炉的大壁炉厨房没被毁掉。这位希腊正教派神父和许多同事一样喜欢美食，把罐子、浅铁锅什么的搁满了炊炉和烘箱。

路经此地的部队都利用这个便利在厨房里为军官们做饭。他们从民众家里搜罗来不少桌椅，把上面的一个大房间布置成军官食堂。今天，营部的头头儿们在这里举行盛大的晚宴。约赖达用凑钱买的一头猪为军官们做了一桌猪肉宴。他的周围是一大堆饿鬼。军需上士万尼克甚至教了约赖达一招：怎样切猪头才能给他留出一块肉来。

永远也吃不饱的巴伦的眼睛睁得最大，一脸馋相。就好像那条制奶房拉车的狗。车子旁的腊肠店伙计的头上顶着一篮刚做好的新鲜腊肠，小腊肠串儿从篮子里耷拉到小狗的背上，要是没有可恶的拴着它的链子和该死的嘴套坏事，它只要一跳一咬，美味就到嘴了。

肝泥馅香肠最先做好了。好闻的胡椒、油脂、猪肝的味道散发出来。

约赖达卷起袖子，模样极其威严、高尚。

巴伦再也受不了了，放声大哭。

“嗨，怎么了，伙计？”约赖达问道。

“我想起了自己在家时的样子。即使是好邻居，我都是什么也不舍得给的，我有了好东西全是一个人吃光。有一次我吃了好多肝泥肠、血肠子和红焖猪头肉，大家认为我会被胀死，就拿着鞭子赶得我在院子里跑圈。

“求求您了，让我用手摸一下小香肠，就一下，再把我绑牢。我快疯掉了！”

巴伦跌跌撞撞地向放小香肠的桌子走去，并伸出了手。

经过一场混战，巴伦被人们赶出了伙房，人们差点儿制止不了他疯狂伸向做肝肠的肉锅的手。

约赖达气呼呼地把一大捆木柴扔向巴伦，喊道：“啃木头棍去吧！该死的馋鬼！”

此时此刻，军官们正在军官食堂里喝着难以下咽的黑麦酒（没其他酒可喝了），等着伙伴们做出可口美味的猪肉宴。

黑麦酒被葱头汁染成黄色，犹太商人坚持说这是祖传的最好的法国烧酒。

“小子，你再胡说这酒是你曾祖父逃亡法国时买的，我就抓起你来，把你关到你们家的人全部变老为止！”扎格纳大尉气愤地说。

正当军官们对犹太人骂骂咧咧时，帅克和志愿兵马列克正待在营部办公室里。作为战史记录人，马列克正利用部队在佐尔坦采停留的时机，在他的资料里加写未来几次战斗中的胜利情景。

帅克进屋时，马列克在写草稿，他刚写完下面一段：“神灵已显现出N村战斗的全部英雄人物。N连队一营、二营与我营协同作战。我营在N村之役作战神勇，是役，我营扭转乾坤。”

“我又来了！”帅克说。

“我的上帝，”马列克大吃一惊，“从你的身上果然能闻出监狱的臭味。”

“噢，误会一场，没什么的。”帅克说，“你又在干什么呢？”

“你看，我正在赞美英勇的奥地利士兵们，”马列克回答，“可我怎么也写不好，全是虚假的东西。扎格纳大尉在我身上又发现了数学方面的天赋，唉，我又要检查营里的账目。然后得出一个结论：我们营处在极为消极的状态，就等着和俄国人大干一场，无论成功还是失败，都能捞一笔。即便我们都战死了，可记载我们胜利的资料还有呢！作为营史记录员，我的责任就是写：‘我营痛歼狂悖凶悍之敌，战不多时，敌军败北，困守战壕。我英勇无敌之军队乘胜追击，迫敌弃壕而溃逃，终为我军所俘。’哈哈！”

帅克自然又免不了说了一番风凉话。

“你可一点儿都没变！”马列克说。

“是啊！我差点被他们枪毙了，哪儿顾得了那么多了，还有，从十二号起，我就没地方领军饷了。”

“在这里也领不到了，等到索卡尔一仗打完了，才发军饷。我计算过，如果打仗两周，每战死一个士兵就能省下二十四克朗七十二哈莱什。”

“还有什么新鲜事儿吗？”

“丢了个后卫队，宰了一头猪为军官们办宴席。士兵和村里的女人干着见不得人的事。今天上午你们连一个士兵竟调戏一个七十岁的老太婆，被绑了起来，可军令里没有年龄规定呀！”

“是啊！”帅克也说，“他没罪，如果老太婆摸着黑上楼，那就看不见她的脸。军事演习时就有这种事儿：我们一个排驻扎在一家酒店，有个娘儿们在擦地板。有个士兵拍了她一下，应该是裙子，她的裙子太大了，拍完都没反应。他决定再拍几下，结果她跟没事儿似的。于是他决定采取行动，但女人仍然在擦地板，并对他说：‘您这骚大兵，让我逮住了吧？’这女人已是七十多了，后来她把这事告诉了全村的人。我想问一句：您被关起来过吗？”

“没有，”马列克说，“由于和你有关，我得说营部下令要抓你。”

“没关系，”帅克平静地说，“他们做得对。这是职责，因为我没有音信太久了，营部还算认真。刚才你说军官们去神父家吃猪肉宴？我得去说一声我已经回来了。卢卡什上尉正在为我担心呢！”

帅克坚定地走向神父家，边走边唱：

看看我吧！

亲爱的宝贝！

看看我吧，

我怎么变成了老爷！

帅克走进神父的住处，沿楼梯上去，只听见军官们的笑声。

他们正在谈论旅部的混乱现象，但副官却辩解说：“但是我们为帅克打过了电报……”

“到！”帅克在门口喊道，进屋后他又喊，“到！报告，步兵帅克、十一连先遣连传令兵前来报到！”

扎格纳大尉和卢卡什上尉露出惊讶的眼神，不为人所察地透出一种绝望，他没等他们问话就喊道：“报告，他们诬陷我背叛皇上，要枪毙我。”

“圣母啊！你说什么呢，帅克？”卢卡什上尉沮丧地说。

“报告，是这么一回事，上尉先生……”

帅克很快把事情经过讲清楚了。

大家瞪大了眼睛，惊讶地望着他。他说得很仔细，总而言之，说了一些莫名其妙的废话。卢卡什上尉忍不住怒道：“浑蛋！我一脚踢死你！快说有关的事！”

帅克接着就详细谈到在少校和将军处的突击审讯，还说到将军左眼是斜眼，少校眼睛是蓝色的。

“滴溜溜乱转地盯着我！”他还特意补上了一句。

十二连的连长麦尔曼冲帅克扔了一个罐子。

帅克毫不介意地说着，包括刑前祝祷，少校搂着他睡到天亮。后来，他们把他送到旅部。营里本想把他当成丢失者送回去时，他又出色地为自己辩护。接着，他把证件拿出来给扎格纳大尉看，说由此可见他是经过正式程序被释放的。另外，他还说："请允许我报告，杜布中尉因为脑震荡只好待在旅部，他向诸位长官问好。我向诸位请求发军饷和烟草费。"

扎格纳大尉与卢卡什上尉互相交换了眼神，正在这时，房门开了，有人端进一盆盆香喷喷的猪肝汤。

这是大伙准备享受的开始。

"该死的浑蛋，"扎格纳大尉面对美餐高兴地对帅克说，"是这些猪肝汤救了你！"

"帅克，"卢卡什上尉又接了一句，"你要是再折腾，有你的好看！"

"报告，"帅克坚定地说，并行了一个军礼，"那是咎由自取，既然是在军营里，就应该……"

"还不快滚！"扎格纳大尉吼道。

帅克走了，去了楼下的伙房。巴伦已经伤心地回到那里，他想在宴会上服侍卢卡什上尉。

约赖达和巴伦争辩时，帅克来了。

"你是个馋鬼！"约赖达对巴伦说，"虽然吃出了汗可你还是要吃的，如果你去端香肠，还不全偷吃光了！"

伙房现在变样了。营连的军需官们按军衔高低的顺序，依约赖达的安排津津有味地吃着。营文书、连队通信员和几个军士正饿狼似的喝着脸盆里掺水的猪肝汤。他们想捞上几块猪肝！

"帅克你好！"万尼克一边对帅克表示欢迎，一边啃着一只猪蹄，"刚才马列克说你又回来了，还换了新军装。我可被你害苦了，马列克吓唬我说因为你的新军装使我们和旅部的账对不上了。你的旧军装在池塘边找到了，已经转到了旅部。我已经把它和你当成死人勾销了，你可以不用来了。但现在这新军装给我们添了麻烦。你知道吗？你军装的每一部分我们都登了记，在我的笔记本上已经作为剩余的一套登记上了。连里有一套多余的军服，我报告了营部。旅部说你又得了新军服。这就造成了混乱，引起上级的审查，检查处还派人来。可丢失上千双皮鞋时却没人过问。不过，你那套军装我们又给弄丢了。”万尼克一边吸着骨髓一边说。他还用一根火柴棍挑着骨头缝里的碎肉吃，又用它来剔牙。“这么点儿小事也要审查！以前在喀尔巴阡山时，检察官来的目的是让我们把那些冻僵了脚的士兵的好鞋脱下来。我们脱了好久——有两双脱的时候坏了，一双在士兵死前就坏了。倒霉的是，检查处来了个上校，刚到就被子弹击中脑袋滚下了山。”

“他的鞋脱了吗？”帅克好奇地问。

“脱了。”万尼克若有所思地说，“但没人知道他的姓名，所以也没法把他的鞋列入表中。”

约赖达从楼上回来，一眼望见了极为沮丧的巴伦。巴伦悲伤地坐在凳子上，带着可怕的神情，望着自己凹陷的小腹。

约赖达从烤炉里取出一根血肠。“巴伦，吃吧！”他说，“吃光吧！早晚撑死你！谁让你老是吃不饱！”

巴伦忍不住流下泪来。“家里杀猪时我总是第一个吃，”巴伦百感交集地嚼着小血肠，哭着说，“吃下一大块猪头肉，还有猪心、猪耳朵、猪肝、一个腰子和猪腿……”

他说话仿佛在讲童话故事：“然后是六根肥肥的血肠，有填白面馅的，还有大麦馅的，让你不知该吃哪一种。舌头上全是香味，我不停地吃呀……

“虽然炮弹饶了我，但饥饿又来折磨我，我再也吃不到家里的血肠了，”巴伦伤心地说，“肉冻我不爱吃，因为它没有营养。我老婆爱吃，就算我揍她一顿，她也要做肉冻吃。合我口味的我都想一个人吃掉，可惜我没有珍惜这些美味！有一次，我和我的老丈人为了一头猪吵了起来。后来我把猪杀了，一个人全吃了，一点儿也没给可怜的老人留下。后来他就诅咒我没吃的，终有一天会饿死。”

“他的话应验了。”帅克说。

突然，约赖达不再同情巴伦，因为这嚷饿的家伙又转向锅灶，从口袋里掏出一块面包，想把整块面包蘸一点调味的肉汁——肉汁正在一个大铁盘里流向四周的大块烤猪肉。

约赖达给了他一掌，巴伦的面包就掉进了肉汁，仿佛游泳运动员跳进了河里。

巴伦没来得及取出面包就被赶出了门。

伤心的巴伦在窗外眼巴巴望着约赖达叉起浸满肉汁的面包递给帅克，还割了一块烤肉在上边，对帅克说：“亲爱的朋友，吃吧！”

“我的圣母啊！”巴伦大叫起来，“我的面包被扔进粪坑了！”他一阵风似的跑进村子找吃的去了。

帅克享受着约赖达的礼物，高兴地说：“太好了，又回到了自己人中间！如果再不能给连里做贡献，我就太丢人了。”他用面包擦着下巴上的肉汁，接着又说：“如果还得打上几年仗，我真不知道离了我他们怎么办？”

约赖达好奇地问：“你认为仗还得打多久？”

“十五年，”帅克回答说，“显而易见，因为已经打过了三十年的战争，如今大家都比以前聪明了一半，那就三十除以二呗。”

“听大尉的勤务兵说，占领加里西亚后我们就不前进了，然后俄国人同我们谈判。”约赖达说。

“如此说来，我不用开火了！”帅克自信地说，“打仗自有打仗的样子，在打到莫斯科和圣彼得堡以前，肯定不会讲和。世界大战不会只在边境上折腾，那算什么！比如说，瑞典人打了三十年仗，虽然没打过来，但也到了布洛特和利普尼采，在那儿打了大胜仗。现在小酒店半夜之后还讲瑞典话，互相之间谁也听不懂。普鲁士人也不是外乡人，利普尼采就有很多，他们还打到了美洲，后来又回来了。”

“况且，”被宴会折腾昏了头的约赖达说，“人是从始祖鱼变来的，听一听达尔文的进化论吧！”

他刚想说话就被进来的马列克打断了。

“大伙小心！杜布中尉乘车刚回来，还有那个烦人的士官生比勒！”马列克嚷道。

“他太可怕了！”马列克说，“一下车就和比勒去了办公室。还记得吗？我刚离开这里时说过，我想去睡一会儿。刚在办公室的椅子上躺下，他突然跑到我面前，当时我已经睡着了。比勒大喊一声：‘起立！’杜布中尉把我揪起来，大耍威风：‘哈哈！你躲到这里睡大觉，这是擅离职守！按规定，熄灯才许睡觉。’比勒也插嘴说：‘兵营生活守则第十六条第九款有规定。’杜布中尉在桌子上用力一拍，怒吼道：‘你们以为我死了？没门儿！只是脑震荡，我脑子还没坏呢！’比勒这时又翻看桌上的公文，大声读着：‘师部第二百八十号军令。’杜布中尉以为比勒在拿他的最后一句话开玩笑，就大声训斥士官生对军官的态度不够严肃，举止粗鲁，然后就去大尉那儿告状去了。”

很快地，他们来到伙房。上楼必须经过这里，楼上都是军官，吃完猪腿，马利中尉开始演唱歌剧《茶花女》中的咏叹调，嗓子里还不时地打几个白菜味的饱嗝儿。

杜布中尉一进伙房，帅克就大喊道：“全体起立！”

杜布中尉冲着帅克走过去，说道：“你快要完蛋了，我要把你变成九十一连队的纪念标本！”

"是，中尉先生！"帅克行了个军礼说，"报告，我在书上读到过，瑞典国王曾经和他的马一起在战死后被运回国制成标本，陈列在斯德哥尔摩博物馆里供臣民瞻仰。"

"臭小子，哪儿来那么多废话！"杜布中尉吼道。

"报告，我从当中学老师的大哥那里知道的。"

杜布中尉吐了口唾沫，把士官生比勒推到楼上的大厅里，可他还没忘在门口冲帅克嚷道："大拇指朝下！"那神态仿佛要处死角斗士的罗马皇帝。

帅克冲着他的背影喊道："报告中尉先生，我所有的指头都向下了！"

士官生比勒衰弱得不成样子。他一连跑了好多个霍乱防治站，被当成霍乱病人检查。渐渐地习惯了把尿尿在裤裆里，形成本能，直到进了最后一个霍乱病防治站。经检查他没有霍乱病，专家把他的肠子固定起来，仿佛鞋匠用麻绳缝破鞋一样，然后把他送到最近的兵站，并把他定为适于队伍勤务的人员，尽管他已经奄奄一息。

专家很热心。

士官生比勒告诉专家，他觉得自己很虚弱，但专家却笑着说："你是自愿报名参军的，肯定有力气戴上勇敢金质勋章。"

士官生比勒就去领金质奖章了。

他的肠子已经康复了，不再拉肚子了，但还常常感觉不舒服，因此从最后一个兵站到他同杜布中尉会面的旅部的行程中，他一直在找厕所。他好几次误了火车，因为他在车站厕所里待的时间太长了。还有好几次蹲在火车的厕所里误了换车。

虽然比勒沿途上厕所，但还是慢慢接近了旅部。

杜布中尉还需要在旅部住院几天，但就在帅克去营部的那一天，旅部医生因有救护车到九十一连队，他便让杜布中尉走了。

医生很高兴摆脱了杜布中尉。

帅克没找到士官生比勒，因为比勒去厕所待了两个小时。在这种地方，比勒从不浪费时间，他又回顾了奥匈军团所有的光辉战役，从一八六三年九月六日的内德林根战役到一八八八年八月十九日的萨拉热窝战役。

他无数次地拉动马桶的冲水绳，水哗哗地流入便池中，这时他闭上眼睛开始想象战场上的激烈情形：大炮轰鸣，骑兵前进，不停地有人倒下又有人补上去。

杜布中尉与士官生比勒相遇的情景并不动人，这使得二人在以后公私两方面都相处得很不愉快。

杜布中尉第四次跑去上厕所时，怒道：“谁他妈的在里面？”

一个自豪的声音传出来：“九十一连队 N 营先遣连士官生比勒。”

“我是杜布中尉。”

“中尉先生，我马上就完。”

“快点！”

杜布中尉不耐烦地看看表，他已经等了十五分钟，然后又等了好几个五分钟，无论他如何踢门，比勒在里面总是说：“就好了，中尉先生。”这使得等待的人需要极大的耐心。

杜布中尉终于在听到手纸响后又等了十分钟而发起火来：门还是没开。

而比勒很聪明，每次都不冲水。

杜布中尉气得浑身冒火，他很想去找旅长告状，好把比勒拖出来，但这会破坏与下属的关系。

又过了五分钟，杜布中尉觉得自己已经憋过劲儿了，他觉得无聊，但仍然守在门边，不停地踢门，而比勒总是说“马上就好”。

终于，水箱声响了，比勒开门出现在杜布中尉面前。

“比勒！”杜布中尉吼道，“别以为我来这儿是为了上厕所！我是因为你来旅部没向我报到，这违反了规定！你难道不知道谁应该受照顾吗？”

比勒竭力回忆他是否犯了错误，是不是冒犯了上级。因为他觉得这方面双方认识有差距。

在学校里他没学过这样的情形应该如何对待上级，是不是应该没拉完屎就提着裤子出来行礼。

“说话呀，士官生比勒！”杜布中尉不依不饶。

比勒突然想到了回答的办法：“中尉先生，我没想到来了旅部后会遇上您，我在办公室干完活就来了，一直蹲到您敲门。”

他立即郑重地高声喊道：“士官生比勒向您报到！”

“这不是件小事吧？”杜布中尉讥讽道，“我看你一来就该好好问问，这儿有没有你们先遣队的人。你这种行为回营再说，我得坐车去，你也别溜，跟我走。”

比勒本想拒绝，因为旅部已经安排了火车给他。考虑到他的直肠不好，这样走会方便些。连小孩们都知道汽车上没厕所，他坐汽车肯定会拉一裤裆的屎。

天知道怎么了，上了汽车比勒的肠胃没有什么反应。

杜布中尉的报复没有成功，他特别沮丧。

出发前，杜布中尉心想：“比勒，等着倒霉吧！想拉肚子时我不会让司机停车的。”

上路后，杜布中尉控制着车速，开得很慢，还说这是军用汽车的规定时速，为了节省油耗也不许随便停车。

比勒却理直气壮地反驳道：“停车不费油，司机会关油门的。”杜布中尉也不示弱：“汽车必须按时到达，哪里也不许停车。”

比勒再也没有理由反击上司的话。

汽车开得很快，十五分钟后，杜布中尉觉得肚子难受，很想停车到路边沟里舒服地蹲一会儿。

他英勇地憋了一百二十六公里，就再也憋不住了。他一把揪住司机的后衣领，大吼道："马上给我停车！"

"比勒，"杜布中尉平和地说，边说边向沟里跑，"你也可以方便一下……"

"谢谢长官，"比勒说，"可我不想耽误时间。"其实，比勒这时也觉得憋不住了，但为了让杜布中尉出丑，他宁可拉在裤裆里也要坚持。

到达目的地之前，杜布中尉又停了两次车，最后一次还不服气地说："中午吃的猪肉酸白菜肯定坏了，我给旅部去了电话，针对这些霉白菜和臭猪肉告了一状。炊事班真不是东西，早晚让他们领教我的厉害。"

"我认为行军必须注意饮食卫生。"比勒回答说。

杜布中尉听了没出声，只是咬牙想："你小子等着，我会收拾你的。"后来他又改了主意，问比勒一个极为愚蠢的问题："你觉得以你的军衔来批评上级军官的饮食适合吗？你是说我胡吃海塞？谢谢你的批评，你不知道我的手段，到时候有你受的。"

他说最后一句话时汽车正好驶过一条沟，结果颠得他差点咬了自己的舌头。

比勒一言不发，这沉默却激怒了杜布中尉。他粗野地问："士官生比勒，你没学过如何回答长官的提问？"

"学过呀，"比勒回答，"条令早有规定，但我们必须分清关系。因为我现在不属于任何单位组织，咱们没有直属关系。中尉先生，最重要的是，只有在军队关系里下属才回答上级的问话。现在我们俩在汽车上，不是参加战斗的作战单位，我们中间没有任何行政上的关系。

你我各归各队，我并没说您不注意饮食健康，这在任何时候都不是公事，我就不必回答。”

“说完了？你……”杜布气得说不出话来。

“是的，”比勒坚定地回答，“您别忘了，军事法庭会对我们做出明智的审判。”

杜布中尉给气得要死，一般说来，他发怒时远比清醒时更加糊涂。

所以，他恶狠狠地说：“军事法庭会找你的。”

士官生比勒决定趁机好好捉弄他一下。“您是在开玩笑吗？”他故作友好地说。

杜布中尉让司机马上停车。

“我们当中必须有人步行。”他自言自语道。

“我要坐车走，”比勒自然地说，“那么您，随便吧！”

“开车！开车！”杜布仿佛喝醉了酒般冲司机叫道。接下来，他便陷入阴险的沉思中，仿佛阴谋家手持匕首要刺杀恺撒大帝。

他们就这样来到了营部。

正当杜布中尉和比勒在楼梯上争辩时，楼下食堂里的人早就吃饱了。他们两个在争论没有被编入正式序列的士官生是否有权领取军官应得的香肠。楼下的人们则在躺椅上休息，一边聊天一边抽着一百零六号烟草叶。

炊事员约赖达说：“今天我有一项重大发明。我想以后的烹调可以有很大改进。万尼克，你知道，在这该死的村子里我根本找不到做香肠用的马约兰。”

“马约兰？”万尼克想起自己曾卖过草药，就用拉丁语重复了一句。

约赖达说：“我没搞明白的是人类的智慧如何能用到在困境中寻找药方，在人类的理智面前新的地平线升起，人类可以发明许多不可能的东西……我四处去找马约兰。我到各家去问，解释找马约兰的用途。”

“你得说清它的香味，”帅克躺在长椅上说，“比如说它类似墨水汁般的香……”

“住嘴吧，帅克，”马列克打断帅克的话，“让约赖达接着说。”

约赖达说：“我在一家庄园里遇到一个占领波斯尼亚时期的退伍老兵，他现在仍是一口捷克腔。他和我争论说捷克人在香肠里放的是甘菊，不是马约兰。说实话，我真拿他没办法，因为任何有理智的人都把马约兰作为第一等的香料。必须尽快找一种香料来替代，于是我在一家挂着的某位圣徒画像的下面找到了一个桃金娘花环，是结婚时用的新鲜货。我把桃金娘当作肝肠的香料，当然，花环事先我已煮了三次，使叶片变软，消除呛人的辛辣味。不用说，拿走神父洗礼时用过的花环让新婚夫妇心疼不已。他们认定我在亵渎上帝，肯定会被炮弹打死。你们能尝出来香肠汤里放的是桃金娘而不是马约兰吗？”

帅克插开了嘴：“在英德希城，很多年前有个香肠铺老板名叫约瑟夫·利涅克，他在挡板上放着两个盒子，一个装香料，供制作香肠和血肠时调味用；另一个装杀虫药粉，因为臭虫和蟑螂总是咬坏香肠。他总是说臭虫有种香味，像圆形面包里的苦杏仁味。但腊肠里的蟑螂却臭得跟发霉的《圣经》一样。所以，他时常在铺子里撒些药粉来杀虫。有一回做血肠，赶上他伤风感冒，打翻了杀虫药粉，药粉撒在了血肠馅上。从此，全城的人都找他买血肠，他知道是杀虫药粉起了作用，就成箱成箱地订购药粉，还让供货商在包装上改为‘印度香料’，这个秘密一直到他死都没人知道。最妙的是，凡是买他血肠的人，家里没有了臭虫和蟑螂。从此，英德希城成为捷克最干净的城市。”

“你讲完了？”马列克问，他也想讲几句。

马列克讲道：“烹调手艺在战时，尤其是前线能表现出来。比如说在和平时期，大家都知道所谓的冰汤，就是汤里加冰块。这种冰汤在丹麦、瑞典很流行。然而战争一来，今年冬天，在喀尔巴阡山的士兵们有许多冻成肉冻的冰汤，谁都不肯品尝这美味，可是这却是道名菜。”

“冻的酱肉丁可以吃，”万尼克提出异议，“但时间不能太长，最多一周。为此我们的九连还丢了阵地。”

帅克总结道：“还是在和平时期，整个部队都围着伙房和各种食物转。有个拉克莱斯上尉，整天盯食堂，要是有士兵犯了错，他就让人家‘立正’站着，骂道：‘臭小子，你要是再犯一回就把你剁成肉饼，绞成肉馅拌到土豆泥里去，然后吃掉。不然就把你变成烤兔肉。如果你不想变成食物，就得改正错误。’”

这场空中楼阁式的会餐趣谈被楼上宴会结束后的叫喊声打断了。

在叫喊声中，大家听到比勒在说：“和平时期士兵就该知道，战争要求什么，不能忘记在学校里学的。”

接着，杜布中尉骂起他来：“我得声明，你是第三次侮辱我了。”顿时，楼上一阵大乱。

杜布中尉由于对比勒暗怀不满，又渴望讨好上司，被军官们大骂一顿。犹太人的酒让他们忘乎所以。

他们争先恐后地大声喊着，影射杜布中尉糟糕的骑马技术：“必须要马夫”——“一匹受了惊的野马”——“朋友，你和骑马的牧童待了多久”——“活像马戏团的骑马小丑！”

扎格纳给杜布中尉倒了一杯烧酒。杜布中尉坐到桌边的卢卡什上尉身旁，上尉友好他说：“全吃光了，我们一点不剩！”

士官生比勒严格遵守规定，向扎格纳大尉和所有的军官一一报到，每次都说：“士官生比勒到营部报到。”虽然大家都知道了，但还是没人注意他这个小人物。

比勒倒满一杯酒，老实地坐在窗前，等待机会显示自己渊博的知识。

杜布中尉觉得酒劲儿上来了，就转身向扎格纳大尉说：“我总是告诉老爷：爱国主义，忠于职守，检点自己，这才是作战必胜的法则。当我们军队即将大获全胜时，您千万要注意这一点。”

※ ※ ※

病中的哈谢克将此书口述至此，一九二三年一月三日，他永远地沉默了下来。而这部未完成的作品却成了一战后最著名、最受人欢迎的小说之一。

FONGHONG
凤凰联动出品